时代“迹”录 上

一个女记者的感知视界

Chronicles of an Era:
A Female Journalist's
Perception of the World

吴海瑛 著

上海人民出版社

CONTENTS

目录
Contents

序

Preface

时代“迹”录

为何会出版本书？在深入探析出版缘由之前，让我们先轻触上海这座城市的记忆脉络，从过往的斑驳到当下的璀璨，如同电影胶片般通过我们的脑电波，迅速搜索片段，合成放映……

时：市井烟火映时代脉动

时，时间，是历史长河中持续奔腾不息的每一瞬，为世间万物勾勒出细腻而绵长的时间轨迹和发展脉络。它犹如一位无形的织梦者，以无尽的创意与非凡的巧思，将往昔的烟云朦胧、当下的璀璨繁华与未来的无限遐想交织，织就一幅幅波澜壮阔的历史长卷。

上海，从满目疮痍的“十里洋场”到“时尚摩登”的现代都市，用半个多世纪证明了她的风华绝代。苏州河、老闸桥等，见证了上海的百余年风韵。南京路、新天地，以其多元的上海风貌可爱而摩登。曾经潮起潮落的江滩、嬉戏打闹的弄堂，张家姆妈、李家阿姨帮着照看孩子的温暖身影，主妇们在后门口做家务，老头老太在前门口孵太阳、吃瓜子，小贩们串弄堂叫卖“（沪语）阿有啥坏格棕棚、藤棚修哦……”，这些都形成了里弄风景。还有石库门内的“亭子间”、“客堂间”、“灶披间”、“厢房”、“天井”与“白相人嫂嫂”、“七十二家房客”等，看似轻盈地逝去；灯火斑斓的一江一河涌动的热流，却把上海人的幸福生活延续着……

昔日老弄堂里，拂晓一声“马桶拎出来……”划破居民做着甜美梦境的沉寂空间；“（沪语）鸡蛋要哦鸡蛋”，“（沪语）栀子花白兰花”的叫卖声，开始一日日的叫卖序曲。今日，虽已难觅这些传统生活的痕迹，但楼上抽水马桶的“哗哗”声伴着床头歇斯底里的闹铃响，极不情愿地离开席梦思床，顶着一头凌乱头发奔向拥挤的地铁。

昔日老弄堂里，流动的“图书馆（书摊）”、“电影院（消夏露天电影场）”，在那看书、看电影，要自带板凳。今日，一幢幢大大小小的综合图书馆、电影院林立于各个角落，不愁找不到座。

昔日老弄堂里，手工艺人正在路旁修补鞋、帽、伞、碗。今日，时尚一族个性花样经无数，为“噱头”千金一掷。

昔日老弄堂里，依稀能见到张爱玲笔下那些穿着紧身旗袍和丝袜，从窗口吊下篮子购买进口胭脂花粉的女子。今日，人们穿戴高定服饰，开着跑车、乘着飞机“全球购”。

昔日老弄堂里，木头、泥巴建新房，万般无奈“秋风破茅房”；广播声、自行车叮铃铃声、汽车的喇叭声从苏醒到沉睡。今日，恍惚间高楼林立与宁静的黄浦江水、错综复杂的道路交通，象征了上海的摩登、宁静、温婉……

这些新老弄堂的城市影像，记录着一代又一代人独有的市井生态和时代活力，人们的日常文化是活态的中国历史，穿越古今，历经岁月流转延续……

代：多维度镜鉴中国式现代化

代，世代、时期，是时间的一种分段和归类，通常与特定的社会风貌、政治生态、经济格局、文化底蕴、科技进步等要素深度联系，代表了一个阶段或时期的整体特征与韵味。

中国式现代化，这一宏大的叙事篇章，交织着社会、政治、经济与科技创新、文化传承的多重维度，犹如一幅丰富多彩的锦帛，每一根丝线都承载着历史的厚重与时代的跃动。

一张张泛黄的老照片、一枚枚世博会奖牌，一段段被收藏的历史轨迹，不论是篆刻、竹雕、玉雕、水晶雕的精致细腻，手串、宝石的绚烂夺目，陶艺的古朴典雅；还是剪纸的灵动活泼、连环画的叙事魅力、国画的意境深远、油画的色彩斑斓，抑或是戏曲的韵味悠长、藏茶的醇厚芬芳，以及从汽车轰鸣到古琴悠扬，这些不仅仅是物质文化的载体，更是堪称每个时代精神风貌与社会变迁的生动写照。在这部手记里，您会看到那些被岁月尘封的记忆角落，如遗址；那些被忽略的人群，如手艺人；以及那些不为人知的真相，如书展、地铁建设、工匠文化等。通过实地探访，用心感受每一位受访者的成长与情感、工作与经历，能深入了解中国在不同领域所取得的进步和成就，以及国人在实现现代化过程中所付出的努力和面临的挑战。

党的二十大报告提出，全面建成社会主义现代化强国是新时代新征程的中心任务。“文化兴国运兴，文化强民族强”。文化，贯通过往与当下，是人类走向现代化的先声，是现代化进程的精神动力和智力支持。是桥梁，也是纽带。

在新时代里，推动现代化进程的中国人高度重视文化建设，加强文化的传承与创新，推动文化的繁荣和发展。这些珍贵的新老上海的人文片段，不管是已经消失的还是正在延续和新生的，其智慧、气度、神韵，成就了一个时代的缩影，它不仅滋养了中国新时代我们的精神世界，更为国家的发展壮大提供了强有力的精神支撑。

在新时代里，人物专访如同一扇通往古今内心的文化窗户，让我们有机会深入了解那些影响时代、塑造历史的真实人物，捕捉真实和有趣的灵魂。作为记者，我深感荣幸能有机会从上海出发，向一位位杰出的人物请教，通过专访（探访）形式记录时代变迁中的微妙之处、文化思考、情感深度及其坚守与创新、裂变与传承。从具体物理痕迹到抽象精神影响，这些记录既系统梳理了一个时代、一个地区或多个群体、个体的文化变迁和发展行迹，也践行着自己对时代的包容性记录与有温度表达的坚守。

出版本书的初衷，是记录时代，分享文化。我希望这份经典的时代记忆与文化的传承和创新，让更多的人通过这部采访手记成为大家了解不同人物、不同行业、不同领域文化的窗口，感受上海乃至中国深厚的文化底蕴与人文历史。同时，我也希望通过本书能够点燃读者心中的好奇之火，激发大家探索未知的热情，去发现这个世界的无限可能，激发大家一起思考、探寻、记录我们当下的日常文化。在这个多元化、多极化的世界里，愿我们都能保持一颗敏锐而温暖的心，用双眼捕捉美好，用心灵感受真谛，共同书写属于我们这个时代的辉煌篇章。因此，我决定梳理、筛选自己二十余年撰写的采访文章，汇编成书，与大家分享这份来自时代的“迹”录。

迹：守护文化遗产，探索历史深痕

迹，脚印、足迹，为事物或事件留下的痕迹、印记，是历史发展过程中不可磨灭的见证。象征人类的行为轨迹、思想火花、情感波澜在历史长河中所烙下的深刻印记，是连接往昔岁月与当今时代的坚固桥梁。亦暗示着一种追寻和探索的过程，即通过寻觅与分析这些痕迹，得以更好地理解和认知世间万物。

这部手记，不仅镌刻着我的采访轨迹，也是自我成长的印迹；它见证了我对时代性与延续性的寻迹，更是自己对人生哲思与世界领悟的抒发与表达。在每一次采访中，我都坚守着对时代真实性的记录原则，用心捕捉每一个独特的故事和深邃的灵魂。

“迹”录的核心，在于精心策划并呈现了我与各行各业众多杰出人物的深度对话实录。他们之中，既有行业泰斗、领军人物、知名学者与精英翘楚，也不乏默默耕耘的匠人、勇敢追梦的创业者与眼光独到的天使投资人。从考古文化的探秘，到人类历史长河的追溯，每一次访谈都充满了复杂而迷人的色彩。无一例外，这些受访者，无论身份如何，都怀揣着各自的梦想与追求。他们的智慧与成就，甚至吸引我专程“打飞的”前往寻根溯源，只为亲眼见证那些闪耀的灵魂，如古琴演奏泰斗李祥霆，企业家徐彦平等。

二十余载，我走进了不同人的人生，体验了各异的情感、思维方式、价值观念、行为习惯，聆听了无数的故事。这些故事，或悲或喜，或平淡或绚丽，但它们都真实存在，都是人们生命中的一部分，对新时代中国式现代化进程具有重要的推动作用。

这里“迹”录的每一个故事都独一无二，每一个灵魂都深邃而独特。您将目睹非物质文化遗产面临的传承与保护的挑战，传承人对未知世界的执着追求；物质文化遗产的原真性与完整性的珍贵，学者、藏家对人类生命轨迹的追寻臻藏；企业家人文情怀与现代商业管理的柔和之举，精英人士对市场浪潮的敏锐洞察；以及聚集了数千年美学艺术积淀的物质属性与智慧，当代艺术家对美的无尽绘述。这些受访者如阳光般闪耀的生命力，以及自由洒脱的独立精神，永远镌刻在我的文字、照片和心底。他们的经历告诉我们，成功并非一蹴而就的偶然，而是需要有强大的内心，百折不挠的韧劲与智慧的坚守。

这部手记，不仅是对他们辉煌成就的记录，更是对我们每个人内心深处那份不灭梦想的呼唤与激励。

录：时代笔触，共绘成长与交响

录，记录、编纂，是将事物与事件以文字、图像等形式保存下来的行为，是对历史瞬间与文化脉络的深刻捕捉、精心整理与世代传承，使后人能通过查阅这些记录来了解历史、领悟前人的智慧与实践经验。

我身在上海，以纸为海，穿梭于城市的角落，用心聆听每一位受访者的心声，感受他们的成长轨迹与情感波澜，记录他们在不同领域所取得的非凡成就与面临的挑战。我的文字，旨在为读者呈现一个立体而真实的中国，那里有文化的深邃、故事的温情、精神的力量，以及贴近生活的独有视角。

在采访的征途中，我时常遭遇各式各样的挑战与难点，这些不仅是对我专业素养的试炼，更是对应变能力和心理素质的深度考验。一是挑战在于赢得受访者的信任。面对重要人物或敏感议题，受访者往往因顾虑言论被误读而有所保留。为此，我总是在采访前投入时间，深入研究受访者的背景、企业的立场及所涉及的文化领域，以自己的真诚与专业态度，通过持续而深入的沟通，逐步建立起彼此的信赖；二是深入挖掘有价值的信息。有时，受访者会回避核心问题，或给出模棱两可的回答。在此情境下，灵活调整提问策略，于合规范围内激发受访者分享更多深层见解。同时，还需具备快速思辨与捕捉信息的能力，于有限时间内精准提炼关键信息；三是采访过程中的突发状况亦时有发生，如受访者日程变动、采访设备故障或环境改变等，这些都可能打断采访节奏。为此，需自己提前备有详尽的应急预案，并有迅速应对与解决问题的能力，确保采访能够顺利进行。四是处理敏感话题。面对涉及个人隐私或商业机密的内容，秉持尊重与理解的原则，确保采访的公正性与客观性。

记录真实，致敬时光。

每一次采访，都是一次心灵的触碰，一次学习与成长契机。从前期的资料搜集、提纲拟定，到长达数小时的面对面深入交流，再到深夜甚至凌晨边听录音边击打键盘整理文字的漫长过程，每一步都凝聚着自己对不同领域的探索与领悟。这段经历不仅拓宽了我的知识视野，更让我学会了有效沟通、耐心倾听与多维度思考。

每一次记录，都是对真实的致敬，是对时光流转与“新时代文化”细腻而温柔的感知。我深信，在这多元的世界里，每一个人都有属于自己的故事，都值得被听见、被看见。作为记者、时代的记录者，我承载着传递真实的使命，用笔尖记录世界文化的波澜壮阔与细微温情。

时代“迹”录，这是一场关于时间的对话，一次跨越世代的心灵触碰。在这场对话中，我们不仅是历史的倾听者，更是未来的创造者。过往非云烟，我在记录、编纂与传承的旅途中，发现凝聚人类文明的文化遗产、智慧火花的璀璨结晶、生命热度的虔诚延续、历史经验的深邃积淀，穿透时空的壁垒，走出探索与前行的不息旅程，代代相传。历史，犹如一位智者，诉说着自身的重要性和价值，彰显着人们对过往岁月的尊重与敬仰。它暗示着永恒的探索精神和不懈的学习态度，通过追寻历史的能量，拓宽视野、深化认知、智慧前行。而我，如同穿越时空的旅者，有幸成为这些文化故事的见证者，文化传承的使者之一，将之记录，让更多人看到，感受到，共同见证与传承这份宝贵的文化与文化遗产。

吴海瑛

2024年10月24日

视界无界

The Unbounded Horizon

视界瞰天下，专题现场眼。

“视界”的广阔视野和“无界”的现场感知，通过跨领域的视角，直击现场的新边界，打破传统界限，探索无限可能的视野和领域，展现不同文化背景下的生活美学形态。

“视界无界”之章，是透视跨文化的交流、艺术与科技的融合，以及个人视角与全球视野的结合等文化事件和现象。在上海市“两会”、“首届上海进博会”、历届“上海（北京、天津）书展”、年度书业事件、地铁史变迁、上海之根、科创中心建设等中感受多元政治、经济、科技的碰撞与融合，增进不同文化的理解与尊重。

这一刻，
世界共享中国“新时代”

——纸上圆桌　话进博会（节选）

“新时代，共享未来”，第一届中国国际进口博览会（以下简称“进博会”）于2018年11月5日至11月10日在国家会展中心（上海）举办，由中华人民共和国商务部、上海市人民政府主办。首届进博会秉承“一带一路”建设共商、共建、共享的原则和精神，彰显了进博会以习近平新时代中国特色社会主义思想为指导，打造全球包容、开放合作、互惠发展的新型国际公共平台，让世界共享“新时代”中国发展成果，为建设开放型世界经济、推动经济全球化朝着更加开放、包容、普惠、平衡、共赢的方向发展贡献中国力量。随着会展行业的综合性发展，会展经济已成为一种新型业态与领域，越来越受到人们的关注与重视。在进博会即将举办之际，我特别策划本专题，走进进博会，以纸上圆桌会议形式，邀约和采访了部分领域相关人士，解读国家会展中心（上海）“四叶草”里熠熠生辉的世界经济。

在正式进入纸上圆桌会议前，我们先来看看相关专家特为本专题就“共建经贸利益分享新格局　共享中国经济发展新机遇”

方面的剖析：

张晓朋：共建经贸利益分享新格局
共享中国经济发展新机遇

上海 WTO 事务咨询中心、全球贸易投资研究咨询中心博士

中国改革开放以来，对外经贸合作始终坚持互利共赢的原则，中国经济积极融入全球经济体系，努力与所有经贸合作伙伴共享机遇，共同发展，共同构建开放型世界经济，共同推动全球经济增长。进博会是中国与经贸合作伙伴共享机遇和发展成果的重要平台和窗口，具有规格高、平台新、复合型等特点，在改革开放四十周年的历史关口，其作用和意义尤为明显。

主基调：

进博会是中国主动开放市场的重大政策宣示和行动

从本质上看，贸易结构和顺逆差是全球价值链、产业链和供应链在不同经济体之间，自然布局和流动发展的结果，不是由某个国家或组织决定的，而是要素流动、生态竞合、优胜劣汰和产业分工的必然结果。过去二十年的全球价值链增加值份额竞争，带来了来自发达经济体的全球生产布局和财富转移的严重不均衡的后果，广大的发展中经济体是这种不均衡状态的受害者，它们迫切要求分享经济全球化的红利。

中国从多个层面主动拓展全球价值链的覆盖面，为更多的发展中经济体进入全球价值链工厂端创造必要的条件。因此，对于中国而言，以主动的姿态举办进博会，既是开

放市场和共享利益的一次政策宣示，又是积极调整和主动升级的实际行动，具有极强的包容性和大格局。

新平台：
“买全球、卖全球”、首个以进口为主题的博览会

首届进博会是世界首个以进口为主题的国家级博览会。按照商务部的定位，进博会是一个“买全球、卖全球”的开放性平台，充分体现了中国支持多边贸易体制、发展自由贸易的一贯立场，明确释放了反对保护主义、建设和维护开放型世界经济的积极信号。

从贸易功能看，进博会是中国改善进出口平衡的平台，通过增加进口，使中国从以往主要鼓励出口，向扩大进口、进口与出口并重转型，是我国对外经贸合作发展政策转型的分水岭。

从外交功能上看，进博会是中国建设新型国际关系、塑造负责任大国形象的重要平台。在国际经贸投资规则重构的大背景下，区域性的经贸合作处于合纵连横的重要阶段，中国可以通过进博会将国际经贸合作推进到更深入的发展利益共享和更高层面的价值链关联。

高规格：
成立专门机构协调长期举办的国家级博览会

进博会是推动中国新一轮高水平对外开放的标志性工程，也是中国在2018年四大主场外交的“压轴戏”，是中央和地方合力共推的国家级博览会。

为推动进博会的高水平长期筹办，商务部成立了“中国国际进口博览局”，其主要职责是牵头落实中国国际进口博览会实施方案，受委托负责承担组织招展和招商具体工

作，参与进博会期间重要会议论坛的组织工作，负责国家展区布展等工作。

同时为了保障进博会的顺利推进，商务部和上海市各部门抽调了大量精兵强将，组成进博会筹备工作现场指挥部，全力保障举办高水准、多功效的国家级博览会。

复合型：
贸易功能、论坛会议和形象展示的综合性载体

本次进博会不单单是一次普通展会，而是将多元化的叠加功能发挥到极致。进博会不仅提供货物和服务交易，也承载国家形象的展示、全球性重大问题探讨等多重功能，更是一个国际合作的综合性的载体平台。它具备和广交会类似的商品交易平台功能，有一百多个国家和地区的企业参展，举行供需对接会、行业研讨会、产品发布会等配套活动；同时，它还提供通关、检验检疫等方面的便利措施，长期提供线上线下一站式交易服务，并加大知识产权保护力度。

除了交易平台功能，进博会也具备“博鳌亚洲论坛”一样的国际论坛功能。在论坛方面，“首届进博会论坛”的主题为“激发全球贸易新活力，共创开放共赢新格局”，这也彰显了中国利益共享、开放共赢和齐力共建的宏大格局；三场平行论坛的议题分别为“贸易与开放”、“贸易与创新”和“贸易与投资”，重点就推进贸易投资自由化、便利化，构建开放型世界经济，通过发展服务贸易、数字经济、电子商务等推动贸易创新增长，挖掘增长新动力以及促进贸易投资互动和可持续发展等内容进行讨论。

在全球贸易保护主义日益严重的大背景下，通过举办

进博会，不仅表明中国坚定支持贸易自由化和经济全球化的一贯立场，而且向全世界充分展示中国坚定不移扩大开放的决心和信心，有利于促进世界各国加强经贸交流合作，促进全球贸易和世界经济增长，推动开放型世界经济发展。通过举办进博会，可以进一步释放中国主要贸易伙伴的结构性、多元化和升级化的市场需求，共建发展利益多向共享机制，打造外国产品进入中国的绿色通道，拓展全球价值链、产业链和供应链的深度融合和嵌入关联，为构建人类命运共同体迈出坚定的步伐。

显示中国贸易战略转变的进博会包括国家展、企业展、经贸论坛三大板块内容，参展企业国别囊括 G20 所有成员国、“一带一路”大部分沿线国家。至截稿，其中两千八百多家企业参展，包括两百多家世界五百强企业。

进博会期间，展示产业状况、服务贸易、货物贸易、特色产品、投资旅游等内容，除此之外，还有大量相关配套活动将同步进行。包括国家贸易投资综合展和七大企业商业展，涉及范围覆盖智能及高端装备、汽车、电子数码、家电、服装服饰、日用消费品、食品、服务贸易等展区。

作为全球首个要求展品 100% 进口的大型博览会是中国政府坚定支持贸易自由化和经济全球化、主动向世界开放市场的重大举措，它将为发展开放型经济，构建人类命运共同体提供新型国际公共产品，为各国开展贸易、加强合作开辟新渠道，有利于推动开放型世界经济发展，促进全球经济和贸易共同繁荣。

不忘初心，世界携行，吸纳一流企业，引进一流产品，彰显扩大开放决心，让更多国家一起共享，中国成长所带来的这场国际型博览会，正在成为世界的新机遇。

让我们一起听听专家们对首届进博会的理解。

顾文硕：上海金 世界金

上海黄金交易所副总裁

在消费升级这股不可阻挡的时代洪流中，中国正以稳健步伐迈入一个充满无限可能的经济新纪元。此刻，进博会犹如一座横跨东西、联结南北的宏伟桥梁，不仅将海外的精品好物、卓越品牌与优质服务引入国内市场，满足消费者对美好生活的多元化需求，更成为中国经济与世界经济深度融合、互利共赢的重要纽带。这一盛举，深刻体现了国家经济转型与产业升级的战略远见，同时也为中国企业在全球贸易体系中寻找新机遇、拓展新空间提供了广阔舞台。

对企业经营者而言，进博会绝非旁观者的展示盛宴，而是洞察市场趋势、挖掘潜在商机、拓展商业版图的黄金机遇，也是提升国际竞争力的绝佳窗口。此番面对面的交流，让商业探讨更深入、具体且生动，这是一场智慧与灵感的碰撞。进博会的严格筛选机制，确保了展会的高品质与权威性，为参会者带来了一场视觉与思维的盛宴，提供了无限想象与实操的空间，激发了人们对未来生活的无限遐想与憧憬。这不仅是对“中国梦”的生动诠释，更是中国经济迈向高质量发展的有力见证。

回望金融市场四十年的辉煌历程，从证券、期货到外汇、黄金等金融工具的蓬勃发展，中国已然成为全球金融市场中一颗璀璨夺目的明珠，被誉为“新兴市场发展的典范”。这既是对中国金融市场所取得的举世瞩目成就的深情赞誉，也彰显了中国金融市场的开放与活力，更为未来人民币的可自由兑换、国内外市场的深度融合与广泛融资提供了无限可能。

进博会之于上海，是城市形象与品牌的蜕变与提升，更是为上海这座国际大都市赋予了新的历史使命与时代担当，使其成为全球商业交流与合作的重要枢纽。通过这个平台，上海尽展风华、广纳百川、促进发展，为中国参与全球互动与合作提供了新的契机。随着改革开放步伐的不断加快，黄金市场在上海自贸区设立的“黄金国际板”犹如一扇敞开的大门，将中国黄金市场推向了更加广阔的开放舞台，标志着中国黄金市场正加速驶向全面开放的蓝海。黄金生产、消费、流通的市场化进程，是中国黄金市场开放的鲜明标志。2017 年，上海黄金交易所跃居世界黄金场内交易全球第二位，它的崛起，更是彰显了中国在全球黄金市场中的重要地位。

金融市场的稳定与安全，离不开创新与风险控制的双重考量。近年，上海黄金交易所与“一带一路”沿线国家及地区的黄金市场进行全方位对接，有多国希望借鉴中国的金融市场模式。此次我们借助进博会这一国际性的盛会，能够发掘更多的合作机遇，与各国携手共进，推动金融市场的协同发展，实现更深层次的融合。

而要使进博会的内涵更加丰富、更具深度，还需从多个层面进行拓展。首先，应强化全民参与意识和深度融入，让更多人了解并沉浸其中。通过举办丰富多彩的配套活动，提升公众对进博会的认知度与参与度。其次，注重品牌建设与文化传播，通过展示中华优秀传统文化与现代创新成果，提升中国品牌的国际影响力与美誉度。同时，加强与国际知名品牌的合作与交流，共同推动全球商业文化的繁荣发展。成交与合同的签订固然是衡量成果的重要指标，但中国形象品牌的树立与未来布局的深远规划同样不可或缺。我们应以更加开放包容的姿态、更加深邃的国际视野深度融合，厚积薄发，推动中国经济实现新的飞跃与跨越。

在黄金产业领域，进博会更是起到了积极有效的推动作用。在上海黄金交易所的会员单位中主要来自黄金开采和首饰加工等实体企业，诸如中国黄金、周大福、老凤祥等，纷纷参展交流，学习世界级首饰品牌的设计理念与精湛工艺，提升自身实力与竞争力。我曾向国内的黄金首饰加工企业了解与国际品牌的差异和对比得知：在工艺制作上，我们已具备一定优势，无论是在 3D 打印还是模具制作上。所以众多国际大牌还会把加工贸易放在中国深圳等地。但在设计上，国际大牌有着强烈的风格魅力，更能满足广大消费者、特别是年轻消费者的需求。

通过进博会，我们得以第一时间与国际市场无缝对接，并注重进博会的可持续发展与长期效益，用市场优势吸引全球产品进入中国，充分发挥全球产业链一体化的强大作用。在进博会现场，国际珠宝产业馆的设立，吸引了众多参展商的目光，学习、交流、交易与销售都达到了极大的收获。为我国黄金市场的繁荣奠定了坚实的基础，也为成交额的增加增添了浓墨重彩的一笔。同时，黄金矿业企业也通过进博会与"一带一路"沿线国家展开合作，共同开采矿产，加速国际化进程，共同推动全球商业合作与经济发展的繁荣与进步。

进博会不仅是一场盛大的商业盛宴、一次深度的国际交流，更是中国经济转型升级、走向世界的重要里程碑。让我们以更加开放、包容、创新的姿态迎接这一盛会。通过不断丰富其内涵与深度，使进博会成为推动全球商业合作与经济发展的强大引擎。

蔡友铭：要勇于承担责任

上海市农业科学院院长

进博会是中国改革开放四十年成果让世界分享的平台，也是“一带一路”人类命运共同体建设的桥梁。是中国企业向国际化进军的又一次历史性机遇，它有利于实现中国在国际范围内资源的优化配置。许多世界各地的产品汇聚进博会，既有各类科技工业产品，又有各种健康食用产品等，这也必将涉及海关通关、贸易壁垒等管理问题。相关部门只要管理跟上，与会招展企业提出的绝大多数看似突破常规的做法，实际上是“风险可控”的，应该进行探索，但后期对“可能在操作环节出现的问题”评估要跟进，为下一届博览会积累经验，更为我国自贸试验区改革提供试金石。

许立元：海关创举　协同发展

上海海关现场业务一处处长

按照国务院要求，要实现整体通关时间压缩 1/3 的目标。经过测算，货物进出上海海关平均耗时 109.47 小时，其中在海关环节耗时 10.8 小时，因此提高货物通关效率关键在于压缩申报前的时间长度。为此海关积极与各部门联系，调动全部口岸，向所有相关部门发送“耗时清单”，督促压缩各环节时间。截至发稿，整体通关时间已压缩至66.68小时，已完成压缩时间39.1%，接下来还将继续努力提效。此外，关、检合并后，86种许可证减少为56种，也提高了效率。

对接进博会，海关尝试的创新举措：

一是进口展览品“护照”，即记录展览品的“ATA”账册的有效期由常规的半年首次延长至一年。有利于海外参展商在进博会结束后继续利用进境展览品在中国拓展市场，进一步扩大进博会后续效应。

二是参展物品可以转变成进口货物。改变参展物品必须在展会中售出或在展后立即“出境”的命运，可以流转到海关特殊监管区域或保税监管场所，变身成为保税货物，然后继续等待有心人慧眼识珠。这一政策也完全突破了海关保税仓库的保税展示交易功能。

三是报关预包装食品可免予加贴中文标签。为方便参展进博会的报关食品企业进行市场推广，参展商只需在展品旁以中文注明品名、保质期、食用方法和禁忌等信息即可参展。这也是海关对进入博览会用于试吃、促销、品尝的预包装食品在提前进行风险评估的基础上，方便观众根据个人情况做出选择判断而给予的便利措施。

建议积极争取国家政策支持，把为期6天的进博会上的特殊优惠政策尽可能多地保留，形成365天的溢出效应，要有决心把展示区、保税店建起来、留下来。建议上海市黄浦区规划保税展示交易场所，把短期会展变为常设展示交易，减少中间环节，降低成本，刺激大众消费。

王卓怀：国际视野　深度融合

上海银监局自贸区银行业务监管处处长

建议围绕“上海市进一步对外开放 100 条”，继续加大配套政策落地，创新营商环境改善。明确向外资开放的领域、机构、业务和相关操作细则、对接部门与联络方式等，为外国投资者进入提供具体政策指引。比如，明确拟引进外资或提高外资持股比例的地方金融机构名单；研究扩大对外开放的金融业务领域与具体标准，如地方政府债券承销、涉众性代收代付业务等；指定具体出台和对接落地引进外资政策与相关事宜的政府机构与负责人。除保税区，建议在中心城区、繁华商业地段增设进出口商品展示中心，扩大我国进出口商品对境内、外居民的影响力，促进在沪游客消费，强化上海作为全国特别是长三角地区的贸易中心的地位，扩大“上海购物”效应，进一步提升消费行业对上海本地经济的贡献度；加大对国际高级经营管理人才的吸引力，不仅要改善其在入境、住房、医疗、教育等方面的生活便利，提升上海的宜居性，而且要为其参与城市治理提供更多的空间与平台，邀请参政议政，进一步改善其“国民政治待遇”，提升其上海归属感，增强其参与上海建设的积极性和主动性。

高荣：加大金融对外开放力度

恒河融资租赁（上海）有限公司董事长

根据与企业和金融机构打交道的多年经验，上海应继续加大金融对外开放的力度。

一、关于扩大金融开放方面。上海自从 2014 年设立自贸区以来，成功经验不断被复制，上海要加大将自贸区与上海金融中心建设挂钩的力度。上海也可以与其他地区联动，给予外资金融机构更多的资源和政策，以公平的待遇引进参与经营、参与管理，获得更大的开放、更多经营上的经验。其间，虽然存在内控和外控的风险，但是引进外资金融，与内地同行业良性竞争，才能更好地打开产能。同时，以制度、法律先行，保护权益，以保障来稳定。

二、关于上海制造方面将资金落到实体经济的问题。当融资租赁遇到瓶颈时，如何转型升级？上海制造，围绕科创建设还是围绕成果研发？如果围绕科创、围绕转型升级，就要考虑标准，考虑吸引高端的技术人才，引导性地发现优质机构。所以建议酝酿支撑的土壤，扎实地投入科创行业和研发机构，这才是可持续发展的强劲动力之一。

三、关于优化营商环境的思考。企业打交道较多的部门是工商和税务，有时问题不仅在于市场努力与否、积极与否，更在于制度等方面是否制定得完善、详细、到位。只有不断加强营商环境建设，才能促进企业加速发展。

打好“保障”战，喜迎进博会，为此我特邀相关专家，为本专题就“青浦区配套保障服务”进行记录和剖析：

蔡双琪：青浦区配套保障服务记略

上海市青浦区白鹤镇人大主席、
中共上海市青浦区委大调研办公室专班负责人

上海市青浦区安排建设与整治项目 66 个，包括交通工程、电力工程、水务工程、绿化工程、区域综合管理、区域能源建设、信息化工程、社会安全保障八大领域，为构筑新时代上海发展战略优势，打响上海服务品牌，书写青浦城市名片，全方位为进博会提供配套保障。至截稿，总投资五十余亿元的八大类66项配套建设与环境整治的保障项目已全部完工。

营商环境：全新升级　量身定制

青浦区为本次进博会专门量身定制了招商方案，根据进博会各参展商、采购商、专业观众不同的特点，针对性地度身定制专项政策，对海内外贸易类非营利性组织或机构、国内外商贸类企业，以及功能性服务平台等提供帮助，在开办、租赁用房和经营活动等方面提供支持，努力促进"展品"变"商品"。截至2018年9月底，青浦区已推进招商项目千余户，其中落户项目便有679户。西虹桥商务区内特种设备使用单位共101户，其中国家会展中心场馆内现有特种设备共计412台。

目前，青浦区正重点推进海外贸易平台两大类平台建设。其中，青浦区重点建设项目为进博会功能型服务海外贸易组织办公平台和"6天+365天"常年展示交易平台两大类平台建设。这将为海内外贸易机构、组织、重点企业等提供空间支持、公共配套便利和综合资讯服务。其中已有四家专业服务平台落户青浦区，包括东浩兰生"一带一路"进口商品展销中心、青浦区跨境电子商务保税展示贸易物流中心、西郊国际农产品交易中心和绿地全球商品贸易港。

交通建设：公路优化　停车配套

在交通配套建设方面，青浦区聚焦国家会展中心核心区及周边区域，一手抓公交线路优化，一手抓停车位配套服务。截至2018年9月底，进博会区域内12条道路已完成路面整修，23条道路进行了立面整治。沪青平公路、崧泽大道等8条道路共18.38公里的架空线全面入地，诸光路、盈港东路等4条道路完成了多杆合一的合杆整治。为增加公交运能，方便市民出行，2018年8月1日已顺利实施徐泾东公交枢纽搬迁，原址改建为P1停车场。考虑到方便公交换乘轨交2号线，就近在蟠秀路设置上下客站，缩短步行距离近四百米。进博会期间，15条公交线路增能10%，增加配车15辆；2条连接轨交9号线的公交线路增能20%，增加配车5辆，总计增加配车20辆。同时增设短驳车线路，落实进博会服务“最后一公里”。共新开设4条接驳公交线路，配车50辆，并专门设立应急保障线路1条，一级预备车辆10辆。目前会恒路有非机动车停车位1200个，日均占位率60%左右，该停车点基本满足现阶段非机动车接驳轨交2号线的停放需求。假如非机动车停放不能满足需求，青浦区已提前谋划考虑在兰沃普地块最南侧靠近会恒路划出6.5米距离，用作非机动车停放，可停放非机动车600辆。

与此同时，配套停车场也随之进行扩容工程。截至目前，已落实11个外部专用停车场，共计折合小车泊位一万余个，另外备有应急公交车辆40辆、部分酒店巴士和订制巴士。

环境建设：绿化提升　五乱治理

针对市容环境治理方面，青浦对照“最高标准、最好水平”，对国家会展中心周边一公里核心区实施景观提升计划，治理难题顽症，实行精细管理。对徐泾地区21条道路市容环境进行综合整治提升，重点改造沿街立面，规范户外招牌设置，开展绿化整治，深化无序设摊管控和“五乱”治理，优化空间视觉，逐步实现绿化养护、环卫保洁无缝衔接。

陈怡欢：食品安全，摸排清理 6 个 100%

上海市青浦区市场监管局属地所西虹桥地区市场监督管理所所长

食品安全问题则由青浦区市场监管局属地所西虹桥地区市场监督管理所全力以赴，在采访中所长陈怡欢向我们介绍：属地所辖区内共有各类市场主体 4316 户，食品经营单位共计 472 户，国家会展中心场馆内则现有食品经营单位共计 75 户。西虹桥地区市场监督管理所每年针对食品安全检测数量达一千五百余件，检查频率达一千余户每次，确保了百余万参展人员的就餐安全。

这些数字的背后是监管三组干部们始终坚守的责任担当与保障使命。在这个团队中，组长孙成，一名“90 后”，年龄不大、参加工作时间也不长，却有着与其年龄、工龄不相符的成熟与老到，他熟练掌握国家会展中心七十余户食品经营单位的分布情况及经营情况，在与当事人打交道时，总能一针见血地指出当事人在经营中存在的问题，并能指导其该如何改进、制定每日监管报表，汇报保障情况，为领导对进博会保障全局掌控、科学决策提供有力支撑。专家能手的成长也并不全是岁月的累积，也有自我修炼和参悟。当同事对孙成的工作表示肯定与赞赏的时候，他总是摆摆手，轻描淡写一句：“这个真没啥，我只是一颗螺丝钉，为进博会的保障做好本职工作而已。”

市场监督管理的重点整治对象为无证、无照食品经营户，为了进博会的正常开展，监管组实施错时执法与双休日加班，对商户进行彻底排摸，上半年整治了国家会展中心周边无证食品经营户共计 178 户，为进博会食品安全保驾护航。同时，监管组执行“6 个 100%”工作计划，涉及“放心餐厅”、“放心食堂”、“守信超市”、“食品追溯”、“食品安全责任险”、“明厨亮灶”等六方面，经过监管三组的不懈努力，“6 个 100%”工作基本完成。向全国乃至全世界展示上海食品监管水平。

根据市、区、局关于做好进博会服务保障工作的有关要求，青浦区充分发挥市场监管优势，以多层次的综合管理为基础，落实有力的配套保障措施，为首届进博会的顺利召开打下坚实基础。

（发表于《上海画报》杂志 2018 年 11 月刊）

2019年上海“两会”声音（节选）

金江波：讲好故事的公共艺术

政协上海市第十三届委员会常务委员、
上海大学上海美术学院副院长、
中华艺术宫副馆长

“公共艺术是一座城市的精神财富，表达了当地的身份特征与文化价值观。公共艺术是融公共性、在地性和艺术性为统一的艺术，真正好的公共艺术，一定是代表在地市民的利益，一定能体现公众参与的智慧，一定能用艺术讲好故事的作品。”政协上海市第十三届委员会常务委员金江波说。

按照《中共上海市委关于面向全球面向未来提升上海城市能级和核心竞争力的意见》，到2035年，要把上海基本建成与我国综合国力和国际地位相匹配的卓越全球城市，令人向往的创新之城、人文之城、生态之城，具有世界影响力的社会主义现代化国际大都市，具有全球影响力世界级城市群的核心引领城市。但目前从上海城市公共文化发展状况来看，金江波认为仍面临一些短板。在实现加快建设“五个中心”和全力打响“四个品牌”的重要进程中，如何更好地树立“上海文化”品牌，仍存在市民理解不足、参与积极性不高等问题。作为国内极具代表性的国际化城市，如何在全球化浪潮中将上海文化精神发扬光大，实现“城市，让生活更美好”的美好愿景，已成为提升城市能级和核心竞争力的主要问题。

为此，金江波建议：加强公共艺术相关法规制度的设计与制定，组建“城市公共艺术管理促进中心”，研究制定符合每个区域的公共艺术政策法规，并对相关区域的公共艺术建设进行管理和推动。“中心”可下设公共艺术建设指导委员会，由政府、企业、高校、市民代表四方联合组成，形成轮换制度。他说：“艺术工作者不但要接纳相关意见，还需随时关注民众的公共文化建设建议。”在公共艺术项目中，金江波认为，艺术家应以城市文化氛围、历史背景为出发点设定方案框架结构，将合理因素加以充分发挥，通过艺术手段将文化资源转换为别具匠心的优秀公共艺术作品。

金江波还建议，成立公共艺术资料和数据中心，记载城市文化与公共艺术记忆。资料库可包括公共艺术计划的地图、赞助商及艺术家的方案、艺术家资料、艺术作品创作手稿、影音资料、市民及多方参与论证的资料和相关信息，以及其他国际资料库的链接等。

普及公共艺术教育，加强公共艺术的社会宣传。金江波说：“一方面，将城市艺术资源合理引入高校公共艺术教育，激发、唤醒学生对于传统文化的热情，并将人文知识融入社会实践中，推进现有高校的公共艺术专业与城市建设与社区治理的联动；另一方面，建立亲民的公共艺术网站推广上海公共艺术项目加强上海公共文化的社会宣传，探索多元化的参与模式，培养市民的主人翁意识。”

他最后建议："要拓展国际合作，加强国际艺术智慧智库服务上海城市能级提升。"

杨德钧：如何保证改造后还有人住

政协上海市第十二届、第十三届委员会委员，
民革上海市委常委，
交通银行博物馆馆长

上海的优秀历史建筑是上海城市文化体现和传承的重要载体，更是上海的重要名片的理念已然成为共识，中共上海市委、市政府都十分重视对本市历史建筑的保护，尤其是优秀历史建筑，从"拆、改、留"，到"留、改、拆"，这无疑给本市历史建筑的保护构筑了一道政策、法规的防火墙。但是，保护历史建筑不是一蹴而就的，是一项长期、复杂、艰苦的工作，需要在实践中不断探索，不断完善，不断提升。

杨德钧委员经过实际调研发现，目前上海市历史优秀建筑保护中尚存在一些问题：一是对普通历史建筑和优秀历史建筑的标准不够明确，也没有一个真正的权威机构对此进行认定，这就造成了保护措施、力度和有限资源没有完全用到点子上和关键处；二是对一些已经修缮并有限开放的优秀历史建筑，在修缮中"改造"过多或画蛇添足的现象仍然存在，让人看到的不是"庐山真面目"，尤其对年轻一代，或没有使用过优秀历史建筑经历的人们，会造成感觉与认识上的误导；三是对承担历史建筑修缮的施工队伍缺乏科学有效的资质认定，因此，会造成"修缮"即是再破坏的尴尬后果，拆了不该拆的，装了不该装的；四是对一些优秀历史古代建筑修缮并

对公众开放，业主方为增加可看性，还原一些当年主人的生活场景，是一件好事，但是往往没有对历史进行必要的考证，如：在上海某区的明代名臣的住宅里，让明代的人用清式的家具等。

为此杨德钧委员建议：一是建立一个由政府牵头的，有各方权威专家（包括教授、学者以及社会专家）组成机构，对历史建筑进行评估、决定：是留、是改还是拆。尤其是对具有代表意义的各个时代，各种风格的优秀历史建筑进行认定，给予政策上的支持与保障。二是对留和改的建筑如何科学修缮和利用，要重点下功夫。一般的历史建筑应当以风貌保护为主，有利于延长其寿命和更科学地利用为重点的修缮。而对一些确定为优秀历史建筑的，尤其是标志性的优秀历史建筑，应遵循“修旧如旧”的原则，认真研究后再动手修缮保护。由于多数具有代表性的优秀历史建筑往往都是私人订制，既有一般优秀建筑的共性，又具有其个性和特色，一个门把手、一扇窗和一扇门都有深厚内涵。因此，对此类房屋的修缮要慎之又慎。三是建立一套比较完整，具有可操作性的历史建筑修缮流程和规范制度，根据不同的历史建筑制定不同的维护方式和维护周期。而且，对不同等级和用途的历史建筑要分类修缮，对破坏性修缮要有处罚，尤其对设计、施工单位要设门槛、立资质，以最大限度防止在修缮中的次生破坏，并建立一支具有老建筑修缮的专业队伍，通过对历史老建筑的修缮，积累经验，提高水平。对优秀历史建筑的修缮，施工前一定要慎之又慎，要先报方案，批准后再动工，要科学对待修缮时间问题。四是对拟开放公众参观的优秀历史建筑的陈设，要尊重历史，多作调研。传承文化，不能凭想象，避免对公众产生误导。用复制品替代原件是可以的，但要符合时代特征和建筑特点，让公众通过对优秀历史建筑的参观，了解和感受真正的优秀历史文化。

（发表于《上海画报》公众号 2019 年 1 月 31 日）

上海：下一个硅谷？

专访华东师范大学城市与区域科学学院院长杜德斌

国产大型客机“C919”于2017年5月5日在上海浦东国际机场首飞成功，中国首款遵循国际主流适航标准及国际市场运营标准研发的干线民用飞机，其潜在市场规模超万亿元人民币。作为现代高新技术的高度集成，从1970年“运十”项目的启动，至2007年中国决定实施航空工业体制改革，立项研发“C919”，中国民用航空工业经历曲折而艰辛的发展历程。“C919”成功首飞的时刻，承载了几代中国民机人的拼搏与梦想，更预示着中国民航高新技术领域将减少对国外进口的依赖，自主研发能力持续增强。它作为科技创新的成果，也彰显了自主创新的力量，由此引发科创思考。

在中共上海市第十一次党代会上，上海市委书记韩正指出，未来五年，上海将大力实施创新驱动发展战略，加快科技创新中心（以下简称“科创中心”）建设，将着力在上海市浦东新区张江打造世界级科技创新中心的创新增长极。科创中心不仅是国家综合实力的核心支撑，更是上海实现自身发展的迫切需求。尽管上海在建设科创中心方面拥有综合性优势，但也存在创新引擎企业缺乏、科技创新统筹协调能力不足，以及创新资源配置不合理等挑战。

那么，科创中心的形成究竟需要哪些关键要素？上海的优势和短板在哪？应如何持续推进科创中心建设？围绕这些问题，我们专访了华东师范大学城市与区域科学学院院长杜德斌，他如是说……

科创中心是国家综合实力的核心依托

科创中心是一种全新的城市形态，其经济活动内容和发展方式与其他城市截然不同，是一个以科学研究和技术创新为主导功能，并融合了先进制造、文化创意、教育、金融等多种功能的城市。创新如同“钉子”般，一个国家的科技创新，是依赖于少数具有全球影响力的科创中心城市。这些城市通常是其所在国家科技创新发展和科技综合实力的核心支撑。例如，硅谷以不到美国1%的人口创造了全美12%的专利产出，吸引了全美超过40%和全球14%的风险投资；美国纽约、英国伦敦、日本东京等城市也以其强大的创新能力和资源集聚效应，在全球科技创新版图中占据重要地位。

中国目前正面临缺少区域创新龙头和具有全球影响力的科技创新中心的短板。要成为全球科技强国，中国必须拥有引领世界的科技创新能力。全球科创中心崛起，关键在于构建成熟、完善的区域创新网络，从而激发内在发展潜力，不断提升科技创新的整体发展质量。随着科技全球化的深入发展，创新资源的全球流动日益加速，正呈现出系统性东移的历史洪流。市场是决定资源配置的最终力量，作为世界经济增长发动机的跨国公司，其全球经营网络和空间转移轨迹往往昭示了世界科技中心的兴衰趋势。新世纪以来，跨国公司纷纷来华设立研发机构和开展创新活动。

中国凭借自身市场规模优势和位居东亚核心地带的地理位置优势，正逐步成为全球创新资源的聚集地。作为中国经济的重要中心城市，上海要以舍我其谁的精神气概，加快建设具有全球影响力的科创中心。

上海的短板在哪

上海，这座我国最大的综合性经济中心城市之一，建设全球科技创新中心既是国家战略所需，亦是上海自身创新转型发展的内在要求。凭借其雄厚的产业和技术实力，上海无疑具备成为全球科技创新中心的潜力。上海具有科技创新的综合性优势，拥有大量的跨国公司和产业基础研究，并已建成上海光源、国家蛋白质科学研究设施、生物样本库等具有国际影响力的重大科研基础设施。但上海也存在不少短板和最核心的问题，缺乏本土创新“引擎”企业是其中之一。

纵观世界著名科技创新中心的发展历程，这些中心都是靠一批具有全球影响力的企业支撑起来的。这些企业如同全球科技创新中心形成的发动机，因此被称为“引擎”企业。出现一批具有国际知名度和行业控制力的创新“引擎”企业，是一个具有全球影响力科技创新中心形成的主要标志。以硅谷为例，培育了惠普、英特尔、苹果、谷歌、推特、脸书等一大批世界级科技创新龙头企业。同样，日本东京也培育了本田、丰田、三菱、索尼、日立、佳能、NEC、富士等国际知名企业。

科技创新，研发资金的投入至关重要。谁来投资研发？从世界各国的实践来看，企业始终是研发投入的主体。尤其那些少数的创新“引擎”企业，它们的研发投入往往占据了各国研发投入的绝大部分。以硅谷为例，2013 年，其销售额是前 150 家科技企业的研发支出总额，几乎相当于同年中国研发总投入的一半，更是上海全市研发投入的数倍之多。

创新“引擎”企业也是城市创新产出的主要贡献者。创新产出包括市场利润、销售收入等经济性产出和专利等科技性产出。以专利为例，2013年，英特尔、惠普、谷歌、苹果等四家公司的PCT专利申请量均在五百项以上，其中英特尔一千八百多项。这四家公司的PCT专利产出占硅谷专利产出的30%，其中英特尔即占15%。

创新“引擎”企业还是城市创新集群的引领者。成功的企业就像“领头羊”一样，带动更多企业的跟进和创新，从而在一定地域空间内形成创新企业密集的群落。硅谷是世界上创新生态发育最成熟、创新集群最具多样性的地区之一，从20世纪50年代至今，硅谷地区经历了数次大的技术变革，而每一次技术变革都会导致该地区新的创新集群的形成，在每一次的变革过程中，都会孕育新的“引擎”企业，成为新的产业发展的引领者。在20世纪70年代，正是由于英特尔、AMD这些引领世界信息科技潮流的全球性公司的出现，带动了硅谷成为全球半导体的创新与生产中心。20世纪80年代，以苹果公司为龙头的个人电脑产业在此阶段取得爆炸式增长，计算机产业取代半导体产业成为硅谷当时的主导创新产业集群。20世纪90年代，网景、思科、雅虎、谷歌等一批网络公司的诞生，使硅谷成为世界互联网产业的集聚地，并引领世界进入互联网时代。进入新世纪，推特、脸书等一批移动互联网企业成为新的时代弄潮儿，带动了全球社交媒体时代的到来。金融危机以来，硅谷产业再次迎来升级与转型，致力于打造以绿色经济为核心的“绿色之谷”，特斯拉这个新能源汽车领域的先锋，正在带来硅谷地区新一轮的产业变革和新的创新产业集群的兴起。

对照全球典型的科创中心城市，甚至与国内的深圳、北京等城市相比，上海在本土创新“引擎”企业的培育方面还有提升空间。虽然上海以其独特的综合优势成为跨国公司全球研发网络的重要枢纽，但本土企业的创新能力却整体不高。目前，深圳有华为、中兴、腾讯，北京有联想、小米，杭州有阿里巴巴等国内外知名创新型企业，而上海则尚未形成行业性创新龙头企业。在“2014年中国互联网企业十强”中，上海竟无一席之地。而排名前十的企业，北京有百度、京东、搜狐、奇虎、360、小米科技和网易，深圳有腾讯，杭州有阿里巴巴，南京有苏宁。从企业研发投入来看，上海似乎还没有一家年研发投入超过一百亿元的企业，而华为的年研发投入已超过六百亿元，相当于上海全部企业一年的研发投入。因此，缺乏本土创新“引擎”企业已成为制约上海建设具有全球影响力科技创新中心的最大短板之一。

创新“引擎”企业对全球科技创新中心的形成至关重要，但是任何“引擎”企业都是由新创企业或小微企业成长起来的。企业的成长需要有孵化、培育和发展的过程。创立于1939年的惠普公司，最初只是一家员工只有三人的“车库”企业。创立于1976年的苹果公司，最初是由乔布斯和他的两位朋友从他父亲的车库中发展起来的。创立于1998年的谷歌公司，是其创始人拉里佩奇和谢尔盖布林借用朋友的车库发展起来的。深圳的华为、杭州的阿里巴巴等国内著名科技创新企业，也都是从十个人的企业发展起来的。

上海要如何做

全球科创中心的组成结构有三层：第一层，人才，核心要素与最高驱动力。人才是全球科创中心的核心驱动力，是推动社会进步的主体。上海要打造全球科创中心，需要人才，尤其是发掘与激励各类奇才。特别是那些有创新思维和独特才能的人才。大学作为培养人才的主阵地，为企业输送高质量人才，孵化科技企业。大学与企业联动，构建联合研究机构，深化产学研合作，提高研发效率，实现科技成果的高效转化。

从全球知名科技创新中心的发展经验来看，世界一流大学是其发展的知识源头。建设世界一流大学，提高大学的原始创新能力和科研成果质量，从而孵育出一流人才。此外，科研成果的质量是转化的关键。当所有阻碍科技成果转化的障碍都被清除，渠道被疏通，为何科技成果专利转化率还是那么低？中国的高校科研经费构成里有 35% 来自企业，而高校做专利项目基本与企业、社会需求脱节。学校申请专利一般有奖励，而教师评职称以有否专利作为参考。曾有一项调查显示，有商业转化力价值的专利仅 5%。提高科研成果的质量，要在政策导向上进行调整。提高转化率的关键，应从最先一公里抓起。

第二层，主体层次，包括大学、企业与政府的协同驱动。全球科创中心的形成需要若干世界一流大学的支撑，需要一批创新“引擎”企业的引领，需要政府推动，营造有利于科技创新的政策环境。技术创新的主体是企业。支撑具有全球影响力的科技创新中心，必须培养若干具有全球影响力的企业。硅谷靠企业，培养出了谷歌、苹果、惠普等全球性的科技创新龙头企业。这些企业通过技术创新，推动产业升级，提高国际竞争力。

第三层，支撑层次，创新环境要素的优化。创新环境要素包括多方面，其中最主要的四要素是创新文化、风险资本市场、创新基础设施、专业性服务。创新环境要素构成了整座城市和区域创新活动的背景，其中，包容、开放的创新文化与科技创新活动是“鱼水关系”，健全的风险资本市场是全球科创中心形成的重要标志之一，创新基础设施不仅为科技创新活动提供必要的物质条件，且能通过人才汇聚效应推动全球科创中心的形成和发展。

包容性就是城市文化的开放度，对外来文化的宽容。它像创新的土壤。包容性的创新文化具有推崇创业、宽容失败、鼓励冒险的价值观。硅谷之所以成为全球创新之都，很大程度上得益于其包容失败的商业文化。他们形成对失败的宽容机制“允许失败，但不允许不创新”、“要奖励敢于冒险的人，而不是惩罚那些因冒风险而失败的人”，他们鼓励创新者勇于尝试，直至成功。那么，由谁为失败买单，是风险投资机构和天使投资人。全球科创中心的形成有赖于风险资本市场的健康发育。硅谷之所以成为全球高新技术创业“圣地”，源于活跃的风险资本市场，硅谷以不到美国1% 的人口，吸引全美超过 40% 和全世界 20% 的风险投资，创造了全美 12% 的专利产出。另外，包容性的创新文化还体现在以人为本，尊重个性和个人选择上，如怪才、奇才等；还具有激励草根的精神，如“车库文化”，使知识精英在兼容并蓄的文化氛围中找到发挥才能的舞台。

下一个“硅谷”是谁

世界知名咨询公司毕马威预测：未来中国的上海有望挑战硅谷，有望成为硅谷后另一个全球技术创新中心。杜德斌认为，这既体现了世界对中国及上海未来发展的看好和期待，也彰显了上海具备发展成为世界级科创中心的潜力。然要实现这一目标，上海仍需走过漫长的征程。

根据 2040 城市总体规划（草案），到 2040 年将上海建设成为综合性的全球城市，涵盖国际经济、金融、贸易、航运、科创中心及国际文化大都市。那么，科创中心与原有的“四个中心”之间存在着怎样的关系？杜德斌解析：“科技创新中心”无疑是上海未来城市发展的核心驱动力，它犹如上海城市发展的“灵魂”和“牛鼻子”，对“四个中心”及整个城市发展具有引领作用。而其他中心的发展，应服务于科创中心的建设大局。

建设具有全球影响力的科创中心，需要妥善处理好科创中心与“四个中心”之间的关系。要将科技创新置于上海发展战略的核心位置，将科创中心作为城市发展的核心功能予以布局谋划，充分利用上海在历史中积淀和形成的综合经济、国际金融、国际贸易和国际航运等优势，为科技创新的持续繁荣提供有力支撑。同时，通过科技创新的持续繁荣，提升国际经济中心的内涵和质量，拓展国际金融中心的影响力，增强国际贸易中心的能级，巩固国际航运中心的优势地位，从而实现科创中心与“四个中心”之间的良性互动和协同发展。

众所周知，以制造业为代表的实体经济是一个国家和地区经济繁荣的基石，构建一个具有国际竞争力的产业体系，特别是实体经济体系是建设具有全球影响力科技创新中心的重要一环。上海建设有全球影响力科技创新中心，需要围绕产业链布局创新链，将科技创新真正落到产业发展上，以实体经济为依托推动科技创新，以科技创新推动实体经济，尤其是制造业的持续繁荣和强大。其中，大飞机和民用航空发动机等产业应该成为上海科技创新发

展的重点领域。如果中国的大飞机能从上海飞上蓝天，并最终能与 Airbus、Boeing 等巨头三分天下，那么上海就更有希望成为具有全球重要影响力的科创中心！

（杜德斌，华东师范大学人文地理学教授、博士生导师，地球科学学部副主任、城市与区域科学学院院长、教育部战略研究基地科技创新与发展战略研究中心主任、上海市软科学研究基地上海市美国创新与发展研究中心主任。）

（发表于《上海画报》杂志 2017 年 6 月刊）

开往春天的地铁里程诱惑（节选）

按照地铁建设规划，至2020年末，上海新增九条地铁新线总计里程超二百六十余公里，届时将形成总规模19条线路（其中12条穿越黄浦江）、总里程约八百公里、车站五百余座的庞大轨道交通路网。全网络日均客运量将达到1150万人次，占公共交通客运总量超过50%。上海中心城区未来每隔600米即设有一处地铁站，乘客的出行将更加便捷。

于是，我们邀请了相关专家进行访谈解读地铁奇迹与变迁。谈及未来轨道交通的发展趋势，上海申通地铁集团有限公司（以下简称“申通地铁”）相关负责人接受专访时说：“一方面将继续在已建成线路上深挖效能，提升列车运能，车辆不足的及时增购，用足用好现有线路；优化站厅软硬件环境设施，增设电子便民导向信息系统等。另一方面，针对轨道交通尚未触及或覆盖不足的区域，积极‘补短板’，加密并调整线路布局，力求在国际轨道交通领域占据领先地位。尽管这一目标充满挑战，但我们正全力以赴。为此，已特邀西班牙专家团队，在管理、维修及运营等多个领域为我们提供建设性指导。同时，我们正以国际标准为标杆，推动上海地铁走向世界，用数据说话，而非空泛的概念。如，在列车上线利用率方面，申通地铁当前已达到了约91%，未来将其提升至95%以上。”

地质难题下的地铁奇迹

2015年，上海地铁凭借617公里（含磁浮线29公里）的运营里程，再度稳居全国首位，北京以554公里紧随其后，至此，中国已有26座城市投入地铁运营。上海地铁车站数量增至366座（磁浮车站2座），换乘车站亦增至51座，这一成就标志着2005年6月25日由国家发改委批准的“上海城市轨道交通基本网络”已全面竣工。

一组与之相呼应的数据同样引人注目：据申通地铁媒体信息部副经理蓝添介绍，2016年3月11日，上海地铁网络日总客流量达1116.6万人次，相较于2015年12月31日创下的1083.3万人次纪录，增长了33.3万人次。其中，4号线客流量达96万人次、5号线17万人次、6号线47万人次、7号线89万人次、8号线110万人次、9号线97万人次、11号线83万人次、12号线61万人次、13号线37万人次，均创单线路的历史新高。

谁又能想到，曾经因土质松软、含水量高等因素而被国外专家断言“不可能建造地铁”的中国上海，如今在轨道交通建设上取得了辉煌成就。

申通地铁总体规划部副部长陈烨表示：“经过二十多年的发展，相关技术已有了显著提升，如注浆控制沉降技术、防水技术等。上海轨道交通建设的深度从最初的十五六米，发展至今新线路需穿越老线路，施工难度日益加大。如，13号线的淮海中路站，其深度达33米，相当于10层楼的高度。为避开1号线隧道，乘客需下行6层楼深才能到达地铁站台。‘十三五’期间的在建项目面临诸多难点：一是工程难度增大，深基坑车站增多，2016 年开工的车站中，开挖深度超过 25 米的有 18 个，最深的甚至达到了 33.5 米。车站和区间周边环境复杂，风险控制要求极高。二是交通疏解困难，涉及浦东大道、华山路、武宁路、金陵路、桂林路、民生路等多条主干道，部分路段如莲溪路、御青路、铜川路等实行封闭施工，加之北横通道等其他市政重大工程同时实施，交通压力骤增。三是多项工程叠加，轨交建设与多项市政重大工程同步进行，如江浦路隧道与 18 号线、东西通道与 14 号线等，施工难度加大。"

自 1993 年 5 月 28 日上海轨道交通 1 号线南段（徐家汇至锦江乐园）试运行以来，二十余年间，其背后的艰辛努力在不知不觉中深刻改变了人们的生活方式，颠覆了人们对距离的认知。从几公里到几分钟，人们开始用精准的时间来衡量地理距离，这不仅改写了商业价值，催生了地铁经济，还重写了城市格局，消除了"郊区孤岛"效应。对于许多人来说，每天的生活从轨道交通开始，在这里相遇又擦肩而过，留下了无数的故事，也铭刻了城市生活的痕迹。随之，一系列描绘地铁生活的电影、电视剧也应运而生，如《地下铁》《穿越时光的地铁》《开往春天的地铁》等。

穿越时光的地铁：驶向世界第一

2013 年 5 月 28 日，"上海地铁开通运营二十周年"纪念日。在这二十年间，上海地铁经历了飞速发展，其运营长度已然跃居世界第一。值得一提的是，由上海市隧道工程轨道交通设计研究院精心设计的上海地铁 10 号线（一期）工程，在 2015 年度荣获了享有"世界工程界诺贝尔组织"美誉的"FIDIC 优秀工程奖"，全球范围内仅 14 个项目获此殊荣。

追溯历史，我国首条地铁——北京地铁于 1971 年正式开通。该地铁项目自 1965 年 7 月 1 日动工，至 1969 年 10 月 1 日竣工，并经历了为期一个月的试运营。然而，由于初期线路供电方式存在缺陷，直至线路改造完成后，才于 1971 年 1 月 15 日重新投入运营，为城市生活注入了新的活力与气息。

受此鼓舞，上海地铁于 1990 年初拉开了建设的序幕。历经数载艰辛，于 1993 年迎来了第一条线路的开通。1995 年 4 月 10 日，上海地铁 1 号线全线通车庆典隆重举行。时任上海市市长徐匡迪表示，地铁 1 号线的投入运营对缓解上海市内交通拥挤的矛盾起到至关重要的作用。它不仅象征着上海正在逐步构建起一个现代化、立体化、大容量的城市综合交通网络系统，更预示着上海的城市现代化建设已迈入了一个全新的发展阶段。

地铁 1 号线工程无疑是上海开埠以来最为宏大的市政工程之一。从设计到施工，从质量到速度，它都堪称我国同类建设项目中的佼佼者。更为难能可贵的是，该项目在国际上首次实现了在第四纪软积黏质土层中建造地铁的重大技术突破。

隐秘蓝图：勾勒上海首条地铁

回溯至 19 世纪中叶，1863 年，当电力尚未在全球普及之时，英国伦敦开通了世界上首条地下铁路系统——“伦敦大都会铁路”。这条铁路采用蒸汽机车牵引，因机车排放的废气对人体有害，隧道内每隔一段距离便设有与地面相通的通风槽。至 1870 年，伦敦又开通了第一条钻挖式客运地铁，但遗憾的是，这条铁路在运营数个月后便因新建的伦敦塔桥分流了大部分客流量而停运。现存最早的钻挖式地铁则是 1890 年在伦敦开通的，它最初计划采用缆车推动方式，但最终选择了电力机车，成为世界上第一条电动地铁。

在英国的其他城市，利物浦市于1886年开通了穿越市中心、跨越默西河的地下铁路，并于1903年早于伦敦地铁实现了电气化，成为世界上第一条电气化的地下铁路。而在欧洲大陆，1896年奥匈帝国的布达佩斯开通了第一条地铁，全长5公里，设有11站，使用至今。法国的巴黎地铁则在1900年开通，其最初的法文名称"Chemin de Fer Métropolitain（法文直译'大都会铁路'）"直译自"Metropolitan Railway"，后简化为"métro"，这一名称也被许多其他城市的轨道系统所采用。

将目光转向中国的上海，其地铁的历史可追溯至20世纪50年代。1950年，苏联专家团访沪团长伏·希马柯夫和区域规划专家巴兰尼柯夫提出改善市中心交通，必要时延长淞沪铁道以及建设跨江隧道等建议，旨在平时解决交通问题，战时作为人防掩蔽。

1953年，苏联城市规划专家穆欣来到上海协助工作。在《上海规划总图》完成后，穆欣与时任上海市政府建设委员会副主任李干成在一个隐秘的房间内，紧锁房门、拉严窗帘，进行了极为秘密的讨论。李干成用铅笔在规划总图上轻轻勾勒出了两条地铁线路：一条是南北线南起徐家汇，经北火车站至吴淞；一条是东西线东起杨树浦（现杨浦滨江区域），经提篮桥、静安寺至中山公园。两条线在人民广场呈十字交叉。讨论结束后，李干成小心翼翼地擦去这两条铅笔线。这成为上海市领导对地铁线路的最初构想，而这两条线路在后来的地铁网络规划中一直作为骨干线路存在，即如今的地铁1号线和2号线。

1956年8月23日，上海市人民委员会市政建设交通办公室提出《上海市地下铁道初步规划（草案）》，这一文件后被喻为"上海地铁宣言”。随着1960年上海隧道工程局的成立，最早的地铁建设摸索和试验在浦东塘桥进行，于一片农田上建造了直径4.2米的盾构，推进了一百多米的隧道。而地铁隧道和车站的试验则选中了衡山公园，当时命名为“60工程”。虽然衡山公园车站和地下隧道因规模较小且太深而未能融入1号线建设，但它为后续的地铁建设奠定了基础。目前，衡山公园地下仍保留着这一人防设施。

1978年，党的“十一届三中全会”开启了改革开放的新篇章，上海加快了经济发展的步伐，基础设施的建设也紧随其后。在第七个五年计划期间，上海“海、陆、空”三大门户的道路交通得到显著改善。1988年底，穿越黄浦江底的第二条隧道——延安东路隧道建成，并于1989年5月通车。

1990年1月19日，国务院批准了上海地铁1号线的开工建设。该工程南起锦江乐园站，北至上海火车站站，全长16.21公里，设有13座车站（地面车站2座、地下车站11座），并在线路南端的新龙华设车辆段。作为国务院批准的地方项目，地铁1号线工程总预算为53.9亿元。其建设规模按高峰每小时单向通过能力6万人次设计，采用大容量电动客车，8节车辆编组，2分钟间隔运行。建设标准则参照20世纪80年代建成的中国香港和新加坡地铁模式，总体技术达到了20世纪80年代中期的国际水平。

在地铁1号线的建设过程中，曾有7台盾构同时向各个区间掘进。其中，徐家汇站是地铁1号线最大的地下站，也是实现南段按时开通的关键。在淮海中路下的黄陂南路、陕西南路、常熟路3座车站的施工中，建设者采用了“顶板以下逆作法”工艺，仅用11个月就完成了车站顶板和路面修复工作，将著名的繁华商业大街封路时间缩短了12个月，这一壮举被誉为上海地铁建设史上的“淮海战役”。三年后，这条曾被认为“不可能造”的地铁浮出了水面，如今的上海地铁已成为世界上规模最大的地铁网络之一。

一波三折：2 号线跨越黄浦江

在城市交通网络的发展中，第一条线路奠定了基调，而紧接着的第二条线路则常以其十字交叉的布局，形成一纵一横的交通网络。在上海地铁的发展历程中，2 号线与 1 号线的规划几乎是同步进行的，然而，真正鸣金开工却是在 1 号线全线通车之后。如今，2 号线已成为上海地铁中客流量最大的线路之一，但其最初的规划却并非今日所见之模样。

早在 20 世纪 50 年代至 70 年代，上海市地铁筹建处与市公用事业管理局曾对 109 万名市民进行了详尽的交通调查。结果显示，东西向的客流量位居首位，尤其是市中心与杨树浦路之间的客运量尤为庞大。因此，在多个地铁网络布局方案中，虽浦东的周家渡、塘桥、洋泾、杨高南路、高桥、川沙等地均被纳入规划，但东西线始终指向市西至市东的杨浦方向。最初，2 号线的规划是从西郊公园往杨浦区方向，并未考虑穿越浦东地区。而浦东地区的地铁线路则构想为一条半环线，由上海体育馆经浦东南路到人民广场，并设有两条支线：一条通往浦东塘桥至北蔡，另一条则连接陆家嘴经张杨路到庆宁寺。

然而，历史的进程总是充满变数。1990 年 4 月，中共中央、国务院做出开发开放浦东的重大决策。这一决策不仅改变了浦东的命运，更影响了上海乃至整个长江三角的发展。邓小平在南方和上海视察时，明确指出：“开发浦东，这个影响就大了，不只是浦东的问题，是关系上海发展的问题，是利用上海这个基地发展长江三角洲和长江流域的问题。抓紧浦东开发，不要动摇，一直到建成。”

正是在这一背景下，2号线过江的方案被正式提上日程，但过程却并非一帆风顺。最初，考虑从天津路过江，但由于道路狭窄、动迁量大及线路不直等因素，该方案被放弃。随后，计划走南京路地下，却又遭遇中百控股集团股份有限公司东楼正在建造、桩基已打下的困境。无奈之下，方案再次调整，微调为从新世界地下穿越南京路。然而，在外滩即将过江的前方，又遇到了天文台这一障碍。经过多次修改与讨论，最终将天文台进行平移，为2号线地下穿越创造条件。

从1995年12月28日，2号线工程浦东杨高南路站（现上海科技馆站）率先开工，到2000年6月11日，2号线一期工程建成通车，这条穿越黄浦江底的巨龙终于实现了浦江两岸快速交通的百年梦想。它不仅改善了上海的城市交通状况，更促进了浦西与浦东的联动发展，尤其是为浦东的开发开放注入了强大的动力。

2号线一期工程西起浦西的静安寺站，东至浦东的龙东路站（现称龙阳路站），后又向西延伸至中山公园站，浦江两岸各设6座车站。此后，2号线不断向东延伸，先至张江高科技站，再至浦东国际机场；向西则延伸至虹桥国际机场，并最终再向西延伸至徐泾东站。

如今，回望2号线路线的变迁历程，我们不禁感叹当初规划者的智慧与远见。1号线与2号线共同构成了新世纪上海城市地下轨道交通的纵横交叉构架，而2号线更是以其连接浦江两岸的重要快速交通干线地位，成为上海地铁网络中的一颗璀璨明珠。

从线到网的资源共享：崛起地铁经济

在20世纪90年代，闵行地区自筹部分资金将1号线从锦江乐园延伸至莘庄。尽管当时有反对者质疑这一决策的必要性，认为轨道交通投资巨大，是否值得如此大动干戈。然而时间证明了闵行区的远见卓识。得益于轨道交通的引入，闵行区的经济社会发展和城市化进程取得了显著进展。

继2号线之后，上海进入了第一轮地铁建设规划的高潮期。这一时期，轨交的建设不再局限于政府审批一条建设一条的模式，而是更加注重成网效益和换乘便利性。在“安全、快捷、大容量”的战略性决策指导下，上海对地铁线路、换乘和资源共享进行全局规划。在原有规划的基础上，最终形成2003年至2010年的第一轮建设规划，涵盖了从1号线到13号线，以及16号线在内的新建10个快速轨道交通项目。

在3号线（明珠线）和4号线（环线）的规划过程中，闵行区政府再次强烈要求将地铁引入闵行区。这一要求促成了5号线（莘闵线）的规划与实施。5号线的开通不仅方便了闵行地区市民的出行，还带动了沿线经济的快速崛起，为上海这座特大型国际大都市的整体和谐发展做出巨大贡献。

3号线作为上海地铁网络中唯一一条全高架站的轨道交通线路，其路线基本沿用了原铁路内环线的走向。它相当于连接了上海西边的半个环线，为地铁方提供了再造一条过江地铁、在浦东形成东半环的灵感。最终，通过接轨的方式，4号线被打造成了一条完整的环线。这一环线的形成，有效缓解了市中心换乘的压力，并为地铁网络的运营管理带来了更大的灵活性。

在2000年，上海针对轨道交通网络规划进行了征集活动，吸引了国内外多家专业机构参与。经综合评估，最终选定了一家法国公司提供的方案。但在实际实施过程中，根据上海的实际情况进行了优化调整。

随着2015年年底11号线罗山路到康新公路区段、12号线七莘路到曲阜路区段、13号线长寿路到世博大道区段的正式载客试运营，标志着上海地铁基本网络全面建成。这一网络的建成不仅提升了上海的交通便捷性，更为城市的经济发展和社会进步提供了强有力的支撑。

（发表于《上海画报》杂志2016年4月刊）

黄浦改革开放再出发（节选）

1978年，我国开启了改革开放的伟大征程，历经四十载春秋的中国改革开放增强了我国的经济实力、综合国力、全球影响力，促使我国经济社会发展步入一个崭新的时代，成长为世界重要的旅游目的地与客源国。四十年的改革开放同样改变了上海的经济社会发展面貌，2018年时间虽已过半，但它无疑是上海市黄浦区改革开放再出发的关键之年，黄浦区又将如何面向未来？在即将到来的“2018年上海旅游节”，黄浦区如何将“四大品牌”建设的行动方案和实践工作展现在世人面前？又是怎样把黄浦区的资源更好地与城市发展融合，为打造上海核心竞争力发挥更大作用？

看“黄浦最上海”精彩

专访上海市黄浦区旅游局局长刘以静

黄浦区，作为海派文化的摇篮、中国共产党的诞生地及中国民族工业的发祥地，具有丰富的商旅资源和历史文化遗存，都市旅游特征明显，每年吸引着数以亿计的国内外游客纷沓而至。黄浦区服务业优势明显，第三产业增加值占比已逾97%，其中商贸流通、文化创意、休闲旅游等产业构成了其经济发展的支柱。作为国际大都市上海中心城区，都市旅游的核心区域，黄浦区更是上海市首批国家全域旅游示范区创建单位之一（2016年入选），其在城市规划、建设和管理上，于实践中不断创新和提升。

历经改革开放四十年，黄浦区如何利用自身的资源优势，打造黄浦区全域旅游新标杆，创造更高品质生活体验？在公共旅游服务上又是如何体现出“上海服务”的高品质与高水准？此次，我有幸对上海市黄浦区旅游局局长刘以静进行了深入访谈。

精细化管理　商业转型升级

目前，我们需要突破的是现代化的管理手段。近两年来，旅游局积极开展创建工作，深入探索黄浦区发展全域旅游的路径和模式，并在实践中，探究出一套针对开放式旅游地标（景区）的创新型管理模式。黄浦区对标国际高标准，通过完善旅游公共服务三大体系——旅游咨询服务、旅游交通服务、旅游厕所服务体系，提升旅游公共服务能级、打响“上海服务、上海制造、上海购物、上海文化”品牌。

让游人有安心、放心的消费环境，黄浦区历来重视城市精细化管理的探索和实践。在游客人数众多的外滩、人民广场、南京东路步行街、豫园、田子坊、新天地等景区，黄浦区先后成立了六个处级单位的景区管理办公室，形成了以外滩风景办为代表的区级政府授权直属管理与田子坊管理办为代表的街道属地化管理模式，将旅游行政管理与服务从条线扩大成块状，进行全区域覆盖。统一协调与使用行政与执法资源，聚焦景城一体，集成管理，深度服务，进行管理模式的探索与创新。风景办充分整合各条线、部门资源，有效、高效地开展综合治理，发现问题早、信息收集快、整合力度大、处理问题及时，很多开放式风景区的疑难杂症得以迎刃而解。如，外滩出租车拒载问题，通过多部门联合执法，采取人防 + 技防，相关问题投诉明显下降。如，田子坊风景办成立全市第一支弄堂消防队，由退役军人经专业培训后上岗，配备小型消防车。

黄浦区是个商业发达地区，拥有众多老字号品牌。如何研制出“最上海伴手礼”，是“上海购物”的一个重要的突破点。同时，黄浦区以商旅为主，区内设有二十多个退税点。这时你或许有疑问，近两年黄浦区在加大商业转型升级时的方向是什么？为此，黄浦区旅游局正在研究景区点最受欢迎的新消费趋势。比如服务领先的淮海中路上有什么？消费者喜欢看什么？淮海中路的阿迪达斯和自家门口的阿迪达斯有什么不同？到黄浦区怎么消费？进店后，消费者能享受什么样的服务等。又比如，连卡福，VIP 全年消费满规定数额以上，可以享受一通电话搞定事的服务。比如，老码头有生活品质感的服务特色。另外，奢侈品售卖与生产国同价。旅游文化带动消费体验，购物影响上海制造。怎样将黄浦区资源变得更为灵动，这就是黄浦区做全域旅游的方向之一。

2018 年，黄浦区将重点打造黄浦外滩滨江示范段，曾经的城市记忆，如今的“商旅文生活秀”体验综合体，重现风貌，重塑功能，预计在第一届中国国际进口博览会之前全部完成。黄浦滨江，夜上海也将成为上海未来的品牌、标志。

产融结合　驱动产业能级跃升

产业融合，是“旅游 +”的概念。传统旅游业的产融结合主要依靠景点、酒店、旅行社等收入，全域旅游包含了产业的全域化，为此上海市黄浦区旅游局设计了旅游 + 文化、旅游 + 体育、旅游 + 社区、旅游 + 文化等产品。全域旅游的创建，为我们指明了产业融合的方法和路径，其中，搭建商旅文企业联盟平台便是一项重要举措。

2016 年，借迪士尼开园的契机，黄浦区以“对接迪士尼，联动商旅文”为主题，成立了“商旅文企业联盟”，汇集了 24 家高星级酒店、21 家旅行社、14 个景区地标、15 个文化演艺剧场、30 个百货商业及 4 个旅游交通企业等，形成强大的行业合力。联盟以微信群形式开展运作，促进了企业间的信息共享、资源整合、跨界合作及产品创新，极大地调动了企业的积极性与主动性，吸引了更多重点企业和特色企业加入。

为进一步提升联盟的运行效率，解决有效信息保鲜期短、企业人员流动等问题，又开发了服务商旅文企业的电脑端“黄浦区旅游 + 服务信息采集发布系统”。这一系统与手机端微信群互为补充，为企业联动合作提供技术支撑、为宣传推介提供统一采集平台。半年来，已有六十多家商旅文企业使用“旅游 +”服务平台。

经过一年多的实践运作，“黄浦区商旅文企业联盟”取得显著成果：黄浦深度游产品供给显著增加，酒店出租率明显提升，对接迪士尼效应凸显。尤其在 2018 年春节期间，星级酒店入住率达 67% 以上。同时一批重点旅游企业迅速成长并落地生根，资源整合与跨界合作为企业带来实际收益。如，上海自在国际旅行社通过“联盟”加速构建“迪士尼 +”旅游交通网，“一块去”OTA 也选址黄浦区建立华东区总部等。

旅游公共服务体系的探索和创新

完善黄浦旅游咨询服务体系，探索创新运营模式。一方面拓展线下网点。在原有七个旅游公共服务中心的基础上，2017 年第四季度实现十六铺、大世界中心投入营运，2018 年在世贸广场、悦荟广场等商业体内以及武胜路 10 号公厕等地设立旅游咨询站。另一方面拓展旅游公共服务中心功能，对区内商旅文企业提供经审核信息免费宣传服务，并根据游客需求和动向，增加服务内容。同时，还探索了政府运营、政府委托运营、企业运营相结合的运营网络和模式创新，为游客提供符合需求的公共服务。如，打造整个区域内的导览系统；在外滩等地铺设通过扫二维码了解建筑的历史文化，即“建筑可以阅读”，也可在服务中心扫码阅读综合资讯。还增设了导览功能，让导览方式更加活跃灵动，与游客形成互动。

完善黄浦区地铁、旅游巴士、旅游集散场站及旅游交通指示于一体的旅游交通集散服务体系。一方面，完善深化旅游集散场站功能，实现互输客流。目前，黄浦区有上海外滩旅游综合服务中心和南浦大桥旅游集散站，两大内环最大的旅游集散场站，在原有旅游交通功能上，完善旅游咨询、产品发布等功能，形成与上海主要交通枢纽和旅游目的地之间的双向导流。另一方面，打造旅游交通品牌。目前，引入 Bus tour、迪士尼穿梭巴士、蜘蛛行、都市快线等专注旅游交通的旅游企业，为游客提供便捷、高效的旅游交通服务，助力建设黄浦区内、内环城区、上海及长三角区域的旅游交通网，整理完善区域内的共享自行车服务。同时，还设计了完善咖啡色旅游导览牌及智慧旅游系统。将“黄浦最上海”官方微信打造成为“指尖上的旅游咨询”，通过增强内容、服务融合等为游客提供更多的旅游公共服务，并在部分中心放置旅游咨询智能机器人，在与游人互动的服务上能有更进一步的提升，让游客留在上海、留在黄浦的时间更久一点，且能反复来黄浦深度游。

完善黄浦区旅游公共厕所服务体系。目前，黄浦区共有公共厕所 85 座，其中固定厕所 74 座，移动厕所 11 座，第三卫生间的公厕有 12 座。已安装除臭装置的公厕 21 座，并计划到 2020 年前实现区内所有公厕达标，其中三分之一达到 3A 级，三分之一达到 2A 级，三分之一达到 A 级。同时，继续推广第三卫生间和除臭改造工程，全面完善残障设施，重点建设武胜路 10 号融合旅游公共服务的公共厕所。此外，加快建立旅游景点厕所网络体系的建设步伐，加强厕所管理、提升服务水平，为游客提供更满意的服务。

构建共享旅游空间

黄浦区首创的城市微旅行，是对游客旅游需求为适应游客从“观光游”向“体验游”转变的精准把握与积极应对。它运用多种交通工具和手段，串联起全域旅游概念的旅游资源，设计策划出深度体验黄浦的线路，可自由行，可自助线下导览。历时五年的精心打造，“黄浦最上海”城市微旅行已形成徒步、骑行、地铁、观光巴士、主题游等多元化的微旅行体系，三十多条微旅行线路，积累了较好的市场认知度。同时，通过多媒体平台推介、喜马拉雅黄浦有声电台音频导览，形成完整的自助游攻略，使人们能轻松按图索骥，享受边走边听的愉悦体验。

上海市黄浦区旅游局深入社区，开展旅游进社区活动和项目，通过多种形式让本地市民和游客感受城区魅力。两年来，旅游项目已走进七个社区街道。举办了一系列活动，如 2016 年“城市微摄影”主题活动在淮海路、打浦桥、瑞金社区等街道举办；“老码头城市青年定向赛”在小东门街道举办。2017 年，区旅游局与各街道社区开展互动："黄浦区文明旅游志愿者队"在南京东路街道成立；外滩街道在外滩两个旅游咨询服务中心设立"外滩滨江党建（群团）服务点"；半淞园、淮海路、打浦桥、小东门等街道启动"城市乐跑"项目；2018年开展以"阅读建筑"为主题的城市微旅行活动；外滩和豫园旅游咨询服务中心设"文明旅游志愿者"服务站，提供旅游志愿者服务。

如何扩大公众的参与度来增加产品的丰富度，共建共享是不二之选。有人说，游人愿意走进"五违建设"的老城厢游玩，就说明这个街区已经整治好了。与街区合作丰富旅游产品，不仅能吸引境外游客，也吸引了更多优质企业与黄浦区合作，共同推进产业融合发展。

交通指引标识牌

2000年，中国首块旅游道路交通指引标示牌在中共一大会址附近竖起，到2018年黄浦江18个旅游功能节点旅游道路交通指引标识的完善，这些标识已成为上海立体化旅游交通服务体系的重要组成部分，为游客提供更加精细化的服务，黄浦区的旅游交通服务也随之完善和提升。黄浦区滨江岸线全长8.3公里，是整个黄浦江游览的精华段。黄浦江旅游道路交通指引标志导入，按照全域旅游的思路和城市精细化管理的要求，发挥黄浦区创建全域旅游示范区工作领导小组成员单位的合力，区旅游局协同区建管委、区外滩办、区滨江办、区绿化市容局、区市政所等相关部门，共设"十六铺"、"老码头"以及"世博浦西园区"三个旅游功能节点，将三个功能节点附近的重点旅游吸引物全部纳入，科学设立"导入、导览、导出"三导系统，其中，"一级"驾车旅游道路交通指引标示牌17块/套、停车场辅助标志3块和113块黄浦江二级行人"导入、导出"旅游道路交通指引标示牌已经在黄浦滨江竖起。最后一块黄浦江旅游道路交通指引标志的完成，标志着黄浦江游览从外滩时代正式迈入黄浦江时代。作为黄浦江游览的最精华段，2018 年开始也将以全域旅游的思路实施滨江旅游，水陆联动，完善和提升旅游公共服务，着力将十六铺打造成上海一个全新的旅游目的地，策划黄浦滨江城市微旅行线路和活动，为游客在黄浦滨江创造更加美好的旅游体验，共同将黄浦滨江打造成为世界级滨水公共开放空间核心段。

上海新天地：新社交目的地

上海新天地，历经时光的沉淀与洗礼，以焕然一新姿态重生，其中，石库门作为核心看点，展现别样风采。在这东方与西方，传统与现代，怀旧与时尚，繁华与隐匿；强烈的反差总能带来火花四溅的灵感与摇曳多姿的美。作为上海的城市名片及时尚文化地标之一，上海新天地在品牌发展的道路上始终不断地商业更新和优化组合。它秉承"回归社交本真"的理念，顺应新零售趋势，在打造复合型社交空间的同时，引领文化艺术与实体商业相结合的体验式商业潮流，为消费者提供独特的全方位消费购物体验。

新天地南、北里在保留了上海近代建筑标志——石库门的建筑外观基础上，创新改造成为集文化、生活、餐饮、时尚于一体的特色地标。新天地时尚购物中心为中外设计搭建零距离对话的平台，成为中国设计力量的集聚中心。其丰富的品牌构成包括：国内外知名设计师主导的商业品牌、中国独立设计师品牌、精品买手店及明星潮店；新里以"创新体验"为核心主题，旨在成为融合无限创造力和多元化体验的“创意引擎室”，打造具有“无界新意”的商业概念空间；湖滨道购物中心则作为目前浦西市中心唯一以生活方式为主打、定位于“健康、运动、生活”的购物中心之一，满足商务白领、亲子家庭及周边高端小区的各类生活诉求。

红色文化是黄浦区最亮丽的名片，除要重点打造红色文化之外，还注重演艺文化和历史文化的传承和发展。环人民广场演艺活力区的建设，通过恢复老剧院、建造新剧院，将人民广场为中心的区域打造成近二十座不同类型、不同规模的演艺场所。继续发挥“上海大舞台”的功能，吸引世界各地游客、世界上最好的艺术，培育新剧目、新节目，走向全国、走向世界。上海新天地作为不同国家、背景的游人汇聚的上海客厅，其中“表演艺术新天地”是黄浦区“环人民广场演艺活力区‘十三五’发展规划”中重点孵化项目。

“表演艺术新天地”系列活动以打造新社交目的地的品牌理念为核心，围绕社交、新女性、空间多角度展开，聚焦具有国际视野的创意先锋，让公众深入感受当代表演艺术的人文活力，也努力成为上海建设亚洲演艺之都和国际文化大都市的核心引领区。2016 年首度与观众见面的“表演艺术新天地”艺术节，是国内首个在商业空间举办的大规模专业艺术节和上海市重大文化活动之一，并在 2017 年获“国际 ICSC 亚太购物中心银奖”，成为中国“文商旅结合”的代表性成功案例。

艺术就像我们每个人的影子，只要你踏入这个区域，无论你走到哪，艺术都会伴随着你。而且观众自己，也可能会成为艺术作品的一部分。

此外，上海新天地精心打造了 Social House 第二季，联手英国知名建筑设计机构 Aberrant Architecture，以“一书一壁炉”为设计灵感，打造一个能“以书会友”的城市公共艺术互动空间，以此连接人与人之间的社交场景。还精选不同主题的书刊和读物，让消费者能通过阅读和分享共同交流、成长，也以此呼应 Social House 这一复合型生活空间的建立初衷——回归社交本真。

/ 链接 /

都市经典　海上风情——“2018 上海旅游节”再出发

每年 9 月，上海都会沉浸在欢声笑语的海洋中。已连续举办二十七年的“上海旅游节”，源于“上海黄浦旅游节”。第一届“上海黄浦旅游节”于 1990 年 10 月 6 日下午 5 时 30 分在南京西路仙乐斯广场开幕。1996 年（第七届），“上海黄浦旅游节”更名为“上海旅游节”。

每年一届的“上海旅游节”，不仅成为城市盛世庆典的标志，更是打开了都市人的心扉，呼吸愉悦的节日气息。上海是灵感之都、时尚之都，也是世界东方的美食之都。“吃在上海”名不虚传，尤其是徜徉在老洋房弄堂里品尝世界各地的美食精华，让人感受时空交错的奇妙。

上海，以其独特的城市气质吸引着世界各地的人们。在上海，你可领略岁月洗练后的永恒经典，触摸现代化国际大都市的新锐时尚，感怀浦江两岸的气势恢宏，体验弄堂人家的幸福生活。亦中亦西、亦古亦今，新旧完美融合的城市风情和海纳百川的城市精神，无疑成为全球最具特色的文化城市之一。

（发表于《上海画报》杂志 2018 年 8 月刊）

黄浦滨江：历史韵味与现代经典

黄浦滨江岸线8.3公里，已基本贯通“三道”，即漫步道、跑步道、骑行道。在滨江带，遥望天际线，白天的景致，夜晚的灯火通明，无限醉人。我们可以一路从外白渡桥经老外滩至十六铺，沿滨江穿南浦大桥至世博浦西段，接卢浦大桥至南园公园，畅行黄浦滨江，那是份惬意，也是种腔调。

纵观黄浦滨江

黄浦滨江北起苏州河，南至日晖港；东临黄浦江，西至中山路，自北向南分为外滩滨水区、十六铺地区、滨水区、世博浦西园区和南园商务区五段。为连接这8.3公里的滨江岸线，将通过增加人行道和非机动车道宽度，完善水陆一体化的综合交通系统，共同打造多元化的公共生活岸线，使黄浦滨江的共享资源更精致。

黄浦滨江在贯通建设过程中，力求开放化、公共化，以旅游、休憩、文体、体育等公共设施为主，调整或整合商业、公务等项目，并根据不同区段的特色设置适应不同年龄人群的活动空间，实现滨水岸线公共开放空间多样化的共享性原则。可亲近的滨水空间平台布局，顺应岸线地势的节奏、韵律与走向，顺应地貌环境的尺度，通过面向水域的广场、伸入水中的码头、挑入江边的座凳和水边的散步道等，创造人与水环境的“心灵化”接触，实现“还江于民、还景于民、还岸于民”。

立体化的内外交通网，体现可达性。体育设施主要有一馆三道四园。其中，一馆即国际乒联博物馆和中国乒乓球博物馆。四园即世博黄浦体育园、轮滑园、足球园、篮球园。

黄浦滨江还以距离为标尺，保持了水面与腹地天际轮廓线的完整性，通过文体商旅互相交融的公共活动，创造滨水空间的场所感。

揭开断点　贯通三道

在贯通过程中，黄浦区已打通 11 处断点。包括一是整合市政作业码头，将环卫码头、污泥码头重新选址，从岸线调整到腹地，变水运为陆运。二是调整海事执法码头，将黄浦海事局及地方海事局办公内迁至陆域，实现海上执法与办公分离，使其办公区域变成公共的开放空间。三是全面取缔经营性岸线，关闭沿线涉及的一些游艇码头，还岸于民。四是改造四个轮渡码头，在保持原轮渡功能的基础上，通过拆除部分建筑或打通观景层实现岸线的贯通。五是对外马路两侧进行综合整治，把外马路打造成滨江开放中的重要景观道路及慢行系统，提升贯通的品质。

据悉，贯通工程的重点项目分为两类：第一类是确保 2017 年 6 月底前基本贯通的重点项目，一是十六铺二期工程。北起东门路，南至复兴东路，现为黄浦段主要水上旅游码头。同步辟通外马路（东门路至复兴东路段），使老外滩亲水公共空间延伸至复兴东路。这样就连通了老外滩十六铺一期，市民可以从老外滩一直走到复兴路。二是苗江路公共绿地工程。北起外马路，南至苗江路，东临黄浦江。占地面积约三万六千平方米，码头岸线长 277 米。目前，在苗江路绿地新建的世博黄浦体育园已现雏形，体育休闲健身的设施有室内场馆两处，分别为羽毛球馆和标准篮球馆，室外设置一片标准足球场、三片标准网球场（其中一片为室内网球场），体育园占地总面积约两万九千平方米。三是世博浦西段滨江岸线贯通一期工程。北起南浦大桥，南至卢浦大桥，现为市民跑步、健身、休闲的活动空间。黄浦区利用遗留的高桩码头，划分区域作为观景亲水平台。同时，市民可以通过扫描二维码了解沿线优秀历史保护建筑的文化。另外，黄浦区通过修复 56 盏火焰灯，重燃黄浦滨江的迷人夜景。四是卢浦大桥断点贯通工程。旨在打通世博园区浦西段与南园公园之间的断点。陆域部分：辟通鲁班路泵站、卢浦大桥防汛墙内侧的防汛通道，全长 240 米，供市民通行。水域部分：利用岸线高桩码头沟通世博滨江与南园滨江，岸线长度 326 米。五是已建成区域的“三道”标识及日晖港人行平桥的改造工程。岸线由北至南，连通卢浦大桥到达南园公园，连通虹口的骑行道、徐汇滨江。日晖港人行平桥计划与“三道”贯通同步实施。

第二类是计划全面建成的配套项目，一是外滩滨水区北段综合改造工程。北起复兴东路，南至万豫码头街，此段岸线将改造形成波浪形亲水岸线。二是外马路及周边环境整治。外马路是外滩地区重要景观道路，将结合十六铺二期、南外滩滨水区综合改造工程和沿线开发项目，进行综合整治改造。计划由北向南依次推进，把外马路打造成滨江开放中的重要景观道路及慢行系统，提升整条风貌道路的品质。三是外滩滨水区中段改造。北起万豫码头街，南至利川码头街。将滨江黄浦段与董家渡腹地通过景观花桥实施连通，形成公共开放空间。四是外滩滨水区南段改造。北起利川码头街，南至陆家浜路。该段与岸线贯通配套项目（南浦地块）形成联动。

黄浦滨江岸线优美的波浪线，在 56 盏象征中国 56 个民族世博火焰灯的映衬下，宛若灵动的仙境，宁静又甜美。夜幕中，变幻莫测的“LED”彩灯，或红或绿或紫交替闪耀，犹如璀璨光柱，又似琵琶弦上奇妙的音符在勾勒黄浦滨江 8.3 公里岸线的迷人轮廓。

（发表于《上海画报》杂志 2017 年 9 月刊）

看，松江！全域旅游逻辑（节选）

专访上海市松江区旅游局副局长山文彩

在供给侧改革发展中，旅游转型发展的新阶段所面临的需求变化，包括个性化定制游、时尚休闲游等，需要我们突破资源的框架、价值限制，寻求更多的个性化、全域化旅游资源，以满足市场需求。当游人不再只满足令人震撼的风景，而开始关注独具渗透力的环境时；当气候、生态等成为人们向往的差异游，异质空间的宁静也成为一种吸引时，我们有什么理由怀疑科创、人文、生态，所在城市每个角落的要素都能成为全域旅游发展的资源？全域旅游的市场逻辑也不过如此吧。

踏着初春的脚步我们进军松江，我们诚邀了上海市松江区旅游局副局长山文彩，带我们勘探松江全域旅游示范区发展的那些扣人心弦的故事。

资源优化

多姿灵秀的佘山，在勇立潮头的“G60 科创走廊”的映衬下，翩翩起舞，演绎着创新驱动的华尔兹；广富林文化遗址，宛如原始天堂般静谧，隐秘于深坑中的申根酒店，山水环绕，揭开面纱，展现出无与伦比的生态之美。华亭湖畔英伦风情浸漫的泰晤士小镇与桃李不言的松江大学城，可在闲庭信步间近看人文；犹如蜿蜒巨龙般的快速优质公交，载上美丽城区的各行各业建设者踏歌前行……这样的场景无论对于谁，都是难以抗拒的诱惑和振奋。

“上海之根”松江，这也是需求导向的产物。改革开放后，松江从农业大县逐步迈向工业大区，工业产值曾占全市比例15%；同时，松江新城、申根酒店、G60科创走廊等也连展新颜。

几千年松江史，将松江的人文美学默默孕育、生根发芽。当下，它还是座宜居之城。松江，位于黄浦江上游，长三角中心地带，距上海虹桥国际机场约25公里，离上海浦东国际机场约68公里，区内G60沪昆高速、G50沪渝高速、G15沈海高速、G1501上海绕城高速等形成纵横交错的交通网，松江胸怀大志，敞开双臂迎来四方宾客。

旅游消费出行模式的多元化从团队出行转为散客出行，导致出行路径与空间分布更为广泛，松江有“上海之根、沪上之巅、浦江之首、花园之城、大学之府”的地域特色，旅游发展目标明确，但在这种旅游态势下如何做出松江的拳头产品？这需思考和规划。

松江围绕“一个目标，三大举措”，以国家全域旅游示范区创建为抓手，努力构建“一核一带四区”的全域旅游发展主功能区，形成山城连景、水陆联动、主客共享、全城发展、全民参与的大旅游格局。这是松江旅游的首要关键词。松江的“一核一带四区”，即以佘山国家旅游度假区为核心，串联松江水上休闲旅游带，以及四区为松江新城风貌休闲区、松江历史文化旅游区、浦南乡村旅游休闲区和科技影都旅游休闲区。

“佘山大境界，问根广富林”，确实上海东有浦东迪士尼，但西有松江佘山广富林。1995 年国务院批复的 12 个国家旅游度假区，广富林是其中之一。松江的全域旅游以佘山国家旅游度假区为核心项目建设，如今区域内较为成熟的 4A 级景区有欢乐谷、上海玛雅海滩水公园、月湖雕塑公园、佘山国家森林公园、辰山植物园等。2018 年，上海影视乐园也成功创建国家 4A 级景区。此外，还有佘山高尔夫、汇丰杯高尔夫、中国房车锦标赛、天马赛车场等体旅赛事景区。当然，这类全空间、普遍性的旅游服务供给，如今已不能完全依赖于物化模式，而是需要突破物理空间束缚，尝试创新的服务供给，衬托全域旅游。

进军松江

远看青山绿水，近看人文天地，松江的魅力，值得放慢脚步，也需有效的供求匹配机制。松江旅游在供给侧结构性改革中，应该有相应的作用和表现。十九大报告中提出的乡村振兴战略、美丽中国、美好生活、国家公园等关键词。我们说读懂一座城市，需要去探索她，方能让人沉醉，所以我们更需要有一双善于发现美的眼睛，亲近松江，拥抱“关键词”。

上海属于人口导入型城市，在五一国际劳动节期间，会有更多的人口内外交错流动。为迎接四面八方的游人，于是上海市松江区旅游局设计了多条松江经典旅游线路，从一日游到二日游、从深度游到 9 号线站点附近游、公交线游等。一日游有历史文化游、时尚休闲游、山水文化游、动感体验游、影视文化游、浦南乡村游、泗泾古镇游；二日游有山水生态休闲度假游、古老新上海游、动感欢乐游等；深度游有上海寻根游、工业体验游、乡村生态游等；9 号线附近游有松江南站、醉白池站、松江新城站、松江大学城站、佘山站、泗泾站；公交线路游有松江 4、19、

35路等。

十九大报告中还提到了田园综合体的概念。打造田园综合体，正如原先的城市综合体、商业综合体的模式。浦南是松江的旅游胜地，松江计划调整浦南乡村旅游这块区域，让浦南依托现有的风土人情、文化脉络、自然风貌，发展成为富有特色的乡村旅游项目。其文化休闲区域涉及泗泾下塘的风貌区、老城风貌区，还有方塔园、醉白池、仓城等。松江还利用本地居民的闲置宅基地和自然村貌发展特色民宿区域，设计了一系列体验类、文化创客类的活动，以及更多契合现代旅游休闲类项目的活动。而综合性的开发，为保持生态原貌，松江相关部门不会进行大规模的建设开发。

乐游松江　美丽看不厌

松江，不仅以佘山国家旅游度假区为核心的生态游，更以科创工业游和文化寻根游为翼，让每位到访者能在这找到属于自己的诗和远方。

科创工业游。松江以其雄厚的制造业基础和产业优势，吸引了众多特色创业型的企业和食品品牌的入驻，如芭比馒头、来伊份、星巴克、全家等知名品牌的配送中心均落户于此。开拓科创为驱动的“松江制造”工业旅游，重点培育智能机器人、新能源汽车、“3D”打印、食品加工、拉斐尔云廊等工业、生产性能服务业旅游项目等，丰富全域旅游线路体系。松江大学城，这座没有围墙的学府，它本身就是科创“一廊九区”的功能板块之一，也是旅游重点发展的一个板块。其时尚的建筑、博学的图书馆、精深的博物馆，无不散发着知识的芬芳。旅游局希望让百姓也能走进松江大学城，感受那份独特的校园气息。未来松江大学城一条街或将打造成既有商业、休闲类的，也有文化、时尚、创客类的一条街。目前，松江大学城文汇路北侧，虽然餐饮业比较丰富，但是更替频繁，相关部门会进一步统筹完善该区域功能布局，以串起全域旅游产品。

古文化寻根游。依托广富林遗址和苍城、府城、泗泾下塘三大历史文化风貌区，以及华亭老街、中山路等松江特色历史文化资源，游客可以探寻“上海之根”，探访历史遗迹，鉴赏著名书画家作品等，传承松江作为上海文化高地的区域形象和城市内涵。

都市近郊休闲度假游。利用佘山、松江新城、水上风情、浦南乡村等资源，设计开发了一系列生态休闲、商务休闲、文化休闲等旅游产品线路。浦南新浜、泖港、叶榭、石湖荡镇田园风貌和乡村生活气息，设计开发都市型新型乡村休闲游产品，包括都市田园风貌游、乡村花事节事游、温泉小镇度假游、乡村亲子休闲游、户外生态体验游、乡村银发养生游等旅游产品，形成松江乡村旅游产品集群。

此外，利用车墩和仓城两个影视基地为代表的影视文化资源，深度开发设计松江影视文化创意旅游产品；利用辰山植物园、佘山天文台、地震科普馆、松江大学城各高校等科普教育资源，开发设计各类主题的科普旅游产品，以及时尚运动游、水上观光游等线路。

“春季问山、夏季拜水、秋季寻根、冬季祈福。”松江以四季为主题的四季节庆游，包括佘山元旦登高、松江春游节、盛夏狂欢节、“上海之根”文化旅游节、国际魔术节等节庆活动，以及汇丰杯高尔夫、半程马拉松、端午龙舟赛、中国房车锦标赛、天马论驾、重阳登高等体旅赛事。松江四鳃鲈鱼、佘山兰笋、佘山水蜜桃、仓桥水晶梨、黄浦江大闸蟹、叶榭软糕、松江大米、松江兰花茄等土特产，每年都引得游人纷至沓来。

拓展未曾拓展的格局

在线消费习惯的革新，为平台支撑、服务优化、管理优化、利益优化提供了更优越的技术基础。在 APP 上下载产品，即可酒店入住；游人通过智慧服务的方式了解松江……智能联网的出现，更能帮助旅游局精准了解景区每日的客流量，以第一时间掌握游人的旅行轨迹，且能给游人最为精准的出行建议，还能根据数据，进行旅游产业发展态势分析、管理。据悉，2017 年松江游客接待量超过一千六百万人次，旅游产值达 93 亿元，同比增长 7%。

不管旅游消费是否受到技术变迁的影响，全域旅游依然需要管理、平台、公共服务及利益分配等方面的持续优化。目前，于整座城市来讲，一是厕所革命值得关注；二是松江公交专线需要改善，尤其到浦南地区。尽管 G60 立体交通枢纽已相对成熟，且有轨电车 T1、T2 线的贯通运营及未来 T3、T4、T5 线的规划。

未来五年，在倡导低碳出行的同时，将"多规合一"，水务、绿化、交通、农业等方面融合落地，实现全域旅游。上海欢乐谷、辰山植物园、佘山森林公园、月湖雕塑公园等位于佘山国家旅游度假区的国家 4A 级旅游景区将不断提升改造。同时，佘山申根酒店、纳米魔幻城、广富林文化遗址、广富林郊野公园、广富林酒店群、华侨城旅游度假主题酒店，以及游客综合服务中心等一系列功能性项目将陆续揭开神秘面纱。山文彩希望依托广富林文化遗址的根文化打造、申根酒店的体验旅游等地标文化，吸引周边长三角地区乃至全国、全世界的游人了解海派文化，探索上海之根，将寻根之旅作为一种生活方式，发现属于自己的美好时光。

（发表于《上海画报》杂志 2018 年 5 月刊）

“四个嘉定”开创新时代

1218 年，即南宋嘉定十年，嘉定被以年号命名为“嘉定县”。2018 年 1 月，在建县（今为区）八百年之际，让我们走进上海市嘉定区，看看嘉定地标变迁给我们的生活带来了什么改变。

近年来，嘉定深入践行五大发展理念，着力打造上海科技创新中心（以下简称“科创中心”）重要承载区，建设现代化新型城市，提出了“四个精”的发展思路和建设“四个嘉定”的目标，“四个精”即“产业精准转型、城市精美成长、民生精细服务、干群精神振奋”；“四个嘉定”即科技嘉定、汽车嘉定、教化嘉定、健康嘉定。

早在 1958 年，上海市人民政府就把嘉定确定为科技卫星城。近年来，中国科学院等“十一所二中心二基地”汇聚嘉定。自成为科技卫星城以来，嘉定作为上海科创中心重要承载区，科技创新是嘉定发展的核心竞争力，在创新理念的引领下，嘉定充满了浓厚的创新创业氛围，逐渐优化的科技创新布局，多年积聚的人才优势，正让嘉定活力淋漓尽致地迸发而出。

嘉定汽车产业，具有极其雄厚的基础，如中国生产的第一辆轿车就诞生在上海的嘉定，中国首家合资汽车生产企业——上海大众汽车有限公司坐落在嘉定，目前国内唯一的 F1 赛车场也位于嘉定。2000 年，中国共产党上海市委员会、上海市人民政府作出了在嘉定建设上海国际汽车城的重大战略决策，嘉定的汽车产业发展向全产业链延伸。汽车产业为嘉定带来了经济产值、就业、社会事业的同时，也集聚了无数的人才和资源。如今，随着传统车企转型、智能网联技术、新商业模式的兴起，嘉定正于推动汽车产业向新能源、智能网联方向转型升级，而随着无人驾驶测试和新能源车的示范、推广和应用“嘉定改变汽车”不再是一句空口号，而是“正在实现”。

文化新地标：图书馆与剧院

嘉定的博物馆有三十多座，其中嘉定博物馆成立于 1959 年，馆址初设于南大街原秦家花园内。1961 年 7 月，迁入位于南大街的嘉定孔庙。1962 年 10 月，嘉定县博物馆、文化馆、图书馆三馆合并，博物馆为“文化三馆”文物组。1978 年 5 月，博物馆恢复单独建制。

嘉定博物馆与秋霞圃一塘之隔，是集收藏、保护、研究、展示与教育等功能于一体的综合性博物馆。新馆位于嘉定镇中心区域内，采用双园两层（局部三层）布局设计，分为新建的现代功能与传统园林两部分。传统园林部分，将一墙之隔即有着五百多年历史的秋霞圃围墙打开，自成一个迂回往复的流线，两者达到互为你我，又融合无间的效果。

孔庙内还住着上海中国科举博物馆，它利用孔庙古建筑的自然分割，以“科举制度沿革”、“科举与儒学”、“科举与社会文明”、“科举考试程序”、“科举与教育”五个板块，使用科举文物和相关展品一千余件，展示科举制度的历史变迁，生动再现了自隋朝开科取士到清末废止科考，科举制度约一千三百年的兴衰史。

嘉定图书馆、文化馆新馆以江南庭院式设计展现嘉定“古朴风韵与现代气质相融合”的城市特点，它不仅颜值高，还硬件好。一年 365 天，都保持着非常高的上座率，到了节假日的高峰时段，连地上都坐满了读者。它的总建筑面积约一万八千五百平方米，聚合嘉定区图书馆、文化馆两馆资源。

上海保利大剧院坐落于嘉定新城区，毗邻上海 F1 国际赛车场，是上海地区标志性文化设施之一。剧院临湖而建，是国内首家拥有水景剧场的剧院之一，也是大家熟悉的日本著名建筑师安藤忠雄在上海的作品。其北侧相隔一条白银路是嘉定新城的商贸中心，西侧面对的是商业街区。南侧，以水和绿化为主的自然风景缓缓铺开，西南侧的公园，南侧低层的图书馆，还有东南侧远香湖美景映入眼帘。还在临湖的位置设置广场和散步道，构成市民休息交流的场所。白天它就像一块装满许多秘密的玉石静搁在远香湖一畔，晚上它则成了一只玲珑剔透的水晶盒，漂浮于广阔的水面之上，与自己的倒影安静对话。

科技新时代：科技与汽车

打造“科技嘉定”，就是要加快推进上海科创中心重要承载区建设。嘉定在科技卫星城的基础上，近年来围绕产业链部署创新链，在深化“产学研用”合作机制方面成效明显，特别是嘉定的“四大新兴产业”已经形成集聚集群效应，即集成电路及物联网、高性能医疗设备及精准医疗、智能制造及机器人。

嘉定是“上海国际汽车城”，集制造、研发、贸易、博览、文化、体育、旅游等多功能于一体的综合性汽车城规模效应已经突显。2015 年，全国首个国家智能网联汽车（上海）试点示范区落户嘉定，同年，嘉定还打造了汽车创新港，除了蔚来，创新港还吸引了地平线、阿里巴巴、欧菲车联、德国保时捷工程技术等一大批国内外知名企业的入驻，一起共建无人驾驶示范区。在距离创新港十多分钟车程的国家智能网联汽车上海试点示范区内，每天都有来自世界各地不同车厂排队等待智能汽车的测试，其中无人驾驶技术比例最高。测试区可以为自动驾驶汽车和网联汽车等提供一百多种场景的测试验证，是国内智能网联汽车测试能力最全、技术水平最高的测试场地之一。上海国际汽车城计划到 2020 年，打造出覆盖整个汽车城 100 平方公里的智能网联汽车综合性典型城市的示范区，并探索连接与虹桥枢纽的共享交通走廊。

电动汽车分时租赁从 2013 年起就开始在逐步改变嘉定人的出行方式。据了解，分时租赁电动车 EVCARD，从最早在嘉定区内的 50 个网点，逐步扩展到学校、宾馆、景区、商业综合体、交通枢纽等地。环球共享汽车租赁有限公司总经理曹光宇说："现在已经超过七千多个网点，预计到年底，介入的城市提升 50 个以上，投入车辆为 25 万辆车以上。"

上海国际赛车场，由著名的德国赛道设计师赫曼 · 蒂尔克设计，其设计来自中文的"上"字，位于安亭镇。总面积 5.3 平方公里，可容纳 20 万人。2004 年 9 月举办首个"F1 中国站大奖赛"。赛道具有七处左转弯道和七处右转弯道。平均时速 205 公里。最长的直道长度为 1175 米，位于弯道 T13 和 T14 之间。赛道的宽度在 13—15 米之间，一般为 14 米，在弯道处加宽到最大 20 米（弯道 T14/T15）。螺线形收缩的弯道（弯道 T1 到 T3），其半径从 R=93.90 米逐渐减小至 R=31.8 米，故进弯有多条赛车线。F1 赛车手迈克尔 · 舒马赫曾于 2006 年在此利用不同的赛车线，成功超越阿隆索，并获得了他职业生涯中的最后一个分站冠军。

五年来，嘉定安亭的上汽大众和上汽乘用车两大整车厂，以及围绕在其周边的三百多家强大的零部件供应商，六个国家级公共服务平台、一百多家研发机构和两万多名汽车专业人，形成了一个完整的产业链布局。嘉定不仅加快上汽大众安亭总部基地建设，在整车方面扩大高端和高档车的产能，零部件方面培育细分行业的龙头企业，提升产业能级。而这一过程中，嘉定的汽车产业科技创新能力不断提升，推动新能源汽车、汽车智能化积极抢占和布局未来的汽车产业。汽车产业的不断变革也给市民的生活带来新的体验。

（发表于《上海画报》杂志 2017 年 12 月刊）

虹口："两轴多圈"文化轨迹

为贯彻落实“上海文创 50 条”的工作要求，中共上海市虹口区区委、区政府在 2018 年年初发布了《中共虹口区委、虹口区人民政府关于推进文化强区建设的决定》，明确了虹口文化强区建设的主要目标和主要任务等 27 项内容。虹口作为上海的中心城区，致力于构建“两轴多圈”的文化发展空间布局。虹口素有上海文化资源大区之称，有历史文化遗址遗迹 283 处。如此厚重的历史文化底蕴，一直是虹口的骄傲，也被誉为“海派文化发祥地、先进文化策源地、文化名人聚集地”（简称“文化三地”）。

文化强区建设是虹口区响应全市大局的战略选择，是虹口实现高水平、高品质发展、解决文化发展不平衡、不充分问题的必然要求。那么，虹口的文化经济社会发展是否已步入全面协调可持续发展的轨道？如今，虹口区在文化强区上的发展布局和现状值得我们探索。

为深入了解虹口现状，虹口区商务委（旅游局）适时推出了四条特色微游线路，将“两轴多圈”转化为“深度游”，使虹口的文化经济变得更直观可感。四条微游线路分别是“浦江风云”、“虹口方舟”、“螺蛳壳里的魔都绘”和“红色之旅”。

浦江风云

此番设计的“浦江风云”线路途经北外滩、外滩、陆家嘴滨江金三角，沿途涵盖了北外滩滨江绿地、外白渡桥、外滩万博建筑博览、上海历史发展陈列馆等滨江沿线的城市景观精华。我们可以在微旅行中探索浦江两岸的历史厚度、发展速度和人情温度，感受“建筑可阅读，街区宜漫步，城市有温度”的上海未来城市愿景。

如果问北外滩近几年来落成的新建筑有什么共同点，那大概是它们大多有一颗剔透的玲珑心——“一滴水”、“彩虹桥”，音乐广场的“哆来咪”造型也同样如此。与外滩的雄浑旖旎、对岸的钢筋水泥不同，它们灵动、奇异而富有诗性。在北外滩音乐广场上方，有一处“水晶门”奇景，三个不规则的艺术球体建筑凌空而来，极具视觉冲击力。人们根据这里的音乐属性将其称作“哆来咪”。未来，在这一片广阔空间内还会迎来露天剧场，当视觉上的“哆来咪”与听觉上的音符顺利会师时，无疑将是一场音乐与建筑流动交融的艺术盛宴。

以醒目的“鱼嘴”作为标志，为全力推进国家邮轮旅游实验区建设而打造的上港邮轮城，不光是一站式的吃喝玩乐购邮轮旅游目的地，还充满了活力四溢的运动节奏，是虹口滨江漫生活里一道蓬勃跃动的乐活风景。虹口是申花的大本营，且随着上港邮轮城的落成，这里也自然而然地成了上海上港足球俱乐部球迷们的一处重要据点。而作为邮轮城的“本职工作”，独特且舒适的旅游咨询服务中心能够满足我们对于邮轮生活的好奇心。

“东方诺亚方舟”

虹口还有“东方诺亚方舟”之称。二战时期，上海为近两万名犹太难民提供了庇护。当时，上海虽然没有签署接纳难民的国际协议，但出于人道主义精神，上海各界为犹太难民提供了力所能及的帮助，为难民提供了住所、食物和医疗等基本生活保障，还积极协助难民寻找工作，融入当地社会。今天提篮桥附近的霍山路、舟山路，还充满着浓浓的“小维也纳”风情。

为了纪念这段历史，当年的摩西会堂改建成上海犹太难民纪念馆，它是全球唯一的以大屠杀为背景，以拯救为主题的犹太难民纪念馆。

螺蛳壳里的魔都绘

虹口有一处“养在深闺人未识”的百年水镇，这片“螺蛳壳”般的狭小空间有着三河交汇的发达水网，石库门里弄依水而居，市井生活热闹非凡。而今“螺蛳壳”里又搬入了“新七十二家房客”，创意产业、书店、咖啡馆等纷纷入驻，形成了一个具有艺术创造气息的新虹口。

SNH48 中国大型女子天团的剧场，竟空降在这片石库门群中，你会发现石库门里日常的生活和现处空间产生了微妙冲突，现代与过去，恍然如梦……这种独特的文化形态让人叹为观止。“90后”、“00 后”的粉丝群与附近的老居民形成了强烈的对比，但随着时间的推移，这两种不同年龄层的人却在慢慢地共生和融合。

未来感十足的空间构造早已成为沪上拍照胜地，但你知道，1933 老场坊原本是远东第一的屠宰场吗？如今已焕然一新。重走在牛道、廊桥上，伞形柱下，错落的空间设计和新生的文创产业，让我们一起来场时空穿越……

20世纪40年代因战乱，哈尔滨大楼（位于今上海市虹口区哈尔滨路与溧阳路口）逐渐聚集了三千多难民。如今这里焕然变身为时尚年轻的文化创意园，我们穿梭在新楼道与露台之间，从多元的视角探秘这片都市水乡的前世今生……还有虹口SOHO、1913老洋行、音乐谷游客中心……魔都绘从旧到新的画轴继续延伸，建筑背后是社会变迁的写照，新老上海人，都在这场新旧革新中的共生与融合中找到自己的位置。那么，你会在这场变迁中看到什么？或许，那就是你自己。

红色之旅

虹口特别强调传承历史文脉，活化文化资源，“红色”与海派文化兼容。虹口区正加大海派文化的传承、研究与创新发展的力度，力求到2021年建成开放多元的海派文化传承发展区，推进“开天辟地——党的诞生地发掘宣传工程”和红色文化建设，增强城市精神的凝聚力、文化创新的创造力、公共文化服务的能力、文化产业的竞争力及国际文化的影响力。

2018年，上海市虹口区旅游局精心规划了微游线路，将红色元素融入“微旅行”中，并与中共四大纪念馆展开深度合作，将年轻人喜爱的密室游戏与红色文化创新结合。这一举措不仅让人能在游戏中收获快乐，更能在寓教于乐中重温红色故事、传承红色文化。另外，我们还可以在鲁迅故居、鲁迅公园、内山书店、中国左翼作家联盟（简称“左联”）成立大会会址纪念馆、山阴路、多伦路等地方，领略虹口“文化名人聚集地”的魅力，转角“遇见”景云里的鲁迅、大陆新村的矛盾、海伦路的沈尹默、公平路的聂耳等文化名人，聆听发生在他们身上的传奇故事。

20世纪30年代，虹口有一块“华洋杂处，五方会聚”的三不管地带，热血文人纷纷汇聚于此，他们因写作而相遇，因自由的理想而奋斗，这些轰轰烈烈的记忆铸就了一个“民”气十足、海阔天空的“黄金时代”。丁玲的柏拉图式爱情、萧红三十一年四段痛彻心扉的感情经历等，都成为那个时代名流韵事的佳话。

如今，跳出课本的枷锁，你将会晤电影《黄金时代》里最亮眼的明星！他是鲁迅，他又不仅是鲁迅。内山书店、左联成立会址里的他藏于乱世用笔墨引领文坛，是个想骂就骂的呐喊狂人。而在鲁迅纪念馆，且看他在丈夫和父亲的角色下如何谱写家庭的柔情岁月。内山书店是鲁迅晚年在上海的重要活动场所。书店与鲁迅和其他左翼文化人士建立了广泛联系，并通过销售左翼进步书籍、举办文艺“漫谈会”等形式，推动了左翼文化运动的发展。鲁迅在居住虹口的九年时间里，曾多次在内山书店老板内山完造的帮助下外出避难。1930 年 3 月 2 日，中国左翼作家联盟（主要成员：鲁迅、夏衍、冯乃超、冯雪峰、茅盾、丁玲、胡风、周扬等）在此成立，从此标志着以鲁迅为旗手的中国左翼文化运动的蓬勃开展。在那个“锋芒毕露”的年代，他们敢爱敢恨、忠于欲望，破旧立新，都是自由的。

“一条多伦路，百年上海滩”，这条多伦路记录了鲁迅、茅盾、叶圣陶等文学巨匠及丁玲、柔石等左翼斗士们的历史足迹，铸就了多伦路“现代文学重镇”的文学地位。而公啡咖啡馆（遗址）、鸿德堂，孔（祥熙）公馆、白（崇禧）公馆等建筑则使多伦路成为海派建筑的“露天博物馆”。短短不过五百米的多伦路上汇聚了多种建筑风格，曾经点燃了上海的自由精神。现今，这条“文化名人街”依然蕴含着传统、平实与自由的气息。

漫步在上海浪漫的甜爱路上，感受邮筒、诗篇与涂鸦的浓情蜜意。甜爱路位于南起四川北路，北至甜爱路 315 弄，长 531 米。

原系靶场内小路，民国九年（1920年）筑，名公园靶子场路。因与千爱里相通，又称千爱里（路）。在民国时期，起谐音为“甜爱路”，如今被誉为上海“最浪漫”的道路之一的两侧是由28首中外著名爱情诗篇组成的“爱情墙”，牵手走过的人时常诵读墙上的爱情佳句。路口的特别爱心邮筒，则为每一封信函盖上一枚爱的邮戳，让收件人感受一份爱心与浪漫，留作永久的纪念和收藏。邮筒、邮戳、涂鸦和爱情墙，将让这条浪漫之路焕发出无与伦比的甜蜜气息。

四条如此通透的微旅游线路，宛如一条文化纽带，贯穿了整个虹口的文化发展空间布局。此刻，当我们再度深入探究“两轴多圈”的内涵，无疑会为我们理解虹口“推进文化强区建设”，提供更为直观的文化价值认知。

/ 链接 /

两轴多圈

一轴为北外滩文化发展轴。据悉未来三年，虹口将加快推进上海犹太难民纪念馆扩建工程及北外滩露天剧场等地标性文化项目的建设步伐；积极引入博物馆、美术馆、实体书店以及艺术品拍卖机构等文化设施；定期举办各类高层次论坛活动；加快“海上方舟”文博功能区开发和河口文化圈建设，形成综合性高端文化体验区。另一轴则为四川北路文化发展轴。未来将加快推进“四川北路红色文化生态示范区”建设，重点优化中共四大纪念馆展陈内容，修缮左联会址纪念馆，建设上海文学博物馆、四川北路剧场群以及多伦路、甜爱路特色街区建设等项目；充实提升海派文化中心、多伦现代美术馆、朱屺瞻艺术馆等场馆内容建设，加强场馆联动。继续深化“党的红色文艺之源”发掘利用，繁荣红色文艺创作和展演，开发红色旅游项目，集中展示中国共产党早期的城市斗争史及先进文化和革命文化的发展历程。“多圈”指特色多元的创意文化圈。未来将提升音乐谷地区的音乐产业集聚融合效应，打造全国一流的国家音乐产业基地。围绕环上大地区，推进与上海电影学院的合作，形成以影视创制为特色的创意文化圈。深化广纪路创意片区更新，完善数字出版和创新创业服务平台，加快集装箱创客走廊等项目建设，形成大柏树地区以数字出版为特色的创意文化圈。围绕精武体育总会、鲁迅公园、虹口足球场、甜爱路等区域，促进文商旅体融合联动，形成体验式消费为特色的创意时尚文化圈。

（发表于《上海画报》杂志 2018 年 3 月刊）

静安：一条永不拓宽的马路

回溯建筑史，建筑始终在塑造自我生命，书写着人类的心灵历程，延续着建筑的智慧之光。上海市静安区的陕西北路，这条拥有近百年历史的街道，自1914年始建以来，新闸路至南京西路一段便汇聚了21处文化景观，包括名人旧居、典型风格建筑及历史遗迹等。这些传统的古典语言，跨越国界与文化，从希腊式到哥特式，见证了文人政客、穷小子与实业家的风云变幻。在这条被上海市政府列为“永不拓宽的马路”上，我们感受到古典与现代的交织共生，力与美的和谐统一，历史与艺术的精彩缩影，震撼于人类的伟大创造。

企业与实业家

“人才之盛衰，实关系国运之隆衰。”历史的尘霜、实干家记录的过往风云，或许超越了建筑本身所承载的意义。

荣家老宅，这座带花园的独立式洋房，为我国著名民族资本企业、申新纺织系统的荣氏家族早期寓所，坐落于陕西北路186号。老宅建筑面积2182平方米，花园面积2475平方米。别致的老宅由陈椿江设计，1918年建成，砖混结构，坐北朝南，底层有宽敞的门廊和高大的廊柱诉说着往昔的辉煌。旧上海，有所谓道契（产证）即金条（资金）之说，荣氏购置房地产不仅满足自用需求，还用以出租收益。荣氏家族在中国近代民族资本发展史上占据着举足轻重的地位。在创业过程中，荣氏兄弟重视社会教育，关注地方公益事业，创办了多所公益学校。

南洋公寓（今南阳公寓），系著名华侨实业家简照南、简玉阶兄弟所创设的南洋兄弟烟草公司的产业。这座居住用屋建于 1933 年，坐落于陕西北路 525 号。南洋兄弟烟草公司是我国卷烟工业创办最早、规模最大、享誉最高的烟厂之一。简氏兄弟除从事卷烟生产经营外，也兼营房地产。他们提取公司部分盈利，在西摩路（今陕西北路）525 号购地建造了南洋公寓，建筑面积为 3238 平方米。

政要与外交家

宋家老宅，这座建于 1908 年的英国式花园别墅，见证了宋氏家族的辉煌与传奇。它位于陕西北路 369 号，宽敞明亮，绿树成荫。房子的原主人名为约翰逊·伊索，后被宋耀如（宋氏三姐妹之父）买下，成为宋家花园。1918 年 5 月宋耀如去世后，其夫人倪桂珍携子女迁居住于此，成了当时社会最瞩目的家庭。宋庆龄以及当年蒋、宋、孔、陈四大家族中的三家，给这个花园带来了将近半个世纪的传奇故事。倪太夫人认张学良之妻于凤至为“干女儿”的拜母礼仪在这里举行。中华人民共和国成立之初，宋庆龄在这里创办了上海第一个新型的中国福利会托儿所，后改为中国福利基金会临时办公地点。1981 年宋庆龄去世后，该处由中国福利会管理，上海宋庆龄基金会使用，同时作为福利会老干部活动室。

太平花园的原主人是中国近现代史上杰出外交家、法学家的伍廷芳、伍朝枢父子。民国初期，广东人伍廷芳在这建造西式四层楼房六幢，开设了专供外侨食宿的饭店数家。1928 年起由其子伍朝枢续建，花园位于陕西北路 470 弄。巴洛克式特征的建筑是幢朝南的公寓式大楼，底楼有 16 个门洞，双抱式连体拱门，门上有石纹装饰。建筑立面均为水泥，八字形石阶转角楼梯，石阶梯转角处有小平台，东立面处亦设有几处窗，窗框造型大多带有宫殿色彩。南立面在宫殿式的窗框下方均有不同形状的石雕花纹，略带几分古意。室内均为水曲柳地板，柚木护手，每一处细节都彰显着精致与典雅。

建筑师与教育者

中国人精致生活的缩影，每一栋建筑里不知道承载了多少人的旧时回忆。

华业大楼，又名华业公寓，位于陕西北路 173 号。20 世纪 30 年代，上海营造巨擘、谭同兴营造厂厂主谭干臣，以巨资购得此基地，建造华业公寓。建筑面积约一万零五百平方米，高四十余米，为一座十层钢筋混凝土结构的西班牙风格的建筑，1934 年建成。当时，高层公寓大楼的设计者几乎都是外国人，而华业公寓的设计图则出自中国建筑师李锦沛之手。建成后的华业公寓西邻哈同夫妇的爱俪园（今上海展览中心原址），北邻当时上海的国际社交中心和沧州饭店（今锦沧文华大酒店），周围环境极佳。抗战胜利后，作家、戏剧家李健吾，著名电影和话剧演员金山、张瑞芳先后租住于此。

私立崇德女子中学，1940 年由私立崇德女子中学女教师马鲁丝以毕生积蓄购得，作为校舍，位于今陕西北路 461 号。该校为汤杰卿牧师与万应远博士所创，原址在武昌路，规模甚小，仅为小学。历经三度迁移，规模渐增，1914 年始设中学。旧址校舍为欧式乡村风的建筑，砖木结构假四层，红瓦四坡屋顶。整栋建筑的布局工整，外观典雅，具有较高的建筑艺术鉴赏度和历史文化价值。1919 年遵中国政府法令归华人办理，校长徐松石，有中学生百余人。1928 年沪江大学承认其为附属中学之一，为上海有名的粤侨女子中学，其高中毕业生可直升沪江大学本科。1952 年 10 月，邻近的私立晏摩氏女子中学并入该校。同年，上海市教育局接办教会学校，收回教育主权。1953 年 6 月，私立崇德女中与进德女中合并，组建“上海市第七女中”。1958 年，更名为“七一中学”，现为上海市同济大学附属七一中学。著名女演员阮玲玉就读或毕业于此校。

援助与怀恩

感恩是一种处世哲学，也是生活智慧。根据心理学移情原理，外界的形式会影响人的心理活动，同样感恩也可移情至建筑的表现形式上。

西摩会堂又名拉希尔会堂，原为上海犹太侨民协会拉希尔犹太会堂会址，位于陕西北路 500 号。1917 年开工，1920 年落成，是一幢呈长方形的希腊神殿式砖木结构建筑，具有典型的新古典主义风格。教会堂内的灯、建筑里的管道板基本是原物，上面刻有犹太人的标记。该建筑入选“2002 年世界纪念性建筑遗产保护名录”。近几年，许多来自世界各地的犹太人和外国政要到西摩会堂参观访问。其中有一句留言：“我们纪念这段史实并向这里伸出援手的人们致以极大的感谢和赞赏。”

意为心怀恩惠的怀恩堂，位于陕西北路 375 号，可容纳二千余人聚会。大堂由一幢中三层旁二层的楼房组成，教堂东南角有一高耸的钟楼，另设小教堂。1912 年，美国浸信会传教士万应远来到中国，在上海市静安区四川北路兴建怀恩堂。后经五次变迁，于 1940 年购得陕西北路 375 号的基地，1942 年新堂落成。

（发表于《上海画报》杂志 2017 年 10 月刊）

解读2016年上海十件民生实事（节选）

专访第十一届、第十二届全国人大代表，
上海社会科学院经济研究所副所长张兆安
上海交通大学产业创意研究所所长解崙

“政府采取由下而上的方式，实施十件立项实事工程，切实解决了百姓的‘急愁难’问题。城市的经济社会发展与百姓的美好生活，都要从日常生活的点滴开始做起。政府推进的这十件立项实事，正是百姓迫切需要解决的热点、难点、焦点问题。我相信，通过一定时间的努力，百姓的问题会得到越来越多的解决，城市的发展也将更加和谐与可持续。”张兆安说。（2016年上海市政府10件、27项实事项目）

一、新增7000张公办养老床位，新建80家老年人日间服务中心，新增50家“长者照护之家”，新增50家养老机构设置医疗机构，为300家存量养老机构安装自动喷水灭火系统。

专家解读：张兆安

十件立项事实中，养老问题为何被放在首位？这主要基于中国已进入老龄化、高龄化、空巢化和家庭小型化的社会背景，尤其是上海这样的特大型城市，老龄化程度较高。从户籍人口来看，六十岁以上老年人口所占的比重已接近30%。虽然居家养老、机构养老等养老方式，让空巢老人有了安享晚年的生活方式，但遗憾的是，现有养老机构的数量仍无法满足需求。如今，有的公办养老机构需排很长时间队才能挤进居住，而民办养老院发展迅速，但是布局不够平衡，有的养老机构爆棚，有的养老机构床位空置。2016年市政府采取以医养结合方式服务于居民，这不仅对老人，还对其整个家庭也是件欣喜的事。

专家解读：解崙

在2008年上海举办第一届中国国际进口博览会前夕，为美化市容并改善顶楼居民的生活条件，上海部分高楼建筑加装了“红帽子”设施，解决顶楼暴晒和房屋漏雨等问题。现在，是时候关注二楼以上行动不便的居家老人的出行需求，采用更科学的解决方案。

关于电梯问题，建议安装专为低楼层设计的低成本简易式电梯，适用于每家每户使用。这些电梯可安装在六楼或七楼住宅楼的外部，相较于工业电梯和高速电梯，其价格更为亲民，约十万元，分摊后成本更低。简易电梯的安装将提升整栋楼的价值。在房产交易中，二楼以上的住宅价格将显著提高，因为电梯的便捷性解决了老人出行难题。也可以视为一项有潜力的投资项目。过去，顶层住宅价格较低，部分原因是考虑到老人出行不便。现在，通过安装电梯，为民众创造福祉，百姓也更愿意在六楼等较高楼层居家养老。

二、完成150公里河道综合整治、2000公里河道轮疏，新增100万户“绿色账户”覆盖区域，新增40万平方米立体绿化。

专家解读：张兆安

近年来，尤其是2015年以来，上海市政府加大了对环境保护和生态建设的投入和力度，取得显著效果。具体包括违章建筑的拆迁、市容环境脏乱差的治理、河道综合整治以及生态修复等方面。经过多年努力，苏州河黑臭问题得以消除，城市环境得到明显改善。但目前仍存在一些死角，尤其在城乡结合部、郊区乡镇等地方还存有大量违章搭建、排放污染等问题有待解决。另外，雾霾问题也日益突出，其形成原因既有内部因素，也有外部因素。

为应对这些问题，上海市政府采取了多项措施。其中，新增100万户“绿色账户”覆盖区域是今年的创新举措，旨在通过量化性指标推动绿色发展理念的落实。同时，上海还严格控制建筑用地，近年来全市建设用地采取零增长甚至负增长措施，以国际化大都市建筑用地标准（约30%）为参照，上海的建筑用地比例已降至40%以下。此外，上海还计划在近郊建设郊野公园，大面积增加绿化，使整座城市生态环境更加美好。

专家解读：解崙

针对河道整治问题，有个办法是重新挖掘河道旁的排水沟渠暗管，将所有污水引入暗管并流至处理厂，让河川回归其泄洪功能，还大自然一个良好循环。在水道改造过程中，应注意保留自然水道、重新挖掘做大下水的污水水道，以及将上水设为自来水等三大工程，以确保家家户户的污水都能进入排污水道，让河川发挥其应有的生命力功能。

三、新建11个医疗急救（120）分站；为30万名符合条件的居民提供大肠癌免费筛查服务。

专家解读：张兆安

随着社会经济的迅猛发展和城市化进程的加速，市民对健康生活的需求逐日高涨。然而，生活水平的提高、癌症发病率的上升。为此，市政府从为服务百姓出发，在财政可承受范围内，针对特定疾病推出了免费筛查服务，如大肠癌免费筛查，旨在早发现、早治疗，这一举措深受市民和家庭的欢迎，对社会发展具有积极意义。

上海作为一个人口超过两千四百万的大都市，医疗急救资源的配置应依据人口基数进行动态调整。当前，医疗救护站的工作人员承担着繁重的任务，但待遇相对较低，市政府在增设医疗机构的同时，也应适当提高一线救护人员的待遇，使更多医护人员安心投身一线工作。

专家解读：解崙

虽然大肠癌的死亡率并非最高，但免费筛查服务的推出仍具有重要意义。同时，建议将乳腺癌筛查纳入免费检测范围。

四、完成 2000 万平方米居民住宅二次供水设施改造；完成 90 万户老旧住宅小区电能计量表前供电设施更新改造；完成 6 万户旧住房修缮改造工程。

专家解读：张兆安

2015 年寒冬时节，居民住宅水管爆裂事件频发，凸显了供水设施存在的问题，迫切需要对居民住宅进行二次供水设施改造。同时，电线老化问题也潜藏着重大安全隐患，部分老房子因电线老化引发火灾，对人民群众的生命安全造成危害，因此成片改造老旧住房成为解决这些问题的关键。

在保留城市建筑历史文脉的基础上，市政府每年都会对不符合危房标准的老旧住房进行必要的修缮改造。通过改善老旧住房的居住和生活环境，提升居民的生活品质。具体措施包括建造独立厨卫空间，为老旧公房增设电梯功能等。

五、为 100 个老旧居民小区实施消防设施增配或改造；组织全市居民小区开展 1 次逃生疏散演练；完成 900 台 2000 年以前投入使用的住宅小区老旧电梯安全评估；完成中心城区 9 个路段的道路积水改善工程。

专家解读：张兆安

改善民生需坚守四条底线：常住人口规模、建设用地总量、生态环境以及安全。其中，电梯安全作为城市安全的关键一环，组织全市居民小区开展逃生疏散演练显得尤为重要。

专家解读：解崙

演练的前提是配套设施要跟上。

六、新建 4000 个电动汽车公共充电桩。

专家解读：张兆安

这与产业结构调整、产品升级和生态环境保护紧密相关。在推广新能源汽车时，需面对新能源汽车技术待完善、充电桩数量不足且充电效率低等问题。然而，新能源汽车对减少机动车尾气排放、改善雾霾天气具有优化作用。

七、帮助 8000 名长期失业青年实现就业创业；为 1000 户本市农村困难残疾人家庭进行无障碍改造。

专家解读：解崙

居家照顾被广泛认为是长者最为理想的养老方式，这是世界最美的居家护理养老方式，它的幸福感意义较大，不仅让老年人感受到家庭的温暖与幸福，还减轻了政府的养老负担。然而，当前最显著的问题恰恰就是居家养老，面临聚集式楼层带来的不便，让长者感到生活受限，仿佛置身于无形的牢笼之中，这对提升生活品质没有帮助。

电梯的安装与普及，有效破解这一难题。同时也为解决长期失业青年的就业问题提供了新的契机。如可以安排年轻人负责十栋大楼内 60 户电梯的养护与清洁工作，这不仅为他们提供了稳定的就业机会，还促进了社会的和谐与稳定。

此外，针对本市农村困难的残疾人家庭，进行无障碍改造工作。其中，一种简易、低成本、高效率的电梯新系统在上海率先推广。这种系统允许根据实际需求关闭或开启特定楼层的电梯，既满足残障人士和行动不便者的出行需求，又避免了资源的浪费。当然，在安装前后，可能会遇到一些纠纷或问题，但所有这些问题都远不如帮助残障人士和行动不便者，获得更高的生活质量来得重要。

八、支持新建改建 100 家标准化菜市场；支持大居和配套薄弱社区新建 30 家早餐示范门店。

专家解读：解崙

是否可以考虑先规划区域，再实行招标？现代化的改造往往更受欢迎，便于使用，招标也更具竞争力。假设我有 100 个地点计划改造成标准化菜市场，那么我定会遵循中央领导提出的市场化原则。我甚至提出更具体化的建议：每个菜市场下方都应配备停车场，楼上则设立为当地社区的文化中心和文创基地，这样的综合体可被称为生活中心。如此一来，百姓只需停一次车，便可完成购物、休闲、文化体验等多种活动，这无疑有助于节省时间和汽油消耗，提升生活效率。

九、新建改建 50 个市民球场；在公园、公共绿地及大居社区等处新建 50 条百姓健身步道。

（略）

十、完善 100 家社区志愿服务中心民生服务功能；完成 5 万名家政员登记注册工作；开设 400 个小学生“爱心暑托班”。

专家解读：张兆安

在上海的关键时间节点上，志愿者民生服务做得很好，通过一定载体平台，为百姓提供了指向明确、常态化的服务，提升了上海这座城市的精神面貌。同时，家政服务在上海拥有庞大的社会需求和广阔的市场潜力。随着上海老龄化、空巢化现象的加剧，居民对家政服务的购买意愿显著增强。家政服务作为深入千家万户的进家门服务，其重要性不言而喻。通过家政员的登记注册，可清晰了解整个服务行业的总体规模和发展趋势，有利于市政府规范行业发展。

专家解读：解崙

家政服务应当走市场化道路。家政人员应由专业公司进行统一培训，政府无需过多干预。如仅仅是为了家政登记，那么应将这些人员纳入公司体系，通过组织培训将其打造成为管家式服务人员，而非仅停留在现有的中介所模式上。

（发表于《上海画报》杂志 2016 年 3 月刊）

百年大世界传奇：人生如戏　由海入界（节选）

“一歇大，一歇小，一歇胖子，一歇瘦子……”

“小辰光，二角五分一张门票，从开门白相到夜里十点钟，都舍哦得回家。”

“阿拉小人欢喜看变戏法、杂技、西洋镜等。中午吃只肉馒头垫饥，买瓶汽水解渴，咪一口藏好，舍哦得喝光；大人欢喜看滑稽戏，听京剧、戏曲等。”

“棉花糖、糖人等都在外面街边叫卖……”

儿时的欢声笑语，现在想起依旧清晰。老上海阿姨、叔叔们提及往昔，个个手舞足蹈、满脸幸福红晕，沉醉于小辰光的特殊记忆里……那一段时光，上海有句话：“不到大世界，枉来大上海。”

2017 年 3 月底，我们小时候的上海大世界，尘封十三年后终于复活，在 6 月喜迎百年华诞之际，正式对外打开经典记忆的大门，让无数人的情怀得以延续。

也许很多人并不知道，“大世界”意指当时各类人群皆可在大世界找到自己喜爱的节目或活动。最初的经典游玩是游艺杂耍和南北戏曲、曲艺为特色，而其独有的“十二面哈哈镜”更成为吸引众人的“镇馆之宝”。如今，修缮一新的大世界传承这一经典，以“非物质文化遗产的活态传承”与“民族、民俗、民间”文化为主题，激发灵感，开启创意，感受非遗文化的独特魅力，成为传承中华文化的新力量。无论你是文艺青年，还是都市白领，抑或是学生，都能从中找到适合自己的兴趣点，沉醉其中，迷恋一场。

百年大世界　风韵犹存

大世界是老上海的象征，承载着几代人的深情与回忆，连接着儿时的记忆画面与片段。尽管时过境迁，社会经济环境发生了翻天覆地的变化，但大世界在重建中努力平衡着老年人的怀旧情怀与青年人的现代追求。

如今的大世界，既保留了怀旧韵味，如重建的戏剧场，又融入了创新元素，如上海大世界吉尼斯纪录的设立。然而，作为都市娱乐空间，大世界已难以再现昔日的辉煌地位。自 2003 年关门歇业后，它已被列为全国重点文物保护单位，其建筑空间的意义已超越了游乐场的范畴。复出后的大世界，在娱乐项目的取舍上颇为讲究。那么，这座陪伴了几代人童年的上海大世界，到底好白相（玩）在哪儿？

为满足人们的情感需求，大世界在建筑风貌上严格按照原貌修复历史建筑。上海淮海商业集团大世界文化运营有限公司总经理谢军女士介绍道：“大世界的建筑风格复杂而精致，大门、圆柱大厅及剧院等主要仿西式古典式，内部的建筑布局则新颖且颇具中式艺术感。长达两百米的连廊蜿蜒交错，繁而不乱，上下贯通，将大世界主楼完美衔接。人们可以在上面畅行无阻，因为它既是通往多种表演互动区域的核心通道，又是可以依栏欣赏大舞台精彩演出的地方。”夜晚彩灯灿烂，这些匠心独运的建筑设计为大世界增添了几分灵气与活力。

修缮一新的大世界得到了文保专家的共同参与。檐角、地砖、回廊等细节既保留了原本特色，又增添了厚重的艺术感。最能体现大世界建筑特征的是由12根圆柱构成的六角亭，它们拔地而起，层层向上，形成一座浅黄色的尖塔，极限高度达55.3米，寓意大爱无疆、蓬勃再生。在此次修缮中，尖塔下方的封闭式空间被改造成了半露天的阳台，这一设计更符合历史大世界的寓意。同时，窗户也被还原成了老式的木质窗框，流露出浓郁的海派建筑气息。透过窗户，还能观赏到大舞台上的各项演出。

百年前，大世界坐落于市中心的敏体尼荫路爱多亚路口（今西藏南路延安东路交叉口），坐东南朝西北。1917年7月14日剪彩揭幕，同时设有多个剧场，演出各地戏曲、曲艺、中外歌舞音乐、古今杂技魔术、木偶、皮影、气功、武术等节目，日夜放映电影，并有各类体育、智力游艺活动室。其海纳百川的地理位置和独栋的历史建筑，使得如今展示的非物质文化遗产融合了现代时尚和生活气息，吸引了更多人亲近非遗文化。

提到大世界，不得不提及创办人黄楚九（1872年—1931年）。他是20世纪初上海实业界的著名人物，被誉为中国西药业和中国娱乐业的先驱。他一生创业横跨诸多领域，被人称为“百家经理”。他创办了中国第一家民族资本制药企业“龙虎公司”，开设了中国第一个综合性娱乐场所“上海新世界”，开办了亚洲最大的娱乐中心“上海大世界”，发行了中国第一家娱乐报纸《大世界报》，建立了拥有21个医药企业的“黄氏医药集团”。他的事业涉及医药、娱乐、金融、房地产等行业，涉足领域之广，在当时几乎无人匹敌。

远东游乐场的辉煌岁月

1930年，大世界转由上海滩青帮头领黄金荣接手经营，以其丰富多彩的全国各地戏曲演出而闻名遐迩，吸引了络绎不绝的游客，迅速崛起为当时远东地区最大的游乐场。这座占地一万四千七百多平方米的游乐场内设有剧场、电影场、书场、杂耍台，以及中西餐馆等多元化设施。底楼的“共和厅”更是成为沪上名伶轮流献艺的璀璨舞台，美其名曰“群芳会唱”。露天场地中，高空飞船的设立为儿童们打造了一个梦幻般的游乐天地。

“乾坤大剧场”作为大世界的标志性建筑，分上下两层，拥有千余座位。这不仅每天夜间上演京剧，开创了男女同台演出之先例，成为当时名角们的发迹之地；白天则放映诸如《七粒珠》《黑衣盗》等侦探片、惊险打斗片，好莱坞影片接连上映，吊足观众胃口。

数次更名与时代变迁

1949年后，大世界依然游客众多。据悉根据上海市档案馆资料的统计数据，除个别年份外，其他年份年游客量累计超过三百六十五万人次，日平均游客量超过一万人次，其中1955年春节更是达到了四万人次的接待日峰值。2017年重新开业首日，便售出3013张门票，而在随后的清明小长假期间，整体入馆观众达三万一千多人次。

面对都市中繁多的文化休闲娱乐项目，谢军说：“我们要做的是如何更好地吸引更多人去关注传统文化，这无关乎年龄、职业。令人意外的是，在清明小长假期间，依然吸引了这么多本地观众，这也在我们预计之外。”谢军继续说道，“对于评价不一的问题，我们要客观看待和正面面对。对于服务管理及符合主题内容的一些意见和要求，我们广泛听取并记录分析，不断完善服务运营管理，丰富符合非遗与‘三民’主题的内容和多样表现形式，增加趣味性，迎合当下不同人群的需求。”

大世界数次易名，都与时代的变迁息息相关。从1955年收归国有更名为“上海人民游乐场”，到1958年恢复原名“大世界”（门票为人民币二角五分）；再到1966年一度改名为“东方红剧场”，并改作外贸仓库；1974年改名为“上海市青年宫”，直至1987年再次对外开放，大世界的历史见证了时代的沧桑巨变。

活态“非遗”游在世界

重建后的大世界，唱主角的不再是戏剧类项目，而是非戏剧类项目中的游艺和其他项目，如碰碰车、桌球、游艺厅、舞厅、音乐厅等。谢军指出：“作为非遗和民族、民俗、民间文化即‘三民’文化的聚集展示平台，大世界依然肩负着传承使命。中国非物质文化遗产本身门类众多，内容丰富，不仅包含大众熟知的传统戏剧、曲艺、杂技等大世界原有的经典项目，还包括民间技艺、民俗、美食制作以及文学、医药等，都是中国非物质文化遗产的重要组成部分。”

如今，历经百年风霜的大世界必须与当下生活接轨。谢军说：“为满足现代年轻人与亲子需求，大世界增加了趣味横生的多媒体互动、寓教于乐的非遗手工艺沙龙、国际非遗美食等五大功能业态。以崭新模式、国际视角、创新理念结合现代技术，让大世界成为了一个持续的主题内容平台，为不同年龄段的游客提供了一个亲近传统文化的途径和平台。”

世界非遗如何丰富，中华技艺经典又经历了怎样的变迁与发展？谢军告诉记者：“目前，15个展厅涵盖近150项国内外非遗项目，并引入常换常新、周期轮转的方式，持续推出各具特色、丰富多彩的展演内容。”在现场我们看到二层C区特设非遗原生态展厅，邀请了国内外非遗传承人参与，展出家族藏品及当下精品，古法再现精湛的非遗技艺。三层C区的非遗再设计则将传统非遗技艺与现代设计理念相结合，在尊重非遗精神、延续非遗工艺和技法的基础上，对“材料”、“功能”、“审美”进行创新设计，吸引更多现代艺术家、设计师、创新者参与到非遗的再创造、再设计中，促进经典重获新生。

谢军表示：“中国在非物质遗产项目上是较多的。世界最大的财富是人类，整个文化的发展代表人类的进步。我们要做的是把城市的文化气质延续下去。大世界以非遗的原生态和再设计作为主脉络，专注于经典与濒危、民族与国际、传承与发展的融合。通过大世界饱览全球非遗精粹，同时荟萃全国非遗珍品，通过上海这座国际文化都市推向世界舞台，为公众带来别具一格的文化盛宴。”

智能技术　激发思维

大世界的特色外墙秀，运用创新高科技手段演绎非遗文化，带人体验一场场绚丽的视觉盛宴。这场盛宴围绕三重多样主题展开：“初心·前行”旨在展现非遗文化的多样性和丰富性；“匠心·创造”则聚焦于上海的经典非遗项目；“恒心·传承”则通过加入互动元素，增添趣味性，让非遗文化更加贴近现代生活。眼下，最受追捧的虚拟现实（VR）体验项目，更是将数字世界与真实世界巧妙结合。通过交互设备，让人能身临其境地与影像内容互动，感受非遗文化与海派风情。

为满足更多年轻人数字化获取知识的习惯，谢军介绍说：“我们在不断探索如何将非遗推向现代，让全世界人民感知，这是大世界的责任。于是我们在二层 D 区，首期推出‘二十四节气绘画互动墙’，让观众在民俗场景中填色创造属于自己的民俗娃娃，并上传到大屏幕进行互动。此外，‘民族服饰换衣镜’可以体验世界各民族经典服饰的趣味换装，并通过扫码打印带走充满异域风情的百变形象。而‘非遗在世界’则通过逼真的场景还原，让我们近距离感受全世界的各类非遗文化。”

丝绸之路作为中西文化交流的桥梁，其经典非遗文化也在大世界得到了持续展示。在四层 C 区，大世界以“织悟”为主题，模拟打造了“莫高窟”原貌，让观众在移步换景中欣赏原创定制和百年藏品地毯的惊艳之美，领略手工编织全流程的繁复技艺。同时，在定制级音乐和异域香氛中，享受视觉、听觉、嗅觉、触觉的多重感官体验，近距离感受敦煌文化魅力。

虚拟现实技术的发展，为大世界提供了跨地域体验的无限可能。在四层 D 区，特设 VR 非遗体验厅，借助虚拟现实技术，穿越百年街景，置身历史时空，感受非遗文化的深厚底蕴。仿真漫游和虚拟交互两种体验相结合，让人在趣味十足的虚拟空间中畅游。

作为国内首个“非遗”全息声演艺空间，四层 E 区的非遗剧场打破传统镜框式舞台的局限。结合前沿全息声和电子声场技术，全场一百二十余个顶级音响布阵，带来全方位 360 度的沉浸式体验。剧场将各类非遗文化跨界融合，创作出独具特色的跨界节目。其中，评弹艺术家高博文与作家金宇澄携手为大世界创作的新评弹《繁花》一剧，更是将评弹这一极具江南韵味的非遗艺术手法融入现代审美意趣，让人多角度了解、回望记忆中“稀奇”、“好白相”的大世界。

大世界通过融合各种新媒体与现代艺术方式，在当代语境中重新诠释非物质文化遗产的独特魅力，为我们送上一场跨越时空的文化盛宴。

/ 链接 /

“哈哈镜”的回忆与情怀

走进大世界，一眼便能看到位于正门门厅的12面哈哈镜。作为大世界的经典记忆，历经百年后重现光彩，人影映入镜中，形态各异、千姿百态，令人捧腹不已，孩子们更是“人来疯”，每每开心得手舞足蹈。透过它们，大人仿佛再次回到了童年，将两代人的那些欢笑与温情绵延传递。

地理位置：一层F1序厅

名角一唱成名的发迹地大舞台

大舞台曾是南北戏曲轮番登场的演艺中心，也是很多名角一唱成名的发迹之地。如今，大舞台沿袭了传统、跨界创新，汇聚成为非遗杂技、曲艺、歌舞、群艺的展示平台，再次成为国内外优秀艺术家的向往之地。同时对社会院团开放，成为群艺表演的文化大舞台！

地理位置：一层F1中庭

（发表于《上海画报》杂志2017年5月刊）

书业人士谈2004年首届上海书展（节选）

郝铭鉴：任何文化的消费过程都是一个咬文嚼字的过程

《编辑学刊》主编

任何文化的消费过程都是一个咬嚼的过程，没有咬嚼，文化也就不可能健康地发展。图书是精神产品，但它依然还是商品，一种特殊性的商品，它需要投放市场，需要与读者见面。图书是智慧产物，显示了社会的文化程度。在上海这样的国际大都市，假如没有书展，是难以想象的。书展不仅满足了人们精神上的需求，而且展示了一个城市的文化风貌。这需要达到三个要求：

1. 不能见表不见里。既然是书展，当然要有形式的要求，但不能只重外表不注重实质。书展不是花团锦簇，而是内在的满腹；不是一种表面的热闹，而是一种内蕴的厚实。像国外不少书展追求的是厚实而大气，而不是浮浅的东西。

2. 不能见书不见人。书是展示的主体，但书也是人写出来、编出来的，书展不仅是对书的交流，更多的是人与人之间的精神交流。我参加过很多书展，就拿最近参加的“歌德堡书展”来说，他们在书展上举办了很多小型讲座，作者、编者与读者充分交流。在书展上不仅可以看书，还可以有很多研讨学术文化的机会。这就使书展达到了更高的境界。

3. 不能见“新”不见“旧”。我发现一个现象，一些出版社参与书展都是疲于奔命地在赶出“新”书，喜新厌旧成了一种通病。在我看来，“旧书”体现的是文化的积累。没有讨论整编，没有二十四史何谈中华文化？我们有不少书，不是因为陈旧而淘汰，而恰恰因为喜新厌旧而死于非命。印一版即告夭折，这不能不说是人力、财力的浪费。一个书展，如果只有新书，而没有在读者心目中享有盛誉、在市场上长盛不衰的旧书，那其实是很浅薄的。

雷群明：如何设法延长书展的“后劲”实在很有探讨的必要

上海市编辑学会常务副会长兼秘书长

办一次书展不容易。短短几天的展出，投入的人力、物力、财力不知多少。如果书展只有展出期间几天的热闹，实在有点可惜。因此，如何设法延长书展的“后劲”，实在很有探讨的必要。

首先，要使书展增加文化气息，结束以成交额论英雄的局面。其实，成交额多的未必值得称道。有些出版社靠“畅销书”和教辅书等争来大笔订单。孙颙同志说，希望上海书展成为“上海城市的文化名片”，的确是有眼光的提法。书展成了“城市的文化名片”，就会在人们心目中留下长远的影响，而不会随着书展的闭幕由此结束。

其次是把书展的“亮点”尽可能做成“长明灯”。市领导要求书展在搭建为全国服务文化平台、提升上海市民文化素质、推进上海学习型城市建设、加强未成年人思想道德建设方面形成亮点，非常正确。但是，如果这些亮点只在书展期间“亮”一下，书展之后就暗淡了或者熄灭了，影响毕竟有限。因此要求有关方面共同努力，把书展中形成的亮点一直“亮”下去，成为一直照耀人们的“长明灯”。

最后，对于参展各方面在书展期间所显示的创造性劳动成果，也应该加以珍惜，适当引导，让大家用做书展的劲头来对待平日的工作，那么，平日的工作也一定会出现新的面貌。

（发表于《上海新书报》2004 年第 813 期）

2005年书业十大选题榜

2005年，出版界满怀期待。年初“北京图书订货会”，虽有业内人士抱怨亮点不亮，但三十多亿元的订货金额却悄然创下历年之最。然而芸芸世界，世事难料，一波波突如其来的新闻事件如同导火索，一次次地点燃出版界对图书选题和作者资源的争夺战。

1. 超女成群：掏钱

一档由湖南卫视精心炮制的“超级女声”娱乐节目，成为2005年各家媒体最为关注和追捧的神话。随着“超女”、“想唱就唱”之声高涨，图书市场自然不会慢知慢觉，从《我为“超女”狂》开始，此类选题的图书出版也疯狂搭上了这一风潮，所有与此相关的图书全面热销，这也吸引了更多出版社投入该领域，看如今各书店热门推荐书，几乎都有“超女”身影。《超级女声宝典》《沐宇春风》《非笔寻畅》《靓声靓颖》《李宇春，真帅》到《黑楠：我给超女当评委》《超级女声VS超级策划》等只要和“超女”联姻，即使在制作上欠点火候，尽管在三五天之内东拼西凑，罩上了“超女”的红纱，就不怕没有银子入账。2005年，跟在“超女”身后的出版社急吼吼搭着顺风车，可怜“玉米”、“粉丝”们乖乖把钱掏。

2. 神六奔天：联想

“神六”飞天，“嫦娥”计划，一个个梦想正在走向现实。尝到“神五”图书甜头的出版社未雨绸缪，早早打起了“神六”图书的主意。更多的出版社，也纷纷伸出灵敏的鼻子，奔向航天类图书选题策划。随着神舟六号的顺利返回，相关图书顿时集体亮相市场。有的向读者介绍航天知识，如江西高校出版社推出的《载人航天新知识丛书》等；有的则揭开“神舟”面纱，如中国文联出版社推出的《“神舟”号揭秘》等；有的借名主持之笔，架起读者和航天人之间的桥梁，如新华出版社的《面对面独家访谈·倾听神舟》等。以及用精彩图片和卡通的形式通俗介绍“神六”飞行全过程的《神舟六号再壮神威》(科普知识挂图)、《神舟六号航天专家告诉你——100个航天秘密》等。

航天图书的繁荣，科普读物升温的同时，也难掩科普读物之涩，毕竟科技工作者表述的“曲”太高，科普写手的阵容太弱“和”力太寡，一些出版社辛苦发掘策划的一点妙思，恐怕难以让关心科普读物的人士因为“神六”图书的好销而产生一点幻想。

3. 抗战纪念年：“硝烟”

2005年是“世界反法西斯战争暨中国人民抗日战争胜利60周年”，二战题材的图书达到前所未有的巅峰状态。5月的天津全国书市，各地出版社纷纷施展了“硝烟味”，涉及二战的纪实、传记、图册，小说的选题，以及弘扬抗战民族精神的图书选题，达到几百种之多。

不能忘却的抗战，是 2005 年出版界的一项重大工程。一些出版社打出展现波澜壮阔全民抗战的好牌，如中央文献出版社的《冒着敌人的炮火——中国抗日战争图文集》、上海画报出版社的《不能忘却的抗战》等揭露日本帝国主义侵华暴行的图片集，真实再现了炮火纷飞的抗战史实。以抗日战争为主题的爱国主义教育选题也成为关注点之一，以中国青年出版社的《永不忘记》为代表的图书，满足了优良传统教育的需要。在国内图书“抗战必胜”的市场写照下面，在这些二战史实和图片的选题中，翻译作品是主角，但是夹杂其中的黑色和灰色的版权问题也层出不穷。

4. 红色旅游：吸引

曾经遭受“非典”重创的国内旅游业，走出了迅速增长的好势头，繁荣红火的 2005 年旅游图书给了旅游业一支强心针。2005 年国家大力提倡红色旅游，红色旅游热潮红极一时，伴随而来的是红色旅游选题图书的纷纷登场。《红色旅游速查本》《红色旅游完全手册》《重走长征路》等图书持续升温，并开始突出旅游休闲的服务性，不以简单说教或者强调触目惊心的忆苦思甜的方式，取得了事半功倍的效果。

5. 颠覆红学：吃蟹

红学历来是学界一个热门话题，2005 年这个话题更热了，因为出了个刘心武，他整了几本图书，再加上其他一些有名无名者的凑热闹，使得 2005 年红学红透了半边天。自然，各家出版社也是有事没事偷着乐。

多变的世界是风流人物辈出的，正所谓“无为有时有还无”，一个刘心武搅起 2005 年红学口水战。纵有红学泰斗之称的周汝昌八九本之多的红学著作出版计划，也不管红学家冯其庸大智慧大块头、百万字巨作惊起四座，一本《刘心武揭秘〈红楼梦〉》却使得数万粉丝趋之若鹜。而敢先吃“螃蟹”的出版社，也可以舒舒服服地占得选题先机，直落数盘，一着棋下得钱袋鼓囊不说，还得个滋润惬意。

6. 韩流滚滚：疯狂

韩国爱情小说的流行并不是 2005 年才开始的，最先是一代野蛮娇娘《我的野蛮女友》，这部电影也造就了一本同名畅销书。从此后不尽韩流滚滚来，韩国青春读物长驱直入：《菊花香》《那小子真帅》《玉兰花开》《狼的诱惑》《七朵水仙花》《浪漫满屋》《冬季恋歌》《大长今》……疯狂了的中国众多出版社开始“速恋”韩国文化，一部放映还未超过一半的韩剧，只要有那么一点点火，电视剧的图书版权就会迅速卖掉。

7. 武侠新生：反叛

在金庸、梁羽生等人的传统武侠小说成为经典和绝响之后，一种想象奇幻武侠和一种轻松仿佛童话的青春武侠迅速“蹿红”。2005 年，福州人萧鼎的奇幻武侠《诛仙》横空出世，上市一个月已经销售了 12 万册，进入各大畅销书排行榜持续数月高居榜首。时隔不久，被称为“青春武侠第一人”的泉州人小非推出《游侠秀秀》，以起印 12 万册、10%的版税价受到出版界的瞩目。

这些书完全打破了传统武侠小说的桎梏，流露出了犹如脱缰的野马般的自由不羁姿态，从骨子里流出的一种反叛，让众多出版人发出惊叹：“新武侠小说年”已经到来，于是乎大批新生代武侠小说先后出笼，基本上这一领域内比较有名的作家都已被书商囊括无遗。

8. 影视同期：忧虑

2005 年影视书的市场异乎寻常得好，缘于图书，与影视几乎同期出版，也与读者更爱看电视剧、电影有关。例如央视版《京华烟云》在 11 月 20 日落下帷幕，随着此剧的热播，林语堂的原著也正卖得酣畅。受此类影视剧的影响，刚刚热播的《亮剑》《大长今》等系列图书也在第一时间面世，并有愈演愈烈之势。搭上影视的免费广告车，图书的推广获得了很大的免费宣传。文学与影视如此"联姻"或"嫁接"，对市场进行立体式"轰炸"，起到一定的相互提携效果，但难免也给人留下一些忧虑。究竟它们还是不是图书，也许仅仅是影视剧的衍生品而已。

9. 明星画传：争夺

明星画传 2005 年特流行，五花八门的画传充斥着书市。热卖的画传有《王菲画传》《张国荣画传》等。从文学家、戏剧家、哲学家、革命领袖到演艺明星、体育明星，从中国到外国……凡是挂得上名的，出版社必定"善解人意"。我们大胆揣测一下，接下来的画传选题还有梅艳芳、张柏芝、刘德华、巩俐、章子怡等一个轮回就够得上来年开销了。所以敬请追星的读者注意，为这些昂贵而漂亮的印刷品一定要多备一点银两。

10. 电影百年：重视

2005 年是中国电影百年，热热闹闹出了一大堆相关选题的图书，对中国电影的百年历程画上了一个完美的注脚。2005 年集体亮相的有《海上电影地图》(上海文艺出版社)、《中国电影百年》

（上海书店出版社）、《中国电影百年》（中国广播电视出版社）、《中国电影文化史》、《中国电影艺术史》（北京大学出版社）、《百年中国电影精选》（中国社会科学出版社）、《电影的踪迹：中国电影文化史评》（中央编译出版社）、《上海电影百年图史》（文汇出版社）等。还有将受众群定位于普通读者的，如广西师范大学出版社的“电影馆”系列、中国人民大学出版社的“电影场”系列、人民文学出版社的“电影眼”系列的丛书，受到了普通大众的青睐。虽然市场总体对此类图书反应不够热烈，喜忧参半，出版社的重视却是前所未有的。这也给我们编辑出了道难题，鱼和熊掌如何兼得？

短短数言盘点文字，自然盘不住丰富多彩、变幻多姿的2005年的图书出版浪潮。像“80后”系列丛书、套书及少年作者写作的图书以及“性文学”图书都在这年有了长进。2005年，倘若出版人“心静如水”或者大唱大红，等来的也许只有苦水一杯。

（发表于《上海新书报》2005年）

用文字呈现百年光影史

——以书纪念百年电影

清朝光绪三十一年（1905 年），转瞬至今已有百年之遥。在这一年，电影（时称“电光影戏”）进入中国已历九载，而中国首部电影《定军山》也在北京琉璃厂土地祠旁的丰泰照相馆应运而生。恰在 1905 年之际，清宫廷刚颁布禁令，电影被正式“放逐”民间……

电影在深入民间的同时，也翻越了艺术的门槛，发展成为一种社会活动。它历经沧桑，穿越废墟，历经政治风云的洗礼，终于迎来属于自己的春暖花开。在喧嚣与欢乐交织，或是曲折与挑战并存的历程中，电影不断前行，绽放为世纪末的多元风景，真是“百年悲笑一时览”啊！

在困惑中重生

在历史的转折点上驻足回望，追溯中国电影一个世纪的传奇之旅，探寻其百年困惑的源头。据说，即便是在上海电影资料馆，早期上海电影的胶片也已难觅踪迹，就连中国电影资料馆，其藏品中最早的电影作品也仅追溯到 20 世纪 20 年代。

电影，这一魔幻的世界，虽在中国其圈子相对较小，满大街都是熟识的面孔，但它所蕴含的宝藏却如同一个充满惊喜与憧憬的神秘之地。昔日黑白光影中那些真实生动的人像，他们的激情与才华，丝毫不逊于今日的大腕们。

中国电影，这条漫长且令人困惑的“光影”之路，恰好被出版界敏锐捕捉。从市场反馈来看，那些展现中国电影百年历程的影史类、影人传记类，以及综合类图书，由于真实还原了中国电影史的艺术与戏剧性原貌，虽赢得口碑，但销量却并不尽如人意。销售数据分析显示，有关电影百年纪念的精品图书数量匮乏，市场逐渐降温。同时，2005 年“超女”、“抗战”、“哈六”等热门话题的激烈竞争，也为这类图书的整体销售埋下了诸多不确定性。

书写影史

电影，这一时尚艺术的典范，在中国近百年的发展历程中，以其波澜起伏的戏剧性和风起云涌的故事性吸引着无数目光，从未因经典作品的匮乏而黯淡过。诸如《百年中国电影研究书系》这样的著作，一翻开便让人深刻体会到何谓真正的中国电影之精髓。尽管该书篇幅高达三百万字，但它所展现的电影百年的千姿百态与深邃内涵，依然令人由衷赞叹。

中国电影家协会主席吴贻弓曾感慨，“当翻阅到那些回顾中国电影百年轶事的熟悉画面时，看一看今天它能为我带来怎样的欢乐与惊喜。”而一位读者在阅读完李多钰主编的《中国百年电影》后也表示：“原本以为这会是一个沉重的话题，但编者巧妙地通过‘电影大历史’、‘口述影像’和‘坐标系’等版块的划分，让我在阅读时仿佛置身于电影的历史故事中，既非简单的故事拼接，也非呆板的阐述，而是充满了趣味与深意。”

/ 链接 /

其他值得关注的影史类图书：

《中国科教电影史》《中国少年儿童电影史论》《中国电影理论史评》《中国电影产业史》《中国动画电影史》《中国记录电影史》《中国战争电影史》《中国喜剧电影史》《中国电影表演百年史话》《中国武侠电影史》《中国电影技术发展简史》《百年中国电影精选 1905—2005》等。

其他值得关注的电影理论研究类图书：

《百年中国电影理论文选》《中国电影的类型研究》《凝视的快感：电影文本的精神分析》《电影艺术词典（修订版）》《什么是电影叙事学》等。

传记留传

与影史类图书交相辉映的是电影界人物传记与史记类图书的璀璨夺目。这些传记作品，无论是丛书形式还是单行本，均以翔实的史料与生动的笔触，描绘了电影家的演艺生涯、政治历程及家庭生活，吸引了广大读者的兴趣。

其中，尤为引人注目的是中国电影出版社。该社曾在 1983 年推出“中国电影家列传丛书”，此番再度编辑出版“中国电影家传记丛书”。看点有二：一是出版社历经二十二年仍坚持再版的坚韧毅力；二是该丛书优先推出那些鲜为人知的艺术家传记，填补了市场空白，吸引了众多新奇的目光。

俗话说，货比三家方知优劣。细心的读者不妨将两个版本的丛书对比，从人物的全面展示、深入剖析、细腻描绘，以及人物的风雨历程、情感世界、艺术追求、思想性格等方面进行深入比对，其中的差异与精彩自会不言而喻。

从该丛书已出版的《我的坦白书——黄宗江自传》《跨越世纪的美丽——秦怡传》《两步跨人生——谢铁骊口述实录》等十余册图书来看，形式多样，包括自传、他传和口述等，内容丰富，引人入胜。据上海书城淮海店营业员介绍：“这些传记深受老影迷喜爱，甚至有读者一次性购买两套。其实我自己也挺喜爱的……”

受文艺类图书整体跟风潮的影响，电影明星画传今年尤为流行，色彩斑斓的画传充满了书市。由于出版的多为当红艺人的画传，市场反应热烈。然而，从周润发到李连杰，从成龙到章子怡，尽管出版社几乎囊括了大部分知名影人，热卖的画传有《王菲画传》《张国荣画传》等。据上海书城的销售情况显示，影人画传的销售往往只是昙花一现，除了上市初期受到读者追捧外，后续销售逐渐平淡。

/ 链接 /

其他值得关注的传记类图书：

《搏击艺术人生——田华传》《燃烧的灵魂——陈荒煤传》《往事如烟——严寄洲自传》《一个导演的自述——王炎自传》《银海艺影：庞学勤、杨洸画传》《中国电影百年经典书系·导演系列 / 票房大腕冯小刚》《中国电影百年经典书系·导演系列 / 视觉英雄张艺谋》《周润发画传》《成龙画传》《李连杰画传》《梁朝伟画传》《张国荣画传》《章子怡画传》等。

歌曲汇编

用文字编织旋律，人民音乐出版社精心策划的《中国电影歌曲百年精选》，将那些曾在街头巷尾传唱的电影主题曲《大路歌》《毕业歌》《渔光曲》《义勇军进行曲》《青松岭》以及《不见不散》等百首经典之作悉数圈入。与此同时，出版社还推出了《中国电影百年·经典歌曲》与《百年电影金曲：口口传唱的中国优秀电影歌曲精粹》两部力作。它们的卖点在于对每首歌曲进行了言简意赅的背景阐述与艺术鉴赏，助读者领悟其妙处神韵。

此类图书的主要受众群体是热爱电影歌曲的中老年读者，尽管其整体销售数量并未达到预期的高度，但在特定场合下仍展现出不小的吸引力。如记者近日在某公园目睹，有人正在销售这些图书，并成功吸引了众多练歌者的关注与购买。

与电影理论、史实、评论及文艺类图书销售的繁荣景象相比，电影音乐类图书的市场表现却略显冷清。记者遍寻上海书城，发现除上述几本颇具特色的电影音乐图书外，适合年轻读者阅读的同类图书寥寥无几，这令人感到一丝遗憾。

图文再现

上海被誉为中国电影的摇篮。近日，《上海电影百年图史1905—2005》的出版，成功填补了这一领域的空白。从该书收录了各个时期千余幅珍贵的电影图片来看，数量之多，在上海电影图史著作中堪称翘楚，这无疑为其销售增添了重要砝码。

另一部著作《海上电影地图》将徐园、大光明电影院、外滩、多伦路、外白渡桥等上海标志性建筑与上海电影史紧密相连，如同一张蛛网，勾勒出上海电影发展的清晰脉络。这部作品不仅为热爱老电影的读者提供了寻根的依据，也为怀揣电影梦想的年轻人找了一个追梦的理由。得益于编者晓露在电台的广泛人气，该书的销售也获得了不小的推动力。

然而，当前市场上图画类图书选题相对匮乏，同期上架的同类作品仅有《中国电影百年图史》《中国电影百年》等少数几部。尽管这些图册采用了新颖的视角，甄选了精美的图片，但在出版品种上仍显得较为单薄，难以形成强有力的市场竞争态势。

百家述说百年电影

一套名为《百年电影百年珍藏·百部老电影连环画》的作品，成功抢占了多家老牌连环画出版社的风头。这套连环画的亮点在于：其32开本的设计，阅读轻松；色彩处理上，高度还原电影质感，电影为彩色则连环画亦为彩色，电影为黑白则连环画亦保持黑白；尤为出色的是，它摒弃了以往电影小人书依赖人工翻拍、画面清晰度难以保证的缺陷，转而采用数字技术处理画面，从而确保连环画的高品质。

同时，《映画年华》与《映画神州》两书，通过时间线与地域线交叉叙述的方式，以立体化的手法，将中国电影百年历程中的重要影片与关键时刻，生动地呈现在读者面前。这一特点，在当前众多中国电影相关书籍中显得尤为稀缺。

新版《电影艺术词典（修订版）》则实现了四大改进：一是新增了“电影文化”、“电影观念”等词条，并特别增设了“电影管理分科”；二是在“理论分科”中，加入了专门体现中国电影历史演进的词条，如“中国电影理论概述”、“‘创造新英雄人物’论”等；三是在“总论”中，增设了“数字电影”、“电影科技”等词条；四是坚持语言文字的规范化，确保内容的准确性。

此外，还有一些书籍以讲述电影故事、展示巨星风采为主，同时搅动读者心灵的更是深入挖掘电影故事背后的意义，如《时间的灰——公子羽电影笔记》《电影在场——和沙蕙看世界》等作品。

除电影理论类图书，市场上还有定位于普通读者的图书系列，如“电影馆”、“电影场”等，以及《电视电影三字经》《震撼中学生的101部电影》《英语电影赏析》《70年代生人·电影》《我和爹爹赵丹》等。这些图书因市场定位准确，成为普及电影观念、提升大众电影素养的首选之作。

/ 链接 /

中国百年电影无数个之最

第一部影片：《定军山》

拍摄于1905年。史书上记载，当年谭鑫培先生到各地去演出的时候，开锣戏选择《定军山》，其原因除了这出戏是谭派的代表作之外，还因为其另一个名字叫《一战成功》，有个好兆头。

第一位上电影的中国演员：谭鑫培

1905年，在《定军山》中出演主角的著名京剧老生谭鑫培。

中国第一家外商投资的制片机构：亚细亚影戏公司

如果为中国早期电影划定界限的话，那么1909无疑是关键性的一年。这一年，中国电影界有两大事件，一是北京的丰泰照相馆失火。二是本杰明·布拉斯基在上海创办了中国第一家正规性的电影公司——亚细亚影戏公司。这两件看似毫无关联的事，却暗中验证着中国电影在地域上的首次重心转移，由北京转向上海。

第一部短故事片：《难夫难妻》

1913年，该片开始了中国电影用镜头讲述故事的历程。虽情节简单，剧本只有一千多字，但毕竟是郑正秋专门为影片创作的，他可以说是中国历史上第一位电影编剧。

第一首电影歌曲：《乳娘曲》

1926年，影片《良心复活》是明星影片公司根据俄国作家列夫·尼古拉耶维奇·托尔斯泰的名著《复活》改编拍摄。在影片的首映式上，由主演登台演出。

第一部“武侠”影片：《火烧红莲寺》

1928年，这部电影带动了中国影史上第一次武侠电影热，“武侠”两字自此片后便成了中国电影“军械”库中的常规“兵器”，一代又一代的少年从此在剑光侠影中长大。

第一部蜡盘发声有声影片：《歌女红牡丹》

1930年底，该影片在上海摄制成功。耗资十二万元。影片讲述了一个深受封建意识毒害的红伶女的悲惨故事。

第一部在国际上获奖的影片：《渔光曲》

1935年在莫斯科国际电影节上，该片获“荣誉奖”。《渔光曲》的成功促使电影制造商把目光投向了电影歌曲，一大批电影歌曲和电影开始流行。电影歌曲作为一种最简单、最直接的道具为电影的商业成功铺平了道路。

第一部有声动画电影：《铁扇公主》

1941年，在上海上映。

第一部彩色电影：《生死恨》

1948年，梅兰芳主演的京剧艺术片《生死恨》上映。

第一部译制片：苏联影片《普通一兵》

1949年5月，由东北电影制片厂（长春电影制片厂前身）译制完成。

第一部彩色宽银幕立体电影：《魔术师的奇遇》

1962年，上海天马电影制片厂拍摄。

第一部全面规范电影的行政法规：《电影管理条例》

1996 年 7 月 1 日开始实施。

第一部在奥斯卡获奖的电影：《卧虎藏龙》

2001 年，李安导演的《卧虎藏龙》获“第 73 届奥斯卡金像奖”、最佳外语片、最佳摄影师、最佳音乐、最佳美术指导 4 项大奖。

……

（发表于《上海新书报》2005 年）

最美书店我去哪找您

——全国首届“江苏最美的书店”揭晓引发的思考

专访中国书业研究专家、“江苏最美书店”评审专家汪耀华

当下，国内众多实体书店包括独立书店在内，为能在被电子书、互联网吞噬市场的夹缝中生存，相继采取了多元化的营销策略，如销售书房用品、家具、玩具、饰品以及提供咖啡等服务，这些举措正逐渐成为业界常态。有的甚至提出“从零售业向服务业转型”的经营策略。那么，实体书店究竟应该如何选择图书、营造新的购书环境，才能深入读者的内心世界，触动他们的感知、印象、情绪、态度乃至行为呢？

火热7月，江苏省新闻出版局主办了“江苏最美书店”评选活动，这在全国尚属首次。活动最终揭晓了十家获奖书店，其中，民营书店五家、新华书店五家，分别为：南京先锋书店五台山店、南京凤凰国际书城、张家港书城、苏州慢书房、江苏大众书局新街口店、无锡百草园书店、海门麦穗书房、博库书城徐州店、苏州古旧书店、灌南新华书店新兴路店。

借此契机，专访了中国书业研究专家汪耀华先生，他一直关注最美书店话题，并担任了此次“江苏最美书店”评审。汪耀华

表示："如何打破对传统书店的审美疲劳，是业内人士需要深思的问题。我们期望将此作为案例，为业界提供一个可'复制'的样本，以供借鉴和学习。"

思考：

何谓最美书店？

最美书店，首先要有持续盈利的前景，这是江苏众多发行人士的共识。一家需要靠政府资助、"输血"生存的书店，其存在价值和持久性备受质疑。汪耀华坦言："书店，经营咖啡、玩具、家具等场地如何适度也应有个分界。究竟是书店附带售卖咖啡，还是咖啡店卖书？当然，对于经营者而言，完全可以随心而为，但如果是政府考评或者资助书店经营，那就是另一个问题了。"

"以此次评选为例，新华书店参评者普遍侧重于社会效益的阐述，活动雷同、店貌相似，缺乏个性化和创新性的营销活动。然而，也不乏亮点，如，海门麦穗书房作为海门新华书店下属的一家体验阅读的实验店，打破了传统新华书店的经营格局，就值得称道。"汪耀华说："地县新华书店如果以此为鉴，在所在地也开出几家有盈利潜力的体验书店，或进行专业分工，开设升级版专业书店、特色书店，将更受读者喜爱。"

"民营书店中，先锋书店寻求开设不同格调的书店；苏州慢书房则设立了传统读书会、独创读书会、移动读书会等针对不同人群、不同阅读方式的读书会式样。书店经营者应扮演文化搬运工的角色，如何在升级转型的当下，继续好日子？张家港市新华书店是个榜样，总经理陈东主导的快乐父母工作室等创新举措，赢得了评委的高度评价；宿迁市新华书店设立的宿迁作家作品展区；邳州新华书店近十年来一直在店堂里放置雨伞，并不断补充至今。”传统的新华书店在与近年发展起来的个性书店的比拼中，各自为其独特性努力着，实为不易。

作为最美书店评审专家，汪耀华曾遍访全球无数家书店。他认为，此次评选无疑给书业创造了提升的机会，让读者和书店经营者对最美书店有了更深入的认识。通常，我们认为最美书店不过就是环境优美、舒适而已，但在评审眼中，除此之外，汪耀华坚持着“到底是咖啡店卖书，还是书店卖书”的界限。他强调：“我们常会想书店卖咖啡是件悠闲又自在的事，何乐而不为？但你或许未曾想过，咖啡店里放几本书卖又会怎么样呢？这是个度的把握问题。”他在深圳发改委评审政府投资书店项目时也提出，书店经营应遵循“三七开”模式，即咖啡等附加业务的占比不应超过 30%，否则就变成咖啡店卖书了。

这次“江苏最美书店”的评选揭晓告诉我们，书店不仅是售书之地，更是文化的传播者和读者情感的寄托所。经营者需深入了解读者的需求，通过营造独特的购书、选书氛围和环境，使读者产生亲密度和信赖感。“南京的先锋书店、大众书局等在这方面做得尤为出色。在如何使图书品种留存时间长一点、保鲜度强一点、新书上架的时间快一点、营业时间久一点、书的陈列方式别致点等方面乃至营造让人不自觉进入甚至坐下，不被打扰的阅读空间享受书香，这是书店的自我意识和主张，也是最美书店概念的整合体现。”通过此次评选活动，汪耀华发现书店仍有很大的提升空间。书店的好坏，很大程度上取决于图书的品种选择。在图书品种繁多的当下，书店如何选好书、选对书，让读者因书店而获益，是“最美书店”有效的功能。仅门面漂亮、场地豪华，书籍选择不当、缺乏大众化，也并非理想之选。

纠结：
“中国最美书店”的“钟书阁”是否具有复制价值

上海，为何至今尚未评选出属于自己的“上海最美书店”？事实上，早在2013年，上海书刊发行行业协会就曾提出评选“上海最美书店”的构想。作为上海人，且在书业领域运筹帷幄了三十余载的汪耀华，对于被民间誉为“中国最美书店”的“钟书阁”感触颇大。他认为，“钟书阁”未来定能摘得“上海最美书店”的桂冠。

2013年世界读书日当天，松江泰晤士小镇的欧式建筑里，一家名为“钟书阁”书店悄然诞生。其从地到天整墙的书架、琳琅满目的图书，以及带给人的震撼空间感，令人流连忘返。人在“钟书阁”，时间仿佛放慢了脚步，留下的是过往人群的欣喜与赞叹。经营者通过多种媒体渠道发布书店的动态，使得“最美书店”的头衔被公共媒体和自媒体一致赋予了“钟书阁”。

与南京先锋书店由地下室打造，带来空旷与深度感不同的是，“钟书阁”在现代欧式小区里打造了一个典雅的现代书店，这是其成功的关键所在。如今，书店正在进行二期工程，旨在放大服务功能，使之成为上海的书店地标。

“钟书阁”总经理房峻接受采访时表示：“我们书店现今藏书五万余册，品种约二十三万种，其中20%为市面上难以见到的。书店还特为读者开辟了一间最美书屋，陈列近年来被上海新闻出版局评审为‘中国最美图书’的各类书籍。我们不仅是在做书店，更是要将其打造成为书籍为载体的文化时尚产业。”

然而，在实体书店因网络阅读的发达、网络购书的优惠、店铺租金的上涨以及人员成本的增加而陷入困境的当下，不是关门大吉就是等待输血扶持。“钟书阁”的崛起是上海钟书实业有限公司掌门人的理想主义还是无知无畏？对于公众而言，这或许并不重要。重要的是，“钟书阁”已经开业、已经受人喜爱，并被赋予“最美书店”的美誉。

也许，“钟书阁”的模式能否被复制？这究竟是个案还是榜样？这些问题早已值得我们深思。有业内人士认为，“只要实体书店服务精专到位，就可以使读者忽略网络书店的折扣。”然而也有观点认为，“在绝对的利益面前，任何创新和服务都显得微不足道。”

深思：

感悟空间给我们带来的乐趣

在现代社会，人们购书到书店的意识已逐渐淡化，随着网络阅读和网上购书的日见成熟，实体书店如何吸引更多读者、如何销售更多图书成为一个亟待解决的问题。这在很长时间内的书荒、供不应求、供过于求等过程之后，如何通过书店的一种环境、一种文化营造吸引读者让她满载而归？这就是汪耀华对书店文化研究的乐趣与价值所在。

据汪耀华多年研究观察发现，现在迈进书店的基本是老人，只看不购买的为多，看了购买的多数是家长带着孩子，年轻人和中年人更倾向于网上购买。因此，综合性书店的命运堪忧，唯有个性化特色书店才可见光芒。

独立书店的概念跟连锁书店的概念是相对应的，一般不依附于任何机构。它们追求特色、个性和差异化服务。有特色的个性书店，从“零售业向服务业转型”的书店，不仅卖书还卖文化、卖创意。“改革开放前知道书店是卖书的，改革开放后知道书店还可以卖文具用品、影像制品，到如今还可以卖咖啡、玩具、文房四宝等，这也是书店在追求内延和外延的扩张或者说发展。还有书店不仅卖纸质书，也有数字电子书。书店通过开影院、办学讲座等项目带动人气，扩大销售。让个性吸引眼球，提供增值服务。这些服务有外包提供的，也有自身提供的。这些变化和创新也是大势所趋，你不创新也要为生存发展考虑，何况现在书店为发展必须要不断变化，适应形势，寻求突破，书店文化形象才能发生根本性的转变，这才是实体书店寻求的路径，否则，坚持原来的'我不怕你不来买'，人家就通过网购真的不来买了。"

实体书店包括独立书店，在数字时代的冲噬下，在当今城市大空间中如何找到属于自己的定位和作用？汪耀华说："在数字时代的兴起下，书店文化得到了很大的促进。像三十年前，书店还在考虑要不要开架售书？现在没人考虑这种事情了，装个摄像头、装个门禁、书里贴个磁条就好了。书店在可预期的范围和阶段里，消失的可能性极小。但是，书店要更加顺应时代发展，在现有的空间里提供更多的元素和收益。如何将纸质书的销售与互联网、电商相结合，是书业人士需要关注的问题，使图书卖出去，这才是硬道理。"

采访结束，汪耀华匆匆穿梭于书店的步伐中留给我们的思考耐人寻味。个性书店为读者提供了空间理念与情境的沟通媒介，打破了传统书店中规中矩的设计风格。通过层层迭起、错落有致的设计手法，营造出一个多变的、充满情趣的雅致氛围，这是一种理想的最美书店。也使我们体会到，原来书店也可以是一个消磨时间、享受心情和感悟生活的幽雅场所，因而在这样的环境下，购书也成为一种绝佳的情感体验历程。

（发表于《如意时空》杂志 2014 年 9 月刊）

在家一样的地方亲近书香

探访新华书店港汇店

信步来到了上海的繁华地带，徐家汇。闻香识味，五彩斑斓的东西总令人心醉神迷。不经意间，我已登上港汇广场五楼，那一圈圈美食环绕令人垂涎，正在“乱花渐欲迷人眼”时，“新华书店”logo突然跃入眼帘。在这看到新华书店，着实有些令记者惊喜。店面宽敞，装饰精致，店堂中央的书架旁，葱翠碧玉的盆栽植物摇曳生姿，为这知识的殿堂增添了几分生机与活力。

文字的芳香，读者的好学，相映成趣。不知何因，身体被一股强大的引力牵引。书店人气旺盛，从白发苍苍的老者到活泼可爱的孩子，再到忙碌的上班族和莘莘学子。射影灯在开阔的店堂中，洒下柔和的灯光，为满架的图书镶上了金边，亲切而不妖娆。

书店的装潢富贵典雅，又不失温馨舒适。新华书店港汇店（以下简称‘港汇店’）店长黄琦玉热情地介绍了书店的概貌：“规模不小，要让读者来了都有所得，让店员都心系读者，我们正在为此不断努力。”店长自豪地指着书架上的书说：“看看书有没有被读者温柔抚摸过无数？”记者惊喜地发现，几乎所有的书不但完好无损，而且亮丽如新。这份用心与爱护，让我深感读书人的素养与情怀。

记者观察了许久，发现在书店有很多只看不买的“泡书族”。营业员告诉我：“虽然我们很清楚这些专门泡书店的人，但我们不会撵走他们。在以前或许会主动上前给予善意的提醒，但是现在书市竞争这么厉害，读者是‘上帝’嘛，而且在服务上我们更不敢有半点怠慢，反而专门为他们准备了椅子，让爱书者有更好的阅读条件。”站在经营者的立场，想必也只能用“两难”来形容书店当家人此时的心境吧。

在日常生活中各路商家“闷声吃亏”的案例在我们身边屡见不鲜，而港汇店的表现是“睁只眼闭只眼”，这份包容与理解，让我感受到了书店经营者的用心与智慧。令人遗憾的是，一些不那么“自觉”的消费者在面对商家的“柔情”措施时得寸进尺。

店长自信地表示：“如今还是常有顺手牵羊的‘突发事件’发生，我们也很遗憾，只能常带些‘阿Q精神’。港汇店提倡‘与读者的相互信任，与和谐相处’的理念，因此书店门口都不设防。相信通过提高市民的文化修养，定能感化更多人。”这份信念与坚持，让人敬佩。在家一样的地方与书香亲近，不仅要有知识财富，还要有自我，更要有健全的品格，高尚的情操——“城市，让生活更美好”。

不知不觉已经华灯初上，记者准备回家之际，意外发现了在其他书店一直未寻得的《今日德语》一书，刹那间我心中的激动难以言表。走出书店，回望那柔和的灯光与一排排书架，整个书店沉浸在一种淡雅的文化氛围中，令人流连忘返。

上海是海派文化的发源地，书店则是城市的文化据点。发现这些据点中的动人之处，无疑是一种乐趣。书店是一个城市文化的代表，它踩在从文化到金钱这根钢丝微妙的平衡点上翩翩起舞。这种张力成为我们探索的动力。

相信，在那些华丽与简陋、熙攘与稀疏的交错中，我们定能找到那些经得起咀嚼的故事、经得起回味的思考和经得起逼视的坚强。

港汇新华书店采访笔记

建议篇：一名可爱的小读者这样说：“若能在书店备上复印机，岂不是更体现读者是‘上帝’。”这个幻想能否真的在我们各家书店实施呢？

某中学初二学生在被采访时说：“现在的书价太高，所以到这来抄书，除了到书店抄书外，我还常到旧书摊买旧书看。”她还向记者提出了一个颇有意思的建议：“在报纸上宣传一下，让出版社在书的封面、封底刊登一些广告以降低书价，使我们不仅能看到好书，而且买得起。”

享受篇：当读书读到饥饿时，“书虫”们不必着急，只要你一跨出书店大门，到处都是惹眼的风味餐饮店在向你招手，而且环境优雅，价格适宜。浓浓的书香夹杂着饭香味扑面而来，轻柔悠扬的古典音乐必会“绕梁三日有余”，要是再来点美酒的话，没准会出个“诗圣”来呢！

（发表于《上海新书报》2004 年第 787 期）

信念　观念

专访上海人民美术出版社社长李新

从一家外省旺社到一家经济拮据的老社，这有违那句“人往高处走，水往低处流”的老话。2003年，上海人民美术出版社（以下简称“人美社”）却以其出版物显著的进步和张力，打破了这一常规，尤其是明信片一项，几乎遍布上海的大街小巷。尽管记者多次与李新社长相约，却总得到“三年之内不想说话”的答复。但2004年春节过后，记者终于敲开了三年未曾向媒体公开讲话的李新社长的办公室大门。

“我们来玩一个游戏，或者说是比赛。”李新开门见山地说，“同样的一本书，交给几家不同的出版社。同样的内容，同样的出版流程，同时投放市场，不同的只是出版社的风格和营销手段。比两个内容：一看文化影响力，二看销售总量。出版社的品牌和能力，强与弱，比一比就出来了。在这个游戏中，文化作为特殊的产业，并不是钱能解决一切的。”

李新反应机敏，谈吐犀利，目光敏锐，出言谨慎。他曾是山东人民美术出版社的社长，对上海出版业的发展潜力充满信心。

我对人美社是有情结的

1976年，李新进入山东出版业。1984年，三十出头的他就被任命为齐鲁书社副社长。之后在20世纪90年代，先后担任山东人民美术出版社的总编辑、社长。他说：“那时，我们社的年销售收入超亿元，图书也先后荣获过中国出版三大奖，被评为‘全国良好出版社。’”

“我对上海的印象特别好，个人也比较想回归故里。我从小就是读着人美社的连环画长大的，特别是《三国演义》，让我刻骨铭心。我从业以来一直参与《汉语大词典》的编纂工作，不断受到我国老一辈出版家和语言学家的指点。尤其是在罗竹风先生身边工作的日子，更是让我终生难忘。这样的经历不是人人都会有的，我深感幸运和珍贵。我感谢上海市新闻出版局领导对我的信任，在人美社困难时期把我从山东调来，而且一下子就放到第一把手的位置，让我大胆地工作。”

不怕没钱，就怕没书

“我来的时候，仓库的存书很多，市场销售很被动。书的品质、定位和人美社作为专业大社的身份有相对的距离。而出版业的转变，绝不是一朝一夕就能做到的。这是我三年来为什么埋头工作的原因。人美社的社长确实不好当，做事也很不容易。我从来没有想到困难有这么大。当时参加全国图书订货会，我社只有一个300厘米×300厘米的展位。”这时，李新好像又回到了三年前不堪回首的那段日子。

“出版社不怕没钱，就怕没书。一家出版社最悲哀的就是没书可出，没好书可卖。钱可以借，可以贷。但没有信念、没有文化、没有书就失去了出版的灵魂。”李新坚信，只要人美社还有自身品牌的号召力，只要还能编出好书来，努力扭亏为盈，就有希望。

“这几年，我一直提倡塑造文化理念，注重出版社的文化影响力。观念更新了，问题就解决了一大半。做出版缺钱不要紧，但如果没有了理念，没有了想法，那你还不如去做其他赚钱的事算了。你可以看到现在有些出版社，他们不是缺钱，而是缺理念。”

当时的人美社既没钱也没书，李新从最基础的事情开始做起。“其实不少人不习惯我从细节抓起的工作方式，但几次以后就知道了，我是把老一辈传授给我的东西传授给他们。这些规律性的细节都是财富，只有把你的所有智慧都落实在编书过程中，书才能编好，书才有市场。你也就成为真正的出版人。所以二十多年的出版生涯中，我总结了八个字的口诀：大处着眼，小处着手。出版人要站得高、看得远，要以读者的心态来看书、读书。小处着手是指做每一项编辑工作都要认真仔细、到位。比如采访开始我们说的游戏，肯定能分出高下，它要比评奖精彩得多。但现实中是不会照这种游戏做的，这实际上暗含着出版社之间无形资产和知识含量的真正较量。”

上海出版是有机会的

“感觉上海出版蕴藏着很大的潜力，我们要善于发现和挖掘。”李新说，“老连环画从盛到衰，有它的必然规律。但今天我们重整旗鼓，是把连环画当作国粹艺术来整合，另辟蹊径走出一条新路。几百种老连环画重新登上图书市场，风采依旧，又成了市场热点。明信片本来是我们社图书的延伸产品，而现在我们把它看成主打产品和正餐、大餐，这也是因为我们理念上变化的结果。”

李新认为，明信片是上海城市文化和发展的名片，传递着上海的精神。“2003 年《福布斯》杂志在上海开会，经相关部门审核上海市里邀请人美社设计制作单张城市文化明信片，作为文化交流载体与海外500位嘉宾分享，这件事使我们感到震动和自豪。虽然只有两元钱一张的纸片，但它却能够代表着上海国际化大都市的品质。以小见大，上海出版是有机会的。"（注：在上海书展现场，我作为时任《上海新书报》社长汪耀华派去以龚学平等领导调研书展的随行记者之一，有幸拍摄到李新向市领导介绍明信片的场景。）

不求十环，但不能脱靶

"做出版如同射击比赛，哪一个总编辑也不可能每本书都做成功，就像不可能每一靶都打十环。"李新坦言，"我也有六环、七环的时候，但不能脱靶。如果一家出版社做的书脱了靶，那就惨了。我在人美社就是要让出版社尽快跟上出版大趋势，千万不要掉靶。这是我的阶段性任务，也是首要的职责。"

在李新看来，上海出版业有非常优秀的出版人，都是他的老师。同时他也认为出版业每天都有新的内容出现。"如果我每天不读书、不学习，失去了这种状态，明天就不敢坐在这儿了。"

当问到李新未来三年的打算时，他不愿深谈。"我们还有更多的策划和想法，希望今后三年有更大的发展。当然，在没做出成绩之前，我只能笼统地说。在新的出版时段，我们作为上海文艺出版（集团）有限公司［现上海世纪出版（集团）有限公司］的一员，正在按照总社的统一部署，提升观念、创新机制，在书业各个环节锐意改革，让人美社真正显现大社、名社的完整形态。"

最后，当谈到做编辑的经验时，他说："并非我有多高水平，而是有些编辑并没有把常规的东西做到位。如果你把该做到的做到极致，你就拥有绝活了，你就是专家了。其实就这么简单。"

（发表于《上海新书报》2004年第794期）

因为喜欢，所以坚持

专访上海画报出版社社长兼总编辑邓明

让邓明接受采访并非易事，这些年来，鲜有媒体能让他开口言谈。这不仅因为他个性低调，更因为他确实日程紧凑。邓明，上海画报出版社社长、《上海画报》杂志主编、上海中国画院兼职画师，以及上海市摄影家协会副主席。

上海画报出版社，这个创办于 1981 年的出版机构，前身为上海画报社，1987 年改建为出版社。在挂历市场逐渐萎缩的背景下，20 世纪 90 年代初曾任上海人民美术出版社社长的邓明，接任上海画报出版社社长一职，他首先瞄准了图书出版领域。经过七年的精心耕耘，图书出版逐渐自成规模，形成了“书刊并举”的发展格局。如今，图书在全年销售额中已占据 65% 的份额，期刊占 35%，而曾经的“老大”挂历，则已淡出人们的视线。

邓明深知，作为上海的美术摄影类读物出版机构，与美协、摄协、慈善基金会等共同打造上海的城市文化形象，是义不容辞的责任。因此，他说：“要在尽可能短的时间内加大刊物的产出，降低出版成本，以刊起家，推动出版社的稳步发展。目前，上海画报出版社拥有《上海画报》（月刊）、《车经》（半月刊）、《世纪博览》《上海美术》《上海摄影》和刚创办的《至爱》等连续性读物，这些刊物在全年销售额中占据了举足轻重的地位。

在图书内容方面，邓明可谓是“又当爹又当娘”。“带弱社的辛苦，最苦还是缺少合适的图书编辑。近年来虽然引进了一些年轻的本科生、硕士生，又得手把手地去教。自己除组稿、策划、编审外，还担纲责任编辑。”由于出版社出书历史不长，资金窘迫，出书规模有限，品牌书也较少，因此他采取了一种小角度切入市场、做一本争取成功一本的策略。他开发新概念图书，不求快，但求稳；寻找闪光点，不求多，但求最好。在这一策略下，出版社出版了一批双效图书，不断获奖，不断被买走版权。

在上海书展上，邓明的策略得到了充分展现。由上海市徐汇区房屋土地管理局编的大型知识型摄影画册《梧桐树后的老房子》，在两年内已印刷四次，总印数达 1.4 万册，这一数字在全国图书市场中可谓喜人。邓明担任编辑的“历史新观察书系”丛书，已出到第三本《汉匈四千年之战》，该书作者周锡山以文史结合的方法，首次全面、系统、生动、完整地再现了这场世界史上空前绝后的千年大战，已有中国台湾省的出版社前来洽谈版权输出。此外，为“纪念邓小平百年诞辰”的诗歌集《小平您好》以及严文华博士的实用心理书《心理画外音》，已向香港三联书店输出版权，这些都属于“寻找闪光点”的书，也取得了很好的效益。

谈到品牌，邓明认为，所有品牌都源于在成功产品基础上的理性开发。出版社的美术技法书与字帖就是这么打造起来的。如《新概念字帖》，现在已经出版了三十多种，每种均有一万多册的销量。而观念更新后的技法书，在市场上还是初次出炉，如《从理解到完成》等，更是技法类图书的第四代产品。还有正在编绘的新概念名著连环画丛书，以及一系列 20 世纪五六十年代在美术市场上影响很大的经典论著图文型解读本，首先推出1957年曾在上海人民美术出版社出版过的谢稚柳原著、徐建融导读的《水墨画》已经重印……

如今，上海画报出版社正以销售额增长10%的速度稳步发展，从单一办刊到书刊并举，这背后凝聚了邓明和他的伙伴们无数的心血和汗水。"因为喜欢，所以坚持"，这大概是邓明这位本来可以靠着自己的专业——绘画、摄影，过得很好的美术家的真实写照吧。

（发表于《上海新书报》2004年第813期）

与编辑面对面　走求实创新之路

专访华东理工大学出版社编辑部主任、副编审严国珍

世界因差异而精彩，个人因爱好而快乐。严国珍，从一名大学教师，不经意间变成了一个令人尊敬的副编审。在编辑岗位默默耕耘十余载，她不仅深爱着这份事业，更以此为乐。当她将历年编辑的硕果一一摆放在我眼前时，这些作品仿佛被赋予了特殊的意义。

环境造就了我

出生于20世纪50年代的严国珍，童年时期历经了缺衣少食的“三年自然灾害”，也体验了下乡的艰辛。正是这些生活的磨砺，铸就了她坚韧不拔的性格和勇往直前的精神。作为一名编辑，从职业来看是一项“为人做嫁衣”的工作，却又是一项为人类的精神财富进行剪辑裁制，使之成为供人学习、运用的作品，传播文化的崇高事业。这份工作不仅需要学识的不断积累，更需要经验的不断创新。

以质取舍，勿以人取舍

在组稿、约稿的过程中，严国珍坚持质量第一的原则，不因作者的名气或地位而取舍稿件。她以出版者的敏锐眼光把好政治思想关和政策方针关，同时也以读者的身份审视稿件，假设自己是读者，这本书放在你的面前，你自己是否需要、是否有购买欲。这样，所做的图书必然会获得社会和经济双效益。因此，她编辑的图书往往能够贴近读者，赢得市场的青睐，印数常常达到两三万册。

出版物重在质量，这是出版业的底蕴。在交谈中，记者看出，严国珍多年来对每一部书稿都非常认真，无论是处理复杂的翻译稿还是一般的中文稿，只要不懂的、没见过的，都要弄懂和查到为止，不让错误随意略过，力求精准无误。她不断学习新知识、掌握新信息，以适应出版业的巨大变化。她认为编辑不仅要具备扎实的百科全书式的功底和广泛的知识面，还要兼备创新、创意与发散性思维的能力，做一个全程型的图书策划编辑，这是一个编辑立于不败之地的基础。

好选题≠好书

选题对于编辑而言至关重要，她说："好的选题是靠勤奋'跑'出来的。"严国珍深知这一点，她善于与作者沟通，建立信任，让作者把她当作朋友。然而，即便有了好选题不等于就有了一本好书，书稿的质量仍需编辑的严格把控和创意提升。《中小学黑板报实用手册》便是一例，该书出版后迅速成为众多黑板报图书中的佼佼者，累计印数达二十万册。此外，与此相配套的《中小学主题班会实用手册》以及经过重新包装的《说话的艺术》《处世的艺术》等书，不断重印。这些成功案例充分证明好的图书不仅要有创新的内容，而且还需要编辑的不断完善，这就要求编辑必须做个有心人。

新起点，新挑战

四十多岁的严国珍勇敢地跳出舒适区，从地方大出版社转战大学出版社。她相信机遇并非可遇而不可求，而是靠自己的努力和追求所得。有机遇也有挑战，不断挑战自己，寻找适合自己的舞台，也许就是每个人生存的意义所在。

从采访开始到结束，严国珍都带着一副沉着冷静的态度，看不出一丝情绪变化，直到将记者送到出版社门口时，她才露出舒心的笑容。她盯着记者围的红色长绒围巾发呆，感叹：“现在年轻人又流行这个了呀！我喜欢你们年轻人，能从你们身上学到很多新东西……”我们相视而笑，都笑得那么开心，而又自然。

（严国珍，华东理工大学出版社编辑部主任、副编审。1981年毕业于复旦大学哲学系，1981 年 1 月到华东政法学院教哲学，1988 年获复旦大学哲学原理硕士学位，同年 7 月进入上海人民出版社任编辑。1999 年被评为副编审职称。2001 年 9 月进入华东理工大学出版社工作。）

（发表于《上海新书报》2003 年第 784 期）

巅峰论道

Discourse at the Summit

巅峰对话，企业精英的智慧碰撞。

“巅峰”领域内的卓越成就和高峰地位，“论道”企业精英之间的思想碰撞和深度交流。在时代的浪潮之巅，有一群引领潮流、塑造未来的企业家与精英人物，他们凭借敏锐的市场洞察力、卓越的管理才能及不懈的创新精神，在各自领域内攀登巅峰，成为行业标杆与时代的楷模。在访谈中，受访者探讨行业趋势、分享成功经验、交流管理智慧，让我们感受他们对未来的深刻洞察与前瞻布局，与我们一同攀登智慧的巅峰，领略那些关于成功、梦想与责任的深刻启示。

“巅峰论道”之章，不仅是一场商业智慧的盛宴，更是一次心灵的交流与启迪。

“犀利股”的经济人生

专访第一财经著名主持人、经济学博士马红漫

美国的股市熔断机制自设立九年间仅触发过一次，而中国施行的首个交易日就实现了，这让即便是历经股市风雨的中国股民仍然为之惊叹。拥有丰富的财经新闻主持评论经验，担任“博鳌亚洲论坛”等各类高端财经论坛活动评论工作，长期担任国内知名平面媒体专栏作者与评论员工作的第一财经著名主持人马红漫，作为股民们心中致力于“让大众轻松掌握财经资讯”的“老马”，面对2016年股市此番开局，如何为百姓把脉股市的方向？而这位刚荣膺“第十八届上海十大杰出青年”殊荣的马红漫，又如何为我们解读他的财经人生？

新媒体时代　无量化目标

“财经新闻解读简单化，这一正确的定位不会变了。它就像《明朝那些事儿》一书的解读，把那些枯燥的历史以风趣的故事形式解读，而这种逻辑的解读对于财经领域更重要。类似当一些经济报刊上的标题缺乏吸引力时，我的任务就是将这些枯燥乏味但又至关重要的信息，用直接、形象、生动的方式传达给大家，并解析它

们对你的投资交易或消费生活方式可能产生的影响。我坚信，对这一方向有需求的人只会越来越多，这也将激励我变得更强。”

访谈伊始，马红漫便以他那犀利与随和交织的风格，笑着开启了话题：“被选为‘上海十大杰出青年’，这是否是预料之中的事？这个问题还真有挑战性。”他在“犀利股”形象下，藏着一颗平和的心。“说势在必得，也未必，但从心态角度讲，我确实挺紧张的。每次评选都有个人演讲环节，这次是一分半钟时间，这对于经常上台演讲的我来说或许不是难事，但恰恰这次我特别紧张。紧张的原因有两个：一是渴望，我非常渴望能拿下这个对于青年人来说至高无上的荣誉，有渴望就容易紧张；二是这次评选可能是我最后一次机会了，因为评选活动年龄受限 40 周岁，所以对我而言意义重大。”

马红漫出生于 20 世纪 70 年代，那是一个想吃块蛋糕都得犹豫再三的年代。同是教师的父母，更注重内涵和人生目标的培养。“1992 年我就读高中阶段，正遇企业创业热潮，我身边很多同学迫不及待地去南方‘下海’创业，但在那股‘下海’热潮下，马红漫受父母潜移默化的影响，坚持走读书做学问的道路。“谈到我的教育经历，我并没有读过特别名牌的大学。但你们有没有注意到，大家包括我的同事们更喜欢招聘那些相对普通学校的毕业生？因为他们不那么傲娇，更有韧性，抗挫能力强。工作后，情商和财商比智商更重要。一般读书特别好的人情商相对偏弱些，他们从小在激烈的竞争环境中成长，往往有很强烈的排他心理。我在非名牌学校里成绩名列前茅，这对之后的厚积薄发有很大影响，或许这也是打动评委的一个选择标准。”在现场，评委问到了新媒体发展对电视媒体的压力和影响。马红漫幽默地说：“我长相并不出众，与主持专业出身的主持人肯定没法比。但没关系，比我丑却做出一番成绩的自媒体人大有人在。内涵和心态很重要。”

“四十而不惑。我更加熟谙理解人生中的逻辑和道理了。不惑，就是很多事情不必再纠结了。”40 岁是一个青年的重要转折点，也是马红漫思考人生的关键时刻。荣誉对他而言既是终点也是起点。“终点意味着我的青年阶段结束了；起点则意味着中年需要重新考量自己的人生。也许大多数同龄人会认为这个荣誉已经够高了，但对我而言，这意味着我的起点会更高，下一个目标也会更高。那么，我的下一个目标和终点在哪？我该如何去实现？”马红漫似乎早已料到我会这般提问，他继续用犀利的语调说：“这是一个更大的挑战。我的下一个目标已经有方向了。为什么说是方向？因为我是做传媒的，新媒体、互联网飞速发展，我只能预测未来的一个大致趋势，比如优户化。互联网时代的信息传播呈现碎片化特征，传统媒体长篇大论式的信息发布模式因受众注意力分散、阅读量下滑而受到冲击；互联网发展的另一核心趋势是自然优户化，我们能更精准地找到受众，了解他们的消费能力，兴趣爱好、家庭情况等。这些以前我们无法调查的问题，随着媒体的互联网化将发生更多改变。在新媒体时代下，我们没有具体的量化目标，如某年、某月、某日做什么，做到什么程度。我们唯有拥抱新媒体，适应互联网传播时代的逻辑，朝着这个方向不断努力。”

坐我面前沙发里的马红漫，微挪了身子，诙谐地笑言：“父母对自己的要求其实也没那么高，但我深受父亲一句话的影响：人要有一个明确的目标，不能每天浑浑噩噩地过日子；人要正直，不去伤害别人。”

经济优势　优点无限放大

“即使我们资历再深厚，也难免会遇到为实现目标而不得不委曲求全的时候。在那一刻，你要深思这个目标是否你值得付出。如答案是肯定的，那么短暂的委曲求全并无大碍，因为我们都是心怀目标的人，且我们的目标是正义且光明的。”

大学毕业之际，马红漫巧遇河北电视台招聘。在那个年代，电视媒体鲜少对外招聘，而他应聘的“早间新闻”岗位，需上长夜班，是原有员工都不太愿意接手的工作。然而，他抱着尝试一下的念想，竟意外地被录用了。从此，他开始逐步学习新闻采编、电视剧本创作，以及摄像、编辑等技能，从不知导语概念为何物的新手，到逐渐成长为这个行业的精通者。一年后，马红漫前往上海攻读研究生，毕业后幸运地进入了上海电视台第一财经频道工作。在日常工作中，他逐渐领悟到经济学的精髓：“在同一行业和领域中，找到自己的优势，并将其无限放大，忽略相对比别人弱的部分，这才是经济优势中的真正核心价值。”

马红漫的相对优势在于他活泼生动的语言表达和对财经理论的电视化呈现。而他职业生涯最大的转折点，则是从幕后走到幕前，成为一名电视评论员。从那一刻起，他涉足了评论员、主持人等多岗位，无论是证券节目、新闻节目，还是专题节目都游刃有余，直到今天的访谈节目和评论节目。

2003 年下半年，电视台需要培养自己的评论员，马红漫迎来了他人生的第一个转折点。而第二个转折点，则是十年前一档属于他自己的节目“财报天天读”的诞生。每天早上开盘前 10 到 15 分钟，他会把新闻媒体上的重要内容加以评读，将自己的风格展现得淋漓尽致，“论科班主持人和形象，我不及‘北广’的同仁们，但我坚信做电视视频的人，最重要的是如何将主持人的特点展现出来。”

随着时间的推移，马红漫逐渐拥有了自己的节目和品牌，并被公众认可。他自信地表示：“从客观角度来看，这些年我并未遇到特别大的困惑或困难，事情基本在我的掌控之中。”然而，他也有面临的挑战，接替前任已做得非常出色的“头脑风暴”节目。但随着时间的推移，他逐渐找到了自己的主持风格，并与节目的内核融合。在马红漫主持“头脑风暴”的近四年里，高端嘉宾的到达，他感到非常满意。特别是他顶住了传统媒体收视率下降，或者说开机率下降的压力，马红漫说：“我们做得还不错。”

在无数业界大咖的访谈中，马红漫深刻感受到了每位嘉宾背后的故事和经历都值得挖掘，他觉得这也是自己从事这个职业的最大好处之一，可以在一两个小时的访谈中，浓缩他们的人生精华。其中，原1号店的创始人于刚给他留下了深刻印象。于刚五十多岁才开始创业，创业之前在戴尔公司已经做到高管职位了，创业之初面对一群三十多岁年轻人的寒碜、不敬，他选择了坚持和妥协。尽管后来因股权问题离开了1号店，但他并没有放弃，而是开始了第二次创业。马红漫认为，这是短时妥协与坚持目标之间的平衡。

如今，资深评论员、著名主持人等多重身份并没有使马红漫迷失自己，他说：“我还是媒体人。首先，我是媒体人；其次，我是关心财经的媒体人；最后，我是关心大众所关心问题的财经媒体人。”彼时，马红漫时不时会为传统媒体撰写专栏，如今身不由己，专栏撰写逐渐减少，有报纸杂志关停并转的、稿费越来越少的，新媒体自己也在做的，包括电台节目《老马日日评》。“定位为公众所关心的财经话题评论的话，关注度还是蛮高的，这档节目的点击量每天二百万人次以上，可贵的是它有非常好的互动性。还有经过媒体筛选之后，能找到谁在听你的节目，听众也很愿意把自己的个人信息传达给你：我是谁，有什么财经愿望等，这恰恰解决了我们以前传统媒体不知道谁在看你节目的问题。”马红漫坚信自己的定位不会因媒体环境的变化而改变，并会积极适应新媒体的发展，与需要他们的这类人群保持良好的沟通。

为何一夜暴富的机会不是你的

“对于公众而言，首先理清自己投资的思维与逻辑。我一直在与公众进行理念上的探讨。诚然，中国不乏一夜暴富的机遇，但为何这样的机会不是你的？人们过于渴望一夜暴富。过去三十年间，中国确实涌现了一夜暴富的实例，因此许多人对此梦寐以求。然而，当你将一夜暴富视为人生追求时，往往难以如愿，反而更可能一夜暴穷。对此，我们应当深刻反思。”

在马红漫看来，大部分人并不具备一夜暴富的潜质，因此我们首先要摒弃这一观念。“我向大家传达的重要理念有亮点：一是认清自己是个普通人，你追求的收益能占到正常的、合理的财富收益水平即可。我们要做的是在尽量控制风险的情况下，获取正常且合理的财富回报。二是正常合理的财富收益水平究竟是多少。如，当央行不断降息时，意味着你期待的收益水平也会相应降低。很多人难以接受去年尚有 10% 的收益，而今却要降至 8%，但无论你是否接受，这都是现实。如果你仍坚持追求 10% 的收益，很可能被市场套牢。我希望通过我的评论，能让公众从财富管理角度更深刻地认识自己、理解这个时代以及我们投资的路径与渠道。”

建议：给“散户”的两点

作为财经主持人，无法避开的是股市话题。中国股市操作难度确实很大，比如 2015 年的暴涨暴跌，连续千股跌停令人难以接受。“但是如果能坚持两点原则，股市投资并不难：一是要设定一个合理的收益预期。我为大家设定的合理收益预期是年收入的 5% 到 8%。首先要明确这样的基本心态，即如今年的收益能超过 8%，就很开心了；低于 5% 的收益，则只是略高于银行的理财收益水平，带有一定的风险。二是从投资角度来看，即使市场再差，每年也至少会有一两次的交易性机会。交易性机会就是大盘指数和所有股票普遍上涨的时机，平均下来大盘涨幅达到 10% 到 15%。当然，你不可能从市场起步时就买入并在涨幅达到 15% 时卖出，这是不切实际的。当大盘指数一年中有 15% 的涨幅时，去掉前后的波动，你大概有 10% 的盈利机会。如能把握这 10% 的盈利，就能达到我刚才提到的 5% 到 8% 的收益目标。因此我要做的是通过学习和研究，让大家一起尝试找到大盘上涨 15% 的机会，让你能从中获得 10% 的收益。这需要我们关注基本面、资金面、消息面以及自己的操作层面等多个方面，涉及许多技术问题。所以你能把握住 10% 的收益其实并不容易。我希望大家能接受并认可我的投资理念，我们一起寻找并把握每年上涨 15% 的机会共同交流与进步。”

熔断：寻找买点的好机会

美国的股市熔断机制设立九年才触发一次，而中国实施的第一天就触发了。“其一，这说明中国股市还不够成熟。这次 1 月 4 日的暴跌主要是资金层面和心理层面的问题。从资金层面来看，人民币贬值预期强烈，且节后离岸市场确实出现了大幅度贬值，同时美元还在不断升值，因此大家会觉得预期提前兑现。其二，大家还担心 1 月 8 日大股东减持解禁令的取消会导致大股东大幅减持。其实这些问题都是中长期的问题。为什么会暴跌？说明市场还不稳，投资者心态也不稳定。但在 1 月初，这种学术上的心态却为价值投资者提供了寻找买点的绝佳机会。

预测：2016 年中国经济

战略性投资机会在逐渐显现。“特别是在你对我进行采访的这几天里，虽然股市震荡剧烈，但这正是战略性投资机会浮出水面的关键时刻。我们预测，在第二季度到第三季度期间，宏观经济的表现将会超出预期。当然我们无需与历史比较，因为历史上那种两位数的增长已经难以再现。但相对转好，就意味着我们的股市有可能在第一季度中后期，尤其是后期会提前反映出利好消息。你在 1 月初采访我时，全年大盘上涨的趋势已经越来越明显。换句话说，每年都会存在交易性的机会。”

“对于四季度的宏观经济，我持有基本的观点，但此时我并不想公开发布，因为我认为还会调整。回顾 2015 年，市场为何会暴跌？很多人认为是由于某些配置检查导致的。但到了 8 月，再回头看，是否还是配置检查的问题？实际上，核心的问题在于去年下半年，特别是第三、第四季度的经济走势比我们上半年预测要差得多。6 月之前是牛市，我们预测经济会好转，但到了七八月份，并未好转。换句话说，去年上半年我们对下半年的预测都是错误的。因此，对于第四季度的预测，我认为没有必要过于执着，走一步算一步，因为当前的经济变化较大。”

上海在经济金融领域的可能创新点在哪？“我认为主要在自贸区。自贸区的面积在 2015 年得到了扩张，金融改革试点也会有更大的突破。当然，我们对此的期待是很高的。人民币资本项目的可兑换、境内境外直投的开放等政策措施，我们期待得以落实。在经济方面，上海的迪士尼项目也将产生巨大的影响。它不仅影响上海人民，还会影响全国人民。同时，它也会给整个上海经济，特别是南汇（现浦东新区）的经济带来触动，会成为上海未来经济文化的重要看点。”

“我在这个专业领域里比较接地气，喜欢与大家成为朋友。我也预测经济和股市，也有预测不准的时候，被大众骂，在互联网上留言被骂，这很正常。我会客观地承认自己预测错了，并告诉大众我为什么预测错了。我不会简单告诉大家明天股票会涨或跌，而是会解释涨跌的原因。如果你认可我的逻辑，在那个时刻你会认可我分析涨跌的理由。即使最后股票没按我预测的那样涨跌，也一定是我的逻辑出了问题。这时我要做的不是修正我的结论，而是修正我分析的逻辑和方法。我修正好了，也许下次我的预测会更精准。你可以骂我，但问题不在于我的结论错了，而是我俩可以一起探讨逻辑。我会用一种诙谐的方式与他们坦诚地交流，于是对我的骂声渐渐消失了。大家都理解，不过是亏钱了心情不好，找个人发泄下罢了。我也不是在骗大众钱财，输掉的钱一分不会到我这，赚了钱也不会给我。”

面对层出不穷的世界经济新闻，对经济热点新闻的准确把脉，将复杂财经问题的解读简单化，成就了马红漫成为新媒体时代的领军人物之一。正如他所说：“我的点评观点在财经评论领域的确算犀利，但从来都没有缺乏理性，只有有足够的理由才会抨击，也只有有足够让我们气愤的事情才会犀利。如果按照这个逻辑，别人抨击我，我也欢迎！”只有对问题的认真学习和负责任的剖析解读，才能敢于与朝夕相处的投资者进行面对面地犀利互动。

马红漫深深地喜爱着自己的工作。他说：“今天上班，明天还想上班，那就叫做事业。我就在为事业而努力。”这是马红漫的目标，更是属于他的经济人生。

（发表于《上海画报》杂志 2016 年 2 月刊）

无人驾驶商业化场景

专访上海国际汽车城（集团）有限公司董事长荣文伟

Google的无人驾驶汽车已累计在道路上测试了约两百四十万公里，与此同时，众多汽车制造商等纷纷加入，推动无人驾驶从科幻梦想走向现实。然而，历经数十年的探索与努力，要让无人驾驶汽车真正实现安全、舒适、智能地行驶于道路之上，其驾驶系统级软件的发展之路依然漫长且充满挑战。从当前的技术视角来看，能否实现无人驾驶，其难度并不在于造车之上，而是如何研发既实用，又可靠且安全的无人驾驶软件系统。因为，即便达到99%的安全可靠性，也可能意味着每百名使用者中将有一人面临潜在风险，这显然是一个我们无法接受的后果。鉴于这一严峻的现实，我们向上海国际汽车城（集团）有限公司（简称“汽车城”）董事长、总经理荣文伟提出了疑问：在自动驾驶技术不断演进的过程中，硬件层面上的量产车辆是否仅代表了迈出的一小步？

连接世界

“自主代客泊车”，简单来说，就是在手机APP上轻点停车指令，车辆便能自主从下车区驶向停车场，精准找到车位停靠；当车主需用车时，再次通过 APP 发出指令，车辆便会自动返回上车区。整个过程无需人工干预，是一个典型的限定范围内低速无人驾驶技术应用场景。“限定范围”与“低速”这两个特性，被业界视为自动驾驶技术商业化落地的最佳切入点。无人驾驶汽车是智能汽车的一种，中国早在 1992 年就研制出了首辆无人驾驶汽车。在 2017 年世界智能网联汽车大会上，有关方面透露，目前工信部、交通部和公安部正携手制定自动驾驶汽车上路测试的条件与管理规定，预计 2018 年 6 月，中国首张上路测试牌照有望正式颁发。

尽管无人驾驶一直是人类的梦想，但汽车行业研发相对谨慎。荣文伟指出：“以往汽车行业外的力量鲜少涉足其中，研发人员多为汽车行业业内人士，研发重心更多地放在提升辅助驾驶的舒适性、便捷性，高安全性，零事故上，自然它的研发进程相对缓慢。的确，到了互联网时代，尤其是人工智能技术的迅猛发展，近十年来，无人驾驶汽车的研发逐渐被提上议事日程。这一变化是跨领域、跨行业的，吸引了众多 IT 业、信息技术、智能计算、图像识别等领域的人士，开始跨界进入汽车控制与整合的阶段。”

新一轮的科技革命和产业变革正在兴起，汽车的电动化、智能化、网联化、共享化的造车理念，已成为全球汽车行业的新趋势。荣文伟坚信，在未来十年内会取得重大突破。“在‘新四化’概念里，可能会催生出全新的世界汽车产业创新中心，如底特律、丰田等在汽车行业中占有一席之地。有人提出，过去三十年汽车改变了上海市嘉定区，未来三十年嘉定区将为汽车的改变贡献力量。我们在帮助汽车变革的同时，也将努力集聚更多资源，成为新的世界级汽车产业创新中心，努力建设成为具有国际竞争力的智能网联汽车创新中心和产业聚集高地、示范应用高地、人才高地。不久前，无人驾驶路测的成功，印证了我们作为一个创新中心，已具备了集聚创新的能力。”

“自 2016 年起营运的汽车·创新港，吸引国内外众多知名研发、设计企业入驻，形成了研发产业链完整、研发人才汇聚的国内汽车研发高地，走出一条‘科研孵化，研发创新，制造量产，服务衍生’的‘产学研一体化’发展道路。企业入驻后，彼此间形成了互动与协作。2017 年，创新港更是整合六家企业资源，共同实现了新功能与新产品的研发。”荣文伟自豪地说：“硅谷之所以成为创新高地，正是因为其能够整合集聚各种创新资源。而在我们的创新港，已经发挥了这样的作用。”

商业化场景

在创造移动方式的未来图景中，无人驾驶汽车的研发已成为各大品牌竞相角逐的焦点，上汽、一汽等，甚至互联网企业，均纷纷投身于这一未来出行方式的探索与实践中。荣文伟坦言，驾驶功能并不受限于单一品牌、企业或车型。无人驾驶技术，是目前对人类能力极限高度的一种挑战。“相较于国外，我们在某些领域或许存在细微的差异，但总体而言，我们应该在第一阵营里。只要我们能持之以恒地发挥自身优势，融合卓越的资源整合能力，相信我们走在世界前端大有希望。当然，我们也面临诸多挑战，无论是技术本身的成熟度、基础材料的研发，还是产品质量的提升，都是我们必须攻克的问题。然而，在运用层面优势更大。中国复杂的路况环境，使得国外产品在中国市场的适应性面临考验，而我们的产品却能游刃有余地应对复杂场景，这是我们的核心竞争力。此外，我国的管理体制也有优势，相信中国汽车产业的迭代速度定能比其他国家快。”

“从测试领域来看，我们拥有 2 平方公里的封闭测试区域，其测试条件无论是通讯、地图，还是信息安全等方面，都具备了开展高水平测试的基础。同时，我们还积累了丰富的实际道路驾驶数据，形成了庞大的场景库。我记得德国有一家比我们要多一些，但我有信心将超越他们。”目前，国家智能网联汽车（上海）示范区已经建设有两百多个封闭式测试场景。荣文伟说：“作为智能网联汽车测试的软件支撑，‘昆仑计划’中国智能驾驶全息场景库已经积累了近四千个交通事故场景、一百五十余万公里自然驾驶场景、超过一百小时 1000 人次的驾驶模拟器测试场景，以及通过 1270 组路测设备获取的超过一百二十小时道路冲突场景、八十余类标准规范场景，同时，多维异构驾驶态势的解构和场景重构工作正稳步推进。”

目前，示范区已完成开放道路 V2X 测试环境一期建设，覆盖了 12 公里的道路，涵盖六个信号控制交叉路口，现已在国内率先实现了《合作式智能运输系统　车用通信系统应用层及应用数据交互标准》（TCSAE 53—2017）的升级。同时，示范区建设了云平台，为开放道路和封闭测试区的网联汽车测试提供计算能力支持。另外，示范区已经以驿动大巴等车辆为载体，先期投放了一百余辆常态化运营的 V2X 背景车。

从封闭式测试走向开放式道路，“我们希望在高速公路，以及复杂路况中开展智能网联汽车的测试服务，以探索无人驾驶汽车在复杂环境识别、智能行为决策和控制等方面的新技术突破，以期实现服务共享。”荣文伟强调：“我们这一代人正面临着百年难遇的历史机遇，无论是在技术领域还是在其他各方面，开始逐步找到了感觉。我们经历了从电动汽车到智能汽车，再到智能交通和智慧城市，我们正一步步接近世界高度的机会，并推动人类向更高的层次发展。生活在这个充满机遇的时代，我们或许会更加忙碌、更加辛苦，但一定是幸福和富有成就感的一代。”

智创未来

2001年，“十五”期间，上海市委、市政府做出建设“东南西北”四大产业基地的规划。其中，上海国际汽车城与东部的国家级微电子产业基地、南部的世界级石油化工基地、北部的国家级精品钢铁基地，成为“十五”期间上海产业发展的重大举措。那年，荣文伟还在宝钢做市场调研部工作，研究宝钢市场下游行业的汽车产品，并对汽车的产业生态链，积累了丰富的研究成果，参与了上海国际汽车城的功能定位、前期选址以及整个规划过程，且留在了汽车城至今。

十年磨一剑，汽车城完成整车产值超过1332亿元，汽车零部件产值突破603亿元。同年，上海被科技部认定为全国唯一的国际电动汽车示范城市，代表中国在世界范围内与美、日、法、英、德等国进行新能源汽车推广交流。中国上海市嘉定区是国际电动汽车示范区，汽车城是该示范区的核心区域。目前，电动汽车试乘试驾中心和新能源汽车公共数据与监测研究中心成为两大亮点。试乘试驾中心已吸引了超过十四万人次“尝鲜”电动汽车的魅力，而数据监测中心则提供了4.2万辆电动汽车的各类使用数据，占据上海已销售电动汽车数量的绝大多数。

作为中国首个整车产量突破一百万辆的汽车生产基地，汽车城采取了新兴科技和实体经济的融合，实现技术标准、商业模式和人才的输出，发展智能网联汽车已成为汽车产业大国的共识。荣文伟指出：“我们的下一个目标是世界级汽车产业创新中心。在这个电动化、智能化、网联化、共享化同时到来的时代，产品将重新定义。它就像手机一样，不断进化，不断超越。”

他进一步强调：“实际上国内外一些专家，尤其像清华大学汽车产业战略研究院院长曾说，从世界格局来看，新的世界汽车产业创新中心更有可能产生在中国。我们的汽车城也会成为下一阶段发展的目标。区领导也曾说过，这不仅是嘉定区和上海市的事情，更是我们中国的事情。”

在自动驾驶这一涉及公共服务和公共安全的领域，荣文伟表示：“我们离不开政府的支持。我们需要以更加开放、包容的心态，集聚更多人才一起去实现。如果因为害怕危险而拒绝尝试，那么我们将失去这个发展机会，落后于其他国家。”

荣文伟最后还说：“安亭区域将被打造成一个安全特色小镇——汽车未来小镇，这里将成为新的交通未来试点与示范和尝试。研发制作出汽车产品后，需要思考如何进行社会推广、管理以及基础设施的新标准制定。作为创新城市，我们承担着国际科技创新中心的使命。我们将寻求创新突破，希望汽车城能在汽车和交通这个领域做真正的示范者，为新的城市业态、商业模式和城市管理探索出一条新路来。构建‘离尘不离城’的生态汽车产业链，让智能网联汽车与城市融合更快落地。”

我们期待着那一天能够早日实现！

（发表于《上海画报》杂志 2018 年 2 月刊）

分时租赁新风尚

专访环球车享汽车租赁有限公司总经理曹光宇

在“共享经济”这股狂热潮流的推动下，“共享”渗透了我们的消费习惯和生活方式，无论是共享单车，还是共享汽车，抑或是传说的共享飞机，都被各路资本热捧。随着新能源汽车主题屡屡站上市场风口，各国禁止燃油车时间表的陆续公布，未来，人类出行的方式将会发生怎样的变革？环球车享汽车租赁有限公司（以下简称“环球车享”）总经理曹光宇，开着“EVCARD”共享汽车带我们探索城市立体交通、新能源汽车、智能网联汽车、分时租赁，并深入探讨这种颠覆式共享经济背后的商业逻辑创新，会为我们带来哪些更高维度的飞跃。

汽车不再是私有财产

在“共享经济”风起云涌的当下，共享汽车也逐渐被大众所耳熟能详，其兴起于20世纪40年代的瑞士，从自驾合作社演变成今天的汽车共享也就是分时租赁。

曹光宇，一位拥有汽车专业博士学位的资深专家，对汽车共享态势有着深入研究和探索，他介绍道：“1948年，瑞士推出私家车空余时间电话预约服务，与当地有用车需求的人形成对接。然而，由于当时沟通渠道的单一性，远程移动通信的导航定位系统等技术尚未普及，影响了车辆取还的便捷度，因此这类模式并未在社会上形成规模。到了21世纪，随着车载导航、智能移动等技术的普及应用，汽车共享模式开始流行全球。”

然而，共享汽车的产业逻辑远不止于此。面对环境危机、能源危机和城市资源危机，全球兴起了汽车技术的新一轮变革。新能源汽车迎来了新的发展机遇，成为资本市场关注的热点。2011年，中国确定上海市为电动汽车国际示范城市，并推广“分时租赁＋新能源汽车”的共享模式。曹光宇在工作中不断证明自己，从汽车零部件技术的开发，到汽车行业管理，再到成功创业汽车传感器公司，以及2011年进入上海国际汽车城，负责全国首个电动汽车国际示范区的建设与运营，并率先提出“新能源汽车＋分时租赁”的新模式，成功在上海落地经营。

曹光宇在2013年开始探索研究新能源分时租赁服务模式，发现在城市立体交通中，人们逐渐对短时间、短距离、个性化的出行方式有了更多的出行需求。2015年，上汽集团控股的环球车享汽车租赁有限公司成立，开始在上海乃至全国范围内推广新能源汽车分时租赁的商业模式。曹光宇指出：“国外分时租赁汽车以多种车型并行，国内则主要以新能源汽车为主。考虑到我国城市人口密集，新能源汽车又具有零排放、零油耗、清洁能源，更灵活经济的特点，同时其作为汽车新型技术模式的转型，对汽车产业链的发展具有推动作用。”如今，低成本享受绿色出行，逐渐被国家政策和市场认可。曹光宇倡导的新能源分时租赁在中国汽车共享中已成专有名词，汽车也不再是单纯的私有财产了。

十级速度成长新风尚

“一个人使用完汽车，便可迅速还车，供下一个人使用。”汽车分时租赁，一种基于按分钟或小时计费的电动汽车租赁新模式。它依托于遍布各处的分时网点与互联网移动终端，实现无人值守、全程自助、任意网点借还、在线支付的一体化服务。这种新型汽车租赁模式介于公共交通与出租车之间，能够达到共享的目的，降低汽车闲置率，增强城市交通动力，优化停车资源配置，丰富出行方式，降低出行成本，并解决城市交通配套不足的问题，从而有效提升城市的区域竞争力。曹光宇指出：“这正是解决城市‘限购限行’政策与个性化出行需求之间矛盾的有效途径。”对于运营商而言，关键在于最大化每辆车的日常行驶效率。车辆的利用率越高，运营成本就越低，进而提升利润率。而对于消费者而言，新能源分时租赁模式的便捷性恰好满足他们的需求，成为推动其发展的强大动力。曹光宇坦言：“新能源汽车每百公里的电耗成本相较于燃油成本，约五分之一到十分之一。尽管新能源汽车因电池能量密度较低、成本较高，导致续航里程相对较短，但足以满足短距离出行的需求。未来，城市中的共享交通，特别是满足个性化、快速需求的共享交通服务，将成为必然趋势。”

自 2015 年正式投入上海市场以来，新能源汽车分时租赁业务经历了飞速发展。2016 年下半年，整个行业迎来了井喷式增长。曹光宇自信满满地说：“与前年同期相比，2017 年前三季度整体数量级以十倍以上的速度增长，预计今年第四季度会继续保持快速发展的态势。截至目前，我们在全国 31 个城市开展业务，其中 21 个城市已正式运行，投放车辆数达 1.7 万辆。我们也将根据不同城市的市场需求，推出针对性的特色服务。目前，EVCARD 会员人数已达 120 多万，并形成了相对成熟的会员拓展机制。线上，我们通过 APP、微信等平台进行品牌推广；线下，则充分利用汽车城宣传平台进行资源整合与互动。结合网点建设，大力推进会员招募，开展在周边学校、医院、文体中心、商业中心、企事业单位以及各大经济园区的推广和招募活动，推进各类从消费者角度出发的市场活动，如夏日包夜车特惠、老带新活动、取消起步费等。预计到 2017 年年底，介入的城市提升为 50 个以上，投入车辆超过 2.5 万辆，服务会员群体将超过 200 万名。”

快速成长背后的困难

任何一家企业发展过程中都需要不断创新开发产品，积累专业人才，并持续投入资金。在曹光宇的带领下，从零开始，推动示范区的建设、新能源汽车的推广运用、国际交流合作，使上海的电动汽车示范区走在全国前列。他认为这是一项非常有意义且长远的事业，但过程中充满挑战和压力。他坦言，现阶段环球车享所遇困难主要集中在产品和人才两个方面。由于新能源汽车共享服务，车联网时代的全新租赁模式，既需要有针对性的车辆产品，又需要根据客户的切实需求，量身设计定制服务产品。这需要我们根据市场前景的判断，以及对用户需求的调研进行相应的开发推广，对于新创立的公司无疑是一种考验。首先，这既需要大量的技术投入，又需要对新产品进行培育，这对经营能力和开发能力的平衡具有一定的挑战性；其次，在互联网经济时代，创新型业务只有满足了快速发展的要求，才能满足投资方或市场的期望。在这过程中，需要解决如何吸引和培养专业人才以快速跟上节奏的问题。在曹光宇看来，有一支得力的团队、成熟的商业模式以及对口的产品，资金问题就相对容易解决。

做好工作，平衡自己的内心感受，以及工作中的压力，环球车享的员工通过不断创新和努力，取得了阶段性的成果。曹光宇满怀激情："这对于我们自己来说是一个很好的安慰。尽管前路还长，但我们有信心使股权结构更加合理，决策更加市场化，努力打造成具有中国特色的汽车行业标杆，为大家提供更多、更优质的服务。"

大众的困惑

新能源汽车续航，究竟能行驶多远？其充电便捷性究竟有多大？曹光宇解析道："首先，新能源汽车在续航能力、使用过程以及充电基础设施的保障上，仍需不断完善。其次，虽然新能源汽车的续航里程已从最初不足 150 公里，提升至今多数新车型的 250 公里到 300 公里，并预计 2018 年平均里程数达 300 公里到 400 公里，但与传统汽车相比，其便捷性仍存在一定的局限性。毕竟，传统汽车加油后也能行驶有限的里程数。"

曹光宇进一步强调，用车如同用手机，需足够数量的充电桩或充电源及时补电。这对新能源汽车运营者提出了更高要求，即必须解决用户快速补充车辆电量的需求。他坦言，新能源汽车无疑是一条可以看得见未来的路，而未来无人驾驶、智能汽车是发展趋势。EVCARD 希望通过电动汽车分时租赁的方式，让更多人体验新能源汽车的环保与清洁，并通过多人高效率共用，降低私人使用电动汽车的成本和机动车保有量，从而从根源上缓解城市空气污染问题，为城市可持续化发展贡献力量。

未来的战略规划

上海在巨大的市场需求、广泛的消费能力和潜在的消费群体的势头冲击下，新能源汽车市场呈现蓬勃发展的态势。曹光宇坦言，共享城市空间里，存在社会车辆霸占停车位、新能源汽车“蹭电”等不规范现象。对此，他强调开放的同时，将加强有序管理，引导大家走向正轨，并希望用户能够共同参与监督管理，使运行过程更规范有序。

新能源汽车“分时 + 长租模式”根据不同地区、不同时段的需求，进行量身定制、动态调整。至 2017 年 8 月底，已在上海建成六千多个分时租赁网点，覆盖全市 16 个区，并向外拓展至北京，四川成都，浙江丽水、衢州江山，江苏太仓、苏州、南通等城市。在车辆配置上，EVCARD 已引入荣威 E50、奇瑞 EQ、华晨宝马之诺 1E、宝马 i3 等新能源车型。在服务管理上，EVCARD 将加强新能源汽车智能化功能，包括车内实时语音服务，用户识别功能以及快速帮助等。下一步将增加如智能泊车、自动充电、自动驾驶等延伸服务。

“共享”模式需要社会共建。“现阶段新能源汽车分时租赁市场还处于培育期，也算快速发展期。预估距离市场饱和期还有一段路程。只要每个人找准自己的模式，通过互助协作的形式，共同推动这一商业模式的发展，就能在市场上实现健康良性的发展，这比相互之间的竞争更为重要。”曹光宇说。

（发表于《上海画报》杂志 2017 年 11 月刊）

从百货到汽车百强的传奇

专访无锡东方新纪元集团董事长李苏

在家人的声声埋怨中，1997年一个仅有两台上海大众桑塔纳汽车、五人起家的“蜗居”公司，寄居在大商场旁的犄角旮旯，奇迹般地崛起。2012年，公司创造了1800万元纯利润；从最初的五人小团队，发展至今拥有三千多名员工，历经十六载春秋，主营汽车销售、服务及二手车交易，年平均营收额70亿元，连续多年稳居中国大型汽车经销商集团百强企业榜；2011年变身为涵盖江浙11个地县城市的无锡东方新纪元集团（以下简称“东方新纪元”），旗下拥有60家子公司的幕后“花木兰”竟是生于1955年的女子，东方新纪元董事长兼总经理李苏。

在美国汽车城“180亿元巨债缠身，底特律申请破产”的号外声，中国汽车市场2013年也步入了低增长的阶段。据国家信息中心统计，上半年汽车产业总体增长幅度为15%。而新纪元36%的营收总额增长和超过23%的整车销售量增长幅度，超行业总体水平，踏着烈日我们独家专访到了李苏。

弃文下海从商

面对赞誉，李苏谦逊地说：“公司的所有业绩都不是我一个人创造的，你没有必要、更没有理由把我说得那么好。”能约访到她纯属奢望，不爱炫耀、踏实爽朗是坐我面前这位职业女性最真实的写照。1985年，李苏便毅然踏上弃文从商的征途，从此驰骋商场一发不可收……

在进入汽车行业之前，李苏曾在民营上市公司无锡商业大厦大东方股份有限公司（以下简称“商业大厦”）担任五金车料部经理，在她的带领下，商业大厦连续三年在全国大型百货商店中保持自行车销量第一。一次偶然的机会，商业大厦老总向她提出了如何增长销售额的问题，她果断地回答：“做汽车。”这在当时需要极大勇气的决定，从此改变了她和商业大厦的命运。

当年，在百货公司里经营汽车是不被允许的。1997年，商业大厦正式成为北京亚飞在全国大型百货商店中挑选的15家企业之一。虽然起初汽车年销售仅22台，且存在抵债问题，但在接下来的三年时间里，李苏及其创业团队凭借在百货行业多年的经营理念积淀，采取了一系列前所未有的经营创新举措。1998年奇迹出现了，东方汽车与工商银行、中保公司合作，推出卖方信贷模式的分期付款购车业务，这一创举全年实现销售2.5亿元，居全国商业企业首位，成功启动了无锡乃至周边地区汽车销售市场。1999年，东方汽车的分期付款模式被称为“无锡模式”向全国推广，中央电视台“经济半小时”节目对此进了专题报道。同年，整车销售额一举突破4.5亿元。2002年，东方汽车城建成，成为当时华东地区首创的汽车城经营模式。直至2008年，商业大厦收购了一家老的机电上市公司——无锡新纪元汽贸。如今的无锡东方新纪元集团，由无锡商业大厦集团东方汽车有限公司和无锡市新纪元汽车贸易集团有限公司组成，共同构成了东方新纪元汽车商业王国的坚固基石。

增 1.25 亿元工资　难解人才荒

年销售额突破七十多亿元大关，稳居中国大型汽车经销商集团百强榜第三位的东方新纪元，斥资十多亿元兴建一座占地近 600 亩的全新汽车城，并在一年内引入了以保时捷为领衔的近十家高端豪华品牌 4S 店。然而，在旁观者眼中，东方新纪元所拥有的是巨大的资产和财富，但李苏表示，公司最宝贵的财富是人才，而恰恰最紧缺的也是人才。

尽管东方新纪元拥有上市公司的背景支撑，资金问题已然不是主要问题。而令人意想不到的是，这家拥有数千名员工的企业，竟也遇到了人才荒的困境。李苏直言不讳："人才匮乏，不光是东方新纪元，乃至困扰了整个中国的汽车经销商，这是行业通病。原来我们的汽修员工大多来自苏北，但现在苏北每座城市都有 4S 店了，必然导致人员回流家乡，上海也同样面临这些问题。"

近年，中国汽车行业的迅猛发展，汽车销售行业如雨后春笋般涌现，导致人员流动加剧，人才匮乏依然是李苏在经营过程中遇到的非常棘手的事情，"如宝马在无锡原本只有一家，现在开了五家，奥迪开了七家，你说另外六家，600 人怎么来。那就是你不用我，其他公司会用。"

面对这一挑战，李苏展现了作为企业管理者的坦诚与勇气。我问人才匮乏与企业的经营管理是否有关？她认为："人才流失有多种原因，包括公司的地理位置、同事关系等。如单是与同事相处不融洽想辞职的，我们采取总经理轮岗制，经理以下的职位在门店间相互调换。"现在无锡 40 家 4S 店密集在 600 亩内，还有四条汽车检测线，一幢办公大楼和一些商业配套设施。此外，公司致力于为客户提供更好的服务，通过建设全封闭的试测跑道、客户俱乐部等设施，提升客户满意度和忠诚度。

“没有不好的品牌，只有不合格的品牌经营，关键是老总合不合格。”李苏的自信犹如她背后的地球仪一样圆满。在经营管理方面，东方新纪元与许多私营企业有所不同。公司实行总经理负责制，李苏聘请职业经理人注重考察其责任心和能吃苦耐劳的精神。她认为：“只有把企业作为自己的事业来经营，才能真正成为企业的主人。我与经理人聊天时表示，你与我最大的差别是，你是站在东方新纪元的对立面来说企业。”为此很多人认为李苏过于强势，她却认为：“老总一定要霸气，如果我是一个没有主见的人，这家企业永远发展不起来。”

在汽车企业间激烈竞争的态势下，催生了东方新纪元董事会为留住人才的多项策略：将员工工资定在同行业平均工资偏上水平。每年从营业额中分出 5% 到 10% 的数额，作为每年员工工资递增 10% 的保障。此外，公司还为员工提供工龄工资等福利待遇，以确保每年营业额有 15% 的递增率。然而，在带来人性化福利的同时，企业主也为自己带来了困惑。李苏坦言有三大块：“员工人力资源工资；设备、硬件投资的折旧；利息。其中仅工资今年就增加了 1.25 亿元。”

“劳动力密集型产业招工难一直困扰着我，当老板很辛苦。”面对人才荒，李苏比谁都着急解决这一问题，为此她采取了多种策略。不仅为员工提供发展自我的平台，还为人才储备做准备。集团每年提供两次内部员工竞聘提升的机会，不遗余力地引进人才，特别引进曾在家族企业工作，缺乏升职空间的人才。然而，在实践过程中李苏发现了一些问题，让她意识到职场氛围和薪酬待遇对职业经理人来说同样重要。因此，她将继续探索更有效的人才管理策略，以推动东方新纪元的持续发展。

瞄准二手车　创百亿元不是神话

想做厂家最认可的经销商，这是李苏最初的梦想。但是作为一位多品牌汽车的综合销售商，要想赢得所有厂家认可实为不易。2010 年，李苏在董事会上立下豪诺：三年内开设百家门店，创百亿元的销售佳绩。令人意外的是，当年她的总营收业绩已跻身中国百强大型经销商集团的前三十五强。2012 年，年营收额 78.03 亿元，汽车平均年整车总销量（含二手车）突破六万多台大关。2013 年上半年，较去年同期，利润增长了 63%，销售额也实现了超过 40% 的递增。在经历 2011 年、2012 年连续两年全行业的低增长困境后，唯有李苏领导的团队能迅速找到破解危局之策，逆势重回高速增长的轨道。她预计今年营收总额将达到 100 亿元的目标，这在 GDP 增速不超过 8%、中国汽车市场进入长期低增长的大背景下，无疑是一个令人瞩目的成绩。然而，李苏却只是淡然一笑："100 亿元也只不过在百强企业第一阵营的末梢，第一阵营都在 100 亿元以上，做得好的更是上千亿元。"她对销售额永不知足的霸气追求劲，感染了她身边人对她既敬畏又钦佩。

在如何提高销售额的问题上，李苏总有源源不断的新策略。上半年，她便瞄准了二手车交易市场比新车市场发展更为迅猛的态势，将二手车交易作为销售的突破口。她分析道："十年前的有车族都进入了换车期。现在汽车品种繁多，人们收入提高，加之限购房屋、私家车多车位紧张等因素，换车成为必然选择，二手车也因此焕发了新生机。"

"目前集团已拥有两家二手车交易店，并计划继续扩大市场。

同时，依托六十余家4S店作为基店，通过置换方式以旧换新，让消费者自行补差价。”在东方新纪元，二手车交易方式多样，包括委托寄卖、收购等。李苏认为二手车市场应与拍卖相结合，收购后进行修整和美容，以崭新的形式出售，并享有正常的保养期。除二手车市场，李苏还将目光投向了汽车后市场。她表示：“二手车今后将是我们营销平衡点的新突破口，而汽车后市场我也非常感兴趣。虽然中国目前对汽车改装形式还不太认可，但我们会先进行探索研究。就像房子一样，一开始人们只要分到一间房就很开心了，但随着需求的变化，就会想把房子装潢得更温馨些。我们要看准汽车后市场的需求，用装潢弥补营收额，否则光靠4S店利润太薄了。”

高端车抢先布局四线市场

在品牌布局上，李苏思索着从原来的中低端品牌为主，逐步向高端品牌发展，并向二手车、汽车后市场拓展。但她坦言不会自主研发，“研发都是烧钱的，我们不具备这个条件，即使具备也要慎重。”目前，东方新纪元中高端车销售额占比超过63%，2013年上半年已完成了去年三个季度的业绩。“对于低端车，我们实施关停并转政策，2013年又关闭了两家低端车4S店，目前仅剩四家。”

原来只计划在无锡当地开设高端车店的李苏，从2008年起开始将第一家雷克萨斯店拓展至南通，至今在南通已有六家高端车店：保时捷、宝马、捷豹、路虎、雷克萨斯、沃尔沃和斯巴鲁。她表示：“我们不会盲目地扩张，而是成熟一个往外走一个。”无锡东方汽车城的集中式经营是他们的优势，但为何要向外拓展呢？她解释说：“因为在无锡，同一个品牌最多做两家店，如果做第三家，厂家就会有一些限制。如果继续在无锡经营，只有做原来没有做过的品牌，空间有限。所以要走出去，汽车销售的发展是不进则退。我们要先发展周边的城市，以后再向其他区域发展。”

面对厂家的产能不断增加，一线、二线城市市场的饱和状态，李苏认为高端车往三线、四线城市发展是必然趋势。走四线市场是赌未来的策略，需要有一定的经济实力和前瞻性。她坦言：“在四线城市做凯迪拉克不亏才怪呢，起码要养三年。我已经做好养三年的准备，这需要有一定的勇气。”然她也看到了四线市场的潜力：“我曾问一个老外，你在南通那么小的一个城市做那么大的保时捷干什么？老外说，‘你错了，南通比德国大部分城市大，且人多。’万事总有利弊，一旦有好的经营者进入四线城市，他就能独家经营。”我笑着说：“您的目的是要实现后期的垄断市场策略。”李苏坦率回答：“对！”她认为，在四线城市独家经营高端车能卖出更高的价格。

稳定的利润来源

关于需求与供应能否达到平衡的问题，李苏说：“生产商应当避免盲目扩大汽车生产规模，而是应该考虑采用订单制，以销定产，以此减轻经销商的运营压力。然而，从我目前所观察到的情况来看，这一策略尚未得到广泛应用。汽车作为支柱型产业，对当地经济具有举足轻重的地位，一旦某家汽车生产商减少产量，其相关的配套生产商可能会面临困境，整个产业链也可能因此断裂，进而影响到各个环节的生存。如果实施以销定产的策略，如经销商预计能销售 15 万辆车，那么就只生产 15 万辆车。因此，原本年产 30 万辆车的汽车厂，其产量将减少一半，那么它的经济支撑点又将从何而来？这与中国当前的经济模式有着密切的关系。”

汽车产能的扩大，导致城市用车环境日益恶化，北京等地也相继出台了限购车辆政策。东方新纪元在未来的中国市场中，也必然会遇到问题和瓶颈。“与其他汽车销售集团相比，东方新纪元经营的汽车品牌达四十个，涵盖了德系、日系、韩系、美系等多品类，产品线相对繁杂。从保时捷到五菱，从二三万元到几千万元的车，各种品牌和价位的车型应有尽有，这无疑增加了管理的难度。”李苏在谈到这些问题时，脸上露出了凝重的神情。她说：“中国汽车产业真正开始走下坡路，可能是在 20 世纪 70 年代出生的人退休之后，也就是约 2030 年。在此之前，我们还有十几年的时间来应对这一挑战。因此，我们选择向四线城市发展，以寻求新的增长点。然而，假如这些城市也开始限牌了，那么中国汽车市场可能就真的饱和了。”

面对这些挑战，东方新纪元将汽车后市场作为今年的主要发展目标。他们发现在二线城市，如果汽车维修地点距离超过八公里或十公里，来维修的客户就会大幅减少。因此，他们计划在无锡的大型社区和周边发达的乡镇建立快保店，提供包括汽车养护用品、装潢美容等服务。此外，他们还成立了东方驾校，从而形成了一个相对完整的产业链条。谈到集团的发展蓝图时，李苏充满了自信。她认为未来的发展无法预料，只有做好当下的事情才是最重要的。对于如何保持市场份额，她认为这取决于自身的努力和决策者的前瞻性。未来，她计划将二手车交易市场做大做强，抢占无锡 80% 的汽车交易份额，并进一步完善人才储备。

东方新纪元步入第十七年，有人曾说那些创业发展的岁月是

"李苏的时代"，但李苏坚决否认这一说法，她说："这不是东方新纪元某个人的时代，而是大东方股份创新经营的时代写照。即使没有我李苏，也一定会有其他人来担当这样的历史责任。"但不可否认的是，李苏所代表"女性东方式"管理风格，已为东方新纪元注入了独特的魅力。李苏认为，女性一旦进入角色，会比男性更投入，女性在职场上散发出的魅力是无人能及的。她的执着和认真也成为职场上的一种性别特质。一年 365 天几乎没有休息日，她身边的人都埋怨她活得太累，没有自己的时间。没时间关心家人是她深觉内疚的，她表示："如果有机会重新选择，我还会选择事业。"她已经习惯了这样的生活方式，"外出散步一小时，边走边打电话反而感觉走路变轻松了"。这样忙碌的生活状态充实着她，她已没有时间考虑对于生活的满意与否。

（发表于《如意时空》杂志 2013 年 10 月刊）

做企业要有创业心态

专访上海张江文化控股有限公司总经理、张江国家数字出版基地董事长韩露

“在创业时代，身处封闭式空间的人无法创造性地应对开放问题。‘创新、创业’不是某个人的问题，也不是某个组织的问题，而是全社会的课题。如今中国经济增长从粗放型向精细性转型，产业发展由劳动力驱动向创新驱动转型，在这样一个大背景下提出‘双创’战略，我们需要积极做好服务，不抱怨、不指责，大家共同向促进产业发展、提升国家竞争力的大方向努力。张江更会做好国家自主创新示范区试验样本，与坚持梦想者同行。”上海张江文化控股有限公司（以下简称“张江文控”）总经理、张江国家数字出版基地董事长、《张江新经济》杂志执行出版人韩露接受采访时如是说。

合理配置资源有序竞争

近两年，国内无论是在制造业、服务业、金融业都有颠覆性的创新点，那么在“众创”的风潮中，未来会怎么样？韩露认为，创业者需要坚守初心，勇敢大胆地去做。

在“众创”初期，开放的政策引导和支持是不可或缺的助力，这样能在短期内快速推进“众创”进程。“众创”是一个开放运营的平台和机构，需要房租、装修、人员等综合要素支撑，是否能构成独立的盈利模式还有待进一步观察，毕竟运营成本仅靠众创空间的租金收入难以平衡。在张江，社会各界努力在营造良好的“创新、创业”氛围。从建设国家综合性科学中心，到张江科学城，到“双自”联动（国家自主创新示范区和国家自由贸易试验区联动发展）等，张江正迎来前所未有的发展机遇。

以张江国创中心为例（以下简称“国创中心”）。它是创新科研成果转化和创业集聚的一个综合概念，以 e 产业为基础，聚焦“智能装备、人工智能、文化创意”三大领域，依托“双自”联动叠加的乘数效应，为中国科技发展提供强大引擎。张江不仅关注商业发展，更重视基础研究，这正是其作为国家自主创新示范区引领与示范的使命所在。

自 2015 年“双创”战略启动以来，张江在这一领域开展了多角度的探索与实践。以张江国际创新创业集聚区、国创中心、张江创业传奇广场为核心的创新创业地标已初具雏形，众创孵化体系从量变走向质变，孵化集群迅速壮大；形成完整创业孵化链条，覆盖创业企业生命全周期；形成六类新型众创孵化模式，孵化形态渐趋多元；孵化主体市场化，民营孵化器唱主角；众创孵化新产业初具雏形。目前，张江已有各类众创空间 65 家。

众创和创业生态空间作为准公益性质的存在，其产品效益外部化，无法被一家众创空间独揽，除非它的众创空间在一定基础之上，可以看到常规投资、商业分成紧密合作。为什么合作？因为它活不下去了。这是第一种，它没有商业模式。第二种，准公益性质。它所孵化的企业和产品是为社会服务，政府补贴的恰恰是准公益性质这部分。这时又会衍生新问题：竞争。到底竞争的是众创空间的数量还是质量，是进驻众创空间最终提供的服务、产品，还是培育了多少家企业、拿到了多少融资？韩露在观察中思考，担忧着过度竞争导致的资源无效配置与浪费，以及政策持续性的不确定性。他深知，任何一个产业都有其特有的生命周期。过度竞争会耗尽大量众创空间的生存能力。创业初期都会用政策，但政策容易造成过度竞争、各个区域同质化，导致很多资源不恰当匹配或者浪费。还有政策的持续性问题。政策在支持"众创"过程中，它能持续多久？韩露估计一年到两年后会关闭很多众创空间。"这就是我们讲的，它不构成盈利模式。所谓盈利模式，必须在可见的时间范围之内，但是众创空间的可见时间又很长。因为一家企业、一个创业项目从创立到成长，需要五年到七年时间，你能活得过去吗？"

创业者缺什么

创业之路，无疑是一条充满荆棘与挑战的征途，从起步到成功，每个阶段都伴随着不同的需求与挑战，对于初创企业而言，资金短缺的问题尤为明显。近年来，韩露洞察到一个令人深思的现象：过多的资金有时反会成为初创企业的绊脚石。业界领袖有个共同理论：创业初期，50 万元资金足以启动梦想。

韩露曾目睹众多高调的创业团队最终走向衰败的历程。"钱对应的是能否找到好用的人？创业初期的创业团队成员不是最强，这时需要我们来造一把伞：第一，帮助。给他们创造人脉资源、市场关系、免受外界干扰的成长环境。以喜马拉雅 FM 为例，2012 年在张江创业起步，初期便渴望与业界牛人进行内容合作。幸运的是，张江通过牵线搭桥，成功促成了喜马拉雅的第一个音频内容品牌。这一成功案例，为后续的合作奠定了坚实的基础。第二，品牌。张江，作为国家级的高科技园区和文化产业园区，其在国内拥有一定的地位和知名度。对于从这里走出去的创业者而言，张江的品牌效应无疑为他们加分不少。看着喜马拉雅、沪江等企业在张江茁壮成长，那感觉简直太棒了，很有成就感。”

韩露也深知：“起步阶段对创业者的帮助，只是我们价值的体现之一。对于创业者而言，最关键的是与国际接轨的商业环境和资本交易环境。我们很多成员遗憾地看到，一些成员选择离开张江发展。我说：‘这就对了。’他们的发展壮大，正是我们祝福与期待的。”

避免“打群架”

围绕国家综合性科学中心的建设，上海市政府、浦东新区政府正在全力打造张江科学城，张江文控在打造张江科学城的过程中，迎来了难得的产业发展机遇和公司转型机遇。经过多年培育和发展，张江在国家级数字出版基地、文化产业示范园区等方面声名鹊起，但功能性服务消耗大量成本，导致经济亏损几近破产。2012 年，张江文控毅然决定从文化创意园区运营管理机构转变为文化科技融合产业一体化服务供应商。短短三年间，他们成功完成了从园区管理者到服务供应商的蜕变。韩露认为，做企业不仅要谈服务，更要谈“商”。政府也要求政企分开，向市场化转移。因此，韩露将张江文控分为三个板块进行运营：第一板块承接政府功能，包括房地产开发、招商引资、孵化器等；第二板块聚焦产业运营，退出不符合社会发展趋势的产业以及不盈利项目；第三板块则专注于投资，通过三支基金和一个担保机构，构成了一整套足以支撑一体化服务的组织架构。

“孵化 + 投资”是张江文控近年来探索的模式。他们将财政项目补贴转化成风险投资，撬动更大的社会资本，再让专业管理团队投项目。如与沪江、炫动卡通、湖南芒果 TV 等合作，这种合作模式不仅涵盖了企业生命周期的各个条线，还促进了园区的良性发展。

经过痛苦的转型期，张江文控的经济效益逐渐好转。2015 年，在国务院发展研究中心东方文化与城市发展研究所发布的榜单上，张江园区凭借“年产值达到 346 亿元，同比增长 18%；新增入驻企业七十多家，累计入驻企业总数超过 550 家，涵盖数字出版、网络游戏、文化装备、动漫影视、互联网教育等上下游产业领域，年产值一亿元以上企业达到 29 家”的发展积累，获得“中国文化产业园区 100 强”第一名的成绩。2016 年 6 月，张江文控喜获了首届“上海文化企业十强”之一，公司实力获得外界认可。

韩露告诉记者，值得一提的是 2016 年张江文控旗下两个二次升级的品牌——创 e 空间和“声创空间”（与喜马拉雅 FM、创和社区共同打造）。还有国创中心建设，包括张江跨境科创监管服务中心，这也是配合自贸区两周年的重点工作。同时积极谋划明年的重点工作，包括改造上海动漫博物馆、扩大产业运营辐射范围等。近日，公司刚拿下一个 15 万平方米的物业。之后还会推出另外一个国创中心品牌——创 e 空间，集成所有的线下服务。

“国创中心项目定会在张江的历史长河中留下浓墨重彩的一笔。”韩露满怀自信地说道。国创中心是张江老厂房改造项目的先锋之作，韩露坦言，首个任务便如此艰巨——国内尚无单体面积超过十万平方米的创业综合体，这无疑是一项极具开创性的工作。预计该项目将于年底完成竣工验收，最快于 2017 年一季度末正式启动，目前招商工作已展开。此外，根据规划，张江国家数字出版基地不仅将吸引文化创意产业、“互联网 +”、智能制造等领域的企业入驻，还将设立单体面积超过三千平方米的企业研发总部区域。据初步估算，未来将有至少两百余家企业在此落户，共同打造浦东创新业态的新地标。与以往张江办公楼宇的建造方案不同，国创中心借鉴了大型商业中心（Shopping Mall）的设计理念进行改造。张江园区的创业生态已经吸引了大量相对独立的企业聚集，然而这些企业之间缺乏足够的了解和合作。张江文控在其中起到有效地促进了企业之间的对接与合作，避免了不必要的竞争和冲突。

创业并非人人都行

如今，“众创”一词屡见不鲜，然而，创业之路并非坦途，它对个人的综合素质要求极高，有一定门槛。在激烈的市场竞争中，众多创业项目都难以逃脱失败的宿命，即便是由优秀团队引领的项目也不例外。这对于初创企业和大学生创业群体而言尤为严峻，因为他们的启动资金往往源自家庭，承载着更多的期望与压力。因此，韩露对大学生创业提出了几点宝贵的建议：第一，个人的优势或喜好并非创业的主要动因。创业需要综合考量个人综合能力与项目市场需求的过程。例如，会做菜并不意味着就能成功运营一家餐厅。第二，是围绕第一点讲的，要有“三驾马车”。每个人的能力是有限的，有人擅长科研产品开发，有人精于市场营销，有人则擅长财务管理。只有组建一个拥有多元化专业背景的团队，才能共同应对创业过程中的各种挑战。第三，创业项目必须满足刚需市场。想象的市场与现实的市场存在巨大差异，只有真正满足消费者需求的项目才能在市场中立足。如喝水是刚需，而一款镶有钻石的手表虽然令人赏心悦目，但并非所有人的必需之选。

因此，创业者应明辨真伪需求，避免陷入虚假市场的陷阱。个人能力虽重要，但不足以支撑整个创业过程；没有团队的协作，创业亦难以成功。当创业者拥有了能力和团队之后，还需紧紧抓住市场的刚需，这样，在寻求融资时才会相对容易。

张江文控以其服务为本的定位，为创业者提供了一个非官僚化的环境。张江也涌现出了众多坚守初心、勇往直前的创业者。对于他们而言，张江不仅是一个充满机遇和挑战的地方，更是一个不孤单的创业舞台。虽然创业路上充满了未知与困难，但任何企业都要有创业心态。只要有坚持和创新的精神，一切社会资源都会为之奋斗。正如唐僧西天取经的故事所寓意的那样，只有勇敢地迈出第一步，才有可能遇到生命中的“孙悟空”。

（发表于《上海画报》杂志 2016 年 10 月刊）

情商在路上

——企业家的用情哲学

专访西安高山流水集团董事长徐彦平

对于“情商”他研究透彻，站在他面前的人仿若都是透明人。人类所要追求的各种“财富”似乎他都拥有了，然而他却坦言：“成功之后，内心的困惑分毫未减。”究竟是怎样的困惑困扰着这位从士兵到诗人，再从报社编辑到知名房地产商的徐彦平董事长呢？

离职的情感与情绪

“我困惑的并非是财富的多少，而是内心的冲突。”从外面匆匆赶回赴约的徐彦平，一坐下便叹了口气说：“作为社会人，我们时常在情感和利益的内心冲突中存在着。你看占据电视台居高不下收视率的，基本都是处理矛盾的栏目。”

矛盾的核心往往在于“公平”二字，“经济交换以公平为原则，要求所换利益等值。情感交换则恰好相反，它是不等值的。因为情感是非功利性的，若要情感交换正常进行，必须借助‘利益’，但又不能完全等同于‘利益’。‘受人滴水之恩，当以涌泉相报’、‘人敬我一尺，我敬人一丈’。以‘涌泉’回报‘滴水’，以

‘丈’回报‘尺’，所换之物在价值量上的不平等，正好说明了交换的是‘情’而非‘物’。如果受人‘滴水’之恩也以‘滴水’相报，那是在‘还账’而非‘还情’。不容否认，我们在日常生活中往往把两者混淆，‘情’、‘人情’也‘利益化’，也成为一笔‘人情账’，以至于‘还情’变成不堪承受的负赘。但情感因素与利益因素剪不断、理还乱的微妙联系，同时又有判然有别的性质差异，一个成熟的人均能有所领会，并自如应对。”

面前的徐彦平，冷峻眼神中透露着看得太透后的畏惧。“最近公司一位高管离职，这位高管不仅是我老乡，还是复旦校友，我陷入了痛苦的反思中。生活不是看透了就能做好的，所以才会有‘修行’一词。在清醒和糊涂之间，这是人文精神的最高生活状态。”

徐彦平所理解的情商，是指商业中利益与情感的关系，主要针对他人而言，不利他就利不了己。集团的企业文化是“知音文化”，而每个人的知音关系必须有个载体，包括物质条件、空间条件、时间条件以及知音能力。企业管理在立足于需求和供给中，只有满足需求的供给，才是有效的供给，“你跳槽我肯定有情绪，你跳槽之前首先对我产生情绪，否则不会跳槽。一般人很容易以情绪交换情绪，怨恨也是彼此交换情绪的结果。所有社会关系的善与恶的产生，都在刹那间。”

在多年的企业经营管理中，徐彦平深感情绪的危害性及情感的“正能量”。他觉得情商很重要，有了情绪不能用情绪交换，而要用情感交换，你恨我而我不恨你。他强调一个人的成功不是每日反省做错了什么的传统式教育，而是放大优点来处理。这样人际交往才会干净，易产生情感。如果让合作伙伴有情绪，合作定难持续；让客户有情绪，成天有牵扯不清的纠纷，叫人心力交瘁，疲于应付，还能剩下多少时间和精力去做更有价值的事？让百姓有情绪，社会也不太平；至于企业内部，如果管理团队中有人情绪不好，就会有失和的征兆。甚至将情绪问题延伸到家庭生活中，家人闹情绪了，自此耳根难清净。情绪问题没有处理好，自己就成为这些情绪的目标，要承担着这些情绪一浪高过一浪的冲击，其结果是自己也有情绪，于是心累，于是腻烦，于是厌倦……

情和商的冲突就是生活的冲突，人和人关系的冲突，以及社会的冲突。“所以我们需要建立制度和公平来解决问题，这就是契约精神。人与人之间的信用是遵守契约，契约不是目的而是工具，是鉴别情感和情绪的中心地带在哪。人是以情感为目的的，有情感就有情绪。”我问，怎样弱化情绪保证维护情感？徐彦平说：“需要法制。但人又不可能完全生活在理性世界里，那么在企业管理中怎样找情感与利益的关系，就是要经常找公平。”说话思维逻辑缜密的徐彦平滔滔不绝，“通常我们讲情感的时候不讲公平，因为公平、买卖没有感情。凡在契约中建立起来的情感，都是比契约做得好的人，这就是不公平产生情绪，不平等产生情感。公平能检测情绪在哪，但检测不了情感在哪。我教同事处理婆媳关系的方法是，一接电话就叫妈，见面就送礼，减少了见面和说话的概率，剩下就是情感了。双方认可就是公平。”

心为何不安

事实上，创办企业并非徐彦平的人生终极追求。他出身重庆酉阳，最初梦想仅是单纯地想摆脱贫困的枷锁，在这个纷扰的世界中追逐一丝微小的梦想，填饱肚子。然而一次征兵机遇，悄然扭转了他的命运轨迹。从边疆大漠的汽车兵，到踏入北京的机关大院的门槛；从复旦大学中文系作家班的文学青年，到报纸文艺副刊编辑；再到报社广告部主任，最终成为企业董事长，一路走来，风雨兼程。相较于最初的温饱愿景，财富对他而言早已不再是忧虑之源。他深知再多的财富也只是身外物，幸福终归于内心。若对财富的认知存在偏差，惶惑反而不断。自己及身边人的心灵时常被莫名的情绪冲击，失去应有的宁静与从容，甚至有人因此身陷囹圄，失去自由。

言于此，徐彦平忽笑道：“生活带去的内心压力，与文学表现形式截然不同，文学是浪漫的，生活是现实的。年轻时还曾经历刻骨铭心的单相思，那种痛苦与复杂，难以忘怀。有次在昆明采访时做了个噩梦，梦见十几年未见的她生活困顿，后一打探居然确有其事。”无法回头的记忆与怀念，很美，却让他深感无力。“因此，我们需要借助‘情商’这一力量，有效应对生存过程中随时可能遭遇的情绪挑战。”

真正决定投身商海，是在报社工作期间。那时总有人给他送“信封”，心灵纯净的他，突然意识到自己俨然成了名“小偷”，在文学和金钱之间选择了金钱。经过深思熟虑，他向报社申请担任广告部主任。第一次出战是参加一次大型会议，他偷偷背诵参会者的名片，在 40 桌宴席上逐一敬酒，最终签订了价值十几万元（相当于现在的几百万元）的广告合同，在报社引起轰动，他的年薪也飙升至十几万元。然而，妻子对此不满，为他算了笔账：如孩子要出国留学，一年需 20 万元，四年则需要 80 万元，按照当时的存款进度，需存八年之久。作为丈夫，妻子不满意就产生了挫败感，于是向社长提出下海经商的请求。下海后的艰辛，非常人所能承受。他创办的广告公司，半年内毫无收益。直到第二年，公司才逐渐步入正轨，实现盈利。随后，徐彦平转战地产业，2000 年在西安投资开发了“高山流水别墅”，2006 年创建了以房地产为主营业务的高山流水集团，并倡导不被主流商业地产商看好的“文化地产”开发理念。最近开发的“星币传说”楼盘，更是斥资上千万元，邀请著名雕塑家陈云岗用时三年时间精心打造了 30 尊雕塑，构筑了一个国内罕见的露天雕塑艺术馆。这是文人情怀与现代商业管理柔和之举。“地产业对于我们这代人来说，都是‘门外汉’，更何况我原本是‘卖’文的。公司创建之初，光是挖掘地基的工程，就吓退了一批又一批的建筑工人，他们无法承受那份艰辛。”从文化人转为商人，再成为有文化的商人，这一跨界过程对徐彦平而言充满挑战。许多商人不愿与文人合作，认为他们难以沟通。初入西安时，徐彦平沉潜于项目建设中，几乎不与外界进行无关的交流。直到项目成功，令业界侧目，人们才开始注意这位开发者的与众不同。

他也曾多次坦言，如果当初知道下海经商会如此艰辛，宁愿继续当编辑，终日诗酒论天下；如果早知道房地产行业如此复杂，宁愿继续经营广告公司。这绝非戏言，而是他的苦涩教训。越是复杂的行业，所遭遇的情绪越多，所承受的情绪越重。情绪的累积与泛滥、纠结与折磨，不仅摧残身心健康，更让人怀疑奋斗的价值与生命的意义。因此，需要借助“情商”来调适这些繁杂与累积的情绪，让心灵恢复安宁。

用情商应对企业转型

企业运营离不开管理理论的支持，也需要情商的智慧。“高山流水，古曲也；徐彦平据此精髓立命，求其‘知音’之谓也。推演扩大，号令麾下公司员工处处以求知音、爱知音、护知音为主旨，并借此处理各自上下左右之关系……”这是徐彦平相交多年的朋友对他的印象之谈。徐彦平以“知音文化”管理，实际就是

"情商"管理，就是把增加情感、消除情绪放到一切关系、脉络中。从某种意义上来讲，企业的发展扩大过程，同时也是情感向外辐射的过程。

如今，房地产业竞争依然热闹非凡，房地产经济的转型和产业的转型是需要企业主思考的课题。"公司从 2013 年下半年到 2014 年年初形成了自己的战略转型，我们的战略转型可以用余光中的一首诗《夸父追日》来说明：

为什么要苦苦去挽救黄昏呢？那只是落日的背影。也不必吸尽大洋与长河，那只是落日的倒影。与其穷追苍茫的暮景，埋没在紫霭的余烬，何不回身挥杖，迎面奔向新绽的旭阳，去探千瓣之光的蕊心？壮士的前途不在昨夜，在明晨，西奔是徒劳，奔回东方吧，既然是追不上了，就撞上！"

对于这首诗的思考，就是对于公司和房地产的思考。原来徐彦平想逃脱，不做地产或转行，但他转念一想任何转型都摆脱不了地产的影子和人们深层的逻辑。"原地转型，怎么转？地产商转型有很大的优势，地产商是干什么的？就是盖房子，修围墙，我们的产业结构和我们国家的经济发展方向是消费、是服务。我们摇身一变可以把前锋变成后卫，后卫变成前锋，过去'前锋'就是设计、定位、盖房，现在'前锋'就是物业管理，公司战略这样一变就从单纯的业务管理上升到业主延伸服务，怎样让业主购买公司提供的终身服务，然后社区商业结构就发生了翻天覆地的思考和变化。"服务地产，就是在服务的提供与接受中使得企业与业主的在情感上更加融洽和紧密。缺少这个环节，要让业主购买

“终身服务”，那是无望的奢求。

敏锐善决断的徐彦平，现在已从住宅开发的基础上进入服务地产，他的视野并未局限于国内，将目光投向了东南亚市场，特别是在柬埔寨购得12平方千米的土地，打造“中柬金边经济特区”，它最终将达到25平方千米的规模，徐彦平担任该特区主席一职。徐彦平坦言，对这个项目，他带有虔诚之心，而不仅仅是作为一个地产项目来开发和运作。因为这一项目不仅承载着中柬两国经济交往的重任，是两国文化交流的重要桥梁，更是中国人的善意和情谊向外部的释放。投资外国，如果不能令当地民众心安而情切，那是无法持久的。这还是徐彦平“情商”思维的应用。对此徐彦平很坦然，他略显夸张而又坚定不移地说：“一件事想通了，就是天堂；没有想通，就在地狱。”看来，徐彦平是想通了。

访谈止于秘书的催促声中。徐彦平起身不得不终止意犹未尽的访谈，连声抱歉着说，“有篇小说叫《在路上》，其实每个人都是在路上。既在路上，就身不由己……”

（发表于《如意时空》杂志2014年5月刊）

三千万元买断大舞台
商业推动文化价值

专访上海人民大舞台国际文化娱乐有限公司董事长刘建兵

在一个科级干部月薪仅五十余元的年代，刘建兵已悄然成为万元户。1987年，他投资两万元开始了“第一代把文化当生意做”的旅程。然而，野心勃勃的他并未满足于现状，而是凭借敏锐的商业嗅觉，踏入深圳证券交易所，在中国区域证券市场向全国性证券市场转型的关键时刻，主持并创办了《证券时报》。1994年末，他又以惊人的魄力，斥资三千万元支付上海人民大舞台产权买断费用。开始在人民大舞台原址建设亚洲大厦（大厦含上海人民大舞台）的产权。在历经几近“血与火”的考验后，他成功重建了人民大舞台剧院和亚洲大厦，使得这座如今拥有一千多个座位的剧院，年演出超过三百场。永不停息的他，正筹划着依托上海人民大舞台和亚洲大厦，打造成为剧院经营集团化的运营模式。

随着上海自贸区的成立，面对日新月异的文化娱乐产业，智慧的刘建兵董事长又将如何巧妙地融入上海自贸区的文化市场管理政策之中？将如何与投资、金融以及现代服务业实现无缝对接？

老万元户血与火的考验

曾大胆梦想成为“金庸模式”——拥有自己的出版社、文化企业、报刊的刘建兵，1956年生于湖南。为实现“金庸模式”的梦想，1987年，刘建兵尚在湖南省群众艺术馆工作，以两万元启动资金投身合作出版领域（注：20世纪80年代，私营书商多通过挂靠国有出版社或合作出书形式进入市场），成为改革开放后中国早期书商代表人物之一。他的文学创作才华同样不容小觑，著有中短篇小说集《荒野的风》《雨蒙蒙》等。然而，正值事业上升期时，他却不甘心“风平浪静”，他毅然决然地转战跨界，步入1991年成立的深圳证券交易所，成为我国证券市场的早期开拓者、建设者之一。在恰逢中国刚恢复证券市场的时代，他敏锐地预感到区域证券市场即将转变为全国性证券市场，于是策划并出版了《股票策略》一书，成功地从文学圈跨进了深圳证券交易所的大门。

在深交所的日子里，刘建兵被那些单纯做经济的人所感动，他们怀着创业者之心，兢兢业业地工作着。他从公司上市前的稽核部工作做起，一直到“红马甲”培训，再到1993年主持创办了中国三大证券类报纸之一的《证券时报》，他的事业再度达到了巅峰。然而，他又做出了一个令人咋舌的决定——1994年“胜利大逃亡”下海，转战上海。他说：“做自己想做的事情。”他深邃的眼眸中透露出自信和幸福，聊起自己的“弃股从商”，他显得格外坚定和从容。

在上海，百年剧院人民大舞台急需重建，上海市文化局寻求企业合作。尽管之前已有两家规模较大的企业签订了项目合作协议，但16个月后项目仍未启动。刘建兵受邀实地考察后，心中暗自决定：“这事我能做。”似乎是历史这双无形之手牵引着他，仅用三天时间，就果断做了决定。“第一天勘察了人民大舞台。第二天浦东、浦西兜一圈，对上海整体经济文化水平有了感性认识。

第三天对人民大舞台改造建设做了框架设想，下午签订了重建意向协议。”根据协议，刘建兵公司需先支付约三千万元给上海市演出公司，用于演出公司买下人民大舞台产权。这一决定是在他抱着不赚钱的心境下做出的，他坦言：“我们从湖南农村出来在上海做这么大一件事，不赚钱也值了。”刘建兵的笑声，瞬间在这间30平方米开外的办公室散播开去。

然而，三千万元买断人民大舞台产权只是开始，接下来的拆迁、盖楼过程充满了苦难和挑战。刘建兵遭遇了长达十年的冤枉官司，企业因此被耽搁了黄金发展期。“这个经历真可谓‘血与火’的考验。”说完他一个人又笑开了，笑声中的辛酸或许唯有他自己能体会。“后经54名全国人大代表和6名全国政协委员呼吁，法院依法重审，亚洲大厦和人民大舞台的建设才得以继续下去。”这段经历让他深刻体悟到：“吃多少苦，才会有多大的成就！”

这位曾经的“文学青年”尽管历经磨难，但他从未放弃对艺术的追求和对市场的敏锐洞察。他注重演出剧目的艺术价值与市场潜力：“缺少艺术品位，那么制作再华丽的剧目都是过眼烟云；缺少市场的认可，再有深度的剧目也只是曲高和寡。”在他的带领下，停业十五年后的人民大舞台，于2010年9月正逢一百零一年成立纪念之际续写了新生命，并与上海文化广播影视集团合作经营三十年，走以市场化为主的道路。“我们追求正常的理想状态是两个60%：上演的剧目60%是经典精品，超过60%的观众自掏腰包看戏。一般企业包场的剧场效果最不好，姗姗来迟的、提早离场的……于是我写了篇网文‘剧院需要真观众’。60%的真观众的构想就是这样来的。”

如今的人民大舞台上演的每部作品几乎都是“名利双收”。由中国台湾金牌制作人王伟忠监制的舞台剧《疯狂电视台》上演第一天，现场售票达六万元；焦晃主演的莎翁名剧《安东尼与克莉奥佩特拉》连演 15 场，被上海市文广演艺集团誉为“影响上海的年度文化事件”；刘晓庆主演的《风华绝代》等，好戏连台，大饱眼福。

没有竞争的市场不是好市场

在上海自贸区，政策的放宽为文化娱乐产业带来了新的生机。允许外商独资演出经纪机构和娱乐场所的设立，为市场注入了新的活力。然而，对于这一变革，刘建兵却表现得异常冷静与乐观。他说：“这并不会对人民大舞台构成冲击，反而会给上海演艺市场带来更多的发展机遇。市场不怕竞争，有竞争，市场发育才会更完善。没有充分竞争的市场不是好市场。”刘建兵的话语中透露出对市场的深刻理解。他并不赞同多开一家剧院会分流观众的说法，反而认为观众是可以培养的。“人民大舞台每年有 15% 的观众数递增。”难怪鲁迅曾说，文艺是引导国民精神前进的灯火。刘建兵说：“人民大舞台是舞台艺术展示的场所。”他赞赏戏剧艺术家焦晃先生的坚持，认为上海文艺界应该有自己的理想、追求和坚持。在他看来，文艺是引导国民精神前进的灯火，而人民大舞台则是舞台艺术展示的重要场所。

对于自贸区设立演艺公司的政策，刘建兵表示，这不仅能够引进更多优质剧目在自贸区内演出，还能在上海市公演。尽管演出的审批程序不变，但免税政策是所有业内人士所期待的。他认为，剧院管理不应过于严格，应该顺应网络时代的发展，提高运营效率。

剧院集团式经营

目前在市场中，我们不难发现企业本土经营出现很多模仿式的经营模式，缺乏自有特色。“过去院团和场馆一体化较多，场馆的利用率相对较低，现今院团和演出单位的分离，能分担各种风险。因此，我构想了一种理想经营模式：剧目生产、剧院经营管理、广告传媒等在一个公司的统筹下完成，形成多元化规模效应，提高场馆的利用率，实现利益最大化。”刘建兵透露，他计划在未来几年内，受托经营若干家剧院，形成以中国著名百年剧院上海人民大舞台为旗舰的院线式剧院群。他坦言，集团式经营剧院模式并非他首创，但他有自己的创新之处。对于是否会到国外经营，他表示并不会刻意为之，而是根据业务需要顺其自然。他说：“世界是一个地球村，业务需要到哪里就做到哪里才是理想的状态。”

人民大舞台的地段和人气常常被人称道，刘建兵会半开玩笑回答说，“是我们领导得好。地段好的剧院多了，但并非都能旺起来。人民大舞台一年演出 300 场，虽已很好，但离自己要求的每年达 1000 场还甚远。”刘建兵笑言：“艺术是人生重要的部分，但不是全部。”他鼓励人们做自己喜欢的事，哪怕不赚钱也是赚的。在上海这个国际化大都市里，要学会入乡随俗、多思考、寻找适合自己的成功之路。

难以想象，与普通人没什么不同的刘建兵，竟能如此游刃有余地飞驰在各行业。采访间隙他还会不断自嘲自己的经历都可以写成几部长篇了。访谈结束，送我至大厦外的刘建兵，仰望曾历经坎坷命运的亚洲大厦，神采飞扬地说：“将以房地产和大舞台作为两翼，让中国的海派文化腾飞、流向世界。期待未来的两翼发展、集团化管理。”

（发表于《如意时空》杂志 2014 年 3 月刊）

在“家”等你归来

专访中国台北商旅董事长、
东方商旅精品酒店董事总经理刘季强

本以为1948年出生的刘季强董事长，应该是“八面玲珑”老道的商人形象。然而，在见到他本人那刻，我意识到他更像一位文人、儒雅绅士，是在自己梦想中反复思辨的性情中人。一位睿智的长者，在传统理念与后现代主义之间自如行走。他有股强烈的建“家”欲望，自信而安静，我们的访谈也在恬静的氛围中进行。

为人低调、精致、细腻，犹如他的“家”一般。这个“家”圆着他从小的梦想，为漂泊四处的旅客建一个温暖的归宿。上海外滩的东方商旅，便是刘季强精心打造的“家”。

在他看来，一家酒店的好坏无需大力宣传，口碑的力量远胜刊登广告。经营精品酒店二十年，从未花费一分钱的广告费，但客房的出租率却超过百分之九十，房价也极为可观，累积了大量忠实客人。他将口碑营销和服务的精髓从台北延伸至上海，一脉相承，让“家”的感受永不变。

延伸上海 续精致服务

在计划将台北品牌概念延伸到上海之前，刘季强做过大量的市场调研。他发现，上海是中国商务客流量最大的城市，因此首选上海为发展地。而之所以选址在外滩，是因为他寻觅了五六年之久，刘季强庆幸地说起这其中的机缘巧合：“突然有一天，现在的合作方来找我们，希望我们来上海一起建设。我考虑并犹豫了半年时间，心想不需要跑那么远，只在台北发展就好了。但是，我来到上海，一看，哇！这景色太美了，酒店如不在这么漂亮的舞台上表演，实在是太可惜了。于是，2010 年成就了今天的 270 度视野，观览北外滩、南外滩、浦东、浦西江景的‘家’——东方商旅。”

他希望在延伸台北商旅精致服务的同时，让上海的“家”做得更完美、更精致。在谈到酒店成功的秘诀时，刘季强淡淡地微笑着说，“没什么秘诀，只是把每一位客人服务好”。他常与同事探讨，如何的服务才能触动客人内心，让客人时常想起曾在台北商旅或者东方商旅住过一晚，让“家”依旧在客人心中蔓延，这是刘季强最想做的事。

咀嚼回味 家依旧蔓延

十几年前，刘季强在台北开创了第一家规模很小的酒店，仅 59 个房间，却投入了一亿多元新台币进行装潢。“家”的装潢有别于其他酒店：“以一个稍微有点钱，但不是很富裕的家庭的主人角度来规划装潢，所以我把几十年的收藏品如古老的电熨斗、钟表、照相机、古井、家具等作为摆设品，甚至在上海路边淘到的代表吉祥的石牌狮子作为装饰。我坚信每位客人都能从中感受到‘家’里的别样氛围。”

当时，同行们都认为刘季强是疯子，很快就会失败。因为台北商旅的名字中并没有“酒店”二字，英文也不会出现 hotel；而且至今为止，台北商旅依然没有挂招牌。刘季强决定做这个品牌时，并没有犹豫。人家提醒他：这样做很危险，没有客人要来住的。他坚信自己的决定是正确的。他说：“决定要做才有今天的我，所以机会来的时候绝对要把握，而且一生的机会没有几次。只要一次成功，你就成功了。”

刘季强的第一家商旅经营得十分艰辛，成长期拉得特别长。第一年几乎没有生意；第二年陆陆续续有些熟客；第三年生意迅速火暴，房间都不够用了。只因刘季强无论遇到多大困难，始终坚持着“家”的口碑传播理念。“当初，取名 les suites taibei/orient 的意思是，你在台北的家或者是你在哪里的家。”刘季强想彻底改变酒店传统经营思维，摆脱几十年酒店旅馆或者宾馆的包袱，重新包装酒店，这是他的一个大胆决定。

如今，他已成功叱咤饭店行业近四十年。在餐厅打工从做服务生开始做起，成为领班、经理，一路走来进入酒店业当主管，然后自己存钱开小饭店，创建七八家小酒店之后开始筹备精品酒店。“我一直怀揣着一个梦想，要一家比一家开得好。”当刘季强设定自己的品牌之后，希望酒店经营能改变一个模式，回归最自然的状态，让人感觉住在这个“家”里很踏实、很舒服、很安稳。“我们所用材料基本都是天然的，没有很花哨的颜色，没有很复杂的材质，色调温暖而舒适。当然我觉得‘家’里要摆点古老的东西，让人有睹物思人、勾勒回忆的情怀。让客人能在每个角落发现惊奇，‘咦，怎么有这些东西！’”一般的酒店会摆画或工艺品作为客房装饰，但刘季强却认为，这些只是表面的东西，不耐看。因此，他将图画改为有关上海的摄影作品，做成黑白照，让客人有触景生情，咀嚼回味感。

创新梦想　细节即区别

谈及哪些人群会对商旅品牌的精品酒店情有独钟，刘季强表示：“我们希望吸引那些具有一定品位、懂得欣赏我们品牌的宾客。”为此，他在客房设计中融入了诸多细致入微的考量。如，床头配置高级音响系统，设有七个频道及 iPhone 接口，宾客能在私人定制的音乐中悠然入梦。随着 iPhone 在上海市场的兴起，他前瞻性地决定将专用插座线路嵌入墙体。

刘季强对酒店细节的把控尤为自豪：“浴室镜子上的温度、时间、当日气候与气温的显示屏，也是一绝。我来上海时常常被外面的太阳给骗到，还有时间问题，宾客常常会遇到这样的情况：与人约会，在卫生间耽误时间较多……所以我们干脆为宾客提供便捷信息，让宾客在精品酒店里感受更多的关怀与温暖。”此外，客房内还配备了特制的深水浴缸，躺在里面泡澡就像在做 SPA，有助于体内血液循环，还能提高睡眠质量。他强调，所有设计均从宾客需求出发，力求在每个细节上体现关怀与温暖。跟着刘季强的步伐，边走边聊，发现马桶背后墙上的画作。刘季强自豪地介绍：“这些画作都是我在旅游时所拍摄的作品，特意做成黑白照片，不让画面颜色太亮而抢尽酒店装潢风采。”168 间房，168 幅不同的黑白照片，展现了他独特的艺术品位。

刘季强还营造了许多细节关怀：一碗看似平常的台湾牛肉面，他亲自试用了三十多种面条，才最终选定一款；床垫，甚至亲自睡了十几张才最终确认；书架上的书籍，则由台北同事精心挑选并空运而来，以生活艺术相关的画册为主，尽享视觉之旅。

这些复杂的挑选过程，刘季强却轻描淡写：“其实很简单，就是花点心血多试几下，你要给宾客的就是自己先试过。”身体力行这四个字用在刘季强身上再合适不过了，“生意做到一定程度，就要有责任心，把公司带到什么样的程度，怎样让员工有发展机会，这些都需要考量。不是你想做就做，不想做就不做了的事。”

摄影收藏　兴趣亦认真

谈到照片，刘季强立刻拿出随身携带的 iPad 与我分享他的摄影作品。他对摄影也充满热情，一系列花卉作品，用摄影展示渲染效果，犹如国画。刘季强还特意解释：“这不是对焦错误。”可爱又顽皮，纯然不像已过六十岁的商人。热爱酒店行业的刘季强，除节假日外，周末也会带着相机或上山拍野花，或休闲养性，或寻找创作灵感，他都感觉乐在其中。

说起古董收藏，刘季强又开始滔滔不绝起来，这是他的另一嗜好：“这些古董都是我从世界各地买回的。我买这些，并不是我想买古董，而是我认为这是不错的东西，于是带来与宾客一起分享我的快乐。”

采访即将结束，刘季强悄悄透露了一个即将与大家分享的秘密：在他的仓库里，还收藏着大量未展出的古董。预计在不久的将来，在中国的某个城市，又会多一个“家”让大家去享受，多一个地点可以欣赏到他从世界各地搜罗来的古董艺术品了。

（发表于《如意时空》杂志 2012 年 1 月刊）

设计就是生活　设计就是体验

专访御庭酒店集团副总裁仲维杰

“品味”与“体验”经济的悄然到来，消费者的消费观念也已发生转变，他们更注重消费过程中产品所赋予的附加值。由于商业和艺术思维两者间的隔阂，市场对设计界的呐喊或主张持有近乎沉默的状态。而御庭精品酒店集团（以下简称“御庭”）副总裁兼建筑设计师仲维杰高呼：我们要打造自己的品牌——生态度假酒店。他们在绿色材料的应用、多元文化的表现、个性情感的融入，以及对酒店商业与艺术的跨界设计现象的认识和创作上，拿捏得恰到好处。在夕阳的余辉中，我们访谈了仲维杰副总裁。

太自我不能适应环境

不知何时，那些曾经激扬的青年设计师们也开始变得“实利”与“现实”起来。追逐中，设计师逐渐明白，只靠一厢情愿地向客户兜售设计概念，自己的生活维持和艺术追求或许会难以维持，于是，一些设计师认识到品牌在竞争时代的巨大经济价值，开始重视自己的品牌和风格。

在东南亚国家长大的仲维杰，游历过全球众多度假酒店，生发无数灵感。身为建筑和设计学专业背景的他，毅然投身于酒店管理行业，接管了御庭。在管理运营中，他擅长将当地城市风格和全新的体验型元素注入御庭的每家酒店设计中。建筑设计师气质绕身，一双会微笑的大眼睛，见到他就能让人联想：微灯下，微斜的画板上，放着大大的图纸，他拿着铅笔在勾勒着、设计着……而他自己却总是在访谈中一再强调自己不是艺术家："千万别把我归为艺术家。建筑师就像是我的工具，我很热爱我的建筑，我能设计出符合市场需求的产品，使之喜欢和欣赏。艺术家是为艺术而生，他们可以不赚钱，但是我的企业必须要盈利，我必须对我的员工、企业、国家负责。"

作为一名酒店经营管理者，又是建筑设计师，仲维杰享受其中。设计师可以活跃在办公室、工地或环游全球中实现自己的建筑梦想。"建筑设计师，诙谐点的说法是，消费者睡哪里、左拐还是右拐，都由设计师主导。但是设计只是一部分，如何经营好酒店还需靠整个团队的共同努力。"仲维杰认为，管理运营工作可以参与很多的人生细节，就如航空公司的空姐蹲、弯的角度如何才算适中，怎么与客人对话等类似服务。"酒店管理最重要的是服务到位，而设计和运营又息息相关，设计不佳则酒店运营不善。"因此，仲维杰将更多的资源和资金投入建筑设计、装修和服务经营中。

御庭始创于1992年，却鲜少推广自己的酒店，而始终将景点放首位。仲维杰认为，酒店的发展与环境平衡紧密相连，当地的自然和人文底蕴远比酒店更重要。因此御庭在中国市场专注于生态度假精品酒店，以开阔的空间和景色环境为主，将奢华与生态休闲的理念阐释到一个新境界。他强调："酒店设计是企业运营的设计工具，不能为设计而设计，必须尊重所在地的独特性。假如在南京路突然摆个金字塔就会觉得很奇怪，‘尊重’这个词真的很重要。”坐在我对面的仲维杰睁着会微笑的大眼睛，声音柔和，却透着决断之气。“我不能在云南香格里拉造一座法国酒庄城堡。想想边上的居民要面对城堡五十年甚至一百年，他们会是什么感受，他们世代在这个原始村落生活，突然有个暴发户来造法国红酒城堡，我是接受不了的，作为设计师，你对得起这个环境吗？你还能说你爱这个环境吗？你还敢说你是做生态的吗？”

东南亚风格只是御庭的一个设计元素之一，随着地域的不同和人文差异，御庭每家酒店都是百分之百定制设计，符合当地的人文气质，没有一家酒店是重复的。50 间到 100 间精致客房，贵族管家式一对一的服务，不会忽略每一位宾客的感受。

话题聊至此，我问：“精品酒店能否弥补经济型酒店和高星级酒店之间的空白？”仲维杰笑着说：“精品酒店实际上是超越星级酒店的，是酒店行业的顶端之一。它们拥有五星级的硬件，但服务更超五星级水准。我们的价格比星级酒店高百分之一百。”

行业内激烈的竞争，往往是新事物产生的催化剂。于是乎近年来，生态建筑的设计理念被大量应用于室内设计，以实现人与环境的和谐统一。仲维杰认为，虽然在创作设计前和过程中会做大量分析研究，但在做产品推广时仍会担心有旅客不喜欢。设计也是有风险性存在的，因此他们对生态设计使用的原料十分讲究。他强调：“设计师不能局限于某种风格，须尊重环境，太自我就不能适应环境。不管是住宅设计还是办公楼设计，都是设计的范畴之一。酒店设计是大众化的产品，其运营与艺术设计十分复杂且高难度。当不同人生经验的人，一同体验你亲手设计的酒店时，是件蛮有趣的事情。”

人生就是那么简略

仲维杰基于多年经商经验及国内外生活观察，发现全球精品酒店运营模式迥异，而中国的模式尤为独特。中国众多精品酒店主要面向高端企业家群体，高端消费市场为这些酒店提供了广阔的盈利空间。中国富裕阶层的生活态度、习惯及需求与外国人截然不同，更重视家庭观念，偏爱私密空间，而国外则更注重服务的独立性。

仲维杰认为，中国酒店行业未来应偏向生态度假酒店模式，这类酒店须在环保与豪华之间找到平衡点。“豪华并不意味着只能使用遥远或进口的顶级材料，而应最大化地将当地绿色材料和施工工艺，以呈现最饱满的生态豪华感。在森林中建筑铺满大理石的酒店，显然并不适合。”

一个与世隔绝，休闲惬意的世外桃源，是那些眼光敏锐的旅行者一直在寻找的融合了当地文化、环境和自然风光的天堂。御庭的出现，让住客像在家一样放松、享受难忘的旅行体验。“骑自行车、采草莓、抓鸡等。”为宾客创造出乎意料的惊喜。御庭以苏州服务式公寓项目为起点，逐步拓展至上海、南京等地，成为优质管家服务式精品酒店及卓越服务的代名词。

面对企业一味追求规模而忽视做强的问题，仲维杰表示：“专注做好产品。”他认为，中国精品酒店市场尚不够专业，要实现专业化必须连锁化、系统化。御庭专注精巧型精品酒店，通过在不同城市标准化复制产品，吸引稳定客户群体。御庭作为酒店管理公司，注重地理位置和人文风情，计划在北京、上海佘山、云南、浙江莫干山等地开设新酒店。

做生意其实不难

仲维杰喜欢环游世界，认为旅游和管理企业的核心都是人。“旅游能与不同的人聊天，不管是出租车司机还是打扫你房间的阿姨，哪怕与他们聊上一两分钟，就会体验到很多人生百态。”游历的生活让他明白，做每件事情要认真对待，要懂得知足与感恩。所以他倡导开放的管理模式，鼓励员工与他沟通、发表意见。他认为：“做生意并不难，只要认真做事、深入了解产品、设计独特、施工精良、服务到位，产品自然会被认可并变强。”

因为长期生活在国外，他不太会使用中文却又将普通话讲得非常流利与标准，他说：“在讲出国语的时候，脑海里闪过的是英语，大脑经过了翻译过程。”说起过程和结果，他说：“两个都喜欢。设计师的过程充满挑战性，站在空地上，脑海里就像‘3D’影片在转，能想象未来这座城市的景象。同时，在与顾问、供应商、施工单位等合作中有很多挣扎、争吵、纠纷等，但这些经历也很有趣。”然而，他更看重前进，认为老是纠结于过去会背负沉重的包袱。

一家企业运营管理成功的关键，在于其能否在市场需求尚未形成之际，便敏锐地锁定并瞬间捕捉这一机遇。仲维杰带着御庭总是认真的倾其资源与精力搜寻产业的当前需求、潜在需求以及最新趋势，以实现人与自然的和谐共生。

（发表于《如意时空》杂志 2013 年 3 月刊）

透明的同时就是无形的放权

专访王品集团董事长陈正辉

他的工作与享受生活紧密交织，难以划分界限。他以认真工作、尽情玩乐的态度，于1990年在台湾省创立了王品集团（以下简称“王品”），并于2003年勇敢地进军大陆市场。面对未知的挑战和质疑声、劝退声，陈正辉董事长坚信：“做生意是长期的过程，意外总是难免，若不能克服眼前的困难，未来也难以立足。正如冬天卖冰激凌理论，若能在淡季盈利，旺季自然不成问题。”事实证明，王品在第一年就实现了盈利。

二十多年来，王品以“只款待心中最重要的人”的品牌理念，从单一的王品台塑牛排品牌，发展成为年营业额达25.4亿元人民币、拥有13个品牌的国际化餐饮集团。2012年3月，王品在台湾省成功上市，目前在全球拥有三百多家连锁店，其中在中国大陆近三十座城市设有58家门店。

伴着夕阳的余辉，我们与陈正辉在其门店依窗而坐聊开了，陈正辉说：“连锁店的发展初期较慢，因需注重基础建设和人才培养，未来在大陆的发展速度将超过台湾省。”

口味障碍遇上事业转机

儿时的经历对陈正辉影响深远，尤其是他那未受过教育，却能成功经营歌厅和建筑生意的姑妈，让他明白很多事情都是靠自己去实现的。

那年，29岁的陈正辉在南非度蜜月时，发现了鸵鸟养殖的商机。假如将南非的鸵鸟像养鸡一样繁殖的话，能繁殖几万只，几乎就能控制鸵鸟皮革市场了。在20世纪90年代，一只鸵鸟皮包达五六千元人民币。回国后，他开始研究怎么养殖鸵鸟，慢慢发现，鸵鸟的成长期需要二三年，“期间我们不能没有收入，于是想到了像在南非那样可以骑鸵鸟，坐在鸵鸟蛋上拍照，参观鸵鸟园，喂食鸵鸟，很多与鸵鸟相关性的概念引用到台湾省。1990年我们成立了台湾省第一个有主题的游乐园——BB游乐园。”这是陈正辉结婚后第一次创业。

喜欢有挑战性生活的陈正辉，之所以喜欢做游乐园，是它需要有源源不断创意活动推出，才能吸引消费者。但因观光客不足而逐渐衰退。陈正辉警觉在台湾省做游乐园不是长久之计，继而转向能够适合发展永续的事业，餐饮业——做牛排专卖店。在他看来餐饮业进入门槛较低，投资金额小，可以从小做到大。

他涉足这一领域，部分得益于台湾首富王品总裁王永庆的口味障碍启发，王永庆出于应酬需要，经常要吃半生的牛排。他的太太为他研发的全熟鲜嫩牛排做法，被制帽世家出身的戴胜益品尝到后，两人受到启发，于1993年联合陈正辉创立了王品台塑牛排。陈正辉在王品负责管理和新创事业的战略发展。

随着第一家王品的成功经营，陈正辉相继开了多家连锁店后意识到在台湾市场，三百元以上高单价的西餐店不宜过多。因此，他着手研发新品牌，走多品牌路线，以确保集团的长期稳定发展。

股权激励　降低流动率

作为一家自称“没有秘密”的上市公司，实现了财务的完全透明化，每月的财报均在网上向全体员工公开。这在许多企业中或许难以实现，但陈正辉坚信，透明即是无形的放权。他指出，许多纠纷的根源在于沟通的缺失，资方往往不愿透露盈利详情，而劳方则常怀疑资方获利丰厚。这种隐瞒只会加剧双方的猜疑和隔阂。

为激发员工的自我管理意识，陈正辉在公司内部建立了信任文化，并推行了股权激励计划。公司盈利越多，员工的股份也相应增加。该计划主要面向主管及以上级别的员工，采取一次性分股的方式，而非西方的期权制。坐我对面的陈正辉形象地比喻道：“这就像一米宽的桌巾，其中有一厘米是属于他们的。”相对同行，这么新意的高比例分红激励，使得员工深知，公司不赚钱，大家都没有。他强调，我们并不试图通过股权来束缚员工，而是感谢他们与公司共渡难关，并尊重他们对自己财务的支配权。

股权激励对民营企业的发展具有重要意义。入股的员工对公司的未来发展和盈利情况更加关心，因此参与度更高。作为股东，他们也会从自身利益出发，更加谨慎地管理公司资产。此外，与一般企业年终分红的做法不同，陈正辉说：“为及时回馈员工，我们每月都会拿出公司利润的 33% 作为奖金分享给员工。这部分奖金在扣除安全基金、人力基金和开店基金后，仍占总营业额的 20%。我们称之为‘海豚领导学’，即及时奖励，以激发员工的动力。”

在考虑资金利益分配时，陈正辉始终将基层员工的利益放在首位。他坦言：“1998 年亚洲金融风暴来得突然，给王品带来了深刻的教训。当时的经营模式是赚了钱就分掉，由于没有流动资金，公司不得不裁员，裁了 20%，也是仅有的一次，很痛心。”经过这次风波，他意识到经营企业应该有社会责任和道义，因此保留了每月营业额的 3% 作为安全基金。

这种以人为本的理念使得公司的员工流动率保持在较低的 5% 到 6% 水平。同时，他们也注重企业文化建设，如孕妇无需经主管同意即可随时休息；每季度组织各种活动，让员工在多元环境中体验不一样的人生和情感。此外，我们还组织近一万名员工通过分批次包场看电影、聚餐、包机旅行，以及参加马拉松、骑自行车、爬山等活动，以增强员工的归属感和凝聚力。陈正辉说：“有些事现在不做，以后也不会有机会做；有些事做了一次，以后也不会再做了。”有些公司的福利就像制度一样，而在王品能真正感悟人性化制度，此刻，面前的陈正辉就像家人般与我聊着，没有丝毫的阶级感。

陈正辉认为，经营企业不仅要有好的训练计划，更要有好的文化。他们信奉“一家主义”，不注重阶级观念，而是注重家的感觉和分享利润的理念。这种人性化的制度，让员工能够真正感受到公司的关怀和温暖。“即使上市后，我们的股权激励方式和福利措施也未曾改变。因为我们相信，只有真正关心员工，才能留住人才，实现企业的可持续发展。”

企业做成功简单，做久很难

企业取得成功或许不难，要持续长久却充满挑战。近期，爆出一则国外发生的“挂马头卖牛肉”事件，将迅速发展下的餐饮业所隐藏的种种问题推向风口浪尖，如市场秩序混乱、企业管理水平滞后、产品附加值偏低、研发设计能力薄弱等，暴露无遗。对此，陈正辉淡然表示：“企业若要长久发展，就必须坚守诚信，不能欺骗消费者，不能冒此风险。职业道德是企业立足之本，唯有如此，方能赚得安心。企业的成功或许相对容易，但要维持长久的辉煌却极为艰难。王品集团不求规模最大，但求品质最优。因为规模的扩张往往以利益为先，而品质与利益发生冲突时，我们始终不会选择利益最大化。这取决于企业家的理念与取舍，不同的方向自然会导致不同的结果。”

为了提升消费者体验，王品内部制定了一系列特别的感动专案。消费者可以享受免费的个性化创意服务，如求婚仪式就分为厨师版、花瓣版、牧师版等多个版本。这些服务得益于公司的慷慨零用金支持，公司会额外划拨一笔费用以应对紧急服务需求。我笑道：“这简直就是婚庆公司的服务嘛。”然而，这份发自内心的服务正是王品企业文化的体现，实属难能可贵。

为了与消费者建立更多的互动交流，王品摒弃了常见的电子点餐服务，坚持采用手写人工点餐方式。陈正辉认为，只有先将产品做好，才能谈及行销。在行销过程中，王品不仅举办了许多活动，还成功实施了一项策略——调查。在顾客满意度调查问卷中，王品会留下消费者的信息，甚至包括他们的结婚纪念日等，并将这些信息储存到保密数据库中，进行精准行销。

王品在台湾省的市场结构呈“金字塔”形，而大陆则呈“葫芦形”。针对大陆市场的特点，王品致力于发展中高端市场。因为无论定价如何，租金和人力成本都相差无几。而中高价位正是王品所擅长的领域。高消费与低消费的需求标准截然不同，高消费更注重附加价值，如何让产品满足消费者的期望，正是王品的强项。而低端市场则更注重市场占有率和成本控制，这些并非王品的优势所在。陈正辉说：“企业的资源是有限的，不可能面面俱到。王品将专注于餐饮业，不会涉足其他行业。因为只要用心去做，餐饮业同样能够打造出具有口碑的品牌。”

王品也曾有过定位失误的经历。如，丰滑火锅在上海曾定位为中端品牌，人均消费在60元至70元之间。由于中端市场在一线城市较为普及，且这些城市对这类消费产品的接受度较高，因此丰滑火锅一度扩张迅速。然而，随着时间的推移，王品逐渐发现这一定位并不准确。因为中端市场并非王品的核心定位，且火锅市场难以形成差异化竞争。要么比拼规模，要么比拼成本，而当时王品并不具备这些优势。此外，中低价位的产品应该从一个城市逐渐扩散至其他城市，以提升品牌知名度。这样，物流成本和管理资源才能更容易整合。因此，王品决定关闭发展势头尚好的丰滑火锅，转而聚焦更为擅长的中高价西餐领域。现在看来，这一决策无疑是正确的。这一经历也启示王品：发展必须立足于自身的核心专长。

（发表于《如意时空》杂志2013年6月刊）

凡经我手必让他美好

专访上海一茶一坐餐饮有限公司 CEO 林盛智

白天，他是公司中运筹帷幄的统帅；夜晚，他则是“哈雷世界”中激情四溢、趣味盎然的男子。他，就是“一茶一坐”的 CEO 林盛智。在商场与社交场的周旋中，他习惯高压、高强度的生活节奏，却总能从容漫步，享受作为男人的快乐。祥和的脸庞仿佛能映透出他内心的纯真无邪，既单纯又丰富，能使身边人内心平和，亦能激发无尽的想象，吸引着你，靠近与之交流。

认养厕所

一个人的个性可以铸就一个品牌的个性，一个人的传奇可以延续一个品牌的传奇。在杭州某商场的“一茶一坐”门店旁，曾有一间脏乱差的厕所。面对这一问题，“一茶一坐”多次与商场物业沟通无果。然而，店长却提出了一个出人意料的解决方案：“我想认养这间厕所，整修资金全部由我们出资。”修缮清洗后的厕所焕然一新，邂逅了周边商家和顾客的赞誉。而最为开心的是商场物业总经理，他带了所有员工去参观“一茶一坐”认养不到一个月的厕所。认养厕所的这一行动不仅体现了“一茶一坐”对环境、对社会的责任与贡献，也符合林盛智所倡导的感恩与分享的新茶人生活价值观。

见到林盛智时，他正伏案研究医学，那认真的模样仿佛与我们不在同一时空。他的办公桌上铺满了茶书与医学辞典，我的到访将他拉回了现实，访谈故事自然铺开。

已成为全国文化地标的“一茶一坐”，是一家提供中国“台湾特色美食　幸福好茶”的休闲餐厅。林盛智希望将台湾省特色美食推荐给消费者，让他们在品味美食的同时，也能感受到不同生活方式的魅力和人与人之间的幸福感。他坚信：“企业做大做强不如做好。目前‘一茶一坐’已在全国拥有 115 家门店，发展稳健。”

珍惜世界资源

在快节奏生活、资讯爆炸的时代，林盛智却突然停下脚步开始思考人生的价值和意义。他发现，找到幸福感是生活中最为重要的。在寻找幸福感的过程中，金钱并非唯一追求，更重要的是如何运用它。林盛智看着办公桌上的医学书说：“这是智慧，也相对比较重要。所以同事都希望成为惜缘、感恩、爱物、知足的人。并将其作为‘一茶一坐’所要推广的生活价值观。”睿智而富有哲理的言语，把林盛智对人生哲学的领悟刻画得淋漓透彻。他珍视与身边人的每一次相聚，珍惜世界上的所有资源，并尽力去善用它们。他说：“惜缘，每次珍惜当下的缘分，是你对人生每一个时刻的态度。就如我们这次的见面就是种缘分，我在这一刻享受跟你坐下来分享话题的时候，我觉得这个当下就非常幸福，我非常感谢这个过程，感谢上天给我这样的恩赐。心永远保持感谢每一个过程的话，就不会觉得世界上的很多事情都是理所当然的了，你就会经常处在幸福状态之中。”林盛智的话语，仿佛让室内活动分子立刻沉静。亲切的语言，谦和的魅力，是他笑看人生的淡泊、平和的风采。

“爱物，珍惜世界上的所有资源，珍惜它、善用它，珍惜欣赏他的最大价值，这样任何一件事物都能变得美好，也会给你带来无限的幸福和快乐。最后要知足，只要你尽了最大努力做事，那么所得到的所有成果都会感到知足。”林盛智尊崇的这四个思维核心就是“一茶一坐”所要推广的生活价值观。于是他在经营公司的过程中，把与身边人一起幸福快乐的生活，作为其商业经营的最核心思想。我望向桌上的医学辞典，而桌边的“逸茶雅集”字样，跃入眼帘。

“逸茶雅集”是“一茶一坐”旗下的品牌，“逸茶”是取‘一茶一坐’中‘一茶’的谐音，‘逸’，意在生活中的自在感。人在没有压力的情况下比较自在，没有太多奢求，是处在满足生活意义、相对幸福的状态下，这就是‘幸福茶’的意思；雅集，延伸寓意为幸福的人们在优雅的场所里聚集。林盛智思考着如何将店里的“幸福好茶”延伸到旅行中，于是选择了各种优质的茶叶，将其做成易带、易存的即泡袋装茶。他对原材料商家的选择十分用心，严格限制农药比例，甚至选择从德国进口纯有机的茶叶花果茶。如今，“逸茶雅集”品牌年营业额达几千万元，并以每年 100% 的速度增长着。这背后，是“一茶一坐”对质量与品质的坚守和追求。

生存的手段是环保

人类赖以生存的方式在于环保。面对浩瀚宇宙中的无数可能，人类却毅然决然地选择在这个唯一的地球上繁衍生息，而确保这一生存的关键便是环保。正因如此，林盛智对茶叶的包装与选材给予了极高的重视。

“逸茶雅集”推出的“分享包”袋包茶系列，摒弃了塑料和无纺布等传统包装材料，转而采用有机物环保玉米纤维制成的三角茶包。这种茶包在土壤中仅需三个月即可降解，对人体和土壤均无害。尽管林盛智深知，这些环保理念在当今时代或许并未完全获得消费者的普遍认可，但他仍坚定地坚持环保和节约资源的原则。在分量的选择上，他们精确计算以确保消费者能够完全消耗；在选材上，他们追求在同等价格下的最佳质量。

林盛智指出，餐饮市场上最大的问题在于食物浪费，这导致了物资供需的不平衡。假设中国四分之一的食物没有被丢弃，而是被节省下来，市场供应量将大幅缩减，从而避免农民因市场供应量大而采取极端手段，如过度使用农药和添加剂，进而减轻人们的身体负担。他强调，健康是幸福感的基础，生活品质的高低取决于身体健康状况。此时，桌上的茶书、医书仿佛为之后的话题暗示着什么。

分享幸福方式

如今，消费者逐渐形成了对“一茶一坐”的认可，认为其提供的茶叶不仅符合现代人的需求，而且简单便捷，契合了“喝好茶简单泡”的理念。这种独特的茶叶魅力源于其严格的质量保证和精湛的制茶工艺。林盛智透露，他们的茶叶采购团队拥有三十多年的专业经验，能够准确了解茶园地理特性、气候条件以及采摘时令与选叶制茶技术，确保茶叶的纯净、健康、自然与美味。

“一茶一坐”的每款茶都是针对不同人群的口味和喜好设计的。例如，为了迎合不喜欢单独喝普洱茶的人群，他们创新地将普洱茶与橘子皮结合，使茶叶吸收橘子的香气，从而呈现出独特的陈橘香气和普洱茶的浓郁口感。林盛智认为，原材料的选择和后续产品的研发拼配至关重要。只有精湛的工艺和科学的制茶标准，才能保留茶叶的真实性并发挥其独特口味。

尽管对配茶有深厚的心得，但林盛智并未考虑研发功能性茶。"因为功能性茶，必须非常精准地确定消费者身体正处于什么状态，功能茶虽然很容易赚钱，但是对消费者不一定有直接帮助。"心里装着消费者，这才是林盛智推崇的分享幸福的方式，才会与消费者结缘。他始终将消费者的需求放在首位，致力于提供优质的茶叶和周边产品，开创时尚的茶饮文化，并希望在未来能够开拓国际茶叶市场，缔造国际级的中国优质茶叶品牌。

做"自燃人"

走进林盛智办公室的人会惊喜地发现，几面墙被五颜六色的纸张覆盖，上面密密麻麻地手写着每位员工的愿景。林盛智极为珍视与同事们相识共事的缘分，他透过分享彼此心愿，让员工深入了解公司的企业文化，并帮助他们明确自己的人生梦想。引导员工建立正确的生活态度与工作价值观，协助他们制定短、中期目标，并鼓励他们为实现梦想而努力。他常常告诉员工："要在心目中时刻认定最要感谢的人，这样积极投入工作，你们就会慢慢成为'自燃人'。"

与林盛智交流后，同事们会将自己的目标写在纸上交给他，他将这些目标贴在办公室的墙上，每天都会认真品读。其中，一名员工的短期目标是，希望能到台湾省听"五月天"的演唱会，这一消息在公司内部传得沸沸扬扬。林盛智自信地表示："凡经我手，必让他美好。只要你说出来，大家就能想办法帮助你实现。"他认为，对员工的管理最重要的是让他们感受到在公司也能有自己的愿景和目标，通过自己的努力能够实现愿望。这样，就能培养出更多的"自燃人"和自立的人。有了这些伙伴，公司就能无往不胜。

所谓"自燃人"，就是自己会燃烧，无需他人点燃。林盛智拥有众多优秀的员工，这让他更加有信心用这样的理念带领团队，创造一家真正受人尊敬、令人感动的幸福企业。他强调："我们不求做最大、全年营业额最高的餐饮企业，只求做好。企业的存在价值根本在于人，没有人，企业就无法永续经营。只要企业的存在价值清晰明确，拥有稳定的、健康的财务盈利结构，能给股东合理的报酬，让员工有基本稳定的收入，生活无忧虑，那么企业就有条件做更多对社会有价值的事情。这不是了不起的大事，但每件事都要专心去做，不求回报，那就是改变。"

这也是林盛智不选择做汽水类饮料的原因。他相信："当真正做好中国市场时，自然会有全球的代理经销单位来寻求合作。目前，他们已与多国代理商在洽谈合作项目。"

林盛智很满意现在的生活方式，对未来没有过多的要求。他说："家人健康快乐、衣食无忧、住所安定就是最大的满足。"就像一本伟大的著作，不一定具有震撼人心的情节，但它能经受住历史的考验和舆论的冲击。林盛智此刻正规划着如何更好地燃烧自己，为"一茶一坐"创造更多的价值，让这家企业成为创造人与人亲密关系的典范。

语言的纯净是人自幼年时便自然而生的美丽向往，与他交流更像是一种心情的舒展涤荡，喜悦的体验、情感的分享与亲密关系的交流，一如他的"一茶一坐"存在的价值"创造人与人亲密关系的创业"。

（发表于《如意时空》杂志 2012 年 10 月刊）

世界工厂转型：“奢陶”的别样大众营销

专访乾唐轩美术工艺股份有限公司董事长于春明

于春明予我的见面礼——微笑，安静得犹如中国最古老的瓷器一般灵气。他对城市人群的文化需求，敏锐而执着。这份洞察力驱使他在社会化战场上不断探索与创新，将艺术思维融入商业实践，开创性地将自己研发的限量版陶瓷带入博物馆，再通过数字媒体进行营销，实现了从消费者对品牌忠诚度下降到占据中国陶瓷市场可观份额的华丽转身。

置身于乾唐轩美术工艺股份有限公司（以下简称“乾唐轩”）位于上海某机场的旗舰店内，我正好奇于他是如何玩转营销之时，耳畔传来一句：“我们先做个奇妙的测试吧。”话音未落，只见于春明，这位已带领乾唐轩走过27个春秋的董事长，拿出一台电子血压仪器大小的负离子测试仪，而面前不知何时已摆放了四只杯子：玻璃杯、不锈钢杯，以及两只看似材质无异的陶瓷杯。

他微笑着，略带腼腆地拿起玻璃杯，将测试仪器架在其上。20秒后，仪器显示，一立方厘米里有0个负离子（负离子又被称为“空气维生素”)。接着，不锈钢杯的测试结果为21个负离子。我的疑惑产生于一则数据的显示——158。又一个20秒后，一个稍大的陶瓷茶杯上，测试仪跳出了1293的数字。我惊讶之余，于春明却显得异常淡定，他说：“这只是乾唐轩自主研发的活瓷杯，‘158’的是一般的陶瓷杯。”说完，他自信地笑了，而我们的访谈，也在不知不觉中被他巧妙地牵引至乾唐轩日用活瓷品牌的试验营销情境中。

试验营销得逾两千网点

感动于中国几千年文明历史的企业家，学机械专业的于春明经常游走于博物馆之间，沉醉于古文物的韵味之中。独爱从汉代的低温铅釉到唐三彩绚丽多姿的表现方式。机械？陶艺？将是一种怎样的跨界结合？

坐在我身旁的于春明，目光深邃地望向对面橱窗内色彩斑斓的陶艺作品，沉思道：“汉朝图腾的特点比较豪放大气，唐朝的工艺品绚丽多彩，多运用写实和具象法表达，这在当时已是很成熟的技艺了。”正是这些观察，让他意外地发现陶瓷艺术居然牵涉物理、化学等多门学科，又涵盖绘画、雕塑等多种艺术领域，与自己的专业有着相融之处。一股热血在他内心沸腾，他决定将陶艺作为自己一生的事业来做。

1986年，于春明作为一名门外汉，毅然创建了乾唐轩。其名为艺术陶瓷之意涵。乾代表天，隐喻做大做强；而唐则代表着他对汉唐文化的热爱与执着。从最初五人的工作坊开始，到如今拥有近六百人的陶瓷工厂，于春明将现代设计理念和技法融入其中，自主研发了“活瓷”品牌系列产品，并创新设计了“乾唐彩”系列。这些产品以惊人的美学实力和国际专利认证的日用陶瓷技术，在中国抢占了两千多个经销网点，遍布北京、上海、广东、山东、江苏和浙江等地。从创业初期的小众市场，到如今的大众市场，乾唐轩犹如浴火凤凰般璀璨耀眼。

然而，人间万物的存在总有其两面性。在消费旺盛的同时，必然存在市场的残酷和现实问题。想要将陶瓷艺术作为一项事业来做的话，企业主必须要面临和思考很多现实问题。于春明深知这一点，说："唯有不断开拓新客户。"甚至出其不意地想到了受众面相对较小的博物馆销售这条路线。然而好景不长，遭遇销售困惑，"主要因为陶瓷在汉唐时期因厚葬之风而辉煌，刚开始人们很难接受仿随葬品的陶瓷。而且低温釉陶很容易损伤、漏水，铅釉又有毒性，所以陶艺在汉唐时期走的是非食用性道路。坦白说，销售推广面临市场严峻的考验。"

面临博物馆销售的不景气，我原本以为话题会渐转为凝重。但于春明却淡定说道："2012 年上半年营业额较同期下跌了 15%，往年都是 30% 在增长着。这也许跟全国整体经济形势有关，据我所知餐饮、奢侈品业都下滑了。"同样面对乾唐轩消费者对品牌忠诚度的下降，于春明依然坚持对企业、客户、产品以"用心务实，慎终如始"的态度经营。其品牌形象如同涓涓细流一般深入消费者的心中，这也让乾唐轩的老顾客主动回流。"2012 年 7 月销售额已在慢慢恢复中了。"看来，善于营销的于春明依然牛劲很足！

规避恶性价格战之良器

随着近现代低温铅釉市场的逐渐下滑，许多陶艺作坊经营萎靡不振。然而于春明却从高仿随葬陶艺下滑的营销经验中汲取了教训，并果断改变策略。1990 年，成立设计研发部，在传统陶艺基础上研发设计全新造型和技术的实用陶瓷，第一次转型开创礼品市场的新需求。引得许多厂商纷纷仿效，也让生活陶艺礼品迅速盛行。

于春明深谙消费者心理，成功转型礼品市场。他说道：“比如中外人士都喜爱善奔驰、能负重的马，马不仅是人类的助手和权势地位的象征，更是将士出生入死的忠诚伙伴。因此，人类对马有种特殊的情感，诞生了许多吉祥语和形象，以示马的尊贵和祥瑞之意。”正是基于这种消费心理，使得唐三彩的烧制法得以重生，礼品陶艺平均年营收为3000万新台币（折合人民币614万元）。推出“乾唐彩系列马”的产品颠覆了传统唐三彩对马的表现技法，做了全面革新。

于春明将我的视线拉到了店内橱窗里，六匹造型各异的马。他说：“这些叫《盛世宝马》，代表六个朝代。黑色那匹是《秦代战马》，造型取自秦始皇陵之陶马样式。”只见战马逼真、气势凛然，刻画得精致自然，俨然似秦国强大军马的缩影。于春明不遗余力地介绍他的其他几匹得意之作，每一匹马都蕴含着深厚的历史文化底蕴和艺术价值。“这些马看似简单，烧成率仅50%”。马的制作过程繁复，需经二次高温素烧、再高温喷彩釉烧，最后再鎏金烧制的工序，才使得它们栩栩如生，具有了现代东方华丽高贵的陶艺风格。

面对中国市场不计其数的陶艺礼品企业，以及规模扩大化、复古礼品相似等因素带来的竞争压力，企业主如何在世界工厂转型中冲出价格泥潭？于春明说道：“我们也会考量市场的竞争态势，假如大家都考虑简单低温烧制的话，就会陷入恶性的价格战中。”因此，他选择了限量版的策略，使得产品更适合收藏和馈赠，从而避免了供大于求的问题。

在向世界市场进军的同时，于春明巧遇机缘，认识了远红外线技术。他发现近二三十年来，由于塑胶的发现，一次性的器皿泛滥成灾，人们开始呼唤回到环保、自然的时代。随即他与设计研发部投入三年时间研发新技术新产品，成功转型为生活日用陶方向。2000 年，活瓷系列产品的创新技术耀世而出。"你闻一下，对酒精不过敏的话，喝口尝尝这两杯二锅头的味道有何不同？"在我们说话间隙，于春明已在两个陶瓷杯中倒上了二锅头。我随手拿起一杯抿了一小口，一股甘醇绵顺感涌上心间，一旁的于春明默不作声，我随即拿起另一杯喝起，喝完 2 秒钟之后连连咳嗽，一股烧灼感呛至鼻。

于春明微笑说："是不是感觉不一样，你喝的第一杯是活瓷杯装的二锅头，第二杯用普通陶瓷杯装的二锅头。"这一对比让我惊讶于活瓷杯的魅力。除让生活陶具有工艺及实用性外，更带予人类健康新概念。据了解，乾唐轩除一年六次展览和少量广告外，主要是通过口碑相传的营销模式使销售逐年增长。

绝地逢生：中国市场之路

目前中国经济正处于转型期，从世界工厂转型至世界市场，乾唐轩从台湾省发展到大陆一直是于春明期盼的，已在大陆工作了十年的于春明说："我们没有理由不做这块市场，全球 500 强大企业都在抢占中国市场，我们自己为什么不能做？"从人口数据的角度来看，中国拥有十几亿人口，市场潜力巨大。于春明举例说："我们一年生产二百万只杯子，十年才生产二千万只杯子。如果有 10% 的消费者购买杯子的话，我们还有很大的发展空间。因此，未来我们还有很多计划等待实现，而中国几千年的历史文化一生都做不完。"

激烈的竞争催生变化，乾唐轩实现了二次成功转型。我眼前顿时跳跃出“绝地逢生、新生活心感动”几个字符，这与乾唐轩官网主页不断变化的画面和其经营理念“新生活心感动”的初衷不谋而合。于春明表示，这一经营理念的原始灵感来自公司的核心经营理念“敬自然惜万物”，即珍惜利用地球上所有尊贵的资源，以文化创意和先进的陶瓷制作工艺，设计现代生活的环保精品。使用者因自然环保而感动，因感动而珍惜。

乾唐轩陶瓷工厂所在地山东枣庄，原本是产煤地。然而，从清朝开始挖煤到现在，煤炭资源已趋于枯竭。煤城的“蜕变”为乾唐轩提供了新的发展机遇。于春明将“敬自然惜万物”的理念运用到实践中，选择陶艺原料时取自于自然界的矿物质，确保产品的环保和可持续性。

在于春明的展示下，我看到了一款翡翠绿釉的随身杯。杯身的设计融入了汉朝的乳钉纹元素，并加入了施华洛世奇的元素围绕。“这一创意设计灵感源于孔子的名言：‘为政以德，譬如北辰。居其所而众星拱之。’这一设计寓意着统治者如果实行德治，群臣百姓就会自动围绕着你转。”同样，他坚守着无论何种营销方式，都会尊重道德底线的原则。

“奢陶”价格相对不菲，并不是所有人都能热情迎合的。当它走在当代的前沿被市场接受之时，它已然成为经典。于春明的能力不仅在于驾驭陶艺本身，更在于他瞩目陶瓷本质的能力。他很清楚自己想要的是什么，好水养生，善水养德。善于无穷尽的发散思维思考问题，不带个人情绪化的适时抓住市场活力，巧妙构建独有的销售模式，是于春明经营哲学的核心。

（发表于《如意时空》杂志 2013 年 8 月刊）

当视觉冲击味蕾（节选）

专访希信集团上海雅家时尚贸易有限公司副总裁王玲

在探索那些引领行业巨头的创始人轨迹时，我们不难发现一个引人注目的现象：布林与佩奇携手创立谷歌时，他们同为25岁的青春年华；乔布斯与沃兹尼亚克在苹果公司的萌芽期，分别是21岁与26岁的光景；盖茨与艾伦在微软的起跑线上，年龄分别是20岁与22岁的黄金时期；扎克伯格以20岁的勃勃英姿，开启了脸书的辉煌篇章；而沃尔顿在沃尔玛的创业征途上，也是26岁时的壮志满怀。这些实例，似乎勾勒出一条隐约可见的线索——是否在20岁出头的年纪，就蕴藏着商界精英们不凡创业历程的某种普遍规律？

然而，当我们试图将这一观察提炼为颠扑不破的“道道”时，需谨慎思考。诚然，这些年轻才俊在青春年华便展现了非凡的创业智慧与勇气，但成功的背后，是他们独特的洞察力、不懈的努力、对梦想的执着追求，以及时代赋予的机遇等多重因素的交织。因此，年龄虽是一个有趣的观察点，却绝非决定创业成功与否的唯一或决定性因素。

商道情缘与瓷器新篇

忙忙碌碌很难见到一面的希信集团上海雅家时尚贸易有限公司（以下简称“雅家”）的副总裁王玲，一个与雅家董事长张聪风雨同舟的伴侣，她的身影在繁忙的商海中显得尤为独特。在先生创业初期，她不离不弃，共同面对挑战；当家族工厂遭遇危机时，这份坚定的情感更成了他们携手前行的强大动力。那年，年仅22岁的她，便协助创立了雅家，展现了非凡的商业才华。

终于，在期待与好奇中，我有幸采访到了她。她笑容可掬，热情洋溢，仿佛一位永远充满活力的精灵。然而，就是这样一位看似娇柔烂漫的女子，却以独特的领导方式，为中国传统瓷器文化提供了一种崭新的呈现方式？谈及经商之道，王玲说：“人缘关系至关重要。我与人交往的方式就是诚信和自然，把自己最真实的一面表现出来，大家都觉得你很真实，自然就愿意和你交往了，也愿意和你做生意。”

餐桌上的艺术“革命”

餐具，是美食体验中极其重要的一部分，不仅需要具备实用性，更需兼具美观性。王玲深谙此道，如今市场上的中式餐具在功能性上已日益完善，而艺术瓷餐具的兴起更是为餐桌文化带来了新的变革。

在巴西长大的王玲，21岁回到中国上海，热情奔放的个性此刻自然流露，她说：“国人的餐桌讲究的是餐具和菜品所营造出来的氛围和感觉，并感染到用餐的人。提到美食，都会按‘色、香、味’的顺序。”餐具与美食的相遇，如同一场视觉与味觉的盛宴，让人在享受美食的同时，也能感受到生活的美好与情趣。不可否认，精致的餐桌用品无疑使食物看起来更美味可口，从另一角度折射出主人对日常生活的想法和品位。王玲说：“别致的餐具，还能意外激发厨师们的创作欲望。”这无疑为餐饮行业及厨师们提供了别样的发挥空间。

为其量身设计制作独特的餐具，为消费者提升用餐体验，于是雅家出现了。“我很开心，我的品位终于能成为我事业的支点。最初在上海创立雅家，是因为看好家居在中国市场的潜力和发展空间，中国又是一个历史悠久的陶瓷古国，我们最注重视觉上的美感，最在意的是餐具能在精神层面上影响到用餐的人，我觉得我们有责任将中国的传统餐桌文化以现代的方式呈现。”

对于生活品质有极高要求的人而言，雅家的私人家宴定制服务，不仅体现主人的品位与个性，更让每一次用餐都成为一场难忘的艺术体验。如今，雅家已在中国的一线城市占据了一席之地。从事全球性的陶瓷生产、加工、出口和零售，拥有法国和马来西亚的工厂，以及世界上最大的陶瓷玻璃印花企业之一。他们的产品设计巧妙地将东方经典与西方视觉冲击相融合，传达出品牌的智慧与设计师对文化和生活的深刻感悟。这种独特的瓷器艺术理解力，使雅家成为业界的典范。

面对这样的成就，王玲显得坦然而自信：“自己很开心能将品位转化为事业的支点，为中国传统餐桌文化注入新的活力。”她的潇洒与自信，让人敬佩。在这场商道情缘与瓷器新篇的交织中，王玲用自己的智慧和勇气，书写了一段传奇的篇章。

餐桌文化新风尚

在当今时代，餐桌文化正涌动着一股新潮流。众多知名品牌纷纷携手当红设计师，推出别具一格的设计师系列，雅家亦紧跟这一趋势。“我们与当代最负盛名的瓷器设计师携手，将他们的非凡想象力与卓越创造力融入其中，共同将其充满创意的瓷器设计理念，优雅地呈现在餐桌上。”王玲介绍道：“‘如意’系列餐具仅仅是一个开篇，未来，将有更多与设计师联袂打造的美妙作品。同时，我们也热衷于与厨师合作，正如厨师们同样热衷于与我们携手一样。我们希望制作出能启迪其思维、引发其制作美食的灵感及帮助他们创造完美餐饮体验的餐具。”

雅家不仅为大厨、餐饮专业人士提供个性化定制瓷器的服务，更通过不同材质、风格与功能的餐具与美食的巧妙搭配，完美呈现并提升餐饮体验。“我们并非简单地将客户的 logo 或名字印制在餐具上，而是在深入理解客户的内在文化后，通过瓷器这一载体，表达一种独特的文化韵味，为餐厅和酒店定制出专属的文化气息，从而创造出兼具实体与精神价值的艺术品。”王玲对瓷器艺术的追求与理解，透过那一件件洁白晶莹的瓷具，仿佛一幅幅美好的画面闯入我的脑海，让人仿佛置身于餐盘上追逐蝴蝶的女孩。

“在设计上，我偏爱将古典与现代、西方与东方的元素巧妙融合。我们的瓷器既有丰富多彩的印花图案，也有纯白无瑕却富有浮雕感的作品。我还会根据家居装修的不同风格，设计并摆放相应风格的瓷器餐具。在我家，既有欧式风格的瓷器，也有中国传统青花瓷的点缀。”对美学有一定要求和天赋，且热爱设计的王玲，特别坚持家中要有一套以她和先生名字首字母“D 和 T”为 logo 的瓷器，以此见证他们的爱情。他们所向往的生活，正如那纯白的瓷器一般，看似简约，却蕴含着近观才能发现的浮雕般精致内涵。

家的温馨核心是餐桌。餐桌，不仅是亲朋好友间交流情感和沟通心灵的地方，也是传递爱和延续文化的地方。雅家愿做餐桌用品的鉴赏专家，通过分享他们自己的产品来帮助和带动消费群体，营造温暖、和谐的用餐氛围，并且引导客户享受精致的生活。正如王玲所言："人生最美妙的境界，就是无论做什么，都可以当做一场享乐。"

（发表于《如意时空》杂志 2013 年 4 月刊）

用真诚缔造“雙妹”新奇迹

专访上海双妹实业有限公司执行董事王群

胭脂，留人醉；爱美，故爱妆。英雄花木兰也难挡“当窗理云鬓，对镜贴花黄”，更何况现代都市女性呢？在点上胭脂红唇的一瞬，内心风情韵致展现于外，虏获了爱美人的心。上海家化联合股份有限公司（以下简称“上海家化”），其前身广生行由冯福田先生于1898年创立。中西美妆方略与香氛真笈的交融，“雙妹”品牌优雅诞生。夜色浸漫，荧光流转，百余年一如既往地引领着爱美女士漫步于都市每个角落。

“雙妹”的海派韵致，让我们对上海双妹实业有限公司执行董事王群的采访充满期待。王群博士毕业后便扎根于上海家化，至今已逾十六年。在管理“雙妹”之前，他曾任家化研发部总监。他认为：“做事先做人，做人过程中保持真实更为重要，这与做品牌一样。‘雙妹’与消费者之间的关系就是真诚，通过真诚建立亲密关系。当工作与处世方式相符时，便会感到由衷的快乐。上海家化的风格与我的处世观一致。”

我脱口而出：“VIVE”——极致！果然流淌着的是智慧、果断与真诚的“雙妹”气息。

奢侈与高端无界限

尽管“雙妹”早在20世纪30年代就风靡一时，粉嫩膏甚至荣获“美国旧金山巴拿马世博会金奖”，但后因历史原因品牌发展一度停滞。王群说：“当时美容、化妆品市场不受重视，与主流社会不太合拍。2008年上海家化成立一百一十周年，公司作出战略转型决策，从个人护理和日用化学品行业转向时尚产业。于是，‘雙妹’承源历史，成为以上海名媛文化为个性的中国自主高端、时尚、跨界品牌，集经典、摩登、风情于一身。”

“雙妹”除化妆品外，还涉足时尚类其他产品。所有产品的研发，均围绕上海名媛晨起后的妆扮步骤，展现全方位的名媛生活方式。配饰类产品包括珍珠项链、手链等；与女性日常生活相关的则有化妆包、手袋等。关于高端与时尚的定义，王群认为每个人有不同观点。“雙妹”的定价与国际知名品牌在同一范围内竞争，如50克1080元的玉容霜，在国内生产的化妆品中堪称高价位。王群表示：“定价依据产品品质和消费者接受度而定，这是家化多年对女性肌肤抗衰老研究的结果。我们运用白玉兰和白松露提取物来保证品质如一，其中白玉兰正好是上海的市花，对皮肤有美容保养作用；而白松露则有‘餐桌上钻石’的美誉。”

为保证产品效果，“雙妹”进行了大量市场调查。王群微笑着说：“我们选取60名消费者进行对比调查，结果显示，在保湿、抗皱、弹性和皮肤色泽亮度方面，我们的产品表现出色。这样我们就有信心向消费者推广。”从时尚角度来看，“雙妹”立足于海派文化，定位于高端品牌。在王群看来，奢侈与高端之间并无严格界限。“雙妹”带有某种奢侈品的特征，如高价、高技术水平，但并非必需品。然而，从产品本身达到的水平来看，“雙妹”也具有奢侈品特征，在这个行业领域里达到了高端水平，并保证了产品的足够差异化。

研发新品是件开心事

为在中国这一国际化妆品品牌众多且竞争激烈的市场中赢得一席之地，上海家化始终将研发视为公司的核心任务，不仅重视基础研究，还涵盖应用研究及测试等多个环节，旨在构建全球性竞争优势。其团队能在较短时间内研发出高标准产品，对此王群深感自豪。

在过去的二十多年间，上海家化不断学习国内外行业领军企业的经验，并与多个专业机构展开合作。早在 20 世纪 80 年代末，便开始每年派遣研发人员赴海外深造。“鉴于化妆品是一门跨学科的领域，涉及生理学、化学、中医中药等多个方面，上海家化近年来与国内外众多高校及科研机构携手，在国内建立了联合实验室，并与国外学术机构开展科研合作，如与法国的 Derma Development 实验室等。”

2011 年底，“雙妹”品牌成功进驻北京市场，开设了首家门店，标志着其正式拓展至上海以外的城市。令王群欣慰的是：“已有众多顾客专程探访店铺。”这一反响消除了他对于品牌在北方市场可能遭遇水土不服的担忧。“目前，北京门店主要延续上海的营销理念。根据去年的北京消费者访谈结果，消费者对具有品牌特色的‘雙妹’品牌颇有好感，这坚定了上海家化在北京高端商圈服务的信心。”

谈及消费者对品牌的评价，王群自信地建议亲自查看微博了解。对于是否考虑向国外发展，他表示：“目前尚无明确的时间表，但从时尚界和营销专家的观点来看，‘雙妹’适合进军国外市场。一个品牌要走向国际，必须拥有鲜明的文化特色和特征。”

“雙妹”未来能代表中国

王群期望“雙妹”未来能够代表中国：“当被问及中国的时尚品牌时，首先想到的就是‘雙妹’。希望它不仅能成为高端时尚的代表，更能成为海派文化的象征。”

作为化妆品企业的管理者，王群将目光投向海派文化风格，并巧妙地将其融入品牌中，这令人钦佩。“‘雙妹’的包装风格融入了许多海派文化元素，借物思情，让人联想到上海 20 世纪 30 年代具有代表性的事物。如，在和平饭店开设的首家门店，其设计与整栋大楼的风格相得益彰。和平饭店是装饰艺术的代表，‘雙妹’在店铺设计中强化了新艺术的特征，与品牌固有的风格相契合。”

在设计方面，“雙妹”与设计师蒋友柏合作，引入新鲜思路。蒋友柏在合作后深入研究了他曾祖母宋美龄的记载，并与上海家化共同挖掘了 20 世纪三四十年代海派文化的体现。他设计的夜上海香水，瓶子形状独特如塔形，玻璃瓶成型难度极高，但日本供应商在惊讶和痛苦中完成了其所要求的造型。

在销售方面，王群表示：“颇为满意。自 2010 年‘雙妹’复兴以来，从最初的模糊记忆到如今对品牌的深入了解，消费者发现其并非仅卖复古概念的品牌。”王群强调：“对于高端品牌而言，产品细节至关重要，任何瑕疵都可能导致消费者拒绝接受。”

触动每位消费者的心弦

若“雙妹”品牌产品是身份的象征，那么将其形容为上海名媛，在当今时代或许别有一番新意。如今，众多中国女性已拥有对时尚的独到见解，她们历经诸多品牌的洗礼，目睹了时尚在不同时期的多样风貌，更在寻觅那些能够触动心灵、蕴含独特文化元素的品牌。“我们在中国进行了一项消费者研究，结果显示，海派文化被广泛认为是极具代表性的中国文化之一。我们坚信，那些具备一定品位的中外游客，定会渴望购买既具有价值感，又能代表所游城市特色的纪念品。而拥有上海文化背景的中国品牌，或许是他们最好的选择。”

“有些消费者甚至未曾闻过香水的芬芳，仅凭他人分享的香水瓶图片，便毅然决定购买。他们坚信，那独特的香水瓶设计本身，便足以成为购买的理由。”此刻的王群，语调微升，自豪流露。“香水瓶采用了复古喷头，配以流苏装饰，长弯管顶端镶嵌着小球，瓶身时尚，盒子上的花纹典雅。那些重复购买此款香水的消费者，无疑是对其包装与香型都极为满意。若作为收藏，一瓶便足矣。”

还有很多有意思的消费者故事，王群分享道：“2011 年经修缮后和平饭店恢复开业首日，一位外国游客因只有外币而无法购买产品，店员解释后，他竟到银行兑换人民币后返回来购买。这份感动，为我们注入了无穷的动力。”

关于小众市场与大众市场的差异，王群表示：“‘雙妹’主要针对小众市场，但我们并不希望它过于小众。在追求高端定位的同时，也注重品牌与消费者之间的亲和度。外界有时对上海人有误解，认为我们排外，但事实并非如此。上海人热情好客，我们渴望与消费者建立亲密关系，不会说‘你爱来不来，我就在那。’也绝不会摆出高冷的姿态。来过的顾客都能感受到在这消费的自在与舒适。”

当顾客明确表示今天肯定不购买时，店员什么反应？“一天，恰巧来了位只看不买的五六十岁女士，但店员依然耐心细致地为她介绍产品的品牌历史和文化内容，听完女士默声离开了。过了一段时间，这位女士带着自己的女儿再次光顾。与顾客的关系并非想象中的那般功利，有时顾客还会反馈许多宝贵的意见。”

游历创造管理经

旅行不仅是一种放松，更是一种学习和体验的过程。“在旅行中，我们会经历、观察和体会，重新认识身边的人、事、物。不同年龄段的旅行体验会有所不同，这与个人的心智成熟度和经历密切相关。”

王群刚从南非归来，他分享了自己的旅行感悟：“南非作为发展中国家，在旅游开发中面临着与中国类似的动迁矛盾。但他们的企业通过公益项目，如教育、培训等，帮助当地人改善生活，从而缓解矛盾。这值得我们借鉴。”

“在上海家化服务的十六年里，参与‘雙妹’这一百年品牌的复兴工作，对我来说既充满挑战又极具成就感，也是件很荣幸的事。它代表着上海家化对未来的期许和对股东的回报。虽然目前品牌仍处于培育发展期，但我们对其未来充满期待。”

王群表现出静谧优雅绅士的气质，让人意想不到的稳健。他的平和与睿智贯穿整个采访，喜爱旅游的他，将沿途的风景与思考融入管理生涯，独立而随性的品格，令人感到舒服。

（发表于《如意时空》杂志 2012 年 4 月刊）

“强”与“大”的辩证法则

专访罗莱家纺股份有限公司董事长薛伟成

他眼神锐利，自信满满。他从不讳言未来独步国内家纺市场的雄心，被誉为“机会猎手”的董事长薛伟成，凭借敏锐的商业嗅觉和战略家的思维，为罗莱家纺股份有限公司（以下简称“罗莱家纺”）铺设了二十年的成功商业路径。特别是他推出的“百亿元”计划，更彰显了他非凡的洞察力和战略引领能力。我们的访谈在他睿智思维中进行着。

薛伟成谦逊地表示：“不是我们做得有多优秀，而是在机会面前我们总比同行领先半步。”他出身于商人家庭，1978 年通过“倒买倒卖”枕头枕套，积攒了创业的第一桶金。1992 年，罗莱家纺的前身南通华源绣品有限公司优雅诞生。2009 年，“罗莱家纺 A 股”成功上市，成为国内首家床上用品上市企业。

百亿级家纺　过电影式的预见

在进行一项新工作前，反复在头脑中想象其实施的理想状态，直至清晰可见。这种状态，就是我们平时讲的，要学会“过电影”。薛伟成解释说：“这种工作方式，在我们的工作中经常被运用，如每年上千人参加的新品订货会，负责组织的同事必须反复思考策划方案的可行性，假想每个环节在实施过程中可能发生的情景。这种思考方式类似‘电脑情景模拟试验’，是一种高效、低成本、简洁的工作方法。”

面对全球经济下滑、行业竞争加剧、内需市场低迷、原材料上涨等不利因素，罗莱管理层并未放慢步伐，反而提出了未来五年的宏伟目标——实施百亿计划。薛伟成充满激情地表示：“至2016年年底，罗莱及旗下品牌计划实现销售额100亿元。其中主品牌罗莱和其他各品牌将分别实现48亿元和52亿元。罗莱家纺要成为当之无愧的领跑者，就必须为自己设定更伟大的目标。”截至2011年12月，罗莱家纺旗下品牌网点数已达2628家，其中罗莱单品牌年营收已超18亿元。

这在薛伟成看来，罗莱的成功主要得益于行业高成长带来的机会捕捉和变现能力。“未来，罗莱将通过‘多品牌+多渠道’加快国内网点扩张，构建立体化市场格局；系统化整合研发、产品、渠道、供应链、终端服务等方面能力，推动企业内生性增长和持续盈利。”薛伟成表示：“当前只是完成罗莱家纺通向‘受人尊敬的全球性行业领先企业’宏伟战略的起步。”

薛伟成的“过电影”式思考方式，让想象和现实的界线在不知不觉中消失，尚未着手的事情却仿佛已经做过，由此逐渐产生一定能做好的自信。

定价背后的奥秘

企业经营的核心在于不断扩大销售额，同时有效降低成本和费用。利润，这一企业经营的最终追求，正是销售额与成本和费用之间的差额。提及销售额，产品的定价策略便显得尤为关键，它直接关系到企业能否获取必要的利润，能否维持企业的持续健康发展。

罗莱家纺相较于同行的高定价策略，其背后的逻辑何在？薛伟成坦言：“我们在正确评估产品价值的基础上，结合市场竞争态势，寻求单品利润与销量的最佳平衡点，即两者乘积最大化的价格点，作为产品的定价。这个价格点，应是顾客愿意支付的最高价格。”他进一步指出：“若销售部门仅依赖低价策略，即便生产部门再努力，也难以实现盈利。因此，高价销售至关重要。但即便以顾客愿意支付的最高价格出售，若仍未获利，则需从降低成本入手，挤压出利润空间。这要求不仅生产采购部门要降低成本，市场和研发人员在设计产品时，也需深入市场，充分考虑，既要确保产品特色，又要力求成本最优化。定价、设计、采购、生产，这些环节必须紧密相连，协同作战。”

为确保经营数据的准确性，薛伟成强调：“随着现金流和物流的流转，必须同步记录票据，确保一一对应。在货物、现金等处理环节，应有复核部门或个人参与，以防止差错和虚假行为，保护合作伙伴的利益。”

曾听过一句话：“通常，过于理性的人缺乏感性，严厉的人缺乏亲和力，大胆的人比较粗心，强势的人同理心不够。如果，偏于一极的人能够察觉到这些，努力培养自己的另一极……”薛伟成不仅擅长根据不同情况灵活运用相反的策略，他善于倾听，理解他人，更在管理中展现出卓越的同理心。

系统化品牌战略的超越力

行业内雷同的经营模式、趋于同质化的产品和渠道，以及家纺的地域性消费特点等因素，导致家纺品牌陷入“大而不强”的困境。在这个高度分散的市场中，即便是连续七年市场占有率第一的罗莱家纺，其市场份额也不足 10%。

面对这一困局，薛伟成却视为罗莱家纺实现自我超越的契机。他借鉴宝洁的品牌打造模式，提出通过多品牌协同发展，跨越单一品牌增长的瓶颈。薛伟成表示："要在一个行业做到 30% 以上的份额才算领先。宝洁通过旗下多个细分市场品牌占据了洗化品类六成以上份额，这给了我们极大的启示。"

薛伟成的目标是，将罗莱家纺打造成为中国家纺业的"宝洁"。他认为，家纺单一品牌在销售额过十亿元后，要保持 40% 以上的高增长并非易事。而中小品牌由于基数小，相对成长空间更大。其实罗莱家纺自 2004 年起便引入多品牌战略，目前旗下品牌多达十五个，为实现百亿元目标奠定了坚实基础。

然而，实现百亿元目标并非易事。薛伟成将其视为罗莱家纺实现战略升级道路上的必经之路，而非单纯的数字结果。他计划："公司接下来将整合旗下品牌、渠道资源，既保持各品牌间的独立性，又实现整体协同，发挥'系统化品牌战略'的市场竞争力。通过主品牌带动新品牌开店、发展多品牌家居店及强化集团招商等方式，推动其他品牌快速扩张。"

人生·事业的成功方程式

"我们一直在探寻过去二十年成功的基石，我深信：技术能够被复制，管理经验可以借鉴，品牌能够逐步培育，而罗莱文化则是我们独一无二且最为珍贵的资产。"

一个幸福美好的人生，不仅建立在物质的富足之上，更取决于精神的充实。"即使一个人拥有巨额财富，若精神世界空虚，思维消极，缺乏信念，甚至损人利己、贪得无厌，那么很难说他真正拥有幸福。相反，那些精神富有、人格高尚的人，对工作和生活充满热情，积极向上，富有爱心，诚实正直，懂得知足，这样的人定能在物质和精神两方面都能取得丰硕的成果，拥有一个充实而有意义的人生。"

日本经营之圣稻盛和夫提出了一个成功方程式，他们将其作为罗莱家纺人的成功模式：人生与事业的结果等于人格理念、热情与能力的乘积。"这一理念同样适用于企业的发展。我们应秉持良知，做一个正直的人，通过正当途径，而非投机取巧、坑蒙拐骗或破坏环境来取得事业的成功。这样的成功才是美好的、值得追求的，也必然是伟大的、持久的。"

薛伟成认为，无论学历高低、职位贵贱，通过不懈的努力，每个人都可以收获人生和事业的硕果。"在我们的团队中，有些经理、总监甚至副总裁，他们起点不高，从导购员、缝纫工等基层岗位一步步晋升，虽然天赋不一定出众，但他们都非常努力，对工作充满热情。在工作中，我们难免会遇到复杂的问题和争论，但只要拥有一双不带偏见的眼睛，不被个人情绪、面子、私利等细节所干扰，就能迅速抓住问题的本质，化繁为简，直达问题的根源。"

"在当前快速变化的市场和竞争环境中，缺乏速度感的决策和行动将无法在残酷的竞争中脱颖而出，更无法逃脱被时代淘汰的命运。反复低效的协调协商、得不出结论的会议，这种时间耗费不起。企业的每一项事务，都须迅速拿出有效的解决方案。这就要求大家充分意识到时间价值，打破部门壁垒，做到直接沟通、真诚相待。"薛伟成不仅具备在行业变革中捕捉和变现机会的能力，更拥有领先于同行的战略设计和市场引领能力。他的人格魅力和亲民理念感染着每一名员工，让他们在平凡的工作中保持热情，体会工作的成就感和自豪感。

（发表于《如意时空》杂志 2012 年 5 月刊）

最重要的是你幸不幸福

专访曼都国际股份有限公司国际事业总经理顾忆华

在美容美发行业普遍面临人才流失率高的背景下，曼都国际股份有限公司（以下简称“曼都”）却低于10%。这一低流动率现象背后，主因归于曼都内部深厚的共同成长文化。曼都内部有近五十名员工是整个控股公司的初创股东，这一独特之处使曼都在业界显得尤为不同。

顾忆华的办公室很简素，窗明几净谈不上阔大，一半是办公区，一半是会客区。室内陈设简约而不简单：一张硕大的办公桌占据了其办公室整个空间的主导地位，彰显着主人的干练与高效；邻窗之处则摆放着四张简约风的布艺沙发，为来访者提供了舒适的休憩之地。墙壁上悬挂着几幅颇有明式风韵的木刻挂画，更为空间增添了几分文化底蕴和艺术气息。

一见记者来访，顾忆华便打趣道：“我几岁，曼都就几岁。”今年已47岁的女性管理者，脸上丝毫不见岁月的痕迹。弯弯的眼睛笑起来嫣然，让人难以相信这位温婉女子竟已有二十一年的管理经验。“朋友看到我都会问，你为何气色如此好、为何变得更美丽和开心了？”顾忆华挥动着手中的淑女扇，笑开了，她的笑容和活力不仅感染了自己，也感染了整个访谈的气场。

沉思中抉择

对于某些人而言，成功、财富、权力仿佛触手可及；而对于另一些人，这些却成了毕生追求的目标，有人至死未能如愿，也有人将其视为成长道路上的感动与使命。顾忆华，便是那未曾完全达成壮志，却满怀使命感的一类人。她深信，生活的最佳状态在于平衡，追求的是个人、工作、家庭三者间的和谐共生。

在万客隆、B&Q、HOLA 特力屋等知名企业担任高层管理长达二十一年的顾忆华，2011 年做了个重大决定——加入曼都，从零开始涉足美容美发行业的管理。面对这一转变，她也曾犹豫过。她微笑着回忆道："退休前后的心境确实大不相同。前二十一年，我渴望有一个广阔的舞台，让市场不断扩大，营业额持续增长，团队日益壮大。而临近退休时，我开始思考人生的真谛，以及自己在零售业的发展是否已达到了量变与质变的飞跃。"

在炎热的午后，刚从外面归来的顾忆华迅速进入了访谈状态。她指出，在中国市场，量变与质变尤为显著。随着网店的兴起和消费者购买习性的转变，她发现零售业的工作强度已超出自己的承受能力。于是，她开始审视自己是否应该继续留在零售业，以及这个行业是否能满足她对个人、工作、家庭平衡的渴望。经深思熟虑，她毅然决定离开熟悉的零售运营领域。

尽管商业环境日新月异，但服务业的需求始终存在。顾忆华独具慧眼地分析了其行业的三高特性——市场需求度高、占 GDP 比例高、消费者期望值高。她坚信，在未来中国第三产业的发展中，尤其是在上海和长三角地区的需求将极为旺盛。加之曼都作为台湾省最大的美容美发连锁品牌集团之一，其良好的市场前景和丰富的挑战机会，促使她踏入了这相对陌生的服务领域。她合上手中小扇，坚定地说："我喜欢挑战，喜欢从零开始做管理者角色。因为只有这样才能真正全面地学习，达到你期望的学习目标。"

然而，此行业也有其"三低"之处——员工学历低、行业规范低、公众评价低。顾忆华刚入行时，这些问题给她带来不小冲击。最大的心理落差来自与同事的沟通障碍。她发现，自己的表达方式往往难以被同事理解。于是，她开始调整自己的沟通方式，用更贴近生活的语言来交流。面对沟通不畅时，她会以扇轻摇，自我内心调侃道："修炼呐修炼呐，别生气呀别生气。这也是对我的一种修炼。"说着她开心示范起来。

作为一个合格的经营者，顾忆华深知珍视那些看似简单，却能引导人采取正确生活态度的重要性。这种哲学观念源于她多年的经验和实践。她发现，一些中层管理者在理财管理和创造财富方面的能力较弱，他们往往只关注收入，而忽视企业为员工提供的舞台和价值。因此，她开始逐步调整自己的价值观，并在制定制度时考虑设计师的真正需求，以及未来五年、十年内需要引导他们走向何方。她感慨地说："只要你认真学习，收入并不低。技术工作者的平均年薪达到十五万元的不在少数。然而，他们的理财能力相对较弱，这影响了他们在社会中的整体地位。"

顾忆华对这群年轻同仁充满敬意。他们中的许多人在十八九岁就离家自立，赚钱养活自己，还参加众多国际比赛并屡获殊荣。她认为，他们的能力和资历甚至超越了自己同学。她向正在读大学一年级的女儿坦言："你现在还在用我的钱，而我的同事们都已经能够自己赚钱养家了。"她发现，这个行业对她而言具有更深的使命感，能帮助一群在社会地位上相对弱势的群体。她希望，大家能以不同的眼光去欣赏这个常被忽视的美容美发行业。她轻摇手中扇继续说：“曼都的创始人赖孝义董事长多年来一直在为此努力。”

运营中反思

当前，中国的美容美发行业在迅猛发展的同时，也暴露出了一系列问题，如市场秩序混乱、企业管理水平滞后，以及灰色经营现象等。这个行业潜在利润丰厚，规范化程度有待提高。针对充卡服务的规范性问题，顾忆华停下手中摇扇，说道：“真正需要规范的是充卡行为本身。我们该思考的是，一家沙龙店的核心竞争力和服务本质是什么？提供给消费者的价值又是什么？消费者绝非我们的赚钱工具！如果我们只关注他们的钱包，就会忽视他们的需求。客户的所有问题，我们都应视为己任。曼都虽推出 VIP 折扣卡，但我们更关注如何提升客户服务的质量避免将客户简化为‘资金工具’。”

因此，曼都通过引入“神秘客”制度和日常稽查服务，将服务流程标准化，并不断优化。早在 2009 年，曼都就率先摒弃了充卡服务，这一战略决策为其后的成功奠定了坚实基础。

如今，曼都旗下拥有八个品牌，业务遍布加拿大温哥华以及中国的北京、上海、福建、江苏、浙江、安徽等地，全球门店数超过六百家，成为中国美发界进军国际市场的先行者之一。在曼都，男性客户占比达到 20%，他们表示，在曼都可以安静地享受 40 分钟的服务，而不被打扰。

曼都不会因业绩问题而辞退员工，但会因其操守问题而请员工离开。顾忆华平静地指出：“一家企业最重要的就是诚信。如果你对公司不诚信，总有一天你会对客户不诚信。我要替股东们守好他们的辛苦钱。”

人才流失率低，“除员工对企业文化和价值、对董事长赖志郎及管理层的管理哲学和人格魅力的认可外，另一原因是设计师每年都有出国深造的机会。现在，曼都已有很多硕士毕业的设计师，还拥有自己的培训学校和老师，员工可以通过内部系统接受长期性的培训。这些培训旨在让曼都人具备商业思维，快速提升业绩、降低成本、提高效益以及经营品牌的能力。学校的现任校长是英国人马修，他曾担任沙宣教育长。他是曼都最昂贵的设计师之一，一次剪发收费 600 元。他的剪发技术精准到 0.1 毫米，因此，找他剪发需耐心等待，因为他要花两个小时才能完成。但剪完后，半年内你都不需要再修剪，因为整体发型保持得非常好。相比之下，行业内平均最贵的剪发价格为 200 元一次，而消费的平均单价则在 150 元到 170 元之间”。

曼都最可贵之处，在于它非常注重让员工在自己的舞台上展现自我价值，让员工变得更自信。这种自信逐渐变成了他们的习惯，最终融入他们的血液。顾忆华看着我说道：“他们在这工作是种缘分。即使有一天他们离开，也会是开心的、有内涵的、自信的，并且懂得感恩、懂得把握。他们能幸福地离开，这就足够了。我们也随时欢迎他们回来。”

顾忆华希望曼都能在行业中树立一个规范化的典范。她提到，曼都人出国旅游时，会在离开酒店前给打扫房间的工作人员写感谢信，且不会把房间弄得乱七八糟。她认为，如果领导者不能在生活中规范同仁的行为，那么员工在执行公司守则时又怎么会相信你是真心制定这些守则的呢？

顾忆华非常善于观察人。她会记录对员工的观察结果，并建议管理者在带领员工时要注意什么，员工的优缺点是什么，以及他们的压力点是什么。当压力来临时，员工会有什么行为表现。

顾忆华选择加入曼都的原因之一，就是希望利用自己所学的管理知识和技能去帮助有需要的人。“今天大概很多人都没有想到自己会成为管理者。”

在服务业中，最大的管理挑战是如何调动员工内心的热情。顾忆华分析了中西方服务管理的差异。她认为，西方的服务管理是外放式的，雕塑作品都展现出健美的体态；而东方的文化则隐藏在山水、水墨和历史之中，就像名画《富春山居图》中的人物，需要仔细寻找才能发现。真正的服务是让客户在不经意间被感动。

顾忆华一直坚信“中学为体，西学为用”。她认为，在中国如何坚守具有中国灵魂的品牌是一个重要问题。那么，中国自由的灵魂能在什么样的人或品牌上得到体现呢？顾忆华激情洋溢地说：“我们要在不受任何西方干扰的情况下，展现中国美。这是我们要宣传和推广的。”

顾忆华整了整衣服，说道：“美，能够启发人的心灵，让人变得平静。我现在越来越有成就感了。我经常跟同仁开玩笑说，在曼都工作看到的都是帅哥美女，自己也变得更有审美了。”

面对美容美发行业竞争加剧的现状，曼都决定做出改变。他们有个梦想，让华人品牌在亚洲市场上市。这也是 2011 年董事长赖志郎引进职业经理人顾忆华的原因，让曼都从一个家族色彩浓厚的企业转变为专业经理人的企业。曼都已做好了准备，预计未来有机会在台湾省上市。顾忆华坦言：“我们会根据市场状况来决定是否进行并购。上市后的第一件大事是开放一部分员工创业加盟，但加盟对象仅限于曼都人。这样我们才能帮助他们创业。”曼都希望成为华东地区直营品牌的前两名，并争取做到第一。他们预设直营店数是 180 家到 200 家，而到 2012 年年底为止，直营店数量已达 33 家。

你的心在想什么

顾忆华勇于挑战自我，善于把握生命中的每一个机遇，努力突破自己的局限。她视生命中遇到的每一位老板为上天赐予的珍贵礼物，认为每个人都拥有独特的优缺点。以老板的缺点为镜，学其优点，同时学会欣赏员工的特质。在顾忆华看来，一个充满信任的环境和团队是解决一切问题的关键。她将磨砺心智视为宝贵礼物，感恩每一天发生的事情。

当被问及为何选择在小企业而非大企业工作时，顾忆华表示，这并非重点。她更看重的是自己能否在这家企业中产生影响，甚至为他人创造新机会。她坚信“磁场”和“影响力”的力量，认为做事前应审视自己的“起心动念”。顾忆华的最大目标是成为智者不惑、仁者不忧、勇者不惧的人。她鼓励自己在面对恐惧时，要勇敢质问自己为何害怕，并思考最糟糕的结果。她运用不同的思维方式，如评判的、创新的、正规的，来全面审视问题，直至克服内心的恐惧。

顾忆华认为，无论是人生还是开店，最重要的是要感到幸福。她合拢手中扇，深情地说道：“人生就像一条时间的河流，时而湍急，时而平缓，时而宽阔，时而狭窄。我们要学会爱自己，拥抱自己，即使有一天失去了舞台，也要拥抱自己。在这个世界上，没有什么值得我们去争夺的。我们应该珍惜每一刻的快乐，抓住每一个能为周围人创造价值的瞬间。记住，当员工在未来的某一天回首往事时，他们会感激你，因为你改变了他们的人生，与你共事是一段幸福的经历。这就是我向往的生活。”

（发表于《如意时空》杂志 2012 年 8 月刊）

雾霾下的经济反思：中小企业的破局之道

专访欧莱德国际股份有限公司总经理葛望平

雾霾笼罩，地球的反抗或许正悄然渗透至经济层面。传统大型企业纷纷加大在互联网营销与广告领域的投入，而中小企业受制于自身规模、资金、人才等问题，不断面临压力与挑战。网络营销给了中小企业和大企业拉锯战的机会。那么，中小企业如何在这场拉锯战中找到适合自己企业的营销方式，并确保能够实现盈利呢？带着这些疑问，我们特别专访了欧莱德国际股份有限公司（以下简称“欧莱德”）葛望平总经理。欧莱德，一个默默耕耘的绿色品牌，凭借其创新的“瓶中树”洗发精系列，在如此严峻的市场环境中，竟创造出了千万元的商机，并荣获被誉为设计界“奥斯卡”的德国红点设计奖。而更令人惊讶的是，葛望平还是当年备受瞩目的“关灯一小时”环保活动的倡导者之一。

绿色创业之旅 遇见生态系统

“自主创业，不仅要有坚定的信仰，还需要足够的热情和动能来支撑其持续发展。”葛望平认为，创业的目的是汇聚志同道合之人，共同实现心中的愿景。这位来自台湾省的创业者，于2002年在邻里的质疑声中，用父母赞助的20万新台币，勇敢地踏入了当时被视为底层行业的美发领域。“曾有人让我计算营业毛利，我让他先放下工作，思考自己人生的意义和目的是什么？当自己老去的那天，真正带走的是你到底改变了这个世界什么，还是你帮助过多少人？作为企业经营者，我给团队带来了什么？这才是人生真正的目标。”他坚信，靠双手辛勤劳动的人值得尊重，而创业的价值远不止于金钱的回报。

欧莱德，这个由葛望平亲手创立的品牌，在初创期主要依赖代理国外美发品牌维持运营。然而，一次代理品牌的质量危机，让公司运营陷入绝境，发不出工薪。幸运的是，员工认同公司绿色环保理念，才得以渡过难关、顺利发展至今。葛望平深知，企业的成功并非一蹴而就，需要找到正确的经营之道。

四年后，葛望平对某些品牌过度依赖化学成分的做法深感不满，加之自己的过敏体质和创业半年后父亲临终前的嘱托，他萌生了创立自主品牌的念想。父亲的话一直激励着他：“将来你的事业会有成功的一天，若你无父母可以孝顺，便以孝顺社会和民族为己任。”从此，公司踏上了自主研发绿色产品的道路，不仅设计出了优质的洗发精，更构建了一个美好的生态系统。

对于公共建筑中能耗巨大的问题，葛望平有着深刻的思考。他将绿色理念融入产品包装，甚至在公司总部斥资两亿元新台币，建造了一座5000平方米的绿色建筑。公司内部全面采用LED灯具，利用太阳能和风力发电，设计水循环资源再生系统，以机械脚踩系统取水，取代耗电的感应式冲水器。这些创新举措，不仅降低了能耗，更提升了企业的社会责任感。

“洗发精瓶底树种子的植入，不仅为消费者带来了美好的使用体验，更激发了他们对绿色创新的贡献。”这些微小的举动，汇聚成强大的力量，影响着身边的人，共同为环境保护贡献力量。面前的“卷卷头”葛望平自豪地说：“消费者的贡献，远超过我们公司的号召力。”

“洗发精瓶底的相思树种子，第一年发芽率高达 90%，第二年为 80%，第三年为 70%。”因此，葛望平建议消费者在产品最佳保存期内使用，以确保种子能顺利发芽。对于那 10% 到 30% 未能发芽的种子，他在瓶底额外放置了三颗，以确保万无一失。这份用心，让欧莱德成为众多电影、电视剧导演拍摄场地的首选。

葛望平自嘲道：“我们有心做好产品，但没钱做广告。对于我们这些资金有限的小企业来说，只有走绿色发展的道路。”然而，正是这份对绿色的执着追求，让欧莱德在激烈的市场竞争中脱颖而出，成为一颗璀璨的绿色明珠。

绿色品牌之路
相思树种的亿元效益

欧莱德如今平均年营收已达三亿元新台币（折合人民币约六千多万元）。一个品牌能创造出如此大的商机，让葛望平满怀信心地预测，2014 年能完成五亿元新台币的年营收目标。这份自信，源自于他正在大力研发新产品、提升产品附加值，以及越来越多慕名而来的消费者。

当被问及如何在经营管理中体现产品价值链与消费者之间的关系，是否会用降低利润增加消费群策略时，葛望平笑言：“价值链不仅展现了企业产品的价值，更体现了消费者所接受的价值。”他挣脱了企业依赖广告展现产品价值的固有模式，转而采用口碑营销绿色品牌。在他眼中，品牌是信念的象征，通过品牌来表达自己的信念。

葛望平的环保理念体现在每个细节，包括外包装印刷所使用的油墨。在与供应商合作时，面对理念冲突，他深入分析了供应商的市场情况后，毅然决定牺牲第一成本竞争力，自己分担所要求的环保油墨费用。“公司在高价位竞争中没有优势的情况下，如何证明自己的绿色品牌、民族品牌能破茧而出，甚至超越外来品牌？这是一个机会。”他相信，只有打破市场观念，挣脱成本控制的束缚，才能创造出真正想要的产品。

除商业利益外，企业还应扮演相应的社会角色，承担社会责任，兼顾客户、员工、企业和股东的利益。他更进一步提出：“我要增加环境生态利益和社会利益。”大自然的物质资源是有限的，企业需要用资源换取利益的同时，也要思考如何重复再利用生态资源，减少垃圾排放。

欧莱德在实践中不断探索环保之路。他们将茶叶用于泡茶，茶梗则用于研发洗发精；过期的玉米粉被回收用来生产包装纸。葛望平说：“社会已不仅仅是人与人之间的关系，还包括人与环境、人与社会等更广泛的关系。很多人只顾自己利益，争得你死我活，却忘记考虑如何共荣发展和社会责任感。”

在产品投入初期，葛望平也曾面临压力。使用绿色护发品增加了企业经营成本，同时消费者对有机产品的认知也有些薄弱。“我也曾担心中国市场的接受度，但我觉得不能忽视中国这个成熟且庞大的消费者群体，尤其是绿色环保意识的觉醒。我们将发型设计师视为绿色天使，他们不仅是技术的提供者，更是消费者的朋友，通过交流传递流行时尚、社会观、人生价值观等。”

葛望平指着身旁的灰色拎袋说：“这袋子放在衣架上晒三个月

就能分解。我们的产品包装盒不用回收，直接埋土里浇水两周就能长出新芽。”然而，他也坦言，每件产品批号都要申请，无形中增加了成本与负担。因此，在选择合作对象时，他特别注重对方的理念和理想是否与自己相同。

他强调，研发更安全的环保洗发精不仅是为了美发从业者的健康，更是为了消费者的健康。因为客人一天可能只洗一次头，而设计师却要洗二三十次甚至更多。欧莱德洗发精加水后会慢慢变质，这正是无添加防腐剂的表现。虽然保质期相对较短，但对人体更健康。葛望平说：“如果一个面包几天就长霉了，而另一个三个月至五个月甚至更长时间才坏掉，后者的食品，你敢吃吗？”

绿色经营之道

“卷卷毛”的有机管理学

葛望平，这位拥有独特“卷卷头”发型的企业家，在公司推行了一项看似不可思议的管理策略：要求员工中午自己清洗有机菜并烹饪。这一策略曾引发诸多质疑，有人说：这成本怎么算？会计师、工程师、律师中午都在洗菜，这些“师”一小时工作工资得多少钱，让他们洗菜？这些钱都可以请多少阿姨来清洗了。面对质疑，葛望平依然坚持认为，只有将环保理念真正落实到每个人身上，才能让他们切身体会到环保的重要性，从而在社会教育和环境影响力方面发挥积极作用。

“在台湾有中秋节吃烤鱼、烤肉的习惯，2014 年我们家被女儿禁吃了，因为烤肉过程会产生无谓的碳排放。其实按喇叭程度就能看出这座城市的进步程度。”说完葛望平笑了，他的笑声将我的目光引到了他前额的一堆“卷卷毛”上，让人看不清头发背后的五官。谈及自己的发型，葛望平透露，因父母相继离世，他一度陷入严重的忧郁症。后来，在一次颁奖活动中，台湾地区领导人的一句“保持这个‘卷卷头’发型”的话，让他遵守至今。他笑称：“头发是我的‘商品’，在任何场合，自己的形象和行为都是最好的广告，而用心去取代金钱，则是最便宜的广告方式。”

在经营企业方面，葛望平有着独到的见解。他开玩笑说：“如果我做奶粉产业的话，或许会成为中国首富。我会尽量让牛在没有污染的环境下成长，虽然成本高昂，但当你看到国家检验局公布自己的企业生产的奶粉通过验证时，这就是最好的广告。我们不要急于做大市场，而是要先考虑如何把产品做好，到时自然会有适合的市场浮现。”

在访谈结束时，葛望平的一句话让人深思：“问问自己，你推荐给客户的产品，首先你自己会愿意使用吗？”葛望平坚信，企业主做的是广告，客人做的是分享、是口碑。于是他毅然放弃进入网络营销和刊登广告的竞争，而是将资金投入绿色产品的研发中，用口碑弥补自己在广告方面的薄弱环节。他用自己的方式，靠绿色竞争力和绿色创新占据美发市场。

（发表于《如意时空》杂志 2014 年 1 月刊）

方形胶片革新时尚

专访富士胶片（中国）投资有限公司影像产品事业部总经理松浦裕之

方形照片，这一历久弥新的时尚元素，在手机摄影盛行的当下，依然拥有庞大的粉丝群体。随着智能手机拍摄的普及，年轻人更倾向于使用便捷且富有科技感的产品来表达自我。在全球智能手机用户数量超过几十亿，所拍摄照片的数量远超胶卷时代的智能化大潮中，曾经风靡一时的胶片相机和一次成像产品，是否正面临生存的危机？在智能化时代，胶片、相机与手机又该如何以全新的创意方式实现共生？

胶片危机

回溯至20世纪90年代，“大头贴”拍摄在学生中极为流行。基于这一概念，富士胶片公司，这家创立于1934年的影像公司，提出了一个大胆的设想：能否研发出一款小巧更轻便的相机，让年轻消费者能够随时随地轻松拍摄？松浦裕之，富士胶片（中国）投资有限公司（以下简称“富士”）影像产品事业部总经理透露：“早在1981年，富士就推出了Fotorama即时成像系统，专为专业和商业摄影师提供相机和胶片。”

1998 年，富士在日本发布了“mini10”，这款能够直接输出普通磁卡大小相纸的一次成像相机，一经问世便销售火爆，至 2002 年销量已突破一百万台。然而，随着数字化技术的迅猛发展，数码相机、具备摄影功能的手机，甚至具备防抖和视频拍摄功能的智能手机迅速崛起，它们不仅具备拍照功能，还能通过电子邮件即时分享照片。这一变革导致相机市场需求大幅缩减，彩色胶卷的全球需求量更是以每年 20% 到 30% 的速度急剧下降。松浦坦言：“当时，传统影像业务占据富士胶片公司超过一半的份额，也遭受了严重冲击。我们尝试了多种挽救措施，但效果甚微。”

为了企业的生存，对传统影像业务进行彻底的结构改革势在必行。对于一次成像产品，富士也面临去留抉择。富士 Instax 一次成像相机并非唯一受此趋势影响的产品，Polaroid Corporation（宝丽来）在 2008 年也宣布退出了一次成像相机和胶片业务。数码时代的冲击让传统胶卷市场风雨飘摇，迫使富士胶片寻求新的业务增长点并拓展新市场。

2009 年，富士胶片发现年轻人再次热衷于使用需要胶卷的玩具相机，并热衷于在照片共享类社交网站 Instagram 上使用复古滤镜来美化照片。尽管数码相机让拍摄变得轻松便捷，但许多年轻人依然渴望拍摄出独特且个性化的照片，以此寻找新的自我表达方式。这一文化现象跨越国界，许多国家的年轻人也开始尝试使用老式摄影设备。

对于摄影者而言，数字和模拟是两种截然不同的自我表达方式。人们钟爱胶片摄影的独特暖色质感及胶卷尺寸所带来的直观表达力。Instax 对于摄影者而言，是一个充满矛盾的新鲜产物。对于团队而言，这一趋势可能是让这款产品重获新生的最后契机。

然而，他们面临着巨大的压力：要构建一种新的摄影文化，研发者和经营者必须在改良产品本身的同时，改变技术与营销策略。

革新逆转

在黑白胶卷和 X 光胶片盛行的年代，全球有三四十家胶片企业，其中包括众多世界知名的化工企业。然而，随着彩色胶卷的问世，众多胶卷生产企业在工艺流程中遭遇了感光材料的物料控制和质量管理的技术难题，纷纷退出胶卷生产领域。在这个时期，仅生产黑白胶卷的杜邦公司和 3M 公司也相继退出了胶卷生产行业。最终，胶卷行业只剩下美国的柯达、日本的富士胶片、柯尼卡以及欧洲的爱克发·吉华四家企业。自此以后，胶卷行业的历史便在这四家企业之间展开。

胶片最初是由美国柯达公司的创始人伊斯曼·柯达于 1880 年发明的。民用胶卷是综合各种基础技术的结晶。松浦表示：“富士公司将工厂设在富士山麓的神奈川县南足柄市，是因为那里有生产胶卷所需的大量优质水源和洁净的空气环境。企业在最初独立开发技术时经历了许多困难和波折，尤其是在由黑白胶卷向彩色胶卷过渡的时期。不仅是富士胶片，世界上的其他同类企业也都遭遇了相同的技术难题。1976 年，富士胶片在世界上首创高感光彩色胶卷 F- Ⅱ400，这一产品的诞生具有划时代的历史意义。1984 年，在美国洛杉矶奥运会期间，富士胶片作为赞助商强化了市场营销手段。1988 年，富士胶片在美国设立工厂，进一步扩大了在美国国内市场的份额。”

美好的事物往往转瞬即逝，而照片能定格瞬间，胶片则能将之化为永恒。Instax 能快速拍摄并打印照片，数码相机同样能在显示屏上即时显示拍摄结果。此外，带有摄像头的手机也能拍摄照片，并方便地发送给好友。相比之下，电子照片似乎更加简单、快速且新颖。经过深思熟虑后，富士胶片决定保留胶片技术，并将其扩展到全球市场。松浦认为，用实体照片保留历史性的一刻更为可靠。在 2011 年 3 月发生的日本大地震中，重灾区的许多受灾民众在废墟中拼命寻找记载着家人美好回忆的照片。自卫队救灾人员在清理废墟时发现的照片，大多是用相纸打印出来的。特别是那些高品质、可修复的照片，是采用表面覆涂层的卤化银照片。这就是实体照片对于人类的宝贵价值。实体照片是一种有温度的沟通交流载体。阖家聚会、结婚成家、宝宝成长等人生重要时刻，仅停留在数码相机和智能手机的记录中还不够。通过照片这一实物载体，能够让回忆更温暖。同时，当下的年轻人更喜欢用相机和胶片来阐述自我、进行沟通交流，用胶片制作手账、粘在礼物上亲笔写下祝福、布置房间美化内饰……

松浦表示："我们确信胶片打印照片会有更大的市场潜力。然而，在影像事业改革之初，由于资源不足，Instax 的销售活动受限。转折点出现在 2007 年，富士胶片在韩国电视剧中植入 Instax 广告后，销售额持续增长。到 2010 年，销量再次回升至近一百万台，与 2002 年的高峰时期相当。"与此同时，富士胶片也转变了设计理念，着手开发新相机来吸引年轻女性。"2012 年，推出了以'Kawaii'（可爱）著称的 Instax 一次成像相机——mini 8。2016 年，其销售量超过了六百万台。通过创新，胶片履行了其保护和促进摄影文化的使命。2017 年，富士胶片发布了胶片革新的方形成像艺术，推出了 Instax SHARE SP-3 SQ（简称 SP-3）方形手机照片打印机和 SQ10 数模一次成像相机等能够与数码相机、智能手机结合使用的产品。"

“方形”打动生活

在这个消费升级且日益个性化的时代，SP-3的上市，如同一把钥匙，解锁了手机中沉睡的照片，以艺术的视角打印，为我们带来更多的新鲜感。凭借独特的方形构图和对色彩还原技术的精湛掌握，在方寸间，用胶片定格旅行的精彩瞬间、日常生活的温馨场景，诠释青春路上的幸福时光，以及每一个值得铭记的刹那……让每个画面都美得像一场电影。

“如今，Instagram上已有8亿用户，每天都在上传方形照片。而且微信的头像、朋友圈的缩略图等也采用了方形设计。这些方形照的传播，让越来越多的人在潜移默化中接受方形构图，并愿意使用并拍摄。”松浦表示，“我们也是顺应时代的潮流，开发出相应的产品。”对于未来的规划，他强调，“我们要将数字技术融入产品开发中。”

方形，是一种抽象而富有魅力的艺术。松浦解释说：“选择方形构图，是因为它独特的艺术美感。方形构图在九十年前就已成为一个经典构图，被众多摄影师所熟知。当年哈苏和禄来推出的相机，都是以方形构图而闻名。许多资深摄影师对方形构图有一定的执着。他们认为，与3:2或4:3的构图相比，1:1的构图更能打破传统思维，让画面充满艺术氛围。而且，方形照片也是一种自我表达的方式，通过方形的展现，可以激发更多的想象力和创意延伸。”

松浦认为，方形构图与方形胶片的碰撞，将方形艺术与一次成像技术有机结合，为手机带来了更多的可能性。Instax的革新，使其不仅是一个分享交流的工具，更是一个时尚配件。它的价值并非由技术的新鲜度决定，而是以令人兴奋的全新方式体验生活，帮助人们在全球摄影生态系统中多维度地表达自我，实现智能手机与社交网络的共生。

然而，相机也面临着再度迅速衰退并被遗忘的风险。松浦坦言："为此我们制定了全新的全球营销策略。更注重吸引力，而非产品本身；更专注于在生活场景中享受一次成像胶片的乐趣；更致力于如何使用配件拍摄出更多独一无二的照片，让生活更加有趣。"

新价值、新趋势和次文化为现有产品注入了新的活力。有效的创新与营销策略，可以帮助人们以全新的方式享受瞬间之美。

照片，作为人类社会极为宝贵的文化遗产，记录着喜悦、欢乐、辉煌、幸福的记忆，以及与亲人共度的美好时光，是截取人生精彩瞬间的媒介，是重新体验"人生辉煌时刻"的纪念碑。松浦说："每当人们拿出老照片时，就能唤起过去的回忆，重温当年的感悟。对于经历了大地震的灾区民众来说，金钱可以再赚取，家园可以重建，但那些满载着美好回忆的相片却是无法替代的宝贵财富。"

（发表于《上海画报》杂志 2018 年 1 月刊）

“猎”人笔记

专访北京外企德科人力资源服务上海有限公司副总经理马西亚

善于倾听是对马西亚的最初印象。随着采访的深入，一个疯狂到在家养70缸鱼、喜欢收藏，又喜欢易学人的形象跃然眼前，而这些爱好与他的“猎”人般的管理生涯完美融合。

马西亚自北京大学物理学专业毕业后，便踏入了北京外企人力资源服务公司（FESCO）北京分公司的大门。他毅然决定转行从事销售工作，因为他认为这份职业更适合自己、更快乐。“那时，我对市场和销售的概念还很模糊，但我对HR有所了解，也对这家公司有所耳闻，于是便加入了北京分公司，后被派往上海。那时，公司规模尚小，仅有十几名员工，我们挤在一间狭小的办公室里。当办公室不够用时，我们只能在家里处理工作，每天还得乘坐公交车四处奔波。公司能活，就是基于这种精神和愿意不断改变。”

正因“猎人”们的出色表现，吸引了全球人力资源服务行业的佼佼者——德科集团（Adecco）的关注。2010年底，FESCO与Adecco这两大中外人力资源巨头携手合作，合资成立北京外企德科人力资源服务上海有限公司（以下简称“外企德科”），上海公司迎来华丽蜕变，外企德科应运而生。

垄断市场到俏现竞争

在业务初期，因行业竞争者稀少，可以说我们凭借先发优势占据较大市场份额。

随着市场开放性的不断扩大，人力资源服务公司如雨后春笋般涌现。1996年，整个产业链开始蓬勃发展，时至今日，已呈现异常繁荣的景象，形成了寡头市场几家独大的格局。而它们正是这几家最大的之一。

如今，人力资源外包管理风靡全球，在中国也已发展成为相对成熟的产业。劳务派遣、人才派遣、人力资源外包、人事流程外包、全国社会保险公积金代理、员工福利外包、专项事务外包、人才猎聘、员工培训、人力资源管理咨询以及经济信息咨询等多元化的人力资源外包服务应运而生。

尽管这个行业上市的公司并不多，且中国大多数公司并非上市公司，财务状况无法完全透明，难以进行横向比较，但行业内各公司对于彼此的状态都有较为清晰的认识。

谈及当今的人力资源外包趋势，马西亚表示：“在中国仍然是朝阳产业。中国人口数量庞大，达到十几亿量级，而整个人力资源外包市场的总和仅为一两百万人。从经济角度来看，我们的市场潜力巨大，且相对竞争并不激烈。无论经济状况如何，失业率问题始终存在。在经济低迷的2008年，我们的业务所受影响微乎其微，不足0.01%，这表明人力资源外包市场并非直接受经济波动的影响。”

深入分析市场现状，马西亚说：“目前从事外包业务的企业主要以外资企业为主，占比高达90%。外资企业之所以选择外包，原因有二：一是其产品相对优质，产品运营效率高，企业会为每个职能部门设立专门费用；二是外资企业习惯于寻找专业的供应商。外包的最大优势在于，一方面可能帮助客户降低成本，另一方面则帮助客户提升专业性。当前，民营企业正广泛采用外包管理方法。2008年，受部分外资企业大量裁员的影响，我们的业务规模受到一定冲击。然而，那年却有许多民营企业成为我们的新客户，当年利润反而比前年增长100%。此外，部分国有企事业单位也开始选择外包服务。”

整体效应降低成本

对于企业而言，将人力资源管理外包，既是为了打造核心竞争力，也是出于经济成本的考量。在当前的经济形势下，如何节约成本成为每家企业都在思考的问题。外包服务正是帮助企业有效控制人力成本、优化人力成本结构的有效途径。

“外包能降低成本，那么企业外包究竟能得到什么呢？”马西亚回答道：“目前，公司的服务已覆盖全国三百多座城市，并具备全球化派遣能力。设想，如果一家企业在30座城市经营，每座城市只有十名员工，那么这家企业就需要在每座城市都雇佣HR，或让HR频繁出差，处理员工的社保缴纳、工资管理、面谈等事务。无论采用哪种方式，成本都会非常高昂。这时，外包管理的优势就显现出来了。因为我们在全国各地都有分支机构或供应商，所以我们可以为企业提供低于企业自行招聘HR或HR出差成本的服务费总额。”

外包服务不仅仅局限于人力资源外包，还涵盖了与人力资源相关的各项业务。其中，福利外包业务的发展速度尤为迅速。他们的优势在于通过统一采购，让客户享受到更优惠的价格，并利用整体效应降低成本。然而，外包管理带给企业的真正价值远不只是降低成本。更重要的是，它能帮助企业降低用工和管理风险、优化管理流程、加强集中管理。

那么，为何有那么多人才愿意选择外包服务呢？马西亚激动地说："这不能单纯归咎于企业或个人心态失衡，也不能说是行业竞争的责任。这是多方面因素共同作用的结果。实际上，人才选择外包服务是因为我们为他们带来了价值。核心问题并不在于人才流动，而在于招聘本身就是一件困难的事情，招到合适的人更是难上加难。人才的定义是适合岗位的人，才能被称为人才。他可能是一个人才，但不一定适合你的岗位，也不一定是你岗位所需的人才。"

马西亚经常思考如何才能在竞争中脱颖而出。他认为："建立人才储备库是关键。人才储备是活库，能迅速找到适合企业岗位的人才。因为我们有专门的团队在做这件事情，所以能拥有更多的社会资源。相比之下，一家企业自行建立的人才库可能无法与我们相比，这就是我们的一大优势。"

归属感与外包价值

对于企业人力资源工作的外包边界，业界一直存在讨论。当前，众多企业倾向于将事务性工作外包，这使得人力资源服务商似乎被贴上了"干杂活儿"的标签，其价值何在？价值所在，往往取决于我们的视角。正如马西亚对收藏的热爱所展现的："美不只体现在它的价值上，美可以很简单。如青花，仅以两种颜色呈现，斗彩则在青花上添彩，让人品味到一种韵味，一种简约之美。这种美，无关价值，却能带来心灵的愉悦。"同样，帮助人力资源部门从繁重的重复性事务中解脱，专注于核心的战略性工作，提升人力资源管理的层次和核心竞争力，这无疑是巨大的价值。“员工并不会因为被外包而失去归属感，反而，这体现了他们不同的价值所在。”

面对人力资源管理工作外包后，人力资源工作者的未来去向问题，马西亚认为：“这并不意味着 HR 无事可做，相反，他们有非常重要的职责，即制定人力资源战略。只有明确了战略，才能确定招聘人数、培训内容以及 KPI 设置等。至于具体执行，则可以外包。”

作为服务行业，客户至上是德科坚定的价值观之一。公司对新入职员工进行严格的“魔鬼式”训练，以确保他们成为精通人力资源政策法规的专家和优秀客服的典范。马西亚期望派遣到企业的人员都能为客户创造价值。

创新战略与价格稳定

行业竞争日益激烈，全球有众多专门经营人力资源外包的公司，在不断通过技术创新提高自身的竞争力。外企德科也有无数次的坎坷和挑战使企业一蹶不振，但是他们不仅未被打倒，反而蓬勃发展。“我们并非因为强大而幸运，而是因为我们身处这个时代，身处市场经济社会，更因为我们身在中国，身在上海。这是时代赋予公司的机遇。”

2008 年，新《中华人民共和国劳动合同法》的出台强化了对劳动者的保护，这在一定程度上增加了企业的雇佣风险。敏锐的德科捕捉到了这一变化，迅速推出了专项事务外包服务，既维护了劳动者的更多权益，又在增加自身风险的同时降低企业风险，实现了社会责任的担当。

随着国际化竞争的加剧，马西亚制定了质量化、多元化、价值化的战略，不断创新，以应对行业的同质化竞争。“由于行业轻资产的特点，容易被复制，因此我们需要不断思考未来的发展方向。”

有趣的是，与三十年前相比，外包服务的收费已有大幅下降，这不仅是外企德科的现象，而是整个产业的趋势。然而，招聘和猎头的收费却始终保持稳定。“我们按年薪的 20% 至 30% 收费，多年来未降。尽管竞争依然激烈，外包服务可能越来越难做，人才越来越难找，但价格绝不会越来越低。当产品的价值达到一定水平后，降价将变得困难。价格和价值之间存在一定的波动性，这是本质问题。”

易学与管理智慧

崇拜中国文化的马西亚，在管理上融合了中西方文化。他特别推崇易学，认为它是社会发展的必然规律。“公司运营中遇到的困惑，易学能为我们提供解决方案。”结合自己所学的物理学专业的逻辑，马西亚形成了独特的管理哲学。他认为，管理的核心在于真诚面对大家，而易学则能帮助人沉静，读完不会那么烦躁、痛苦、迷惑。“还有，当自己累的时候在鱼缸边坐一会，看到有生命的、绿色的东西感觉非常舒服。”

成就梦想是企业的重要元素。企业不仅要有盈利的目标，更要有梦想。马西亚的梦想是为客户创造价值，让更多的人通过工作改变生活，希望国际化的理念能帮助中国的企业成长，这也是外企德科的梦想。

（发表于《如意时空》杂志 2012 年 3 月刊）

生活是关于分享

专访 ipluso 意索附件总经理李广音

身上的每一件物品，不仅仅是功能性的存在，更是自我表达的重要媒介。它们如同身体语言的延伸，能够展现出一个人的气质、修养、见识以及阅历。在职场中，除了经典的黑、白、灰，还可以用色彩增加得体的时尚观。无论是手中的包、脸上的眼镜、桌上的笔记本，还是签字用的笔，都在不经意间流露出个人的独特韵味。

ipluso 意索附件，将附件的美好与时尚元素完美融合，打造职场中的点睛之作。它们时尚而不夸张，个性而不另类，中性之中又透露细腻与优雅。在上海武康路的 ipluso 店铺里，我们有幸采访到了总经理李广音。

分享给需要的人

她说生活是关于分享。一件产品的产生应该是被思考过、设计过的。设计师在特定的限制条件下，寻出最优雅的解决方案，并将其分享给需要它的人。

趋向简约、追求品质与细节，从里衬到针脚都经过精心打磨。每件单品都有与之搭配的系列产品，或同色系不同风格，或根据每季的服装流行色做出相匹配的皮件、笔记本、笔、眼镜等。ipluso 是 in plus out 的缩写，里加外，内外兼修，代表使用过程中带给人们美的享受与快乐。也象征那些专业且时尚的职场人士，他们不仅注重外表的整洁与得体，更追求内心的丰富与修养。

在色彩搭配上，除经典的黑灰色之外，还有不少大胆的流行色。李广音认为，适当的亮色系能为工作和生活增添一抹活力与激情。现代职场对视觉的要求日益宽容，如何在时尚愉悦与不过分嚣张之间找到平衡，是一门值得探讨的学问。当身上的物品需要放在一起时，可以选择同色系搭配的一组物品，或用大胆的撞色系来强调个性。比如，当衣服以大面积的黑、白、灰为主时，用小面积的亮色系附件作为点睛，既安全又时尚。

眼镜早已超越了单纯的功能性范畴，成为脸上的一道亮丽风景线。在眼镜的选择上，李广音认为："设计师根据脸型、肤色以及发色来设计眼镜，不仅注重舒适度，更重视眼镜与脸部、服装的和谐搭配。眼镜，成为脸上的珠宝，它能突出职业特点，更好地传达专业性与工作态度。这正是 ipluso 意索附件的眼镜品牌'ipluso 4 eyes'与其他品牌眼镜的区别所在。"

谈及环保与乐活的话题，李广音说："ipluso 意索附件非常重视环保与对人的友好。使用的纸张都是令眼睛更加舒适的白度，不添加任何荧光剂。眼镜的设计也注重佩戴的舒适性与脸部的舒展感。"他们推出的工作背包系列，结合了皮料与轻质帆布，既美观又实用，减轻了白领们在挤地铁时的负担。此外，他们还反对商品的过度包装，ipluso 意索附件的大部分礼品包装物都可以再次使用。

乐活团队的创新力量

团队组成可以说是乐活理念的生动体现。他们尊重每个人的创造力和独特想法，团队成员来自不同国籍和不同专业领域，与各界设计师开展跨界合作，共同为产品设计注入源源不断的生命力。这种生命力，源自团队中每一位成员。

在李广音看来，与人交流时讲不通是最不愉快之时，但这并不意味着就是坏事。“或许今天的观点存在差异，但明天的想法可能会更加接近。因为每个人的成长速度和背景不同，视觉和专业角度也各有千秋。有时，正是这些差异让事情变得更加有趣和丰富。许多抵触或冲突，其实都源于真诚的角度不同。在大多数情况下，大家都在尽力做正确的事。面对内部管理或外部合作中的文化差异，我们应保持开放心态，用谦恭和感知力去识别这些差异，努力理解甚至欣赏对方的立场。”

我想这跟李广音的多元教育和生活经历有关，让她更加能够接纳和理解不同的文化、立场和观点差异。例如，公司的所有专营店铺设计，均由一位意大利裔的澳大利亚建筑师操刀。这位建筑师在时尚领域同样才华横溢，但她的建筑背景让她更加注重店铺的空间感和雕塑感，以及人与空间的相处关系，而对产品展示的关注度相对较低。正因如此，店铺呈现出一种别样的美感，许多顾客在这个非商业化的空间中流连忘返，一边寻找和了解产品，一边细细品味建筑空间之美。

文创之基　差异、个性和思想

文化创意产业的核心在于创造力。在这个行业中，差异、个性和思想是基石。无论是原创还是创新，都是文化创意产业发展的核心动力。因此，培养创造力和素养、激发思想和保持激情至关重要。

李广音说：“时尚与其他产业不同，尽管具有一定的专业性，但其消费者并不区分专业与非专业。每个人的体验、看法、阅历和要求各不相同，因此这个行业需要涉猎的领域非常广泛，从艺术到时尚、从社会消费习惯到时代思想意识、从工艺到材料、从电影艺术到摄影、从历史到哲学观点等，都需要有所了解。由于要学习的东西太多，工作时间偏长，工作和生活的结合度也较高，有时甚至难以分辨是工作还是生活，所以享受工作也是享受生活的过程。”

育品融情　管艺零售

作为零售品牌的管理者，李广音不仅注重产品团队的管理，还非常重视产品的培训和文化的沟通。由于零售店铺的人员来自不同的城市和生活背景，像 ipluso 意索附件这样具有时尚视觉和概念的品牌，需要持续不断地通过培训来提高零售店铺人员对时尚的专业认知和对细节的关注度。只有零售店铺人员足够专业，才能与顾客进行平等的对话。

产品培训和文化沟通是一个持续不断的过程，需要不断积累人员素质、深化对品牌内涵的认同。在时尚产业中，时刻需要吸收新生力量，因此李广音对事业和工作充满热情和理想。然而，在这个信息发达的时代，仅有热情和理想并不足以成事。她鼓励团队成员脚踏实地、提高能力、建立良好的工作习惯、打开观察力、注重细节、保持正确的思考方向。勤恳踏实不是吃亏，而是工作的基本态度。

在这个透明度极高的时代，我们需要重新重视传统美德，用谦恭真诚的心对待工作和工作伙伴。发现并努力克服自己性格中的负面因素，未来才能获得更多的支持和机会。

（发表于《如意时空》杂志 2012 年 11 月刊）

个性化消费时代的独立设计师

专访 HLL 设计工作室创始人及主设计师韩璐璐

韩璐璐，一位对美与快乐有着敏锐洞察的独立设计师，同时也是"新式轻礼服"理念的倡导者。她工作室所推出的礼服与婚纱设计，其灵感大多源自对日常生活的点滴感悟。海外的留学经历，和她那现代女性心灵独白式的细腻，让她通过学会观察不同人的思考方式诠释自己的个性化时尚。在她看来，一件优秀的设计作品，不仅仅呈现形式上的美感，也需要一种能触动人心的独立精神。

一见记者，韩璐璐微笑迎面。这位看似仅二十出头的恬静女子，与店内陈列的个性礼服所营造的纯彩空间完美融合。店内并未过多堆砌花哨的装饰，时尚的设计、高级的选材、精细的工艺，共同描绘了一个灵妙有趣、激情四溢的世界。我也不由自主地微笑，向她走去。

散落人间的时尚绮梦

衣服，是人类叙述自我的语言，其穿着者则是驾驭这些语言的主体。独立设计的出现，开启了个性消费时代。2008 年，HLL

设计工作室（以下简称“HLL”）诞生。这个梦想，源自她儿时的愿景：拥有一间属于自己的工作室，一个能展示她对生活独到理解的设计师品牌。

留学归来，怀揣着满腔热情与第一笔启动资金，韩璐璐在上海繁华都市的一隅，创立了 HLL。然而，梦想的实现并非一帆风顺。当她初次踏入刚装修完毕的工作室时，才意识到团队组建、原材料采购等一系列现实问题正摆在眼前。但正是这份对梦想的执着与坚持，让她在短短五年内，成功创立了高级女装品牌 HÁN LÙ LÙ 及其衍生品牌 H Selection，成为时尚界的新锐力量，备受多家电视及平面媒体的关注。

游学加拿大与意大利，并在意大利米兰顶级设计学院取得硕士学位的韩璐璐，拥有丰富的设计经历。曾参与多家高端品牌的设计项目，更以独立设计师的身份，加入世界级礼服机构 Yumi Katsura，成为该公司首位合作的华人设计师。此外，她还以造型师、时尚撰稿人等多重身份，分享时尚资讯与搭配心得，与多个高端奢侈品牌频繁进行跨界合作，赢得了品牌方的青睐与赞誉。

在 HLL 的舞台上，社会名流、风格主编、耀眼明星如董洁、刘诗诗、杨幂、秦岚等众多时尚女性，纷纷在各大杂志媒体及活动派对上，演绎着 HLL 的风格与魅力。作为品牌创始人及独立设计师，韩璐璐虽深谙时尚之道，却从不盲目跟风。她深知如何设计并搭配出与众不同的穿着，将典雅的东方气质与利落的西式剪裁融合，强调女性精致、优雅的特质。“我不希望别人夸这件衣服设计得多好，而是说穿到她身上有多好看。”

设计之美：在“美丽错误”中绽放

欧美设计品牌之所以能展现自如与艺术化的魅力，得益于其成熟且规范化的市场环境，这本身便为品牌提供了极佳的商业炒作土壤。在国内外，早已存在众多专注于小量化生产的成熟供应商，他们能够满足设计师对于小量且精致原材料的需求，以及高品质、高工艺的小型加工生产线。韩璐璐深知，要想让自己的设计真正打动消费者，与供应商的沟通至关重要。

韩璐璐从不刻意寻找创作主题或对流行趋势进行理性分析，创作灵感迸发自刹那间。她的“蝴蝶·兰系列”灵感便源于自家窗台上几片凋零的花瓣，而“美错系列”则寓意“美丽的错误”，灵感源于她在街道上观察到的景象：人们穿着相似的时尚装扮，追求时尚由心的她开始思考：这样真的好看吗？她说：“有时候看似缺点的东西，在别人眼中也许正是可贵的闪光点。设计师创作出真正属于穿着者态度的作品，反而更美。”

自创立以来，韩璐璐发现HLL消费者在购物理念、消费形式和消费心理上逐渐发生了变化。“从简单的对衣服面料、售价的询问变成了对设计心思的深刻体会。”韩璐璐认为，设计师是在造梦，在筑梦的过程中，需要思考如何将梦境转化为大家都能读懂的产品，与他们分享设计的来源及一衣多穿的理念，这样他们才能更好地接受设计师及其系列设计的故事。

作为极具创造力的时尚设计师，韩璐璐不拘泥于轻礼服即酒会小礼服的固有形式，而是推出了“新式轻礼服”的概念，将礼服的精致与成衣的实穿性完美结合。HLL的礼服之“轻”在于意念轻灵、层次丰富、风格简约且变化多端。在“2013秋冬上海时装周”上，HLL品牌首次亮相，韩璐璐推出了主题订制婚纱的“行云”高级女装系列。

一衣多变及无季节性的穿搭观，力求在设计感与实穿性上找到最佳契合点，将礼服的设计元素自然地融入日常生活的每一天，是韩璐璐的设计经典。她的设计让看似随意的装扮经得起推敲，不论场合如何转变，一衣多变的特性总能轻松应对，充满亮点。她认为，配饰能反映一个人的个性，有其自由的组合度。韩璐璐的哲学式留白的创作观，对设计做减法，为穿着者提供更多穿搭创意空间，让衣饰成为穿着者个性的延伸。谈及自己的设计理念，韩璐璐笑称："服装设计是帮助穿着者完善生活的。"

独立设计之路

当很多人忙于关注自我之时，韩璐璐则更注重心灵的探究及自省。她深知，现代人心中难免藏些小烦恼，关键在于如何认知与化解。她喜爱阅读禅修书籍，乐于分享那些启迪人心的故事："人就如同一只空杯子，唯有保持空盈，方能接纳新的滋养。设计之路上，我也曾有过纠结，担心裙子是否好卖，他人如何评价，主题是否可行。然而，放下这些纷扰，只需跟随内心的感觉，全力以赴去做好它。"

在个性化消费时代，消费者已然过了对大牌的盲目追随阶段，转而寻求个性化的定制。这对于中国设计师而言，是一个契机。设计师品牌化的出现，不仅丰富了中国的时尚版图，也激活了时尚服装产业的多元化发展。面对东西方时尚业的差异，韩璐璐说："这是观念的差异，需要独立设计师与消费者共同磨合与培养。"她深谙独立设计的精髓，不随波逐流，坚守自己的设计理念。

当被问及 HLL 独立设计师品牌是否仅为吸引个性消费者与业内人士时，韩璐璐毫不迟疑地回答："我只想以个人视角诠释时尚，不愿被商业模式所羁绊。商业化设计更关注潮流的每个波段，理性分析市场定位，这季将流行什么东西？大家该剪怎样的发型？这并非我所追求。在中国，独立设计师运营模式尚不完善，需更多实践与探索。”我追问：“但艺术也需要靠商业维系啊？”“所以，你设计的产品一定要精致、够诚心。我追求简约设计，注重品质与细节，让每件作品都能感动消费者。”韩露露坦诚地答道。

由心而发，用真诚打动于人，这是韩璐璐认为表达设计师品牌灵魂的关键所在。独立设计师创作的是作品，其商业是自然形成的。她希望先用设计打动消费者，再逐步塑造一个在商业与口碑上双赢的品牌。正如画家、书法家般，当潜心投入创作时，作品自会被人欣赏与收藏。

“设计师最煎熬莫过于你说的，设计概念、生产工艺、市场需求这三个环节，要考虑很多因素。我一直在设计呈现与商业运营间寻求平衡，让消费者以合理价格获得心仪设计，同时确保企业在资本运作中健康发展。”她善于运用实用技巧，既保持设计的独特性，又不失商业价值。在她的设计中，成衣、礼服及婚纱完美展现了女性的优雅与精致，这也是高级定制的精髓所在。

面对国内外设计品牌的价格差异，韩璐璐有着清醒的认识：“我们不仅要吸引消费者为创意设计买单，更要培养他们对国内独立设计师的接受度。或许有一天，他们愿意为独立设计师支付更高价格。这需要我们的共同努力。”

同质化催生新机遇

当前，中国的服装设计市场正面临怎样的环境？同质化现象的泛滥与设计师的潜在危机，其根源何在？“我觉得还不错。诚然，同质化在商业市场中确实构成了严峻挑战，众多品牌争夺有限的市场份额。但正是这种大众市场的同质化现象，催生了独立设计师的特别。回顾过去，当国际大牌商品初入中国市场时，备受追捧。那时，独立设计师的声音似乎还较为微弱。然而，随着国内市场的日益成熟与多元化，独立设计师的时代已经悄然来临。”韩璐璐如是说。

中国服装行业雷同的经营运作模式、趋于同质化的服装产品、渠道以及地域性消费特点，导致经营者的尴尬。但韩璐璐作为企业主，却能从另一个角度看待这一问题。学生时代，韩璐璐读过香奈儿的传记故事。香奈儿面对朋友女儿穿着的赝品套装，非但没有恼怒，反而欣然帮忙调整。其实韩璐璐也曾在市场上遭遇过类似的尴尬：有模特穿着她设计的衣服，而老板却声称是客人带来的大牌款式让他们照样制版。虽然当时她既气愤又好笑，但事后却选择了释然。

或许，当整个市场都开始仿制独立设计师的衣服样式时，这实际上意味着设计已经接近成功了。

作为一名设计师，她很感性；作为一名企业主，她又很理性。韩璐璐满意于现在的生活状态，坚信时尚不仅仅是凭眼睛看到的表象，更是用心体会的态度。“独立设计师出名或许并不难，但能让消费者轻松购买到你设计的衣服却并非易事。”拥有一颗对生活、对美，纯粹而充满感悟的心，是韩璐璐设计作品自然清新，独具魅力的关键所在。

（发表于《如意时空》杂志 2013 年 9 月刊）

梦笔生花

The Flourishing Quill

艺术风骨录，艺术人物的创意与灵感之旅。

“梦笔”梦中所得神奇之笔，“生花”文笔美妙、才华横溢。艺术家以梦为笔，以心为“剑”，生发出灿烂多彩的艺术之花。这些艺术之花，跨越了绘画、剪纸、摄影、篆刻、雕刻、书法、戏剧等多门类，共同勾勒出人类文明的斑斓画卷。在无垠的艺术世界中，每位艺术家以他非凡的才华铸就了独特的艺术语言和风骨。这些风骨不仅体现在他们精湛的艺术技艺上，更烙印在他们的思维、情感与人格中。

“梦笔生花”之章，通过这些专访让我们走进艺术家的“书房”，探究他们如何用艺术表达自我、反映时代、影响社会，成为文化传承与创新的重要力量之一。

郎静山：拿相机就是我的生活

专访著名摄影家郎静山之女郎毓文

“这是照片？这分明是一幅国画啊！”

在惊叹于郎静山的摄影作品之时，我们不禁意识到，他已然是摄影领域一位创造了诸多“第一”的摄影之父。

唤醒自然灵

郎静山的摄影艺术生涯艰难又曲折。他面对常人难以忍受的谩骂与质疑，更坚定了他通过摄影宣扬中国传统文化的决心。他一生以摄影艺术为生，不仅多次成功举办展览，甚至在战火纷飞的年代，也在上海、重庆等地举办个人摄影展，并将全部门票收入悉数捐出，救济难民。

他的作品数量之巨，技艺之精湛，令人叹为观止。他常常运用手中的照相机和精湛的暗房技术，从不同的视角展现对自然的关注。他常以自然科学研究者的严谨态度来处理摄影问题，创作出的作品充满了艺术感染力。他倾尽一生精力，通过照片向世界展示东方智慧的意象之美。

郎静山的女儿郎毓文在回忆父亲时说道：“父亲不同于一般艺

术家，他的摄影作品成熟较早，同时他也注重文化传承。早在多媒材艺术风靡之前，他就已经跨越了照相机的束缚，开始尝试混合绘画技巧与摄影暗房的曝光技术运用，这可以说是多媒材创作的源头。1930 年，父亲在上海拍摄了非常前卫的作品《中国》，巧妙地用枯笔在底片上勾勒出山皴，映衬出蜿蜒雄壮的山势。然而遗憾的是，由于种种原因，父亲的一些作品未能在生前发表。”

郎静山的摄影作品不仅汲取了古画之神韵，更融合了现代之精神。“父亲时常与国际上的摄影学会交流，并拜访一些艺术大师。如与中国著名画家张大千一同拜访西班牙著名画家巴勃罗·毕加索，这次拜访激发了他的创作灵感，他用铁丝在暗房创作了《挑妇》。他还曾两次拜访美国著名艺术家曼·雷，在曼·雷的暗房里见识了很多光影和科学的表现手法，这可能也激发了他在暗房里创作一系列迭影作品的灵感，如《宠物》《枯死的花与蚊子》《象之观点》等。”

郎静山处处以中国含蓄之精神为行事之法度，留给后人无限的创作空间。在女儿郎毓文眼中，父亲并不是一位只知刻苦钻研的艺术家，他更喜欢在假日里拿着照相机去爬山游历。在上海时，他时常夜晚闭门在暗房里冲洗照片，闲时则与著名画家张善孖、张大千兄弟往还论画。在郎静山的底片中，拍得最多的友人是有着“美髯公”之称的于右任，而与张大千兄弟的深厚交情，也让他的底片里留下了许多张大千的身影。

郎毓文继续分享着有关郎静山鲜为人知的故事，“虽然有很多信息称，父亲的第一张摄影成名作是 1932 年拍摄的《柳阴轻舟》，这幅作品在‘日本摄影沙龙比赛’中获奖。但实际上，第一张较为成熟的‘集锦摄影’作品是《春树奇峰》，入选‘英国皇家摄影沙龙’。这张作品是父亲于 1934 年在黄山上所摄的两张风景照片的合成作，他运用暗房技术拼接不同时间、不同地点拍摄的影像，重新塑造了心中的‘黄山’。之后，父亲继续在暗房钻研‘集锦摄影’技艺，以照相机替代画笔重塑中国传统水墨绘画艺术的气韵，形成了他独有的文人雅趣和艺术风格，并因之驰誉世界艺坛。父亲所在意的并不是简单的实拍，而是透过集锦的手法突破摄影技术的视觉性局限，融合我国绘画艺术的画理，通过对底片的叠置处理，再造心中的独特‘画境’，唤醒自然之灵性。”

郎韵映山静

“父亲钟情于扬州八怪，善于从古画精神中揣摩摄影新视角。又以南朝谢赫绘画六法，为创作理论依据。不仅精通摄影艺术中瞬间捕捉与光影运用的精髓，更对作品的构图与气韵有独到的追求。父亲曾感慨，构图难，气韵更难。”郎毓文解析说，“气韵，是有不同样貌的。庄子的‘虚静’说，在父亲的作品中得到生动的诠释。如《晓汲清江》密致中之旷远，《仙山楼阁》里云彩与山头光线的丰富变化，皆得益于父亲暗房手势的巧思妙用，繁复的遮光手势与细腻的变化，不仅是立体感的营造，更是生动气韵之显现。读画论往往令人困惑，但看到父亲的作品，便能豁然开朗，领悟其要义了。”

郎静山的作品中，我们不难发现其深厚的美学修养。照相机虽是西方人发明的摄影工具，郎静山却将中国“气韵”的概念诠释得淋漓尽致。郎毓文表示：“对于气韵的不懈追求，是父亲作品的独特之处，常人难以理解。我对父亲作品的深入理解，始于对中国画和中国画论的逐步认识。说父亲的作品浑然天成，实至名归。”

于郎毓文而言，郎静山宛如一位修行者，注重自我管理。“父亲的身教对我影响深远，我的一生都受父亲的庇佑。有次，银行家孔祥熙的女婿想出售张大千的画作，尽管他对我并不熟悉，但听说我是郎静山的女儿，便放心地把画作交给我处理，这得益于父亲的清誉。父亲所留下的作品，皆值得深入研究。最近整理他的遗物时，竟发现了 1935 年黄山建设委员会的公文，足见父亲心怀大事，我记忆中他从不闲聊琐碎。”郎毓文解释说，“他极为尊重他人，从不以言语责人，更不会将自己的思想强加于我们。他留给我的两句至理名言，让我深思不已：一是人必须活得有生趣，即找到自己一生挚爱的事业，而非一般的乐趣；二是人若失去感知，便失去了一切。我相信这两句话对许多人都有启发。家中的兄弟姊妹都受到艺术的熏陶，在自由的环境中各自钻研所长。从父亲身上，我领略到了中国文化艺术的美好与深邃，这也正是父亲所说的生趣，它激励我不断追求学问的更高境界。”

影艺墨香浓

“我爷爷喜欢艺术和新奇的事物。19 世纪 60 年代，祖父祖母便拍摄了结婚照，这在当时无疑是一件颇具新意的事情。受祖父影响，父亲同样对新奇的发明充满热爱。譬如录音机一出世，父亲便买上好几台。各式各样的厨房用具、不常使用的器具也会带回家。父亲童年家境富裕，受祖父酷爱书画及艺术品收藏的影响，培养了对中国绘画艺术与美学文化的深厚感识。由临摹画家倪瓒画作入门，十几岁时便画得一手清秀的工笔山水。12 岁赴上海南洋中学求学，得国画教师李靖兰传授摄影和暗房制作技术。为满足父亲的摄影嗜好，爷爷还特意为父亲购得一架旧式照相机。从此与摄影艺术相伴，形影不离。20 岁时，父亲进入《申报》工作，成为中国最早的摄影记者之一，并逐渐在中国摄影界崭露头角。”

郎毓文说，"听大哥说过，在上海期间，父亲每晚边听交响乐，边在暗房冲洗照片，常常工作到深夜。他的暗房里摆满了各种道具，包括特地制作的干燥花、枯枝、小竹条、蚊子尸体、棉花以及各种画笔等，这些都成为他创作的得力助手。"

郎静山的摄影作品犹如水墨山水画，意境深远。70岁之后，郎静山从心所欲不逾矩，开始在固有的思维模式上寻找新突破，运用反白的实物摄影技术，构筑无景深的黑白分明画面，展现其独有的艺术魅力。"父亲没有把自己定位为艺术家，而是时常夸赞中国传统文化的优秀与博大精深，所以会有许多'以影会友'的摄影朋友。当然也有很多摄影家模仿他的作品，但真的要了解中国画的内涵才能翻旧出新。"郎毓文毫不避讳地继续与我分享："再看父亲创办的中华摄影学会出版的刊物、设计的奖状，都有中国图案做底或边框，可见父亲对中国文化的推崇。"

摄影与暗房，是郎静山传递情感与心灵信息的媒介，更是他艺术创作的灵魂所在。虽然如今处理图片的软件层出不穷，但郎静山年代的"集锦摄影"所蕴含的暗房厚重感与灵性展现，却是无法复制的。郎静山"不逾矩"的非主流思维与超前眼光，值得我们深究和借鉴。

（发表于《上海画报》杂志 2019 年 6 月刊）

高式熊的书房在哪儿

专访著名书法家、篆刻家，鲁庵印泥制作技艺传承人高式熊

决定采访高式熊先生，内心酝酿了许久，作为一位享有盛誉的书法家、篆刻艺术家，以及鲁庵印泥制作技艺的传承人，对于他和相关的活动与成就，媒体报道甚多。自2017年1月以来，上海连续举办了两场高式熊书法篆刻展，展品基本都是新作。挥洒自如、收放有度的笔墨；章法疏密有致、潇洒俊逸的姿态，这些作品在运笔上有了更多自然天成的创新元素。

2017年已97岁高龄的高式熊（1921年—2019年1月25日），在公众面前似乎没有秘密。他的女儿高定珠对我说："你要采访些其他媒体都没有报道过的点。"一句令人深思的简单话语，留下诸多思考。

作为有如此名望的艺术家和公众人物，属于高式熊专属的个性空间——佳作诞生的秘密地——书房在哪儿？我们不免好奇，他又是如何传承书法，教育下一代的？身边人对他是如何感怀的？

聚焦现场

机缘巧合，认识了高式熊的甥孙张力钢老师，他热爱摄影艺

术教育事业，培养了一批又一批的拔尖摄影小苗苗。采访当日，他带着他的两位得意徒儿，怀揣着为高式熊专属定制的画册《滴墨成凤——高式熊迎春书法展》，与我们一同拜访了他的姨外祖父（姨爷爷）——高式熊先生。

走进一间约十平方米的空间，狭窄的空间内包揽了一切创作书法所需品、生活日常和气息。我们说多数空间都有自己专属的个性，书房是个静谧的地方。极具有质感的木地板，满墙的书法作品，错落有致地排列着，配上复古的书柜和书桌，个性张扬而不失整体书房设计风格。然这些在见到高式熊的瞬间，我对于书房的这一想象，全部颠覆。

依然鹤发童颜、精神抖擞地坐于轮椅里，笑眯眯地迎接我们的到来。忆起今年年初，张力钢带着他的摄影班小记者们在“滴墨成凤——高式熊书法展”采访高式熊时的情景，高式熊同样是以这样的状态出现在大家面前。我原本被安排在这次展览的开幕式上对其进行专访的，当日，始料未及的是，粉丝爆堂，主办方不得不采取限流应急措施。高式熊坐在轮椅里三个多小时，赶在春节前夕为他的粉丝们送上了“春联”和“福”字。在这漫长的时间间隙里，高式熊除了吃几块饼干，喝几口矿泉水之外，未曾停歇过。看着依依惜别抢着与高式熊合影的粉丝，我不忍心再去打扰他，担心会增加他超负荷的活动量，虽然当时我观察到高式熊依然安静，但又精神抖擞地坐在轮椅里与大家互动着。那日的遗憾，有幸让我们踏进了高式熊的家门……

走进书房

见面后，高式熊为甥孙张力钢点上一支烟，我惊讶于一位高龄老先生依然如此利索地点烟、抽烟，高式熊似乎看出了我的震惊，从容地边递水果边对我说："家中往来客人众多，每日十人有余，我都会点上一支烟开始聊天……"事后我掐指估算，我们从8:00采访到11:30的三个半小时里，往来客人有五人。

高式熊时不时会与拜访的客人嬉笑聊天、随性说话，客人们也会顺势调侃他几句，然后一起开怀大笑。这温暖的画面感染了一旁的我，顿感身心轻松起来。高式熊小时候的家与如今的家有异曲同工之妙，也是客人往来频繁，不少是清朝遗老。当时，上海书画界的精英都露过面，有不少还是常客。如著名篆刻家、收藏鉴定家、鲁庵印泥创始人张鲁庵先生（1901年—1962年），他出生于杭州著名的药商世家，是家族药店"张同泰"的传人。之后高式熊也成了张鲁庵家的常客，他所用的刻刀、印泥等，也有张鲁庵先生提供的。张鲁庵先生甚至在自己的书房为高式熊安放了一张书桌，让高式熊自由进出。他们间如此深厚的情谊为之后他俩的"历史性传承事件——真传鲁庵印泥49号秘方予高式熊"创造了辉煌的一笔。如今，高式熊已将秘方捐赠给了国家，在上海市静安区文化局、上海市文史研究馆推荐下，"鲁庵印泥"于2008年被文化部列入《第二批国家级非物质文化遗产名录》，与漳州八宝印泥成为全国仅有的两个国家级印泥。2009年，文化部授予高式熊"国家级非物质文化遗产项目印泥制作技艺（上海鲁庵印泥）代表性传承人称号"。还有位与高式熊同住上海市静安区四明村的著名书法家、篆刻大家王福庵先生（1878年—1960年），1904年王福庵、丁辅之、叶为铭、吴隐四人创设了西泠印社。留给高式熊印象深刻的是王福庵先生对他的篆刻作品指导严厉有加。高式熊说："那是真正的批评。"

高式熊之父高振霄（1877年—1956年）是一名清末进士，授翰林院编修，时人尊称"高太史"。高振霄对儿子管教甚严，在高式熊的记忆里：“父亲每天早饭过后，要求我练习四张书法，两张楷书、一张隶书、一张篆书。”在父亲和大家们的指导下，少年高式熊从临摹秦汉、浙派到邓石如、赵之谦、吴昌硕、赵叔孺等大家，博采众长，自成一格。

“我的书房在我所处的每个角落”

我们五人围坐在一张面积约一平方米的桌子旁聊着，张力钢感慨道：“对于姨爷爷，我的认识跟大家一样也有一个逐步深入的过程。与他交往越深，我越发对他尊爱有加。因为到了他这般高龄，对亲情、友情的追求远远高于物质。姨爷爷虽未接受过正规的高等教育，但是他知识渊博，容易接受新生事物，还虚心接受不同意见，不断学习新的知识。姨爷爷对于喜爱艺术的小辈厚爱有加，他善良又平易近人，无论你是大领导、大老板，还是家里的钟点家政服务员，只要有求于他，他都一视同仁，尽力相助。”

我在高式熊为张力钢点烟的瞬间，环顾四周，这“陋室”里并未发现我想象中的书房。正如有人所说，“富者可专门筑楼，贫者或室仅一席；有的雕梁画栋，有的则环堵萧然。”而高式熊则笑道：“我没有固定的书房，我的书房在我所处的每个角落，我很自在。”是啊，自古及今，书房并无一定之规。大师笔下的书房还是“寒窗之下苦读的学子多半是没有书房的，囊萤凿壁的就更不用说……”高式熊说：“书房这个话题，确实没有人关注过。”

如今，高式熊的书法技艺已臻化境，为圈内人士所称赞。然而，他仍不断学习，每一幅画、每一个字、每一笔都认真对待，因为他坚信艺术之路永无止境。我面前的一张小桌子发挥了所有功能，吃饭、书法创作、篆刻、桌前议事……一个人一部轮椅，坐遍四面八荒。如此简单的日常，却孕育了许多感人至深的故事，这是段值得为他预留宝贵时间的采访。

张力钢事先透露："姨爷爷最近身体欠佳，但他以乐观的心态战胜了病魔，创造了生命的奇迹。姨爷爷喜欢与孩子交流，今天听说我要带两位摄影小记者过来聊天，非常喜悦和期待。"席间，高式熊悄声对甥孙说："让这俩孩子随意写几个毛笔字给我看看。"话音刚落，高式熊的女儿高定珠迅速收拾了我们面前的小方桌，摆上砚台、笔墨，分给两位十岁小记者吴依霖和孟凡竣一人一张纸，一支毛笔。高式熊一边静静坐于一角，一边眼睛炯炯有神地注视着孩子们的一笔一画，询问："他俩有没有学过书法？"张力钢答："好像专业培训过。"思维依旧敏捷的高式熊谦虚地说："这俩孩子比我同龄阶段时写的字要好。"我看着斑斑墨迹在白宣纸上留下的黑白构成，再看看高式熊对孩子笔墨温情地注视，我想他是在关注儿童书法教育现状和传承的问题了。

这次，在书房相约，与其说是采访，倒不如说是拜访亲人，我们谈笑风生、自嗨留影。我们在聊天时，高定珠时不时会拿起相机对着我们拍摄，我们倍感荣幸，过了把被追逐的"名家"瘾。提及摄影，高式熊说他从小嗜好摄影，他的母亲则在他少年时花了十几元钱，为他买了一台蔡司伊康的照相机。尽管这件宝贝被借走后不知所踪，却种下了一颗"相机玩家"的种子和性情。难怪张力钢遗传了他的基因——以影育人，女儿高定珠见我们到访就举起相机定格瞬间——以影记录。

在20世纪60年代，当相机还算在奢侈品的行列中，高式熊拥有了三台相机。而因他的"混血儿"脸，还在电影《万水千山总是情》中，被拉去客串了一名外国摄影师的角色，手中的道具便是自己珍藏的20世纪初出产的柯达格林福照相机。除玩照相机外，高式熊对音乐也情有独钟，他常常一边听音乐，一边进行书法创作。

在高式熊“自由、开放式”的书房里，我们深深体会到了一种什么叫慈祥又安静，待人热情又诚恳的亲情；体会到了我有一方桌，可以慰风尘的心境；体会到了我有一支笔，福气永不离的自由思想；体会到了……道不尽的体会。

采访后的一个夏日，我们路过高式熊巨鹿路家附近时，跟同行朋友说：“高式熊先生好像就住这附近，但是我一下记不起来是几号，哪个弄堂进去了。”我的话音刚落，正巧一位擦肩而过约五六十岁的先生，猛然回头热情地为我们介绍并指起了路来……我投以微笑感激，心想高式熊的大家魅力或许就是在日常生活中练就的吧，他的人格魅力、艺术魅力赢得了社会的尊重。

（发表于《上海画报》杂志 2017 年 9 月刊）

韩天衡，刻刀下的一堂课

韩天衡先生篆刻、书法、绘画艺术的气质，或许可以用“内敛而奔放”、“细腻且雄强”来形容。早年，幸得郑竹友、方介堪、马公愚、谢稚柳、陆俨少、陆维钊、方去疾等艺坛大家的亲授，又深受历代传世经典的熏陶，对他的艺术人生产生了极大的影响。如今，虽已年登耄耋，但他依然在不断自我变革、学习转变与探索中前行，而这种变，绝非“为变而变”，而是基于对艺术、对中国文化的“在乎”，是自然因体悟、观察、爱好而产生的变，在变化中寻求守恒。

孔子曰：“七十而从心所欲，不逾矩。”78 岁的韩天衡在“不逾矩”后竟加上了一个“不”字，甚至将“不逾矩不”作为自己展览的主题词。他认为：“不”并非是轻率、狂妄的否定，而是艺术前行的动能。一个人对世界的认识，对艺术的追求，穷尽一生的努力和探索，也只可能接近于真实和目标，岂有从心所欲？在这接近的过程中，往往会人为地形成各种规矩，而某些规矩又束缚人们进一步探索和发展的脚步。循矩而又不囿于矩，在肯定中作智性的不屈不挠的否定，才能在艺术上从心所欲，敢于越陈规，创新貌，常变常新，使艺术生命常青。

一张“处方”

艺术无处不在，一把刻刀，带着墨香，给懂得的人散发芬芳。

韩天衡的篆刻艺术，是禅心迹化，乃造“空灵美”之极致。他说：“篆刻，既有作者意识的充分表达，也有雕刻者用刀技巧的表达。”

“奇中见平，动中见静。把握字的结构和特点，这是方寸间再创者的技巧。不急于刻字，常习基本功，会品读、会理解、会领悟每个字的结构和意义。”这是韩天衡给篆刻爱好者的心语：“雕刻前，首先解决用笔问题，用笔对了，字的结构也就对了；其次解决字与字之间的章法问题。写字就像养育婴儿一般，需循序渐进、逐渐培养。一会儿想做书法家，一会儿想当画家，一会儿又想变成篆刻家，结果什么都没有把握，终将一事无成。”雕塑家、画家亨利·马蒂斯曾说：“艺术应该是一把安乐椅，能给人精神上的休息和慰藉。”耐住寂寞，甘于坐穿冷板凳，艺术创作七十余年的韩天衡所表现出来的气质是独特的。一门技艺的掌握，常需花费数十年的心力，而他则已将书法、绘画、篆刻与鉴藏、学术理论等一门一门攻克、打通。他游刃恢恢，用自己的刻刀将篆刻艺术赋予灵动的生命。“要想成为真正的篆刻家，不翻阅几千本古代印学书，不临摹几千方秦汉印，那是奢谈。”

韩天衡四岁习字，六岁学篆刻，三十多岁始学绘画。而立之年学画，缘于谢稚柳先生的一张“处方”——学画，之所以要求韩天衡站在画案前悬案走笔，是因为当时谢稚柳先生经常看到韩天衡佝偻着背刻印，忧心他的身体，就开了一张“处方”给韩天衡。谢稚柳先生还特意为他学画进行一指禅式的点化：气格要朝上走。韩天衡感慨地说：“业余与专业，其实艺术无界限。人没有生下来就是专业的，我们都是从业余一路走来，持之以恒逐渐达到专业。”他笑侃：“20 世纪 80 年代画院一位同事喝了点酒，在餐桌上当着大家的面对我说：天衡，您刻印是高手，但画画嘛，实在是不灵的。无论多刺耳的真话，也得心平气和地听。我晚习绘画，于他们确实有差距。”

一声“批评”

在批评声中，没有经过面壁苦修的寂寞，如何得以今日“三千弟子”的簇拥。精通书、画、印、文的韩天衡，呕心沥血洗练了一批技艺精湛的学生。得知学生计划出书时，他主动要求为其把关，他说：“因为作品好与不好都会留名。你看，这个人绘画功底那么差，还出书。”所以他坚信做事、学习总需要一个实践的过程，建议学子绝对不要大步伐走太快。“当然，搞艺术的人，经得起表扬不容易，经得起批评更不容易。经得起批评的人才知什么叫好，什么叫坏。没有批评，就没有艺术。”

此时，韩天衡深深感动于 15 岁那年被批评的往事中：当时自我感觉甚好，上门求教大名鼎鼎的国画家。谁知老先生看了一眼他的刻印，就一顿劈头盖脸的批评，“你年纪轻轻，行刀这么用力、这么野，看来以后会短寿的。”措辞激烈地批评没让他泄气，反倒激起了他不服输的韧劲。埋头苦练大半年后，他再次登门，将刻印摆上先生的案头，心想，最多再挨骂。“不曾想到，这次先生让我替他刻一方，暗示对我的肯定。那一刻，我心里乐开了花。这是我第一次领悟到批评的力量，我深深地感恩批评。搞艺术，没有困难如何称之为艺术？我们要做一名合格的技术工人，成为技术工人之前的学习过程定会漫长而复杂，更何况艺术不比技术简单。”

“搞传统艺术，一定要有扎实的文化功底。多读经典。”这也正是谢稚柳先生对韩天衡一再的嘱咐并强调：要理解“诗心文胆”四个字，唯有如此才能画好画。

一个“细节”

韩天衡属于艺术领域里全能式的人物，手中的物件常常被他赋予某种难以言喻且神秘的力量。他朴实无华的气质中，透露着灵动与深邃。在指导学生时，充满智慧，不拘泥于技法，而是甘于寂寞、理解通透。

韩天衡有三孙，他对孙子的熟悉，可以仅凭说话声和脚步声，就能准确分辨是哪个孙子来了。他说道：“就像研究一门技艺，只有真正通透领悟之后，才能发现每个临抄版《兰亭序》的差异性。字与字之间的呼应、转折，字体笔画的肥瘦、长短、粗细大有乾坤。我们通常谈论风格，但‘风格’这个词太过空洞。王羲之因个人修养和审美的不同，也会产生差异化的创作。100 个人心中有 100 个哈姆雷特，这没错，但关键在于这 100 个人的不同究竟体现在哪里。了解相同不稀奇，了解不同才珍贵。”

韩天衡的话语简单有力，即便是带有疑问的语调，也仿佛有一种向下沉淀的力量。这是他在痴醉艺术创作中养成的习惯，讲究情感和效率，“我们去百货店挑选化妆品时，面对几千种选择，可能会惯性地认为最贵的就是最好的。但真正精通化妆品的人会知道，贵的不一定是最好的，对的且贵的才是最佳选择。”

篆刻，有时仅仅是一根头发丝般细微的线条差异，就能导致作品效果的巨大变化。“而正是这些细微之处，才是体现真功夫的地方。”他强调道，“因此，我提倡工匠精神，从自身做起。就像家里的垃圾分类处理一样，虽看似微不足道，但却是对环境的尊重和对社会的责任。我们不能总想着自己舒服，就忽略了他人的感受。己所不欲，勿施于人，这不仅是信仰的问题，更是良心的体现。搞艺术、做创作也是如此，需要敬业精神，将自己的本职工作做到极致、一丝不苟，实现‘中国梦’就越来越快了。假如人人都是你要害我，我要害你；你要占我便宜，我也要占你便宜，如此这样实现中国梦，做梦去吧。”

“人人为我，我为人人”是韩天衡的信仰，“搞艺术本来就是有高度的，必然要有颗追求高度和深度的心，让篆刻艺术继续延续活力。”

亘古不变的“篆香墨浓”之韵，中国文化之美在每个时代演绎经典时尚的恒久诠释，瞬间闪耀的灵气在石与刀的磨砺交响中熠熠生辉，衍生着古老文明之树上的新枝。这或许是我们能留给后来者的一些新的意境。愿这份玉石与刻刀、心灵与墨香相融后的深情厚谊，带给后来者更多的空间与遐想。

（韩天衡，1940 年生于上海。2014 年作品荣获中国书法艺术最高奖项“第五届中国书法兰亭奖艺术奖”。2016 年被命名为上海市非物质文化遗产项目“海上书法”代表性传承人。出版专著逾一百三十种。现为上海韩天衡文化艺术基金会理事长、中国艺术研究院中国篆刻艺术院名誉院长、上海中国画院顾问（原副院长）、国家一级美术师、西泠印社副社长、上海吴昌硕艺术研究会会长、吴昌硕纪念馆馆长、中国石雕博物馆馆长等。）

（发表于《上海画报》杂志 2018 年 12 月刊）

剪笔纸画　腕间灵犀

专访中国剪纸名家与著名国画家林曦明

我们的习惯思维认为大师的书房，会是满地揉皱的画纸与剪纸碎片，画家满身的颜料……当踏进林曦明的书房，约一百四十平方米的空间内，是那般干净、简洁，恰如他淡雅简约的画作。墙面上零散地挂着几幅装裱好的剪纸画，墙角倚靠着几幅中国画作品。与其说是书房倒更像是工作室，中间几乎占尽整个房间的大桌子是书画艺术家的代表，在那儿林曦明度过了无数个“晨光”。他擅长山水、花鸟、人物、走兽等多种题材画及剪纸艺术，所作兼取文人画、民间画与西画的特点，笔墨豪放，意境清新，在表现现实生活的同时，注重意境的提炼和画面形式感的追求。

书房臻宝　刀味与纸感艺术

“你可以按照我讲的，写成你的体会。至于如何欣赏我的画？有些画我自己也讲不清楚，就像讲不清楚自己是怎么样的人一样。我的作品蕴含着乡土气，天真自然的物体，这就是艺术的最高点。”近九十高龄的林曦明，年龄丝毫不影响他个性化的率真表述。

国画和剪纸都是美术创作。工笔画是中国画的重要部分，后者被分为工笔画、写意画，写意画有小写意、大写意。书房中的臻宝，莫过于那些刀味与纸感并存的剪纸作品。林曦明在剪纸艺术中追求的外粗内秀风格，正是他中国画粗犷豪放的笔墨和秀润温婉的内蕴体现；剪纸所要求的简练概括的语言，也正是他中国画刚健简达的风格；剪纸中表现出的乡土情感，无不构成他在中国画人物与山水里表现出的主题，充盈的是他对自己曾生活过的江南乡土生活气息自然美的热爱与眷恋。画家周韶华曾说，“林先生从家乡来到大上海，但是他梦回魂牵的还是对故乡的一往情深：雁荡山、楠溪江、乌牛镇……这些成了他时常表现的对象。”

在谈及美的定义时，林曦明认为：“无论是天然美还是人工美，只要作品被人接受，这样的画就美。”他回忆起刘海粟曾在一次画展中看到他的画作后说：“这个人画得好，将来定会有出息。”林曦明言语间的自信显于不动声色的眉宇间。他认为艺术家要谦虚，既要学习大师的精炼，也要学习小朋友的天真，死板艺术不成艺术。绘画是一个从简单到复杂、从感性到理性、从不会画到会画，再到一个更高层次的‘不会画’的渐进过程。从美术学角度讲，从无法到有法，再从有法到无法达到高境界。“第三阶段的‘无法’境界少有人能达到，我已迈入第三阶段了。”说完林曦明眯眼笑了起来，似孩童般顽皮可爱。“不过，我的‘无法’作品没有几幅。我的大部分创作还处于有法阶段，因此我还要向小朋友学习，天真无邪就是自然之美的体现。”

林曦明的书房中，还有种又名刻纸的镂空艺术剪纸作品。西汉时期用薄片材料镂空雕刻，东汉时蔡伦造纸后，剪刀与纸一起使用，纸逐步发展至节日中多色用纸的重彩语言。用色纸剪成各种花草、动物或故事人物，贴于窗户上（称“窗花”）、门楣上

（称“门笺”）作为装饰，也有作为礼品装饰或刺绣花样之用的。借机我指向沙发背后墙面上挂着的黑色剪纸作品，问林曦明为何会喜欢选用黑色纸剪纸？他回答道：“黑色剪纸具有版画韵味。线条用黑纸勾勒多色剪纸更为精致，黑纸剪好贴于或红、或蓝、或绿纸上，更显风尚感。如若装裱红纸或黑纸的剪纸，用白纸作衬底，造型艺术效果甚好。”

栩栩如生的剪纸艺术形成必然伴随独特的雕刻技法，“第一种为阳刻，以线为主，线线相连，形以外的剪去，称为正形；第二种为阴刻，以块为主，把图形的线剪去，称为负形；第三种阴阳刻。”雕刻成形的剪纸还能制作成动画片，“做这类动画片苦不堪言，一个动作有时需要雕剪 20 张，这样的艺术家我不要做”。中国画家、艺术家有很多，据不完全统计，仅在上海画中国画的就有一万多人。林曦明的国画有一千余幅，捐赠给艺术馆、博物馆共七百余幅国画、剪纸 200 幅。

归于海派　却又若即若离

从小饱读诗文的林曦明，因父亲是闻名乡里的画工，童年随父走乡串村学艺，自然接触民间美术甚早，因倾心于关良先生在戏曲人物画方面的简练与童稚之趣，嗜好临摹当时的香烟牌头的戏剧人像。他还接触了各种民间绘画艺术，诸如庙宇里的大壁画、戏台上的平池装饰画，直至民间嫁娶所用器具的金漆彩绘，还有漆画、泥塑、剪纸等。最早从事艺术创作是家传手艺——用于春节、婚事的龙灯装饰、礼花和窗花的剪纸艺术。剪纸似采茶歌那般细腻温婉、秀美壮丽，这也是林曦明剪纸的本土格调。但当他偶遇西北剪纸后，更为其豪放朴实的风格折服——形象的概括、边缘的剪痕刀味等。于是在他的刀味与纸感下，将传统民俗式的剪纸，变革为一种可以表现现实生活、体现时代精神的新元素。

他结识中国画是在临摹作品《醉墨轩》《芥子园画谱》和《钱慧安画谱》中，他的那份山水情缘。一条清溪，一叶小舟，一树倒影，一脉远山，寥寥几笔，江南意境跃然纸上。长大后，林曦明前往温州跟随古典人物画家苏昧朔先生习中国画、书法和诗词，这时才真正意义上打下人物画的造型基础。除绘画外，他还研习书法诗词歌赋，他认为中国画上的诗词最好由当代人创作。如诗词学不好，传承画中国画就没了意义。林曦明在人物造型和笔墨上的悟性与才华，让他幸得受教于林风眠、关良、吴湖帆、王个簃等海上名家，还研习石涛、八大山人、吴昌硕、齐白石诸多门派的艺术，从他们身上领悟到了“大写意”技法的真髓，不论是北方磅礴流畅的溪流，还是南方婉约羞涩如丝绸般恬静的江面，在他笔下以“大写意”、“大笔头”、“大墨块”替代传统山石的细勾密皴。同时研究现代绘画，涉猎各派画种、各门类题材，既接受了传统文化的熏陶，又深受西方文化的影响，并形成了自己独特的艺术风格。“学画期间，王个簃老师画一张，我临摹一张后，老师的画就被买走了。现在觉得很可惜，当初自己应该收藏一些。齐白石真迹倒是在雁荡山，我的艺术馆里收藏着。”林曦明的画充满了灵动秀韵，就如尚辉所说，“笔墨里承传的是海派绘画的神髓，故有海派画家的韵致与风范……他归于海派，却又显得若即若离。”

“闹腾”的艺术人生转折点

一次偶然，林曦明在 20 世纪 40 年代末邂逅了“延安木刻剪纸”，这成为了他艺术生涯的重要转折点。之后才真正把剪纸作为反映现实生活与时代精神的艺术创作手段。其中《劳军》《市上归来》《不误农时忙春耕》和《丰收时节》等表现农村新生活的剪纸，是他艺术生涯的起点。特别是他的《市上归来》剪纸被选作《新观察》杂志封面。20世纪50年代他被调任上海《新少年报》社任美术编辑。其间为《浪花》《四川儿歌》《打虎的故事》等书创作剪纸插图，其中《四川儿歌》插图获“华东地区书籍装帧插图奖”。

20世纪50年代末至60年代是林曦明从剪纸艺术转向中国画时期。他说：“民间剪纸艺术，属于版画装饰性艺术，为搞气氛而作，中国画则高雅些。”他的中国画人物作品《炉前》和《青年工人》参加“上海解放十周年画展”。20世纪60年代，他试图将民间年画和剪纸融入中国画里，《剪窗花》《喜得桃》和《喜灯会》虽然用了中国画的元素，但语言形式上仍有年画的味道；另一方面他的人物画也转向了对于现实题材的表现，诸如《炼钢工人》《顾客去后》《田间休息》和《桑荫种瓜》等。这些人物画受到他剪纸造型的影响，简练而概括。

相对于传统型国画家，林曦明少了几分传统程式和束缚，追求现代感，但没有用现代人喜欢的夸张的忧伤情绪为题材，尤其被选入全国美展并为中国美术馆收藏的《杨梅时节》一改传统意义上的山水画风，在表现现实生活的同时，注重意境的提炼和画面形式感的追求。

相对于创作，林曦明的山水写生吸纳自然山水的气象与意境，特别是一些山石的处理，多用逆锋颤笔，墨色沉着苍劲，滋润而厚实，增强用墨的厚度和精神的表现性。诸如《蜀江放木》《金沙江上》《华岳峰高》和《雨后青山》等，都脱离了写生山水在构图和意境表达上的局限性。又如《葵乡之夏》机械化的农耕、《洞庭橘子红》穿梭往来的船运红橘、《鄱阳湖上》暮色中的渔舟归帆等，都呈现了那个时期现代山水在审美意境上的生活化转向。“在山水画上，他意临了一些黄宾虹的作品；在构图上，他试图放大黄宾虹山水画的某些局部；在笔墨上，他试图将黄宾虹的破墨与宿墨予以重新整合。他似乎在敬仰黄宾虹和关良中吸收着他们的艺术养分，并渴望化为自己的某种趣味。”

20 世纪 70 年代，林曦明的作品开始走向极简主义。他对于隐含在自然物象里的抽象性结构的产生兴趣。在《湖上春色》《秋色》和《载酒归》这些作品中，远、中、近景的传统山水程式几乎完全被舍弃，代之的“或一树一木见秋色，或一山一景显雄壮，或一湖一舟现春光”。《载酒图》全以湿墨色块排写出浅渚上的苇丛，一只载酒的扁舟从苇塘里划出。构图单纯，且用大笔头的浅色墨块所表现出的苇丛极富抽象性。

林曦明简笔水墨个性的形成，不仅是他个人从传统走向现代的标志，也是那个时代精神与艺术思想的体现。20 世纪 80 年代，是林曦明个人艺术风格的成熟期，他的简笔浓墨山水几乎成为人们识读他山水画的一个符号。之后，他的个人风格愈加鲜明。在人物画方面，他受林风眠影响，画了多幅风眠式的仕女画。他晚年的人物画更简略概括，充满了浓郁的生活情趣。不论《双休日》对于情侣休闲生活的捕捉，还是《柳荫捕鱼图》对于儿童捉鱼趣味的描绘；也不论《林海雪原》从传统题材的翻新，还是像《杜甫诗意》那样表现古典诗词的意境，用笔则减到不能再减，用线则灵动洒脱，用墨则淡雅清透。他的人物画完全从传统变出，既吸收了关良的稚趣，也融合了林风眠的洒脱。山水画上还是 20 世纪 80 年代风格的延续，一方面简笔浓墨的山水更加简洁，像《野渡》《水乡》和《漓江春色》等作品，将山水简化为几个墨块，墨块间形式意蕴。另一方面则是有意识地追求一种形式构成，比如，在《初秋》《柳荫牧牛图》和《柳条轻风》一些作品中，他将柳树枝条的线和叶片的点有机组合为点与线的关系。显然，由构图的简化而引发的对于山水视觉形式的凸显，已成为林曦明山水画的重要特征，而笔墨又是提升他这种视觉形式审美品格的重要条件，在他这种简化的甚至带有黑白关系的图式中，既有墨润渗化、湿润淋漓的大水大墨，也有苍劲浩荡、浑莽朴实的枯笔渴墨。他的简笔山水如果没有由笔而产生的墨与水的动感、速度和变化，那将会逊色得多。

艺术风格　路过既成风景

林曦明的艺术风格既恪守文人画的传统，又注重吸收西方和现代的表现技法。他的画笔与刀法酣畅淋漓，简约疏朗，充满了民族性与时代感。

在人物画上，林曦明的风格不画五官，不画表情，只是人物的侧影与背影，即使画身体也是大笔淋漓带过，奇怪的是这些人物却在身后为人们留下喜怒哀乐之情感，这就与朱自清名篇《背影》所达到的艺术效果一样；在花鸟画上，没有过多笔墨，寥寥数笔，笔笔“见血”，不仅笔下花鸟的“形”立马呼之欲出，而且神韵摄人，让人入木三分；在山水小品上，不是王维的那种文人超脱，也不是陶渊明的那种诗人解脱，而是一种平民小札、山居随笔，一种人与自然的相处。在他的山水世界里，没有惊涛拍浪，不见群山飞峙，他始终画着“生于斯也、长于斯也”的一片江南，表现的是一种轻盈、流动而又潇洒的线条，运用的是一种清淡而又丰富变化的色彩，从不把忧伤与重负留给观者，因而在他的水墨大写意中，极富人生感与人情味。

林曦明简笔山水风格有两种：简笔浓墨山水和简笔彩墨山水。《雨后漓江》《江上风帆》《柳岸青山》《晚泊》《深山钟声》《万松林》《故乡》等，他的山水作品不仅以简笔凸显结构，一反常态地运用湿墨和浓墨，而且一反传统“崇用笔”、“贬用墨”的理念。结构由减而出，这是他从剪纸造型中得出的基本规律。“那是一个对传统中国画提出质疑、否定并孕育着中国画大变革的时期，一方面是回归传统，另一方面则是反叛传统，‘现代水墨’概念由此提出。”

【林曦明1926年生，浙江永嘉人（今温州）。1942年拜苏昧朔先生为师学习中国画，兼习诗文书法。现为中华民族文化促进会剪纸艺术委员会名誉会长、上海市文史研究馆馆员、上海中国画院画师、上海水墨画院院长、吴昌硕艺术研究会副会长、林风眠艺术研究协会副会长、现代书画研究会会长、浙江画院特聘画师等。】

（刊登于《东方藏品》杂志2015年第13期）

墨韵之变，刘蟾忆刘海粟

专访著名画家刘海粟之女刘蟾

城市的一些角落，藏匿着一个个悠远的故事，演绎着一段段纷呈的历史，它们如同一部部未完待续的史诗，延续着一百二十年前的足迹……曙光熹微，我轻轻叩响了刘海粟——中国近代美术教育与美术史上最具开创性代表人物之一——的幼女刘蟾的家门。六十多岁的刘蟾，她的脸上依然洋溢着孩童般纯真笑容。在温馨的访谈中，刘蟾与我追忆了她钟情的父母，以及她自己的故事。

法式建筑里的曼妙旋律

在城市的某栋法式风情的建筑里，孕育出了刘海粟、夏伊乔、刘蟾等杰出人物。经刘海粟的好友傅雷引荐，一位音乐学院的教师走进了这栋建筑，为年幼的刘蟾开启了钢琴之旅。家中的客厅，不仅是刘海粟挥洒画意的圣地，也是刘蟾练琴前的灵感源泉。她总会在琴键跳跃之前，驻足欣赏父亲的画作。刘蟾回忆道："刘海粟痴迷于采风与写生，尤其偏爱黄山，因此我从小少见于父亲，却总能欣赏到他带回的众多画作。家中的男佣，一位身怀绝技的木工，常常为父亲精心制作画框。然而，在那个动荡时期，父亲的油画作品却遭到了严重破坏，我们全家也不得不蜗居在资本家住宅的阴冷地下一层。”

尽管遭受了如此巨大的挫折，刘海粟对文化和艺术的热爱却从未动摇。他常说：“一日不看书、画画，便觉生活索然无味。”这份执着追求深深打动了刘蟾。刘海粟常对刘蟾说：“这就是中国文化，我相信它终会迎来复兴之日，我绝不会因此消沉。所谓老骥伏枥，志在千里，我喜欢志在千里。”在窘迫的环境中，他们深研书理，默默钟情绘画，用作品书写初心，创作了无数佳作。他们坚信，这是锻炼意志、提升自我的千载难逢之机。

刘海粟的母亲自小便教育他：“司马迁忍受‘宫刑’之辱，在狱中成就了一部《史记》。”从 17 岁起，刘海粟便将自己的全部热情和才华献给了艺术。他并不像傅雷教育儿子傅聪那样，为刘蟾设定严格的练琴时间。他认为，每个人都应钻研自己热爱的事物，无论是工笔画还是写意画，都蕴含着时代的气息和自然的韵律。正如 100 人看一只苹果，会产生 101 种甚至更多的创意和想法一样，他鼓励刘蟾在画中大胆运用多元化的表现形式来表达自己的创意。

刘海粟也深知教育方法的重要性。他的教育理念深受学生们的喜爱，即使在那个特殊时期，也有许多学生冒着风险偷偷来看望他，聆听他的教诲。每当他们在谈论中西方艺术时，刘蟾总会旁听：“这些讨论对我日后的绘画和生活产生了深远的影响。”

三人逗趣作画

成为一名英雄，其光辉并非一蹴而就，而是源自日常生活中的点滴积累。“父亲身体力行地推行着艺术教育。他喜欢收藏，尤其钟情于古画与中国画，其目的并非出于投资考量，而是源于对艺术的研究。他时常偷偷躲在书房之中，将书画悬于壁上，细细品味，静静探索，甚至不容许母亲靠近，一旦察觉母亲欲近身的举动，便大声制止：‘你不能靠近哦。’我非常嫉妒陶为浤（著名画家陶冷月之子）老师，因为父亲会慷慨地将自己珍藏的古画借予他们，供其研究、临摹与学习。”

刘蟾的艺术启蒙，则得益于她的母亲——夏伊乔。从素描静物起步，逐渐涉足中国绘画的殿堂。“每个周日，朋友家的孩子都会聚集到我家，向母亲求教，我也会跟着一起画静物。”

刘蟾的父母在印尼相识，“当时父亲正为‘抗战巡回展’挥洒笔墨，筹集善款捐赠给红十字会。他一边讲学，一边办展，不遗余力地推广中国文化。正是这份共同的嗜好，让两颗心紧紧相连”。在刘蟾眼中，母亲聪明且活泼，相较于父亲，她更喜欢聆听母亲的教诲。“而母亲的艺术之路，也经历了从工笔到写意的转变，最终将全部画作捐赠给了常州刘海粟美术馆。”

或许是得益于这样的艺术氛围，刘蟾对艺术有着独特的感悟。她最敬佩的艺术家是父亲，尤其佩服他的大写意泼墨泼彩画。她喜欢研究父亲的用笔、用水、用墨之法，从中汲取灵感，形成了自己清雅而不失豪放的艺术风格。“对于父亲的泼墨、泼彩技法，有人难以理解，甚至质疑其粗制滥造。但实则，父亲的用笔用墨极为讲究，巧妙融合了西洋画中的透视技艺。由于与父亲常年生活在一起，能够深刻感受并解读父亲画作中的寓意。父亲喜欢将油画无法表现的意象融入中国画中，其绘画风格厚重而深邃，与父亲的性格及绘油画时的用笔、用色相得益彰。他的作品画面富有厚度，层次复杂，仿佛有空气在其中流动，让人感受到一种难以捉摸的复杂性和无尽的世界。”

然而，刘海粟道路并非一帆风顺。“父亲被错划为右派，全家饱受磨难，我们打地铺睡觉，但在那个有一顿没一顿的艰难日子里，母亲也一定要保证父亲每天有一瓶牛奶喝的营养。”如今，刘蟾被外界视为含着金钥匙出生的幸运儿，但她深知，真正的光环是源于父亲的艺术成就被大家所认可和重视。她坦言：“我从小就惧怕父亲，感到压力很大。而母亲却时常鼓励我‘不一定要比谁画得好，或比谁画得差，画坏了不过是一张纸的问题’。与母亲不同，父亲经常批评我画得不好。但正是这样的严厉，让我有机会在父亲身边观察他如何运笔作画。虽然父亲严厉，但他也爱开玩笑。我们三人常常在相互逗趣中合作绘画。”

“艺术叛徒”的真相

绘画中的留白，音乐中的停顿，音乐与绘画之通感，透过听觉的意象，把人们的思想感情与社会现实生活跃然画纸上，展现出一种超越言语的共鸣。喜爱音乐与绘画的刘蟾，保持着舒缓又无声胜有声的韵力，在作画时她无法遏制那呼之欲出的激情，正如音乐中流淌的旋律。她深知，绘画与音乐相结合，便能达到一个至高无上的境界。“我特别钟爱那些充满激情与奔放的音乐，这些音乐会赋予我的画作更强的冲击力和感染力。”

刘蟾也喜画油画，她认为中国画与油画是“中西调和”的整体融合。“父亲常赞叹莫奈《紫藤》画中的激情，而他自己则更喜欢用淡墨勾勒松树，刚柔并济的线条在画布上舞动。”中国画以线条表现阴暗面的独特技法，是刘蟾不愿放弃的传承。刘海粟曾教导她：“我们要传承，但不是重复，而是要跟随时代的气息，不断创新。”

在艺术的道路上，刘蟾深知个性的重要性。她认为，每个人的个性都是独一无二的，不应被统一的标准所束缚。正如古代有人喜饮酒作诗，现代有人饮酒则眠，艺术同样应是个性的表达。刘海粟曾告诉她，“艺术是表现你个性的，是你对生活的感想、感受”。在绘画中，她追求的不是完成任务，而是选择适合自己性格的绘画技巧，以达到意想不到的效果。

刘海粟虽然有一顶“艺术叛徒”的帽子，但刘蟾绘画深受父亲的影响。“父亲的这顶帽子，其实并不是外界传说的，从惊世骇俗的人体模特课开始的——刘海粟首创男女同校，采用人体模特和旅行写生，被责骂为‘艺术叛徒’——1922 年，父亲的恩师蔡元培先生邀请擅长画油画的父亲去北京讲学，并举办了油画展，报纸载其事，评为‘艺术界之叛徒，意存讽刺’。从此被称为‘艺术叛徒’——你一个中国人，为什么会画油画。”

经济来敲门

刘海粟曾为爱女写下“与古为新、蝉蜕龙变”的期许。她理解父亲的创新精神，并深知创新并非为了创新而创新，而是要不满足于现状，勇于探索新的创作思路。然而，刘蟾却谦虚地认为自己画得不够好，加之时间有限，因此从未收过徒弟。

1979 年刘蟾在中国香港生了一场大病后，曾一度放下画笔，她自觉可惜也无奈。1996 年母亲中风，刘蟾回上海照顾。“母亲在中风前还在绘画……看着家中被搁置的绘画用具时，内心的绘画欲望再次被点燃。”尽管在绘画过程中她曾感到迷茫，但最终在 2000 年还是毅然拿起了画笔，在亲情与艺术之间找到了内心的平衡。

对于“诗中有画，画中有诗”的境界，刘蟾认为这实在太高远。如今的生活节奏加快，能潜心绘画的时间很少。画中画出诗来，那真是不得了。父亲曾说："'心静自能画出好东西来。'其实，这是两个极端的问题，而社会上永远会有两个极端的东西存在——纯艺术、市场经济。归根结底都是'经济'两个字在作怪。静下心来作好画，一出名，'经济'就来叩你的门了。"然而，她依然坚守着内心的艺术追求，努力在喧嚣的社会中寻找一片宁静的创作空间。她深知，艺术与经济之间总是存在着微妙的平衡，但她更愿意将艺术视为一种精神的寄托，而非商品的交易。

商业艺术方面的研讨大于纯艺术方面的研究，这或许是社会的发展，未来市场经济的发展趋势，对正在研究艺术的人冲击很大。"一旦所有市场都出现经济两字，这是一种怪现象。要做到艺术和经济平衡也很难，所以大家都很茫然，但有趣，引诱力大。父亲每年给毕业生授课时说：'不要将艺术作为商品处理而去学习绘画，如果你真正爱好绘画，就要有牺牲精神，甘于寂寞。'"

守护孤独的艺术

"要弘扬东方固有的艺术瑰宝，深入研究西方艺术的蕴奥。要在残酷无情、干燥枯寂的社会里宣传艺术的责任。"这是 1912 年刘海粟创立上海图画美术院的初心。该校 1915 年 1 月更名为"上海图画美术学院"，1920 年 1 月更名为"上海美术学校"，1921 年 7 月更名为"上海美术专门学校"，后简称"上海美专"，直到 1952 年 10 月。"上海美专"经全国高等学校院系调整，与苏州美专，山东大学艺术系合并为"华东艺术专科学校"，迁址无锡。而 1957 年在上海重建的"上海美专"则由上海市政府创立。

"父亲坚信教育的重要性，他曾说：'如此繁华的上海怎能没有美术学校？教育美术爱好者，就是要发现他们的天赋、激发他们的才智、明确他们的初心。绘画是一门既艰苦又孤独的艺术，是一门修身养性的艺术。如果师父都不行，又怎能教出优秀的学生呢？’胡适、康有为、王一亭、吴昌硕、潘天寿等文化巨匠都曾在上海美专留下讲学的足迹，因此这里培养出的学生无疑都是出类拔萃的。”

在“上海美专一百周年校庆”之际，“一位百岁老校友回忆道，‘我最喜欢上海美专的氛围。这所学校摒弃了填鸭式的教育，倡导挖掘学生的天赋。因此，从上海美专走出的学生，不一定都成为画家。如电影演员赵丹就有着非凡的演戏天分。’”刘蟾继续讲述道：“美术能够启迪智慧、丰富想象力，它能把冰冷的大理石雕刻得栩栩如生、充满力量。父亲常对我说：‘绘画的终极目的并非成为艺术家，最重要的是出于自己的热爱，要以研究的心态来对待艺术。’”

刘蟾喜研云、雾、山之间的微妙关系，以及牡丹与石头之间的深刻寓意，热衷于研究山水与水墨之间的处理方式。她认为：“艺术源于生活，画中的题材都取自自然。因此，我们不应为强行灌输中西结合的理念而创作，而应大胆落笔、细心收拾，展现画作的活力与生命力。”古人将牡丹与石头视为富贵长寿的象征，刘蟾巧妙地将两者结合，用鲜艳的色彩和质感对照，凸显其高贵之象。

“绘画就是自己的内心呈现。绘画不仅能描绘自己喜欢的事物，还能让我们在创作过程中自主选择画笔和纸张。我喜欢这种主动权掌握在自己手中的感觉。”刘蟾表示：“我们要深入研究老祖宗留下的文化遗产，以增强生命的厚度。现在很多学生对毛笔字感到陌生，甚至反问我为何要读懂它。这让我感到十分痛心。难道水泼下去就成了水墨吗？这是多么肤浅的理解。他们没有真正理解中国美术和毛笔字的意义。我们应该引导孩子们多元化学习。其实，儿时学到的东西往往记忆最深刻。”刘蟾呼吁大家不要放弃中国深厚的文化底蕴。

“你看她的表情多么含蓄，当你心情愉悦时，她仿佛也在欢笑；当你痛苦悲伤时，她似乎又在安慰你。很美，我喜欢一切美好的事物。”在刘蟾的客厅里，摆放着一尊一米多高的木雕观音。她感慨道：“我们生活在自然之中，享受着内心的宁静与自然。我渴望的生活越平凡越好。从特殊时期中走过来的父亲和母亲，他们热情、自信、开朗的心态，让我深感欣慰。你看他们的照片，总是笑容满面……”

（发表于《上海画报》杂志 2016 年 12 月刊）

我就是宝贝

专访著名海派书画家韩敏

春节前夕，我们轻轻叩响了连环画、年画、国画大家韩敏先生置于上海繁华市区的画室之门。门扉轻启，满室花开嫣然，在这约六十平方米的空间里，古朴典雅的木质镂空雕屏，巧妙地隔开了门厅与内室，透过镂空雕，望见一位满面红光，头颈上挂着一长串佛珠，仿若与我们隔世般穿着中式传统服饰的长者，起身走来，一句“来来来……”的亲切之声，将我们迎至他的画桌前，瞬间拉近了彼此的距离。

初见时的一句“我有个毛病——口无遮拦，常常祸从口出，所以我要多做事少讲话……”话音未落，独自笑开了。韩敏以连环画起家，擅长人物、山水、花鸟，尤其精通古典题材的高士仕女。闲聊中感受到了他是一名爱聊天、善搞气氛的老顽童，率真自然、诙谐有趣，时而豪不谦虚地说：“这就是我多年练就的魅力啊！”

书房臻宝：生生不息的艺术

“我的宝贝都在人家手里收藏着，不遗憾，之后我会画得更好。在我坚持‘今日否定昨日，明天会画得更好’的同时，边画边学边思考边创作，不马虎，尽量做到最好，直到老去，我的乐趣就在于此。待我离开之时，手里要拿两样东西：一手拿一支毛笔，一手拿一根香烟。”

问韩敏书房内收藏的最大宝贝是什么，他风趣地回答道：“我这个人就是宝贝啊。”爽朗悦耳的笑声再次缭绕于画室里，意料之外又在情理之中。是啊，转而一想，确实如此。天然之美、人工之美，都离不开人的创意与情感，将其化为宝贝。

闻着满室的花香，得知视花草为宠物的韩敏，每天在晨钟暮鼓的更替中聆听季节轮回的生命细语，与花开时的嫣然和叶落时的飘零诉说心声。他说：“花草就是我的宝贝，它也是生命。这些花草与我的绘画紧密相连。在中国传统文化中，无论是书还是画都离不开花鸟。我从这些花草中得到了对生命的热爱。”话音间，韩敏随手指向画桌上的盆景说，“你看这片叶子，绿色中隐约带有红色纹理，绘画时，如处理得不好就会显得很难看。但它是自然界生长出来的东西，就显得格外自然美艳。”

自然界的生物能带给韩敏无尽灵感，它会让韩敏思考如何处理自然物体的表现技艺，才能规避让绿红色搭配从“俗”变为“雅”，自然融入自己的作品中。顺着他指引的叶片望去，韩敏右侧，放满书的书架旁挂着一款别致的老式西洋挂钟，敏锐的韩敏连忙说：“不只这个，你转身往后看，还有很多。”果真，我身后靠墙桌上摆放着一个、两个、三个，数十个大小不一的各式各样的西洋钟。他笑着说：“玩钟，并把它置放书房显眼位置，在收藏摆设兼备的同时，钟就像鞭子一样会抽你，钟在不停息地摆动，就如人一样生生不息地在运动着，鞭策着你不要停息，不要虚度光阴，抓紧分秒时间。”生于1929年的他谦虚地自嘲说自己没什么大志向，只是喜欢买些自己喜欢的东西，尤其英式和德式钟罢了。

品艺人生：
听鸟说甚，问花笑谁

“我喜欢一切自然的美好。静心时，会思考很多事。朋友常说我‘有兼爱天下之嫌’，自己有了收入就想着分点给别人，因为我记得自己困难之时的痛苦，毕竟大家生活在一个整体之中嘛，做人要糊涂些，看淡些。”

孩提时的韩敏，随父母从杭州西子湖畔迁居沪上泰安路。那时的泰安路，还是城乡结合之地，有自然色的田野、潺潺的小河及篱笆墙上爬满牵牛花的农家小院，在从父学画之余，这片田园可是韩敏童年时的乐园，抓蝈蝈、捕蟋蟀、粘知了。而今临九十岁，仍童心未泯，将儿时记忆中的花鸟再现于腕底笔端，为当代艺坛奉献了一幅幅洋溢着浓郁生活气息和独特生命感悟的画作。又将他的田园之意，返璞自己书房，日有翠竹蕉叶小鸟啼，夜有青灯黄卷诵经声，时不时伴有钟摆声，可谓是“结庐在人境，而无车马喧”使他能超然于尘嚣俗世而专心致力于翰墨丹青。正是在这种“心远地自偏”的幽逸清寂的环境中，他所创作的花鸟画，一如他的人物画那般，依然保持着精致、典雅、诗化的笔墨追求和艺术品位，让人可赏、可鉴、可品。然而，可惜他未涉足篆刻艺术。“儿时曾受父亲熏陶，尝试学习篆刻，一次意外刀拉破了我手上的血管‘血流如注’，从此便与篆刻无缘。”他笑说：“不过，我两个弟弟倒是精通此道。”

自称雅俗兼得，虚心传承的韩敏，家有十兄妹，他说：“五兄弟皆从事绘画事业。”韩敏的父亲韩小梅是旧时代的文人，以画为业，还是“戏粉”，几个兄弟耳闻目染，对京剧也情有独钟。虽然韩小梅受旧时礼教束缚而自命清高，但对子女异常严厉。“自命清高者与外界接触自然甚少，又养了如此多子女，自己嗜好酗酒，身体欠佳，49 岁就离世了。为了减轻家里的负担，老大和老三外出了，我是老二，自小就扛起了韩家的重担直到自己工作。如今，兄弟们各自成家立业，有了自己的一番天地。有的干脆呼我为‘老爸’，兄弟们对我的这份依赖和友爱为‘老娘舅’省却了不少工作量吧。韩家能有今天这样的温暖，我自当功不可没，当然还有我的太太为我分担了许多，如妹妹们出嫁时的操办，可惜如今她已不在了。”此时，我身后响起了清脆的鸟啼声。听鸟说甚，问花笑谁。这种内心的闲适，鸟的自由与快乐，花的洁白与不染……仿若一切美好都围绕在韩敏书房内。

韩敏参加工作后，一直从事连环画、年画、中国画等专业创作。在上海人民美术出版社工作期间，遇到了一位让他印象深刻的“恶霸”老师，“对我们严厉有加，就连他笑着时我都会害怕，不知他笑声背后的真正意义，在担惊受怕中只知道画画，生怕不知什么时候灾祸就会降临到我们这，唉……你想苦不苦？但是我很感激这位‘恶霸’老师的严训，才有了今日的我”。

艺术风格：
腹有诗书气自华

2015 年“上海龙华古寺新年慈善祈福迎新会”上，韩敏新作《三羊开泰》以 500 万元义拍成功。我们有幸独家在被拍前近距离触摸到这件宝贝。

画家也有美好和遗憾之事，韩敏熟谙诗文，有着良好的文学修养，曾擅板桥书体并融会贯通形成自己的风格，笔墨秀雅俊逸，但他还是深觉遗憾没能懂得更多诗文。他的每一幅花鸟画都精心配置了古典诗文，增强了画面的内涵意境。如《知了墨竹》图上题诗曰：“邻家种新竹，时复过墙来。一片青葱色，居然为我栽。”从而使尺幅丹青弥散出浓郁的诗情，提升了作品的美学内涵，令人味之无极，诚如古人所云：“腹有诗书气自华。”

韩敏所画的花鸟画细微精致，构图饱满、疏密自如，具有一种勃发清新的田园氛围，其红花绿叶或奇木秀石基本以阔笔挥洒，水墨晕染，重彩敷色，因而显得气势豪放而气韵雄浑，气息畅达而气格爽健，如国色天香的牡丹、娇艳妩媚的芍药、清香飘逸的兰花、绿叶纷披的修篁、格高韵清的荷花、疏影横斜的老梅等，展示了国画大写意的艺术表现力，突出了其笔墨形态意趣和色彩变幻效果，从中可见他对青藤、八大、板桥、苦铁、伯年等人画风的继传与开拓。花鸟画采用了一丝不苟的工笔勾勒，达到了惟妙惟肖的境界，深得白石老人神韵。如他画的螳螂、蜻蜓、蟋蟀等纤毫毕现，形态生动逼真，特别是知了羽翼上细细的纹线、头部上的黑色折光等都一一画出，可见功力造诣之深厚。韩敏画的鸟类姿态灵动、形神相畅，注重于头部的精心勾画，因而极富情性。如翠鸟、竹雀、鹌鹑、飞燕、鹦鹉等造型生动、动感强烈，散发出蓬勃的生命气韵。工笔重彩人物画，留给他印象较深的是《毛主席和我们心连心》中毛主席在稻田里跟农民聊天的场景。

时逢羊年，韩敏创作了《三羊开泰》地铁卡，“地铁公司预备每年一张，但是我没有答应，因为有几个属相我不喜欢画，如老鼠、猪、蛇，害怕啊。”三头羊姿态变化缜密勾勒，神采盎然，一派清新的暖阳之气扑面而至。在采访当日，韩敏与我分享这幅新作，那时当我们正得意并沉浸在此次专访为本刊独家报道中时，却不知，此画在我们出稿前几日以500万元人民币在慈善义拍中被成功拍卖。

连环画：图像学的意义

连环画，作为特定历史条件下的文化和精神需求，把描述性文字透过图像连续性的生动再现的传播方式影响了一代人，实现了艺术上的升华。如今，众多画家皆以连环画或年画创作为起点，踏上艺术之路，韩敏也不例外。连环画的创作过程让他深刻体会到，对于美术和艺术创作者而言，连环画所蕴含的构图、章法、线条、造型等技法，是其他题材画家所缺乏的财富。“画连环画必须要合情合理，不但要会画，还要认识它、理解它，画连环画就是种锻炼。那年上海人民美术出版社设有三个创作室：连环画创作室、年画创作室和宣传画创作室。尽管国外也有类似的创作形式，但表现形式却大相径庭。所以我觉得画连环画创作是绘画基础功底的训练，并非人人都能胜任，天赋与努力缺一不可。”韩敏的连环画作品如《革命样板戏》《白毛女》等，都深受读者喜爱；毛主席主题的年画创作更是印象深刻。在创作过程中，韩敏不断磨炼自己的画技，他说：“画通过你的手绘画而出，记得画《毛主席参观农村》的年画，设计完，出版社审稿后，有时宣传部也会审，审出的结果：毛主席的气质没有画出来，推倒重来。”震耳的“打击声”使韩敏对着自己的《毛主席》年画发呆，心想，气质？在哪？怎样体现领袖人物的气度？实在画不下去了，只有通过影像等资料琢磨，观察研究人家是如何画的，当画完三四十张《毛主席》年画后，绘画技艺得到了质的飞跃。

年画：没落于魔都

如今，年画似乎已然从“画乡式”转到了“博物馆式”、“旅游产品式”，逐渐没落，对于民间作坊中的上海小校场年画的研究也岌岌可危，海派画家略显尴尬。

值得庆幸的是，冯骥才等文化名人一直在努力抢救中国传统年画和连环画，试图挽留这一代人的永恒记忆。中国年画产地众多，其中最耳熟能详的有“四大”产地：天津杨柳青、苏州桃花坞、山东杨家埠、河北武强，以及“四小”产地：四川绵竹、河南朱仙镇、陕西凤翔、广东佛山。此外，还有些著名的民间作坊，如做工细致、五彩鲜艳的“傅兴发”作坊，以及制作“黑货”著称的“云鹤斋”等。

年画起源于汉代，发展于唐宋，盛行于明清。它曾是古代“门神画”的延续，在宋代被称为“纸画”，明代则称为“画贴”，清代又作“画片”、“画张”、“卫画”等称谓。直到清道光二十九年（1849年），李光庭的《乡言解颐》一书中始见“年画”一词。“上海年画分两种：一种月份牌，有点像西洋画，画法接近照片，讲求立体色彩、素描关系；一种是新年画，国画工笔画式的线条色彩，但是不完全跟国画一样，题材喜庆。在上海人民美术出版社我从连环画被调到年画组，主攻工笔重彩画。”较之连环画和年画，韩敏内心更喜欢创作国画。

韩敏将绘画作为自己的一份事业，“从小就喜欢绘画，直到老年仍笔耕不辍。我很幸运。”虽然如今他很少再画年画，但他在连环画和年画领域的成就，为后人树立了榜样。他说：“在连环画、年画盛行的年代，通过观察东北谁家的年画贴得最多，就能判断出谁家的家境最为殷实。而当年上海人民美术出版社出版的年画中的月份牌，占据了市场很大份额，确实很受欢迎和被人接受。”

拍卖场正当红
书架边缘化

据悉，在民间藏家中，个人藏有几百乃至上千幅杨柳青年画的情况并不罕见，但藏有几十幅上海小校场年画的藏家屈指可数。中国传统木版年画各产地中存世量较少的，上海小校场年画的全部存世量也仅有一千幅左右。可能，年画、连环画书刊保存下来稍好些，但年画、连环画原稿的存世量可谓寥若晨星，尤其清末民国初期印刷的年画、连环画原稿，更是凤毛麟角，或许早已成孤品。自 20 世纪 90 年代起，连环画以藏品身份拾回记忆，重回人类视界。如上海世界书局 1927 年 6 月初版全套 24 册《三国志》（含函套）以 2.3 万元成交，程十发 12 开精装本《欢迎毛主席》以 1.2 万元成交，1999 年一套 20 世纪 60 年代出版的四册装连环画《山乡巨变》，成交价从当初的 0.94 元飙升至 4900 元。

有人曾说，昨日的现玩是今天的古玩，今日的现玩是明日的古玩。再版连环画也面临着藏家少、读者稀的尴尬局面。同时，年画在市场中逐渐没落。再版连环画和年画收藏与投资市场的前景究竟如何？

韩敏表示：“再版连环画依然占据主流地位，但现在一些出版社主要出版再版连环画，如《红楼梦》《西厢记》《三国志》《聊斋志异》《武松打虎》等，虽然改头换面，但前景不好也不坏。过去画连环画的人因为种种原因画怕了，如今安于画连环画的人甚少。随着科学技术的发达和国外技术渗透，连环画已经走向了一个新方向——动漫画、动漫电影制片，前景甚好。”

韩敏回忆起连环画盛行时的岁月：“当年国家出版社培养了我们这批画家，虽然我们的画属于国家，但拿出来拍卖让人收藏原稿，似乎有些不妥，但也没什么不好。收藏是有情结的，现在很多人拿着再版连环画让我签名，让人很头疼。那时出版物少，现在画家很多成名了，就有了粉丝。收藏爱好者多了，东西少了就有价值体现。如果跟当年一样普通，就没人玩了。”

与成千上万印数的年画、连环画出版物相比，藏当年创作者的原稿就尤为稀贵了。2006 年，沈尧伊创作于 1989 年的 5 集 926 幅长征史诗连环画原稿《地球的红飘带》在北京拍卖会上以 1540 万元人民币成交。

（韩敏，1929 年—2022 年。曾任上海人民美术出版社创作员、政协上海市第九届委员会委员、上海市美术家协会理事、上海书画研究院院长、上海市文史研究馆馆员。）

（刊登于《东方藏品》杂志 2015 年第 14 期）

老牛余力　恰似“红日”

专访著名画家汪观清

“我不是大师，我是大家。”四年前，一个初夏的午后，汪观清先生这样对我说。一位风趣又可爱的大家。与慈眉善目的长者汪观清交流是种享受，时隔四年，我们带着“大家”栏目来了，也正如汪观清先生曾说：“我来了，因为习惯。”

汪观清引我穿过庭院小径，步入别墅庭院，闻着欧式建筑流淌着的温馨气息，看着右边据汪观清介绍从家乡收藏来的灵壁石和明代水墩立柱，不记得绕过了几道门，我们沿着两旁挂着汪观清绘制的十二生肖图的扶梯，缓缓步入二楼的画室。进门左边的大橱柜、书房中央的大画桌、背墙上那幅气势磅礴的“牛”画……简约中透露着家的浪漫，一派中式典雅的生活氛围，温暖了我们的访谈气氛。

“红”连环画里的军事

谈及连环画，汪观清记忆犹新：“1956 年，画一张连环画的稿费是 4 元，最高 20 元，但几乎无人拿到过。我与贺友直先生拿 13 元稿费，已算颇丰。当年 13 元可供 10 人在锦江饭店享用一桌佳肴。那年国画稿费尚不及连环画，如今画一尺连环画也不过 200 元至 500 元，但老连环画家的中国画卖出的画价，从几万元到数十万元，以尺平方计算，当然不是所有的连环画都是这样的。”

连环画迷们对汪观清的名字如雷贯耳，20 世纪五六十年代就创作了影响甚广的《斯巴达克》《红日》《雷锋》《南京路上好八连》《从奴隶到将军》等众多优秀连环画作品，在中国美术史上留下了灿烂的笔触。在他的连环画中，汪观清觉得画得最好的是《周恩来在长征路上》。而历时三年时间精心创作的，以粗犷有力的黑白笔触结合细致精到的线条勾勒出的长篇连环画《红日》，画面气氛浓郁、战斗场景逼真，获“第二届全国连环画创作评奖绘画二等奖”，现《红日》组画、中国画《万水千山》为中国美术馆收藏。

汪观清说：“有趣的是，几十年后，其中一张《红日》彩色连环画（不足一尺）在拍卖行竟从 2000 元起拍，最终以 5 万元成交。海派绘画大家程十发 40 幅蒙古题材的连环画《马头琴的故事》原稿，三十年前在中国香港最终以 100 万元拍卖成交。更令人称奇的是，十几年前，《召树屯和喃诺娜》在北京被 1100 万元拍卖落锤。还有贺友直的连环画《新结识的伙伴》(32 开本硬壳精装的护封封面画二尺），在拍卖场上最终以 65 万元成交。”

汪观清是上海人民美术出版社历年来培养的 108 个专职画家之一，从事连环画创作四十余年，擅长军事题材的绘画，出版了《汪观清军事题材连环画作品集》等系列图书。出于情怀和责任感，汪观清不顾自己年过八旬，投身于他认为比卖画、收藏更有意义的事情：2013 年汪观清组织几十位人物画家再画好八连，并举办“纪念南京路上好八连命名五十周年主题书画展”；2015 年组织举办“纪念抗日战争胜利七十周年美术作品展”；2017 年在安徽省黄山市歙县祖居成立了“汪观清新安艺术馆”、“黄山市人民政府和黄山学院爱国主义教育基地”；2019 年主编出版了《上海连环画家美术图典》，倾注一年时间收集整理了 429 名上海连环画家名单资料，为上海乃至中国的美术史留下珍贵档案等。他说：“上海是连环画发源地，近百年的连环画历史中孕育的五十多位大家，都曾居住在上海市徐汇区湖南社区内。”在湖南社区生活了六十二年的汪观清就是其中之一，受湖南社区委托筹备“海派连环画传承馆”并于 2018 年顺利开馆。谈及此，他兴奋之情溢于言表：“老牛有余力。”做社会公益事业，汪观清的发动机永不停。他感慨地说：“今年是‘中华人民共和国成立七十周年’，也是我从事艺术创作七十周年，是祖国培养了我。”汪观清近期创作的《不忘初心　方得始终》《沸腾》参展由上海市文史研究馆主办“庆祝中华人民共和国成立七十周年馆员书画艺术作品展览”。他说：“这几年我做公益事业收获颇丰，它是我的精神营养剂，我会一直往前走。”

“牛”国画里的秘密

随着岁月的流逝，汪观清逐渐感到每日伏案到深夜绘制连环画的体力有些力不从心，于是毅然决定向中国画领域“转型”，不料这一转变为他开辟了一个自由的新天地，更让他在中国画的探索中找到自我。他注重墨韵，强调动态，笔下的山水、人物、走兽极富情趣和个性，尤以擅画牛著称。

形态各异的“牛”画，或是依偎亲昵的母与子，或是奔腾跃动的群牛，或是驮着吹奏短笛的牧童，各有千秋。譬如《奔牛图》里群牛昂首前奔，身姿矫健，意气风发；《浮鼻图》里的水牛眼神顽皮，自在惬意……从小在新安江边玩耍长大的他，确实早早地与牛建立了感情，从事美术创作后常到农村体验生活、喜欢牛的忠厚坚韧品性也不假，更重要的是，通过画牛他找到了中国画的门道。

用毛笔画的连环画是中国人物画的一种，中国写意画就像唱昆曲戏剧一样要求甚高，中国画画的是修养，是境界。汪观清认为，与讲究具象的连环画相比，中国画的特点是强调笔墨和水的运用，要求高度的艺术概括能力和表现手法。起初，他尝试用毛笔写字的方法画牛，用心揣摩“永字八法”，需要借由书法的笔法简练地“写”出牛的形象和精神。数十年来，他也不知道自己总共“写”了多少头牛，5 万头？ 10 万头？反正现在他只要蘸一笔墨，25 秒连用笔头、笔腰、笔肚就能画出一条活灵活现的牛来，枯湿浓淡全在其中，不多不少，一气呵成，画完后水缸和碟子里都还是清爽的，真是“惜墨如金”。“写牛”的方法运用娴熟后，再用到“写”人物、“写”山水上去，一举成功。

抬眼望见汪观清背后墙上挂着一幅他自己创作的六尺《乳犊图》，汪观清似乎看到了我眼神的游离和迫切想了解此画作的故事，他善解人意地立马起身为我解析道：“上面的字是由已故现代章草圣手——王蘧常先生于甲子年题的长跋：妙笔得天趣，能尽万物情。如风起纸上，草低闻犊声。燠休母与子，至性写至诚。频舐感母慈，恋乳见子亲。牛乎能如此，人愧应怦怦……”这幅画正表达了徽州人的亲切温和、牛劲十足、眷恋家乡、厚德载物之情，也是对汪观清的真实写照。

我来了，因为习惯

艺术家隐居，只为寻份内心宁静，做自己的主人。衣角沾满绿色叶汁，吃着自己种植的原生态蔬果，单纯地画着属于自己内心的绘画，这是艺术大家们对生态的共同依恋，也是面前这位汪观清先生当下的生活方式。画一幅长 60 米、高 1.8 米的长卷《梦里徽州》就是他隐居青浦区僻静一隅的开始……

汪观清的家乡在徽州黄山脚下歙县新安江边的一个山村，秀美山水，淳朴的风俗文化以及恬静、悠然的田园生活，是他幼小心灵里难忘的一份印记。生于商人之家的汪观清，幼时哥哥弟弟相继生病离他而去，11岁只身前往上海读书，20岁开始潜心艺术创作，1950年经名师陈盛铎“现代画室”培训，入私营出版社供职，1954年，调新美术出版社（1956年并入上海人民美术出版社），专事连环画创作直至退休，这时期的汪观清，生活简单而毫无曲折。

多年为了追寻美的灵感，描写黄山的奇丽风光，汪观清曾三十余次登临黄山，创作了多幅黄山图。可以说黄山的一松一石，一草一木都与他结下了不解之缘。六十余年创作了不计其数的神交心会的作品。20世纪90年代，他旅居加拿大，到过三十多个国家，气势磅礴的尼亚加拉大瀑布震撼了他的画笔，但怎么也控制不住思乡之情——在外想家不得而归——他时常梦见逝去的岁月，恍惚回到童年的幻境，于是他毅然回国，进入上海市文史研究馆后过上相对淡定、从容的生活。

随着岁月的增长，汪观清“恋旧林，思故渊”的情结越发浓烈。正是这种蕴藏心中的“梦里”情思，驱使他把对家乡的恋恋情怀用长卷的形式描绘出来，以表达自己对故乡热恋的那份深情。于是2005年，一幅表现徽州风光和徽州历史人物的《梦里徽州》画卷的创意逐步形成。

为何说《梦里徽州》是表现意象境界最高的一幅？风俗民情和一千多个神态各异的人物形象，一百多个故事，譬如：从金滩村通往对岸的瀹潭村、瀹坑村，渡船往来频繁，两岸亲戚关系紧密。金秋吉日，村中常有迎亲嫁娶之喜，渡船上大红花轿格外显眼，渡口附近聚集了众多看热闹的人群。江边凉亭里，老者唠着家常，豆腐担边品尝着徽州毛豆腐，抬嫁妆的队伍浩浩荡荡走在前。值得一提的是，还有抢亲习俗，小伙用布袋将无子的年轻寡妇强行背对背驮走，寡妇哭闹着表示不愿意，“这么一画就把当地的风俗讲清楚了，读起来更有趣了”。

艺术创作是既辛苦又快乐的事，但汪观清的状态是“凡真正工作，虽流汗如浆，亦不觉苦”。一遍又一遍地画草稿，一次又一次地带上草稿行走家乡，倾听家乡人讲故事，向他们寻求意见。上海电视台纪实栏目组甚至七次追踪记录了他绘《梦里徽州》艺术创作全过程。2010 年，以心创作的此幅长卷在上海“世博会”的城市足迹馆里展出，60 张 6 尺长卷，一位八十多岁的老人在前期四年准备到后期一年时间一气呵成，乃为惊人。如今，他的壁画《梦里徽州四季卷》已出现在地铁 10 号线同济大学地铁站，《黄山天都云瀑歌》被挂在世博会议中心，瓷版壁画《黄山天都云瀑歌》则亮相于地铁 1 号线陕西南路站等地。这无疑是汪观清有生以来花时间最长、尺幅最大、意象境界最高的作品。

2019 年，由上海城市规划展示馆、上海大学上海美术学院、歙县汪观清新安艺术馆主办的“徽州大观展”，汪观清自费在上海城市规划展示馆展示 60 天，不遗余力地弘扬博大精深的徽州文化，促进长三角的文化交流。

原本打算画完这些画后回上海市中心家里生活的他，却发现在这庭院里一画就变成了习惯。他说：“习三十余年为社会公益而动，老有所为而乐。心身有追求了生活就充盈。”

“我来了，因为习惯。”

（发表于《上海画报》杂志 2019 年 3 月刊）

航空新视觉

专访著名画家傅嘉俊

“有寄心常静，无求味最长。”诚然，沉浸于绘画的纯粹世界，本身就是一种难能可贵的幸福。能有缘享受这样的平静与快乐，以航空为志业投入创作的傅嘉俊恍然，这还要“渴求”些什么呢？他敞开心扉，用真实自然的感悟进行创作，“开心”画画，画画开心。

空中情

飞机的诞生，实现了人类翱翔蓝天的梦想。而整个航空产业，包括飞机的生产制造，无疑是科技前沿的集大成者，它不断地将那些看似不可能的幻想，转化为触手可及的奇迹，这正是人类智慧与勇气的伟大见证。同时，航空作为连接世界的现实纽带，承载着不同地域、不同文化的人们穿梭往来，促进了彼此的沟通、交流与合作，使得这个星球变得更加紧密与和谐。因此，航空文化自然而然呈现出一种包容、开放与先进的特质，它跨越国界，融汇万象，展现出独特的国际性和相容性。从这一点来说，航空的视觉属性是独具个性，又兼具共性的；它的视觉形象语言既是国际性的，又是民族性的。

傅嘉俊，一个艺术专业的毕业生，因一次偶然的机缘踏入了航空公司大门，从事美工工作，可谓专业对口。初入航空企业，他与大多数人一样，怀揣着对航空的憧憬与向往：高端、大气的企业形象、靓丽的空姐、帅气的飞行员、银翼划过蓝天的壮丽场景，无一不充满了诗意与浪漫。

然而，随着与航空业的深入接触与学习，傅嘉俊逐渐看到了这些背后的更多方面：高科技的日新月异、近乎苛刻的管理标准、严谨高效的工作作风、艰辛而无私的付出，以及品牌文化形象的塑造与传承。在运行控制中心，那密密麻麻的航线图，令他深感震撼；而视野扩展到整个地球，每天数以万计的各国飞机在这蔚蓝的星球上穿梭翱翔，那壮观与美妙的景象，更是令他心潮澎湃。

此刻，傅嘉俊发现自己已然深深融入了这个伟大的行业之中，他心中涌动着无尽的激情与灵感，渴望用自己手中的画笔，去记录所见所闻、所思所感，去描绘航空的新视觉，去传递这份来自蓝天的力量与美好。

情中绘

航空与艺术看似两个极端：前者被看作冰冷、严谨，用来衡量航空文脉与科技变革；后者被当成温暖、随性，被看作机械、苛刻的反面。两者看似独立性存在，然而航空与艺术之间没有明确的分界。傅嘉俊眼中的航空是时尚的（fashionable）、浪漫的（romantic）、友好的（nice）。“航空公司的广告设计都非常漂亮，富有艺术性，有不少国外的航空公司还会定期推出和艺术家合作的宣传活动等，这也是航空公司希望带给受众最直接的感受——给您最美好、最浪漫的飞行体验。”

虽然航空业的核心还是安全与服务，但是随着市场竞争的日益激烈，以及乘客需求的不断多元，在商业理性的同时，愈来愈强调文化力、艺术性的传达与彰显。因此，傅嘉俊看到，未来的航空场将是各类艺术家施展才华的绝佳舞台，同样，由此而引导出更具时尚引领的生活方式以及美学体验，进而延伸为公共艺术的传播地和创新地。

傅嘉俊将自己的“航空情缘”巧妙地与绘画艺术融合，这应该从他从事公司的视觉形象设计工作说起。在这个过程中，他一直致力于将航空公司的品牌形象、商业广告的内容和企业的文化属性、内涵进行有机的融合；延伸到主题艺术创作，它比之前面的广告设计具有更大的自由发挥的空间，他希望借由航空这一特殊场景，一方面表现出它的现代感、科技感和现场感，另一方面又通过中国画的构图、笔法等传递出中国形象、中国文化的鲜明特征。

航空题材创作的载体是航空业的各类形象，它有极鲜明的辨识性。同时，航空公司也是一个种类繁多、管理严格的单位，许多场景和领域非一般人能接触和熟知，傅嘉俊由于在航空单位供职的优势，对航空的相关系统和运作较为熟悉，在目前鲜有人进入“航空绘画艺术”领域之时，他作为先行者创作时更得心应手。他的航空美学佳作频繁诞生，《空港之晨》《机场风景线》《浦东机场》……“航空题材艺术创作广义来说还是不少的，如摄影，有许多专注航空题材的摄影艺术家和爱好者。纯绘画则的确较少，仅以题材来细分几乎很少。”傅嘉俊坦言，以他所接触的国内和西方在这一题材的艺术创作方面的差异，主要体现在文化性方面。“在风格和表达上，西方更为浪漫和随性一些，艺术语言更丰富一些；当然，我们也具有自己鲜明的个性，在体现中国文化、中国形象上，也做得很好。"

绘中魂

中国画具有悠久的历史、深厚的传统，如果说西方古典绘画更强调科学性的话，传统中国画则更体现出一种东方哲学的诗性。古人说："外师造化，中得心源。"在这个过程中，"悟"字成了关键所在。每个人对世界的理解与感悟都是独一无二的，因此，在绘画中，你如何理解，便会如何表达。那些隐藏在画里画外的微妙之处，正是绘者智慧与能力的真正体现。傅嘉俊赞服中国绘画所传达出的意境与含蓄美，并以此作为自己创作的参考。

在互联网时代的今天，中国画正经历着深刻的变革，傅嘉俊深信"笔墨当随时代"不应是一句简单的口号，或是仅停留在片面和简单的改革，它要真正体现出时代的特征和作者的思想。孟子曰：充实之谓美。他不懈努力和追求，将自己的航空情缘赋予"机械"生命之美。傅嘉俊的第一张作品即是表现空姐题材的，"我原先虽然有创作相关题材的愿望，但顾虑颇多，自信不足。这要感谢我在上海中国画院的学习与锻炼，我的老师们给了我极大的鼓励和帮助，让我能够实现自己的理想，真正用中国画的表现手法，来展现中国航空的新面貌"。

到目前为止，在傅嘉俊创作的多件航空绘画艺术作品中，他自认《停机坪上》是相对成熟的作品。一方面，它集中体现了一段时间以来，傅嘉俊在航空题材创作中的思考和探索；另一方面，它也促使傅嘉俊在此基础上，进行下一步的延伸和突破。在这幅作品中，他首先采用的是竖式构图的两联画形式，于传统中体现一种现代感；其次辅以中国传统绘画的"散点透视法"，力求最大限度的以全景式的手法，呈现整个停机坪的丰富感和纵深感。在画面的表现手法上，他基本沿用了工笔画的形式，只是在线条的勾勒和色彩的渲染上更接近一种“中性”的表达，不过分强调用笔的抑扬顿挫和层层积染的细致入微，而是更追求一种构成性与图式化、平面性和体积感的融合。在色彩安排上，仅仅选用了少量的传统中国画颜料和墨。整体的色调是红色的，呈现出一种积极、向上和活力。整幅作品通过表现中国民航的高速发展，中国民航人的靓丽形象，来传递出时代中国的蓬勃动能和自信开放。

从傅嘉俊个人的从业经历来看，他感到航空业的确是一个体现科技进步、强调流程管控的高效严谨的行业。与此同时，各国的航空公司在致力于商业化运营的同时，亦不忘传承与弘扬本国、本民族的文化精髓，使得航空文化在彰显科技感的同时，也蕴含着丰富的文化底蕴，两者相辅相成，相得益彰。

在创作的道路上，傅嘉俊面临着诸多挑战与难题。他深知，要在作品中准确捕捉并表现航空业的独特魅力，绝非易事。他坦言：“在创作过程中，我时常会陷入思考与抉择的困境。如何取舍纷繁复杂的元素，以凸显行业的核心特性？如何运用现代手法，呈现航空业的现代感与未来感？如何创新笔墨技法，使作品既具有视觉冲击力，又能深刻传达文化内涵？更重要的是，如何在国际化的航空视觉语言中，巧妙地融入中国文化的独特韵味？这是一个动态的过程，或者说，也是艺术让人痴迷的原因，因为新问题永远会随着旧问题的解决而出现，迫使你不断研究，不断探索。”

画画开心吗？傅嘉俊时常这样问自己。

画画很难、很苦，难在不断看见别人的“闪光”和自身的“暗弱”，不断地拼命追赶，但总有新的目标出现；苦在既要绞尽脑汁，还要手脚并用，放弃休息、放弃娱乐、甚至放弃别的“追求”。但画画又是那么令人着迷，无法抗拒，使人开心。不论身处何地，受何种情绪的影响，傅嘉俊都能从画画中感受到安宁、享受和自信。当然，画画带给他的也不都是美好的情感体验，当他无奈和自责于自己的驽钝，以致表达的贫瘠和浅薄时，他时常会感到痛苦和焦虑；甚至会问自己：“‘我还能不能画下去？’然而，愈是在这样的时刻，总有一种念头，告诉自己：坚持，不要放弃！”

【傅嘉俊，20 世纪 70 年代出生于上海，华东师范大学艺术系毕业，东华大学艺术硕士（MFA），高级工艺美术师。现为上海市青年文学艺术联合会理事、上海市美术家协会会员、上海青年书法家协会理事、上海中国画院中青年艺术家沙龙成员、上海书画院画师、东华大学硕士研究生导师等。其作品多次参加国际、国内展览。】

（发表于《上海画报》杂志 2019 年第 4 期）

从朵云轩走出来的上海油画家

专访著名油画家金国明

一个被冠以内向寡言标签的人，在谈及自己深爱的领域时，金国明却仿佛变了一个人。在采访中，他的话语如泉涌般滔滔不绝，那份腼腆之中透露出难以掩饰的自信，仿佛“骑士精神”在他身上悄然涌现，与往日的沉默寡言形成鲜明对比。近日，一本《融光·天和：情怀》散文集吸引了我们的目光，一位从朵云轩走出来的上海油画家眼中的情怀，会是怎样的呢?

晨曦初破，第一缕阳光温柔拂过梧桐树，我们静静地走进了永嘉路梧桐树下金国明的画室，访谈悄然开始。

无欲则刚

在这间宽敞而充满艺术气息的画室里，每一寸空间都仿佛被文化的香气所浸透，它宛如一间深藏的宝藏库，蕴藏着从古至今的珍品与金国明的卓越智慧。墙壁上，挂满了从世界各地精心淘来的藏品，以及他的油画作品。这些藏品、画作或古朴典雅，如历史的低语，诉说着岁月的沧桑；或色彩斑斓，如青春的欢歌，展现着现代艺术的活力与激情。

楼梯下的角落里，堆满了排列整齐的书籍，这里不仅有金国明编辑出版的图书，也有他珍藏的图书文献。每一本书都承载着他的心血与智慧，仿佛在静待有缘人的翻阅。

画室，这个画家梦想起航的地方，也是灵感自由翱翔的天空。一个高大的画架上，画布上的颜料还未干透，它们仿佛在诉说着昨夜星辰下的沉思与遐想。从窗外投射在画布上的微动光影，如同金国明眼中闪烁的光芒，表达着他对这座城市梧桐树无尽的喜爱与探索的渴望。

一旁，展开的画板上摆放着一张洁白无瑕的水彩纸，正等待着画家的挥洒泼墨，赋予它生命与色彩。随着金国明提起画笔，在悠扬的音乐声中边画边访谈也随之开启……

金国明笔下的上海情怀，不仅是朵云轩里的前尘往事，也不仅是霓虹灯下梧桐树的上海繁华景象。他擅长捕捉那些隐藏在日常缝隙中的温柔与细腻——无论是朵云轩里的翰墨缘、编辑轶事，还是海洋里的鱼儿，甚至是雨后街头那一抹不经意间的绿枝丫。这些看似平凡的瞬间，在他的笔下，都焕发出了别样的生机与情感。

回忆起 1998 年，金国明名正言顺地走进了他梦寐以求的上海书画出版社（以下简称“书画社”）担任编辑的场景。他说：“朵云轩隶属于书画社，2009 年因改制而归属于上海世纪出版集团。”他笑得像孩童般灿烂，与我分享着这段往事，正如他所说：“无欲则刚。”

因对朵云轩的这份特殊情怀，2004 年，金国明创作了油画作品《朵云轩·翰墨缘》，并参加美展在北京的中国美术馆展出。画中的人物形象均为在朵云轩工作的五十位老、中、青三代画家，时任社长的祝君波先生说，“他们不仅是读者与作者、艺术家与收藏家之间的桥梁，更是艺术的创造者。”

金国明，这位从朵云轩走出来的上海油画家，用他的画笔和心灵，为我们描绘了一个充满温情与细腻、历史与现代交织的上海。

从羞涩到豪放的艺术蜕变

“我不擅长用言语来表达，但我的油画作品里蕴含着我真实的感悟。”金国明边画边腼腆地表示。他将这份羞涩和对艺术的执念融入画作之中，用丰富的童话色彩层次去构建一个个独特的视觉空间，让观者能在色彩的海洋中遨游，感受那份源自内心深处的震撼与共鸣。

“从十五六岁起，我的心中便怀着一个坚定的梦想——成为一名画家，这份神圣的职业目标在我心中占据了重要地位。”金国明总能在生活的细微之处捕捉到那些转瞬即逝的美好，“它们深深烙印在我的脑海中，胸中逸气成为我创作的灵感源泉。”当他站在画布前，那些脑海中的美景便自然而然地流露出来，化作一笔笔生动的色彩和线条。他无需铅笔打轮廓底稿，画笔徒手在纸上轻盈舞动，仿佛是在与内心深处的情感进行一场无声的对话。他的笔触坚定豪放，每一笔都充满了对美的追求和渴望。

在他的画布上，似乎没有具象或抽象的画面，只有那些由心而发的色彩和形态。它们交织在一起，构成了一个个充满想象和诗意的空间。“我的水彩画还蕴含着水墨画的诗意。”他的画作不仅是自己对生活的独特诠释，更是他内心世界的真实写照。他将中国画的写意性与西画的洒脱随性相结合，这样的创作方式独特且富有表现力。中国画注重意境和气韵生动，而西画则强调光影效果和色彩运用。金国明的作品中巧妙地融合了中西方绘画的精粹，展现出既有中国传统美学的韵味，又不失现代艺术的自由与奔放。

青年时期，他勇于探索和发现适合自己的艺术之路，涉猎表现主义、超现实主义、达达主义等前卫流派，尝试用超越自己语言能力的表达方式去诠释内心的情感与思想。这些尝试不仅让他的艺术才华得以展现，更在无形中塑造了他多重性格的特质。他说：“所谓表现主义，就是真实地反映自我内心所思所想。”

时代在悄然变化，我们或许应该换一个角度去思考和体验生活。这是一个充满丰富多彩生活气息的时代，它成就了金国明的艺术人生观。和合而美、美美与共的理念不仅体现了中华文明的精髓，也反映了人类对于和谐、共生、完美的追求。文化艺术与自然生活相互融合发展，21世纪初让金国明能够走出国门、走向世界各地、亲近世界绘画史，这是他释放艺术灵感的最佳状态，也是他体悟生命价值取向的一种境界。

“在21世纪初的十年间，我倾心创作了‘梦云’系列作品，这是一组充满表现主义风格的绘画，它们不仅深刻描绘了我内心世界的无限向往，更是我对青春浪漫情怀的热烈颂歌与深情告白。被艺术评论家们誉为‘青春一代的杰出画家’，这一荣誉是对我不断追求创新与突破的鼓励。随着‘梦云’系列的问世，我有幸参加了‘2005法国艺术家沙龙’、‘2012法国秋季艺术沙龙’，以及在中国各地的近百次美术大展，收获了美誉与反响。更令人欣喜的是，部分作品还被美术馆、博物馆收藏，以及参加慈善拍卖等公益事业，这成为了我艺术生涯中的重要里程碑。”对金国明而言，“梦云”系列是他青春的见证与记录。

四十不惑，他的创作主题开始进入蜕变期。法国、美国、中国这一路上，金国明在不同国家的时差交错中，经历了一场心灵的奇遇和对话。时差，这个看似简单的词汇，却在金国明心中掀起了波澜壮阔的变化。“起初，当我置身于不同地域和风情，面对不同的时间差，内心充满激情，激发了我内心深处的表现欲和创作灵感。”金国明享受着这种时差带来的心理变化。学会了在寂静中聆听内心的声音，在曙光中寻找创作的灵感，这仿佛是一场自我心灵的洗礼和涅槃重生。“时差”系列作品，正是金国明这十年心路历程的真实叙述。作品不仅展现了他对时间与空间丰富的情感与深邃的思考，更表达了他对生命、对艺术的深度感悟。

“时差”系列中的一些关于骑士（勇士）的作品，是金国明艺术创作道路上的一次升华。在创作这些作品的过程中，他深感英雄主义精神与男性阳刚之气的重要性，在作品中赋予了英雄主义的勇气、理想与创意想象力，这不仅是他内心情感的宣泄与表达，更是对这个时代精神品格的深刻洞察与呼唤。他认为，这是任何时代不可或缺的精神支柱，能够引领我们面对各种挑战与困境，坚持不懈，勇往直前。“因此，可以说‘时差’系列是我四五十岁之间的代表作，它记录了我艺术创作道路上的重要转折与成长。”

在等待水彩画慢慢干透的间隙，金国明引我踏上画室的楼梯感受那充满艺术气息的阁楼。一踏入阁楼，我便被眼前堆满的几百幅油画原作所震撼，它们如同历史的见证者，静静地诉说着画家过往的故事。在这片艺术的海洋中，我尤为注意到了《朵云轩·翰墨缘》这幅油画作品。画面中金色的篆文《金文散氏盘》在黑色背景的衬托下，犹如古老的秘语，闪烁着神秘而深邃的光芒。画面四周，五十位画家仿佛被定格在那一瞬间，他们各自的神情、姿态都仿佛在诉说着在朵云轩工作中发生的故事，构成了作品独有的韵味。金国明运用色彩和创意构图，使得整幅作品层次丰富、叙事性十足。独特的视角，仿佛能穿越时空，让观者亲身感受那些发生在朵云轩的点滴。

1990年，金国明创作的油画《大红气球飘呀飘》仿佛是一个通往神秘世界的窗口，让观者踏入一段奇幻的旅程。画面中央，一位身着黄袍的王者静坐在龙椅上俯瞰着周围的一切事物。画面中的每一根线条、每一抹色彩、每一个气球都仿佛在诉说着古老而神秘的故事。“这个坐在龙椅上的王者是我。”金国明轻声介绍。在他周围描绘的人物或飞翔、或静立，形态各异，栩栩如生，为画面增添了神秘感，还仿佛在与观者进行着无声的对话，去探索那未知的领域。

还有如《冲击波》、“穿梭”系列、“欧陆风情”系列、“融光·天和：上海”系列和“融光·天和：游曳”系列等千余幅布面油画作品，也都是他对艺术的无尽探索与追求的见证。他说：“从心而画，才是自己想要的。”

以艺术之名书写时代华章

百年朵云轩的文脉传承与积淀造就了许多海上书画大家，使金国明耳濡目染并融入其中。他不仅关注于绘画技艺的锤炼与提升，更致力于将艺术情感与时代精神融合渗透于图书编辑工作中。

身为艺术殿堂的学子，金国明在书画社的深耕细作中体悟到中国文化的浩瀚，促使他立下不断精进文学修养的宏愿。数十载光阴，他在实践中汲取灵感，在学习中深化认知，如同匠人雕琢美玉，反复淬炼自我，使艺术之心愈发晶莹剔透。这一历程，不仅为他的艺术创作赋予了更为深邃的内涵与韵味，更为他未来的艺术征途铺设了坚实的基石。“我以十年为期，将每一阶段的艺术结晶凝聚成一部厚重的画集，它们如同时间的印记，记录着我艺术探索的足迹。同时，我也尝试着以笔墨记录人生的点滴感悟，让思绪与情感在文字间流淌，成为我艺术生涯中不可或缺的瑰宝。”

散文集《融光·天和：情怀》(见下文书评)，无疑是对一位在油画艺术领域深耕多年的“70后”油画家内心世界的深刻剖析。还有从《梧桐树下——画说上海》《国明的世界》《梦云》《时差》等，到即将出版的《融光·天和：游曳》……这些专著不仅仅是一位油画家的情怀，更是对在所有艺术道路上默默耕耘的艺术家、出版界编辑们的致敬。

“当这一项工作即将圆满达成之际，我即开始筹划接下来的行动方向，思考如何拓展适合自我发展的领域。”金国明一页页地分享着手中图书的同时，或许此刻他已在盘算接下来的十年该做什么了。

收藏艺术人生

从朵云轩走出的油画家，金国明的艺术生涯与收藏紧密相连，这种联系不仅源于专业需求，更在岁月的沉淀中逐渐转化为深厚的爱好。他不仅以画笔描绘世界，更以收藏家的眼光审视和珍藏历史与文化的瑰宝。

朵云轩里的书画家们，共同拥有着对文玩的热爱与追求。他们不仅在艺术创作上精益求精，更在收藏的世界里寻找着心灵的慰藉和艺术的灵感。金国明认为，与他们一同玩收藏，仿佛置身于一个充满历史与文化底蕴的宝库，每一次的探寻与发现都是一次心灵的触动和艺术的洗礼。

“在收藏的过程中，不仅锻炼了自己的眼睛，学会了如何辨别真伪、欣赏美丑，更在美术与古代文化遗迹的交融中，发现美的真谛和珍贵之所在。”金国明深知，每一件藏品都承载着历史的记忆和文化的传承，因此，他对待收藏总是充满敬畏与热爱。

随着岁月的流逝，收藏已经成为他生活中不可或缺的一部分。无论是中外的古玩市场，还是博物馆，都留下了他探寻的脚步。通过收藏，他不仅发现了生活中的美，丰富了业余生活，更开拓了各方面的知识面，为个人的成长发展带来机遇。

“当然，每个人都有自己的爱好和追求。我喜欢养花、养宠物、旅行采风，享受大自然带来的宁静与美好生活。同时我也拥有一双能够发现美好的眼睛。无论是身边的小事，还是历代的艺术品，我都能从中感受到那份珍贵。有舍才有得，过目即拥有是人生的至高境界。”

金国明的艺术人生经历始终是一条积极向上的“S”形曲线，有坎坷与困顿，有彷徨和徘徊，有激情和展望，有灿烂和辉煌，有欢乐和幸福。以及他在各年龄阶段中所做出的成就。他把这种现象看作是个人的成长机遇，或者是一种心灵的蜕变；他坚信这条持续攀升的人生曲线轨迹最终会站上艺术的巅峰。他说：“我更期待的是下一个属于自己的人生辉煌点，虽然我不知道它在何方，但我知道它离我并不远，艺术之路依旧向前方延展……”画室里随着一幅色彩斑斓的水彩画《金秋上海》的即兴创作完成，我们的访谈在悠扬的音乐声中结束。

（金国明，著名油画家、作家、收藏家。现为上海书画出版社编审，兼任中国工会国际委员会常委，上海市长宁区第十五届政协委员、长宁区政协文化文史和学习委员会副主任，上海市文史资料研究会理事，上海市美术家协会会员，上海市作家协会会员，上海师范大学校友会理事。）

（发表于《移居上海》杂志 2024 年 12 月刊）

投射心灵的明亮暖光

《融光·天和：情怀》书评

在这个多元的世界里，每个人心中都藏着一片未被触及的温柔之地。散文集《融光·天和：情怀》是一本带领您踏上心灵之旅，寻找内心深处那份纯真与美好、温度与温暖的书籍。

作者金国明，上海书画出版社的资深编辑，近三十年来他耕耘所热爱的图书出版事业，迄今已责编五六百种美术类图书，个人学术著作颇丰。这本由上海人民出版社出版的《融光·天和：情怀》，无疑是对一位在油画艺术领域深耕多年的“70 后”油画家内心世界的深刻剖析。他用二十余万文字记录了自己数十年来的艺术人生之旅，从旧时光的深情回望、自然风光的情感寄托，讲到人物故事中的情感交流、创作过程中的微光波动等，其中也不乏涌现、碰撞出他人生中的各种机遇与火花，深刻感怀中国改革开放四十多年来的沧桑巨变影响、铸就了他们一代人的命运。书中故事仿佛是你我生活中的缩影，作者以独特的视角审视生活，将平凡的日常赋予了不平凡的意义。

他笔下的上海情怀，不仅是朵云轩里的前尘往事，也不仅是霓虹灯下梧桐树的繁华情怀。他捕捉的是那些隐藏在日常缝隙中的温柔与细腻——朵云轩里的翰墨缘、编辑轶事、青春追梦等，以及哪怕是雨后街头那一抹不经意间的绿枝丫，这些看似平凡的情怀，在他的笔下焕发了别样生机与情感，让人不禁坐下静静翻阅，与之对话。

同时他也是一位从朵云轩走出来的上海油画家，百年朵云轩的文脉传承与积淀造就了许多海上书画大家，使金国明耳濡目染并融入其中。他不仅关注于绘画技艺的锤炼与提升，更致力于将艺术情感与时代精神相融合渗透于图书编辑工作中。以他独特的艺术语言为这座城市增添了一抹不可磨灭的色彩。他的作品不管是文字还是绘画，不仅是视觉的盛宴更是心灵的抚慰。

散文集共分十一章，体现了金国明的情感深度，分别为“童年寄情”、“青春情怀”、“追光而遇，沐光而行”、“诗意美育”、“集藏拾贝”、“视觉艺术书籍的编辑艺术”、“艺术源于生活”、“绚丽的梦幻时空”、“梧桐树下的都市情怀”、“大音希声，大象无形”及“融光·天和：情怀”等。作者通过细腻的笔触和丰富的叙述，展现了一个上海油画家的心路历程，从青涩少年到知名艺术家、资深出版人、政协委员，他的每一步成长伴随着对艺术的执着追求和对生活的深刻体验。这种情怀不仅体现在他的作品中，更融入了他的血液和灵魂，成为他艺术创作和撰写此书的不竭动力。在阅读本书的过程中，仿佛被带入了一个色彩斑斓而又情感丰富的艺术世界，感受到了画家对生命、自然、社会以及自我内心的独特感悟与表达。金国明说：“为了能更好地展现我在艺术探索中的思维体系，我将过往的艺术经历作了全面梳理，厘清了个人成长发展的脉络。人生要有梦想，生活要有情趣；人生会有各种内容形式丰富的生活体悟和经验教训，这也是自我成长发展的必由之路。”

这本散文集不仅仅是一位油画家的情怀与赞美，更是对所有在艺术道路上默默耕耘的艺术家、出版界编辑的致敬。这本散文集就像一首温柔歌谣，用文字的力量带来治愈，抚平读者的焦虑与不安，读完会有轻松与释然。金国明用自己的才华和汗水，为我们创造了弘扬中华传统文化美好的“美育”世界。他睿智而谦和；他对待生活的热情就像一团不灭的火焰，感染身边的人；他明智且富于远见；他才华横溢，无论是编书、绘画还是其他领域，都能展现出非凡的创造力；他对待工作的专注和认真，让人们看到了大家风范。希望我们能够更加珍惜和关注这些艺术家们的艺术、文学创作，共同推进美育事业的发展与传承。

（发表于《新民晚报》2024年9月26日）

观念与体验延伸的油画艺术

专访著名油画家沃银坤

油画艺术家们用手中的颜料叙述和过滤着现实生活的诗意，不会刻意追求某一种风格，而是偶发性灵魂自然流露的结果。作为东方人，喜欢开创性的沃银坤，成功将西方艺术家擅长色彩浓烈的技法，来反思东方引以为豪的历史传统。他的油画作品大多倾向于写实主义，对现实情境题材的静思和中西方文化融合的沉淀，创造出源于现实生活的视觉印象，成为当今人类视觉艺术审美形式的经典样式。我们的访谈在他油画的诞生地——画室，一见他的自由、豪迈与洒脱。

以情动人的魅力艺术

自幼嗜艺如命的沃银坤，五岁时便喜欢用树枝在地上涂鸦，那天望着随性画在泥地上“5”字上长长的一横，竟奇妙地幻想出了一把秤，于是简单几笔添加之后“秤”显现了，这份意外惊喜，加上伯母的一句玩笑话：“只要你吃鸡爪就会画画了。”改变了他的人生轨迹和饮食习惯，他用对美的自然流露诠释了中国讲究“修辞立其城”的文化。

沃银坤初涉水彩，后学木刻版画。一个偶然机会得以师从著名油画家颜文樑先生，并受其启蒙，专攻油画。距创作第一幅获奖油画作品《荣誉》已五十余载，其间他将艺术的视点聚焦在劳动模范身上。作品中融合了西方传统绘画艺术精华的古典主义技法、达·芬奇的《蒙娜丽莎》画法，以及色彩的素描技术。他用经典艺术的表现手法、叙述性方式，让油画有了中国传统艺术的蜕变，形成了写实主义风格。他将写生“师造化”作为自己艺术创作第一要素，在反映现实中寻找美、表现美，让他笔下的村舍、茅屋、田野、工厂都充满神韵，魂笔一致的才艺让油画更富有诗意和洒脱。

“读万卷书，行万里路。”近年，沃银坤走遍祖国山川湖泊，“记下”了大量写生作品。他还去法国卢浮宫、荷兰伦勃朗博物馆临摹，以东方人的视角观察意大利教堂、俄罗斯圣彼得堡等地的异域风情。《欧洲人家》就是一路走来的阅读。我置身于闹市中心繁华地带的画室内，望着画室墙上挂着的《欧洲人家》，画中以狂野有序、充满张力的细腻笔触和大胆运用的中国水墨画黑白元素。我不禁好奇地问：“如此夸张的大面积黑色，是否会失去欧洲文化原有的韵味？”已有76岁的沃银坤，他微笑着说：“我画的是欧洲风景，用的是中国元素。我用中国人的眼睛画就中国艺术。”或许油画艺术已不再是观看，也是种阅读。

五十余年专注于中国油画，尝试研究了多种油画技法的融合。他的油画已非昔日的“写生”，从“刻板”记录物象性反映转向创造性抒发自我情感，从专注物象形态的真实，转向由物象引发的情感交融，使作品不失时代感，进而表达对象的生命力。如画作《长城游乐园》《杭州西湖》等以夸张的写实手法为主，却又带有“写意性”，具有“以形写神、神形兼备”的具象表现效果，作品完全没有多元手法带去的凌乱之感，恰恰展现了沃银坤风格沉静、格调优雅的个性化艺术精神。

非常规智慧创造非常规画面

受中国唐装的灵感启迪，沃银坤自早期便开启了对探索凡·高、达·芬奇、雷诺阿等著名油画家的色彩、笔调、画风及技艺的开创性探索。他尤为钟爱伦勃朗那古典而精湛的技法及厚薄相宜、恰到好处的笔触，深入研究油画的中国特色。他认为：“西方油画的构图讲究焦点式透视，中国油画则采用散点式透视。”他在画作中，巧妙地将西方油画的焦点式透视与语言精华，与中国传统文化的气质及散点式透视相糅合，试图将中国画的意境融入油画写实创作中，以追求构图的整体和谐，放大作品的节律性，使其独具视角。他坚信艺术不应受到束缚，正如他无法用照相机替代画笔的执着，用自己的语言、智慧，追求造型结构与色彩完美的画面。沃银坤坦言：“在一幅油画中集中体现古今中外的文化交汇确实颇具挑战，但我仍要尝试创新，因为我不是印刷厂。”

在这间一百多平方米的画室里，我们边走边聊着，眼前的布面油画《宫廷景观》，以黏稠厚重的油画颜料，遒劲豪放地画出肌理效果，将空间感表现得淋漓尽致。沃银坤擅长风景与静物创作，构思的灵动、色调夸张中不失淡雅。画作《荷花》在细腻奔放的写实基础上，注重描绘外光色彩的反差变化。他用西方式表现手法融以民族精神，形成自己的艺术个性，令人心弦共鸣。

恩师颜文樑在油画中讲究“光色共存亡”，认为没有光就没有颜色。“但我发现仅有光、色并不够，还需‘气’，三者合一才完美。”他以《菜花香》为例，“如何将花香与画作相联系？前人在马蹄旁描绘飞舞的蝴蝶，以此暗示踏过花丛的马脚带有香气。而我对‘气’的理解，花朵在大气中游动，一片菜花在大气的流动中带来菜花香。画好‘流动的气’便能表达‘香’，也能表达我追求的‘新、好、美、精、光、气、色、神、灵’九个字。对于作品的最终价值，我相信历史会公平的。”

画室窗前的《荷塘庭园》富有中国画的意境，疏密空灵，被沃银坤称为“飞白”。他赞赏留白是中国画的伟大之处，画面虽简洁，却意境悠远。“油画则需在画布上铺满颜色，空白之处也需如此处理。”沃银坤的作品从中国水墨画、木刻版画、刺绣等艺术中汲取养分，融入凡·高、伦勃朗、莫奈、达·芬奇等西方艺术家的色彩与笔触，将中国画的点、线、面、色、神、形、疏密、虚实等要素和油画的黑、白、灰、素描、透视、造型等因素相结合，在其画中散发着浓烈的中国之“神”。《月季花》《关公像》《万洲青龙大瀑布》等作品中无不透露出版画与油画的古典主义之“韵”。《上海浦江夜景》《山壁》等作品则通过刀笔相加的夸张手法，构筑出凡·高般的强烈色彩元素。沃银坤兴奋地说：“艺术需要有强烈的反差与矛盾，就像戏曲一样，带给人争锋感。”

当我们走过那幅《稻香图》时，发现它并没有完全运用中国艺术讲求的空灵、疏密、虚实有间的手法，而是采用了中西结合的方式：运用中国式的点、线、面，结合西方式的色彩和油画的满构图，呈现另一番韵味。沃银坤在画画时从不轻易说“完成”两字。他深知，油画创作或写生必须在立意、布局、构图、造型、结构上做到“意在笔先”，而后在色彩、形象塑造、肌理效果上精益求精。绝不能因油画颜料覆盖力强、易修改而忽视前期创作，因此他自创了用“非常规”思路、视野视觉、方法技巧创造出“非常规”效果的油画。

艺映思想　照亮城市

艺术，不仅是民族精神的一种具象表达，更是人类意境的升华。"无论是投身于未来艺术的探索，还是沉浸在油画创作的世界，我们秉持'有、无、好、坏'中'人的因素第一'的原则。美好的艺术要靠美好的思想来创造。任何东西只有在不断变化中创新才有生命活力。我想搞艺术和做文化的人都不会人云亦云。梅兰芳先生在京剧领域的创新是明证，从《苏三起解》中的服装、唱腔、表演方式的革新，到《天女散花》《嫦娥奔月》等空灵虚化佛经与神话故事的成功演绎，都展现了他在艺术上的追求。他与京剧界的周信芳（麒麟童）虽创新路径不同，但都在各自领域里实现了艺术的飞跃。周信芳从实际生活中汲取灵感，梅兰芳从思想境界上寻求突破。这种京剧艺术与油画艺术的相通之处，让我们看到了艺术的无限可能。"

然而，油画艺术家的生存状态，给沃银坤的油画创作带来新的思考和探索。如何使油画更贴近世人对于更美好生活的追求，满足人们对文化艺术的需求？他深刻认识到："因题材的时效性，油画艺术中的写实派很容易被市场淘汰。改革开放前后，中国油画市场虽然热闹非凡，但随着国外各种油画流派的涌入，搞得中国艺术家一度迷失了方向。"他说："有艺术家在油布上喷洒石膏，再用皮鞋踹上一脚也算是一件作品；还有画成血淋淋的手当成艺术品等，这类作品挂在家里是要人们欣赏你的血吗？究竟什么是艺术？艺术是思想的体验，也是城市的体现。"沃银坤欣赏俄罗斯莫斯科等艺术馆的油画藏品和展览，也深受意大利教堂、法国卢浮宫等古典写实主义和印象派油画的影响。但他也明白复古并非目的，而是在复古的基础上融入自己的思考和创新。他认为："树高千丈叶生归根，艺术不能脱离生活，他会继续追求油画的九字经。”

当沃银坤的“醉美梦”理想得以完美实现时，“我的‘中国化创新油画’才算真正获得成功。”通常写实主义艺术家所创造出的作品，导致收藏家偏爱并成为批评家攻击的主要对象，但沃银坤的油画针对喜欢艺术和尊重心灵的人创作的。正如颜文樑所言：“画画首先要让自己高兴，油画作品也要让大家高兴。”

（发表于《如意时空》杂志 2013 年 11 月刊）

画最美的上海

——这是我写给一座城市的情诗

专访一个随走随画的人——黄石

作家孔明珠曾说："三姐夫（黄石）就像小时候弄堂里最会吹牛的隔壁小娘舅，在昏暗的路灯下蒲扇拍拍，讲得来有声有色，周围女小人（女孩）目光中都流露出仰慕，男小人（男孩）快点回去把爷老头子的香烟偷两支出来，给小娘舅殷勤点上。"

在我眼中，黄石老师诙谐幽默，不喜欢走寻常路。他拒绝"著名"的标签。在我成稿之后，他坚决不让我写"专访中国著名画家黄石"，他一定要我写"随走随画的人"。于是，我遵从他的意愿，记录下这位独特艺术家的随性与才华。

它依然是我的恋人

黄石，在不知不觉中被卷入了一场对上海弄堂深深的怀旧热潮中，他仿佛被一种无形的力量牵引着，始终沉浸在自己的生活轨迹与上海的变迁之间。就如同在这座日新月异的城市中，人们总是不由自主地提及张爱玲，叙述人类对过去时光的追怀。或许今日我们的怀旧带有想象成分，但至少彩铅画家黄石经历过老上海时代。在他眼中，儿时的上海与如今的都市风貌有着天壤之别，那是一种难以言喻的安静与高贵感的差异。尽管时光流转，但仍有一些弄堂和街区保留着旧日的痕迹，如武康路的典雅、愚园路的幽静、东平路的古朴、桃江路的浪漫……在采访中黄石说："上海是一个多面体，某一个面反映了某一个时代的痕迹。在欧洲你会发现很多与上海相似的地方，能勾起你的回想。"

作为一名"上海人"，黄石对这座城市有着难以割舍的情感。看着那些日渐消失的弄堂旧景，有些许遗憾。于是，他选用彩色铅笔绘出对上海的留恋与热爱。他幽默地调侃道："我做了一道数学题，如果每幅画都要一万笔，那么画100幅画，就意味着有一百万笔等着我去描绘。所以，我选择了最小巧的工具——彩色铅笔。"

描绘上海，艺术家们各自以自己喜爱的风格表达着对这座城市的留恋与热爱。有的采用连环画的形式，有的则运用油画的技法，而黄石则更偏爱印象派的绘画风格。他注重对景写生，留意光线与色彩的变化，对即时环境的光影进行最敏锐的捕捉。在他的一百多幅关于上海风情的彩铅画中，每一幅画都仿佛是一个独立的故事篇章，这些故事更像是随性的手绘旅行笔记，吸引着每一个到过或未到过上海的人带着彩铅画去实地对照、采风。

假如将一百多幅写实画都用油画的手法精细表达上海情结的话，那么无论是画者还是观赏者都会感到疲惫。因为油画就像长篇小说一样，需要时间去慢慢品读和欣赏。而彩铅速写则更像散文，既有长度上的灵活性又有表达上的自由度。黄石用彩铅笔触在精细与松动间自由地表达着对上海的热爱与留恋，他打趣说："这是我写给一座城市的情诗。无论我曾经怎样讨厌这座城市，但依然是我的恋人。”

千万不要把我写成正面人物

带着印象主义的观察和表达，捕捉周遭世界的微妙韵律，黄石的作品悠闲沉静地跃然纸上，轮廓的界限在黄石笔下变得不那么重要。他的画作中莫奈、毕沙罗、西斯莱那种高贵又洒脱的笔触，写实与细腻唯美的绘画附着黄昏时分地上摇曳的光影、季节更迭与阳光轻颤的微妙，在隐约的朦胧感中牵引着阅者缓缓走近彼时午后闲适时光。

上海，这座多元文化交融的城市，其独特的韵味成为黄石艺术探索中不可或缺的灵感源泉。他坦言，自己与《清明上河图》式的宏大叙事相去甚远，难以跨越。在彩铅勾勒的城市风景中，黄石一次次惊叹于这座城市的美丽、精致与和谐，那些精心设计的空间与建筑，不仅是视觉的盛宴，更是精神的栖息地，彰显着建筑作为宏大艺术的魅力。

采访中，黄石一直自谦为非专业画家，他与绘画之间，是职业和非职业的关系，是以一紧一松的双重视角审视世界，这种松弛有度的观察方式赋予了他独特的艺术视角。在设计主导的时代，他相信想象力即是生产力，曾创作儿童绘本，讲述发生在上海的小姑娘和猫咪的故事，绘本投射了很多上海痕迹，他将上海的地标与日常生活融入其中，如四川路、陆家嘴等，甚至让东方明珠塔上的俯瞰成为画面中的奇幻一幕，让上海的标志性建筑在空中飞翔，展现出他对中国绘画传统束缚的突破与宫崎骏式想象力的向往。

在他的笔下，即便是校园中常见的火腿肠，也能与猫咪的故事交织出古典主义的诗意与高贵。儿时的屋顶幻想，虽未能实现于现实，却在作品中得以释放。黄石在采访中反复强调：“小姑娘，你千万不能把我写成正面人物哦。”

一窥“在上海”的私人记忆

有说：“黄石的彩铅画里有你熟知的上海地标，也有不为人知的上海秘境；有让你心动的城市美景，也有美景背后的记忆和故事——这是你能想象到的最丰富的上海。这些上海地标为你留下心动一瞬：外滩的景观灯亮起来的那一刻；南京路下雨天的场景；新天地的露天咖啡座……你沉醉这次散步，便为你标出诗意的街：武康路上重温电影场景；东平路上看阳光跳舞；昌平路上踩着薄薄积雪……你不知这些故事，便为你道来私家回忆：张爱玲的弟弟从弄堂深处走来；平安电影院里‘老克拉’年轻的爱情……”

透过黄石的彩铅画，我们得以窥见“在上海”的私人记忆——外滩的十里洋场、百年建筑、名人故居、现代风貌与情调马路，以及那些藏在弄堂深处的故事与日常。他偏爱西区的住宅洋房，认为那里很适合散步。他说：“这么大面积的洋房在亚洲其他城市很难找到。如果把上海外滩这一大片建筑从地平线上全部铲除，就不能称之为上海了。”

黄石擅长从平凡中提炼出不凡之美，通过绘画艺术，潜移默化地提升人们的审美与修养。

（黄石，画家兼写作人。上海美术家协会会员。出版长篇小说《上海百乐之门》、纪实文学《上海江苏路往事》。出版绘本《咪咪噜外滩迷失记》《咪咪噜和小荟》《宝贝你不知道》《寻找亮灯的人》。出版画册《最美的上海》等。）

（发表于《如意时空》杂志 2014 年 10 月刊）

书法：“奢侈”又“任性”的消遣

专访上海市文史研究馆副处长、中国书法家协会会员徐建恒

电子化、网络化，手指一划、键盘一敲就能解决文字书写问题的时代，这对于书法艺术家的冲击可想而知。毛笔字，这一曾经普及于日常生活之中的书写方式，逐渐演变成了一门专业艺术，一种“奢侈”的消遣。早在五四时期，书法是否应被视为艺术就曾引发过争议。当时的书法“潜伏”在生活的各个角落，其实用性远胜于其艺术功能。然，随着时代的变迁，实用性逐渐萎缩，而那些擅长毛笔字的人成了体面的“书法家”。

书法，这一古老的艺术形式，在现代化的进程中不断强化其造型和视觉上的艺术表现力，成了一门专业艺术。随之有了书法家这一职业称号，打破了古时文人皆能参与书法活动的传统格局。书法展览的兴起，更是为书法艺术在新的文化语境下找到了合适的存在形式，且深深影响了现代中国艺术的发展轨迹。

那么，当代书法展览的出现和存在究竟有何意义？展览的教育性与艺术性之间又存在着怎样的关系？带着这些问题，我在初冬的暖阳下专访了上海市文史研究馆副处长、中国书法家协会会员徐建恒，一同探讨他的书法艺术人生与当代社会的关系。

初期选帖　后期任性

徐建恒以温和而略带犀利的言语开始了他的开场白："以前哪有书法家这个职业？历史上的书法大家，他们的正式职业都不是书法家，而是后人出于仰慕之情所封。他们都有各自的正式职业，如武官、文官等。而明清以后，文人书法家大多属于社会知识阶层。随着社会的不断发展，分工越来越细，行政领导无法再兼任艺术领域的官职，艺术逐渐回归到了艺术家手中。这是社会发展的必然趋势，但也不能一概而论，是否担任官职还需看其所学专业。"

环境的确可影响一代艺术家的成长，使其形成不同的心路历程，影响其艺术风格的形成。

徐建恒，一个在书法仍常见于生活环境中的孩子，无形中他的血液里自然流淌着对中国文化的爱恋。在那个激情澎湃的年代，毛笔不仅是书写的工具，更是传递信息、表达情感的重要媒介。徐建恒因此有了许多使用毛笔书写标语、喜报、海报的机会，这也为他日后的书法艺术之路埋下了伏笔。

进入初中后，徐建恒有幸得见并受教于海上老书画家蒋凤仪先生。蒋凤仪是上海老城厢的知名书法家，他的题词遍布"豫园商场"、"湖心亭"、"丽云阁"等地。蒋凤仪深谙历代碑帖，擅长魏碑、草书、隶书、篆书等多种书体，从小楷到榜书无所不能。徐建恒遵师之诲，自然学书从汉碑入手，以清代书法家邓石如为过渡，上溯秦汉，下踪魏晋，举凡两汉名碑、先秦金文鼎彝，以及南北朝之造像和石刻。他的书法风格洒脱俊美，飘逸灵动，虽与师门所定的朴茂厚重略有取舍，却展现了他独特的艺术魅力。

此后，徐建恒又先后向钱君匋、赵冷月、徐伯清、陈佩秋等一代大家求教，博采众长，转益多师。每日闲暇时，他都会沉下心来坚持临摹古人的范本和名帖。徐建恒坦言，选帖是他从事书法艺术中最为痛苦的事，尤其是初期，硬着头皮学习与自己性格不合的书法。然而，随着时间的推移，他逐渐找到了自己的艺术之路，不再随波逐流，而是独辟蹊径。他认为：“草书以性情为上，楷书的技巧难度则相对较高。”

尽管学书法的初期充满了痛苦和挑战，但也在徐建恒青春年少时起到了特殊作用。面前的徐建恒小酌一口茶回忆起那段时光：“那时可供选择的字帖很少，老师让我们用毛笔双勾填廓，勾好后当作字帖来学习。”临帖让徐建恒夯实根基，丰富、完善线条的表现力，将高古美与柔和美糅为一体。同时吸收新出土的简牍文字的营养，遗貌取神，追求章法构图之美、墨色与视觉的协调，以及内容与形式的统一。徐建恒把个人的笔墨情趣与时代的审美取向融会贯通，构成了形式自由、笔墨鲜活的突破。

一支笔一张纸一灌墨
游走于贴学碑学之间

古人书写书法亦有流派之分，清中期以后，帖学与碑学双峰并峙，孰优孰劣争议颇大。碑派认为帖学已衰败，尤其在清乾隆时期，大量文物出土后，为矫正书法颓废之风，碑学备受推崇。蒋凤仪受包世臣、清末著名思想家康有为等人的影响，推崇碑学。在书学领域，有人主张学书法应从楷书入门，逐渐过渡到行书、草书，再旁通篆隶等字体；也有人认为应从康有为的碑学开始学起。然而，对于大多数学习书法的人来说，他们往往从唐、宋、元时期的书法风格开始习起。

在学业相对宽松、环境较为放任的少年时代，徐建恒并未因此自甘堕落。相反，习书后，无意中抹去了青少年时期的躁动之心和叛逆之气，使自己更静心于求知中国历史学科。他深有体会地说："喜爱书法的人，至少不会让自己背离中国文化。"

欣赏徐建恒的作品，无论是谋篇布局、间架结体，还是笔墨运用、意境开掘，均摒弃了世俗之气，透露出古朴、文雅的气息。独特的字形，线条自然流畅，结体坚实稳固，在平整中寻求参差，在和谐中寻求变化，形成疏密有致、奇险转换的鲜明对比。通篇布局、落款、钤印处理得灵活自然，浑然一体，极大地增强了视觉效果。"书为心画"，古人强调"书贵入神"，又说"写字者，写志也"。徐建恒深谙此道，他在创作时总是"意在笔先"，落笔时"胸有成竹"。在他的作品中，缣素之间流露出清刚雅正之气，书品与书境直抒胸臆。试看唐诗行草条幅用笔腾挪多姿，得浓遂枯，气势连绵相映；篆书对联结体古拙，气息沉雄，正文与落款相得益彰。小篆唐人七绝婉约流美，缜密之处还见虚灵；小行书古人名赋则轻松自如，笔致洒脱，个性豪放，布局意态安详，韵味隽永。

然而，徐建恒对于书法的追求并不止于技巧上的精湛。他坦言道："重拙生涩，'拙'的境界之高，我等难于表现。每个人的审美不同，我深知这一点，但我所追求的美是共性认识的美。我个人不喜欢看起来拘谨的字，艺术需要个性，但我不会刻意追求个性。"

徐建恒的多件作品被选入国家及省、市级展览，并荣获金、银、铜奖，且在多个国家展出。然，于他得奖并不重要。他引用梁启超的话："书法就是最廉价的娱乐。"一支笔、一张纸、一罐墨，便能让他自娱自乐。书法对于他的人生是种追求、爱好，让他的内心变得充实而满足。

书法新韵　探索生活

书法艺术是一种独特的体验，每个阶段都会展现不同风貌。

书法的线条不仅具有无限奇特的表现力，更是书法家流露情感、个性和技法的媒介。徐建恒深知，随着自己年龄和阅历的增长，对于书法的理解和创作也会不断演变。他坦言：“我不指望自己能创作出永恒的作品。”因为在他看来，随着时间的推移，自己总会否定先前所写的书法，并投入新的创作激情中。这种在肯定与否定中不断前行的态度，是他对书法艺术的深刻体悟。

徐建恒的眉宇间流露着谦虚，但他在不经意间也能创作出令自己满意和喜悦的作品。他深知书法作为抽象的线条艺术，需要韵律感来赋予其生命力。线条的粗细、轻重浓淡对比，墨色间的黑、白、灰无穷变化，都如同音乐般富有韵律。他强调，书法首先是技术活，没有技术作为基础，神采、情感、境界、个性都无从谈起。同时，他也认为文字是书法的重要组成部分，离开了文字就不是书法。他反对将书法当作画来看待，并指出书法与画有着本质的区别。

在多元化审美的当代，书法艺术如何在城市艺术这个大空间中发挥作用？这是艺术家们需要深思的课题。徐建恒认为，当代书法艺术少了些实用性，没能真正融入生活。他回忆起古人能将书法融入生活的场景，而现代人只能将其作为手段，作为专门的技术和艺术来写，甚至当作产品来对待。他感慨道：“如今书法纯粹是‘消遣’，是‘奢侈’的消遣。”

展书法韵　传文化魂

在当代艺术展览领域，随着对视觉效果、展览效果及艺术与生活融合的日益重视，展览的数量激增，导致办展标准变得模糊不清。在提倡多元化的同时，我们不禁要问：如何举办展览？应举办什么样的展览？展览入选的标准何在？以我们应如何将当代书法展览引导至正确的方向？这些问题确实值得我们探讨。

徐建恒对此有着独到的见解，他说："展览虽是一时的，但对艺术的追求却是一生的。"他进一步指出，展览具有两面性：好的展览能够普及艺术，推广文化，即使不谈功利，也至少能引起社会的关注。然而，展览的要求并不统一，往往取决于策展人的审美观念和审美取向。例如，一些观念性的展览，只有专业人士才能准确鉴别和欣赏，而对于普通观众而言，可能会感到困惑不解。此外，徐建恒还提到说："如果仍然局限于传统的五大书法流派（欧、褚、颜、柳、赵），那么今天很可能无法进入国家级展览，因为国家级展览更注重作品的创新性和内涵。"

在上海市文史研究馆策划书法展时，徐建恒主张弘扬传统文化，但并不刻意追求创新。他说："新与旧其实是相对的，传统并非一成不变。"中国文化和中国特有的传统艺术不能用西方的标准来评判，我们应以更开放和包容的心态学习、塑造和传承我们的文化。"

作为一名优秀的书法家，徐建恒每天练习书法已成习惯。随性而为，不过于强求。他强调说："学书法是一项孤独的事业，生前孤独，生后发展，关键在于自己如何把握。他鼓励大家将学书法看作一种自娱自乐、孤独的追求，这样才能淡泊名利，享受其中的乐趣。"

在谈到鉴赏时，徐建恒笑言："自己正在向陈佩秋老师学习书画鉴定。鉴赏需要天赋和相应的知识，艺术史博士虽然知识丰富，但不一定具备鉴定能力。"说完徐建恒羞涩地笑开了，带我们进入了他的画室，我们的访谈止于作品赏析中。

作为艺术家和收藏家，如何处理好画廊、拍卖公司、学术机

构之间的关系？确实是一个值得研究和审视的问题。但无论最终走向何处，我们都不要忘记初衷。就像徐建恒所言：“学习书法是在体验一种慢生活，它让人有时间去净化灵魂，在人与墨的互消中去掉浮华。”

（徐建恒，上海市文史研究馆业务处副处长，上海书法家协会会员，文化部文化市场发展中心特聘书画家，中国书法艺术研究院教育委员理事。）

（发表于《东方藏品》杂志 2014 年第 12 期）

墨香芬兰

专访书法家杨泰伟

汉字作为载体的书法艺术，承载着几千年的历史积淀。在逐渐脱离实用领域的过程中，它也不幸流失了古代特有的笔墨环境。然而，作为国粹之一，书法艺术随着人类审美需求的不断演进，在展厅文化的催生下，无论是形式表现还是内容选择，都经历了多元性的沿革流变。

书法家、摄影家、资深策展人及研究馆员杨泰伟先生，精通行书、草书、篆书、隶书、楷书五体，其书法作品洒脱自然、婉转流丽，又不失气势宏大、豪放恣肆。他的书法作品中透露着强烈的时代感，如同行云流水，落笔如云烟，动感十足。表现形式则有条幅、横批、对联、斗方、扇面、册页等多种样式，异彩迷人。

杨泰伟嗜好写作，喜读世界名著。痴于文学内涵的深层规律，揣摩书法的艺术精髓。每见名碑名帖、世界名著，皆爱不释手。1973 年正值 20 岁的杨泰伟，忽闻文物出版社、北京琉璃厂深藏碑帖，抽出囊中仅有的 2 元零花钱，用于邮购碑字帖。

杨泰伟如饥似渴般汲取着各种知识，像海绵一样吸收着中西文化的养分。每遇世界名著或中国字帖，他总是小心翼翼地用纸将其书封包起，认真研读。虽然有人认为，爱好中国书法的人应该穿着长衫、马褂，拿着扇子，品着中国茶，但杨泰伟却也喜欢喝咖啡，甚至到了“发烧友”的程度，家中收藏了多台咖啡机。他从中国的茶文化和西方的咖啡文化中，找到了与书法艺术、文学修养的共通之处，这丰富了他的艺术创作想象力，形成了多元化的书法美学意识。

性格使然，嗜好行走于世界各地的杨泰伟，曾立志要先走遍全国，再走遍世界。如今，他已在德国、美国、日本、新加坡、澳大利亚等国举办过专题展。20 世纪 90 年代初，在国内艺术市场尚未完全开放时，德国一家画廊的经纪人发现了他的书法艺术，便邀请他去德国举办书法展，这成为他书法人生的转折期。在国外多次展览中，他在澳大利亚墨尔本举办的书法展给他留下了深刻印象。当时，澳大利亚拉筹伯大学校长对他的八字书法《八仙过海，各显神通》感到茫然，他解释道：“教授们在您的领导下就像八仙过海一样，各自展现着自己的才能，却都各有建树。”他的解释音刚落，校长便取下自己办公室墙上的一幅油画，换上了他的书法作品。

书法不仅是传播中国文化艺术的重要媒介，更是传递中国文化精髓的桥梁。在艺术的道路上，杨泰伟不仅致力于书法创作，还远赴他国举办“中国成语典故”讲座，将中华文化的魅力播撒至世界各地。文学为杨泰伟带来了无尽的乐趣，丰富了他的文化底蕴，并引领他深入探索与梳理书法艺术的奥秘。他认为，如果只是盲目模仿古人而不求突破，那么这样的书法是不完整的。“师古而不泥古”，打破即成规律，创造新的视觉效果、落款方式和构图布局，形成独有的个人风格，这正是他心中的书法创新之道，遵循自然法则。

在艺术创作过程中，杨泰伟善于临摹与创作互动，将书法与摄影相融合，将情感表达于书法艺术创作和日常生活中，引导人们思考与领悟。在2016年前往芬兰举办“墨香芬兰——杨泰伟主题书法展”前夕，他与我分享了他的艺术心得：书法的艺术价值，不仅在于提升学养和带来视觉享受，更在于书法题材的选择。他强调，应避免书写流行用语等容易让人产生审美疲劳的内容，而应选择应景、自撰类的诗词，这样既能提升文学内涵，又能带来艺术效果的冲击。

书写书法艺术近半个世纪的杨泰伟，兴趣广泛。他认为，专业多样并非不忠，而是博采众长的表现。他鼓励人们多看字帖、多观展览、多读文学作品，并学会其他技能，这样才能“乐在其中，其乐无穷”。书法不仅扩展了他的生活空间，还让他结识了许多良师益友，从他们身上学到了许多做人理念和艺术熏陶。

杨泰伟从未后悔选择书法这条艺术道路。他说：“我的同学们常感叹我的坚持，还打趣说：我们都在瞎混，你怎么没瞎混。”在“包书皮”的年代里，杨泰伟“躲进小楼成一统，管他春夏与秋冬”。读帖、写帖、临帖，一坐就是四五个小时。同伴认为他是早熟，他却不以为然：“不过就是喜欢上书法罢了。”机会终归属于执着而不执迷的人，杨泰伟富有节律的书法艺作不断涌现。他的书法强调流畅豪放、多元创新，墨色的枯湿浓淡、点画的粗细方圆、章法的疏密虚实、篇章布局的精致律动，都让人在忘我的境界中回味无穷。书法是静态的，游走是动态的，奇怪，杨泰伟是如何面对动静相宜的意境？他坦言：“自己的性格就是如此，能够正确面对自我，找到最适合自己的生活方式。我可以品功夫茶，也可以尝咖啡，这就是生之美妙。我感恩命运对自己的青睐，感恩墨香芬兰。”

（杨泰伟，1953 年生于上海，毕业于华东师范大学。研究馆员、资深策展人、书法家、摄影家。中国书法家协会会员，上海市书法家协会理事、篆隶书专业委员会副主任、楷书专业委员会副主任、行书专业委员会委员，中国摄影家协会会员等。）

（发表于《上海画报》杂志 2017 年 2 月刊）

线条是灵动的生命

专访书画家孔海生

笔尖轻触宣纸，墨笔勾勒历史轮廓，定格一幕幕大将风范。从孔海生的人物画中，看到了线性形态的韵律与当代艺术家的精神力量。

画纸一铺，信手拈来

自原始社会至隋唐，中国绘画艺术在懵懂中探索，终在淡雅的水墨与泛黄薄绢间找到自己的灵魂，并在唐代得以快速成长和延续。时至如今，艺术已成为人们表达情感的重要方式，又似乎在等待着不久的将来新新艺术的超越，成为艺术生命里的又一谱系。

孔海生以历史故事画的传承者和创新者的面貌，出现在中国画的谱系中。他自幼痴迷绘画，深受连环画、古代壁画和古典名著的影响，擅长人物画创作，尤以人物画中历史故事画见长。他笔下的人物形象栩栩如生、形神兼备，观之形象呼之欲出，令人叹为观止。而英雄人物更是鲜活生动、刻画细微，气势弥漫于纸上。

画人物，需匠心独运，方能精准捕捉其精气神。关公，这一在中国人心目中至高无上的英雄形象，便是孔海生笔下的常客。为画好关公，他深入研究各地关公雕像，熟读《三国》、品味关公的精神内涵。如今，关公的各种基本形态已深深烙刻在他的心里，画纸一铺，信手拈来，挥洒自如。

孔海生善用时代笔触与色彩，塑造人物的造型和形象。画面中人物高大雄壮，神态威严、气宇轩昂，展现将士间的忠义仁勇。线条刚劲流畅、顿挫有力，画工细腻、笔法劲健、设色鲜明，尽显人物的大将风范。他用笔娴熟洒脱，兼工带写，诗、书、画、意融为一体，线条与笔触平和自然，建构起具有当代审美意蕴的英雄人物绘画样式和个性语言，获得中国画在现代性上的统一与升华。

笔不离手，乃大师也

孔海生出生军人家庭，孩提时期，家中门庭若市，来拜访其父的艺术家络绎不绝，刘旦宅、韩天衡、戴敦邦等在观赏孔海生画作后，无不对他那美妙的想象力和营造的意境表达，以及潜在的艺术天赋给予赞赏。艺术，是创造对话的手段，自此孔海生受教于刘旦宅、韩天衡、戴敦邦等上海书画名家。

在孔海生的记忆里，这些艺术家们对绘画怀有无比的热情、耐心与真诚。他们甚至能在自己抽烟抽到一半时，即刻放下烟卷，转而为他悉心指导、修改画作。孔海生曾手持一幅以中国人民解放军战士为题材的画作，向画仕女著称的刘旦宅求教。刘旦宅仅在战士耳畔与嘴角轻轻添上两笔，简单的墨线勾勒，人物的神态顷刻生动。这两笔，同时勾勒出了孔海生对人物绘画创作的痴迷心迹。

尽管有人曾建议孔海生改画山水，并言之画山水画即便有些许瑕疵，也不易被人察觉，而人物画一旦出错，便一目了然，如鼻子歪了、眼睛斜了等。然而，孔海生却不为所动，因为兴趣使然。人物画，作为历史上最早的画科之一，历代涌现出无数杰出的画家，如东晋的顾恺之、五代的顾闳中、宋代的李唐、明代的仇英与唐寅等。孔海生总会想方设法搜集资料，研究中国画技艺，找出属于自己的画学养料。

孔海生常常谦逊地表示，自己的创作能力不过是按部就班、循序渐进的结果。当年，戴敦邦在看过他初创期的画作后评价："嗯，基本功不错，蛮老练的，但要笔不离手。"戴敦邦外出时总是随身携带小本子，将那些震撼人心的事物用绘画记录下来。这一举动深深触动了孔海生年轻的心灵。如今，他依然保持着这一习惯，用画笔在旅途中记录灵感与创想，使得他的线条创作更加丰富多彩。这些艺术家们虽然早已享誉国内外，但他们给予孔海生最大的创作动力却是：勤奋、谦虚与热情。孔海生时常提醒自己，名家尚且勤勉不息，自己更应老实点、画慢点，更何况自己还有许多不足和未知的知识需学习。

会动的线条，勾勒意境

在部队服役期间，孔海生从事美术和宣传画创作，在生活审美的实践中形成独有的军人气质和艺术架构。退役之后，是孔海生的绘画风格"墨变"的重要时期，从注重绘画的外在形式转向个性心灵的抒发。其代表作如《昭君出塞图》《秦始皇铸钟图》《和谐》《马到成功》《献寿图》等工笔画，便是这一转变的最佳证明。这些作品展现了线条的灵动与意境的深远。以其说《昭君出塞图》《秦始皇铸钟图》是追求线描艺术形式语言探索的一个起点，那么

《和谐》《鱼水情》等作品则无疑是他意态神韵与线条表现融合的显性体现，更是他人物线条艺术观念突破的勇敢尝试。作品中他注重笔情墨韵与色墨融合，更注重人物神态捕捉，线条飞动、以形写神。简练的线条和着色语言，勾勒的是创作者的思考轨迹与艺术追求。

蒲松龄言：“性痴则其志凝，故书痴者文必工，艺痴者技必良。”任何成功都离不开专一、离不开痴迷。痴者，才能全心投入，不断追求更高的艺术境界。相信凭借孔海生充满激情的艺术创造，定会创作出更多、更有生命力的艺术咏叹调。正如他所言：“做任何事，兴趣是最大的动力。”

（发表于《上海画报》杂志 2018 年 11 月刊）

不能躺在五千年文明历史上睡着了

专访上海外滩美术馆副馆长刘迎九

“美术馆、博物馆再多也不嫌多。”刘迎九副馆长的爽朗笑声，瞬间充盈了整个采访空间。在英国伦敦、法国巴黎、美国纽约以及瑞士等地，美术馆、博物馆数量远超中国现有数量的几倍。近年来，中国新建美术馆的数量以每年一百多家的惊人速度递增，至2011年已突破三百家大关，然而相较于中国庞大的人口基数，这一增速并不算夸张。关键在于，当代私立美术馆面临的挑战究竟何在？

缺乏行业自律规范

“当前中国似乎缺乏真正意义上的公共空间，即政府与私人之间的中间地带。美术馆作为全民美术教育的公共空间，允许公民自由参与、学习、交流与讨论，在此可获取较新、较前沿的社会发展动态与评论，接触非主流文化，感受超凡脱俗的审美体验。这一空间对于社会现代化及当代艺术的发展具有举足轻重的作用。”刘迎九说。

美术馆作为非营利性机构，并非不能创收，关键在于能否清晰区分艺术活动、公共利益活动与盈利活动。这是国际博物馆学界的职业道德要求。刘迎九认为，美术馆可以开设咖啡厅、书店，但前提是这些业务必须与展览、收藏等核心业务明确分开，以免给人留下以艺术之名牟利的印象。尽管中国已有博物馆协会、美术馆专业委员会等机构，但体制尚不完善，整个当代艺术行业缺乏明确的行业自律规范。

西方美术馆已有数百年历史，而中国美术馆的发展仅十几年。上海外滩美术馆（以下简称“外滩美术馆”）在建立时，基本参照了西方体制。中国美术馆如何随着社会变迁而发展，大家都在摸索中前行，探索如何规划行业、建立规范，以及如何预防和限制某些利用公共资源与名义，谋取个人利益的行为。这是中国现代美术馆面临的挑战，也是时间将给出答案的问题。

外滩美术馆在修缮扩建后，于 2010 年 5 月正式对外开放。当代艺术的管理者需凭借自身理解来审视自己与社会的关系。刘迎九说：“若追求盈利，直接开设画廊比依赖美术馆更为可靠。私立美术馆相较于公立美术馆，在体制灵活性、对自身使命认识的迫切性等方面可能更具优势，同时还可从全球视角选拔人才。私立美术馆在设定公益性目标上具有自主性，这是一个复杂而深刻的过程。”外滩美术馆未设定唯一的教育目标，而是将教育视为一种体验，以及开阔眼界、拓展思维的机会。美术馆教育者与嘉宾，会与公众就社会、哲学性、生存性问题等进行互动。针对不同公众群体，美术馆会采取不同形式的开放性教育，如面对面交谈、儿童工作坊等。

学考古专业的刘迎九，在考古工作中接触到古代美术、纹饰、壁画等领域，培养了他对审美和艺术的情有独钟，他发现艺术在不同领域里能以不同形式被发挥出来。之后，他选择深造博物馆学专业。建于1932年的亚洲文会大楼，不仅是19世纪、20世纪中西学术文化交流的历史见证，也是近代中国最早向社会开放的博物馆之一。当刘迎九得知这栋大楼将变身为上海外滩美术馆时，毅然决定来上海参与美术馆的筹建工作。他风趣地说："是外滩选择了我们美术馆。先有上海洛克·外滩源，才有上海外滩美术馆。外滩源在2005年决定修缮亚洲文会大楼，投资方发现这栋建筑蕴含丰富的历史文化内涵，于是决定将其建置为公益性的当代美术馆。"诸多机缘巧合促成了这一必然结果。

看懂没有标准答案

当代艺术能带给人类未知的经验与智慧，它不仅是人类创造力的不竭源泉，更是引领我们思考未来的一种形式。欣赏当代艺术，需要具备批判的眼光，反思已知的知识、价值观、教育体系及审美经验并提出质疑，同时，保持开放的心态，接纳并探索未知与不解。

面对当代艺术，观众往往会陷入困惑，此时，他们或选择逃避与拒绝，或选择面对与思考。刘迎九指出，这种困惑与距离是必要的，因为美术馆的价值在于呈现未知与新颖，而非重复已知与熟悉。对于"看懂"与"看不懂"的问题，他强调，理解当代艺术并无标准答案，关键在于个人的经历、知识储备、环境及不可预测的标准。观众踏入欣赏与思考的旅程，自然会与艺术产生对话，答案也会在不经意间在内心回响。"好多人的误区在于，第一眼不解就走了。相反，应追问其带来的不适与不和谐感，这种感觉可能正是进一步理解和对话的入口。所以这就是当代艺术有助于培养人开放心态的缘由，久而久之，当我们面临未知的困难时，就知道应以怎样的态度来面对。"

当代艺术能得到全世界共识有其内在的多重性，每个角度与层面都有其独特价值，甚至可能相互冲突。这种冲突正是艺术家们试图揭示的——人类生存世界中充满不和谐与冲突，但正是这些冲突，才有发展的张力，对未来有不可限制的期待。因此，欣赏当代艺术时，应避免局限于既定思维，积极交流与思考。

谈及中国有五千年的文明辉煌，中国人的勤劳、勇敢与智慧，刘迎九提醒说：“你不能躺在五千年文明历史上睡着了吧。”刘迎九还提道：“美术馆不仅是艺术与公众的桥梁，更是知识与艺术的实验室与交流中心。它提供了纯粹的知识性与艺术性的活动空间，让观众有机会接触到实验性艺术，如独立电影等。一些对电影感兴趣的人，利用自己的个性创作手段拍电影，很多是纪录片。这些作品虽然缺乏商业支持，却以其批判性思维与形式创新而独具存在价值。普通公民不可能在商业影院看到，美术馆以教育为目的，通过展览将艺术体验传达给更广泛的公众，培养人们的开放心态与审美素养。”

当代艺术本质上代表着现代社会的普遍价值观，如追求自由、尊重个人等。刘迎九笑说：“当我们能取得强烈的社会意义、视觉与审美体验时，自然具有教育。我们会在这基础上，再配套更多的项目和做法，让观众能更充分的体验当代艺术，其实教育性和艺术性是一回事。”

每个时代都有其当代性

“资本”介入对当代艺术生态产生了影响。刘迎九认为，对于画廊而言，艺术家就像他们签约的明星，追求商业利益的最大化，往往导致艺术家的视觉、听觉体验容易被扰乱，进而产生“为市场而艺术”的现象。对于艺术家来说，我们不难发现每个时代都有其当代性的挑战，艺术家通过自身的视角和特点对这些挑战进行回应。这是一个自然而然的过程，因此刘迎九认为，当代艺术的创作无需认定艺术家所面临的统一挑战在哪？于是，他呼吁社会建立公共性机制，鼓励和扶持新锐艺术家，为他们提供持续发展的平台。同时，就中国目前当代艺术环境和空间来讲，公共的文化艺术产品、服务或者条件还不够充裕，所以我们需要以更开放的心态对待，才有利于整个文化生态的繁荣。假如艺术家要与外滩美术馆合作，光作品好还不够，艺术家还需根据外滩美术馆的物理空间和人文环境来创作新的艺术作品。这些作品最初是在外滩美术馆展出的，作品的内涵和体验与美术馆的实地情景密切相关。“同一件作品搬到另外一个地方，会随着环境、意义发生变化，观看方式也会产生变化”。对于美术馆的经济运行模式，刘迎九希望未来能有更多企业以赞助形式支持艺术项目，推动美术馆的可持续发展。

民间当代私立美术馆的产生与房地产发展的紧密关系，以及不同社会文化语境下当代美术馆的定位与对社会关系的看法。这一趋势对中国未来美术馆的发展会有怎样的影响？刘迎九认为，这是一个非常有意思的课题。

（发表于《如意时空》杂志 2013 年 1 月刊）

雕刻艺术也是雕刻人生

专访青山艺林董事长、水晶雕艺术家洪福寿

有关水晶的诗、神话、故事多得俯拾皆是，也因此更增加了水晶的神秘与空灵。它的晶莹剔透，它的一尘不染，往往被人间的巧匠赋予灵魂，雕出了无数美好的事物，但能传世的水晶作品却如凤毛麟角，更显其珍贵与无价。在机械操作日益取代手工艺的今天，水晶佛教艺术题材的雕品愈显尊贵。多元文化的交融，让传统艺术焕发出新的情感与生命力。当佛教题材遇上水晶艺术，并融入传统，形成了一种新颖的艺术呈现方式。为探寻这一艺术领域的奥秘，我们赶往泰州专访了隐匿青山艺林（以下简称“青山”）的水晶雕艺术家洪福寿。

走进青山展示厅，满眼的立体化精雕水晶佛像，令人震撼。这些作品均出自洪福寿这位63岁艺术家之手。他以传承和开拓者的身份低调活跃在佛雕艺术的谱系中。

雕刻与艺术雕刻

在青山展厅中，研读了洪福寿无数佛教艺术雕刻作品，仿佛能感受到他在艺术创作道路上所触碰的光芒。那是艺术家与艺术

之间的了然会心，引“旅人”找到心灵的归宿与安宁。他的作品更多的是对传统文化包容境界的感知，打破了佛教艺术的保守界限，为当今雕塑的发展带来新的可能性。

洪福寿充满力量感的技艺，也是经过无数坎坷与磨炼，深度探寻并研究多种雕刻技法与水晶融合的多样可能性的结果。一件成功的作品并非一次性形成，而是累积了无数次失败后的结晶。正如他所说：“当意志力战胜所有不该有的意念时，你就成功了。尤其是在雕刻佛教题材的艺术品，少刻一根头发都无法表现出雕刻的完美。因此，雕刻家的级别之所以众多，道理就在于此。”

洪福寿生于中国台湾省的澎湖列岛，年少时因崇尚一技之长，又受大海的熏陶，自然牵引着 17 岁的他去学习珊瑚雕刻。当兵归来后，艺术轨迹和精神心路的丰富，让他逐渐意识到雕刻与艺术之间的本质区别。雕刻是死板的，每块岩石、水晶、珊瑚在雕刻家手中都可以被雕琢成形，而艺术则是如何将手中的材料融入自己的创意，将其幻化成具有灵魂的艺术品。

自幼受寺庙文化熏陶的洪福寿，在创作佛教艺术题材时灵感四溢。他虽未拜师学艺，但深入研究了许多古代雕刻家的技艺。他认为：“自己遇到的每一位都是自己的师傅。雕刻艺术的关键在于自己的领悟，而非教授教你，你就变成教授了。最重要的是自己的心，心若不平静、不慈祥，每天急于赶时间、赶作品，不停地刻刻刻，是不可能创作出具有灵性的作品的。这是雕刻家的行为准则。而有创意的艺术家，作品可见内心的纯洁之境。创作前需要构思良久，直到有一天，眼前突然如放电影般幻化出这块原石未来的模样时，再着手创作。”

洪福寿的作品中，不乏令人叹为观止的佳作。如他 2012 年完成的《华严三圣》作品，其原石原本是一块重约二百公斤的水晶，上半部晶莹透亮，下半部满是金发丝，发丝清晰可见。他从山西华严寺归来后突发灵感，将这块水晶一分为三，分别雕刻成释迦牟尼佛、文殊菩萨、普贤菩萨，合为“华严三圣”。晶体上半部的棉絮状包覆体既似雪山圣境又如白云缥缈，让人遐想无限；下半部丝丝向上生长，寓意生命力的生生不息。

洪福寿 38 岁时雕刻的碧玉《比翼双飞》精细入微，蝴蝶的翅膀薄如蝉翼，六条腿、头上两根须均采用镂空雕技法，且抛光细腻至极。其雕刻技法摆脱了传统化的表现方式，就像纯音乐抛弃了语言，在抛光与磨砂之间营造出了情感与视觉上的节律。

水晶球《有求必应》则是对传统雕刻程式的突破与颠覆。这块水晶矿石原本是圆锥体形状，洪福寿在设计时为了保留晶体的美学特征，将中间最晶透的那部分水晶用球形体来呈现，并将释迦牟尼佛的形象注入其中。这一巧妙而特别的创意令观者产生了无尽遐想。底座采用花梨木，三条龙托着一朵饱满圆润的莲花，更加衬托出作品的大胆创新设计。水晶球宛如无声之乐，声声旋入人心。

洪福寿追求当代人不断变化的美学，有意识地挑战立体水晶雕的技艺极限，将宁静、典雅与水晶的特质相融合，增强其视觉冲击力和整体性。

艺术眼光下的自然造化与心灵雕琢

天然水晶，乃大自然亿万年之精华，其硬度超越玻璃，莫氏硬度约七度，脆性与玻璃相仿，一触即碎。无色透明的水晶，源自罗马时代，产自常年积雪的阿尔卑斯山脉，被视为“冰之化石”。古人有云，“君子比德于玉”，水晶亦被誉为水玉。关于水晶的奇幻传说，中外皆然。以《水晶枕》为例，诗中描绘：“千年积雪万年冰，掌上初擎力不胜。南国旧知何处得？北方寒气此中凝。”其移情之美，令人津津乐道。

然而，市面上常见的水晶玻璃，并非真水晶，而是仿天然水晶制成的铅玻璃。通过在玻璃中加入铅，可增加其折光率，并降低硬度以便于雕琢。一般而言，市场上的水晶杯多为铅玻璃制品。相比之下，天然水晶则散发着冰凉的触感，拥有独特的能量磁场及特殊功能。水晶球能呈现双重影像，而水晶玻璃则无此奇妙特性，仅作为装饰之用。

回溯至 1991 年，洪福寿来到祖籍地甘肃省敦煌市，目睹千手观音壁画的壮丽，内心深受震撼：“北魏时期的壁画就已如此精美，如何能让这立体雕塑得以传承？”他的目光落在了水晶之上。作为佛教七宝之一，水晶本身就是一件无价的艺术品，相较于木雕和竹雕，它更易保存、收藏与传承。因水晶历经千年而不会腐坏、裂开或变形，洪福寿毅然决定专攻立体化水晶佛像雕刻，尝试在佛教艺术与天然水晶之间的大胆革新。

这种材质对雕刻艺术家的技艺无疑是一次空前的考验。“以《千手观音》为例，作品拥有十一个首级和前八臂，采用平机雕刻时，跳动性极大，极易碰碎，更别提用水晶材料来雕刻佛教艺术了。”洪福寿的徒弟就曾因失手雕坏了一个手臂，导致整尊作品失败，最终只能改作其他题材。因此，《千手观音》是在千锤百炼中诞生的，它在洪福寿的刻刀下，佛教艺术雕刻已然成为他传递情感与心灵信息的独特语言。

对于雕刻艺术而言，选择合适的原材料更有利于人物形象的塑造。碧玉《敦煌前四十二臂千手千眼观世音菩萨》作品的原石便是绝佳例证。为了这块原石，洪福寿三次前往广州考察，最终花费数百万元购得。他当时订购了两块，一块让给了朋友。朋友选的那块表面看似无瑕，但切开后却发现内有三大裂痕，最终只能用于制作小型雕件。而洪福寿选中的这块，外表虽有裂纹，内部完好。他利用这块原石雕刻的该作品，突破了种种雕刻技术难点，历经耐力与意志力的考验，不仅借鉴了珊瑚雕刻手法，还融入了传统玉雕艺术的表现力，采用高圆镂空雕刻技法，将观音端正祥和的神韵刻画得惟妙惟肖。采用红酸枝雕刻的金刚座，再配以绿松石、玛瑙、珊瑚装饰，更显庄重与华丽。作品的纯净、高雅、炫丽与神秘，深深地感染与震撼着我们。他用这件作品向我们展示了，将“矿物质和佛教艺术能做什么”的疑问，转变为了“我能做什么”的坚定信念。

洪福寿投入了六年时间、昂贵的金钱和充沛的精力，这样的投入与产出是否成正比？他的内心又经历了怎样的变化？他当时只有一个念头，就是如何将作品雕刻得更加完美，他要创作艺术精品。如果只为赚钱，他完全可以迅速将玉石打成手镯出售，一吨半的玉石用机器雕刻仅需15天就能完成，一个月就能换取金钱。然而，他选择了用艺术的眼光审视每一块矿石，研究它们更适合雕刻什么、更适合怎样的雕刻技法和表现方式。为后代留下什么宝贵的艺术遗产。

点石为金之术

望着展示橱窗内的《珊瑚仙女》，洪福寿不禁露出了笑容。这是他17岁那年雕刻的第一件作品，承载了他青涩年代的审美趣味和清净的胸怀。虽然仙女的身形比例稍显不准，但这丝毫不影响我们感受到她轻盈脱俗的气质。洪福寿说：“现在不能修改了，那也是一份记忆。”这件“型不准”的作品，却真实地反映了艺术家彼时的内心世界，也曾被人收藏过。后来，洪福寿遇到了收藏这件作品人的儿子，得知这尊作品还未被转藏，他当即就以彼时十倍的价格购回。“现在这种珊瑚原料很少了，价格上涨二十倍都不止。”他自嘲道：“那时只是自学，没什么工艺技巧。”

雕刻的型准不准，其实大有讲究。洪福寿说：“如果雕刻站着的女孩，最好刻七个头的比例看起来比较苗条，男的则是六个半头。如雕刻观音的话，要注意风带、衣纹的飘向和层次感。雕刻男性形象时比较严实，手势不多，主要是动态的肢体。雕刻并不比绘画简单，它分好几个步骤，形状刻出来后还要画一遍，起码要来回四遍，最后才进行精工雕刻。”

从事佛雕艺术，除了翻阅古籍书典，还需凭借自己的想象力。那种对时空的想象和形象隐喻，在洪福寿的刻刀下自然流淌，赋晶石以生命，使其价值倍增。洪福寿自豪地说：“我有点石为金之术。”

艺术需要藏家支持

对于“教会徒弟，饿死师傅”的说法，洪福寿并不在意。他依然心甘情愿地教授徒弟，他说：“雕刻没有实际操作就不能传承，不能传承的艺术就没有存在的价值。只要肯学习，我可以传授，没有美术功底也没关系。”然而，学徒难招，很多人学到一半就转行或离开，有耐心的人很少。洪福寿曾招来一批美术学院毕业的雕塑专业的学生，结果发现他们在平面上画得很好，但在立体的水晶上就画不好了。

艺术需要藏家的支持，国家也需要鼓励和扶持艺术文化。收藏水晶等矿物质艺术品，既易保存又不易损坏，且升值和发展空间较大。洪福寿略显遗憾地说：“政府在推广文化产业，本来我们这行属于轻工部，每年培养了很多人才，但是到了 20 世纪 90 年代就停止了。玉器厂民营化后，国外的销路也逐渐缩减。”然而，如今真正懂得欣赏艺术的人越来越多，艺雕行业的发展空间也在不断扩大。洪福寿表示：“我们尽量避免艺雕兴旺之后逐渐凋零，甚至失传。但我相信中国十几亿人口，我们不愁失传。”这种激动与豪气，源自他对佛教题材艺术在当代艺术创作语境下美好前景的信心和自信。

在传统艺术轨迹中，洪福寿在美学和刀法上寻求变革。艺术无止境，也没有规范性。洪福寿只想用刀刻到尽善尽美，但至于要刻到什么样的程度，或许连他自己也不知道。采访至此，我们无需对洪福寿和他的作品进行过多分析解读，或许阅读艺术的最高境界是“忘言”。

（发表于《如意时空》杂志 2013 年 5 月刊）

商机在眼前不会逃

专访陶艺后援会、陶瓷艺术馆总经理洪兴文

一个非主流的公司名称，似乎有双无形的手牵引着我迈进了陶艺后援会（以下简称“后援会”）会所，在那我幸运地零距离感受了陶艺“视”界，更幸运地见到了总经理洪兴文。

“典藏艺术，无价未来。”洪兴文的见面语发人深思。正是风华正茂的年纪，年逾四十岁却有着二十五岁般活力的脸庞，纤瘦的身躯能否扛下这个名称“非主流”的公司而干着主流事业的新新企业，令人好奇！艺术经纪人算是艺术家创作的第一个鉴赏者、评论家，如没有艺术经纪人找寻艺术天才的睿智眼光、提拔尚未崭露头角的艺术新锐及资金支持，新锐艺术家将会怎样？

陶艺商机就在眼前

后援会，这个由洪兴文的父亲洪一仓一手创立的家族企业，从1980年起便致力于陶艺的推广与销售。洪父从小热爱陶瓷，收藏颇丰，并结识了众多陶艺家。他敏锐地察觉到，当时陶艺并未被广泛认知，于是毅然决定在台湾省成立后援会，为陶艺家们提供展览、推广和销售的平台，解决新锐艺术家的生计问题。

洪兴文接过了父亲的接力棒，成为后援会的第二代传人。他不仅是台湾省陶艺协会的成员，更是积极推广中国陶艺的坚定倡导者。洪兴文说：“好的作品需要好的艺术经纪人与渠道推荐。艺术经纪人犹如一家画廊的形态，是个人爱好陶艺的一个私人后援会。”他深知，陶艺家们擅长艺术创作，却往往缺乏市场经营的能力。因此，后援会便成了他们最坚实的后盾，让他们能潜心陶艺创作，无需为市场琐事分心。

经纪人亦古已有之，《史书》有记载经纪人在秦汉之际称“驵侩”。后援会代理当代年轻陶艺家，在艺术市场上为艺术品交易双方充当中介，也可说它是艺术品经纪公司，洪兴文自然是艺术经纪人了。作为艺术经纪人，洪兴文在陶艺市场上游刃有余。他深知市场的脉搏，懂得如何为艺术家们寻找最佳的发展路径。他不仅将中国杰出陶艺家推向了上海这座大都市的舞台，更有着将当代陶艺推向国际市场的雄心壮志。这是后援会的目标，也是洪兴文移居上海工作的目的。他淘气地说：“我娶了个上海太太。”2007 年，后援会在上海成立分馆。后援会不仅是藏家与创作者之间的桥梁，更是现代陶艺的重要推手。他们将发现和预测市场的信息适当的反馈给创作者，让陶艺创作者了解市场并产生新的创作思维；将艺术家带领到各个美术馆看展，刺激他们新的创作灵感；给收藏者普及陶艺知识。

洪兴文对于陶艺市场的洞察力和判断力令人钦佩。我好奇中国艺术经纪人在中国市场的机会到底在哪？他自信地说：“从 2008 年起，陶艺拍卖市场开始成倍增长，各地美院也纷纷成立陶艺系，大力推广陶瓷艺术。而海峡两岸交流的日益频繁，更为陶艺的发展提供了广阔的空间。”

随着文化创意产业的发展，当代陶艺的创意更加多样化，衍生空间更广。陶艺的实用性和原创性将占据市场。“目前，当代陶艺收藏在台湾省相当普及。还有些藏家觉得收藏古玩赝品太多，收藏市场水太深，于是将投资标的放在当代陶艺上，这也给青年陶艺家极大的鼓舞，能更专心创作。所以未来生活陶的市场商机就在这，它不会逃。”洪兴文自信满满。

经纪人不尴尬

面对缺乏“终极客户”的艺术市场，陶艺家对艺术经纪人的依赖度相对有限。作为艺术经纪人面对尚未成熟的陶艺经纪人市场，洪兴文认为：“与艺术家合作时，拍卖行往往会担心流拍的风险，若作品无法得到藏家的青睐，可能会对拍卖行的整体成交价产生不利影响。因此，拍卖行更倾向于与经纪公司合作，而非直接联系陶艺家。除非遇到极其著名的艺术家及其创作的作品，拍卖行才会主动寻求合作。实际上，经纪公司更多的是在保护艺术家，不见得是炒作。从陶艺市场的整体来看，成交额相对平稳。”他强调，艺术家们不能被商业利益所驱动，而要保持稳定的创作心态。好的作品自然会在若干年后焕发光彩。

洪兴文认为，“陶艺经纪人的运营模式与画廊的经营模式颇为相似。陶艺作为新兴艺术，正逐渐成为推广的主流，因此在运营上需要付出更多努力。陶瓷艺术的推广难点在于其创作过程繁复，要让大众了解、认同并熟知，需要过程。相较于陶瓷，主流艺术中的绘画类作品对于收藏者而言更易接受。”

陶艺行业内雷同的经营运作模式、同质化的陶艺品以及渠道和地域性消费特点等问题，确实给经纪人带来了尴尬。然而，在洪兴文看来，这些尴尬并非难以逾越的障碍。他说：“以前，专业经营陶瓷的商店寥寥无几，陶艺作品主要流向百货公司、交易市场、古玩城等地。如今，专业画廊开始代理旗下的陶艺家。在筛选艺术家时，我们非常注重艺术家的个人风格。陶艺与绘画在本质上并无二致，只是选材有所不同。我们签约代理的艺术家都是学院派出身，并具有强烈的个人风格。市场也呈现出多元化的趋势，既有原创收藏性的陶瓷，也有功利化、生活化的陶瓷。我们所专注的是原创性艺术，且艺术家个人风格鲜明，基础扎实。"

在局外人眼中，陶艺家之间的竞争颇为激烈。后援会在平衡陶艺家与经纪人间的合作关系方面发挥着重要作用。他说："行业竞争确实存在，但不算激烈。2013 年，我们策划了国际陶艺嘉年华活动，发现不同地区有着各自的特色。如，景德镇派系以青花类作品为主，清华大学派系注重造型创新，而中国美术学院则专注于釉彩的研究。"后援会在运营中会进行适当的利润分成，有针对性地选择合作对象。他继续道："在运营过程中，利益冲突在所难免。我们会根据每位创作者作品的定位和市场设定点，进行精准的定位和定价。许多新锐艺术家缺乏市场经验，因此我们会为他们提供专门的合作模式。"

"当年，我们收藏了中国美术学院学生展出的作品，每件仅需三五千元。经过时间的洗礼，我们的推广以及创作者自身的成长，他们的知名度有了一定提升，艺术价值也实现了数倍的增长。这是我们投资回报率极高的机会。"洪兴文不定期为陶艺家举办展览、宣传活动，并将杰出的陶艺家推向大型拍卖市场，增加他们的曝光度。这些运营手段让他信心倍增。

"父辈签约的艺术家中，如今已有不少成为了国际大师。因此，我们典藏的作品具有极高的价值。从商业角度来看，陶艺家的作品也是后援会宝贵的财富。"后援会主要为买卖双方提供专业的增值服务，如选择拍卖行，还是私下交易、心理价位的确定等。洪兴文延续了父辈的经营哲学——汇名品于会馆，开宝库以利藏家。

对于自己的生意经，洪兴文如数家珍。每当看到陶艺家在后援会的帮助下从出道走向成名，他都深感自豪。陶艺家王修功就是后援会主要代理的艺术家之一，他的作品被北京故宫博物院收藏。此外，后援会在江苏还设有陶艺工作室，将全球陶艺家、陶艺爱好者、老师、研究生聚集在一起共同创作、相互交流。在上海莫干山路，他们还开设了“国际陶艺嘉年华”会展区……这一桩桩成功的范例，让洪兴文这位经纪人干得风生水起。对于事业的成就，他倍加珍惜。

艺术金融化的双刃剑与陶艺的未来之路

当艺术品被赋予金融属性，它们似乎与普通商品无异，与文化、收藏的纽带被经济利益所掩盖。然而，洪兴文却持有一种辩证的看法：“这并非绝对，资金的推广确实能为优秀作品带来助力，但过度炒作却是个问题。同时，一些艺术精英热衷于短期投资，这对他们的艺术生涯或许并非益事。”尽管艺术金融化在收藏界引发了诸多争议，但其步伐却未曾停歇，让普通民众也能涉足艺术品投资，享受升值的红利。洪兴文对此表示：“这是积极的，关键在于如何适度推广。如与合作银行举办艺术讲座，这是我们的常规运营模式，而过度商业化，如艺术基金包装，则需谨慎。”

面对我对陶艺家作品风格的不稳定性是否影响作品的市场定位的疑惑，洪兴文解释说：“地区间、学院派与非学院派间确实存在差异，但整体上，原创与传承的结合，以及在传统中融入创新，是未来市场的趋势。每个时代都应有其独特的作品，不能一味仿古。”从当前市场来看，洪兴文发现，从陶艺家到拍卖公司，再到收藏家，这一链条中收藏区块相对薄弱。“收藏家对于主流及新的当代陶艺仍处于观望和评估阶段，他们纠结于当代陶艺是否能如当代艺术绘画般蓬勃发展，因此在收藏当代陶艺与古陶瓷间犹豫不决，这使得当前收藏群体的开发面临挑战。”

在策展陶艺活动时，艺术经纪人总是如履薄冰，因为陶瓷的脆弱性让他们倍感压力。“陶瓷极易破碎，损坏率大，因此作为装置艺术的利用率相对较低。从成形到烧制，陶瓷需要经历一段复杂的过程和时间，烧制结果并不总是理想，失败率较高，这与水彩画等艺术形式截然不同。”尽管如此，洪兴文对艺术经纪人行业的未来仍充满信心，毕竟陶瓷是中国的智慧。他相信，通过新的当代陶艺表现方式与传承老祖宗的智慧相结合，将赋予陶瓷新的生命。

对于艺术品代理市场的完善，洪兴文说：“创作者需在原创性、个人风格和创意性上更大胆和强烈。同时，创作者面对艺术市场定位也要更清晰。此外，创作者与经纪人间的立场规则，如经济制度，也需要进一步明确。虽然买卖双方直接对接能为艺术家带来实质性利益，但从长期推广来看，这确实存在一定困难。洪兴文指出：“国内这几年在奋起直追，我相信中国陶瓷未来将成为世界最强的。”

谈及未来艺术市场的激烈竞争，洪兴文表示：“我们已做好准备，以长期眼光看待这个产业，继续专攻我们熟悉和专精的当代陶瓷领域。中国许多杰出陶艺家的作品通过我们作为嘉德、保利等拍卖行的供应商推向市场的。”

在众多身份中，洪兴文最偏爱自己是收藏家的角色。“每次举办展览，看到精美作品，总有将其‘收为己有’的冲动。”与人分享的乐趣呢？“还好我是经纪公司，在陶艺馆里做常态展也是一种分享。”此时的洪兴文，显得既专业又俏皮。

既是经纪人也是收藏家，洪兴文觉得自己是一个固执之人。“在上海的七年里，我接触了无数陶艺家，从未厌倦这个行业，反而越来越热爱。就像每次开窑宛如迎接新生儿的出现，既期待又害怕受伤害。创作陶艺的乐趣在于它的非人为性，要靠运气。陶瓷业是我最大的兴趣，我也是陶艺人。每次策展对自己也是一种学习。与艺术前辈的交流让我无形中学到了很多技术和技法。其实，一件作品就像人生一样，经过长时间的磨砺与累积，包括成形、釉色的研究，都是自己个人成长的见证。”

（发表于《如意时空》杂志 2014 年 7 月刊）

蛇年不失约

专访陶艺家黄政道

四百余载光阴流转，茶壶起源于中国，是饮茶文化中重要的器皿。随着茶叶贸易进入西方世界，茶壶的形态与影响经历了无数变迁，跨越经济至文化的广阔范畴，在世界各地绽放异彩纷呈的艺术风貌，真正实现了“一壶一世界”。

近日，联合国教科文组织陶艺委员会会员、捷克陶艺家几雷·拉斯托米加，携其蛇年生肖纪念茶壶《诞生》与《守护》亮相中国上海。他的作品打破了中国传统茶壶的固有思维，以独特风格探讨茶壶的文化意涵与容器特性，巧妙融合不同文化背景下的意向，为当代工艺美术注入创新思维。

在当代展览机制的语境中，视觉效应与形式制作等外在美感成为首要关注点。而作为同样一直在创作生肖茶壶的黄政道，选择展出几雷的作品，其背后深意何在？

艺术全球化已成为不可回避的现实，在这个处于现在进行时的全球化进程中，我们的生活也在发生着难以捉摸的改变。众多西方艺术家在汲取中国文化精髓与生活经验后，在中国的艺术平台上与中国艺术家同台竞技、深入交流。生存空间与文化空间的转换，使他们深切感受到中西方文化的差异性与碰撞，生肖艺术便是其中的典型例证。

中国古时生肖艺术题材丰富，有种十二时盘，盘四周缀以十二生肖图案。此盘能随时辰变化而呈现不同生肖图案，令人叹为观止。随着 2013 年蛇年的临近，几雷的蛇年生肖纪念壶《诞生》与《守护》应运而生。他深感中国生肖文化之独特，每年创作不同生肖茶壶的挑战与乐趣并存，更激发了他的创作灵感与设计潜能。

中西陶艺家在茶壶设计上的理念差异显著。西方陶艺家更注重雕塑感，先考虑茶壶的雕塑性，再兼顾实用性；而中国陶艺家则优先注重实用性，他们认为茶壶首先应该是一件可以日常使用的实用器皿，但同时又希望它具有一定的艺术性。这种差异源于文化的不同，并无优劣之分。当面临实用性与艺术性的选择时，中西方陶艺家各有侧重。当然，如果能够兼顾实用性与艺术性，那将是完美的典范，如清初陈鸣远款的《束柴三友壶》便是明证。

黄政道，这位活跃于国际艺术舞台的中国超现实艺术家，以其独特的“陶土表现金属质感”技艺，成为生肖茶壶艺术领域的佼佼者。他运用高超的陶艺技巧，“以假乱真”将陶土塑造得如同金、银、铜、铁般逼真，迷惑观赏者的眼睛，令人叹为观止。他以“调侃”的心态，对中国艺术史上的经典题材进行全新的诠释与演绎。如他的《兔年纪念壶》，便以时钟造型的实用茶壶为载体，三只兔子在钟面上不停地奔跑，寓意着生命的轮回与生生不息。这种用一种材质模仿另一种材质的写实手法，在工艺美术领域中尤为珍贵，堪称艺术创新的典范。

超现实主义艺术家的作品往往备受收藏家的青睐，同时也成为批评家关注的焦点。然而，黄政道的茶壶却以其独特的美学魅力征服了那些热爱艺术与尊重心灵的人们。他成功借鉴西方后现代艺术家的创作方法，反思东方历史传统，并在作品中悄然留下东方文化的烙印。与几雷一样，他关注中西方文化的交流与融合，其作品蕴含着对当代艺术体制与现实的深刻思考。几雷的蛇年生肖茶壶作品《诞生》与《守护》，通过设计蛋裂开的瞬间来想象生命的诞生与守护，不仅是对当代社会不安感的反映，更是对爱与期望的本能守护与呼唤。

瓷器，这一古老的艺术瑰宝，最初源自中国的艺术土壤，其技术根基深根于历史悠久的传统创作手法之中。然而，西方艺术家对其的运用展现出了非凡的精妙，尤其是在色彩的运用上，他们与中国古人的审美取向形成了鲜明对比。色彩，是最激动人心且富有艺术表现力的视觉语言，在艺术家的手中被赋予了全新的现代感，从而创造出别具一格的艺术风貌。

尽管西方艺术家是从中国文化中汲取了陶瓷艺术的灵感，但并不意味着他们必须重复已有的陶瓷艺术形式。相反，他们以自由洒脱的态度，用自己的方式去体会、揣摩与研究，从而表达出西方陶瓷艺术的美感。艺术创作，本质上是对生命的心灵探索与表达，它不应受到任何形式的束缚。对于真正的艺术家而言，创作是自由的，是无拘无束的。只有那些被市场利益所驱动的艺术家，才会因为需要揣摩时代性、迎合市场需求和消费者喜好而背负上创作的包袱。

在黄政道看来，艺术家在创作时，无论是否刻意追求反映时代性，都不可避免地身处这个时代的大潮之中。艺术家和他们的作品都是时代的产物，因此无需刻意去追求时代性的表达。艺术家最重要的品质是“诚恳”——是否诚恳地表达了自己真实的想法与情感。只有诚恳地创作，才能创作出真正触动人心的美的作品。假设艺术家被故宫博物院邀请收藏其作品时，如果他整天只想着故宫博物院需要什么样的作品，那么他就可能失去自己的创作灵魂。因为这样的创作没有真实地表达出艺术家内心的想法与情感，也没有真诚地呈现出他想要创作的作品风格。

值得一提的是，古今中外都有以动物造型为特色的茶壶设计，但这些作品大多零散无序，缺乏系统性和理论性的归纳与总结。陶艺家们往往只是偶发性地抒情、随性创作，而未能系统性地完成循环与升华。为填补这一空白，黄政道发起了“国际当代生肖茶壶展”这一活动，该活动已经在上海成功举办了六届。他通过这一活动对动物造型的茶壶设计进行了深入的系统性和理论性归纳与总结，为世界动物造型的茶壶设计领域开启了全新的篇章。

生肖艺术，中国文化历史的一部分，与中国人的生活紧密相连。承载着深厚的文化底蕴和民族情感。如今，中国的生肖文化已经跨越国界，每年给全球人类带来不同的情感体验与审美享受。对于热爱艺术的人来说，它们具有启发性和教育意义。对于艺术家而言，从生活中汲取创作灵感是一种永恒的追求，它不受时间限制，也不应被刻意安排。艺术家们可以按照自己的意愿和灵感，自由地截取生活中的瞬间，将其转化为艺术作品中永恒的经典。正如黄政道所言：“生活无法被虚伪地假设，有一天该发生的事还是会发生，艺术也一样。”

（发表于《如意时空》杂志 2012 年 12 月刊）

放弃又执着的恋爱

专访上海昆剧团艺术创研部主任、古典跨界戏剧导演俞鳗文

近日，被誉为中国版“绝望主妇”，由小说《每个女人都很孤单》(以下简称“《每》”)改编成舞台剧亮相中国上海。这一跨界尝试由导演俞鳗文与畅销小说家西岭雪携手打造，共同开创了一个另类原创女性情感话题剧的时代，形成反响。“女性情感话题剧”本是细腻的心理描摹，加之俞鳗文的艺术追求，从剧本构思、舞美设计到演员调度，都隐含着丰富地心理情感传达，使得这场演出成了一次深入心灵、探索自我的绝佳体验。

在剧场内我们独家专访了俞鳗文导演，听她讲述自己的戏梦人生。访谈在相互问候之后，从瞬间寂静的奇妙氛围下开始，仿佛不容任何人“入侵”她的世界。她似乎下意识地从自己肩上拉下一层薄纱，将自己优雅地素裹起来，面朝舞台慢慢坐下。我望着她的侧脸坐于隔她一座，试图走进她的“世界”。

古典　跨界　矛盾　困惑

“一个人来到这个世界上注定要一个人离开，这是生命的本质状态。当你认知到自己的孤单、孤独的本质时，你才会真正拥抱

这个世界，我觉得一个人的时候更会毫不顾忌的面对自己。”

俞鳗文的世界，可以用古典与现代交织、敏感与内敛并存、细腻与多情共生、矛盾与不安相随等词来形容。她用女性特有的敏感与智慧，自 2005 年起创作出一系列感人至深的戏剧作品。她将现代戏剧与古典艺术完美融合，让传统艺术在当代焕发出新的光芒。她对艺术有着一丝不苟的执着追求，用自己的青春为观众奉献了无数激情四溢的瞬间。她学贯中西，果敢干练，严谨中不失风趣，风雅里带着戏谑。

俗话说，看别人的故事流自己的泪。在偶然中，个性炽烈的俞鳗文发现，原来戏剧是自己喜欢的一种生活表达方式。至于昆曲、话剧更爱哪一个，她自己都很难分辨。“话剧在抒情和叙事之间寻找满足当下观众对于欣赏一部作品的信息量。如话剧于精神的拷问与自省，昆曲则于心弦的舒缓与圆融。”俞鳗文的矛盾在于，自己拥有当代情怀也有古典情节的个性，她既迷恋于戏剧传递的传统气息，又喜欢古典雅致的美态，那份精神状态引诱了她骨子里的那部分对戏剧的执着。因为戏剧让她认知自我、情感和时代的途径，这种方式让她习惯、有安全感。

观看戏剧时，每个人的触动点都会因经历不同而有所不同。“戏剧对观者会产生影响和熏陶，但不可能在观看一场戏剧之后生活会突然发生骤变。”有人说俞鳗文导演的话剧气质越来越昆曲化了，“因为我比较适合导演抒情剧。”她一直游离于个性表达与群体共鸣之间寻找平衡。“我想总有一天我所钟爱的这两项艺术会在我的创作艺术理念中有所交融。”面前的俞鳗文在黑色镜框遮盖下，依然看不到她小小脸蛋上的一丝表情。

“中国的戏剧是门综合艺术，它无法被简单地定义。对我而言，戏剧只是一种沟通的语言，是用歌舞演绎故事的方式，需要我们和观众共同完成。”此刻的俞鳗文没了之前戒备的沉默，她在沉默的表情中读着与她对话的人的各种，就如我们见面时她会问：“你是什么星座、什么血型的？”。同样她挑选演员也是通过询问星座、血型试图读取对方，她坦然承认，“我没有安全感。但戏剧让我获得了安全感。这个空间在你的掌控之内，你能知道所有故事的结局。所以说不是我选择了戏剧，而是戏剧选择了我。”

近年很多舆论说，戏曲界有很多话剧导演染指了戏曲界，而俞鳗文也不例外的被称为“古典跨界戏剧导演”。“当拿到这个称谓的时候，我很矛盾。当你没穿衣服的时候，很渴望用衣服来遮羞，当别人永远给你穿上这件衣服的时候，就开始质疑自己，是不是一直要扮演这样的形象？我认同这个称谓，这是我的一部分而非全部。”我追问：“您创作戏剧时，心态会往这个称谓靠吗？”“不需要，我的存在就是天然的跨界，我的个性大于作品符号，即俞鳗文式的戏剧。”面前的俞鳗文纯粹、感性、矛盾又坚定。“跨界只是我的一种表达方式，而我的表达方式多了点，讲话式、文字式，仅此而已。”

曾有人评价俞鳗文的戏为“没有主义的主义”。“我从没想过自己一定是怎样的，所谓的纯粹是我性格中的一部分，我与人说话没有固定模式，就像审美一样，是自然的流露和表达，理念是后天培养成的。人们或许会给你贴上标签：新古典主义、跨界导演等，这些都只是标签，而标签又会在实践中慢慢让我们找到创造的思维和灵感。”

性格使然。俞鳗文导演戏剧时，不会刻意将哪部戏导演成商业剧或是艺术剧。聊到她曾为上海家化联合股份有限公司导演过的一部艺术广告剧，“我不会觉得很难受，我只是在他们给的做菜材料中，做了一盘很对得起自己的一盘菜而已。”说完她独自爽朗地笑开了，身子慢慢转向我，俨然像个孩子，她戏称自己为“00后”。“所谓打造个性化品牌，不过是有些导演自身的符号大于个人的创作，或作品符号大于导演的性格本身，正如看到他就会想到商业戏剧。”

在她的称谓中还有个词为“古典”，古典艺术与当代艺术之间，俞鳗文认为隔阂在于语境。“我试图用方言、普通话、英语跟你交流，我所追求的是流畅的交流。我要尽可能用传统的语言，述说当代人想听的故事，这有难度，但很有意思。”这是她在导演生涯中需要思考和延续的古典跨界思维，然而这样的变革注定会遇到阻碍，26 岁那年导演的先锋昆曲清唱剧《印象南柯记》，在 2008 年公演时就曾遭遇两种截然不同的声音，而质疑声从此“绑架”了她三年。

爱上了你爱的那个人的自己

不放过自己也不放过别人，这样很累。

在当今戏曲与舆论交织的大环境下，传统的定义变得模糊不清。面对质疑，俞鳗文内心充满了矛盾，倔强地发誓三年内不再执导昆剧，这份情感纠葛如同恋爱中的挫败，自尊心让她选择了暂时的退避。“就像一场单恋，我倾心于你，而你却对我无动于衷，自尊心就上来了，我必须要喜欢你吗？”在这纠结、矛盾、困惑的三年里，她并没有停息，而是通过深入研究折子戏，寻找与传统对话的新方式。2009 年，她的概念折子戏剧《从来回首已三生》诞生了。“也许这是妥协，就像你放下自己在爱另外一个人，你爱上了爱的那个人的自己，你在享受这个状态。”

面前这位喜欢将自己裹藏起来的瘦弱女子，早在24岁时便成立了拥有16名演员的工作室，正式开启了她的导演生涯。然而，她的导演之路并非一帆风顺。22岁从上海戏剧学院导演系毕业后，由于对戏剧的排斥和叛逆心理，选择离开戏剧界。那时的她，被导师和周围人的偏爱所包围，自认是个天才，休息两年也无妨。但正是这份叛逆，成了她日后创作的原动力。

十年前，俞鳗文回归戏剧界，为“上海大学生戏剧节”的高校话剧爱好者授课。这次回归，让她深刻体会到了失去与拥有的珍贵。“你开始失去了，才知你已拥有的有多不容易。你失恋了，才知不是所有的机会是为你而准备的。你看着同学发展得比你快，你能抱怨你的专业没有比他们好吗？别人在努力，你在做什么？人生很多事，不是你想要怎样就一定会怎样，在你拥有的时候要好好珍惜。张静娴老师（上海昆剧团国家一级演员）教会了我什么叫珍惜。”

俞鳗文的忘年交张静娴老师欣赏完她导演的第一部昆曲后，发现了她的个性火花，认为这种新的样式和打动人的方式是之前导演界没有的，俞鳗文带给观众的是她本源的出击。

“我不排戏的三年中，张静娴老师改变了我，她的赞美对我特别珍贵。潜移默化中她结合我的个性让我亲近传统。有个性是很好的事，但是你要懂得如何跟环境共鸣，要懂得如何跟自己相处。在我们相识的六年中张静娴老师辛苦的陪伴我、引导我的生长、调和我的性情，让我学会个性与传统共处。她让我意识到，对哦，其实生活还可以这样过。”

女性视角的人文关怀和传统艺术的当代表达，一直是俞鳗文创作中的核心DNA。而立之年的她，说：“我要做俞鳗文。”决定用戏剧的方式记录生命中的寄语，关注都市女性心灵的成长与蜕变。这或许源于她对女性生存境遇的好奇与探索。她认为，完善自我的前提是认识自我、接纳自我，与自己和谐共处，才能提高幸福指数，更好地去懂得爱和实践爱。2011年，女性心理话剧《麻将女人心》(以下简称《麻》)和2012年的传奇昆曲(新版)《占花魁》相继问世。“我不是高产导演，我创作的节奏就像谈恋爱，慢慢地进入和走出，我习惯跟工作谈恋爱。”突然她伸手掩嘴而笑，发出了爽朗又清脆的大笑声。

以恋爱的方式导演剧本

“人生世间的痛苦不过是得不到与失去，为何我得不到和已失去的都是你，我小心翼翼又野心勃勃的苛求着你给我的那么一点点与众不同，我捧着他拽着他，我就那么赞着他，我就舍不得忘记。他深深打动了我……”

一次失恋，让她走近了女性心理学和心理剧，“修禅是我排解痛苦的方式，最好的治疗方式是创作。所谓心理剧并非探讨心理问题的剧作，而是具有更强大的心理疗味功能。《麻》和《每》脱胎心理学中的母题。《每》以‘移情和投射’最为心理母题，直击当下都市女性情感生活的多棱侧面，戏剧化的讲一个很有趣的故事。每一位演员都会在排演过程中，像做了心理SPA一样，从感动到痛哭流涕到开始剖析自己，这是非常有趣的过程。”俞鳗文追求的是演员在塑造这个角色的时候，获得了什么、认知了什么，“我的幸福在于与我的演员能与我共同成长。”

有关描写女人情感与内心话题、女人的各种转变和演变的小说、电影、戏剧的有很多，而俞鳗文唯独选择《每》作为剧本，是因为她认为人生来就是孤单的。她希望通过这部剧作，传达出因为孤单所以需要爱、需要更懂得爱的理念。她以恋爱的方式和心态去导演这部剧作，让每个人都能从中获得不同的感悟。

《每》采用了戏里戏外的双线结构，通过小说和女演员的演绎两条线索交织展开。俞鳗文追求的是让观众在观剧过程中恍然大悟的感觉。虽然每部剧作追求的状态都不同，但俞鳗文始终通过戏剧传达她对爱情、对人生的独特理解。在她看来，爱情并非常态，我们要在情感中获得幸福，就不能执迷于爱情的常态。她期待完美的爱情剧是发生在一个人身上的一见钟情和日久生情相结合的故事。她希望通过自己的戏剧作品，寻找并传承这种传统，让更多人意识到这些传统的存在。

外界称俞鳗文的作品为“俞鳗文式的造梦”。她说：“我以不相信的心态相信着爱情，用戏剧的方式表达我的爱情剧。”

原来疼是这样的

“我恐惧，你说作为一名成功的导演……我恐惧自己没得到的，我更恐惧有一天自己的人生就像行为艺术一样自己在扮演一名艺术家，找了那么多配角与自己一起演一场大戏。”

“我不知道大家为何喜欢看计算我能笑多少次为宣传单位的喜剧，这样的戏剧固然好，但不是我需要的。进剧场看戏获得快乐是最低成本的生活目标，这也很好，但快乐之余呢？我们还需要什么？我一度认为自己不适合拍戏，大家不需要我的样式。”俞鳗文面向舞台仿佛又回到了那年的彷徨，彼时的她看着儿时的朋友让她醍醐灌顶又重拾戏剧舞台，“如果不继续做，我将丧失跟我爱的人在一起做一件事情的感动和快乐。”在这十年导演生涯中，俞鳗文经历了无数坎坷，迷失自我、遇到瓶颈，放弃、重回、彷徨又回来，2013年在创作上又遇到了瓶颈。

在“乌镇戏剧节”上，她的一部作品败给了一位“90后”导演。“我输得心服口服，这次失败让我意识到，这么多年来我所追求的纯粹性，或许已被时间所冲淡。”老师说：“‘你输得太晚了。但是输得很好。’这次失败，反而让自己得到了解脱。摔过一跤就不怕了，怕的是从没摔过，原来疼是这样的。”俞鳗文深色眼镜框后的眼睛微微眯起说：“看到那个孩子，我仿佛看到了曾经的自己，那种感动难以言表，仿佛那个奖项就是对我过去的肯定。原来俞鳗文曾经也这样炽烈过。”她开玩笑地说：“这次，我是在悼念我的青春。”

曾经俞鳗文患有“抗合成酶抗体综合征”，那时，她总以为发脾气、骂人是一种范儿。如今，她已能理解一切，乌镇之行后，这个病症竟神奇地消失了。她相信，什么样的人会导出什么样的戏。在多年的导演生涯中，她逐渐将戏剧形式的疯狂尝试转化为对戏曲本身的深入探索。在《每》之后，她执导了一部小剧场独白剧《一个人的红氍毹》，这部作品的创作灵感来源于她曾经的彷徨与身份感的丧失。

舆论曾评价她：“在话剧界导演戏曲，在戏曲界导演话剧。”她对此感到彷徨：“说得好听点，我是混血儿；说得难听点，我就是隔壁家的孩子。虽然大家都很喜欢我，但谁也不会把我当作唯一。在这个环境中，我永远是个外来者。”这部作品的创作思路，正是她作为而立一代昆曲人，对爱怨交加、自问自答的体现。她将个人情感与传统文化融合在一起，用作品在剧场里发声。

她舒展身体，转向我，继续说道：“我与昆曲的关系，就像一场一见钟情的恋爱。我从没想过会与他结婚，但谈着谈着就结婚了。婚后虽有烦恼，但总不能想着离婚吧？日子总要好好过。现在，我在经营着这份对戏剧的爱，虽然已没有了当年的冲动，但那份执着与热爱，却从未改变。”

中国文化有着独特的自我净化能力，戏剧亦是如此。俞鳗文在分享她的纯粹、敏感、没安全感和放弃又执着的戏梦人生时，我们不难发现，她那份孤单而疯狂的寻觅，那份放弃又执着的“恋爱”，正潜移默化地影响着身边的人。当这股力量达到一定高度时，便形成了她不可替代的独特价值。

（发表于《如意时空》杂志2013年7月刊）

上海的迪士尼电影梦

专访迪士尼动画执行和规划原副总裁霍文东

“做一部好电影的三个最基本要素：好的故事，好的故事，好的故事！”

当动画电影《狐侠》在上海启动制作之际，我们不禁对中国动画电影产业的发展机遇、前行路径，以及下一个过亿元票房的动画电影的将花落谁家？产生了浓厚兴趣。

在松江泰晤士小镇的一家书店里，我有幸采访到了霍文东先生（Max Howard）。他曾任迪士尼动画执行和规划副总裁、华纳兄弟动画总裁以及梦工厂联合制片人，如今作为上海德稻爱呢影业有限公司与比尔斯（苏州）影视文化传媒有限公司合作的《狐侠》项目的执行制片人，他将为这部动画电影的开发、制片和发行提供全方位的顾问咨询服务，以确保其在国际化的专业视角下制作，提升国际竞争力。

银光闪闪的头发和笑容可掬的态度，令这位赫赫有名的迪士尼前动画制片人显得格外和蔼可亲，闻着书香我们的话题逐渐深入。

全球市场就是一个市场

电影不仅是一种职业，更是一种文化遗产，它承载着每一代人的记忆与情感。

霍文东与《狐侠》导演、比尔斯影业集团的简耀宗（William Kan）在三次意外的会面中，均深切感受到制作一部既受中国观众喜爱，又能跨越国界、实现全球化电影的重要性。正是这份共鸣，促使他们迅速达成共识，携手启动了《狐侠》项目。

霍文东强调，在合作过程中，团队融合了来自不同行业的经验碰撞。他们决定摒弃好莱坞视角，而是立足中国，深度融入上海的市场文化，从内在层面雕琢出一部真正意义上的中国电影。同时，他们怀揣着将这部影片推向国际舞台的雄心，期待全球观众都能沉浸在这场国际化的视觉盛宴中。他坚定地表示：“全球市场就是一个市场。”

作为德稻集团全资子公司，上海德稻爱呢影业的大师级人物，霍文东工作室专注于挖掘传统中国神话故事及民间传奇，携手中国团队，共同打造能够触动全球观众心灵的动画电影。他分享道：“德稻集团邀请了全球众多跨领域的顶尖专家，有娱乐产业、建筑、音乐、设计、服装等多领域。我很高兴能有机会在这见到平日里难以接触的跨领域大师们，并与之交流，碰撞出灵感的火花。德稻引领我走进中国，而上海则为我提供了深入了解中国文化、发展事业的宝贵平台，我很幸运。”霍文东，这位现居中国上海的英国人，其职业生涯轨迹跨越了大洋彼岸。从英国出发，他因工作之需远赴美国洛杉矶探索电影艺术，随后转战英国伦敦，再到中国上海。如今，他已习惯于在全球三大居住地之间穿梭，享受着这种多元文化的融合生活。

动画电影全球化的核心

霍文东对中国怀有深厚的情感，尤其是对上海，这里的美食如小笼包和红烧肉更是让他情有独钟。为更好地理解和融入中国文化，他学习中文，并鼓励远在美国的儿子也踏上这条语言与文化探索之旅。他选择居住在充满英伦风情又不失中国社区韵味的松江泰晤士小镇，小镇不仅风景如画、故事丰富，更是他研究并拓展中国动画电影市场的重要基地。他说："在中国有很多电影制作机会。因为中国拥有丰富的故事资源可以挖掘。"他怀揣着将中国电影推向全球的梦想，他说："动画电影全球化的核心在于拥有能够触动全球观众心灵的好故事。"

提及迪士尼，霍文东满脸自豪。也正因为迪士尼，让他重获自己。在迪士尼的辉煌岁月里，他担任了《狮子王》《钢铁巨人》《美女与野兽》等多部动画电影的制片人，这些作品在全球范围内成功取得了巨大的票房。他坦诚分享迪士尼成功的秘诀："第一是故事，第二是故事，第三还是故事。"他进一步指出，电影故事的核心在于其深刻的思想内涵，而非简单的善恶对立。此外，电影上映的时机也至关重要，观众是否"准备好"接受某一类型的电影，往往难以预测。

在迪士尼任职期间，霍文东见证了《花木兰》的全球票房奇迹。尽管中国观众对木兰的角色造型和眼睛设计有所异议，但整个故事所传递的奉献和牺牲精神却打动了全球观众。他认为，《花木兰》的成功在于其动画电影叙事的精湛技巧。

霍文东还将丝绸之路视为中西文化交流的桥梁，它可以促进文化的交流。他说："通过电影展现全球观众都能认可的文化精神尤为重要。讲好一个故事是电影成功的关键，我期待《狐侠》能够像《花木兰》一样，成功融合中西方理念，最终走向世界市场。"

电影制片人的权衡

在电影制片领域，原创动画与改编动画的制作过程中，制片人的思考模式、投入的时间以及最终作品所呈现的效果均有着显著的差异。制片人的核心职责在于确保预算的合理分配、日程的顺利推进、团队的高效协作、作品质量的卓越以及利益的最大化。霍文东分享道：“作为动画电影制片人，我时刻在思考如何平衡有限的资源与无限的创意，如何智慧地运用时间和预算，找到它们之间的最佳平衡点。我深受中国古代哲学家老子‘阴阳’理论的启发，它教会我在面对电影制作中的种种挑战时，要寻求和谐与平衡。比如，当一部电影的创意需求过于庞大，需要大量资金投入和技术支持时，就必须警惕资金短缺和时间紧迫的风险，避免陷入无休止的资金和时间需求漩涡中。这时，作为制片人，就需要果断地进行权衡和调整。”

霍文东坦诚地分享了自己在电影制作过程中遇到的意外挑战。2008 年，当他的电影项目正式启动时，美国市场经济突然崩塌，观众观影消费锐减。他提醒道：“在与独立电影制作人合作时，务必让他们深刻理解资金预算的重要性。电影人常常怀揣宏大的梦想，比如‘我要打造迪士尼级别的电影’，但我们必须更深入地思考如何实现这些梦想。我的答案是，从一个精彩绝伦的故事开始，这是奠定成功的基础。”

迪士尼的魅力源泉在于其电影，尤其是动画电影，它们具有永恒的独特魅力，不受时间流逝的影响。动画电影中的角色永葆青春，而真人电影的演员却会随时间老去。“当我们回顾真人电影时，往往会感叹演员的变化，但这并非负面评价，而是时间的真实写照。”他继续说道：“20 世纪八九十年代，有些动画电影，如《美女与野兽》《狮子王》《白雪公主与七个小矮人》《爱丽丝梦游仙境》，至今仍深受人们喜爱，广为流传。这就是动画电影的魅力所在。”

这也是霍文东想要在中国制作动画电影，做出能够影响一代又一代观众的动画电影的原因。他强调：“我们必须清楚地认识到，观众是非常聪明的，无论是孩子还是成年人。实际上，孩子们往往是最敏锐的‘影评人’。他们或许无法用言语准确表达喜欢或不喜欢的原因，但他们的猎奇心和态度却是明确而坚定的。”

动画业界的生存秘诀

在动画业界摸爬滚打多年的霍文东深刻洞察到一个现象：许多电影人倾向于翻拍已成功的电影，企图借此创意迈向成功。然而，他坚决反对这种做法，说：“我们绝不能走这条路。我们必须挖掘并打造出属于自己的《功夫熊猫》《美女与野兽》《孙悟空》等经典之作。”

针对中国动画电影行业的现状，霍文东认为，中国动画界“缺乏机会”。如果电影人有更多机会接受专业培训，中国动画电影的成长速度将会更加迅猛。

霍文东的电影之路深受两位英国剧院工作者的影响，他们都是动画制作领域的佼佼者。其中一位是托伊（Toye），他既是舞蹈演员，也是电影导演，更是霍文东的恩师。“托伊极具魅力，他的独特思想总能激发我的创作灵感。”霍文东满怀敬意地说。“另一位是澳大利亚的演员兼导演迈克尔（Michael），他是我在动画界的启蒙老板。迈克尔八十多岁高龄仍坚持工作，我希望能邀请他来上海执教。”霍文东补充道。

从这两位前辈身上，霍文东汲取了宝贵的人生智慧：“他们对待每个人都极其尊重，不因职位高低而有所偏颇。如果你工作失误，他们只会礼貌地说声谢谢，然后结束话题。他们从不抱怨或批评，因为他们认为每个人都是平等的。”

谈及中国动画产业的发展机遇，霍文东认为潜力巨大，因为中国拥有无数精彩绝伦的故事。然而，他也指出了面临的挑战：教育。他强调，问题不在于学生，而在于教师的教育方式和经验。学生们才华横溢，却缺乏实践机会。因此，他呼吁应给予学生更多亲身参与电影制作的机会，让他们在实践中成长。

（霍文东 Max Howard，国际知名制片人，电影公司 Melwood Pictures 创始人，建立并运营了英国伦敦、法国巴黎、美国奥兰多和洛杉矶等地迪士尼电影工作室。他曾先后担任迪士尼动画执行和规划副总裁、华纳兄弟动画总裁、梦工厂联合制片人等。经典影片代表作品包括《谁陷害了兔子罗杰》《小美人鱼》《美女与野兽》《阿拉丁》《狮子王》《钢铁巨人》《空中大灌篮》《小马王》等。）

（发表于《上海画报》杂志 2017 年 12 月刊）

非遗匠影

Artisans of Intangible Heritage

寻遗问“匠”，探寻非遗等匠人的记忆与传承。

“非遗”文化如同绚丽的梦境令人向往和沉醉，“匠影”传非遗，他们是时光“匠”语者。在历史的长河中，非物质和物质文化遗产不仅是技艺与知识的积累，更是民族记忆与情感的传承。这些传承人和守护者，每一位都是匠心独运的大家，他们用双手和智慧续写着古老记忆的辉煌篇章。

“非遗匠影”之章，这些专访深入他们的内心世界，走进那些充满故事与情感的“坊”间，感受非遗匠影中的温度与力量，感受“匠魂”的不解之缘，探寻他们如何将技韵流芳，如何不断创新让非遗等技艺焕发新的生机与活力。同时，希望通过这些专访能唤起更多人对非物质和物质文化遗产的关注、保护和传承。

那些存在于流逝光年中的古建筑遗迹

专访全国历史文化名城保护专家委员会委员、同济大学国家历史文化名城研究中心主任阮仪三

上海的新天地，一个全新的地标。“凤凰古城，曾有13座古老的吊脚楼，但如今已增至一百三十多座，其中绝大多数为新建。昆明的三条历史街区被拆除了，仿建的牌坊用上了钢筋混凝土，请问明清时期有钢筋混凝土吗？江苏省徐州市（沛县）是汉高祖故里，当地建造了一条名为‘汉街’的复古街。我要问，汉代有街吗？现在的小区是科学了，现代了，似乎少了些人性的温度。”

能如此尖锐发表这些言论的，或许只有被誉为古城卫士的阮仪三教授了。能与他相约访谈实属难得。在约定专访的前一天，我坐于电脑前陷入了长时间的沉思……这座宝藏不知要从何挖起，心中盘算着多个采访主题，却在我们一见面时他滔滔不绝地讲起一则大收藏家潘祖荫收藏了全球最大鼎的故事，瞬间我的思绪被瓦解，带入了另一个领域。

我们的城市究竟需要怎样的建筑艺术来打造公共空间？中国古建筑在城市艺术这个大空间中，究竟有怎样的魅力？这些尖锐的问题正是由眼前这位满头银发、1934年生于苏州的阮仪三教授提出

的。他依然满怀激情，用生命去抢救和守护中国的古建筑遗迹。

三座半城墙之外

“这个重大发现尚未被公众所知，媒体也尚未报道过，你们是独家啊。”阮仪三满怀喜悦地向我透露。2012 年，当绛州文物局局长邀请阮仪三重访新绛古城时，他意外地在大堂院子里勘测到了一条唐代的甬道，这是迄今为止尚未被发掘的唐代甬道遗址。今年，阮仪三计划前往山西省新绛县抢救“绛守居园”，这是隋代新绛太守留下的花园，现今位于新绛县新绛中学内，俗称莲花池。县衙门的大堂依然屹立，20 世纪 60 年代，阮仪三调查中发现，这座城市基本完整地保留了隋唐以来的风格和技术，以及元代的建筑风貌。当场徒手测绘，并拍摄了园池的平面及园景。1996 年，在阮仪三的竭力推荐下，新绛被列入国家级历史文化名城之一，他意识到这是中国仅存的“隋唐名园之城”。唐长庆三年（823 年），绛州刺史樊宗师曾撰写了一篇深奥的文章《绛守居园池记》。“能读懂这篇文章，学古文就没什么难的了。”博古通今的阮仪三自信地表示。

在阮仪三抢救的古城中，他较为满意的是保持了原样特色风貌，同时旅游业发展也较正常的江南水乡六镇。而他“收藏”的第一座古城便是山西平遥。1980 年，平遥为修建公路而面临拆迁。当时全国盛行的口号是“要致富，先开路”、“汽车一响黄金万两”，上海也提出了“一年一个样，三年大变样”的口号，并在全国范围内流行开来。为什么要变样？因为这是社会主义建设的新气象。时至今日，一些地方仍然热衷于旧城区、旧民居的改造，拆除旧房建新房。“我认为危房是要拆除的，但旧房也有好坏之分，就像古董一样，虽然是旧东西，但具有很高的价值，古建筑也是同样的道理。为何欧洲的历史城市建设活动被称为旧城复兴？所谓复兴，就是留存好的东西，让衰亡的东西重新焕发生机。所以，当时我们看到平遥的规划就觉得不能这样做。”

“我对平遥的领导说，我来帮你们做规划，留旧城建新城，这样既节省又经济。当时我们在平遥发现有近两百处明代民居，三四百处清代建筑，而且这种情况在当时的山西几乎所有的城市都一样。全国的城墙只拆剩三座半了，兴城一座，荆州一座，西安只能算半座，然后就是平遥了。这样好的城墙怎能拆掉呢？我就去北京申报了国家文物保护单位，同时也申报了城市里的另外两座古建筑——镇国寺和双林寺。申报后，国家拨款八万元作为修城墙的经费，于是我重新做了古城规划，并将城墙和两座古庙申报为全国文物保护单位，平遥才得以切实地保存。”

阮仪三最得意的“收藏”是四川省广元市的昭化古城。2005年，元坝区苟区长邀请他勘探昭化古城能否进行修缮。到达后，阮仪三被古城完整留存的风貌所震撼。那基本都是原汁原味的川北民居，保持着原本的木结构体系，老砖老瓦虽年久失修，有的严重破损，但原物仍在，只有少量新建筑。他说：“能修！但有三个条件：要有钱、有木头、有好的工匠。要按照古建筑保护的四原则进行：原材料、原结构、原样式、原工艺。木结构全部采用传统的榫卯技艺。”开始修缮时，有些已建了新式建筑的居民不愿修改，因为涉及他们的产权问题，也存在不同的审美观，特别是那些沿街大玻璃窗、瓷砖贴面的建筑，与古城建筑风貌不协调。“根据我的经验，我说不用着急，让其暂时留着，等古城修建完善之后，这些新式建筑自然就格格不入了。”令人惊讶的是，2007年一期工程完成后，2008年5月12日，“四川汶川大地震”，昭化同样未能幸免，被列为十大灾区之一。但奇迹出现了，凡是按原样修复的木结构建筑基本完好，重修的城楼也屹立不倒，而新砌的砖墙、新式建筑都倒塌了。当地老百姓说："阮教授是'神仙'。我说阮教授不神，老祖宗才是神仙。"百姓们回忆，地震来临时，只听房子发出叽嘎叽嘎的响声，响完却没事。"中国传统木构建筑由于木质坚韧，并用榫卯相接，能够抵御地震时的震动。传统建筑的瓦顶是层叠堆铺的，在地震时会发出响声，给人警报以便及时逃避。"约六千年前，中国就有了木结构建筑，宋朝的李诫就已完整记载《营造法式》这部著作。"中国古代的匠人多么聪明啊，钢筋混凝土是国外的技术。"

他们就是我的"卧底"

阮仪三走上历史文化遗产保护的道路，是在同济大学这片沃土上生根发芽的。早在 20 世纪 50 年代，同济大学建筑系在金经昌教授的推荐下，聘请了德国魏玛大学的雷台尔教授。雷台尔教授目睹中国各地古城建筑被拆毁，于是开设新课"欧洲城市发展史"。他强调，中国拥有悠久的历史文化和众多古城，以及独特的传统，值得深入研究。阮仪三曾感慨道："欧洲人眼中的中国，似乎总是在不停地盖房。现在我访问他们时，不断纠正他们的这种误解。"

欧洲人历来重视历史文化，即便在战争中也不毁大教堂。"曾有一则故事，当年美国计划轰炸德国科隆大教堂，但两名美国飞行员在执行任务前，决定先去看一眼这座堪称全世界著名的大教堂。他们在教堂顶上盘旋多圈后，最终决定放弃轰炸任务。回来后，他们与记者朋友聊天时无意提起'欣赏一事'。记者写成了一篇战争花絮小品文，没想到引起了广泛关注。在专家建议下，美军司令部下令通知，在作战过程中要保存重要历史遗产，因为它们是人类的宝贵财富。”

类似的事情也发生在中国。梁思成听到美军在欧洲战场上的做法后，赶到重庆向美军司令部提出，希望他们在亚洲战场上也能如此。随后，梁思成派罗哲文在地图上标注了日本的京都、奈良、福冈以及中国的苏州、扬州等地，这些地方因此没有遭到大轰炸。

谈到20世纪20年代的“盗宝第一人”英国人斯坦因，“他到敦煌盗取了大量壁画和1300卷经卷，用13头骆驼将这些重要文物运出中国，并全部捐给了大英博物馆。他还写了《斯坦因西域考古记》一书，记载了他到敦煌考察的内容。为此，他被授予‘爵士’称号，但当时的中国人称他为‘偷盗中国文物的帝国主义强盗’”。

对于异地迁建，阮仪三有着坚定的立场：“保护就是原地留存。雅典神庙、古罗马斗兽场即使以半废墟的形式原地留存，也能诉说一千五百年前留下的文明。文物保护的第一条原则就是原真性，只有了解了历史信息，才能了解古代历史的近况。”

阮仪三在保护古迹遗产方面自有一套方法。他举办培训班，邀请多座城市的领导来学习。还专门邀请联合国教科文组织的权威专家来授课，并带领他们到苏州、扬州等中国江南城市和欧洲历史名镇去考察。“每年，我都会自掏腰包七八万元人民币组织培训一批地方领导。这些领导在思想转变后，回到各自的城市，看待城市规划的眼光就不同了。”阮仪三笑称：“说难听点，他们就是我的‘卧底’，哪里出了什么事都会来告诉我。”

阮仪三在同济大学乃至在中国，是最有威望的古建筑遗产保护专家之一。法国还授予他“文化与艺术骑士勋章”和“世界遗产杰出贡献奖”等荣誉。现在，苏州古城里古民居的拆建都要经过阮仪三亲自签字认可，周庄也同样如此，设计都要经过他的认可。在这点上，他很骄傲，因为几十年来他树立了威信。然而，他突然声音放低，说："我担心自己老了怎么办？"

倾心留根藏古城

民间传言，称江西景德镇的保护状况远胜于阮仪三所保护的江苏省苏州市周庄。对此，阮仪三激动地反驳道："吹牛皮，假古董！全国真正留存下来的古城寥寥无几，而在121个国家级历史文化名城中，保护得特别不好的就有八座。"据说这121座古城中，超过一半是经过阮仪三之手抢救、规划并提升品质的。

面对"保护和发展是一对矛盾"的说法，阮仪三直言："这是混账话。"他举例道："你看欧洲很多街区，不是保护得很好吗？"当被问及城市的现代化发展与古建筑艺术保护是否冲突时，他反问道："假如把昭化古城搬到上海公园里，你觉得合适吗？"

关于古建筑艺术从传承保护，到旅游开发、居民生活，再到古建筑私人收藏的过程中，保护与发展是否矛盾，阮仪三认为这首先是理念问题。他强调，我们必须把保护历史古建筑视为重要的文化遗产，认识到其历史遗产的价值，并努力提升人们的保护意识。

此外，阮仪三还指出，法制不完善的问题。虽然中国于1982年出台了《中华人民共和国文物保护法》，并在2003年进行修订，但相较于1972年通过的《保护世界文化和自然遗产公约》，中国的法制建设仍有待加强。他强调说："欧洲从15世纪开始就有意识地重视历史建筑保护，而中国目前有同济大学开设了历史保护专业课程。"

资金问题也是古建筑保护的一大难题，但阮仪三认为，最重要的还是人们的理念问题。他说："我们所有房子都是国家的，修缮需要政府出资。"阮仪三式的古建筑保护，可以说是一种特殊的收藏方式。他强调，“建筑不同于古董，它是人类的生存空间，需要在其中活动，不能将其物化。在使用古建筑的过程中，要随着形势的变化思考如何适应其要求，不断更新和完善保护技术。”这宝藏不属于他但又属于他，属于国家、属于历史文化遗产保护事业，属于大家。他还培养了一批学生有望继承他的事业。也有很多人开玩笑地说，看到他很害怕，阮老师是老古董。

对于古建筑拆与不拆的判断标准，阮仪三认为，文物古迹具有不可再生的历史文化特色，最好由国家法定形式确认并保护；历史优秀建筑可以使用，但需要有责任人和责任单位；历史风貌建筑则不可随便拆迁；而一般建筑和破坏性建筑则可以拆除。他举例说，上海已确定了 632 处优秀历史建筑和 133 条历史风貌街道，其中 33 条是永不拓宽的街道，还划定了 12 块历史风貌保护区，包括外滩、南京路、衡山路、提篮桥、龙华古镇等。另外，上海还设有三条历史文化街区，分别是虹口区的多伦路、黄浦区的泰康路和静安区的陕西北路。此外，上海还拥有 44 块历史文化风貌保护区和八个历史文化名镇，如朱家角、新场、枫泾、南翔等。至于一般保护区，虽然经批准可以适当改造，但须严格按规划执行。

阮仪三还分享了他在保护古建筑过程中的一些成功案例。例如，他为了保护提篮桥地区，坚持将其列为上海市第 12 块历史风貌保护区。又如，杭州孩儿巷 98 号的陆游纪念馆原本面临拆迁，但在他的努力下，最终得以保留并成为陆游茶室。

阮仪三自豪地说：“我手下留存了很多古迹，它们作为重要的历史遗产，为今人提供了样板标本。同时，这些古迹也是温床，可以滋养更多的文化营养品。”各座城市都有自己独特的美感和韵味，西塘的婉约、乌镇的秀美、南浔的疏朗…… “要学会欣赏古建筑的美感和韵味，为何私定终身是在后花园？'解'景生情，情能生景，景情交融，然后心心相印。还有它的手法、技术，那些匾额、对联都是主人和客人在对话。”此外，他还撰写了《古城笔记》《江南古典私家园林》等著作，为人们鉴赏解读历史提供了宝贵的资料。

上海新天地是新的

谈及上海新天地，阮仪三不认同其做法。虽然新天地商业运作很成功，但在建筑保护方面却很失败，没有留存上海石库门的记忆。新天地拆除重建了大部分老房子，原有居民外迁，并以高房价出售。将有些原有建筑变为商店、展览馆、博物馆式的保护方式却失去了其内在的生命力和生活气息。阮仪三认为，真正的古建筑保护应当尊重其真正价值，在保护的前提下合理利用，并坚持原真性、整体性、可读性和永续性的原则。

阮仪三痛心民居群的消失，他呼吁那些想要涉足此类项目的开发商能够沉下心，真正投入古建筑的保护工作中去。他感慨地说："我们已经丢失的太多了。"当被问及当代艺术创作者应该做些什么时，阮仪三提出了自己的见解："创作者应该留存古迹遗产，将其作为今后建设新城市、新建筑的一种样板和土壤。著名建筑设计大师贝聿铭设计的苏州博物馆，虽是新房子、新结构、新内容，但却不失苏州韵味，小巧玲珑、白墙黛瓦、小桥流水人家，既可爱又现代。"他建议学生在创作设计新建筑时，可以考虑民居式、庭院式的方式，避免全是高楼大厦的单一模式。

阮仪三还强调了文物古迹的原真性保护问题。"虽然很多过去的银行大楼现在开了店面，从建筑使用法上来说是可以的，但按照文物法规定，必须遵守文物古迹的原真性。"城市是给人活动的空间，人在建筑里生活，时代又在进步，因此应该适应时代的要求与时俱进。保护好文物古迹并不意味着只能做商业用途或发展旅游、文化欣赏，更重要的是要研究留存下来的技术，让后人能够学习并发展利用。

阮仪三还提到了老房子拆迁对人与人之间关系的影响。他回忆说，以前石库门的原住民以家庭为核心，一家一户，现在“七十二家房客”，每家都装有煤气和卫生间，虽然生活改善了，却失去了原有的味道。他感慨地说：“以前北京的四合院，苏州的厅堂式、合院式建筑，以及福建的土楼，云南的‘三房一照壁、四合五天井’等建筑形式，都体现了家族团聚、睦邻友好的社会关系，以及人与自然和谐相处、亲密无间的关系。而现在各地建筑几乎千篇一律，变成了居住小区，虽然讲究通风、采光、绿化率等科学化设计，却破坏了人与人、人与自然、社会的肌理。以前老房子拆迁、搬迁邻里都会抱头痛哭，现在搬家放个鞭炮就进了，拉个车就走了。”

阮仪三的推土机下救古建筑的故事不胜枚举，每个被抢救的地方都有大堆的故事。在抢救收藏路上，对于不符合保护要求的项目毫不留情。三个多小时的采访在阮仪三秘书的声声催促中结束，但我却意犹未尽。而写在阮仪三脸上的，显然还有更多的思索和担忧……

（阮仪三，1934 年生。同济大学建筑与城市规划学院教授、博士生导师；国家历史文化名城研究中心主任；上海市规划委员会专家咨询委员会委员、专家。）

（发表于《如意时空》杂志 2013 年 8 月刊）

想起阿拉上海弄堂心里厢有一眼眼（沪语）……

专访全国历史文化名城保护专家委员会委员、
同济大学国家历史文化名城研究中心主任阮仪三

上海弄堂

北京有四合院，阿拉（沪语）有上海弄堂，里面有石库门建筑。阮仪三教授说它代表了上海人的住宅建筑和居住形式。石头、砖头、水泥或木结构建造的住宅建筑，是中国传统住宅的升华和变异。天井的留存、合院的沿袭，以及堂屋与两厢房的布局，都让人仿佛穿越时空，回到了那个充满韵味的年代。而厨房与辅房的增设，以及白墙黛瓦的点缀，再加上些许西洋建筑的雕花图案与装饰，更是为这些建筑增添了几分风情。

上海弄堂的群体布局别具一格，联排式的结构、总弄与支弄的交织，既脱胎于中国传统胡同与街巷的布局，又融入了现代城市的规划理念。前街后巷、前门后门、独门独院的设置，既保证了私密性，又便于人与人间的交流与互动。而低层高密度的设计，则适应了现代城市土地的集约与合理使用，为大规模建设提供了可能。

里弄种类繁多有早期石库门里弄、新式石库门里弄、广式里弄、新式里弄、花园式里弄、公寓式里弄。广式里弄以其单边不成套的特点而独具特色；花园式里弄则以其外部环绕的花园而引人入胜；新式里弄更是高级知识分子等人的居所，如陕南邨等地的小洋房，便成了那个时代的标志性建筑。新式里弄，设施优越于早期石库门，屋顶配有烟囱、通风口，另有大卫生间等。如今，上海仍保留着许多经典的弄堂，如王家楼、左家宅、亨昌里、春光坊、姚村、薛家厍、同乐坊、梅泉别墅等。这些弄堂内，鲁迅故居、丰子恺故居、巴金寓所等文化名人的旧居更是熠熠生辉。而位于高安路上的“上海大亨”弄堂、愚园路涌泉坊 24 号，以及香烟大王陈楚湘宅等，更是见证了上海近代的繁华与辉煌。

当然，也有一些老式弄堂正面临着拆迁的威胁，如位于苏州河南面的东斯文里。尽管开发商已经拿下了这片土地，但阮仪三仍呼吁保留以另一种方式生存。而像静安别墅、思南公馆等建筑，则成为了上海弄堂文化中的瑰宝，继续吸引着无数游客与市民前往探寻与品味。

弄堂与石库门

“弄堂”与“石库门”，这两个词不仅承载着上海独特的城市记忆，也与中国江南地区的历史文化紧密相连。“弄堂”二字，源远流长，早在古代便已存在，它不仅是上海人的日常用语，也是江南地区的称呼。其中，“弄”意指房屋之间的通道，“堂”指的是房屋中间的空地，与北京的胡同街巷同样著称于世，其共同构成了中国城市特有的空间形态。

在上海，早期的石库门建筑，平面布局遵循了中国传统住宅的形式，后演变成了“联排式住宅”。于是，巷子、主弄、次弄等建筑元素组成的区域，被上海人称为“里弄”。这里的“里”，正是中国传统住宅建筑的单位，如“邻里”、“里坊”等，如田子坊，还有弄、里、坊、村、公寓、别墅等名称。单个巷子被称为“弄”，由许多建筑组成的居住区域被称为“弄堂”。简而言之，“弄堂”就是上海人对“里弄”的称呼。

随着时间的推移，上海合院式住宅建筑中，在墙上开扇门，在过去的年代这种形式都是仓库，所以叫石库。另一种说法则认为，大门由花岗岩石条束紧做门框，因此被称为石箍（束紧）门。由于“箍”与“库”在上海话中发音相近，所以定名为“石库门”至今。

20 世纪 20 年代，石库门建筑在上海盛行，占据了当时民居的四分之三以上。至今，仍有近 40% 的居民居住在一个多世纪历史的石库门内。这些四通八达的弄堂里，曾经孕育了无数的“弄堂工厂”，如上海有名的“三大件”生产地，以及提供日常生活用品的烟纸店、修鞋匠、理发师、“四大金刚”早餐摊，还有串街走巷的各种露天职业者……百态职业凝聚弄堂。如今，在搬进搬出的田子坊里，忆着消失的，望着延续的居住习俗，依然触动人心。

随着城市规划建设的推进，上海的石库门建筑被大量拆除。如今，比较集中的区域有黄浦、虹口等地区，如光启南路、田子坊和新天地附近的复兴路、黄陂路、马当路等。尽管里弄建筑在不断地被改造和更新，但它们所承载的历史和文化记忆，却一直在延续着。

新天地，作为上海里弄文化的代表之一，虽然只保留了里弄的符号、样式和艺术形式，但已经失去了中国传统建筑的内敛美观和原有的文化内涵。然而，它仍然成了“上海味道”、“里弄风情”的重要景点。这种模式，甚至被拷贝至全国各地，如苏州、杭州、南昌等地的新天地。想要体验石库门里弄生活，建议选田子坊、步高里等。

弄堂里的空间艺术

“张家姆妈，快来‘屋里厢’坐坐（沪语）……”在晒台晾衣时对面晒台上的席家阿姨热情地招呼道，“饭吃过了哦?”就这样，在声声温馨的问候中开始闲聊。这，便是老上海又一个洋溢着温情与亲切感的透气之所。在上海，众多经典的老建筑都得以在弄堂中保存下来。但随着石库门在弄堂中的日渐消逝，如今住在商品房里的上海人，已很难再像从前那样，敞开门扉安然入睡，或是边晾衣物边与对面的阿姨聊天。

在这些弄堂里，亭子间曾是许多著名文学家的栖息之地，如鲁迅、茅盾、巴金、丰子恺等，他们创作了大量以石库门和亭子间文学作品。张爱玲的小说中，也常以“里弄”作为故事发生的舞台。此外，还有许多文人，如金宇澄、王安忆、程乃珊、陈丹燕等，也曾在弄堂里生活过。

鉴于此，阮仪三郑重提出，我们必须保护好上海的弄堂及其文化。那么，上海的弄堂究竟拥有怎样的建筑结构、空间艺术特点以及演变历程呢？而那些诸如亭子间、灶披间、老虎窗、楼梯间等专有名词，又各自代表着什么？对此，阮仪三教授依然耐心地一一解析。

◆石库门与天井：原生态空间

“七十二家房客”只是传说

石库门与天井是上海弄堂中最为亲切、质朴且未经雕琢的原生态空间。早期的石库门，采用了两层楼的三合院或四合院形式，入门便是天井。这样的布局，与北京的四合院、安徽的“四水归堂”、江浙的厅堂式住宅、云南的三合一照壁以及福建的土楼都有着异曲同工之妙。天井，作为住宅内部的露天活动空间，不仅起到了通风采光的作用，更是弄堂公共室外空间与住宅内部空间之间的巧妙过渡。在这里，人们可以敬香祈福，也可以相互串门，比较谁家的香头更旺。有了天井，房屋就围合成院，房间有了主房、次房，就更能演化出走廊、门斗、前房后堂、花园庭院……住宅就丰富而又生动起来。

天井之后，便是会客吃饭、祭拜等用途的“客堂间”。左右两侧为厢房，往后则是内天井，再往后便是“灶披间（厨房）”和后房后门。一般是三间房，一间为佣人房，一间为厨房，一间为柴房。前天井和客堂间的楼上，则是正侧东、西厢房。一楼“灶披间”和柴房上方的晒台之下，便是二楼亭子间。随着时间的推移，石库门也在不断地演变。后来，人们在亭子间上方又搭建出一间居住用房，发展成为新式里弄后，两套房子并成一套，中间的天井也变成了大花园。而有些条件较差的住宅，则劈掉一半，变成了半边广式里弄。

上海开埠后，国内外大量人口涌入，石库门里弄成了他们的栖身之所。随着住房需求的紧张，房地产市场迅速升温，早期石库门房子很快被新式石库门所替代。从一套房住一家，变成一间房住一家甚至几家。阁楼、夹层、隔间等纷纷出现，居住条件畸形发展，这才有了“七十二家房客”的传说。不过，实际上并没有那么多，通常10家至20家是比较常见的。

后期的石库门建筑，更多地满足了功能需求，有卧室、厨房、厕所等，解决吃、喝、睡等基本需求。而现代房地产运转中形成的“联排式房”布局，则源于欧洲。现在所说的容积率、日照等概念，也都引自国外。

早期的石库门并没有下水道、煤气等卫生设备。原每家一只马桶和一间浴室，后期就变成了倒马桶的生活。厨房里也变成了十几个灶头，煤球炉随处可见。想知道这幢楼有多少户人家，到厨房看看有几个火表、水表就知道了。在生活条件恶劣的情况下，90% 的老上海人都想要搬走，渴望分房，等待拆迁。如今，还住在这的有租客，也有对这里充满怀念的人。

◆三层阁与老虎窗：旧上海的精神秘境

仰躺阁楼地板静听屋顶老鼠穿过

在电影《聂耳》中，有一个令人难忘的经典镜头：聂耳每天站在三层阁的地板上，上半身从天窗伸出，以这样的姿势练习小提琴。“悠扬的琴声从狭小的空间中飘扬而出，仿佛艺术的自由精神从逼仄的生存空间里挣脱，飞向辽阔的天空。在那个遥远的年代，三层阁的‘禁锢’与‘狂想’的双重叙事，向人们诉说着旧上海的精神秘密。”

随着上海住房困难的加剧，上海人利用石库门住宅的二楼较高层楼及有斜屋顶的特点，在二层与屋顶之间加建阁楼，于是将南面老虎窗所在的房间称为三层阁。三层阁，这个位于石库门住宅二楼较高层楼与斜屋顶之间的加建空间，中间高度一般为 1.3 米至 1.4 米，随着屋顶坡度逐渐降低，仅供人卧躺。夜晚，躺卧着，静听屋顶时有老鼠穿过、野猫嘶叫声，一种复杂感盘绕在人们的睡梦中。

为增加三层阁的通风和采光，就在坡顶上开设天窗，天窗形似老虎张开的嘴巴，英文屋顶为“roof”，其音近沪语谐音“老虎”，因此被上海人亲切地称为“老虎窗”。值得注意的是，上海的老虎窗是贫民区工匠的独创之作，与北欧的多体式屋顶有明显的区别。

◆亭子间与楼梯间：方寸间流淌着过客般纷繁故事

茅盾、巴金等中国近代文学巨匠都曾居住过亭子间。这些位于“灶披间”楼上、“晒台”之下、正房后面、楼梯中间的狭小阴暗房间，大多被用作堆放杂物或佣仆栖身之处。由于租金便宜，小商贩、戏子等也常在此居住。在亭子间这方寸之间，演绎着过客般的纷繁故事。鲁迅便是在租借的亭子间里写下了《且介亭杂文》。

此外，还有一种特殊的亭子间连接着三间房，中间出现一间“黑房子”。联排式的条子房在杨浦区较为常见。考究的楼梯可以拐个弯上去，好的弄堂里后面有夹弄，夹弄里设计一个楼梯间，这样楼梯上就有三间房。后为了节省空间，人们取消了楼梯间，将堂屋放置在边上一角，做成没有转弯的直楼梯。设计虽然陡峭，却为居住者提供了更多的生活空间。

如今，亭子间依然住着老上海人和租客。在这里，幻想的记忆或许比那些豪宅里的故事更为真实细腻。

邻里之情：
再见了，那些难忘的温馨岁月

早期的里弄面临搬迁与拆迁时，居民们抱头痛哭，依依不舍地告别着那些过去难忘的温馨岁月。那种以家庭为核心、群居式的住宅建筑，前门对着后门、弄堂对着弄堂的邻里情感，曾是我们生活中不可或缺的一部分。“远亲不如近邻”、“青梅竹马”、“过房亲”，这些词汇生动地描绘了邻里间的亲密关系。孩子们一起玩着“打弹子”、“踢毽子”、“造房子”、“刮刮片”等，一条里弄的这种张家姆妈、席家阿奶相互照顾，过节共同庆祝，这份里弄温情依依不舍。

如今的弄堂里，那份和睦与温情似乎已不复存在。邻里间少有往来交流，甚至不认识。大家庭逐渐变成小家庭，个人舒适需求的提高使得社会关系逐渐疏远。对此，阮仪三再次呼吁：“保留点老房子里弄的社会形态结构吧，它可是上海文化的根！建筑本身就是造就生活环境的，为什么那么多人怀念里弄？新天地造好后为何那么多外国人喜欢来？是否应该静下心来好好思考？”

阮仪三强调，提到“海派建筑”，人们就想到上海外滩的西方“洋楼”，却忽视了只有上海才有的石库门。他担忧地说：“不要让我们的‘老上海’被篡改得让孩子们找不到回家的路了。”这是他深深的弄堂情结。

对于保护留存上海弄堂里的建筑，阮仪三认为这不仅仅是政策、经费或理念问题。他提出，我们应该从石库门中提取上海建造历史的特色元素，并思考为什么弄堂里能产生温馨的里弄情感。他认为，石库门形成的里弄氛围、建筑的空间体系、人的活动场景，是构成这种情感的根本所在。留住石库门里的老上海人，留住建筑物构成的体系，让石库门活起来，创造出新式石库门和新的海派建筑。

在采访中感受到，阮仪三对弄堂文化的保护充满遗憾。他提到，尽管2008年他调查时发现上海还有150处里弄石库门、六万余幢建筑，但五年后再次调查时，发现三分之一已经消失。他担忧地说：“上海高楼林立中30%的居住空间闲置着，假如把30%的空置房用来保护弄堂该多好。不要让我们老人在愤懑中死去，我们重要的金玉良言，不要把它当成耳边风啊！”

此外，阮仪三还提出了世界遗产的概念，包括上海里弄的申遗。尽管目前尚未成功，但他依然坚定地相信这一目标的可行性。他感慨地说：“为什么这么难呢？哎……”

（发表于《如意时空》杂志2014年10月刊）

我身边的建筑遗产

专访上海市历史博物馆馆长张岚
资深策展人、书法家杨泰伟

随着上海城市建设的蓬勃发展，那些不可移动的文物“老建筑”，以其优雅而低调的气质，承载着厚重的历史与情感，书写着人类心灵的篇章，其保护与修缮也得到了应有的珍视。为更好地守护前人留下的，体现智慧的凝固和生命延续的那些城市遗产，将梧桐树掩映着的融会了东西方不同建筑风格的花园别墅、公寓住宅，还有一段段如树阴般交错斑驳的往事遗迹，“定格在瞬间，保存在永恒”，在“魔都”有一群记录历史、为历史遗产存档的守护者忙碌着。他们用自己的行动诠释对历史的敬畏与热爱。

上海市历史博物馆馆长张岚，即是其中的一位守护者。在接受专访时说：“由于上海的历史建筑数量庞大，一次活动或大展难以全面展示其魅力。因此，我们特别策划了‘历博杯上海市我身边的历史建筑摄影大展活动’，通过分区域、分步骤的方式，逐步展现上海优秀历史建筑的独特风貌。2015 年，静安区率先亮相；2016 年，‘长宁篇’紧随其后；未来，还将有更多精彩纷呈的续篇陆续推出。”

资深策展人、书法家、摄影家杨泰伟说：“拉长记忆历史的展线，不仅可以让每个区域都有机会将自己珍贵的建筑遗产作为档案手迹进行典藏与展示，细细探索研究。”

记录：脱离低级趣味

时至2015年，上海先后公布了五批共1058处上海市优秀历史保护建筑。其中既有别墅、公寓和石库门等居住房屋，也有学校、医院、教堂等公共场所，这些林林总总的历史建筑诠释了上海这座城市的兼容性，历史上在这些建筑里居住的人物和发生的事件，凸显了这些遗存的人文价值。上海市政府十分重视文物保护，目前全市拥有全国重点保护单位29处，市级文物保护单位238处。

在我们身边，隐藏着许多优秀的历史建筑，它们见证了岁月的流转与时代的变迁。以长宁区和静安区为例，长宁区拥有建于同治二年（1863年）的圣约翰大学旧址，以及著名的匈牙利建筑师邬达克留下的旧居等；静安区拥有私人花园别墅马勒住宅、装饰艺术派风格的百乐门舞厅等，这些建筑早已成为闻名遐迩的文化地标。

面对这些宝贵的建筑遗产，我们该如何关注、记录呢？让我们走近这些老建筑，细品它们所承载的历史沧桑。我们聚焦建筑本体，用镜头多角度捕捉建筑的内外张力，让古典与现代交织、力与美在这里灵动展现。这样的记录方式，不仅诠释了身边建筑的历史底蕴和价值，也为记录者在创作上提供更多的表述空间，让我们感受人类创造的文化遗产融入现代生活的冲击与震撼。

“以前我们常处于被动状态，依赖市民的爆料得知哪有拆迁，然后派专业人员去察看、拍照研究。但现在逐渐将工作扭转为主动状态，通过征集照片、举办展览、讲座、出版画册等一系列活动，让更多的市民来了解、关注身边的优秀建筑，以及这些建筑背后的文化和故事。这样的举措，让我们更喜爱上海这座极具文化价值的城市。”张岚平和的面容下透着俏皮，坐在我对面滔滔不绝。

张岚强调说：“保护优秀历史建筑不能仅靠政府的规定和限制，更需要民间的参与和支持。无论是企业，还是热爱建筑文化事业的个人。”他引用毛泽东赞扬白求恩的话，号召大家要做“一个脱离低级趣味的人”，通过文化历史的滋养和支撑，通过政府引导和专家传授，让市民有幸福获得感，并有意识地保护和管理好自己的家园。

作为“历博杯”上海市“我身边的历史建筑”摄影大展的策展人，杨泰伟也分享了他的见解。他从事摄影工作已四十余年，曾策划过多个摄影展和书画展。他说：“通过这次活动发现，市民对历史建筑的保护与关注度已经逐渐增强。不仅仅是摄影圈人士，就连优秀历史建筑周边的居民也会为建筑的拆迁、重建或消失而感到痛惜。”

办展：守护建筑遗产

为何要深入挖掘、探索、传播并感悟这片多元而又低调的城市历史建筑遗产？又如何将这份守护之心渗透到摄影圈与非摄影圈？对此，浩然中不失文气的杨泰伟微笑着给出了他的见解：

“首先，走进社区，让专业与非专业的摄影爱好者参与其中，共同记录。其次，走进校园，尤其是那些本身就拥有优秀历史建筑的大学校园，通过开放式的沙里淘金收集，实现金字塔形的多层面渗透。最后，依靠社会基层的力量，调动一切可以调动的人脉资源，环环相扣、良性循环地介入这项守护工作中。

传播之后目的有三：一是保存优秀历史建筑的影像档案；二是让更多生活在这片土地上的人感悟建筑背后所蕴含的人文精神；三是为摄影爱好者提供更大的施展空间。假如这项活动没有那么多人参与，那么我们的初心就会被冷落。对于一名策展人来说，办展成功带来的成就感胜于一切。这与经济无关，而是对文化、对历史的热爱与尊重。正如拿破仑所说：‘不想当将军的士兵不是好士兵。’在这次活动中，虽然许多摄影者投入了大量时间和资金，但他们收获的却是对历史的更深入了解、对文化的更深厚喜爱。”

深思：优秀建筑安置

我国的城市与建筑具有其独特性。“在保护这些历史建筑时，我们需要遵循‘以保护为主、抢救第一、合理利用、加强管理’的方针。在保护技术上，我们要修旧如旧，采用科学的方法，确保建筑的原汁原味。对于砖瓦结构的建筑相对难以保存，因此我们的保护方针更要符合中国国情。与西方那种残垣断壁、新旧分开的保护理念不同，中国在人文历史建筑上追求唯美与和谐。我们要在修旧如旧的过程中传承工匠精神。”

曾有人疑惑：考古人员与盗墓贼挖掘古墓的区别？张岚对此解释道：“两者性质完全不一样。考古人员在挖掘前会综合思考历史文化的元素与古墓的关联度，而盗墓贼则只关注文物本身的价值，忽视了文物背后的历史和文化信息。这种扰动将是对历史文化的一种伤害。建筑也一样，如果一栋建筑离开了它原本的道路和地域环境，那么其价值将大打折扣。一般的迁建是一种破坏，尤其是将建筑迁建至别国时，更是遗失了历史文化信息，使得这个历史建筑变成了没有生命的空壳。这时，专家系统的判断评估就显得尤为重要。”

然而，也有人认为迁建是一种抢救性保护，是一种文化的移位和嫁接。在寸土寸金、人口密集的上海，“老建筑”的空间安置问题确实需要深思。张岚指出：“这有历史原因。随着城市的发展日新月异，但修缮工作却没有跟上。我们要在观念上有所改变，老建筑不应该都连根拔除进行重建、仿建或异地迁建。我们要讲新型城镇化发展，人口可以迁移，但建筑应予以修缮保留并合理使用。上海周边地区如昆山等地的居住设施并不亚于上海，本身完全可以通过分流降低人口密度来减轻城市压力。”

张岚的回答中透露出一丝掩卷长思。

矛盾：长高了的上海

建筑设计风格代表了一个时代的特质，如果说上海的高度代表了上海的发展进度，那么这座城市土地空间的寸土寸金分配则是对其迅猛发展速度的直观反映。在这座城市日新月异的变迁中，一个不可忽视的矛盾正悄然浮现——现代化发展与历史遗迹保护之间的平衡问题。

建筑设计风格，映照了一个时代的特质。如果说上海的高度是衡量其发展进度的标尺，那么这座城市土地空间的寸土寸金则是对其迅猛发展速度的直观反映。然而，在这座城市日新月异的变迁中，一个不可忽视的矛盾正悄然浮现——现代化发展与历史遗迹保护之间的平衡问题。

如今，许多旧居、大楼被改建为店面、宾馆，从建筑使用的角度来讲也无妨。但一旦这些建筑被赋予文物的身份，尤其是那些曾居住过社会名流、发生过重大事件的优秀历史建筑，其改建为商业用途的做法难免引发争议。对此，张岚以儒雅的面容和淡淡的微笑，平和地表达了他的看法：“不是所有的老建筑都能成为文物，但一旦被命名，尤其是那些承载着深厚历史底蕴的优秀建筑，改建成商业用途显然是不合适的。然而，老建筑也应发挥其应有的功能，不应仅被圈起供人观赏。通过设施的更新，让它们更适合当代人的居住需求。当然，我们也不能随意拆迁老建筑，因为未来哪些建筑会被评为优秀历史建筑，谁都无法预知。”

在申遗热潮中，张岚既看到了其积极的一面——带动身边人共同关注历史文化，也指出了其不理想的一面——部分申遗行为背后隐藏着商业利益的驱动。他说：“城市的现代化发展和历史遗迹保护之间的矛盾，需要我们在实践中不断探索和平衡。改革开放之初，上海亟待解决多年积累下来的居住问题，当时对新老建筑的拆建态度往往‘黑白’分明，观点对立。但随着社会的发展，我们的理念有所转变，意识到两者在文化历史与经济方面的意义各不相同，且完全有可能找到综合平衡的方法。”

对于遗产保护、旅游发展和居民生活之间的关系，张岚更是毫不忌讳地说：“建筑不仅仅是物质层面的存在，更是生活的一部分。居民的生活质量至关重要，但随着时代的变化也应警惕文化遗产的丧失。真正的旅游不应仅仅停留在拍照留念、购买纪念品的层面，而应深入当地居民的日常生活中，与他们交流互动，了解当地的历史变迁和风土人情。让旅行变得更有意义和价值，让心灵休憩，让文化融入现代生活。”

（发表于《上海画报》杂志 2016 年 7 月刊）

上海城市性格中的“精武”文化

专访世界精武联谊会秘书长、上海精武体育总会副会长薛海荣

“万里长城永不倒，千里黄河水滔滔……这睡狮渐已醒。”一首《霍元甲》主题曲曾经风靡大街小巷，至今缭绕于上海四川北路上的上海精武体育总会。近日，世界精武联谊会秘书长、上海精武体育总会（以下简称“精武会”）副会长薛海荣，随着雄壮激烈的旋律与我们讲述“精武”百年风华和这座英雄城市的故事。

精武变迁：
一种跨越时代的精神

“有一种精神，跨越沧海桑田。”从精武会诞生上海，到精武武术荣耀入选第四批国家级非物质文化遗产代表性项目名录……这段历程充满了传奇色彩，令人感慨万千。

清宣统元年（1909 年），西洋力士奥皮音在北四川路（今上海市虹口区四川北路）的亚波罗影戏院（今中行大楼六楼）炫耀其臂力，并出言不逊，轻蔑中国人。此事翌日见诸报端，沪人哗然。为了维护中华民族的尊严，爱国武术家霍元甲以泰山压顶般的威

武之势，应邀来到上海。遂奥皮音闻风丧胆，不战自败，仓皇逃离。霍元甲因此威名大振。次年，为弘扬中华武术，振奋华人志气，培养革命力量，在中国同盟会会员陈其美、农劲荪等人的倡导下，霍元甲在闸北王家宅（今王家宅路）创办了中国精武体操学校（上海精武体育总会的前身）。霍元甲担任武术总教练，为培养新一代的武术人才倾注了心血。

精武会的发展历程并非一帆风顺。薛海荣说：“1915年，一场台风肆虐，袭毁了王家宅会舍。在这关键时刻，实业家陈公哲慷慨解囊，将其私宅提篮桥培开尔路（今惠民路）73号楼房一幢及宅地二亩有余（1333.3平方米）捐赠给精武会。随后，他与实业家卢炜昌、姚蟾伯一同集资改建精武新会舍。改建后的会舍内设练武厅和现代体育活动场所，还有图书室和浴室。1916年，精武会迁入培开尔路新址，并改名为上海精武体育会。1920年，一位匿名人士捐献了三万银元给精武会，购入西邻土地十余亩，开辟精武公园。陈公哲以中央精武主任的名义在《申报》上发表通告，‘为精武公园通告全国精武会暨各界人士启事’，言明‘公园创设之初，实缘鉴于公共租界区域之广，人民之众，而无公共运动场所，其于体育研究，实多妨碍，且斯时租界范围各公园，竟不许华人游息，尤足可耻。’明示‘凡属人类苟能守文明通则者，咸准入园游玩去。’”此文告示人们，建精武公园既表达造福社会，爱国行动，又对公园不许华人入内行径的有力反击。这在精武历史上留下了值得纪念的一页。

为方便活动，精武会相继成立了三个分会：第一分会在北四川路福德里，第二分会在南市新北门煤炭公所，第三分会在鲁班路山东会馆。1921年，培开尔路址改称中央精武会，领导上海的三个分会。

在随后的岁月里，精武会经历了许多风雨。薛海荣告诉我说：“1919 年，精武会租用了福德里 34 号（今四川北路 1702 弄 34 号）的两层楼房作为总会会所。1922 年，又在福德里 30 号出资六百银元购建了一座中央精武大会堂。”然而，随着时代的变迁，精武会也遭遇了种种挑战。“直到 1950 年后，精武活动才逐渐恢复正常。”1956 年，精武会归当时虹口区体委管理，重大活动由政府给予经费补助。历经风云变幻，1977 年精武活动再度开展，并承担了组织市、区武术、拳击、棋类等培训和赛事的任务。到 20 世纪 80 年代，精武会举办了三次“建会周年纪念活动”（含一次“霍元甲逝世七十五周年纪念会”），并与海内外精武组织恢复了联系。1984 年起，精武会重新注册会员，开展会务活动至今。

功能革新：
精武武术的传承与发展

弃门户之见，扬武术新风。武术，这一源自中国的古老技艺，不仅是古代军事战争的技术，也是古代人民生存技能之一。随着时代的变迁，精武武术已经逐渐从实战技能转变为健体强身的重要手段。薛海荣介绍说：“精武武术实际是民间社会组织。自霍元甲压倒奥皮音之后，特别是当人们观赏了有关霍元甲的电影后，精武武术便深深烙印在了人民心中。精武会历届以武术为基础，以体育为延伸，以文化为引领，以强体健身为办会宗旨，始终悄悄活跃于全社会。”

精武会从诞生之日起，就确立了“体、智、德”三育并重的宗旨，以及“爱国、修身、正义、助人”、“强国、强民、强身”的精武精神。它倡导“乃文乃武”，发扬中华文化，寓教于体。这一理念在 20 世纪 20 年代传播到了海内外，相继建立了众多海外精武会，成为我国近代体育史上具有重要影响和重要地位的民间体育团体。在精武会建会十周年之际，孙中山先生为特刊《精武本纪》撰写序文，并题写“尚武精神”的横匾。1950年，时任市长陈毅也向精武会颁发了“劳军模范”的锦旗。

薛海荣说：“精武武术的传承与发展，不仅扫除了性别、门户之见，还折射了上海的城市精神与城市性格：海纳百川、追求卓越、开明睿智、大气谦和。自精武体操学校建立起，就摒弃了历史上传统的武术一门一派的流传形式，提出各派同源的观点，主张‘不争门户短长’，熔各派武术于一炉，让各流派各门户的武术都‘落户’精武。云集中国黄河、长江、珠江流域的各派武术名家，他们在精武传授着各自的拳术。建校初期，精武会就传出了‘上天生人，无稍差别，女子并非天生柔弱。吾等弱女子生逢乱世，更应学习国术’等精武传统文化。”

精武武术以基本十套为基础，在武坛上享有盛誉。这十套拳法包括潭腿、功力拳、大战拳、节拳、套拳、八卦刀、群羊棍、五虎枪、单刀串枪等。这些拳法在世界各国的精武会中广为流传，培养了一代又一代的武术豪杰。

乃文乃武，精武也豪杰辈出，有“鹰爪王”陈子正、“七星螳螂”罗光玉、“少林门师”赵连和等。至于历史上是否存在霍元甲的弟子陈真，则众说纷纭。薛海荣解释说：“精武会的创办与‘三陈’——陈其美、陈公哲、陈铁生这三个同盟会会员密切相关。而陈真这个虚构的影视角色，则是综合了‘三陈’和霍元甲真正的徒弟刘振声等‘精武四杰’的故事而创造出来的。陈真的身世带艺拜师，可能取自刘振声；其性格敢想敢做、处事果敢，则取自陈其美；而其武功则融合了陈公哲和陈铁生的技艺。”

因人而异：
精武武术的普及与传承

“适合自己的体质、年龄、性别，才是最适合的武术。”

普及武术、挖掘整理传统武术套路、开展全民健身活动，始终是精武总会的首要职责。薛海荣说：“长期以来，精武总会以群体传承和网络化普及为基础，有组织地开展各类培训班和辅导班，以达到修养品德、强体益寿的全民健身目的。目前，全市已成立了 14 个辅导中心、200 个辅导站点，覆盖了众多中小学及幼儿园，建立了 23 所武术培训基地。此外，还成立了传统武术研究中心，致力于挖掘整理、传承精武拳种。为了激发更多人的武术热情，精武总会还定期举办各类赛事和活动，如‘上海精武中、小、幼学生武术书法比赛’及‘上海精武太极拳、剑暨传统武术比赛’。同时，定期召开会员大会，开展武术交流活动。在这个漫长的过程中，精武会历经一百零八年风云变幻，但始终坚守弘扬精武文化，希望通过武术活动，能潜移默化净化人们的心灵。”

为让武术更适合不同群体，并易于大家接受，薛海荣说：“我们将武术与广播操相结合，针对中小学生、中老年等群体编写了精武武术操，并向公安学校等推广了精武警用功夫拳。为加强同国内外精武分会之间的友好交往，将精武武术推向世界。从 1990 年起连续在国内外举办了十四届‘世界精武武术文化大会（其中上海举办四届）’。1994 年在世界各精武会的倡议下，成立了世界精武体育会联谊机构，2008 年更名为世界精武联谊会，常设秘书处设在上海精武体育总会。如今，全球五大洲共有 28 个国家和地区、76 个精武会组织。精武会让中国文化、精武精神沿着‘一带一路’继续发扬光大。在‘一带一路’的精武会有 45 个，联谊会成员会有 33 个。非遗的保护，是为了传承和发扬。如何将中国的优秀文化传向国外，让世界更多的人民了解，民间外交、民间传播是一个很好的形式。”

上海的精武精神始终活跃于世界各地。一座座会馆、一片片凝聚武魂的红瓦砖墙，隐藏着精武武术的几度风云。历经初创与发展、壮大与繁荣、艰难与维持、恢复与振兴、传承与拓展等各个阶段，留给薛海荣体会最深的是，精武会这个社会团体，它的发展历史也就是“爱国、修身、正义、助人”八个字在支撑。它反映的是人民的善良、淳朴、坚韧不拔和对祖国的热爱情怀。特别是在社会主义新时代，如何将中华民族文化推向世界之林，加强各国人民之间的联系，成为精武会的重要使命。这不仅反映中国人的精神面貌和城市气质，还服务于全球，为后世留下丰富的精神遗产。

（发表于《上海画报》杂志 2018 年 4 月刊）

豫园旺年灯会背后的故事

专访上海豫园旅游商城股份有限公司副总裁、“豫园灯会”总创意策划吴仲庆

灯会，中国一项具有深厚历史传统的民俗文化活动，自古以来便是人们寄托愿望、祈祷丰年的重要盛事。它以独特的狂欢形式，点亮了新春佳节的夜空。在上海，国家级非物质文化遗产项目“豫园新春民俗艺术灯会”(简称“豫园灯会”)，已走过了二十三年的光辉历程，成为每年春节期间沪上最具中国年味的地方之一。

2018年年初，时任上海市委书记李强提出打造“上海服务、上海制造、上海购物、上海文化”四个品牌构想。作为上海文化名片之一的“豫园灯会”，致力于推广宣传中华优秀传统文化。通过老百姓喜闻乐见、快乐体验的形式，不仅演绎了美好生活，还宣传了十九大精神。“豫园灯会”，更是将吉祥的寓意化作具象的艺术灯彩，在这十万平方米的古建筑和仿古建筑群落之中迎接八方游人和市民来赏玩。

“轧闹忙”了那么多年的灯会，想必对彩灯文化的渊源有了兴致，那让我们一起与上海豫园旅游商城股份有限公司（以下简称

“豫园股份”）副总裁、“豫园灯会”总创意策划吴仲庆，相约牡丹花下，听听他与我们分享的灯会故事。

抚今忆昔，城隍庙看灯

灯会，这一由来已久的民俗文化活动和传统技艺的展演，其历史可追溯至汉代，历经隋唐风俗的形成，明清的兴盛，直至民国后虽几度中断，但其文化根脉依然深根于中华民族的记忆之中。

豫园地区，上海七百多年历史的发源地，老城厢的核心区域，更是庙、园、寺融于一域之地。其中，老城隍庙作为道教文化的象征，始建于明代永乐年间（1403 年—1424 年），鲁迅先生曾言，“中国文化的根底全在道教。”豫园，这座集江南园林之精华的私家花园，依托庙和寺，寓意“豫悦”，建于明代嘉靖、万历年间。

如今，豫园股份不仅拥有 13 个中国老字号品牌和 13 项国家级、市区级非遗项目，更深藏着中国传统文化的内涵与根脉。如具有二百三十多年历史的童涵春堂，其招牌四字便是对传统文化的演绎：童叟无欺的诚信，涵合理中的中医智慧，春生万物的生机活力，堂堂正正地做人之道。梨膏糖、五香豆等老字号品牌，同样承载着中国工匠精神，创始人通过孜孜不倦的追求和不断创新，成就了今日的品牌辉煌。

在这座以海派文化为主的大都市里，我们用自己的优秀传统文化作为特色，这种特色既是民族的，也是世界的，更是中华民族生生不息、发展壮大的丰厚滋养。尽管灯会曾一度沉寂，但灯会的习俗依然活跃在我们的生活方式中。元宵节时，老城厢的弄堂里依然可见提着自制灯笼的人走街串巷，这是文化力量催生的产物，是豫园文化决定的弘扬优秀传统文化的使命所在。

1995 年，豫园股份重新点燃了灯会的火焰，规模逐年扩大，至2010年，“豫园灯会”被正式列为“国家级非物质文化遗产”。抚今忆昔，其历史可追溯到清朝同治年间的老城隍庙市场。1994年，豫园股份通过大规模改建、扩建，形成了富有特色的建筑群落，与四邻的豫园、老城隍庙、沉香阁等名胜和人文景观完美融合，成为上海十大新景观和十大夜景之一。丰厚的文化底蕴、浓郁的民俗风情、鲜明的经营特色，使豫园商业旅游区成为全上海极具中国魅力的地方，享誉海内外。

“到城隍庙看灯去！”这句流传了几百年的老话，不仅是老城厢人在春节期间的生活习俗，更是对“豫园灯会”这一中国传统文化瑰宝的深深眷恋与传承。

观灯彩，赏绚丽中国

“城市管理应该像绣花一样精细。”这是习近平总书记为上海的城市管理工作提出的要求，为城市管理指明了新方向。东海之滨的上海，日新月异，繁花似锦。2018年，豫园股份以一位婀娜多姿、典雅端庄的绣娘专心致志、心无旁骛地绣花为创意，运用LED光感技术模拟丝线，将上海的现代与传统、经典与时尚的城市风貌优美勾勒。画面上绣有东方明珠、金茂大厦、国家会展中心等现代建筑，还有古典的豫园九曲桥、湖心亭等，整个就是一幅诠释上海这座国际大都市管理之精细的画面，犹如绣花一般。

在华宝楼的东阳台上，灯彩作品“绣得上海更美丽”诠释了这一理念；西阳台上，“上有天堂，下有苏杭”的江南美景，西子湖畔的三潭印月、夕阳西照的雷峰塔，游船荡漾，彩云飞扬，尽显“山明水秀，江南韵味”。天裕楼则展现的是“奇瑰壮丽，西部风光”：作为“一带一路”的重要节点，西部地区的雪山高耸、草甸连绵、边塞风情迷人，以及莫高窟等中华文化瑰宝和西部生态建设的新成就，在新时代尤为引人瞩目。和丰楼展现了东西方文明在这里不断相遇与交融的北京，“大美中国古都新韵”灯组中，古老的故宫、天坛、长城与现代的鸟巢、水立方交相辉映，传统的京剧与现代的交响乐在此相遇相融。和丰楼两侧浮雕上的“石榴抱籽”寓意着各民族紧密团结，像石榴籽一样紧紧相依。畅熙楼上的“鲲鹏展翅”倡导人与自然和谐共处，寓意国家富强、社会和谐、环境优美。

设计灯会，功夫在诗外。将传统、时尚、经典与现代元素融合，注入创意策划中，是一项极富挑战性的任务。面对“是否会产生视觉审美疲劳，难以突破”的疑问，吴仲庆说：“学习永无止境，没有最高，只有更高。”他强调阅读经典图书的重要性，因为一本经典之作的价值远超百本闲书。他时常研读《金刚经》《六祖坛经》《道德经》《南华真经》《论语》《传习录》等传统文化经典，以及《城市文化》等现代著作。业余时间，他更是不辞辛劳，遍访文化底蕴深厚之地，汲取灵感，同时研究学习现代知识，捕捉现代信息，追求优秀传统文化的当代演绎。自然他每年策划文化灯会，创意信手拈来。

走九曲，知文脉

按中国民间传统，元宵节之夜皓月高悬，人们会点亮万盏彩灯以示庆贺。上海年味儿最浓、人气最旺之地，恐怕非“豫园灯会”莫属。豫园的每个彩灯蕴含满满故事。九曲桥广场从《诗经》《楚辞》《汉赋》到唐诗、宋词、元曲、明清笔记小说，这条文脉反映了中华文化的源远流长和独特智慧与神韵。吴仲庆对工艺师的要求极高，人物造型、神态刻画须形神兼备。屈原、杜甫、李白、苏东坡等文学巨匠的形象和内在气质的意象已约定成俗，他们犹如明星一样灿烂，尽管没有影像资料，但在中国老百姓的心中早已代代相传。人物造型创作，吴仲庆依然精益求精，历经两次全盘推倒重来，方成型。

青花瓷、茶叶、丝绸是中国自古以来的三大名产，反映了中国人的精神追求和生活方式，是传统文化的物化体现，也是连接东西方文明的纽带。九曲桥广场挹秀楼上的三大元素艺术地融合，从另一个角度诠释了中华优秀传统文化的源远流长，凸显了“中华文化·精神家园，飘香全世界”的主题。

2017 年九曲桥的主题是“弘扬中华传统文化　工匠精神代代相传”。吴仲庆将工匠精神通过四大发明等故事进行演绎，类似大国工匠故事、张衡的地动仪、李春的赵州桥、黄道婆的纺织术、鲁班的木艺、李时珍的《本草纲目》等。吴仲庆说：“2016 年九曲桥的主题是‘社会主义核心价值观’，通过‘仁义礼智信’结合当下社会语境来呈现。当我们愉悦地观赏美轮美奂的灯彩时，在不知不觉中温故经典文化精髓。”

过年“轧闹忙”，也就是图个热热闹闹的年味。有句俗语说得好：“老人走九曲，活到九十九；小孩走九曲，考试九十九；情人走九曲，天长又地久。”九曲桥上的龙柱拱门，栩栩如生地展现了“龙的传人”的形象。而那些活泼可爱、精神饱满的孩童们，则以琴棋书画和中国武术为表现形式，寓意着“文武之道，一张一弛”的深刻内涵。人们在“轧闹忙”的过程中，逐渐领略中国传统文化之魅。

玩创意，演绎美好生活

中华文化源远流长，几千年的历史传承至今，黑头发、黄皮肤的中华儿女始终坚守着这份宝贵的文化遗产。在创意与演绎美好生活的道路上，23 届，已亲历亲为了十七年灯会创意总策划的吴仲庆，深感灯会是一门综合性的艺术，它涉及政治、经济、历史、文化、民俗等多个领域，极具挑战性。

他坦言，从西部的壮丽风光到古老的丝绸之路，从西安的鼓楼、大雁塔到嘉峪关、敦煌莫高窟，从《诗经》的古老吟唱到明清笔记小说的细腻描绘，如何将中华文化用灯彩具象化极致转化，如何将传统与现代、经典与时尚结合表达，是最具挑战性的任务。他认为，创意策划的关键在于不丢失民俗灯彩的根本，同时每年都要不断策划提升、创新突破，这在彩灯的艺术表现形式和技术上显得尤为重要。

在彩灯艺术面临人才匮乏的考验时，吴仲庆为其归纳了生存和发展的三个阶段：第一阶段是以表现传统的生肖和民族、民俗、民间文化为主，营造浓厚的年味；第二阶段是在传统技术上进行改良提升，追求精致。随着社会经济和文化的快速发展，人类的审美情趣也在不断提高。为了传承传统技艺，需借助多媒体技术的力量。2018 年的“豫园灯会”全部采用 LED 光源，并融入音频、声光电、声控等高科技元素，如李白吟诗、牡丹花绽放等场景。吴仲庆在豫园有限的空间里，设计出“白天是景，晚上是灯”的绝美场景，让人流连忘返。第三阶段是打造文化灯会的品牌之路。虽然灯会的核心仍然是民俗彩灯，但在表现的主题内容和素材上也需要与时俱进，通过灯会这个载体来反映时代精神。“这里有三个重要的结合点：首先是结合时代精神，如 2018 年灯会的主题‘新时代　美好生活’和中心广场的分主题‘美丽中国　绿色家园’，都体现了人与自然的和谐共生，以及生态文明的时代要求；其次是传统文化的当代演绎；最后是坚持受众群体的多样性，让老百姓在逛灯会的过程中寓教于乐，感受到春风化雨、润物细无声之韵。”

美是人类共通的感官体验。通过这三个结合点，豫园彩灯文化美学得以被不同层次的人所接受和喜爱。当灯会做到雅俗共赏时，它对于人类的诱惑“忽如一夜春风来，千树万树梨花开”般美妙。

“狗年兆丰五谷香”。在豫园的中心广场上，一条高达九米、重达一吨的巨型金狗巍然屹立，它相当于三层楼高，是五个工人花了一个半月的时间焊接了15000个焊点精心安装而成的。巨型金狗定时发出“旺旺旺”的叫声，预示着财旺、人旺、家国旺和美好生活的到来。伴随着金狗的叫声，一朵硕大的牡丹花在多媒体声、光、电的配合下缓缓绽放，花蕊中蕴含的钻石、黄金、珍珠等璀璨夺目，震撼人心。主题灯的背景是绿水青山，代表着生态和谐、环境优美；大熊猫、白鳍豚、朱鹮等珍稀动物共同构成了一幅鸟语花香、硕果累累、珍禽异兽、自然和谐的美好画卷。主题灯的另一侧则展现了独具魅力的梯田风光，森林、水系、村庄、梯田构成了美好的生态体系；梯田间的风力发电机象征着科技的发展；土楼、吊脚楼等中国传统建筑则体现了中国传统文化的外显之美，是凝固的旋律、文脉的传承、石头书写的历史。山间瓜果飘香，一派丰收之景；牧童坐在牛背上玩着平板电脑，享受着现代化的生活。璀璨的灯火将传统的民俗与现代的技术结合，共同描绘中心广场的主题“绿水青山就是金山银山”。

正如美国城市文化学者芒福德在《城市文化》一书中所言：“城市是一个大容器。”而吴仲庆则认为灯会至少是一个小容器。他说：“我们首先要在这个小容器里调出五颜六色的和谐颜料，然后再画出最新最美、能带给大家愉悦心情的美丽画卷。”

七百多年的历史浓缩，近四十组大型灯组、近千只气氛灯，堪称经典大作。白天色彩艳丽、造型逼真的各式灯彩令人目不暇接；夜晚华灯初上，熠熠生辉，宛如“灯的海洋”。二十三年来，“豫园灯会”浓缩了每个时代的精华，坚持和传承传统的民俗制灯工艺，同时不断创新，突破技术难关，为传统灯彩注入新的魅力。吴仲庆说：“彩灯创作是一个全年漫长的过程，每一届灯会闭幕，都是下一届灯会主题思考的开始……‘豫园灯会’，点亮美好生活。”

（发表于《上海画报》杂志 2018 年 3 月刊）

古琴之韵　初夏温暖

专访国家非物质文化遗产古琴艺术代表性传承人、
古琴演奏家李祥霆

带着对古琴朦胧憧憬，喜爱古典音乐的我，“飞”访了居住在北京一幽静小区的李祥霆先生。

善谈通感，一直是文人墨客对中国艺术的描绘，琴与书画又和音乐、文学珠联璧合，那些代表中国文化符号的经典词句，被先生的古琴唤醒，呈现出让人激动莫名的画面效果。先生的乐曲《小园香径独徘徊》《误入藕花深处》《灯火阑珊处》……洋溢着静谧的人文气质，也是繁华都市生活中难得的一刻闲适，一如先生家陈设的简雅让人始料未及。

问琴广陵发性灵

一席深色长衫，一张古朴的琴桌上摆着一张漆光晶莹的古琴。垂手低头侍奉的琴童，香案熏香缭绕。修长的手指轻抚，乐声在指间流淌。陷入沉思的俊美容颜略显清削，两鬓长髯，表情淡然宁静，微昧的眼眸暗合隐隐悲切。这是我对所有琴人抚琴意境的想象。

敲开门，迎面的先生神采飞扬，一时间我恍惚走错了门。静静坐下，我们的话题由古琴的古往聊开。

泠泠七弦上，静听松风寒。
古调虽自爱，今人多不弹。
——【唐】刘长卿《听弹琴》

“古琴的弦当然是七弦，五弦是传说中最初的状态，古人把五弦和五行相联系，内合五行，金、木、水、火、土；外合五音，宫、商、角、徵、羽，意味着君、臣、民、事、物五种社会等级。”桓谭《新论》中记载：传说舜定琴为五弦，文王囚于羑里，思念其子伯邑考增一弦；武王伐纣又增一弦，合为文武七弦琴。“到汉朝时，就明确是七弦了，我们看到、听到的是七弦。最初痴迷于琴，那是1955年，周围的人都没见过琴，我就按小说里的描写做了一张七弦琴。古人把最高理想和最高事物联系起来，将理想和精神的寄托隐现在古琴上。增加了表现力，成熟了、丰富了，七弦够了。”先生构着古琴七弦玄妙，而他更喜欢用中国的书法来形容弹奏的艺术。“古琴演奏左右手变化比别的乐琴多很多，音乐表现相当于中国书法的行楷和行草。线条变化非常丰富，也相当于用四声的汉语朗诵有格律的中国古典诗词，如‘大江东去浪淘尽（这样的抑扬顿挫）……’古琴如果没有那么丰富的指法，那琴曲的表现就会像用钢笔写印刷体的汉字一样。”

吹箫抚琴、吟诗作画、登高远游、对酒当歌是古代文人士大夫生活的生动写照。谈话间，抬眼望见先生身后一幅字，金庸先生所赠，“高山流水觅知音　轩昂低语诉琴心”。“笑傲江湖”的自在洒脱与“古典音乐”的醉人清雅，仿佛一瞬在此相遇。让我想起，孔子也酷爱弹琴，无论在杏坛讲学，或是受困于陈蔡之野，操琴弦歌之声不绝；唐代文人刘禹锡则在他的名篇《陋室铭》中为我们勾勒出一番“可以调素琴、阅金经。无丝竹之乱耳，无案牍之劳形”的淡泊境界；魏晋时期的嵇康给予古琴“众器之中，琴德最优”的至高评价，终以在刑场上弹奏《广陵散》作为生命的绝唱。

“《广陵散》是现存世界上最古老的乐曲，源于汉代，定谱于唐代，1452年出版。现存世界上最古老的手抄谱为唐朝的《幽兰》。唐宋朝时期的曲子很多，经我的研究考证，《酒狂》就是唐朝的曲子。”先生分享着：“其实记谱法在唐朝以前就有了，相传唐代曹柔根据文字谱化简而成，这种古琴特有的减字谱，把演奏术语的辞藻、所用汉字的笔画重新组合，表现古琴演奏过程的一种记谱法。不能单纯说是符号，而是无穷变化组合的，这是古琴演奏方法的特质所决定的。谱子把旋律和艺术表现记录下来了，这是独特的，只有在中国的语言、文字、古琴上才能产生这样的记谱法，才能把中国一千年以上的曲子保留到现在。”

古琴在中国有着悠久的历史，古人常以抒情咏怀。在古代的文献中有对古琴的描写和记载。正唯其如此，有着数千年历史的古琴艺术终于传承至今日。2003年，联合国教科文组织在法国巴黎总部宣布了世界第二批“人类口头和非物质遗产代表作”，中国的古琴名列其中。

劈木作琴访名师

古琴，一种高雅深邃的古典艺术，先生年少之时因“一听钟情”而一发不可收拾。15岁毅然拿起一张旧报纸、一把菜刀、一把锯子，制成了一把古琴，虽说与正规古琴之音色不能堪比，然能弹出古琴韵味，不胜惊喜。他说：“那年在学校的新年晚会上居然与同学琴箫合奏一曲《关山月》，感觉甚好。”

对弹琴入了迷的先生，写信给查老——著名古琴演奏家查阜西先生，请求赐寄一点弹琴资料和一两曲琴谱，并将自己做琴经过告之。查老，是中国古琴界泰斗级的人物，先生挚爱古琴感动了查老，遂收为弟子。遗憾的是后来这把先生自制的古琴由查老转送给古琴研究会后，因“文革”时期研究会被撤销而不知所踪。

说起为何会痴爱古琴甚至连琴都要自制，先生说：“父亲是中医，也学西医，他从小读私塾课，上过师范学校。我上小学前，父亲每天租借中国武侠小说书念给我听，我还看过很多京剧。”环境熏陶，心中自然被古文化精神吸引。

后来，先生又喜欢上了绘画，在国画中看过《携琴访友图》，在唐诗宋词上读到有关琴的名句，却不知其声音为哪般？“1955年，父亲买了台收音机，我第一次听到古琴的声音，竟是这样天籁般的美妙！曲子播完，播音员说，刚才各位听到的是琴箫合奏《关山月》……之后我疯狂找寻各种有关琴的资料、文字、图片，终于在旧书摊上买到一本《今古奇观》，书中看到古琴外观、结构的详细描述，于是决定按书中描写的样子，做一张古琴。”

想自己做琴，只因邻居是位木匠，经常在旁看他制作木箱子，大概知道怎么用锯、用刨子、上漆、上颜色等全过程。“我找来一块父亲过去诊所用的牌子做琴面；用胡琴弦替代琴弦；按钉当琴徽，花了一年的时间终于制作成功了。”这张琴带着先生走进了古琴艺术的美妙境界。

1957年先生前往北京向查老学琴。“他带着我去北海庆霄楼听昆曲、逛琉璃厂的古书店……临走还送给我一张清代古琴、两支洞箫、一本《琴学入门》、一册《今虞》琴刊和回程火车票钱，还亲自送我到火车站。见天要下雨，又赶在开车前出站为我买来一把雨伞……”师生情浓，感人肺腑。

查老所赠的琴谱、《今虞》琴刊和古琴至今由先生珍藏着，可惜两支箫在“文革”中损坏了。“得识查老，是我今生最大的幸运，正是这位充满热情的琴坛领袖，决定了我一生的命运，他教会我的不仅是琴艺，更有健康的人生态度。”今天可以说，先生没有辜负查老的期望。

现在一个流派的代表性琴曲会被多数人学习，专属一派的人比较少。问起先生为何派？答之：余以查师（查阜西）之琴为基础，以吴师（吴景略）之琴为主体，兼受管师（管平湖）之琴重大影响。若必言派，或可称“三合派”。

琴韵意浓觅知音

为不留遗憾，我请求先生现场即兴弹奏，先生欣然应允。在悠扬的琴声中，我们的聊天悄然继续进行。先生灵巧的双手在琴弦间自由拨动，那天籁般的演奏声，纯净而深邃，让人不忍打扰，仿佛时间都为之静止。我不禁想起看到有位法国音乐台编辑赞誉先生说，“现今最伟大的、中国最优美的乐器的诠释者……”

先生的第一次“独奏音乐会”，于1982年被邀在英国举办。“在那个时代，中国尚未具备举办此类音乐会的条件，场地租赁费用高昂，且信息传播渠道有限，音乐会的组织难度极大。1985年、1986年有位中国音乐家协会的热心人士要给我组织举办音乐会，我说不行，他问为什么？‘现在组织举办音乐会，不会有人来，很多人不看报纸不知道，也没有收音机，如有人知道，坐车来买票，来回车票花一元左右，这在当时已经不少了，来听场音乐会还得花钱，所以不可能。’最终，1997年在北京音乐厅成功举办了‘首次独奏音乐会’。2000年在北京音乐厅一千三百多人座无虚席，还有一二百张散票。”

“20世纪三四十年代，全国会弹琴的人不到两百人。1956年全国古琴普查时，会弹古琴的人不到一百人。现在，已有三十万人以上在学习和演奏古琴。为何如此肯定？因为我写的《古琴使用教程》图书印了35000册售罄了，用我的教材学琴、教琴的人一定不会超过十分之一，那么十分之一是3500人，十倍的话就是35万人。所以如今已经不是凄冷、清苦的状态了，已经进入了初夏的温暖了。”先生此刻的沉醉，触动了我对古琴的朦胧热爱。

我的好奇乍现，问起演奏的爱琴会是哪张？先生微笑着回答：“在我有重要演出时，比如参演白先勇演的第二个青春梦《玉簪记》时，会借用‘九霄环佩’。这是一张已有约千年历史的古琴，原为唐玄宗第三个儿子李亨继位时的皇家庆典之物，音韵极佳，高八度比低八度的音还要宽厚。”据说该琴是四川制琴世家雷氏制作，被中国香港企业家何作如先生珍藏。何先生原先邀请许多名家试琴，被称徒有其名。因先生用此琴弹出了绝妙声音，所以1995年之前，先生所用的都是宋代古琴，之后就一直弹四川音乐学院曾成伟先生所制琴，名曰《朗月》琴。

琴之高格非清远

琴音跌宕起伏，动人心弦。“古琴艺术是现世最古老的活着的成熟艺术，它表现人类思想感情宽阔、深刻、丰富。它高尚、高雅、高贵，深刻、深雅、深厚，神圣、神妙、神奇。但它又高不可攀、深不可测，神圣而可解。”先生亦琴亦话，挥手操琴，娓娓而谈。“现在，古琴有三类，一种是艺术类，把古琴看作成熟艺术来欣赏，像唐诗宋词一样；一种是玄虚类，认为琴的最高境界是‘清微淡远’，只弹给自己听，教人就低了。但如果真的只许自己弹而不许传人的话，那么最多弹五十年就灭绝了；还有一种是神秘类，认为古琴不是艺术是‘道’，是道器。道是种规则、法则，琴道就是艺术规律，艺术法则而已。把它说得很神乎，好像他懂你不懂，他就不得了，这是欺世盗名。”

古琴艺术的传承，在坚守与变化之间，“这根本不是问题，传承过程中必定有变化，变化不能禁止。有人老讲原汁原味。如都只是原汁原味古琴就没有现在，明初朱权编辑的《神奇秘谱》里潇湘水云才十段，都原汁原味了，那现在古琴十八段就不应该了。古琴最早是五弦琴，那为什么现在都不弹五弦琴？这观点绝对是似是而非。”先生讲得激情，我听得澎湃。

对于现代与古典的结合，先生表示：“我没那么做，有人做也可以。文化是自由的，不用打破。我能与外国人同奏，我演奏东方风格，说明古琴有其表现能力。”喜欢即兴演奏近十年的先生，在音乐会后半场，会给观众出题来即兴演奏：“即兴演奏是古琴重要的表现能力和方式，观众的乐思由我将其转化为音乐艺术，我们共同合奏。这样的演奏每次都充满新鲜感和新奇感，这不是更有意义吗？”

一曲弹罢，先生问：“你是古琴音乐爱好者吗？”还沉浸在美妙音乐中的我，半晌没回神，“第一次听可能你的感觉不一定正确，就好像没吃过烤鸭，第一次吃做得很差的也不觉得差。了解后再听，越听越有味道。喜不喜欢是另外一回事，有人听几个音就喜欢了，有人听一辈子也不会喜欢，任何一门艺术都有这种可能性。”

曲终奏雅，余音绕梁，许久才回神，我已痴醉。

【李祥霆，1940 年生。古琴演奏家、师从查阜西先生及吴景略先生；国家非物质文化遗产古琴艺术代表性传承人；中央音乐学院教授、北京古琴研究会副会长、中国民族管弦乐古琴专业委员会（中国琴会）荣誉会长、国际古琴学会荣誉会长。】

（发表于《如意时空》杂志 2012 年 3 月刊）

自然之物到美学精神的升华

专访国家级首批非物质文化遗产项目（嘉定竹刻）传承人、上海市嘉定区竹刻协会副会长王威

竹，质地坚韧，身姿挺拔，色泽优雅，宛若碧玉，自古被文人誉为拥有高尚的德性。而“以刀代笔，以书法刻竹”的技艺，赋予竹新生命，或极物之体，或尽物之神，或得物之趣，更是到了出神入化之境。

循着竹刻的足迹，我来到了上海市嘉定竹刻博物馆，震撼于20世纪50年代前后，嘉定竹刻延续悠久的“文人刻竹”传统几近灭绝。为恢复、延续这一断承艺术，王威先生成了一名孤守者。

在博物馆的工作室里，暖暖的微灯下，几片竹排、十几把刻刀，丝丝缕缕的竹屑，见到王威那一刻，他正埋头操刀，游走于竹刻的忘我境界中。遂不忍叨扰，噤声不语，正襟危坐。这一刻，仿佛我已然是一名谦卑学艺的童子，身着长裙，小心递送刻刀，眼含羡慕与崇敬。这一幕，像极了当年终南山学艺的鲁班大师。

应物造型　随类赋色

王威端坐静谧，目光专注地凝视着竹片上早已勾勒的图案，

手指灵活穿梭于竹纹与线条之间。早有耳闻，竹刻常现版画题材，细看王威的作品，心中渐生疑惑，竹刻的内容究竟如何界定？沉浸于创作世界的王威顺然应答："自嘉定竹雕的创始人朱鹤起，竹刻的题材便多以古代宋元版画为主。或在松下品茶、或在赏花或是三五成群的在游玩，以古人活动背景为主，若将题材改成现代人，便显得不伦不类。"我追问，竹刻与版画是否有固定的装饰风格？王威边刻边解惑："正如当时的民窑瓷器，以清雅随意为主，没有固定的格式。"他的手法纯熟，刀随神走。

竹有"君子"、"隐逸"之寓意，许多人以赏竹、画竹为乐。王威此刻的沉醉，又何尝不是。来访之前，我已在王威工作室楼下竹刻博物馆恶补了些许竹刻历史，了解到嘉定竹刻曾是中国竹刻最大的流派，其工艺品更是令人动容。

我好奇地询问，不同派别的艺术家善用不同的技法，那么嘉定派竹刻有哪些基本技法呢？王威介绍道："大致可归为五大技法：阴刻，又称浅刻，是清代的主要刻法，如周颢、程庭鹭等擅长此技，以白描手法刻出人物与景物，如同刻字一般。"王威随手拿起刻有诗词作品予我看："浮雕，分深浅两种，浅浮雕又名'薄地阳文'，由清初吴之璠所创，深浮雕又名高浮雕则使画面更具层次感和立体感，是明末清初的典型刻法。"我问："那传说中的'三朱'便是当时的代表人物了吧？"王威肯定地回道，"对，代表人物确是'三朱'，朱鹤、朱缨、朱三松祖孙三代。陷地法，是清代中后期集书法、绘画于一身的竹刻家所创，所刻图案极富书卷气；透雕，又称镂空雕，使留住的物像更富有立体感；圆雕，又名立体雕，是明代先贤们开创的，大多以竹根为主要题材，用以刻成立体的物体和人物。"眼前的王威，似乎没有停下"飞刀驰刻"的意愿。我回想起历史记载，嘉定竹人琢器时，每昼一哺而数起，夜十寐而频兴。即每雕琢一器，专心致志，废寝忘食。王威的作品中，凝结着竹刻家的智慧和锲而不舍的精神。“自清代中期以后，圆雕刻法已是寥若晨星。”

一口气说完这几种技法后，王威忽然放下刻刀，似乎才想起抬头。我失措得连忙起身自我介绍，他“哦”了一声，便继续投入创作中，仿佛我从未出现过。我问：“同样是雕刻，竹刻与木刻在技法上有什么不同与相通之处？”王威耐心地解释道：“竹刻是古代文人将书、画、诗、文、印等艺术融为一体，赋予竹子新生命的一门风雅艺术，是历代文人士大夫的雅玩。而木雕则更多由工匠创作。明代以前的雕刻相对拙朴，之后很多雕刻包括玉石、木雕都或多或少借鉴了嘉定竹雕的技法。”望着工作台对面的王威，瘦弱的身躯，看着有四五十岁的样子，他的专注让人内心抓狂着想在这小小的空间内，找一片竹与他一起同刻。

不同选材有不同的雕刻技法，王威说：“想雕刻出立体效果就选竹子的下面一段，因为纤维比较厚，刻出来的效果比较好。如刻笔筒一类的最好用中间一段。头梢太薄。竹子打磨以后，时间越悠长越光亮、越好看，‘竹如玉’就是这个道理。”

我经王威允许顺手拿起面前一件作品，感受着其光滑细腻的触感，高低错落的浮雕技法甚是精美，看着、摸着不忍放下。我请教王威竹雕的步骤，他回答道：“做坯、画稿、雕刻三步，至于采用什么技法，在画稿时就要想好。”看着王威专心地雕刻着细微之处，我好奇地问是否需要使用放大镜微雕？王威笑答：“竹雕不需要啦。”

宅隐艺术　或将流失

曾听专家说竹刻艺术的发展大致可分三阶段：明代、清代前期和清代后期。王威说："明代竹刻的技法主要有三种：一是嘉定派以深刻表现高浮雕或圆雕的刻法；二是金陵派以浅刻或略施刀凿即可成器的刻法；三是以留青作阳文花纹的刻法。"我听得入神，眼前朱氏三松在一起钻研竹刻，在竹板上行云流水的场景仿佛忽现。

发展至清前期竹雕十分发达，竹刻艺人继承了明代的刻法，同时又有不少创新。"吴之璠创'薄地阳文'浅浮雕，封锡禄及其独门的圆雕，周颢用刀如运笔阴刻山水、竹石潘西凤随意刮磨而得自然之趣。"清代前期为竹刻的鼎盛时期，传承至今只是小众市场，从享誉华夏的刻乡到如今只能屈身进入博物馆，这门艺术修养难道融不进百姓生活？我感叹于竹刻艺术的宅隐之美，却又担心其可能流失。王威淡然地说："为了生活，小众很正常。"竹刻是门纯手工艺术，创作耗时费神，经济效益不高。对于投入与产出的问题，他巧妙地回答："刻得好就是收获。"

有人认为纯艺术的学习，不能够改善自己的生活。"竹刻能进化心灵、陶冶情操，对现代青年来说是能承受寂寞的过程。很多人不愿意学这门'宅艺术'，觉得很枯燥，耐不住寂寞。所以徒弟也很难找。"担心失传吗？王威却表示："只能把握现在，当然肯定要发展下去的，至于发展到什么程度我也不知道。"

虽然近代海派雕刻艺术和画家众多，但与传统竹雕发生关系的很少。"就像宜兴紫砂壶一样刻刻不值钱，但有了画家参与就不一样了，如10万元一平方尺，我画一把壶有半平方尺，就有五六万元，刻好了就卖不了那价格。但是竹刻有其特殊性，是单品而非批量生产，近年来逐渐受到人们的喜爱，拍卖市场价格也在不断攀升。所谓'竹、木、牙、角'，竹放在第一位。竹刻不光是在创作艺术，更是在创作另外一种境界。"

绝世艺术　重焕青春

正当我神游于王威的话语中，他终于将视线从竹片转向了我。因长时间灯下雕刻，王威仍然微眯着眼并回忆道：“20 世纪 80 年代初，我们一共有 6 人被上海市嘉定县政府（现今的区政府）召集去全国各大博物馆参观，看前人的竹刻，鼓励我们继承面临濒危状态的竹刻艺术。但六年后最终留下的却只有我一人。因为竹刻是门‘宅艺术’，支撑下去异常艰辛，所以很多人没能走到最后。”

他继续回忆道：“当时国家刚改革开放，要把经济同艺术相结合，慢慢变成商业化，企业承受不了长期亏本。作品想卖也卖不掉，始终处于温饱边缘，他们各自慢慢开始转行。”王威身后堆起从地上高高的一垒垒书，几乎称得上是书墙了，这也许垒起了他一段段沉重的记忆。

尽管孤独，王威却在沉静中磨砺技艺，关起门来独自思索，让他的技术日渐精湛。他在借鉴传统竹刻刀法的同时，将现代的审美观念和传统图案相结合，创新技艺，追求格调，不失自有的独特风格，如陷地刻《抱琴图》插屏、浮雕《醉里挑灯看剑》臂搁、透雕《二乔并读图》笔筒等，受到海内外市场的认可。但仅凭其一己之力，还是难以解决竹刻失传的危机。

“当时的县政府和文化局领导看到了竹刻的危机，于是邀请我举办竹刻培训班，招收有志于竹刻爱好的年轻人进行培训，并先后举办了二期，为日后嘉定竹刻的恢复和发展奠定了基础。后来为了更好地传承这门艺术，经政府部门协商，又把我调入嘉定博物馆，由我组建竹刻工艺部，从事竹刻艺术。通过一段时间的传授，使他们的技艺有了很大的提高，嘉定竹刻技艺也慢慢地得到了恢复。”

此后的几年，王威也曾放弃过一段时间。“长期的伏案工作，寒来暑往，深感疲惫，肩椎炎、颈椎炎、心脏病接踵而至。”于是从那年开始，王威选择外出散心、调节心情，下海从商。但在从商的十几年里，他心里一直牵挂着有朝一日能回来传承这门竹刻艺术，所以还是从事了与美术有关的工作。

当 2006 年上海嘉定竹刻入选“首批国家级非物质文化遗产名录”的消息传来，王威难掩激动之情。“区文广局领导也邀请我回来从事竹刻事业，同年嘉定竹刻协会成立，两年后一起参与设计了嘉定竹刻博物馆的建立，从而让更多的竹刻爱好者多了个学习交流探讨的平台。”

“建馆时，竹雕收藏品仅有二十件，如今已有四十余件明清时期的作品。还有些是现代艺术家的雕刻作品，当然现在的人也都能看懂深刻、透雕、立体雕、阴刻等各种技法……”王威的欣喜溢于言表。

竹刻，自六朝始，盛于明清，或嘉定或金陵，方寸之间，细致工巧。因之文人，寄情于物。“其身与竹化，无穷出清新”，或许这就是竹刻的魅力所在。

（发表于《如意时空》杂志 2012 年 5 月刊）

铜与火的艺术

专访首批北京市非物质文化遗产景泰蓝制作技艺代表性传承人、北京市珐琅厂有限责任公司总经理、总工艺美术师钟连盛

我们为何对铜胎掐丝珐琅情有独钟?是因为它那神秘的生命力,还是因为它所承载的伟大价值?对于一个渺小的个体而言,对铜胎掐丝珐琅的热爱,或许更多地源于它所带来的联想、探索与记忆。

我曾有一款铜胎掐丝珐琅手镯,在某个不经意的瞬间,它悄然消失在我的世界中,为之常常挂念。今天,在一个偶然的时间与地点,我得以目睹这项传统技艺的集大成之作——铜胎掐丝珐琅的“成长”过程。因为我有幸“飞”访了位于北京景泰路附近的钟连盛。

宁静如瓷的铜胎掐丝珐琅,那些代表中国文化符号的经典线条,被钟连盛内心深处无比清澈单纯的柔情唤醒。见到钟连盛的铜胎掐丝珐琅作品《荷花系列》《北京风情》《连年有余》《花语喷水池》……旅途的劳顿瞬间烟消云散,那些美妙不可形容的精透技艺让人莫名感动。

辉煌与传承：
美丽背后的秘密

“铜胎掐丝珐琅处于濒危状态还不至于。”钟连盛在见到我后，指着门垭口和门把手上镶嵌的铜胎掐丝珐琅的作品说：“如今，它已被广泛应用于室内外建筑装饰、城市景观工程等环境艺术装饰领域。”随着钟连盛手握珐琅把手，会客室的大门缓缓开启，宽大简约的沙发，吸引我跟随钟连盛走进。

钟连盛平静地介绍道：“铜胎掐丝珐琅是中华民族博大精深的传统文化之瑰宝，是艺术与技术背景下的巅峰之作。艺术效果独特、民族风格浓厚和文化内涵深刻，融美术、工艺、雕刻、镶嵌、玻璃熔炼、冶金等技术为一体的复合工艺。如，配饰主要以雕刻为主要表现形式。现在的铜胎掐丝珐琅在借鉴传统工艺的基础上，糅合油画、国画、浮雕、彩绘等技术，能够独创出多种艺术效果。”

历经千年文化洗礼，铜胎掐丝珐琅已成为工艺品与艺术品的结合体，既具有实用性，又蕴含着丰富的艺术价值。钟连盛叹了口气说：“其制作工序繁多，需几十个人的集体智慧才能完成，这与玉雕等可由一人独立完成的艺术形式截然不同。”

铜胎掐丝珐琅自元代传入中国，明代景泰年间以其富贵华丽的蓝色制品最为出色，而后习称“景泰蓝”。其工艺艺术特点可概括为形、纹、色、光四字。钟连盛解释道：“一件精美的铜胎掐丝珐琅器皿，需具备良好的造型，这取决于制胎工艺；优美的装饰花纹则取决于掐丝技艺；华丽的色彩则取决于蓝料的配制和点蓝的技法；辉煌的光泽则完成于打磨和镀金。”

钟连盛挪了挪身，继续说道：“我们通常所说的珐琅是总称，实际分为三种：最主要的是‘铜胎掐丝珐琅’，从元代开始被皇家垄断，明代用于御用建筑，清代造办处专为皇帝制作御用品。它通常经过制铜胎、掐丝、焊丝、点蓝、烧蓝、磨光、镀金等工艺制成；另一种是‘铜胎画珐琅’，于清代从西方传入，是在铜或银胎上用珐琅釉直接描绘出图案，经烧制而成；还有种是‘錾胎珐琅’，在铜胎上錾刻出纹饰，再填以珐琅釉经烘烧、磨制、镀金而成，这种技艺在铜胎掐丝珐琅中也有融入。”

正如一款作品所描述的，“忽然一夜清香发，散作乾坤万里春”，我渐渐沉醉于那美妙精巧的蓝色空间。珐琅又称“佛郎”、“法蓝”，是外来语的音译词。我顺势望向茶几上摆放的珐琅器具，如纸巾盒、茶壶、烟灰缸等，思绪不自觉地飘向了楼下工艺师们掐丝的场景。

钟连盛解释说：“掐丝相当于绘画中的线描，点蓝则是画画中的填色。这两个是最主要的技艺。掐丝工艺需要细致入微，根据大师设计好的图纸，按比例准确地拓上去，用专用的镊子将细扁铜丝按照图纸掰好并粘上去。而点蓝的技艺要求更严格，它体现人的审美和修养。即使有相同的色彩图，不同技师调出来的颜色也会有所不同。”

随钟连盛的讲述，他的精神愈发振奋。这时，一位工艺师走进来，请钟连盛为仿古器具的图案把关。这不禁让我对元代以来铜胎掐丝珐琅的技艺特点忽生好奇。钟连盛介绍道：“元代工艺技艺比较粗犷；明代则更加大气。明代多为紫铜胎，铜质较好，胎体略显厚重，因此造型多仿古，主要仿制青铜器造型。所用的彩釉均为天然矿物质，色彩艳丽而深沉。丝掐得较粗，镀金部分金水厚，彩釉上大多有砂眼；清代整个工艺结合了镶宝石等装饰风格，发展更为丰富、精致。这一时期胎薄、掐丝细、彩釉鲜艳且砂眼较少，花纹图案繁复多样，但不及明代的纹饰生动。镀金部分金水较薄。”

钟连盛接着说道：“元代、明代主要使用六七种颜色，以蓝色为主；清代则有二十多种颜色。发展至今，已有专生产釉料的工厂，基本上所有颜色都能调出。”我不禁暗叹行家对技艺精湛的掌握。

忧伤的铜胎掐丝珐琅

2001年，曾经声名显赫的北京工艺美术厂由于种种原因破产，这标志着一个行业的危机来临。铜胎掐丝珐琅等国宝级技艺也面临着后继乏人的困境。钟连盛黯然地说：“虽然近年来总体形势不错，政府重视传统技艺的传承和非物质文化遗产项目的保护，品种和技艺得到了长足发展，精品频出，大师的作品受到拍卖行和收藏家的追捧，企业的经济效益也有了很大提高。然而，最根本的问题还是传承。”

现在，随着政府的扶持和宣传推广力度加大，北京市珐琅厂已招收了二十多名新人，包括4名大学生。20世纪80年代，珐琅厂还处于最辉煌时期，员工超过二千人，是当时出口创汇的重要力量。现在被评为“国家级工艺美术大师”的仅6位，其中4位在珐琅厂工作，而钟连盛是最年轻的，今年50岁。“现在珐琅厂技师的平均年龄为45岁，这个行业2/3的高级技师都集中在这。”钟连盛对于行业的隐忧溢于言表。

传统文化需要传承，但并非简单地沿袭。随着时代的进步、材质的变化和技法的多样，每个时代都留下了各自鲜明的印记。钟连盛强调：“艺术应当随时代而发展。非物质文化遗产讲的是原汁原味的继承，但如果只是重复传统，就没有发展。因为现代的大师在创作中不自觉地会产生现代的思想。特别是在20世纪90

年代后，发生了根本性变化。作品更贴近生活，追求艺术性，而不是一味完全复制传统或仿古。”

钟连盛看了看自己的手说：“以前中学课本里有叶圣陶写的《景泰蓝的制作》。现在拥有铜胎掐丝珐琅器物的人越来越多了。大师们的精品既可以作为鉴赏收藏品、商务礼品、结婚礼物，也可以作为日常用品和室内外建筑装饰等使用。精品类的价格一般在几千元至几万元之间，而小首饰类则一般在一二百元。”

其实，工艺美术各个门类在限制中形成各自的特点。钟连盛认为，学会这门艺术至少需要七八年时间，技艺繁复且不易把控。他说：“其传承分为两部分：创意、开发设计和工艺制作。设计师需要通晓美术知识，了解中国工艺美术发展史及同时期的工艺风格等，还需掌握各时期铜胎掐丝珐琅的艺术特点。同时，还需要了解其他工艺，如彩陶纹样、青铜器丰富的装饰造型和纹样、汉代漆器纹饰的大气以及瓷器、纺织品、丝质品的图案等。”

作为新中国景泰蓝一代宗师、珐琅厂第一任总工艺师，以及国家级非物质文化遗产代表性传承人之一的钱美华，对铜胎掐丝珐琅的美形容为：“完美、绝妙、无法言传。”铜胎掐丝珐琅经过几代人的传承，让钟连盛感动的是，1949 年后，仍有高级工艺师坚持从事传统工艺美术铜胎掐丝珐琅的制作。如今，在一线工作的五十岁左右的工匠已经算是年轻人了。

钟连盛自幼喜爱画画，于 1978 年就读于北京珐琅厂技工学校。那时，工艺品领域正处于大发展时期，也是出口形势最好的阶段。钟连盛在珐琅厂一干就是几十年。在采访过程中，我发现钟连盛非常忙碌，一会儿电话铃声响起，一会儿有人来汇报工作。这时，门外又有一位工艺师来请钟连盛把关设计构图了。

跨界融合：
铜胎掐丝珐琅的现代重生

黑格尔曾言："艺术的难点，在于将外在的现象转化为心灵的表现。"而钟连盛则认为，艺术唯有根植于生活，方能焕发出生动与活力。若一味拘泥于传统，内心难免会感到憋闷。艺术源于灵感，创作作品则是艺术家自身思维和情感的载体。要使作品具备时代感与当代审美精神，就需将传统形态转化为现代形态，同时把握中国文化的主体精神，并融入当代文化的语境，从而体现出当代意义的视觉观念和审美价值。

钟连盛具备难能可贵的综合性学养，在色彩运用、构成设计以及西方艺术的吸收上独树一帜。他以自然率真、本色质朴的工笔形态，与当代人的审美心理和审美需求巧妙融合。2007 年，钟连盛设计了一款铜胎掐丝珐琅制品——新加坡佛牙寺的超大型景泰蓝《转经轮藏》。此外，他还参与了八十余平方米的《花开富贵》景泰蓝艺术喷水池工程的设计。这两项作品都为铜胎掐丝珐琅注入了清新的时代气息。

钟连盛谈道："当代工艺作品在拍卖会上并不常见，拍卖市场主要以传统字画、瓷器等为主。但也不能说得太绝对，任何事物都有高潮和低潮，就像股市波动一样，在不断变化中。"就当前市场而言，艺术品似乎已逐渐演变为金融产品。钟连盛认真地表示："未来或许还会延续这种趋势，将艺术品作为投资的一种方式，以实现保值增值。如今，铜胎掐丝珐琅技艺的发展态势可以说是历史上相对完美的时期。你想想看，为什么这些年收藏铜胎掐丝珐琅越来越热门？其实，铜胎掐丝珐琅现在的价值还远未体现出其真正的艺术价值，因此被媒体和收藏界视为收藏的洼地。"钟连盛自信满满。

师匠的艺术修养、传统的积累、聪明智慧以及勤善工事，共同铸就了铜胎掐丝珐琅这一艺术珍品、中华国粹的辉煌。钟连盛用微小的声音介绍道：“铜胎掐丝珐琅虽好，但历史很短，数量也极其稀少。流传于世的基本都藏在故宫博物院，数量达几千件，台北故宫、沈阳故宫也收藏了一些。”

如今，铜胎掐丝珐琅已被大家普遍认识，“其升值空间仍然很大，具备极高的收藏和品鉴价值。以前，它主要用于陈列和摆设，现在和未来，它将更深入人民的生活，向室内外建筑装饰领域拓展，包括酒店、车站、体育场等城市景观的环境艺术装饰。”钟连盛的作品清新细腻、精致典雅，风格秀美而独特。他在继承传统的同时，不断探索与创新，无论是在技艺的革新发展、题材内容的挖掘表现上，还是在传统工艺与现代环境装饰相结合这一新领域的发展应用上，都游刃有余。

与钟连盛的聊天止于一位工艺师的讨教声中，对于他对铜胎掐丝珐琅热爱的忙碌不忍再打扰。我的目光再次聚集在珐琅门把上，是啊！如今铜胎掐丝珐琅工艺展示出惊人的潜质，在钟连盛为首的一代传承人的手中，古老的传统技艺又完成了一次华丽转身。

（发表于《如意时空》杂志 2012 年 8 月刊）

玉石那传世的风华

专访国家级非物质文化遗产（苏州玉雕）代表性传承人、
著名玉石雕刻家蒋喜

美玉无言，只是那传世的风华，那绝代的典雅，从未逃过世人恋玉的眼，昔日刚访见杨曦，今日又见蒋喜，我沉醉于蒋喜“汉八刀”下玉石的倾诉，欣喜于与玉雕家的这份缘。在苏州闹市一隅，眼前这位17岁便从艺的大师，1964年生于婉约姑苏。在他的眼神中，恍然得见那烟柳画桥处的和风细雨，让人情不自禁追随玉之诉说而去。

拟古追新　蜿蜒变迁

在那些古老而又传神的玉作中，我们依然能捕捉到先人们俊逸的神采与闪光的智慧。这方玉石，历经千载风雨，却未曾在时光的洗礼中褪去其光华，反而更加引人遐想。蒋喜，作为一位国家非物质文化遗产的传承人，在三十余载的雕玉生涯中，始终在思考：如何将今人对美玉独有的发展史和鲜明的时代特征自豪而雅致地表述？如何记录对当代的感悟？如何将家乡独特的地域魅力在自己的玉雕作品中得以再现？他轻抚衣袖，缓缓坐于我对面，轻声说：“这必然是一个关于继承与创新的话题。”

美石坊创始人蒋喜对玉雕多年的博采众长，形成了自己独有的艺术流派。他独爱高古玉器，尤其对殷商、战国、两汉时期的玉器造型风格和雕刻技法更是深有探究，创作中擅长拟古琢刀成器。“从殷商时期的拙朴工巧，到战国时期的线条灵动，再到汉代的粗犷有力，蒋喜对古代玉雕的技艺如数家珍。他尤其提到，良渚文化时期，苏州出现了制玉史上的第一高峰，那时的玉器主要用于沟通天地，成为统治者身份和权力的象征。雕刻技法中已有线、铊、锯切割，透雕、微雕、管钻、实心钻等工艺。如余杭反山出土‘琮玉’上的神徽纹，线条纤细如发丝，在一毫米内刻出五条细线。”

“到了春秋时期，特有的‘斜刀工’雕法应运而生，一直影响至汉代‘汉八刀’。雕刻出来的玉雕就像刀劈斧砍的效果。‘玉，石之美有五德者。’为‘仁、义、智、勇、洁’。战国时期玉器的形制式各异，立体的、片状的，那时是制玉第二高峰。战国后期到西汉出现线条‘一刀定终身’的‘泳丝毛雕’，说明那时候的工具已非常先进，人们在追求立雕的同时，对纯粹线的刚柔并济之美的表现更为甚之，可惜汉代后‘泳丝毛雕’的刀法濒于失传。”蒋喜偏爱于新石器时代至西汉间的高古玉器，擅长“斜刀工”、“泳丝毛雕”、“汉八刀”，唯用玉之美者——和田玉籽料创作玉雕。艺术是相通的，蒋喜觉得拟古后的“师古”是对传统审美的追忆和品鉴，亦是对先人技艺的珍视和继承。而创新是融合古今之美的大胆尝试，更是在为后人留下玉雕真实而清晰的历史。

因清雅　固内敛

“风云的表情，天地的华彩，在心思里煅化，在刀笔上流淌，在玉色中沉淀……”传统的玉雕动物题材，往往局限于避邪、招财、纳福等寓意，风格上多以仿古和写实为主。玉雕如何在现代艺术中展现新意、开创题材、表达个性？这正是众多艺术家不断探索与思考的焦点。

蒋喜的作品《四灵六合》中的玉琮，便是仿制良渚文化中的玉琮形制，造型端庄而厚重，尽显东方艺术品的独特气质，寓意着天圆地方的古老智慧。玉琮四周镶嵌的四枚和田玉印章，更是以青龙、白虎、朱雀、玄武——这寓意着东、南、西、北四方的“四灵”为题材，巧妙设计章钮。四灵，亦称四异兽，源自《礼记·礼运》中的记载，是古代先民对星神崇拜的结晶，历代被视为吉祥的象征。蒋喜以精湛的玉雕技艺，将四灵融入方寸之间，不仅描绘了人们对美好生活的向往与四灵庇护的祈愿，更在章身上留出大片空白，以凸显美玉的洁白温润、细腻优雅。作品巧妙借用古代玉文化中的独特元素，以四灵与玉琮的组合形式，实现了古为今用的艺术创新，展现审美情趣。

在创作中，蒋喜并未一味复古或完全摒弃传统文化，相反对古玉器的气质、精髓沁心追求。他巧妙结合当代美术元素与审美情趣，用现代工艺和思想再现古代玉雕的风貌与精神，使作品毫无牵强之感。他深知：“无论玉器作品风格如何变迁，形体结构的内在规律与艺术美的评判法则始终如一。艺术应随时代而发展，贴近当代审美标准，但仍然要坚持师法自然、古为今用、洋为中用，有批判地传承，有筛选地吸收，方能实现真正有生命力的艺术创新。”

古人审美似乎带有等级象征，“工艺越繁复越显精致，如商周、战国时期的漆器纹样繁复重叠”。而蒋喜则研究了符合现代人审美喜好的简约风格玉雕作品。如《薄胎茶具（六件套）》，在极具苏邦玉雕特色的“薄胎”工艺基础上，以简约庄重、规整统一、文雅内秀的特点，诠释苏邦玉雕“文气、精致、灵巧、柔美”的特色，探索“料”、“技”、“艺”的有机融合。在玉石的天然静美中，展现优雅简约、匀净质朴、清新自然的韵味，浸润着茶香与玉韵，将中华玉文化、茶文化、园林艺术融合。“品茗赏玉润人生”成为人文思想的精神载体，也是蒋喜对“古韵新风”的一次全新尝试。作品中，将“冰裂纹”这一源自古代龙泉青瓷的经典纹饰，也是江南园林和中式家具中的元素，与“斗笠形”治玉技艺、高难度的“痕都斯坦”薄胎工艺和谐融入传统与现代兼具的茶具中，与现代人返璞归真的审美时尚契合。在“薄胎”之处做到厚薄如一，纹饰的厚薄之间极具“皮影”效果，尽显技艺与玉性之美，尽可能发挥所用玉料的优点，扬长避短，化拙为巧。此外，《美石三宝》《望天吼》等作品，蒋喜亦以不同选材与雕刻技法，在古法基础上进行创新，使玉石气质得以淋漓尽致地展现。

盛于商周时期的青铜器，是我国传统艺术的重要代表之一。其中，上部盛酒、下部置于火炭中温酒的器皿——觚，兼具艺术价值与实用价值。蒋喜手中的青海青玉作品《气》，便在设计上借鉴了青铜器觚的造型，大气而庄重。在技法上，施以“薄胎工艺”，器之上端雕刻出由冷至热而凝结的水珠，由上至下，由大变小，不断滑落，遇火焰化为水之气；器之下端则雕刻烈焰，自下而上，由强至弱不断升腾，与水珠相遇化为火之气，两者在器中相聚，融为一体，仿佛吟唱着水火相容的赞歌。在纹饰上，他突破薄胎工艺惯用纹饰的束缚，将传统艺术与现代设计理念相结合，借古器之型，造已之势；用今艺之妙，就自之法。古韵今风之“气”，不仅追求创意的新颖，留下当代玉雕的符号，更彰显了艺、技、料的综合之美。他以当代艺术的设计，传承古代艺术的文明，望着那《禅》《卷纸》《扳指》……每一件作品都仿佛在诉说着他对艺术的执着与追求。

拂彼白石，弹吾素琴；美玉玲珑，引人意韵玄妙、遐想联翩。起身点盏，研一潭新墨，在这泛黄的卷帙里，写一行古玉与今玉的爱恋，鸣深林。

货币的象征
艺术价值无公式可套

蒋喜总能在创作中，将磅礴的古韵率直豪放的传达在那些古老又典雅的玉作里，将独特的巧思摹写在俊逸的线条和纹饰里。

今人对玉雕的造型、纹饰、寓意有更深的造诣。而蒋喜认为，在观察西方艺术时，可以将其与脑海中的传统文化碰撞与对比，这样的碰撞或许能够激发新的创作灵感。

他说："我们不能反复复制古玉，而将现代艺术拒之门外。更应该思考的是，如何为当代留下独特的符号，并探索当代应该产生什么样的玉文化。"他提道，古代玉文化中的巫玉、王玉、礼玉、皇玉等，其地位曾是货币的象征，这与经济发展紧密相关，使得艺术在某种程度上变得不那么纯粹。蒋喜认为，艺术家应该为艺术留出一些自由的空间，让艺术能够顺着自己的心走。

每个时代雕玉的状态都有所不同，因此当今的艺术家不太可能再现像凡·高那时的状态和现象了。蒋喜敏锐地捕捉到消费者需求的变化，并不排斥与国际奢侈品牌合作，设计带有苏州元素的玉雕奢侈品牌。他认为这样的合作能够探索中西方文化的交融，将古人的精髓与今人的妙想展现给世界更多人思考。他说："关键在于国际品牌方的设计师是否真正读懂玉，并通过玉来表达中西方文化的和谐。"

蒋喜用他独有的"技艺+记忆"传承方式，将古代文化以现代的表现形式呈现，有意无意间为当代留下符号。他反对轻易颠覆传统玉雕文化以达到超越前人的目的，也不主张将现代玉雕做成绝对现代或西方的雕塑样式，因为这可能会脱离玉本有的“润”的气质。“玉不是越白越好，而是越润越好。”蒋喜忽然抑扬激情打破了之前宁静的采访氛围。

在市场诱惑的浪潮中，蒋喜坚守自己的艺术信仰，不跟风、不妥协，潜心于艺术创作和艺术思考。他深知站在艺术顶点的人是孤独的，也明白创作资源的枯竭和人才的紧缺是许多玉雕家所面临的问题。“始终保持紧迫感，努力让自己赶在跟风者的前端。当我看到一块美玉时，特别想要把自己的想法表现在这块美玉上时，是自己最幸福的时刻，所有的紧迫感和压力都烟消云散。”

忆起17岁，行将成年的蒋喜在市场经济的拽曳下，在家开始了一比一地仿制古玉器。在掌握娴熟技能后，他顺理成章地成为美石坊创始人。他的作品代表了苏州地标文化的特点：古韵、文气、精致、柔美。他将东方文化的内敛、含蓄、委婉、中庸与西方的张扬相结合，古韵今风的创意表达出的哲思，耐人寻味。他在复制技艺过程中发现，虽然现代高科技能仿制各种古代玉器的造型和纹路，但无法复制雕工技艺。只因古今使用工具的不同，在美玉上留下不同痕迹，这些记号是成为判断古玉真假唯一标准。正如旗袍，古代的手缝与现代的机器缝制的服装，其“线脚”立刻就能判断出服装的年代。“要说艺术的价值，其实是没有公式可套的。艺术的价值是一种认可，甲和乙的认可。”

雕玉在每个人手里都有不一样的生命。对蒋喜而言，玉到其手是缘分，要对得起每块玉，对得起雕玉的人，对得起收藏的人。

（发表于《如意时空》杂志2013年11月刊）

回归心灵最朴素的感动

专访江苏省级非物质文化遗产项目（苏州玉雕）
江苏省代表性传承人杨曦

带着心灵的纯然，踏着午后的温暖，步入杨曦先生在苏州的玉雕工作室，访谈始于杨曦对现代艺术的真诚和朴实的心灵间。

杨曦对玉雕艺术的直白表达与真心热爱，让人流连忘返，他的作品《自在观音系列》《静思》……可以感知他在玉雕求变路上，那份茫然、纠结、焦虑，以及释放后的狂喜，让我忽然开始想起采访过李祥霆、王威，想念一群与杨曦一般对艺术纯粹执着的艺术家们。累了，或许可以与他们携手进入忘我的艺术意境中。

师古而不泥古

在我眼前，突然呈现出一幕旷世绝美的图景：广袤无垠的沙土上，夕阳余晖淡淡地洒在沙石上，微微闪金光，万物皆空灵。偶有风吹过，沙土飞扬，犹如奔走在远古沙漠之地。风沙过后，一切归于沉静，一些裸露着模糊印记的文物渐次涌现，让你遇见了它们，就在那片沙土凹陷地带，玉雕，它们半埋半掩在沙土中，散发着天性中的高雅，惊喜与期待交错着呼之欲出。

这玉，很难有足够的气场与其对视，它超越了哲学、宗教，我的开场白使杨曦开怀地笑了。与此般神物久处一室，也不免沾染了几分紫气。我余光瞥见杨曦背后橱窗内他创作的玉雕作品，此刻仿若不同时代的文化瞬间相遇。

“玩玉雕艺术既有趣又辛苦。”杨曦坦言，“总感觉后面有人在追我，心总是提着。看着自己辛苦创作的艺术轻易被人抄袭，很心酸，迫使我不断努力，至少我的创作技法得到了行业认可，可以传承。以后我会更多考虑传承的问题，不会刻意办学，只收真心喜爱玉雕的人，希望能培养出大家来。”

杨曦的率真性格，让人不觉多了几分亲近。在坚守与变化之间徘徊的玉雕传承问题上，杨曦开创了“虚实结合”的新技法，他自信悠然：“我的作品可以明证。”从杨曦的新作中，我们能感知作品本身特有的神秘意绪。他总能将自创的简约风，以个性化技法表现出单纯的审美形式与复杂内涵，传递给对中国传统文化陌生的人群，传递出令人感动的生命感受和人性温暖。

“传承只是技艺，创新的是时代的审美，它们之间并不矛盾。”杨曦强调，“不能说学了这门技艺就是在重复古人的审美，就觉得这是我们的悲哀。创新技艺可以传承，但创新思维我不会传承，我只希望后人能有更多的自由思维发散。”他深谙“师古而不泥古”的道理，认为只要创作出符合现代人审美取向的作品，百年后也能成为有当代技艺特点的经典，而不仅仅是清代或宋代的作品。

中国文化讲究继承与发扬，就连国粹京剧也是各门各派唱了好几代。而西医和中医的不同，或许就在于人们对一个东西先产生怀疑，而后拆开、破解它去研究。杨曦认为，有些东西需要发扬光大，有些则不一定受拘束。如京剧、昆曲等如果要把唱腔改掉，现代人是做不到的，但可以从唱腔的形式、舞美或是某个桥段上加以创新。像白先勇的《牡丹亭》。

屋内忽传袅袅丝竹乐，杨曦嘴角微扬。玉雕艺术有着特殊的民族人文诉求，不同朝代有着不同的造型与特色创新。早在新石器时代晚期，就有了玉制工具。到商周时期，玉主要以礼仪用具和装饰佩件为用，到清朝玉雕成为鼎盛期，再到近代的旺盛时期，杨曦唯独对战国和汉代的玉雕情有独钟："这些玉雕是后人难以超越的经典。就如汉代表现的龙，很难理解古人会有这样的一种想象。"杨曦笑了，抑或是酒不醉人人自醉的陶然："现代玉雕行业虽然处于鼎盛时期，但真正喜欢玉雕的人还是少数，这对整个玉雕行业来说反而是好事。"

避免重复自我

在避免重复自我、打出差异性的问题上，杨曦能自然地将自己的作品引向真实艺术，以独特的表现手法创作出与众不同的玉雕作品。他说："如观音题材，我以'面'表现为多，从设计构图、比例分割、雕塑手法上，结合西方雕塑表现手法，再略加夸张，演变成我现在认为的观音。"在访见杨曦前，遇见他在苏州工艺美术博物馆展出的《一生福气》为之惊叹，突然杨曦声调铿锵激越："玉雕可以雷同，但绝不可复制。流水线雕刻的，只能作为礼品。"他巧借白玉原料的自然色调，刻画出一枝逼真的野山参，镂空雕琢极具表现力，充分隐现了苏工"空"、"飘"、"细"的特点，令人叹为观止。

对于传统玉雕风格缺少当代艺术元素、表现和审美的问题，杨曦坦言："传统题材居多，现代题材较少，能找到现代题材表现传统玉雕的很不易。我们尽可能寻找突破点，能否有更多的现代题材来表现玉雕，这也得源于生活。玉雕的特殊气质不适合丑的题材。”这或许与人的习惯思维有关。传统文化或说哲学和审美，在杨曦的创作中扮演着不一样的角色，“每块玉料真的会创作出不一样的效果。我有很多原料到现在也没有创作灵感，将其放之桌上，与之对话，慢慢品之，待有灵感之时即能创作出有生命的作品。”杨曦羞涩一笑。

近来，杨曦感到有些迷茫，创作状态不佳。“灵感随时随地都可能涌现，只是需要在意和捕捉。但创作灵感也有阶段性，创作到一定程度，接下来要创作什么？用什么表现形式、手法？创作什么题材？”他坦言自己正在经历一个创作枯竭、茫然、痛苦的阶段，但唯一能做的就是不想，等待下一个活跃期到来，跨越这个痛苦期，迎来飞跃的惊喜。如果玉雕只是作为工艺品的话，杨曦希望把它改造成艺术品。我不免想起一句话：站在艺术顶点的人是孤独的。“我还没有达到‘华山论剑’的高点，还在修炼这样一个境界。如果真的到了那个境界，很多人可能会接受不了玉雕作为艺术品的存在。”

桌上熏香缭绕，此景已然是杨曦心中最理想的创作空间了。可以自由发挥、自由创作，不用考虑生计问题，不用考虑作品是否能创造经济效益，也不用在创作之时考虑玉雕审美与市场的关系。他相信：“真正好的作品总有它的市场。”

作为玉雕潮流的引领者和推动者，杨曦坦言三十多年的玉雕生涯是冥冥中注定的。他开设玉雕工作室只是偶然的纯粹之举，希望能有更多的人知晓玉雕文化。工作室的每件作品，包括成员雕刻的作品，都是杨曦亲手绘画设计的，有些是亲手雕刻的。“成员雕刻的是产品，我创作的是作品。一种可以销售，一种则不太愿意销售。”

笑着接受

从艺术史的长河中审视，那些潜心于艺术创作与艺术思考的艺术家，究竟会在何时，或在何种状态下，汇聚成中国当代艺术的主流力量？面对这一问题，杨曦的回答干脆而直接："到我们这年龄。"这突如其来的答案，让我一时语塞。

在当下这个市场诱惑四伏的时代，中国当代艺术领域里，能够坚守自我、不跟风、不妥协，依然潜心于艺术创作与艺术思考的艺术家，确实凤毛麟角。杨曦对此深感无奈："在这个行业里，95% 以上的人在跟风。盲目模仿，你做一件，我就跟着做一百件，完全不考虑创作与艺术品之间的内在联系。仅凭我们这些微薄的力量，根本无法改变这一现状。毕竟，在利益面前，很少有人能够保持清醒。"杨曦笑中带着几分苦涩，"你要学会笑着接受这一切，与他们平起平坐，共同参与会议，共同评选奖项，这样，你的心态才会更加平和。"

这难道就是导致众多玉雕艺术家流失的根源所在？"是的。"杨曦的回答令人诧异，"并非他们不愿意，而是他们可能一辈子都不具备这样的能力。现在很多从事玉雕的人，根本不会绘画，也没有接受过正规的美术教育。他们中的大部分人，只是将玉雕视为一种赚钱的工具。"那么，消费者和收藏家岂不是很无辜？"他们其实对这个行业并不了解。消费者可能只是看到玉质本身不错，就购买；而收藏者则可能对玉雕技艺和审美标准知之甚少，只是觉得价格合适就进行收藏。"

桌上的香灰悄然掉落，仿若在挽歌。杨曦继续道："我觉得，即便是跟风之作，如果确实表现得不错，也不必过于苛责。毕竟，玉的载体本身依然具有价值。其实，古人也有模仿之作。至于拍卖市场，那就更不理想了。玉雕作品的拍卖不过其他艺术品。参与拍卖的群体主要是收藏字画和古董的人。”那么，这对于真正的玉雕艺术家来说，是否意味着巨大的冲击呢？“你觉得会有影响吗？”杨曦反问：“现在，通过宣传，普通人也可以被包装成艺术大师。在苏州乃至整个玉雕行业，普通人穿上艺术大师的外衣已经不是什么新鲜事了。你问他们自己，其实他们内心都很清楚。”

空间在这一刻仿佛凝固。原来，笑着接受，并非随遇而安，而是一种超然物外、大方之家的洒脱与豁达。

诚然，许多艺术家认为纯艺术无法改善自己的生活状况，为生计，他们不得不开设作坊店，制作旅游产品，创作衍生产品，一味迎合大众口味，导致玉雕艺术失去了原有的深度与哲学性。然而，杨曦却坚守着他的艺术梦想，将玉雕艺术视为传递情感和心灵信息的一种语言。他依然相信，投入和产出能成正比的。

（发表于《如意时空》杂志 2012 年 7 月刊）

青田石雕延续自然笔触

专访青田石雕艺术家吴松林

尽管超现实主义艺术家的作品常常引发收藏家的偏爱和评论家的争议，但其核心在于独特的创作手法、视觉信息的传达以及对人心理的影响，是将现实生活回归潮流中的艺术。雕刻艺术家吴松林的青田石雕也体现了对现实自然生活形象及细节的精准捕捉。

唤醒自然灵性

步入上海闹市沿街一隅的青上阁，拾阶而上至二楼，只见墙壁上悬挂着一幅书法，上书“让富有的人高雅，让高雅的人富有”，笔力遒劲，气韵生动。近观之下，落款乃著名书法家顾振乐之手笔。青上阁的主人兼青田石雕艺术家吴松林解释道：“这是我最喜欢的一句话，因此特地请顾振乐大师挥毫泼墨，写成此幅佳作。这边悬挂的是著名篆刻家、书法家韩天衡的书法‘岂能尽如人意，但求无愧吾心’。这句话，正是我的人生信条。”

自古以来，诸多诗人文士拟石比人，相石绘影，心石交流，感情至深。吴松林，作为一位诗人，同样因石结缘，有幸拜韩天衡为师。“韩老师不仅传授雕刻技艺，更教会我为人处世的哲学。”吴松林回忆道。

作为家族青田石雕的第四代传人，吴松林自幼在艺术氛围的熏陶下成长，自然而然地爱上了这门独特工艺。从最初为了生计而学习技艺，到后来用雕刻唤醒自然之灵性的过程，充满了艰辛与磨砺。然而，正是这份对艺术的执着与热爱，让他从一名普通的石雕手工艺者，成长为备受瞩目的青田石雕艺术家。

“青者，故乡青田也；上者，技艺之高端也。”1996 年，吴松林携手同为石雕艺术家的五位兄弟，共同创办了“青上阁”。他们在北京、上海、浙江杭州及青田等地同时开设了同名的石雕艺术工作室，这一创举在石雕艺术界堪称罕见。

青田县，位于鹤城之地，人杰地灵，而青田石的精彩之处更在于其色彩斑斓、质地细腻。自然界几乎将所有的颜色都印染在青田石里，使其成为难得的工艺雕刻材料。2006 年 5 月，青田石入选了《第一批国家级非物质文化遗产名录》。

吴松林游走于自然之间用心体悟，他将每件青田石都视为艺术作品来雕琢，无论是他独创的超现实主义作品系列，还是从国画中化解出来的山水、花鸟作品系列，都延续了自然的笔触，再现了青田风物之美，反映了写实主义艺术家所追求的自然美学取向，更用青田石复原了大自然生生不息的生命。

在他的作品中，用青田金玉冻石雕刻的稻谷和风景题材《金秋收获》《清泉石上流》等作品，展现青田的自然之美；用青田五彩冻石雕刻的蔬菜和水果题材《天长地久》《世博情浓》等作品，展现青田的丰收景象；用昌化朱砂冻石的植物题材《暗香浮动》等作品，展现青田的文化底蕴和人文情怀；还有青田五彩石雕刻的《丰收硕果》，青田黄金耀冻石雕刻的花卉题材《花开富贵》、水产题材《梭子蟹》等作品，展现青田一草一木的原生态景观。其中，《知音》一作尤为引人注目。吴松林雕刻了一个正专注弹奏古琴的和尚形象，觅知音的寓意被体现得淋漓尽致。奇石的红色部分巧用于和尚红润的脸色，更显其自然通透之感，极有“高山流水觅知音”之意境。而当他偶得一块黄色较多的青田黄金耀冻石时，他决定以镂空雕的手法创作《花开富贵》。金黄色富有吉祥喜庆之意，使得整件作品更加生动鲜活。黄白交辉、艳丽妩媚的色调和纯净细洁、细润脆软的质感令人心醉神迷。

对于石雕艺术的爱好，每个人都有着不同的理解和追求。吴松林指着桌上的摆件《梭子蟹》说：“外国人更喜欢以动物、水产为题材的石雕作品，他们认为动物无国界。”

诠释青田情感

石之美，首要在于质地；石之品，需观其形相、察其纹理、审其色泽，再感其肤质、推其脂润、照其灵动。中国的四大名石，寿山石、青田石、昌化石、巴林石各具魅力，鉴别之道也各不相同。

寿山石矿脉绵延于福建小村四周的群山溪野，品种繁多，已逾百种。自明朝始，寿山石便成为印章材料的上乘之选。其中，田黄更是寿山石中的瑰宝，被誉为“石中之王”，色泽橙黄晶莹，质地温润水灵。田黄薄意雕作为寿山石雕的一个流派，以山水人物为题材，依石形而设计，不留棱角，作品弧面工整，立体感强烈。

相较于寿山石雕的技艺，青田石雕则以镂空雕见长，而田黄则更侧重于薄意浮雕，突出山水人物，传达浓郁的人文情怀之意象。如，吴松林的银包金田黄石雕《访友图》，画面精致素雅，细节入微，层次丰富，线条流畅，充分展现了青田石雕的艺术魅力。

“石雕艺术的精髓在于减法，需根据材质被挖掘后的实际情况，灵活应变，进行再创作。”石雕创作不仅要求刀工精巧细腻，更需具备扎实的绘画功底和深厚的文化底蕴。吴松林坦言：“雕刻一件作品，少则需三到五个月，多则一年甚至更久。”吴松林来自素有“石雕之乡”美誉的浙江省青田县。他说：“青田石以叶蜡石为主要矿物成分，质地精纯温润，色彩丰富多变，纹理自然奇特，极宜雕琢。”

目前，随着城市需求不断改善，一些古民居被陆续拆迁或湮没在高楼之中。古民居建筑是青田传统文化的一部分，为纪念青田的传统文化与乡愁，吴氏六兄弟历时十余载，走遍青田的城镇乡村，寻觅老屋，探究古建筑艺术，创作了以青田及周边江南古镇为特色的古民居石雕作品约一百四十三件。寿山石与青田石不仅产地各异，其石质、石色、品种分类也截然不同。“青田石的特点是同一块石头中常蕴含多种颜色。在青田石中比较稀有的一般是黄色材质，而在青田石的众多品类中，灯光冻、封门青等尤为名贵，价格高达一万多元一克。”吴松林巧妙借用青田金玉冻石中黄色和青色共生的特点，雕琢出《金秋收获》作品，青色恰似稻穗的叶子，黄色则如同麦穗，生动自然。

昌化石因产于浙江临安昌化而得名，亦是我国著名的四大印章石之一。其色泽艳丽，质地较寿山石和青田石稍坚，且硬度变化大，不如后二者细腻。吴松林提醒：“昌化鸡血石虽美，却较易仿造。仿造者手段之‘高妙’足以乱真，若非行家不易辨认。但识别的手段亦有二：一是用打火机火苗燃之，发出特殊气味者为假；二是虽为真品，但可能是人工‘嫁接’而成，这类石的真假需靠眼睛仔细辨别。”

吴松林继续介绍道："还有种巴林石，学名为叶蜡石，色泽斑斓，纹理奇特，质地温润。据说内蒙古自治区有一座名叫'雅马图'的山峰，以出产巴林印石而著称。"由于吴松林醉心青田石雕艺术，所以他的作品中鲜见巴林石之作。

青田石雕艺术是思维想象与生活体验的结晶，既写实又尚意。吴松林以自然主义为创作态度，试图解读自然的精神力量，用大胆的写实技巧的尺度以物传情。这既是一种视觉上的形象美，更是对家乡深沉情感的最好诠释。

【吴松林，青上阁主人。1969 年生。毕业于浙江美术学院（现中国美术学院）雕塑系。浙江省丽水市工艺美术大师、高级工艺美术师。系中国美术大师周百琦与篆刻大家韩天衡先生的入室弟子。编撰出版画册《青田石雕艺术》《中国青田印石艺术》等。】

（发表于《上海画报》杂志 2017 年 10 月刊）

颠覆社会主流的叛逆年代

专访著名中国服饰史学专家、
中国非物质文化遗产保护协会理事、
上海非物质文化遗产保护中心主任高春明

婀娜旗袍诗，曼妙花样时。这是一段镶嵌在繁花岁月中的历史，一抹属于那些传奇女子们的似水流年，一座城市最旖旎温婉的昔年照影。在中国服装发展史上，只有一款服装，上自政要名媛，下及村妇女工；既上得了厅堂，又进得了厨房；无论身份卑微或尊贵，不论场合庄重或随意，皆能自如穿着，且历经百年而不衰，唯有旗袍。为了深入探寻这款承载着百余年风华的旗袍故事，于是专访了中国服饰史学专家、上海非物质文化遗产保护中心主任高春明。

诗意的流转　时尚的传奇

三十年前，初出茅庐的高春明，被分配至上海市文化局新设的“中国服饰史研究室”，踏上了探索中国服饰文化的漫漫征途。一日，他踏入上海一座古刹的库房，眼前豁然开朗，只见书画碑帖、瓷器古玩与金银细软等珍宝错落有致地陈列其间。据介绍，这是一批“文革”时的抄家物资，正待有关部门清理登记，以归还其合法主人。当得知此行旨在搜集服饰文物资料时，管理人员慷慨地为他们打开了尘封已久的雕花衣箱。戴上手套，他们小心翼翼地解开一个个包袱，瞬间被眼前的景象所震撼：一摞摞色彩斑斓、面料华贵、造型别致的旗袍映入眼帘，有轻盈的纱罗、精致的刺绣、华丽的织锦、细腻的缂丝，以及纳有丝绵与珍贵毛皮的款式。这些旗袍不仅工艺精湛，更蕴含着传统文化的无穷魅力，让高春明初次亲密接触旗袍的心灵受到极大的触动，从此，他沉醉于旗袍的研究，并珍藏了三百余款经典之作。

自晚清一路流变，旗袍由满族女性的专属服饰，摇身蜕变成为风靡全国的摩登象征，近一个世纪，它始终是中国女性服饰的骄傲。宋美龄、严幼韵等外交使者，以及诸多作家、影视明星，身着旗袍，在国际舞台上尽显东方女性的端庄典雅与倾城之姿。从满族服饰到 20 世纪 20 年代中国旗袍的革新，尽管款式历经变迁，但旗袍无疑具有革命性的意义。它打破了中国女性长期以来的束胸裹臀传统，透过一条若隐若现的缝隙，女性的婀娜体态与完美曲线呼之欲出，向东方女性发出了身体解放的强烈呼唤。

尽管岁月无情地冲刷着过往的时尚，但旗袍之美是无法替代的时尚文化，走在微风中，清雅宜人，恍惚间如同一朵栀子花飘向了昔日繁华的上海滩，飘向了全中国，乃至全世界，再没有哪个款式能够如此风靡全球而不衰了。

皇城旗装　宫中的典雅与奢华

追溯历史，旗袍的前身乃满族人的袍服，其渊源可上溯至居住于关外的满族。因满族素有“旗人”之称，故其袍服被称为“旗袍”。关外严寒的天气与游牧民族骑马射猎的生活方式，催生了上袍下裤的保暖服饰。袍服上下连属，圆领，前后襟宽大，并在袍服下部的正面、背面、左右两侧都加了开衩至胯部，袖紧窄裹住手臂——不像汉族有时把袖子做得大而飘逸——出于狩猎的需要。清代的袍服是四开衩，学术界叫开衩袍。现代版的开衩旗袍，就是从那时期演变而来的。

清代，旗袍成为宫廷服饰的标准，其样式、裁剪与配饰均变得繁复奢华，宫廷女子穿着时，头戴“大拉翅”假髻，脚踏花盆底高底鞋，袖口装有可拆卸的白色挽袖，尽显典雅与奢华。

与此同时，汉族人的服饰则分为上衣与下裳两部分。因穿裳骑马、打仗不便，汉族军队分为步兵与车兵。直至战国赵武灵王时期，首次对服饰进行改良，引进了合裆裤，这便是现代裤装的起源。

晚清时期，宫服除挽袖外，衣领、袖、襟、裾两边均镶有多条宽窄不一的花边，衣边以素色为多，面料多为丝织锦缎，锦比一般的绸缎更厚实牢固，缝在衣边用以防止磨损。其上织绣的花纹工艺繁复多样，尽显奢华。

20 世纪 20 年代初，旗袍从宫廷走向民间，被汉族女性接纳并进行了改良设计。

西化的诱惑　怀旧的优雅

清朝覆灭后，汉族男女在礼仪性场合的着装选择陷入了迷茫。此时，一批激进开放的留洋归国学生，剪去辫子，吸纳西式裁剪的精髓，结合中国传统服饰元素，设计了一款新式服装——旗袍。这款旗袍上衣领子紧而高，收腰设计凸显女性曼妙身姿，下裙与上衣颜色相谐，有时则选用黑色作为点缀。这款被誉为“文明新装”的旗袍迅速风靡，成为女性时髦装束。

随着时间的推移，旗袍的风格与满族旗装已大相径庭。装饰由繁复转向简约，款式由宽松变得适度：袍身长度缩短至膝盖与脚踝间，袖子略有收紧并缩短，露出一截手腕；领子也受汉族女性影响，一度变为“元宝高领”，后又逐渐降低。改革开放时期，女性在解放的潮流中张扬个性，旗袍的款式与装饰变化更为大胆。下摆线提高至膝下，装饰性的镶滚越变越简洁，直至消失；收腰造型凸显，大胆露出女性动人曲线。女学生的旗袍更是在此基础上再提高一寸，露出青春健美的小腿。

20 世纪 30 年代，日本学者上田恭辅在中国考察后，写了篇记录，惊叹于满街的蓝布衫，这背后与“国货运动”息息相关。1929 年，《民国服制条例》正式将旗袍定为两款女子国民礼服之一，规定女学生在重要场合必须穿着。至 20 世纪 30 年代旗袍巅峰期，开衩越开越高，几乎至臀部，配以西方流行的细高跟鞋，此时的旗袍已与现代观念中的旗袍颇为接近。

至 20 世纪 40 年代末，旗袍一度成为中国女性的日常“国服”。其最大特点是裁剪方式由平面转向立体，袖子制作成筒状再装上，有的还用了衬垫，之后一些旗袍用拉链替代了手工纽扣，使旗袍更加贴身、便捷。然而，由于战争的影响，旗袍的流行速度逐渐放缓，开始穿列宁装、两用衫、便装等，但旗袍仍是女性的最爱。女性们在重要活动中依然选择穿着旗袍，宋庆龄一生钟爱旗袍。她的故居中，保存下来的衣服几乎都是旗袍，琳琅满目。

尽管在 20 世纪 60 年代以后，旗袍似乎在国内销声匿迹，但在海外华人中依然流行。

全球进入风尚经典世界

中国女权运动史也写在了旗袍上，下摆的长短、腰身的收紧、袖子的窄短、开衩的高低……女子之美在一次次细节的变更中如花盛放，张扬着时代女性的意气风发。身着合体自如的旗袍，新女性们昂首挺胸，投身浩大的新时代潮流，谱写女性解放的自由之歌。在 20 世纪 20 年代曾有一句话是：上海的一衣一扣、一鞋一袜，足以影响全国风尚。

从束胸到“天乳”运动，上海女子的思想虽开放，但内心仍受传统习俗影响，对身体的曲线羞于暴露。当时盛行“平胸美学”，青春期女孩甚至会穿“小马甲”束缚胸部。这种穿衣习惯影响了女性成长发育，后逐渐被摒弃，解放了女性的胸部，于是出现了“天乳运动”，这一变化直接影响了旗袍的发展。

1919 年，画家刘海粟对着裸体女性模特作画的事件轰动全国，彻底颠覆了人们对于人体审美观的认知。这种思潮冲击着女性传统观念，促使女性对身体的暴露不再羞涩，反而认为这是人体的自然美学。在这种思潮的转变中，旗袍风尚也发生了蜕变。从长袖到短袖再到无袖，搭配也更多元化。宋美龄灵活地将旗袍与西方裘皮大衣、西装或毛线衣搭配。当透明丝袜引进后，旗袍的开衩越开越高，甚至改变了旗袍的材质取向。在当代人眼中认为旗袍、丝袜和高跟鞋是三位一体、天然形成的。事实并非如此，因为高跟鞋也是后期加入的，早期与旗袍搭配的，是布鞋或平底皮鞋。谈到高跟鞋，在 20 世纪 30 年代出现了一款“扫地旗袍”。时尚的流行看似无理，但也有理可循：如果穿平底鞋配旗袍，人显得不精神，且有邋遢感，有了高跟鞋的映衬，可以拉长下肢，让身材更加纤细修长。

1949 年后，旗袍经历了一个奇特的“回流”。如今，女士们身着旗袍出现在国际大型场合中，将旗袍带入了世界时尚的视野。在大的时尚体系中，旗袍并没有消失过，它一直是时尚舞台的一个精灵，受到国际设计大师的宠爱。高春明等人为旗袍的传承与发展做出了巨大贡献。2007年，高春明主持申报的“海派旗袍制作技艺”和上海市静安区申报的“龙凤旗袍制作技艺”被列入《非物质文化遗产名录》。2014年上半年，高春明主持策划了在上海美术馆和上海音乐厅联合国际时装中心举办了一场静态的“百年旗袍展”和动态的时装秀“海上花大型旗袍展”，又一次激起了人们对旗袍的怀旧与唯美情景的念想。

高春明期盼旗袍能重归全球视野，不仅作为舞台上的表演时装或博物馆的文物，而是作为一个实实在在的日常服装回归生活。旗袍的复兴和回归已经具备了大众心理和社会认知上的条件。

（高春明，著名中国服饰史学专家。历任上海艺术研究所所长。现任中国非物质文化遗产保护协会理事、上海非物质文化遗产保护中心主任、上海收藏协会学术委员会主任。）

（发表于《如意时空》杂志2014年7月刊）

一杯春露暂留客

专访中国国际茶文化研究会副秘书长姚国坤

茶，自古以来不仅是文人雅士作为文学创作的“兴奋剂”，更是笔下流淌不息的创作源泉。北宋蔡襄的《茶录》、苏轼的《啜茶帖》、黄庭坚的《奉同公择尚书咏茶碾煎啜三首》等都是茶文化创作的绝笔。

不久前，在书店无意间发现姚国坤先生所著的多本有关茶的图书。出于对茶意境的喜爱，我毫不犹豫地拿起电话邀约先生品茶、品道。先生应然，遂驱车前往杭州，得闲半日与先生会茶。“我的一生嫁给了茶，我常与人开玩笑说，幸好我研究了茶，才找到我的老伴，我们是大学同窗。”一见面，姚国坤便逗趣地与我分享他与茶的“爱恋”。没想到1937年出生的姚国坤，依然矍铄、气质非凡，我的心仿佛跟随他的茶文化世界而动。

茶，一头连接着前尘往事，承载着历史的厚重与沧桑；一头酝酿着岁月陈香，散发着无尽的魅力与诱惑，我找不到可以停止追寻的理由。

茶圣故里吟毫香

中国是茶树的原产地。秦汉时期，茶由药用逐渐演变为日常饮品，最初人们以茶为菜，煮作羹饮。《尔雅》中，“苦荼”一词的注释便明确提道：“叶可炙作羹饮。”众多古籍将茶的发现时间追溯至公元前，其历史可上溯至三皇五帝时期。东汉末年的《食经》中记载：“苦荼久食，益意思。”记录了茶的医学价值。西汉时期，更是将茶的产地县命名为“茶陵”，即今日的湖南茶陵。三国魏代的《广雅》则描述了饼茶的制法和煮饮方式：“荆、巴间采叶作饼，叶老者，饼成以米膏出之。”

随文人饮茶的兴起，关乎茶的诗词歌赋日渐问世，茶逐渐脱离了作为一般饮食的形态，走进了文化圈。陆羽在其《茶经》中写道：“茶之为饮，发乎神农氏，闻于鲁周公。”他进一步指出，茶文化形成于唐代，将儒、道、佛三教融入饮茶之中，首创中国茶道精神。此后，大量茶书、茶诗相继问世，如《十六汤品》《采茶记》《煎茶水记》等。

谈及茶史，先生悠然自得：“唐代茶文化的形成与禅教的兴起密不可分。因茶有提神益思、生津止渴功效，故备受寺庙推崇。寺庙周围广植茶树，制定茶礼、设茶堂、选茶头，专呈茶事活动。在唐代，中国茶道逐渐分化为宫廷茶道、寺院茶礼和文人茶道，茶马古道等也相继出现。”茶迅速传播开来。“我认为茶道，要悟，如诗僧皎然的‘熟知茶道全尔真，唯有丹丘得如此’。有关茶道唐代就有书记载，封演的《封氏闻见记》中就有‘茶道大行’之句。”

宋代进一步推动了茶叶文化的发展。姚国坤激昂，面带微酣说：“文人中出现了专业的品茶社团，如官员组成的‘汤社’、佛教徒的‘千人社’等。宋太祖赵匡胤更是嗜茶之士，在宫廷中设立茶事机关，宫廷用茶已分等级。茶仪已成礼制，赐茶已成皇帝眷怀亲族的重要手段，同时还赐给国外使节。在民间，茶文化更是生动活泼，迁徙时的'献茶'、待客的'元宝茶'、订婚时的'下茶'、结婚时的'定茶'等习俗。民间斗茶风起，带来了采制烹点的一系列变化。"

明代，文人雅士留下了众多传世之作，如唐寅的《烹茶画卷》《品茶图》，文徵明的《惠山茶会记》《品茶图》《陆羽烹茶图》等。茶类的增多使得泡茶技艺各异，茶具款式、花纹也千姿百态。到了清朝，茶叶出口已成为一种正式行业，茶书、茶事、茶诗更是数不胜数。

暖风熏得茶客醉

"茶"字从"荼"中简化而来，姚国坤解释道："'荼'字一字多义，既可指茶，也可指美女、野菜、芦苇等。陆羽在写《茶经》时，干脆将'荼'字减少一画，将'茶'字分离出来。"在春风拂面的接待室里，茶香袅袅，白色窗帘随风微动，杯中茶香飘入鼻中。

谈及风俗，姚国坤微挪身体倚靠在沙发背上说："每个地方的风俗都不一样，'千里不同风，百里不同俗'。白族有'三道茶'的传说，一位木工师傅收了一个徒弟，徒弟学了几个月就觉得不得了啦！师傅就安排给他一个任务，要求他在半天时间内把所有木头都锯好做成规定的样子，师傅知道他的技术还不成熟，弟子干活到一半口干舌燥，师傅给他一杯苦茶，他说：'苦得很'。木头锯好后累得躺倒在地，师傅给他一杯甜茶。回家后，师傅又给他熬一碗多味汤并问道：'这味道怎样？'徒弟仔细地品味后说：'有苦、有甜，还有点麻辣，这味真叫人回味无穷。'师傅说：'你不要觉得什么事情都容易，只要吃得苦中苦，才甘苦甜来，人生就是这么回事。’一苦、二甜、三回味。到了 20 世纪五六十年代，子女出外读书或经商前，父母给他们喝三道茶，寓意只有吃得苦中苦，方为人上人。现在，三道茶还融入了表演技艺，成为一种文化展示。”

中国作为礼仪之邦，自古就有敬茶之礼。姚国坤边说边用食指与中指在桌上敲击示范：“传说乾隆皇帝微服私访时，突遇大雨，便跑进饭店吃饭。店小二很忙，没看出乾隆的身份，就把茶放到他面前说，‘你帮我泡杯茶给他们（侍卫）吃’。乾隆就站起身泡茶。侍卫觉得皇帝给他们泡茶是大不敬，连忙起身悄悄跟皇上说，‘我向您下跪了’，并用两个手指敲敲桌子表示磕头下跪了。这指法叫双膝下跪，现在我们给敬茶者敲指寓意感谢。”

姚国坤还讲述了“龙井虾仁”这道杭州名菜的由来：“店小二无意中看到乾隆露出了黄袍，就慌张地跟厨师说，‘那人穿黄袍’。厨师慌乱中将茶叶当成葱，撒在菜上了。乾隆吃完觉得菜清香味俱佳，从此杭州名菜‘龙井虾仁’诞生了。”

至于敬茶的礼节，姚国坤强调：“倒茶一定要倒得浅，七分满即可。‘讲七分茶留下三分情’，茶要浅酒要满，酒满敬人，茶满欺人。”我低头望向姚国坤为我泡的一杯茶，细细品茗，仿佛品到了一段光阴的故事，是何等之妙。

“龙井茶色香味形俱全，唯有用玻璃杯泡才能观赏茶叶在水中缓慢舒展、变化的过程。”姚国坤接着说道，“玻璃杯不要有棱角花纹，如是四角、八角形的就会变形。唐代茶学家陆羽说，泡茶用泉水最好，江水中等，井水是下等。所以龙井茶当然要配好水啦。”

姚国坤越说越得意：“鲁迅在《喝茶》中说：‘有好茶喝，会喝好茶，这是一种清福。'作家老舍也嗜好品茶：'喝茶本身是一门艺术。'宋代苏东坡有诗云，'从来佳茗似佳人'。"

为配合摄影师的拍摄，先生换了座位。我望向墙上大大的"茶"字，不禁想起苏东坡对茶与书法的痴迷。司马光曾问他："茶欲白，墨欲黑；茶欲重，墨欲轻；茶欲新，墨从陈。君何以同爱此二物？"东坡妙答曰："奇茶妙墨俱香，是其德同也；皆坚，是其操同也。譬如贤人君子，黔皙美恶之不同，其德操一也。"正如"酒壮英雄胆，茶引文人思"。在这茶香四溢的房间里，恍若与苏东坡共坐晴窗，分茶戏墨细聊，得窥千年文化。

做回皇帝不悔已

"我承认西湖龙井茶是好茶。但倘若没有深厚的文化底蕴作为支撑，它也仅仅是一杯普通的茶，甚至还有许多同样优质的茶叶与它比肩。因此，要推动茶文化产业的发展，既要重视茶文化，也要注重科技的运用。"

我随口问道，为何西湖龙井茶能卖出如此高价？"有文化做底蕴。西湖龙井茶生长的环境得天独厚，山高路曲，清泉潺潺，品种优良，采摘与制作都极为精细，说它是采茶，不如说它是绣花，说它是茶叶加工，不如说它是雕刻。乾隆皇帝曾六次南巡，四次亲临龙井茶区，并留下了八首赞美西湖龙井茶的诗篇。"姚国坤激动地分享道："西湖龙井茶与虎跑泉水并称为杭州的'双绝'。如此好茶，难道你不想体验一把做皇帝的感觉吗？"说着，他望向身后的玻璃屏风，仿佛我已然穿越时代。

"2001 年，西湖龙井茶首次在杭州进行拍卖，一两价格达 9750 元，这一消息轰动了全国。当时，许多记者来采访我。作为研究人员，我并没有商业头脑，但让我印象深刻的是，一位北京记者问我：‘你认为一斤茶叶卖10万元，一两茶叶卖1万元，这个价格值不值？’我当时都愣住了，心想：按照我当时的工资，一克茶叶相当于200元钱，我一个月的工资只够买八克多茶叶，而我一天就要喝八克茶叶，那岂不是一个月的工资一天就喝光了？我顿了一下，说：‘说它不值吧，但人家也买了。’结果，报道的标题就成了：‘西湖龙井茶20万元一公斤你说值不值？’——著名茶文化专家姚国坤教授说‘值’。很多人跑来问我，你得了什么好处给人家做广告。我说：‘天呐，我冤枉啊！’”

随后，姚国坤进行了一项调研，询问了几位老板：“你们为什么要买近一万元50克的茶叶？买去干什么用？”他们回答说：“你不是说乾隆皇帝非常想念的嘛，买回去当一回皇帝咯。我一想很有道理，文化底蕴强了。”他爽朗的笑声让整个屋子闪现柔光。“这说明龙井茶与文化底蕴密切相关。我最近正在给上海文化出版社写一本名为《一百种名茶一百个故事》的书，讲述的就是名茶背后丰富的文化内涵。”

对花啜茗返清雅

谈到龙井茶，姚国坤总要兴奋莫名，他说：“崔永元采访我时曾说，‘我每次想喝西湖龙井茶，但每次喝完后总觉得上当受骗了。’崔永元就让我评茶。评茶，我只能说95%的评价是对的。检查茶叶是否农药超标、重金属污染等问题；对于龙井茶的形状也有严格的要求。对于特级龙井茶来说，芽头长度要比叶子长，芽长1.2厘米，一芽一叶，一斤龙井茶差不多有八万个芽头。大点的茶叶，一斤也有六万个芽头。”先生语速飞快。

“特级龙井茶扁平光滑挺直，颜色绿中带嫩黄。但现在有些市场要求碧绿的颜色，所以情况在不断变化中。”

“茶并不是越早采摘、越小越好。如山上的茶叶总是比山下的好，因为山上的温度低。难道是早采摘的好吗？”一笑，问为何？答道：“西湖龙井茶的真假确实难以分辨。”姚国坤眉色间，但见几分无奈。

中国有一千五百多种茶叶，“很多人认为单芽茶浓度不高、滋味不够。茶叶就像婴儿，单芽的营养成分并不成熟。清代茶人曾称赞说：‘龙井茶，真者甘香而不冽，啜之淡然，似乎无味……此无味之味，乃至味也。’其实，品尝芽头茶也是一种精神享受。”姚国坤淡然品茗一口，目色平和。

茶之饮，最初目的在于解毒、消食、清心、明目、止咳等。“茶花泡茶，茶根入药。古人说，三十年以上的茶根可以治疗糖尿病。”更有文人墨客以神逸的笔墨描绘饮茶带来的精神愉悦。“诗人卢仝爱茶，他在饮下七碗茶后吟诵《走笔谢孟谏议新茶》，觉得每喝一碗茶都有不同的感受和情态，‘唯觉两腋习习清风生’，甚至觉得自己像神仙一样。又如道学家葛洪用茶炼仙丹。”先生陶然其间。

饮茶宛如诗的雅与风，值得细细品味。若有为“雅”而茶，或许是当今茶艺馆繁盛的原因之一，又或为“道”而茶。

（姚国坤，中国国际茶文化研究会副秘书长、浙江省茶文化研究会副会长、浙江农林大学茶文化学院副院长、中国农业科学院茶叶研究所研究员、中国茶叶流通协会专家委员会副主任。）

（发表于《如意时空》杂志2012年4月刊）

“火前”与“火后”

专访世界茶联合会会长、
中国国际茶文化研究会名誉副会长程启坤

殊不知，明前茶亦有高下之分，“火前”茶乃个中翘楚，所谓“火前”，即指清明节前一日采摘的明前茶，其嫩度堪称极致，茶味尤胜。八问八答间，不一样的明前茶跃然眼前。

问：乾隆皇帝在《观采茶作歌》一诗中写道：“火前嫩，火后老，唯有骑火品最好。”您是如何理解这句诗的？

答：清代乾隆皇帝，即清高宗爱新觉罗·弘历，是一位深谙茶道的帝王。他六次南巡江南，其中四次到杭州西湖龙井茶区，品茶、观茶，甚至亲手采茶，并留下了多首与龙井茶相关的诗篇。乾隆十六年（1751年），他首次南巡至杭州，在龙井茶区目睹了采茶与炒茶的全过程，深有感触，遂作《观采茶作歌》一诗：

火前嫩，火后老，唯有骑火品最好。
西湖龙井旧擅名，适来试一观其道。
村男接踵下层椒，倾筐雀舌还鹰爪。

地炉文火续续添，乾釜柔风旋旋炒。
慢炒细焙有次第，辛苦功夫殊不少。
王肃酪奴惜不知，陆羽茶经太精讨。
我虽贡茗未求佳，防微犹恐开奇巧。
防微犹恐开奇巧，采茶竭览民艰晓。

诗中“火前嫩，火后老，唯有骑火品最好”一句，很多人将其理解为：乾隆皇帝很了解龙井茶炒制的“火功”；把它解释为：龙井茶炒制的火功要适当，火大了不行，火小了也不行，这种理解是错误的。这里指的“火前”与“火后”并非指龙井茶炒制的“火功”，而是指寒食节禁火之前与之后的茶叶采摘时机。寒食节乃清明前一日，因此“火前”即“明前”，历史上的“火前茶”亦即“明前茶”。乾隆皇帝通过实地考察，得出结论：龙井茶的最佳采摘时机为“骑火”，即清明节前后，这一时期所采的茶叶品质最佳。春分前的茶叶过嫩，谷雨后的茶叶则过老，唯有清明前后的茶叶，才是品质与口感并重的上乘之选。现代科学研究也证实，特级龙井茶的采摘标准一芽一叶至一芽二叶初展时，其品质成分与营养保健成分最为丰富，与乾隆皇帝的论断不谋而合。

“火前”即“明前”，历史上所谓“火前茶”亦即“明前茶”。乾隆皇帝通过考察，了解了龙井茶最佳品质的采摘时间是“唯有骑火品最好”，也就是清明节前后是龙井茶品质最佳时期。清明前的一个节气是“春分”，清明后的一个节气是“谷雨”。所谓“火前嫩，火后老”，可以理解为“春分”时采摘的茶叶太嫩，到“谷雨”再采摘就老了，所以“唯有骑火品最好”。

特级龙井茶的采摘标准是一芽一叶至一芽二叶初展。现代科学研究表明，这种嫩度的芽叶，是品质成分与营养保健成分最丰富的时候。现今有不少是在“春分”时节采摘单芽制造的名茶，实际上是太嫩了，还未到品质成分最丰富的时候；但到了“谷雨”，茶叶长到一芽四五叶或形成对夹叶了，就过老了，制茶品质必然下降。因此可以认为，乾隆皇帝的这一论断，被现代科学所证明是非常正确的。

问：为什么说清明前后是采茶的好时节？

答：春天万物生长，茶树在日平均温度10℃以上才会萌发生长。

问：为什么“明前茶”如此珍贵，价格又这么高？

答：一年中春茶品质最佳，内含物丰富。春茶又以“明前茶”最为珍贵，色香味俱佳。由于“明前茶”数量稀少，物以稀为贵，因此价格自然高昂。

问：明前龙井茶与其他时间采摘的西湖龙井茶有什么区别，我们该如何区分？

答：“明前茶”细嫩整齐，香味浓郁。一般外观最细小，且嫩绿整齐的就是“明前茶”。

问：“明前茶”如此珍贵，在采摘和炒制的过程中，有什么需要特别注意的？

答：“明前茶”的采摘和炒制过程需要极其细致和精湛的手工技艺。通常需要有经验的炒茶者细心手工制作，以达到扁平光滑嫩绿的外形和香高味鲜醇的内质。

问：生态环境、栽培与茶的品质有直接关系吗？生态效益和经济效益与茶的品质之间有何联系?

答：茶的品质决定于栽培与加工两个环节。栽培与生态环境密切相关，良好的生态环境，加上科学的肥培管理，才能产出高品质的鲜叶。有了好的鲜叶，才能制作出优质的茶叶。茶叶品质好，才能卖高价，良好的生态环境，才能产出高品质茶叶。

问：如果要发展龙井茶，在国外是否可以种植？需要怎样的环境?

答：在适生条件下生长出的芽叶，才能用于制作龙井茶。同时，还需要运用龙井茶的传统制作工艺，才能生产出正宗的龙井茶。

问：经常有报道说“喝茶等于喝农药”，对此我们应当如何正确理解?

答：这是一种被过度炒作的言语。虽然极个别的茶叶可能会检出农药或重金属铅超标，但国家对此有严格的控制措施，绝大部分茶叶是安全的。即使个别茶叶有超标情况，由于大部分农药和铅几乎不溶于热水，我们喝的是茶汤而非茶渣，因此仍然是安全的。但为了确保茶叶的安全性，消费者在购买时应选择正规渠道和信誉良好的品牌。

（程启坤，世界茶联合会会长、中国国际茶文化研究会名誉副会长兼学术委员会主任，曾任中国农业科学院茶叶研究所所长、中国茶叶学会理事长、中国国际茶文化研究会副会长。）

（发表于《如意时空》杂志 2012 年 4 月刊）

茶一做经营就变味了吗

专访幽茔茗袍大红袍品牌文化创始人、资深茶藏家潘勤

在市场经济的浪潮下，茶产业受到利益驱动的冲击，加之机械生产工艺的普及，以及老一辈茶艺师疏于传技，传统茶制作工艺面临濒危迹象。尽管众多茶商与茶企做得很好，但他们在关注自身生活健康方面却有所欠缺。让好茶找到真正的爱茶主人，让茶农健康生存，茶叶市场有序稳定发展，这是潘勤的最初愿景。2009 年在上海某个闹中取静的角落，潘勤独自悠然，开设了一间专注于收藏级私房茶的茶舍。

幽然幽香幽静处

喜茶人有爱茶人专有的气质，性格中都有相似之处。他们既讲求品位生活，又更注重乐趣；他们追求梦想，但只愿享受付出代价后的自由。幽然之香、幽静之处成了喜茶人的精神家园。

原本深耕于健康养生领域的潘勤，常在家乡福建与人“斗茶”，品遍了武夷山的所有佳茗，每次还要捎回几许，抑或与“驴友”一同前往云南游玩淘茶，最终游玩改变了他的人生轨迹。

在潘勤看来，做茶最大的挑战在于确保其安全性。因此，他

开始研究健康茶，希望凭借自己的力量改善茶叶市场的一些混乱性，让茶农能健康地生存，也让好茶能遇见懂得珍惜的茶友。于是幽萓茗袍应运而生。

当我抬头望向店门上方高悬的“幽萓茗袍”招牌题字时，我已悄然踏入会所。耳旁静谧男音不知何时响起：“好茶好水的地方，必定是幽然幽香幽静处。在《康熙字典》中，‘萓’字被用来形容鲜花盛开的美丽景象。在中国茶类中，乌龙茶以其持久的茶香而著称，而岩茶大红袍更具代表性，被誉为茶中之王。”

眼前的潘勤，宛如一位世外高人，一如他的会所、会址都透露出一种儒雅与宁静。天然岩茶香，带着一种皇室般的霸气与芬芳，诱人沉醉。由于某些原因，他无法直接以大红袍为企业名注册，但潘勤希望人们一看到“幽萓”二字，就能联想到那飘着天然茶香的大红袍。“‘茗’代表茶，‘袍’则寓意大红袍。”潘勤向记者解读了“幽萓茗袍”的寓意。

自身不健康怎能让茶健康

潘勤认为，如果茶商自身都不健康，又怎能保证茶叶的健康呢？为了让茶农能够安心制作武夷岩茶，必须先确保他们的生计，而唯一的途径就是体现茶农的价值，让他们能够获得应有的收益回报。这些收益让茶的价值回归。

“如果将茶叶量化，数量大了但价格上不去，茶商就可能开始作假，从外山购买茶叶并冒充正岩大红袍，你愿意喝吗？”潘勤常常思考，难道茶一做经营就变味了吗？

2011 年版的《茶叶蓝皮书》指出，有名茶、无品牌……行业混乱、竞争无序、品牌概念模糊等问题仍然是束缚茶产业快速发展的种种障碍。潘勤说：“其实中国早先是有品牌的，比如普洱茶，大多是由从欧洲留学回来的有志向的企业家开始经营的，现在一饼普洱茶的价格甚至高达几十万元人民币。大红袍在历史上也有很高的价值，一侉曾达到四万银两，相当于一个宰相一年的俸禄。”潘勤认为，中国所有的茶都应该有它们各自的身份，每款茶都应该成为单一的品牌，而不应该仅仅停留在区域品牌的层面上。

现在很多茶商自身并不擅长健康生活，也不懂得健康茶的本质，因此商业技术无法得到有效应用。潘勤认为，对于一个有一定修养的茶商来说，对健康有很多个性化要求，自然在遇到问题时不会总想着投机取巧，如为提升茶叶产量而无视农药超标等问题。我们缓缓就座，潘勤道起茶经：“大红袍是一款只可意会的茶，品种繁多、工艺复杂，我们要学会与茶对话。每个品种随着市场环境的不同，制作出来的茶叶口感就会有差异。”因此，潘勤认为做茶企产品要有针对性，营销要纯粹，这样市场才不会混乱。

幽薹茗袍商业模式之所以建立在专做健康私房茶，是因为潘勤在滇西南的经历让他明白：现在的茶市场有违饮品规律。普洱茶虽好，但他自己没有缘分经营。岩茶大红袍则有着“三年药、五年丹、十年宝”的美誉。因此，他们只收藏那些一路跟踪追溯、符合自然之道的茶叶，坚持原生态、传统工艺和非正岩不入的原则。第二年没有存放好的茶叶他们不会出售，坚持“品新茶、喝存茶”的理念。有些茶叶并不适合收藏。潘勤说：“可收藏之茶要看茶树的血统是否高贵。比如炭火烘焙的正岩茶适宜收藏，机器炒制的这类茶对我而言只是饮料而已。”

收藏私房茶的价值在于，收茶人要明白高科技无法替代原生态这一常识。每一口茶都应该对健康有所贡献。潘勤在日常生活中发现，低沸点工艺制作的茶叶比高沸点工艺制作的茶叶健康。

如今，物流和包装都已精准到位，茶叶更应以清透为主。青叶做透了，火只是一种补充。武夷山茶最原始的农技有“七金八银”之说，即七月烈日下将土挖掉，让树根暴露在阳光下以晒死有害菌；八月再将土和灰堆埋回。武夷山独特的生态环境、气候条件和精湛的传统制作技艺造就了“岩骨花香”，让茶保持了原有的自然之美与品质。这就是幽堇茗袍将武夷岩茶视为艺术品茶、可收藏茶的原因。

中国优质地域的茶叶产量极少，因此潘勤判断好茶只适合小众消费。岩茶大红袍适合做强而不适合做大，适合向高端方向发展。“高端就是高端，不要为了包装而把茶做得高端了。”在中国，让收藏私房茶走商业模式经营，像他们这样纯粹做健康茶的茶人，实在少。

禅茶一体　心境兼修

谈及葡萄酒的标准化生产，酒庄与种植者的各司其职，潘勤深刻洞察到国外品牌规划中对于产业链市场细分的尊重，并反思中国茶市场的经营现状。他成功定位了特定的消费群体，打破了传统观念中茶业人才紧缺、基础薄弱的刻板印象。潘勤观察到，尽管年轻一代可能更偏爱饮品，但当家中的长辈来访时，一杯热茶仍然是传递亲情与文化的重要媒介。他坚信，只需稍加引导，人们骨子里的茶韵便能自然流露。未来茶及其衍生产品将呈现更加多元化的趋势，而茶文化将继续影响中国茶产业的发展路径。

回望过去，潘勤的创业之路并非一帆风顺。他曾尝试将《黄帝内经》的理念融入瑜伽会馆和健身馆，但因人才短缺、市场不成熟等因素，这一商业模式未能充分展现其潜力，整个产业链显得脆弱且缺乏安全感。这一经历让他意识到，在上海这座既传统又时尚的城市里，做茶并非易事。尤其是大红袍这一珍稀茶品，真正了解它的人寥寥无几，这无疑增加了推广私房茶的难度。因此，他特别渴望能与精通茶文化的英文翻译者合作，共同在全球范围内进行有针对性的推广。“只有先在上海市场站稳脚跟，才能走向世界。”他期待在未来的十年里，上海这座宜居城市能够孕育出符合中国传统茶道品位的生活方式。

在可持续发展的道路上，茶是不可或缺的一环。“品茶不仅能激发人类的灵感，还能与人体产生生化反应，这是茶禅一体理念中重要的生命科学原理。而音乐与自然香气，则是自然疗法中不可或缺的有效手段。”他坚信，中国茶道有着走向世界的潜力。

在访谈的间隙，悠扬的古琴声悄然响起，方得之这是潘勤夫人的演奏。她师从于古琴大师管平湖的嫡传弟子乔珊的弟子，这样的四代师承关系让潘勤深受启发。他提道：“琴茶结合，让茶融入日常生活。”在制茶的过程中，潘勤品读《易经》使他的视觉角度异于他人，也成就了他健康看茶、养生看茶的理念。

【注释】饮茶之道

好水：陆羽《茶经》曰：山溪泉水为上，河上之水为中，井中之水为下。日常泡茶建议：矿泉水或纯净水，品鉴可考虑蒸馏水。

沸水：正岩岩茶每道沸水：正出红茶 85 ℃到 95 ℃为宜；陈茶泡饮建议使用铁壶烧水。将水烧至沸腾立即冲泡，不宜使用过沸老水。

快出水：茶叶冲泡后应尽快将茶水全部滤出来，不宜浸泡过久。坐杯时间一般前二道十秒内，而后每过一道茶汤加十五秒至二十五秒左右，坐杯时间应考虑茶叶量、杯器容量和个人对茶汤浓淡的喜好。

干香：充分烫杯、醒茶，先闻干茶香的气息。

湿香：醒杯后的杯盖飘香。小口啜茶体会茶中香；品尝茶汤的滋味和杯底的留香。

回甘香：充分啜茶，茶汤分三次徐徐入喉，鼻腔悠悠呼出茶香，体会茶中真味。

内在效益与灵魂并重

曾有位业内人士透露，茶市场的利润有五六倍。潘勤则说：“大利润大产业，损耗也大，好茶可遇不可求。”在潘勤眼中，好茶的标准有四：品种纯正且地位显赫；种植区域决定其名分；采植时间恰到好处；以及秉持正念、精湛的制作工艺。在技术工艺层面，100 桶原茶出 5% 至 10% 的成功概率是好茶，而其他则不在他的收藏考虑范围之内。谈及此，潘勤自信满满地说：“我是泡泡顶级，能同时拉出几十款好喝的茶，不相信可以斗茶。”

潘勤计划在武夷山开设一家养生茶庄，通过茶叶收藏维护客户群体。他打算每年组织会员、中外代理商和茶艺师前往武夷山品鉴茶，在那免费体验植茶和制茶过程。他期望未来能将此地打造成一个体验馆，而非商业场所。在中国，他仅打算在上海和北京开设两家。在馆内可以交流研讨新茶文化，茶、茶壶、书法、字画、古琴、香、音乐、服装等传统元素，在茶室空间中将根据特定的茶意进行量身定做和全新组合。茶室将成为一个大茶席，茶席的概念将被放大至整个茶室空间，这一商业模式未来有望在中国乃至全球范围内得到推广。

幽堇茗袍计划将新的茶养生理念传播到世界各地，这不仅仅是一种修养，更是一种使命。“我们要成为真正的健康主义传播者。”潘勤表示，也许在不久的将来，这些愿景将在武夷山会馆得以实现，让更多的会员通过品茶来谈论健康和生活，共同创造对社会有益的财富。将茶做好，做成可持续发展的产业，既能保护原生态，又能让农民受益。他认为，没有效益的茶也是没有灵魂的茶。

坊间流传着“七万茶厂不敌一家立顿”的说法，刺耳的同时，但也折射了中国茶业界需要深思的问题。潘勤这位热爱健康茶、也喜欢做茶评员的茶人，正在默默努力，希望人类能够真正从“饮茶”跨越到“品茶”的行列。除了品茶之外，潘勤还热衷于收藏漆画和明式古家具。令人意想不到的是，他将收藏品放在会所中与爱茶人共同分享。他甚至打趣说：“这辈子做不完的事情，下辈子继续完成。”

（发表于《如意时空》杂志 2013 年 1 月刊）

能喝的古董　一杯茗茶暂留客

专访大懿品堂主刘志溪

茶，文人雅士作为文学创作的“兴奋剂”，亦常为古代墨客笔下的创作源泉。北宋蔡襄的《茶录》、苏轼的《啜茶帖》、黄庭坚的《奉同公择尚书咏茶碾煎啜三首》，均是茶文化创作的绝笔。茶，一头连接着前尘往事，一头酝酿着岁月陈香，我找不到可以停止追寻的理由。

初春，和煦的暖风轻轻拂过，我漫步于上海金陵东路，不经意间透过一家店铺的橱窗，瞥见室内木架上倚墙摆放着一团团茶饼。隔间一位约四十余岁、身形清癯的男子正以悠然自得的手势冲泡茶具。他背后的墙上悬挂着一块牌匾上镌刻着“味水茗舍”四字，想必这便是此处的雅名。店内悠扬的音乐声不绝于耳，我不由自主地迈进了这间茶舍。

绕过屏风，步入茶舍，虽空间不大，却琳琅满目，满目的茶团为小舍增添了几分儒雅气息。走近那位男子一问，方知此乃堂主。应堂主之邀，我席地而坐与之品茗论道，畅谈开来。

“我的半生都‘献给’了茶，我是个地道的茶农。”堂主一见面便以诙谐幽默的方式与我分享他的茶缘，完全没有初见的陌生感，温文尔雅，令我仿佛随着他的茶文化世界而心驰神往。

堂主缓缓地用沸水将茶具洗涤一遍，然后在拳头大小的盖碗中放入了“大懿品铁观音”，并说道：“观音入宫，投茶量通常要根据盖碗的大小来决定，一般以7克为宜。优质的铁观音条索卷曲、壮实、沉重，色泽鲜润，砂绿明显，红点鲜明，故有‘绿叶红镶边’之誉。茶夹用于清洁品茗杯，茶匙用于取出茶叶，盖碗则用于泡茶。公道杯用于均匀茶汤，也称茶海；茶漏则用于过滤茶汤，使其更加清澈透亮。”

此时，插在电板上的铁壶已历经百年沉淀，咕嘟咕嘟地冒着热气。堂主迅速提起铁壶，悬壶高冲，又迅速倒出，这便是洗茶。“悬壶高冲，也称‘凤凰三点头’，寓意高山流水，细水长流。”说完，堂主再次冲入开水，待水溢出碗口后方加盖。他再用碗盖轻轻刮去漂浮的白泡沫，使茶叶更加清新洁净，宛如春风拂面。

片刻后，堂主以“三龙护鼎”之势，用食指按住盖碗，拇指与中指夹住碗沿，色泽金黄的茶水便从盖碗缝隙间倾泻而出，注入茶海中，这便是“观音出海”。接着，他将茶汤按顺序均匀地分到每个品茗杯中，宛如关公巡城。最后几滴茶汤被他倒入每个品茗杯中，这被称为“韩信点兵”。这几滴茶往往最为浓郁，是茶汤的精华所在，因此分配均匀，以免各杯茶汤浓淡不一。堂主端起一杯敬我，说道：“你先啜啜，再喝，但不要急于咽下……”

中国作为礼仪之邦，自古便有敬茶之礼。我曾与中国国际茶文化研究会副秘书长、浙江省茶文化研究会副会长姚国坤对话时，他给我讲述了一则乾隆皇帝微服私访时泡茶的故事。堂主听完，微笑着说：“是，是的。”

我按照堂主所说，观汤色，闻其幽香，品啜甘露。茶水缓慢下咽，回甘带蜜，仿佛品出了一段光阴故事，韵味无穷。“冲第二道茶时，仍要用开水烫杯，泡 2 到 3 分钟后斟茶。接着冲第三道、第四道……冲饮程序基本一样，只是泡茶的时间逐道加长些，冲泡次数要根据茶品而定，好的乌龙茶如铁观音，冲泡七八次仍有余香。”堂主边泡茶边用带有浓厚闽南口音的普通话，侃侃而谈他家乡的乌龙茶……

安溪乃中国乌龙茶之乡，茶文化历史悠久，自唐代以来已有数个世纪之久。早在 1736 年，安溪读书人王士让便将南岩名茶献给乾隆皇帝，乾隆饮后大悦，赐名“南岩铁观音”。从此，安溪“铁观音”便声名远扬。

聊起堂主喜爱的话题，他便如那壶中茶水般，源源不断流淌……从 18 世纪初至今，安溪铁观音茶历经近三百年的风雨洗礼，成为享誉海内外的茶中珍品。铁观音属于乌龙茶系中的精品，制作工艺特殊，品质上乘，是介于红茶与绿茶之间的半发酵茶。其清香甘醇、卷曲多姿、汤色橙黄明亮、气味清香悠长，因此为人钟爱。

堂主口若悬河，说到兴奋处，额上的两道浓眉犹如乌龙在游动。闲聊中得知，堂主以收藏茶为生，热爱鉴定茶叶与茶具，常在舍堂举办沙龙活动。他自豪地说：“我收藏的茶中，年份最早的是 1968 年的普洱沱茶，由广东茶叶进出口公司产制。”话音刚落，他便起身走进内间，拿出那珍贵的茶叶让我欣赏。我惊讶于他的坦诚与慷慨。

“现在这沱茶价格约二十万元，我只有遇到有缘人才会拿出来斗茶。”看着包装纸上大大的“茶”字，我不禁想起苏东坡对茶与书法的钟爱。

喝茶喝此功，已是“绿叶红镶边，七泡有余香”了。堂主提议再泡一壶以摆“乌龙阵”，但我已有些茶醉，便起身道谢。此时，我才得知堂主名叫刘志溪。他送我出门，再三叮嘱有空过来喝茶。

走出味水茗舍，站在这条人来人往、车水马龙的金陵东路上，我忽然怀念起曾采访过的茶园来。

饮茶宛如诗的雅与风，值得细细品味。若有为“雅”而茶，或许是当今茶艺馆繁盛的原因之一，又或为“道”而茶。

（刊登于《上海画报》杂志 2016 年第 3 期）

上海绒绣　针飞线舞情

专访上海黎辉绒绣艺术有限公司总经理包炎辉

上海绒绣，国家级非物质文化遗产项目，以其深厚文化底蕴吸引着世人的目光。然而，绒绣的制作过程极为繁琐，属于劳动力密集型产品，需要投入大量的劳力和时间，方能绣制成堪称“奢侈品”级的饰品。如此高昂的成本，不禁让人质疑其市场潜力。那么其背后所承载的历史文化价值又如何？为何传承遭遇困境？于是我采访了原上海红星绒绣厂厂长、上海绒绣传承代表人包炎辉。

绒绣传入上海

上海绒绣，这一拥有逾百年历史的传统工艺，巧妙地将西方的美利奴羊毛线绣花技艺与当地的手工刺绣相融合，不仅从原有的简单图案花色和日用工艺品中分流出绒绣艺术品，还创造出了一个独具地方特色的刺绣门类。尽显绒绣独特的艺术语言，展现强烈的艺术感染力。上海绒绣的制作过程极为考究，系用色彩丰富的羊毛绒线（彩帷绒），手工绣制在特制的全棉网眼布上，通过千万个颗粒“次第排列”、“彩点组合”以点集成画面。这种技艺也被称为点子绣、斜针绣或毛线绣，英语称 Needlepoint 或 Tapestry。

绒绣最初流行于欧洲，然而，随着 19 世纪欧洲大规模机器生产的兴起，手工生产的绒绣迅速衰退。为延续技艺，欧洲商人将其转移到了中国，利用中国的劳动力和传统的刺绣技艺，为欧洲市场生产绒绣产品。鸦片战争后，这一技艺由西方传教士和修女传入上海，并在徐家汇天主教堂、董家渡天主教堂等地逐渐传播开来。起初，绒绣只是传教士和修女的自娱自乐，但随着中西文化的交流和碰撞，从业人数日渐增多。据悉，随之有人窥获商机，出现代理人将外国带进的原材料发放给从事花边、抽纱、绒绣等副业的妇女，收回半成品集中加工整理后供外商出口，形成了上海绒绣的源头。

1918 年，美籍犹太人福斯特·格莱在上海开设了谦礼洋行，开始经营绒绣、花边等商品。1939 年该行迁至四川路（今黄浦区四川中路 50 号），开始大量收购半成品的绒绣花片出口。随着业务的不断扩大，该行通过泰兴花边商行招募女工、聘请意大利传教士传授绒绣技艺，以扩大生产。之后，谦礼洋行与在华经营花边业务的美国纽约汉伦洋行合作，为其远东总代理，在绒绣的进出口业务上几乎处于垄断地位。

20 世纪 30 年代，谦礼洋行买办杨鸿奎（陆家嘴杨家宅人）率先在中国的上海浦东开设纶新绣花厂，招收 600 名技术熟练的女工进厂。1941 年，随着业务不断扩大，他又在浦东增开了多家绣花厂，发放在厂外家庭加工副业的从业人数达二万人。这一时期，浦东成了上海早期的绒绣生产基地，月产量达三十万件，月出口额达十万美元，几乎包揽了谦礼洋行的全部绒绣订单。

跌宕起伏的传承

1954年初，在浦东东昌路地区和高桥地区，创建红星与高桥刺绣生产合作社时期，既无厂房也缺设施，就连桌子、凳子等基本生产工具都是从社员家中搬来的。尽管条件艰苦，众人却满怀热情，齐心协力。面对资金短缺，社员们慷慨解囊，集资入社。两社分别借用浦东东宁路229号（旧称）的药材仓库和北市梢58号（旧称）的高桥食品厂仓库，并日渐扩展生产规模。主要生产日用品花样面料的半成品，图案、色彩也比较简约，如鞋面花、粉盒面、手提包、靠垫等小巧精致的绣品。

1988年，上海红星绒绣厂加工点已达三十余个，绣花工人更是数以万计。随后，高桥镇东方绒绣厂的外发业务也拓展至江苏、浙江、安徽、江西等省。当年，上海红星绒绣厂的销售额约一千八百万元，东方绒绣厂的销售额则约两千万元，两厂合计销售额约三千九百万元人民币，出口创汇高达一千一百万美元左右，迎来了上海绒绣历史上的辉煌时期。

20世纪90年代，上海绒绣再次实现了新的飞跃。通过调整产品结构，开发圣诞袜、薄型装饰毯（毯上毯）、挂件等新品出口，进一步提升了产品附加值。绒绣出口地区也由原先的欧洲逐渐转向美国，同时保持了与英国、法国、西班牙、瑞士、澳大利亚、丹麦、沙特阿拉伯、阿联酋、挪威、新西兰、科威特、埃及等四十多个出口国家或地区的贸易往来。1995年，上海绒绣生产出口旺年，由于市场需求旺盛，生产供不应求，外发队伍继续向河南、陕西等外省扩展。

绒绣艺术作品本属于小众产品，而“奢侈品”级的衍生品更是专为追求时尚、赶潮流的顶尖人群和高端礼品市场而设计。其绣制周期长，小幅作品需数月，大幅作品则需一年、两年甚至更长时间。然而，由于成本高、生产订单不稳定，企业效益并不理想，直接影响了个人的经济收入。加之受市场经济大环境的影响，年轻人对此大多不感兴趣，老艺人年龄渐长，绣制成员自然减少，技艺传承出现严重断层。

1997年初，上海红星绒绣厂与东方绒绣厂面临着改革开放的浪潮和市场经济大潮的冲击。传统手工技艺要实现产业化，靠市场运作求生存变得愈发艰难。在“抓大放小”的政策导向下，两厂分别被外系统兼并重组。年长职工或签订“协保”协议或提前退休，不少中青年骨干则跳槽转行，导致技术与管理力量大量流失。外发加工队伍的技术水平也不稳定，处于自生自灭的状态。与此同时，市场上涌现出众多小企业，与老企业争夺资源，使得上海红星绒绣厂与东方绒绣厂先后歇业关闭，上海绒绣陷入了前所未有的困境。

直至2011年，上海绒绣被文化部审定为“国家级非物质文化遗产项目”，重新受到各级政府的重视和社会的关注。

老艺人的新生机

绒绣艺术，是一项既需要美术灵感的启迪，又离不开耐心与毅力的精湛技艺。它主要分为两大类：一类是以复色线绣制的绒绣艺术作品，这类作品往往由经验丰富的老艺人倾心创作，尤其是在上海，许多从事绒绣数十年的老艺术家，大多致力于这一领域的艺术探索。另一类则是单色线绣制的绒绣工艺品，这类作品具有可复制性，是绒绣跨界创新的重要方向，通常指的是绒绣衍生品。

对于初涉绒绣的青年人来说，从单色绒绣入手是一个明智的选择。从企业层面来看，大众化的绒绣产品所带来的利润，可以反哺于艺术作品的创作，形成良性循环。然而，当前上海绒绣在全国乃至全球的技艺传承正面临濒危的境地。为此，政府采取了针对性的措施，为年轻人营造一个宽松的学习环境，激发他们的学艺热情。

上海绒绣传习所凭借群体积淀和严谨的工作态度，并原汁原味保持着上海绒绣工艺的精髓。他们通过传授技艺、展示工艺和作品，致力于绒绣技艺的传承与保护，并积极摸索传统与时尚、传承与创新融汇的新途径，发展衍生亲民产品，为上海绒绣的保护传承注入可持续的内动力。

《西部风情》是一幅极具代表性的绒绣艺术品，其尺寸为97厘米 ×65 厘米，由近十万针精心绣制而成。这幅作品以彩色照片为蓝本，由上海市工艺美术大师唐明敏倾心绣制，包炎辉等作艺术指导。作品生动展现了我国西部地区的人文习俗和劳动场景，画面构图紧凑，人物表情丰富，极具地域特色和艺术感染力。作品通过丰富的色彩、强烈的明暗变化以及细腻的技艺处理，展现了绒绣艺术的无限魅力。荣获了多项国内外大奖，是唐明敏申报上海绒绣国家级传承人的代表作之一。

此外，《丝路春语》绒绣系列手包也是绒绣艺术的佳作之一。这一作品以陕西长安为设计灵感来源，品牌设计师包粒巧妙地将陕西的山丹、石榴、牡丹等元素融入设计之中，通过精湛的技艺在竞标中脱颖而出，成为国家涉外纪念品。

在上海黎辉绒绣艺术有限公司的采访现场，我们有幸见到了77岁的老艺人许龙娣。她自16岁开始学习绒绣，至今已绣制了六十一年，从未停歇。在她的手中，一针一线都蕴含着满屋绒绣所带来的宁静与美妙。正是这份宁静与美妙，孕育了一幅幅精美的绒绣艺术品。在采访中，包炎辉和绒绣老艺人们呼吁政府给予上海绒绣更多的政策和措施支持，特别是针对绣制大型绒绣集体创作的技艺传承问题。他们建议由市、区、街道三级政府联合出资，通过向保护单位“购买服务”或委托学校招生培养的方式，连续招徒五年，每年招收 2 至 3 名年轻传承人，并由政府、企业、传承人三者签订培训合同条款，进行政策和经济上的扶持。

“万事认真，绒绣艺术作品只有坚持一针一线、一丝不苟才能出精品，方能谈得上上海绒绣技艺的传承。”包炎辉总结道。

（包炎辉，1964 年开始学习手工技艺，从事工艺美术行业，曾师从著名金属雕刻家羊大中、张灿海学习金属雕刻。1968 年进上海长江刻字厂，后工作调动至上海民族乐器三厂，后又因上海市工艺美术有限公司干部调动至上海红星绒绣厂任厂长。1998 年企业重组，上海两大绒绣企业红星绒绣厂和东方绒绣厂被兼并。2000 年，他带领两大企业技术骨干创建上海黎辉绒绣艺术有限公司直至现在任总经理兼艺术总监，结缘绒绣三十四年。）

（发表于《上海画报》杂志 2018 年 6 月刊）

灯革帐影　一影大世界

专访皮影戏传承人马静

17 岁手持 5 元人民币孤身闯荡北京谋生计，靠买卖皮影为生的懵懂毛孩，如今成为叱咤皮影界的收藏家——中国民间皮影艺术馆馆长马德民。

2016 年，上海世界非遗文化城项目启动，在皮影雕刻、设计、研发及收藏路上已跋涉三十余年的马德民，受邀并获得了在上海建立一座 9000 平方米皮影艺术馆的机会。为实现梦想，这位皮影家族第五代传人携女儿马静及其他家眷迁居上海，成为首批加入上海世界非遗文化城的非遗项目代表。馆内珍藏着来自全国各地的皮影物件共计三万余件，其中不乏珍稀的历史遗存：宋代皮影几百余件，明代皮影上千余件，清代与民国时期的皮影各有数千件，皮影剧本四百余套，以及现代皮影艺术大师们的文创作品三万余件。为传承与保护这一非物质文化遗产，马德民多次慷慨捐赠，将具有考古价值的皮影艺术品赠予全国各大博物馆，总数高达十几万件。如今，皮影这门曾逐渐淡出人们视野的中国传统艺术，正以全新的方式在新时代里证明自身存在的价值和意义。

皮影戏源于古代爱情故事吗

“俺老孙来也……”在上海大世界内的非遗小世界里，一出精彩的皮影戏正上演得如火如荼。皮影戏，这一传统民间戏曲形式，承载着悠久的历史与深厚的文化底蕴。据史书记载，早期的影偶并非皮制，而是由素纸精心雕刻而成，因此得名影戏。

影戏的演出形式简便灵活，仅需一只戏箱（内含道具、乐器、剧本）及演员若干。演出时，先在空地上搭起一座台子，四周用布幔围起，前台边缘则放置一长条案子，案子上架起影幕，俗称“影窗子”。借助灯光的投射，人物、走兽、桌椅、器物等形象便栩栩如生地呈现在影幕之上，结合故事情节进行唱念和表演。皮影戏的表演不仅细腻入微、惟妙惟肖，更能在这一方小小的天地间演绎出普通戏曲舞台上难以呈现的场景，如飞天遁地、灵魂出窍、飞檐走壁等奇幻情节。

“随着时代的变迁，皮影戏逐渐演变成演戏形式的小节目，以普通话或音乐剧为主，更易大众接受。如今，一些皮影戏团更是大胆创新，推出了摇滚皮影戏等新颖的表演形式，虽然这类表演目前仍属于小众文化，但它们的出现无疑为皮影戏的传承与发展注入了新的活力。”当我们到访上海大世界时，有幸目睹了磁性皮影的创始人、马德民馆长的女儿马静正带领她的团队欢快地表演皮影戏。在表演间隙，我们采访了马静。她认为，皮影戏的创新不能脱离其文化的本源，必须保持对传统艺术的尊重与传承。

作为一种历史悠久的民间艺术，中国皮影戏集美术、雕刻、服装、戏曲、设计、卡通等多种文化元素于一体。关于其起源，众说纷纭。马静为我们讲述了一段流传甚广的故事：相传汉武帝的爱妃李夫人不幸染疾去世，汉武帝悲痛欲绝。一日，大臣李少翁在路边看到一孩童手持布偶玩耍，影子在地上栩栩如生。李少翁心中一动，用棉帛裁成李夫人的影像，涂上色彩，并在手脚处装上木杆。入夜，他围起方帷、点亮灯烛，恭请汉武帝端坐帐中观看。李夫人袅娜的身影在幕围后面翩翩起舞，汉武帝顿时泪如雨下，感慨地写下“是邪？非邪？立而望之，偏何姗姗其来迟”的语句。这便被传为皮影戏的雏形。

在后台，我偶尔能听到皮影戏老艺人之间的小声交流。从马静那得知，原来皮影戏老艺人在长期的演出过程中逐渐形成了一套独特的“暗语”，这套语言被称为“江湖话”。它在天南海北的皮影戏老艺人之间通用，且很少外传。即使皮影戏老艺人在你面前讲话，你也可能听不懂。马静详细解释了这套行话的奥秘与功能：“当皮影演出时出现问题或词唱错、道具拿错时，老艺人便会用这套行话进行沟通，及时更正错误，且不会被观众看出破绽。如，‘雪花散’解释为‘大米饭’，‘千条子’解释为‘面条’，‘叶子’解释为‘茶’等。”

“大师兄”掌管“全军”

马静与我们分享道：“一只道具箱里有一千多件皮影，可以演出很多剧目。老艺人为了防止其中的‘妖魔鬼怪’和‘坏人’作祟，一般在演出结束以后，不管多晚，都会把身子和头茬分开来放。”而且在最上层放一个造型奇特的影人，他一只手大、一只手小，这个影人被称为大师兄，这个大师兄是皮影箱子里唯一一个头茬身子不用分开放的影人。据说，把它放在最上面可以镇压里面的“邪气”。

马静指着桌上的皮影说：“关于皮影戏道具的传说也有很多。因为皮影戏演出的都是宣扬‘仁、义、礼、智、信’等正能量的内容，所以民间把皮影人和演出器具都看作‘圣物’。老百姓认为，这个承载过神灵的幕布，扮演过神灵的影人可以给家庭带来吉祥。”

马静的爷爷也是一代老艺人能雕会刻，还擅长写剧本。她的父亲在这样的环境下耳闻目染，痴迷于皮影戏，拿着5元人民币独自去北京闯荡。马静说：“一天，父亲在闲逛北京潘家园旧货市场时，发现皮影市场潜力颇大，于是萌生收购皮影。这样的举动，触动了前来闲逛的中国美术学院教授、雕塑家赵树同，教授竭尽全力出比外国人更高的价钱收购父亲的皮影，并语重深长地说：‘孩子呀，你这皮影戏不要卖给外国人……难道以后研究中国皮影戏要到外国去吗？’教授的一番话，彻底改变了父亲收藏皮影戏的人生。”

马德民自此像“大师兄”般开始走上皮影戏的研究、传承与保护之路，去全国各地收购征集老皮影。二十多年间，走遍中国17个省、七百多个县，走访民间艺人一千一百余人，征集老皮影二十余万件。“成都的博物馆大部分是我父亲帮忙征集所得。父亲还将两千多本剧本捐献给了博物馆，我们自家留了几百本。父亲这一辈子就干了这么一件事。”作为第六代皮影戏传承人，从事了十三年皮影戏的马静，也不想在她这代失传了。她说：“来到上海一直没有盈利过。虽然累，但是我从未想过放弃，因为我希望让更多人关注皮影戏，在市面上能观赏到皮影戏。当我们真的只能到博物馆去看某种文化的时候，就是这种文化流失的最大损失。”

千余刀雕皮影传奇

皮影，主指皮影戏中所采用的皮质人物形象。中国幅员辽阔，各地的皮影艺术虽各具特色，但其制作流程大多遵循着一套相似的工序。一般皮影的制作需历经选料、制皮、画稿、雕刻、上色、脱水、缝缀、装杆等共计 27 道精细环节，手工雕刻千余刀。

谈及制作流程，马静如数家珍：“在画稿阶段，艺人需先将影人的图稿绘制于纸上，再依据纸上的图稿，将其造型精确地描画到选定的皮子上。由于皮子具有一定的透明度，因此可以直接将图稿描绘上去；若皮子透明度不佳，则可通过灯光的照射，辅助将图稿轮廓清晰地描摹到皮面上。画完雕刻的刀口线后，便雕刻。不同地区的雕刻手法和所用刀具亦有所不同，华北地区多采用‘一把刀’的雕刻技法，即一把刀具即可完成全部雕刻工作；而西北地区则更倾向于使用多把刀具分工合作，有的刀具专门用于雕刻花纹，有的专门用于刻制圆圈等图案。上色环节同样至关重要，以前艺人所用颜料多为自行调制，采用当地矿物质制成红、绿、黑等基本颜色。如今，随着科技的进步，颜料的种类更加丰富多样，皮影的色彩也更加绚丽多姿。上色时需格外谨慎，因为皮子有毛囊，一旦上色便难以擦除，因此必须一丝不苟，否则即使雕刻得再精细，一旦染色失误，也会成为次品。脱水环节则是为了让色彩更好地渗透到皮子内部，通常采用加温或自然阴干的方式。缝缀环节则是将皮影的各个部件，如头、大臂、小臂、上身、腰臀、双腿、双手等（有的打斗角色还需将大腿、小腿分开制作，共需 12 个部件）用针线缝合在一起，形成一个完整的皮影人。最后装杆，将操纵用的杆子缝制在皮影人的脖子和双手处，以便艺人进行操控表演。”

目前，根据表演方式、影人造型、道具制作方法以及唱腔音韵的不同，中国的皮影艺术大致可分为北方皮影、西部皮影和中南部皮影三大流派。历史上影响力广泛、保存状况良好且演出活跃的皮影种类主要有 13 种。马静说：“关中皮影戏以其雕工精细而著称，匠师们使用数十把特型刻刀，对牛皮的不同部位进行精雕细琢，其中最具代表性的图案有‘万字雕’和‘雪花雕’。道情皮影戏则将当地独特的‘道情’说唱方式与皮影表演相结合，形成了一套韵味独特的演唱腔调。在演出过程中，演员们一边操纵一边唱念，高潮时，后台的乐器伴奏艺人们也会随着操控艺人一起合唱，声音粗犷高亢、激越嘹亮。成都皮影戏在‘本土化’的过程中大量借鉴了川剧的表演形式，不仅在演唱上吸收了川剧的声腔，在演出剧目上也多采用川剧的传统剧目，以及深受蜀中人喜爱的神仙戏。山东皮影戏在表演中唱念通常用山东方言，一般演出由两人完成，一人负责操纵和唱念，另一人负责伴奏。伴奏以打击乐为主，管弦乐很少使用。不过，山东皮影戏中最有名的是泰安一带流行的‘十不闲’，即操纵、演唱、鼓乐伴奏全部由一人负责。湖北的皮影戏则常用当地人熟悉的‘汉调’作为主要曲调，一边唱念一边操纵皮影表演，另一位演员则负责伴奏。湖南皮影戏在唱腔上极具花鼓戏的特色，演出的剧目有《封神榜》《岳飞传》《杨家将》《小姑贤》等经典作品。海宁皮影戏在唱腔上结合了当地的小调和方言，形成了独具特色的‘海盐腔’。海宁皮影坚持‘多画少雕’的原则，画工细腻入微。孝义皮影戏的唱腔被称为‘皮腔’，因以唢呐为主要伴奏乐器，又称‘吹腔’，风格质朴而独特。孝义人对幕布的制作也非常讲究，早期幕布以麻纸为材料，经过多道工序精心制作后糊在窗框上作为屏幕，因此孝义皮影戏又称‘纸窗子’。河湟皮影演唱粗犷奔放，曲调古朴典雅，充满了浓郁的西北文化气息。潮州皮影戏的伴奏乐器与潮剧相仿，除了常见的锣鼓外，还有色彩鲜明的椰鼓等特色乐器。”

“随着社会的日益开放与包容，观众的接受度也在不断提升。我的父亲对皮影的热爱与收藏已近乎痴迷，一旦得知哪户人家藏有皮影，便心心念念，上门拜访，哪怕需要十几次的往返也在所不辞。”为使皮影戏的未来能走得更远、更长久，马静在传承与创新中不懈坚守与传播着这门古老艺术。她不仅走进校园、婚礼现场、社区，还深入非遗活动现场，为观众带来专属定制的皮影剧目。在皮影艺术的探索之路上，马静并未止步。她结合磁性剪纸的特点，研发了传统皮影向磁性皮影的跨越性创新。所谓磁性皮影，便是利用磁性材料制作皮影，使其吸附在铁板上，从而摆脱对传统皮影戏台的依赖，实现以动态形式演绎故事的新可能。马静将磁性剪纸艺术与马氏皮影艺术相融合，独创出动漫剪纸皮影这一全新的艺术品类。这种创新方式不仅将剪纸艺术皮影化，同时也将皮影艺术卡通化，赋予其独特的新颖性和可持续发展的市场潜力。

如果说有皮影的地方就有马德民的身影，那么要传承与创新的地方，就必有马静的足迹。

（发表于《上海画报》杂志 2018 年 7 月刊）

匠心筑梦

专访工匠文化守护者陈彪

一座城市，几代人的情怀，特别是为海内外时尚新贵所眷恋，至今又被世人重新回味追忆，是有着不可辩驳的人文情怀。漫步于上海这座繁华的国际大都市，人们在现代生活的强劲脉搏中，依然能感受到传统文化影响。在外来文明和本土文化之间穿针引线、传承革新，海纳百川、兼容并蓄的上海文化传人中，耀眼的是匠心独运的文化学者陈彪。以其历史学者特有的视觉，凭独特的天赋与横溢的才情，带着“上海滩失去了什么”的困惑，跋涉在守护“三民”文化、寻觅天生的乐趣、欣赏自然且雅致的旅途中，让民族民俗文化回归民间，使“工匠精神”的生活哲学聚焦“上海民族民俗民间文化博览会”(以下简称“民博会”)。

对话陈彪，他的谈吐充溢着激情、灵感与智慧的气息，发散出对生活充满希望与美好，这样的能量何其珍贵!

都市里的村庄：匠心文化的坚守与传承

曾几何时，中国的工匠精神与欧美经典文化有异曲同工之妙。在机械文明尚未崛起的时代，手工匠艺以其精湛的技艺霸走天下，创造且记录着天然艺术。然而，随着农耕时代的渐行渐远，人类迈入工业化时代。在欧洲，大批机械生产线生产批量划一的工业产品迅速占领市场。艺术与技术在激烈碰撞中，手工艺术逐渐退居二线，成为“贵族”们的定制服务。手工匠人们带着对“工匠精神”的执着，迷失于摩登时代的洪流之中。直至刺激工艺美术运动的揭起，强调艺术与工程师力量的诗意与精准融合，让艺术回归手工，让人们重新感受品质与原始美，触动了新工艺美术的思潮，开启了追求工匠的完美与极致。

古今中外，民族、民俗、民间文化是社会语境下的生活方式、生活态度和生活质量的体现。十几年来，陈彪提出的“融合民族、守护民俗、回归民间”的宗旨，如同一面旗帜，走在中国传统文化传承与发展的前面。他将“工在千秋，工在天下”的口号化为实际行动，深入人心。

自2003年起，每年举办一届“全国博览会”，2014年成立了上海民族民俗民间文化博览馆（简称“民博馆”）。陈彪开创的中国传统手工工艺动态展示模式，融合中华民族传统元素的时尚表达，让艺术返璞手工，开辟了源自民间、回归民间的新旅程。

手工工艺作为民俗文化的组成部分，其流失往往始于细节。如端午节，人们只记得吃粽子，却忘了白米粽才是本源，甚至不知道如何包粽子。为了弥补这一遗憾，陈彪策划创意建立开放式艺术家工作展示平台，让世人了解这些寻常看不见、学不到的知识，认知艺术品背后的中国工匠文化。真正意义上的民族文化继承、恢复与传承，需要将民间艺术回归日常生活，从而提升个人的生活品质。民族、民俗、民间这些多彩的艺术等待着人类去探索、发现与欣赏，这一过程充满了喜悦与满足。

观念决定方向和成败。带着匠心文化的执着，陈彪行走于外省乡间，独具慧眼地发掘了许多有趣又有价值的事物。他将精选的各地文化资源和多层次的文化智慧汇聚于“上海民博会”，通过独到见解的主题诠释观念与艺术价值，将工匠技艺引进现代化“魔都”，以独特的韵味向人类传播中国文化的多彩符号。

他策划举办的无数精彩博览会，如“纸的文明”专题、“徽州文化”主题、“七彩云南”展等，雅俗共赏，不仅推进了文明的传承，还提升了都市文化的高度。在“民博会”面世十二年之际，面对器物展示和动态性演示的新挑战，“民博会”正站在新的起点上，探索以青年一代所喜好的时尚形式，让中华民族灿烂的优秀文化走进生活、走进校园的新课题。

每年陈彪策划组织举办的“民博会”，以“诠释民族文化、演绎民俗风情、展示民间艺术”的理念，盛邀全国各地的艺术家携作品参展。其中不乏文化部推荐的“国家级非物质文化遗产项目”，如玉雕、木雕、铜雕等；唐卡、鱼骨画、树叶画等；瓷器、陶艺、紫砂工艺等；以及蜀绣、苏绣等各类绣品。工艺师现场示范陶瓷制作工艺，民间乐师进行瓷笛、瓷编钟等瓷乐表演，让观众在领略中国文化韵味的同时流连忘返。

长期以来，人们只注重艺术品的终端形式，而远离了工艺过程，丢失了对工匠精神的尊重。为此，陈彪提出“不以大师为纲，而以工艺为纲”的展览理念，打破轻工业工艺品的展销模式和博物馆式的展览形式，现场进行手工操作。他甄选展会艺术家和民间匠人的标准是：一看价值，二看稀有性，三看主题。因此发掘了许多罕见的、濒临失传的手工艺术，如炼金术演示、紫砂矿石烧制全过程等。

一位坐在轮椅上的九十余岁先生曾赞叹道：“我这个年纪不可能行走祖国名山大川了，你们把全国最好的艺术带到‘上海民博会’，让我在家门口就能体验原汁原味的各地风情，心里有说不出的感动。你们功德无量啊！”这番话深深触动了陈彪的心。他意识到，这类因障碍而难以出行的世人，依然是社会重要的文化消费群体。随着经济的发展，世人越来越需要文化消费，现代家庭消费的重点正由物质消费向文化消费转变。因此，“三民”文化的服务对象一定要以普通市民为目标群，力争做到社会、匠人、市民三满意。

社会的进步离不开传承，更在于创新。对陈彪而言，推陈出新的念头始终萦绕于心。尽管民博馆因资金问题将从上海市浦东新区搬迁至浦西，但陈彪守护“工匠精神”的痴心并未改变。他不仅在策划举办各类展览和编辑出版书籍方面取得了显著成就，还建立了省与市之间的交流平台。

这时，我们不禁要问：在上海这座繁华都市中，有多少人能够站在都市文化格局上推进手工工艺的发展呢？

文化事业全民分享

当家长们忧虑孩子沉迷于电子游戏，荒废学业之时，社会各界应当反思：我们是否已将中华民族的璀璨文化精髓与孩子们分享？其实，只需稍加留意，便不难发现孩子们在民博馆中体验印刷术、造纸术、陶瓷制作、纺织扎染时感知的快乐所流露出的纯真喜悦，这种快乐自然渗透至他们的心灵深处，使他们逐渐忘却虚拟世界的诱惑。真正的文化艺术，是全民共享的文化事业。在陈彪的策划下，“国家指南针计划专项青少年基地”成功落户上海市虹口区。2015 年，该基地规模扩大一倍，以更好地服务于全市的青少年。这一举措彰显了文化在经济社会发展中的不可替代作用，但应杜绝个人情绪化在艺术上的负面宣泄。

陈彪推广中国传统文化艺术和中西方经典艺术，他并不排斥当代艺术及广受欢迎的艺术形式，他说："如果不能将手工艺传承给当代青少年，不能提升年轻人的审美情趣，不能对世人的健康发展产生积极影响，就不是好艺术。"

我国文化建设的一个显著特点是明确区分了文化事业与文化产业的属性，使其各司其职。文化事业作为公益性和公共性的存在，由政府承担责任，通过购买服务等方式，鼓励社会组织、艺术团体等创作出更多优秀的艺术、电影、展览等作品和活动，以满足人们的文化享受。而文化产业则源于企业或个人，追求利润回报率。在当前文化大繁荣的背景下，我们不能片面强调文化产业的发展，而应注重政府的有效投入和有生命力的运作团队的培育，以推动文化事业的腾飞。同时"我们应思考如何有效将艺术馆、博物馆的效益最大化，如何充分利用民间艺术家、艺术团体，建立有效机制，提供个性化、分众化的文化产品和服务，培育新的文化消费增长点，发挥文化事业的资源优势，提高我国文化享受与消费水平"。

资本既可爱又可恶

然而，文化事业的发展并非一帆风顺。陈彪的民博馆团队虽然备受认可，但随着各界期望值的提升，也面临着巨大的压力。资金短缺和创意匮乏是经营中遇到的主要困难。陈彪希望凭借自己的创意，将海派文化推向全国，乃至国际舞台，与高水平的文化艺术进行沟通交流。

资本在推动文化事业发展方面具有双刃剑效应。一方面，它可以促进消费体验，改善人类生活，推动社会发展；另一方面，它也可能腐蚀人类灵魂，导致人们迷失方向。因此，当资本介入文化事业时，如何平衡民族、民俗、民间文化的经济和社会效益也是一项值得思考的课题。

随着生活水平的普遍提高，人们开始追求更高品质的生活方式。学会欣赏和享受文化艺术，已成为一种极富情趣的生活方式。中国民间收藏历史悠久，随着资本的投入，收藏圈逐渐膨胀，尤其是对手工艺品的收藏。

文化工作者在谈论艺术和文化时，可在“生活艺术化，艺术生活化”的理念中享受生活。通过整理反思自己的思想与情绪，我们会发现生活其实可以更加精彩。有趣的是，陈彪漫步于自然环境中，毫不费力地戒掉了抽烟的习惯。他的工作就是游弋于世界文化的脉络中，探寻艺术的真谛。

城市的人文情怀是城市的生命。近代上海在短短一百多年的时间里迅速崛起，成为中国现代化历程的缩影。海派文化作为上海勃勃生机和无限活力的源泉，具有亲水动态、敏感细腻、宽容开放、多元化和创新性等特征。陈彪的民博馆就像是一个孵化器，培育了一批又一批的匠艺家。

然而，随着城市的发展，许多具有海派文化特色的元素正在逐渐消失。有轨电车的叮当声、穿街走巷的叫卖声、弄堂里的裁缝皮匠摊……这些老上海的情调、腔调已经所剩无几。“一个国际化大都市如果没有一个高水平、高质量的民博馆，将是一种无法弥补的遗憾。即使未来有更多的使者追寻工匠精神，模仿或抄袭民博馆的经营模式，我也会感到欣慰。这就是我们所追求的结果。”他深信，社会对工匠精神、手工匠艺和民族文化的共鸣会越来越多，提升中国匠艺地位指日可待。

陈彪，民俗文化、工匠文化的守护者，工匠精神的追随者和

寻觅者。一名性情中人，更是名文化学者、儒商，在他的身上充满了活力与正能量。

（陈彪，上海民族民俗民间文化博览馆馆长，上海市社会经济文化交流协会常务副会长，夏征农民族文化教育发展基金会副理事长，上海现代文化艺术研究所副所长）

（发表于《上海画报》杂志 2016 年 5 月刊）

让国人骄傲的匠心奇迹

——大道至简　匠心至繁

“要知道科学方法的实质，不要去听一个科学家对你说些什么，而要仔细看他在做什么。”2019 年上海市黄浦区总工会评选出了 10 名 2018 年度黄浦工匠，本刊进行了一一专访（排名不分先后）。

王敖明：一张 X 光片一个故事

上海交通大学医学院附属第九人民医院黄浦分院中医骨伤科副主任医师

“中医治疗讲究缘分。或许我们站在风口浪尖，但是只要病人满意，就可以了。”

一张 X 光片一个故事，无数张 X 光片无穷个故事。

在四十多年从医路途中，王敖明纠结过、痛苦过、开心过、感动过，站在风口浪尖被质疑过，也被信任过，有过自我怀疑，也有过胸有成竹……

19 世纪 80 年代，石氏伤科在海内外声名鹊起，第一代石兰亭融传统武术整骨手法与中医内治调理方法于一炉，1880 年悬壶上海，开创石氏骨伤学派。为医者，须绝驰骛利名之心，专博施救援之志。这是身为一名合格医者深埋天性之中的良德。王敖明，这位石氏伤科第五代传人，既是优秀黄浦医务工匠，更是其中翘楚。1989 年，王敖明进入上海市黄浦区中心医院成为石仰山先生的入室弟子，跟随先生抄方三年。

先生妙手回春的精湛技艺，于抄方第二日震撼了王敖明的从医初心：一位手腕严重骨折的病人来医院大统间诊室求医，王敖明正在先生旁抄方，科室同事诊断后建议其进行手术治疗。病人耳闻需手术，情绪顷刻激动，当即跪下求救。只因其家庭经济拮据，又是家中的主要劳动力，才有迫于无奈下跪之举。先生听闻立马跑去了解情况，经过静静看片，观察病人手腕，再摸摸，再看看，思索良久后，先生让王敖明从旁辅佐牵拉，只听“咔咔”两声，骨头神奇地接好了。惊奇之时王敖明暗下决心：我要当一名好医生，有精湛医术的好医生。他求学心切，便求教先生其奥秘。先生答：解锁正骨、顺势而为。但最重要的是正骨前的看摸、思考、对骨折性质的评估。知彼方可心中有数，才能做到心到手到、胸有成竹。

的确，先生的奥秘影响了王敖明之后的从医路，先生的精湛医术不仅拯救了一家人，更提升了徒儿的世界观。四十多年来，在临床实践中，王敖明将病人看作自己的老师，不断探索治疗新技术，提升临床疗效。尤其在四肢骨折的复位方面，独创了“解锁正骨法”、“牵引正骨法”、“牵引夹板正骨法”、“推移接骨法”。有效减轻了病人的痛苦，减少了后遗症，缩短了病程。创立了“脊椎调衡正骨法”快速纠正颈椎小关节紊乱，可以明显缓解和消除病人的症状，有效率达到 95% 以上。他说：“我的治疗经验来自病人。”

“看病难，看病贵”石氏伤科解决了看病贵的问题。王敖明一次次通过自己独特的“看摸”医术挽救了不计其数的骨折病人：一个踝关节粉碎性骨折严重错位，怀孕 3 个月且徘徊于“要么保胎要么开刀”抉择下的孕妇；一个尿毒症骨折病人；一个从排练台上抬来，脚踝骨折，治愈一周后必须上台公演的演员；一个个从手术台上、病房里逃来进行保守治疗的病人……他也时常在节假日、深夜被喊去正骨。他笑言，复位后的成就感，难以言表。一天的好心情就此产生。他说：“要把病人的骨折复位过程当作艺术品打磨。把别人做不好、做不了的事做好，是石氏伤科的魅力所在。”

四十多年医疗零纠纷。在手术与不手术间，王敖明也曾考虑过保护自己，不冒险。然而他却说：“假如我能治好，但是为保护自己而吓走病人，就是件可惜的事。病人本就在复位过程中带有怀疑态度，这样做势必加深他们对我们医术的不信任。作为医生要给病人带来最好的治疗方案，我认为心诚病人自然会理解。”他还说：“一辈子做好一件事，用石氏正骨术造福病人，将精诚精神发扬光大。”

（王敖明，1957 年生。上海交通大学医学院附属第九人民医院黄浦分院中医骨伤科副主任医师、师从国医大师石仰山，石氏伤科第五代传人。多年来，悉心培育石氏传人，振兴非遗文化。参研“椎脉回春汤治疗颈椎病”课题，获“上海市科技进步三等奖”。）

王忠敏：做什么，怎么做

上海瑞金医院放射科主任医师

“为医者，父母心；为师者，亦父母心；以心为媒，深入每一

个病例、每一个学生；以人为本，尽到每一份责任、每一份重托。无论在工作还是学习中，我们不仅要知道简单的‘做什么、怎么做’，更是要探讨思考问题的思路，在开拓知识面的同时，更要开拓研究领域的广度和深度。”

从选择医学专业的那时起，“悬壶济世、造福患者”便成为王忠敏的崇高追求；从踏上工作岗位的那时起，他真切地感受到这个职业对生命的理解和尊重。

在王忠敏的记忆里，1999年放射科刚开展介入工作，只有三名医生和一台飞利浦胃肠造影机。临床医生不了解介入治疗，他就挨个向临床科室介绍介入诊治项目，向临床科室“讨”病人。没有透视设备，就在休息时间等设备空出来的时候做手术。多数介入手术，都在X射线透视下进行，一次介入治疗手术，介入医生所受的辐射量相当于拍摄了数百次乃至上千次胸片。穿着二十余斤的铅衣，一天七八台手术做下来，由里到外可以湿透几遍。

有一次，对一名外科病人进行T管造影检查时，显示胆总管下端有充盈缺损，无法判断是不是术后残余结石。王忠敏提议，可以使用介入手术中的导丝通过导管进行胆道探查，如果充盈缺损固定不变的就是结石。就这样，从无数次的向内、外科“讨”病人中，放射科在王忠敏的带领下赢得了临床医生的信任。现在，每当病人的治疗出现了什么困难时，内、外科医生就会想到请介入科“帮忙”。

医生是需要终身学习的职业。如今，医疗技术发展日新月异，新技术、新方法不断涌现。介入医学虽然起步不像内科、外科那么早，但我国的介入医学近二十年来发展迅速，已成为较为活跃且具有广泛发展前景的一个新兴医学专业。王忠敏带领的团队在国内较早开展放射性粒子治疗实体肿瘤，在胆管癌、头颈部转移性肿瘤、肺癌、肝癌、胰腺癌及软组织恶性肿瘤等方面诊治病人两千余例次，积累了丰富经验。

王忠敏还引入国际较先进的四维电磁导航和机器人靶向定位系统，开拓性地使用 3D 打印模板技术，力求更快速、更精准的治疗肿瘤。介入团队在工作中，将直径只有 0.8 毫米、长度 4.5 毫米的放射性粒子通过介入手段按照事前规划的排布精准地植入肿瘤区域，这是一项对精度要求极高的“失之毫厘差之千里”的工作，但手术时间短、创伤小、恢复快。

王忠敏擅长使用介入手段，治疗外科无法手术、内科药物治疗无效的肿瘤或其他疾病。2013 年 11 月，作为中共中央组织部中国博士服务团成员，王忠敏怀着为西部人民力所能及地做些贡献的愿望，赴新疆生产建设兵团第八师、石河子市，组建石河子大学附属第三人民医院介入血管科，开展多项新疆地区首例介入手术。王忠敏援疆至今已六年，其间带领介入血管科团队累计完成近三千例各类介入手术。

王忠敏与患者及家属之间发生了一个个温暖故事。在援疆期间，一名四岁的患儿因误服农药导致腐蚀性食管狭窄，无法正常进食。他对患儿的食管狭窄段进行评估后，决定行食管球囊分阶段扩张术。根据食管狭窄的程度及瘢痕形成的时间，先后进行了三次球囊扩张。术后患儿食管通畅，恢复正常饮食。当患儿用稚嫩的声音感谢王忠敏这个“医生伯伯”能让她再次正常进食的时候，他深刻体会到了这份平凡工作带给自己的幸福感。对于这种病例的治疗，只有专业的医生才知道，要掌握好“有效扩张”和“食管过度扩张导致食管破裂”这两者之间的尺度，实属不易。

2017 年 10 月至 12 月之间，王忠敏在西藏日喀则市人民医院，为其从无到有创建介入科，共建日喀则市的第一所三甲医院。他说："作为一名医务工作者，我的'梦想'就是用自己的双手，尽可能地为病人拯救生命、维系健康！"

【王忠敏，上海瑞金医院放射科主任医师。擅长血管和肿瘤介入诊治，近年来，承担国家级、市级课题15项；在国内外核心期刊发表论文和论著九十余篇（其中SCI收录32篇）；获得国家发明专利二项、实用新型专利三项；主编和合编专著7部；以第一完成人分别获得"中华医学科技奖二等奖"、"华夏医学科技奖二等奖"、"上海市科技进步奖二等奖"。】

朱震年：药真心正

上海群力草药店有限公司中医门诊部副主任

"在实干、苦干、不停干的过程中，总结有效经验，为更多需要我们的病人服务。传承匠人之心，不忘初心，使群力的精髓不在自己手中断层。"

2000年初毕业于上海中医药大学的朱震年，放弃了进入市区级中医院工作的机会，毅然选择加入有着八十多年历史、属于民营医疗机构的上海群力草药店有限公司（以下简称"群力"）。

怎样把上海中医药大学的学院派理论与群力的草药派经验更好地融会贯通？这是作为群力引进的第一批大学生的朱震年要直面的一个棘手问题。学院派主张应用经典方剂，通过四诊合参，望闻问切，合理辨证施治，处方运用经典，君臣佐使，方中精制饮片居多；群力草药派“药真心正”，运用几十年的经验方，根据病家的临床表现症状，对症施治，验方中草药应用偏多。至此，朱震年醉心于草药治疗的探索研究，将群力特色草药与中医传统理论和现代科研相结合，灵活应用于多种肿瘤疾病的治疗、康复过程，使众多患者远离病痛的折磨，达到缓解肿瘤发展、改善患者生存质量的目的，充分体现心身医学治疗的精髓。并总结出了一套有效治疗肿瘤等疑难杂症的方法。

群力所接待的往往是来自全国各地的恶性肿瘤患者，他们一般是经过了手术放化疗或没有机会进行西医治疗的患者。朱震年深知自己所面对的是社会弱势群体，求医问药的病患总是那么无助、失落，甚至绝望。因此在诊治过程中，朱震年总是把病患当成朋友，运用有效的治疗方法和群力特色的中草药，结合耐心疏导病患心情，从生理、心理两方面双管齐下。从服药后的反应、精神状况到涉及日常生活细微之处，根据不同情况，提些合理的建议，给患者真诚的关切，增强患者战胜病魔的信心，从而使众多病患远离病痛的折磨。“扁鹊名闻天下。过邯郸，闻贵妇人，即为带下医；过雒阳，闻周人爱老人，即为耳目痹医；来入咸阳，闻秦人爱小儿，即为小儿医：随俗为变。”此段医古文中，不难看出，古之大医，精通内外妇儿各科。朱震年受此启发，在日常门诊的诊治过程中，不断积累各科疑难杂症的中医治疗。他的门诊，接待最多的还是肿瘤病人，他通过精心诊治帮助患者达到带瘤生存的理想状态，帮助高龄不孕患者产下健康宝宝，让白血病患儿的诊室中充满欢声笑语，帮助患儿与家长暂时忘了化疗的毒性反应和病痛的折磨……

朱震年的日平均门诊量达一百二十人次以上。他还经常放弃休息时间，赶往肿瘤高发区，送医下乡，使行动不便难以到上海求诊的肿瘤病患得到良好的治疗；他总奔波于上海市区的大街小巷，为重病晚期癌症患者上门服务。多年来朱震年获得了众多患者的一致好评，许多病患纷纷送来了感谢信和锦旗，以表达感谢之情。

出于对中医的痴迷，朱震年在大学期间就拜上海市名老中医乐秀珍教授为师，跟随有“送子娘娘”之称的乐秀珍教授抄方学习三余年，对中医妇科疑难杂症和都市白领人群亚健康的调治有着不少的心得体会，并不忘以专题讲座形式与人分享。近年来又被上海人民广播电台聘为嘉宾，为广大市民讲解亚健康的中医调治方面的常识。

【朱震年，1976 年生。主治医师，现任上海群力草药店有限公司中医门诊部副主任。曾获“2012 年度上海市商业服务品牌（个人）”和“2013 年度全国商业服务先进个人称号”。】

樊海平：你可曾记得蝴蝶酥

上海哈尔滨食品厂有限公司新品研发科科长

“愿意一辈子就做好一件事——做一个糕点手艺传承人。”

“奶油蛋糕要吃哈尔滨凯司令的。”

“童年记忆里，咬一口停不下来的蝴蝶酥。”

“每次路过淮海中路上的上海哈尔滨食品厂（以下简称‘哈氏’），总难以抵挡那股闻之垂涎欲滴的香气，脚会不自觉地拐进店内。”如果说怀念是种情怀的话，那糕点就是承载情怀的载体。

随着食品烘焙行业的现代化和机械化，以及传统中西式糕点行业的白热化竞争，越来越多的企业选择机器生产产品，不仅出品量高，而且产品标准化强。但是手工制作对于精耕各类糕点制作一线四十余年的樊海平来说，是传递给喜爱吃糕点的人们温暖与爱。很多时候，手工的精致和人情味是机器无法替代的。

2018 年 6 月蟹香蛋黄锅巴一经推出便荣登哈氏销售榜第三名，同年光排类单品销售就达二千多万元。可喜的是：2016 年至 2018 年，哈氏年均上缴利润一千多万元。更令人惊喜的是，十余年前一线职工平均年薪约二万元，如今平均年薪约十五万元。

近年来，樊海平加大新品研发力度，先后研制开发了芝士排、布朗尼、蝴蝶酥、杏仁薄脆、松仁酥、维纳斯等新品，取得了社会效益和经济效益双丰收。同时，樊海平对一百多种中西糕点进行"提升式传承"。一是将产品原料中部分含有人造奶油（麦淇淋）的产品全部用新西兰奶油替换。二是将所有产品的糖分含量降低 10%，力推"健康美味、低糖轻脂"的糕点。三是通过改善糕点制作工艺，使产品碎屑率每年降低 10%。四是挖掘各类中西式老产品中的经典产品，通过改良配方、提升生产技艺等方式，让它们"重现江湖"。

20 世纪 90 年代初期，樊海平进修于日本寿株式会社。他回忆道："他们在糕点生产制作上极为严苛：所有原辅料、投料都须过秤，并精确到小数点后两位；所有手工产品标准都要求整齐划一，基本与机器生产并无二致；制作蛋糕时，蛋液一定要确保 30 ℃时才能搅拌……"在研学糕点制作技艺的同时，樊海平深感所谓的手工技艺精湛就在于不放过任何细节，把每一个制作细节都做到位。回国后，樊海平严抓生产的每一个环节，制作产品工艺流程图，标准化产品规格，严格检查每一批次的产品品质。有人说：小樊对制作生产特别较真。也有人说：那么精细化根本没必要！但他通过一次次的言传身教，不断影响着身边的同事，并带教了几批徒弟。大家说："老樊带的徒弟是最幸福的，也是最需要下功夫的。"

樊海平的同学有的已开了自己的食品公司，有的是国家级食品烘焙行业的评委……"他们说：'老樊，你从年轻时，技术就是我们中的佼佼者，怎么还在一线做？'我与他们相视而笑。"樊海平面对记者坦言："多年来，我先是凭着对糕点制作的热爱，到现在是对传统糕点技艺的传承，我只想透过制作的产品告诉大家：心里的想法、眼中看世界的样子、所在意的、所珍惜的。我认为，所谓的工匠精神，不过就是专注着做一些事情，并努力把所做的做到最好。"

的确，当樊海平每天看着门店前排着长长的队伍购买糕点的人们时，他的内心是幸福的。是他努力用最优质的产品擦亮了上海哈尔滨食品厂"中华老字号"这块金字招牌。

【樊海平，1959年生。上海哈尔滨食品厂有限公司新品研发科科长、"技师创新工作室"带头人。不仅努力研发各种能代表上海城市名片级的产品（伴手礼），而且不遗余力教授年轻人不断传承糕点经典技艺。曾获"上海市质量能手、全国烘焙比赛一等奖"、"上海市蝴蝶酥技能大赛金奖"、上海市黄浦区"三学"技能状元、"海派匠心裱花蛋糕制作二等奖"等荣誉。】

鲍明国：让美食演绎幸福

丰收日（集团）股份有限公司厨政总监

"不忘厨心，追求传承。怀揣着一颗厨师匠人心，探索食物的

美味，把食物以最完美、独特的状态呈现给顾客，勇攀厨艺高峰，传承冷菜技艺，用美食传递幸福。”

厨师行业，少有节假日，当在二十三年做厨师的旅途中常有客人感谢鲍明国“你辛苦了”时，他倍感欣慰，并意识到作为厨师为那些不想、不方便烹饪美食的客人服务，让客人感知幸福是件多么高尚的事情。

一双巧手演绎五彩斑斓。在 2010 年上海世博会期间，丰收日（集团）股份有限公司（以下简称“丰收日”）作为指定餐饮服务供应商，为了满足不同国家贵宾的口味，鲍明国改良目前现有菜品的口味，再结合上海当地特有的风味，创造了安吉竹林鸡和炝海蜇两味佳肴，获得中外宾客点赞无数。他说：“让每一位消费者通过丰收日出品的美食全面提升幸福感，是我们不懈的追求。”

无伤不厨师，做厨师切伤、烫伤是常事。2016 年，鲍明国在大家都熟悉的费列罗巧克力上突发奇想，巧妙运用烹饪手法，创新出一款惟妙惟肖又有巧趣的菜品——费列罗鹅肝。费列罗鹅肝在制作中对于巧克力的热度掌控至关重要。研制这个菜品时正值夏季，他大汗淋漓不叫苦，手持铲勺空中舞。鲍明国在闷热的操作间一做就是八小时，有时候连不小心被烫到手都未曾察觉。功夫不负有心人，浓浓的意大利巧克力包裹着鲜嫩的鹅肝，飘香至丰收日凉菜销售榜前三名，并且和安吉竹林鸡、炝海蜇一起，成为全年销售额达三千多万元的三种主要菜品。

2018 年，丰收日成为第一届中国国际进口博览会（以下简称“进博会”）餐饮服务供应商。鲍明国勇挑重担，“我首先考虑的是食品安全问题，我们每天早上 7 点到达进博会现场检查操作间卫生；其次考虑进博会场地的特殊性，利用集团中央厨房加工的优势，在菜品上选用陈皮牛肉、本帮熏鱼、四季烤麸等具有上海特色的菜品。同时倡导全力打响‘上海四大品牌’，为来自五湖四海的宾客提供上海的服务，烹饪上海特色餐饮，传播上海的海派文化，进博会期间共计接待中外嘉宾五千余位。最终，不辱使命，安全地完成任务，为丰收日赢得了进博会荣誉单位的称号。”

作为丰收日的资深厨师，鲍明国以身示教。在工作管理中，他利用丰收日这个平台，组建了一支年轻且专业、有上进心的农民工技术团队，使他们变成了丰收日传说中的“龙之队”——冷菜团队。在企业的中央厨房中他单独组建冷菜板块，利用中央厨房的机器完成第一道加工，并且做好第一道关的品质把控，使送往上海七十多家门店的冷菜菜品出样一致。

通过多年的带教经验，鲍明国总结了自己的带教信条“三要”：一要教会，二要标准，三要检查改正。目前鲍明国共带教了五十多名徒弟，其中有四名徒弟目前担任集团管理工作。随着不断精进的厨师技艺，鲍明国发现厨师行业不仅能养家，还能创业，希望用自己手中的大勺翻出人生的更多精彩。

【鲍明国，1978 年生。丰收日（集团）股份有限公司厨政总监。2005 年获“上海国际餐饮博览会冷菜项目特金奖”；2008 年获“全国优秀厨师长荣誉称号”；2011 年获“国家高级技师职称”等。】

龚文：吃出上海味

上海大富贵酒楼中央厨房负责人兼产品总监

“厨师职业看似简单，其实不然。如果想把自己铸造成一名工

匠型的厨师，唯一的修炼办法是：把烹饪视为一项做到老学到老的职业。只有持之以恒，方能与时俱进，学习到感动自己，努力到竭尽全力。我们要读懂，工匠精神必须要时时对自己的作品斤斤计较，吹毛求疵，否则‘工匠’很有可能就会变成‘砸匠’。”

龚文爱钻研善思考，他的拿手名菜八宝辣酱是上海大富贵酒楼（以下简称“大富贵”）的特色产品。为了能让更多的消费者品尝到这道本帮名菜，也为了让大富贵的特色菜肴更亲民，龚文带领研发团队经过反复研究，开发了外卖卤味新品种三丁炒酱，调整了原材料的品种，取材更大众化，保留了八宝辣酱的独特口感。为保证其品质，龚文要求经营门店必须统一使用中央厨房提供的原材料和调料包，必须严格按照产品操作流程烹制。在严谨的工艺规范要求下，三丁炒酱一经推出经常会出现供不应求的场面，使多家门店不得不限时供应，开辟专门排队处，才能缓解排队的长龙。三丁炒酱凭借酱香浓郁，咸甜适中的味道，2018 年度单品销售突破一千一百万元大关，占大富贵酒店销售总额的 3.2%，创造利润三百多万元。

接下来该如何让自制卤味产品更上一层楼，推出更多叫得响、吃得好、传得广的产品？在龚文的提议下，最终确定以大富贵的传统名菜上海熏鱼为改良攻坚目标。传承经典是基础，改良创新是工匠追求的价值体现。为此，龚文翻阅了上海菜的典籍和名人名菜著作，汲取了大量关于上海熏鱼的传统制作技艺。

灵感源于生活，美味隐于民间。为了能让大富贵的熏鱼在质的基础上有所突破，龚文开启了自己的寻味之旅。走遍了上海的大街小巷和酒楼饭店，尝遍了各种口味的熏鱼。光启路的老太熏鱼、七浦路的梅记大块头爆鱼……都成了他的“打卡地”。他发现，爆鱼和熏鱼虽然成品粗看都差不多，但是两者的做法并不相同。爆鱼为苏式派别，做法是先炸后腌，上海熏鱼的做法则是先腌后炸再腌。经过一个月的反复实验对比，结合本地之特色，吸纳古今之所长，研发团队终于试制出了大富贵上海熏鱼的整套制作工艺流程。龚文毫无避讳地分享道："新鲜的青鱼切成厚片后，加酱油和糖腌制四个小时以上，加一点糖是确定熏鱼味道的层次和基调，不使酱油之味独断专行。有人觉得做鱼总要用酒杀腥，其实完全不需要用到料酒。倒是再好的青鱼也会有泥土气，所以要用糖来腌。把腌好的鱼片放在阴凉处晾干鱼片表面，起大油锅，油温八成左右汆炸。入锅前鱼片表面不能带有水分，否则鱼片表层不易被高温炸透凝结，锁水效果差，成品外不脆里不嫩。同时，还要调制另一个腌料，包括有海天老抽、生抽、李锦记蚝油、鼎丰甜面酱、沈永和花雕……还要放适量的白糖、冰糖、麦芽糖，务必使酱油的咸味和糖的甜味分庭抗礼，不分仲伯才行。白糖要先下锅中火翻炒出焦糖色，配合冰糖和麦芽糖熬制一小时使糖分糊化，经高温发黑，让成品熏鱼做出来黑黢黢的，像烟熏过的，菜如其名。五香粉增其味，麻油提其香，甜上口，咸收口，以甜味胜，吊鲜祛泥土气，真正甜而不腻，甜而不妖。炸好的鱼块冷却后复炸一次，滚烫的炸鱼立刻浸入预制的腌料里，鱼肉收缩，吃透汤汁，即可捞出。"

顾客的满意是龚文永无止境的追求，顾客的需求就是龚文的价值。通过对菜肴色、香、味、形的追求，和对营养的合理搭配与烹饪技法的变化，龚文希望让全世界喜欢中国菜的人，都能吃出健康、吃出美味、吃出兴趣、吃出意境、吃出记忆、吃出文化、吃出艺术、吃出情感。

（龚文，1974 年生。上海大富贵酒楼中央厨房负责人兼产品总监，中式烹调高级技师。2009 年，他烹制的徽派熏鱼、富贵酱鸭、徽州鳝糊被评选为“上海名菜”荣誉称号；2016 年，成立龚文技师工作室；2017 年，龚文技师工作室创立的微笑服务法获“2016 年追梦十三五、创新显身手　立功党赛服务创新奖”；2018 年，工作室被黄浦区人社局授予“黄浦区首席技师工作室荣誉称号”；2018 年，他改良的小馄饨获“中国美食百强榜百强小吃”；2019 年被授予“早餐精品工作室荣誉称号”。）

罗玉麟：让食客回家

上海老饭店厨房主管、国家级非遗“本帮菜肴传统烹饪技艺”第五代传承人

“坚守本帮菜之本，创新美味之道，必须怀有一颗工匠之心。创新不能忘本，传承不能守旧。让食客回家。”

16 岁从烹饪学校毕业，23 岁荣登世界烹饪大赛领奖台，33 岁获中式烹调高级技师，36 岁荣获“中华金厨奖”。罗玉麟，上海老饭店国家级非遗项目“本帮菜肴传统烹饪技艺”第五代传承人，他坚信“功夫是练出来的”。

空闲时，罗玉麟不忘苦练刀功，每日回家必做之事——切萝卜。平均每天切 30 斤萝卜，练就了切片厚度不超过 1 毫米，能透光见字；切丝直径小于 0.5 毫米，能穿过针孔。在熟练掌握本帮菜泰斗李伯荣师父“经典扣三丝”的全套技艺后，为适应分食制需要，罗玉麟改良研发了每人每份“迷你扣三丝”，成品直径从

12 厘米缩小到 7.5 厘米。在创新的路上，罗玉麟显然没有满足于“扣三丝”所带来的成功，2018 年又研发了“全素扣三丝”，能把易折断的鸡腿菇、松茸等食材同样切出“秀针丝”，一举荣获“上海餐博会素食烹饪特别金奖”。罗玉麟谦虚地说：“对技艺的追求就是工匠精神精益求精的朴实体现。”

本帮菜以“浓油赤酱、咸淡适中、保持原味、醇厚鲜美”的特色笑傲申城。但随着时代变迁，浓油赤酱与现代人崇尚的素雅清淡有所不同。在罗玉麟看来能容天下美味之大成的上海，必定要容天下食客之大成，本帮菜必须改革创新。儿时，父亲做的原汁原味的本帮菜，让他对家的味道有了念想，于是“让食客回家”成了罗玉麟改良本帮菜的初衷。令罗玉麟印象深刻的是，一位耄耋老人最爱吃他烧的油爆虾，老人每次来上海老饭店就会点罗玉麟掌勺。一日老人拉着他的手难过地说：“小罗师傅，我再也不能吃你烧的油爆虾了，医生说要控制血糖和血压，就必须忌口。”看着两鬓斑白的老人如此沮丧，罗玉麟的心被触动了。自己该怎么回报这类本帮菜粉丝呢？于是他带着传统的本帮菜菜谱走访多个名医，请他们对本帮菜“把脉”，什么菜适合什么人群。经过反复调研，他决定从营养搭配入手，减去白砂糖和味精的用量，减少盐分，选定蜂蜜、罗汉果糖、甘草汁熬成汁……当他带着新研制的油爆虾送到老人手中时，他清楚地记得老人的眼角湿润了。“本帮菜的魅力是用味蕾唤醒过往的记忆，今年老人的百岁寿诞还特意选了我们的老饭店。”罗玉麟感动地说。

XO 酱版虾籽大乌参、古法蒸肉蟹、鮰鱼狮子头……一道道本帮菜改良新品在罗玉麟的手中不断涌现。创新菜品既满足了人们的食欲，又符合少而精、食而优，讲究健康的美食理念。“守本帮菜之本，探海派味之道，育大工匠之心”，罗玉麟用自己的匠心守护上海味道，于是他又开始研究消费者的饮食心理，根据现代营养学中的“美味与营养相结合”的原则，改良创新了“三酱三糖”。新品油爆虾一经上市，单品年销售额达一百六十五万元，同比增长18.9%，还意外收获了一批“90后”、“00后”粉丝。

（罗玉麟，1979年生。上海老饭店厨房主管，中式烹调高级技师，国家级非遗“本帮菜肴传统烹饪技艺”第五代传承人。研发了“全素扣三丝”，一举荣获“上海餐博会金奖”。作为本帮烹饪技艺非遗传人，他领衔建立“市级首席技师工作室”，带领团队探索建立“本帮菜肴传统烹饪技艺标准化流程”，提炼总结了“油爆虾制作四步诀”等诸多技法。作为“首届全国中餐技能创新大赛金奖”、“中华金厨奖”获得者，他多次受邀赴日本、法国等国家展示技艺，传播舌尖上的中华文化、上海味道。）

杨静锋：太痛苦了，不可回忆

上海力进铝质工程有限公司设计部副经理

“只要思想不滑坡，办法总比困难多。不要畏惧困难，不要遇到困难就退缩，越退缩困难就越大。生活中的任何困难，都不会把我们逼进‘死胡同’。相反，它会给困境中的我们，带来意想不到的奇迹——这个奇迹，就是我们战胜困难的能力。一旦我们与悲剧、困难，或者不幸不期而遇，请不要心灰意冷，万念俱灰，而要把这些不如意，作为对自己的一次考试、一次历练，心存感激。”

儿时看到高楼平地起，总觉得特别神奇，也特别向往自己也能有这个能力，于是杨静锋在高考填报志愿时，毫不犹豫地选择了建筑专业。在建筑设计的乐趣中，历经艰辛将一个个不可能完成的任务变成可能，将一张张亲手绘制的图纸变成立体高楼平地起，创造了一个个奇迹。

“爱岗敬业、守正创新。”杨静锋带领团队完成的工程项目从一个工程小到几百万元人民币，大到几亿元人民币；工期短至半年，长至数年。阿拉伯的世界最高楼哈利法塔（原名迪拜塔，高828米），幕墙面积12万平方米，35535个单元板块的设计安装，两年半完成；澳大利亚墨尔本的普里玛大厦（Prima Tower），幕墙面积3.5万平方米，十个月完成；中国的沈阳新世界会展中心，幕墙面积5.8万平方米；还有中国的天津周大福金融中心裙楼幕墙、澳门科学馆铝板幕墙工程……

2014年至2017年共获得九项国家“实用新型专利”：立面幕墙系统专利，节省了155吨钢材、80吨铝材，约增加利润三百九十五万元人民币；（哈利法塔）单元幕墙起底码件专利，增加利润一百万元左右人民币；（哈利法塔）单元幕墙系统专利，为公司设计集体智慧的结晶，仅此一项为公司增加利润超过七千二百万元人民币；（哈利法塔）工程设备层系统，为公司增加利润八百万元人民币……

哈利法塔是建筑业的皇冠，杨静锋和自己的团队辛勤的劳动收获了丰盛的果实。他淡淡地回忆道：2007年欧洲发生金融危机，哈利法塔由于原来的幕墙设计施工单位倒闭，导致了整个工程进度延误18个月。公司接任后，派我们团队于2007年1月31日半夜抵达迪拜，并于第二日即开始投入工作。驻场设计团队与国内设计团队齐心协力，夜以继日，于三个月内通过样板性能测试，在五个月内成功安装第一批单元件，用五个月的时间追回了延误十八个月的进度。五个月完成了两年的复杂工作，在面临时间紧迫的前提下提前半年圆满完成这项不可能完成的任务，而这份坚持只因他们意识到这关系整个中国幕墙设计行业的形象。当2007年5月10日为哈利法塔按上第一块玻璃幕墙的时候，迪拜酋长夸赞他们完成了一个不可能完成的任务，且一装就是十块，远远超出了他们要求的三块。而当时团队在前三个月，每人平均每天睡眠时间为四小时左右，体重普遍降低10到20斤；2人因流鼻血不止提前撤离，1人半年后撤离，13人中6人坚持到最后。回国后，他们开始后遗症频发：有经常晕倒的，有牙龈萎缩的，有走路飘飘欲仙的。但是杨静锋却微笑着对记者说：“这项工程体现了中国的强大实力，项目也为中国建筑幕墙业获得了殊荣，为中国的幕墙行业摘下了皇冠。中国人有个特点——韧劲，坚信一定能做好。”

采访临近尾声，我一直好奇他为何能把这么艰辛的工作叙述得如此轻描淡写，甚至没有任何面部表情。面对记者的疑惑，他袒露道：“一言难尽，地狱般的生活，太痛苦了，我们都不愿意再提起。当然付出多，收获也多。因此我们也从未后悔过。”

采访结束于我们的默默相视中。

【杨静锋，1976年生。上海力进铝质工程有限公司设计部副经理。2007年2月至2009年6月负责哈利法塔幕墙工程，完成2.8亿元人民币产值的设计任务。2014年至2017年共获得九项国家“实用新型专利”。获得2014年“黄浦区工人先锋号”岗位标兵、2015年第五届“上海市职工科技创新标兵”；2016年上海市总工会“工人先锋号”（带领的设计投标组）、2016年上海总工会“工人先锋号先进个人”等荣誉。】

张卫东：微小世界里的经典

上海老凤祥有限公司首席高级技师

“作为首饰行业的工匠，需要几十年如一日地坚守在‘微小世界’中，练就一双发现美的眼睛、一双焊接美的双手、一件展现美的作品，以独具的匠心雕琢，以坚守的精神渗透，赋予每一件作品真正的灵魂。”

作为首饰行业的工匠，工艺专长是运用熟练的锉刀功、锯功、榔头功等技术和稳定的焊接手法、把设计图稿制作成型，再用自己掌握的多种镶嵌工艺还原设计图稿，呈现出宝石与贵金属的美。

2010 年上海世博会期间，展馆内摆放着张卫东制作的大型摆件《东方明珠》。作品除需按实样建筑同比例缩小制作外，难点在于运用槽镶、齿镶、微镶、包镶、密镶等多种镶嵌方式，将一千多粒直径 0.6 毫米至 1.0 毫米之间的钻石，对东方明珠多个球体进行 360° 整体镶嵌。通过这件作品，张卫东为企业引进了微镶技术，培养微镶技术人才，使微镶技术逐步成为企业的特色。

在三十余年的首饰镶嵌制作中，张卫东练就了微镶绝技。微镶是把每一粒直径为 0.5 毫米以下的钻石配合显微镜镶嵌到宽度不足 1 毫米的戒角上，有时甚至是把几十粒、几百粒钻石镶嵌在饰品上，其目的不仅仅是为了体现美观，更是为了将打磨钻石所产生的废弃边角料进行再利用，变废为宝，为企业降低制作成本，避免钻石资源被过度消耗。

在微镶的过程中，张卫东带领团队从常用的镶嵌制作工具开始入手，制作出适合微镶的工具，筛选出各种规格的钻石，设计研发首饰新品。团队不仅在不同材质的首饰产品上进行大量的微镶练习，还为企业制作了引领潮流的密镶新品——老凤祥《动静》时尚钻饰系列。

目前微镶技术已得以成熟发展，在首饰日常制作中承担了重要的任务。据统计，年镶钻数达三万余颗，参与新技术概念的镶嵌套件年制作数达二十余套。如《日月同辉》《蓝色多瑙河》等作品都运用了微镶工艺，开创了新型首饰镶嵌技术的先河之一。

在张卫东的职业生涯中，为庆祝澳门回归创作的作品《申城庆归》最能体现他的精湛技术。当时为了还原上海标志性建筑与城市风貌，在紧张的制作时间内他往返浦江六次，全方位地观察建筑外观、局部特征，并借阅建筑图稿弥补参数资料的不足。制作中最难的要数多点焊接工艺，这种工艺对火焰温度及气泵的配合要求甚高，火焰与金属的接触点极小，且温度均匀才能使焊药的流动顺畅，使肉眼完全看不见焊接点。还有件 2011 年获“国际比赛金奖”的作品《旋》，作品运用了双色金的搭配，以圆为中心，制作出极其微小的、可活动的贵金属轴承，实现了能够五层旋转，变换各种造型，并且每层都能定格到位的独特工艺。

张卫东领衔的“海派首饰手工制作工作室”，为了弘扬民族手工艺文化复兴及传承，为了培养出更多镶嵌工艺制作人才，将“老凤祥”这块金字招牌重新注入了新的活力、开启崭新的篇章、再续镶嵌工艺的辉煌。

（张卫东，1966 年生。上海老凤祥有限公司首席高级技师、上海市工艺美术大师、海派首饰手工制作的传承人、高级技师。作品《中国红》获“2007 年中国首饰设计制作电视大赛金奖”、《日月同辉》获“2008 年中国工艺美术大师作品展金奖”、《旋》获“2011 年国际南洋珠宝设计大赛金奖”、《蓝色多瑙河》获“第十二届中国工艺美术精品金奖”等。）

赵赟："有求必应"后"找米下锅"

上海申厦物业有限公司工程部经理

"物业维修既要'有求必应'，又要'找米下锅'。"

物业维修，全天待机，热线服务，使命必达。在现代化的中国上海，一个电话就能解决的问题有很多——水管爆裂、暗道漏水、管线漏电……一切都可以交给物业服务热线。"应急抢险"公司总经理赵赟，正是这二十八年每日奔波在突发事件现场，热情为千千万万个居民解决问题，做好服务保障工作，常常是"晴天一身灰，雨天一身泥"的优秀工匠之一。

赵赟精通水电、水泵、电梯等工程维修，善于技术攻关。老式小区的路灯因线路老化易短路，传统维修方法是开挖路面，重新排线来解决。他发现这样做的缺点是维修时间长、费用大，小区居民出入不便。他便通过对路面照明灯具、太阳电池板的容量和蓄电池容量进行核算，反复改造试验，决定用太阳能板、LED灯和蓄电池组成一个优化组合，起到节能、环保的作用。年节约电量四万多度，节约电费两万余元。

注重节能减排。福申大厦是一座建筑面积1.9万平方米的老大楼，空调能耗占该大厦用电量68%，为杜绝电耗，他仔细分析近年来大厦空调开机、室温、气温等参数，反复调试。经一年多的实践认证，制定出了一套在不同天气、气温条件下的空调机组开机时间和开机台数的方法，保证了大厦在有效工作时间的空调温度和新风量达到最优、最节能的运作状态，每月节约电费一万多元。

善破疑难杂症。老公房下水道管子是钙塑管，下水道堵塞只能到楼下开存水弯（疏通机械或弹簧通下去后，由于弹簧的弹性过不了弯头），但由于钙塑管收缩变形，再加上有些存水弯一面是贴在墙边，一面是靠近下水道总管，管子钳塞不进去，根本无法使用。他就自己制作链条钳，链条钳能包住弯口，卡死后管子不易变形，容易拆卸。这样存水弯只要和墙、管子有缝隙，链条钳就可以操作。在日常的维修中，他发现洗脸盆下水提拉处容易结头发等杂物，一般不易取出，就制作电线尼龙“扎带”轻松解决……他还毫无保留地将技术传授给徒弟，其中 1 名水电工晋升四级，2 名水电维修工晋升三级。他带领团队近三年累计解决急难 45 次，完成率达 95% 以上。

将传统物业维修方法与先进科学技术紧密结合，高效解决物业维修中的“疑难杂症”，提高物业维修质量和效率，进而提升物业服务满意率。为此，赵赟不忘“三找”，即：找自己的知识薄弱点、找应急维修上的问题、找让居民满意的维修方法，帮助职工不断提升业务能力。他说：“物业维修既要‘有求必应’，又要‘找米下锅’。”赵赟在 24 小时不停歇的路上深入研究如何把先进设备使用和传统方法有效结合，摸索出针对查漏包括“望、问、听、判、定”的五步工作法，解决了暗道内漏水的难题等。

一敲门、二问好、三示牌、四换鞋、五定位、六施工、七清场、八签字、九留卡、十道别。从电话接听到维修工到现场，有严格时间规定；从进门穿鞋套到走时带走施工垃圾，服务的每一个小细节都有着明确的规范……赵赟和他的同事们，无疑是这座城市背后细心呵护我们日常生活的无名英雄。

（赵赟，1973 年生。上海申厦物业有限公司工程部经理，高级技工。两届上海市劳动模范、全国五一劳动奖章获得者，2018 年建立劳模创新工作室。）

（发表于《上海画报》杂志 2019 年第 4 期、第 5 期）

特殊人格魅力下的教育之光

探访姚宝玉老师的教育世界

“初识”姚老师，是“2010年上海世界博览会”的舞台上，她的风采令人难忘。再见，是在疫情期间的东方卫视新闻中，她作为被采访对象，展现出非凡的组织能力，迅速将一幢楼的居民凝聚成一支团结互助、坚不可摧的志愿服务队，赢得了社区居民的广泛赞誉。而第三次与她相遇，竟是在帮朋友接送托班宝宝的偶然场合。此时的她，已没了当年宣讲台上的飒爽英姿、诙谐风趣和满腹经纶的滔滔不绝，取而代之的是满脸温柔的慈爱微笑，她俯下身与孩子们热情告别，专业且真诚地与家长们沟通。无意间得知，姚老师（上海市闵行区航华第二幼儿园）在“2024年闵行区教育系统优秀教代会提案征集评选”中，凭借《关于增加学校老师教职工陪护假期的提案》荣获“优秀奖”。我不禁好奇，这位能在不同岗位上游刃有余的姚老师，究竟是怎样一位杰出人物？

守望初心，育见未来

在孩子们清澈如水的眼眸里，映射出一个绚烂多彩的世界，这个世界需要我们以爱心为壤，智慧为光，在孩子们的心田播种知识的种子。幼儿园教师的作用，远不只是单纯的知识传授，更在于激发孩子们的学习兴趣，培养他们的社交技巧，以及引领他们树立正确的世界观。

“我从事教育工作已近三十载，日复一日，年复一年。这是我儿时便许下的心愿，所以幼教对我来说，不过是初心不改罢了。或许在‘70后’的骨子里，总有一份难以割舍的执念。在教育这条长河中，三十年或许只是短暂的一瞬，但对于个人而言，这却是半生的投入与奉献。您说我用最大的热情去面对幼儿，这无疑是源于我对教育事业的热爱，这或许可以称之为一种情怀吧？”

“我想，这就是见证成长的过程，这是充满教育满足感的工作。幼儿教育的独特魅力在于，我们能够目睹孩子们从牙牙学语到自信表达的每一步成长。这种成长的力量，是任何物质回报都无法比拟的。因此，作为老师，我们在孩子们的每一次进步中找到了自己的价值和满足感，这种成就感成为了我坚持下去的动力。我的工作承载着神圣的使命。”说到这，姚老师的眼中闪烁着光芒。

匠心育人，情暖童心

姚老师深知，幼儿教育启蒙之重。在这个阶段，孩子们初踏探索世界的征途，逐渐形成个人的价值观与世界观。“身为教育者，我们的神圣使命在于引导他们正确地认知世界，点燃他们的好奇心，激发他们的创造力，为他们的未来构筑坚实的基石。”

三十载光阴流转，教育观念亦随之变迁。面对新时代的孩童，姚老师又是如何应对的呢？她坦言，自己也时常反思这一问题，尽管岁月赋予了她丰富的实战经验，但代沟与脱节的问题确实存在。然而，她始终保持着学习的热情，不断思考、创新，勇于接受时代与教育带来的挑战。

她乐于拥抱新思想，将创新的教学方法与当下的教育工具、理念相融合，以适应孩子们日新月异的需求。她注重个性化教学，根据每个孩子的兴趣与能力调整教学计划，确保每个孩子都能在适合自己的节奏下茁壮成长。在她的课堂上，每个孩子都能感受到被珍视与关爱，她还将课堂故事与思考凝结成文，记录孩子们成长的点滴。

当国家大力推进普及普惠教育，将托儿所开到家门口时，姚老师凭借园长的信任，成了第一届托儿所的班主任。面对全市都在研究的 2 小时户外游戏课题，她结合托班孩子的特点进行了大胆尝试与深入研究。她提出了柔性的作息时间、柔软的空间设计以及柔情的善待宝贝等理念，经过反复论证与实践，她的《愿每个小宝贝都能被“温柔”以待》一文获奖并发表。

当转岗至中班组时，她又针对大年龄孩子的特点进行了新的研究。她通过游戏、歌曲、故事和手工活动，将抽象的概念具体化，让孩子们在动手操作与亲身体验中学习。她结合园本课程，开展了独具特色的班级课程，并将一学年的成长经历撰写案例《绿野仙踪：幼儿园里的完美之旅》，被《为了孩子》杂志录用。

此外，姚老师还非常重视与家长的沟通与合作。她深知幼儿教育不仅对孩子产生直接影响，还对家庭和社区产生着积极的推动作用。她定期与家长交流孩子在园的表现与进步，共同商讨促进孩子发展的策略。这种家园合作对孩子的成长至关重要，因为它确保了孩子在家庭与学校之间得到一致的支持与引导。她帮助家长更好地理解孩子的发展需求，促进了家庭和谐与社区凝聚力，展现了对社会的深切责任感。

姚老师认为，教育是一项具有长远意义的事业。她的每一次教导、每一次鼓励都可能成为孩子们未来成功的关键。这种对孩子们未来的责任感与使命感，正是她在教育工作中始终保持高度热情与投入的源动力。

教泽绵长，公益心光

一位杰出的幼儿园教师，不仅是知识的传播者，更是社会的耕耘者、公益事业的倡导者。她凭借卓越的教学能力、深沉的教育情怀以及在社区抗疫和公益活动中的积极投身，充分彰显了其作为教育工作者的全面素养。

2022 年 4 月，目睹姚老师的身影是在上海多家新闻频道频繁播放的志愿者画面中，彼时，姚老师正作为志愿服务的倡导者挺身而出。面对询问，她这样回应：“疫情突如其来，每个人都经历了前所未有的挑战。作为共产党员，我深感责任重大，结合自身的风险承受能力，我毅然决定在第一时间站出来。我自信能胜任这项任务，而社区居民的广泛认可，更是对我莫大的信任和支持。其实，志愿服务早已融入我的生命，因为教育的本质，不仅是知识的传递，更是责任感的培育。因此，我始终以身作则，用实际行动影响和激励孩子们。”

平日里，姚老师积极参与社区的各类志愿服务活动，从助教、帮扶到垃圾分类、支援灾区，她用自己的绵薄之力，为社区的和谐与进步贡献着一份力量。她的故事，还被收录在《阳光下的至爱》一书中；汶川地震时，她更是在上海人民广播电台“Love Radio103.7”阿彦主持的“爱要大声说出口”栏目中向全社会发出呼吁；参与了基金的捐赠整理工作；并在鲁冰花家庭社区公益化项目中讲述的“狼和小羊”故事，至今仍可在喜马拉雅平台上收听。

面对工作中的全情投入与生活中的诸多不易，她是否有过怨怼？“人非圣贤，孰能无情？但我会自我调节。更何况，我也曾收获过无数的肯定，‘新长征突击手’、‘优秀共产党员’、‘优秀青年’、‘优秀志愿者’等荣誉证书装满了一抽屉。当然，也会遇到不公平的情况，但随着年龄的增长，我已经不再过分在意这些外在的光环，更多的是追求内心的平和与满足。”

姚宝玉的故事，是无数基层教育工作者的缩影。她们用自己的智慧和爱心，为孩子们的成长保驾护航。在教育的道路上，她们是最美的教育匠人，是孩子们心中永远的守护者。

（写于2024年10月）

藏韵诗心

Archives of Poetic Soul

鉴古寻幽，在藏域秘境中寻觅收藏文化的灵韵。

“藏韵”各门类藏品所蕴含的文化韵味和艺术魅力，“诗心”则表达藏者对这些美好事物的敏感和热爱之心。在浩瀚的文化海洋中，收藏与鉴赏不仅是对美的追求，更是对历史的致敬与文化的传承。每件藏品如同时间的信使，当我们轻抚那些泛黄的“诗页”，凝视那些精美古物时，仿佛能引领我们穿越时空，与过往进行一场跨越世纪的对话。

“藏韵诗心”之章，这些与收藏鉴赏之旅的深度对话，一窥鉴藏雅士眼中的世界，分享他们收藏经历与鉴赏心得、讲述藏品背后的趣事与文化价值、揭示如何甄选有价值的藏品，通过鉴藏提升自身文化修养和审美力。

历博新馆复活海上华章（节选）

专访上海市历史博物馆（上海革命历史博物馆）研究部主任裘争平

上海从哪里来？谁是最早的上海人？上海为何称为上海？从马家浜文化先民首次在这片土地上劳作生息，到崧泽文化创新发展、承前启后；从良渚文化高度繁荣、迎来辉煌，到钱山漾、广富林、马桥等各时期文化的交融共生。从西方列强对华掠夺的最大基地，到上海成为中国民族资本集聚、多方面人才荟萃的多功能经济中心、文化事业中心与政治重镇。从成为中国吸纳、酝酿、创造新思想、新文化，进行反帝反封建伟大斗争的中心，到上海人民奋起抗击，成为全国抗日救亡运动中心，最终抗战胜利。上海人民在反饥饿、反内战、反迫害斗争中迎来了上海的新生，快速成为我国中心城市并进入新的发展阶段。

这些跨越约六千年的珍贵文献和文物，如今在总建筑面积达23047平方米的上海市历史博物馆（上海革命历史博物馆）【以下简称“历博（革博）”新馆】内静静展示。如今历博（革博）馆搬迁至上海市黄浦区南京西路325号（原上海美术馆），这座原跑马总会大楼及附属建筑历时一年修缮后，以崭新面貌迎接公众。

在新馆开放前夕，我们有幸邀请了历博（革博）研究部主任裘争平等专家将时光倒转，解读海上初曙的奥秘，展望城市的未来。

文博臻品 先睹为快

历博（革博）新馆，由东楼、西楼及庭院组成。东楼内设基本陈列展厅，西楼设临展厅、口述历史厅及公共教育、观众服务区。2017年底前，东楼预先试运营，馆内设有古代上海、近代上海两个基本陈列展区。步入二层展厅，仿佛穿越回了“古代上海”。展厅经修缮，原样呈现历史建筑饰面，以精品文物展示的方式述说上海的形成和古代上海人的生活，展示上海在中国古代海上丝绸之路中的重要地位，以及黄道婆、徐光启等历史人物对中国历史的重要贡献。三、四层聚焦“近代上海”。通过对建筑空间的有效利用，将文物、多媒体技术和场景氛围营造有机结合，完整而精要地展示上海对中国近代转型的引领作用和在中国革命史上的光辉历程，综合反映上海历史文化之城、革命英雄之城的百年沧桑。

裘争平说：“基本陈列遵循‘以城市史为脉络，以革命史为重点’的原则，以上海市现行行政区划为地域范围，全面梳理上海历史脉络，展现城市发展各个历史时期的重要节点和重大革命历史事件，承担上海革命历史博物馆职能。共展出文物一千余件组，其中清吴猷豫园宴乐图轴、江南提督陈化成督造的振远将军铜炮、英商道白生公司制造的清花机、民国总统候选人提名及当选人斗方、上海汇丰银行铜狮、物华号百子大礼轿等都是馆藏重要文物。而双狮戏绣球石函、共产党宣言、茅盾手稿等则是上海博物馆、中共一大会址纪念馆和上海鲁迅纪念馆的馆藏重要文物。”

现在让我们一起走进展厅，亲近文物，聆听部分文物背后的故事。

精品文物里的秘密
（东楼一层序厅、观众厅）

LED巨幕之上，短片《上海简史》缓缓播放，如同一幅流动的历史画卷，勾勒出上海从古至今的辉煌历程，作为基本陈列的总序篇，为我们呈现了一幅上海历史的概览图。

步入展厅，汇丰银行的铜狮与物华号的金漆木雕百子大花轿等珍贵文物映入眼帘，它们不仅是艺术的瑰宝，更是上海在中国近现代历史上经济中心地位的生动写照。在宽敞的公共空间内，多点触控技术被巧妙运用，观众只需轻轻一触，便能穿越时空，深入了解上海的地理变迁、行政沿革、人口增长等历史变迁。

汇丰银行铜狮：这对威武雄壮的铜狮，自1923年6月23日起便矗立于外滩汇丰大厦的门前，与这座古典而精致的建筑相得益彰。它们以非洲雄狮为原型，模具在铸成后即被销毁，因此成为了世界上独一无二的原版铜狮。香港汇丰银行门前的铜狮，正是仿照这一对而制作的。历经沧桑，这对铜狮见证了近代上海作为远东金融中心的繁荣与辉煌，也见证了上海历史的风云变幻。从1956年起，汇丰大厦改为上海市人民政府办公大楼，铜狮依然守候在大门口。1966年，它们险些被当作“四旧”送往冶炼厂，但在上海市文物管理委员会的竭力保护下，得以幸存。1994年，铜狮首次在上海市历史博物馆展出，如今，它们被精心安置在新馆的序厅两侧，成为历史的见证与荣耀的象征。

物华号金漆木雕百子大花轿：轿身分轿厢和轿面两部分，主要部件用黄杨木制作，高2.8米，从上至下分为七层，每一层都精雕细刻。轿身上镶嵌着逾百只小电珠，谐音“百子”，故称“百子大礼轿”，它不仅是婚庆的奢华之选，更承载着祈求儿孙满堂的美好愿望。这顶花轿由民国时期的上海贳器铺“物华号”精心打造，历时十年，汇聚了十位木雕大师的精工细作。每一层都以戏台为造型，雕刻着花草虫鱼、仙禽瑞兽以及吉祥图案，如龙凤呈祥、百鸟朝凤等，同时还融入了神话故事与戏曲故事，堪称中国民俗大典，同时也是国家级非物质文化遗产代表作之一。1949 年后，它作为重要展品被捐赠给了上海历史与建设博物馆（前身），如今在历博（革博）新馆一楼展厅内，观众可以通过视频互动项目，近距离欣赏花轿的工艺细节与文化内涵，感受工匠精神的魅力。

长廊里的故事

（东楼二层）

这条全长 76 米的室内长廊，是全上海博物馆中最为悠长的之一，经精心修缮，已恢复其历史原貌，并展示多件历博（革博）馆的珍藏文物。

上海县学镛钟：此钟为江南制造总局于同治八年（1869 年）用青铜铸造，高 1.58 米，口径达 1 米，重 1.06 吨。它见证了上海县学自 1295 年元代创立以来的辉煌历程，历经朝代更替与战乱洗礼，却依然屹立不倒，培养了大批的饱学之士。1865 年，新上海县学宫建成，此镛钟便作为新县学宫的象征所铸。镛钟，又称大钟、特悬之钟，声音洪亮，为八音之贵，属金类乐器。在祭祀、迎神等重大仪式上起乐止乐之用。同治年间，上海县祭孔仪式尤为隆重，仪式结束时需敲击镛钟 108 响，以宣告结束。此钟不仅端庄大气，纹饰精美，颗颗乳钉挺拔，更以精美木雕蝙蝠装饰挂杆，不仅见证了上海文教昌盛的历史，更是一件难得的艺术珍品。

古代上海里的文化

（东楼二层）

上海，这座已走过约六千年岁月的城市，其史前时期的马家浜、崧泽、良渚、钱山漾、广富林、马桥等古文化前后相继，成就斐然，在中国文明起源进程中做出了重要贡献。唐宋元时期，航运贸易的蓬勃发展推动了产业经济的繁荣，上海地区的地位日重，建制升格。明清两代，经济、文化、社会全面发展，上海跻身全国最发达地区之列。馆内古代上海展区展出的近三百件文物，部分是从上海博物馆借展的。

“上海第一人”头骨：马家浜文化是上海地区较早的原始文化，距今约七千年，主要分布在太湖地区。上海地区迄今已发现了约三处马家浜文化遗址，包括崧泽、福泉山、查山等。而这位生活在马家浜时期的先民，经鉴定是一名年龄在 25 到 30 岁的男性，属于东亚蒙古人种华南类型。这是目前为止发现的上海地区最早的先民遗骨，称为“上海第一人”。这一发现，让我们得以窥见马家浜时期人们的生活方式与生存环境。

带盖黑陶壶、玉琮：良渚文化陶器有鼎、豆、双鼻壶、簋、罐、盆、杯、匜、尊等，早期风格与崧泽文化有显著的关联性，后来在技术、工艺、艺术性上达到极高的成就。黑陶是反映良渚文化陶器工艺水平的代表。乌黑铮亮的陶衣显现金属般光泽的奥秘在于，陶坯晾干后又增加了一道打磨的工序，并在烧制中形成渗碳效果。这种工艺盛行于良渚陶器，是良渚黑陶的特色。阔把陶壶是良渚文化典型器形，轻薄无比的陶壶，可与名闻遐迩的龙山文化的蛋壳陶相媲美。

良渚文化玉器数量较多，玉雕技艺精湛。造型宏大而雄浑，风格严谨而深刻。纹饰以神秘莫测的神人兽面引人入胜，阴线雕刻和浮雕完美组合，成为当时全国范围内玉器制作最高水平代表之一。玉琮一般出现在权贵大墓中。馆内这件玉琮以横槽分为三节，每节四角各雕琢一个简化神面纹。神人兽面纹或神人纹作为良渚文化的母题，在很多玉器上用简化的形式予以表现，可能代表了其拥有者社会等级的区别，或时代演进阶段的不同。良渚文化玉琮被发现于同时期全国广大范围内的诸多遗址，并延续至商周、战国时期，足见良渚文明高度发达时期强势的文化影响，辐射远播，并在后世余音回响。上海地区出土的玉琮体量不大，但雕刻较为精美。汉朝以后，玉琮均为内圆外方的短柱形，不加纹饰，用途已变为装饰和丧葬用具。宋朝至明清，仿古玉琮大量出现，成为一种装饰或陈设玉器。

侧装三角形足陶鼎：良渚文明在自然环境剧变和社会动荡中走向沉寂。此后多年，多种外来文化与上海地区本土文化的碰撞和融合成为突出的文化现象，广富林文化、马桥文化各领风骚数百年，前者的来源为中原地区文化，后者以南方文化占主导。广富林文化的开创者也被称为是上海的第一批移民，以中原龙山文化因素位居主导，本地传统文化和浙西南、闽北的印纹陶文化因素也对其发展起到了重要影响。说明上海乃至长江三角洲地区已成为南北文化交流的通道，从此兼容并蓄、海纳百川成为上海文化精神的重要特质之一。

侧装三角形足陶鼎为广富林文化标志性器物，该时段的器物组合与黄河流域的新石器时代末期文化有着众多相似性，反映了广富林文化的外来特性。广富林文化的发现和命名，填补了长江三角洲地区新石器时代晚期文化序列的缺环。

元铁锭榫：2001 年在上海市普陀区志丹苑水闸遗址出土，长 22 厘米，顶宽 13.5 厘米，中部宽 6 厘米，厚 3.7 厘米。正因这件铁锭榫的发现，志丹苑水闸得以发掘。铁锭榫又称为腰铁，束腰铁锭，元宝铁等，用作石料的联接构件，以加固石板，防止石板错缝移位。在志丹苑水闸底石的石板上开凿了许多凹槽，每两块相邻底石的凹槽合起来构成一个完整的银锭形状，向凹槽内浇筑铁水，制成铁锭榫。用这种方法连接的底石石板坚定牢固，至今仍十分平整。水闸共镶嵌了密密麻麻的铁锭榫约四百只，从侧面反映出这项水利工程规模之巨大，工艺之考究。

《豫园宴乐图》：豫园始建于明嘉靖三十八年（1559 年），园主人潘允端为明嘉靖四十一年（1562 年）进士，曾任刑部主事、四川右布政使等职。其父潘恩年迈辞官告老还乡后，潘允端为了让父亲安享晚年，在潘家旧宅上建造园林，取名“豫园”，有“豫悦老亲”之意。明末清初，园林衰败，乾隆二十五年（1760 年）由上海地方人士重建，改为邑庙西园，嘉庆十年（1805 年）重建湖心亭，道光年间在园林东北部新建点春堂。咸丰年间遭兵燹，同治年间重建方成如今之规模。《豫园宴乐图》是清代海派画家吴友如于光绪庚辰三年三月（1880 年 4 月中旬）所作，画芯纵 92 厘米、横 65 厘米，画作记录了上海道台刘瑞芬在修葺一新的豫园中宴请德国皇孙海里希亲王，席间宾主共赏昆曲堂名的场景，生动形象地展示了当年上海外事礼仪，是研究晚清上海地方政府对外交往的重要历史文物。吴友如为著名海派画家，这幅画是吴友如在创作《点石斋画报》之前的一幅重要作品。

近代上海里的历史

（东楼三层、四层）

上海的命运是近代中国历史的缩影。鸦片战争以后，中英《南京条约》签订，1843 年，上海被迫开辟为通商口岸。西方列强络绎来沪，设立租界，经商，传教，办学，不断扩展其殖民统治。由于多种因素交互作用，上海形成一市三治特殊格局，快速成为中国特大城市。1921 年，中国共产党在上海诞生，以后中共中央机关一度设在上海，领导全国的反帝反封建斗争。日本帝国主义两次发动侵沪战争，残暴地破坏了上海城市，中断了上海城市原有发展轨道，上海人民奋起抗击，上海成为全国抗日救亡运动中心，最终抗战胜利。上海人民在反饥饿、反内战、反迫害斗争中迎来了新生，上海城市进入了崭新的发展阶段。馆内近代上海展出文物计八百余件，中共一大会址纪念馆、上海鲁迅纪念馆等单位均给予大力支持。

振远将军铜炮：1984 年在吴淞西炮台遗址附近出土。此炮 1840 年制造，炮身长 3 米，炮身镌有“振远将军江南提督陈化成大清道光二十一年”等铭文。陈化成以江南提督身份督造的大炮目前被发现有几尊，但现存铜炮只有一尊，尤为珍贵。从 1840 到 1842 年鸦片战争期间，清政府在各战略要地加紧造炮以改善海防建设。吴淞由于地处江南战略要地，历来为兵家必争之地，当时的吴淞口塘岸，炮位林立，土墙、土牛星罗棋布。振远将军铜炮与其他安装在吴淞海口的两百多个大小炮一起，见证了 1842 年 6 月吴淞战役中抗英名将陈化成将军率领将士奋勇杀敌的壮烈场景。它不仅是上海人民抗英战争的重要物证，而且是研究鸦片战争时期上海地方历史和中国海防建设的珍贵实物资料。

丽如银行股票：丽如银行是上海最早出现的一家银行之一，也是我国出现的第一家现代商业银行，它的前身是英印合资西印度银行，1845 年总行迁至英国伦敦，并在中国的香港和广州设立分支机构，1847 年在上海设立分行，主要为英国商人的贸易服务。19 世纪 50 年代，上海市面流通的钞票也大都是由丽如银行发行的。丽如银行坐落在今上海外滩中山东一路 18 号的一座建筑内，后为麦加利银行行址。

铺设南京路的铁黎木：开埠后新修筑的道路，起初仅在路基中掺和砂石，后改成碎石路、煤屑路，再后来一些主要道路逐渐修成了沥青路、混凝土路。南京路开通有轨电车后，为了减少噪声，工部局决定用木料铺路，铁黎木，赤褐色，坚硬耐磨。铺上铁黎木块的这段南京路（从今江西路到西藏路），俗称“红木大马路”。这是上海出现的第一条木头路。

1911 年民国总统候选人提名及当选人斗方：1911 年 12 月 14 日起，聚集在江苏省南京市的各省代表正为选举谁担任中华民国临时大总统一事举棋不定时，25 日晨，孙中山乘英国邮轮抵达中国上海，受到了上海军政及中外各界人士的热烈欢迎。1911 年 12 月 29 日，已宣布独立的各省代表在南京召开“临时大总统选举大会”。袁希洛以江苏省代表身份赴会并任书记员，负责选票记录。当时到会的十七省代表共计四十余人，孙中山未出席。选票记录都由袁希洛以粉笔写在黑板上。以省为单位，每省投一票。选举结果，孙中山得 16 票，黄兴得 1 票。孙中山以超过投票总数的三分之二以上，当选为临时大总统。会后，各省代表要求珍藏此件，于是袁希洛照原来格式缮写 17 份，此为其中之一。目前历博（民博）新馆珍藏的这套是所知唯一存世的选票式样。

《上海商务印书馆被毁记》：1932 年由商务印书馆善后办事处编纂，详细记录了中国当时最大出版机构商务印书馆及其附属的东方图书馆被毁情况。

“一・二八”淞沪战争使上海人民的生命财产蒙受前所未有的巨大损失，上海的经济和文化遭受到自开埠以来前所未有的沉重打击。创办于 1897 年的商务印书馆就在此战遭受重创。在开战次日，日本多架飞机向商务印书馆投下六枚炸弹，顿时浓烟蔽日，商务印书馆总管理处、总厂及编译所、东方图书馆被炸，图书馆内 29713 册古籍，约两万五千册地方志以及刚从扬州等地购入，还未及编目的古籍约四万册被毁，损失巨大。

1920年8月错版《共产党宣言》和1920年9月版《共产党宣言》：李大钊、陈独秀在北京读了英文版《共产党宣言》后，感叹不已，认为应尽快将此书译成中文。当时，在日本读书的戴季陶也曾有意将其翻译成中文。然而，翻译此书绝非易事，译者不仅要谙熟马克思主义理论，而且要有相当高的中文文学修养和丰富的社会实践经验。后来，戴季陶回到上海，主编《星期评论》，打算在《星期评论》上连载《共产党宣言》。他着手物色合适的译者。《民国日报》主笔邵力子向戴季陶举荐了陈望道。年仅28岁的陈望道在浙江义乌一间柴房中，依据戴季陶和陈独秀提供的日文本与英文本，再参阅以往各家所译片段，“费了平常译书的五倍工夫”，潜心将《共产党宣言》翻译成中文。之后，陈望道携《共产党宣言》译稿及日文、英文版本抵沪后，交由不仅熟悉马克思主义理论，而且精通日、英、德语的李汉俊，请他校订。后因《星期评论》停刊，陈独秀遂与共产国际代表维经斯基、杨明斋等人商议，通过筹资，在辣斐德路（今上海市黄浦区复兴中路）成裕里12号，建立秘密印刷所——“又新印刷所”，取意于“日日新又日新”。1920年8月，《共产党宣言》的首部中文全译本就在这里出世了。它以“社会主义研究社”名义发行，初版共印1000册。封面上印有马克思半身坐像，水红底色，比现在的小32开还小，全书竖排版，用3号铅字刊印，共56页。书名因排字工的疏忽被印成了“共党产宣言”。于是，研究会在9月又立即作第二次印刷，将书名改为《共产党宣言》，并将水红色改为蓝色封面。中译本一经出版，便受到中国先进分子的热烈欢迎，仅过六年，便印至17版。

（发表于《上海画报》杂志2017年11月刊）

海上曾硝烟　藏品忆国魂

2015年，是“中国抗日战争暨世界反法西斯战争胜利七十周年”的重要时刻。回溯七十年前，中国人民历经艰苦卓绝的浴血奋战，最终赢得了抗日战争的伟大胜利。在这场惨绝人寰的战争中，中华民族并未走向灭亡，相反饱经战火洗礼的中华民族终于以坚强的姿态屹立东方。

抗战时期，尽管物质资源极度匮乏，文化发展受限，但那些与战争紧密相关的各类物品，却成了那段艰难岁月中民族生存与抗争的见证。从一枚小小的手榴弹，到锋利的刺敌大刀；从一张详尽的抗战地图，到慈善音乐会的节目单，凝固了炮火纷飞的瞬间。记忆斑驳，今人收藏着这些物品，不仅是心酸的沉淀，更是对往昔的致敬。

倾听文物　还原历史之声（节选）

专访上海淞沪抗战纪念馆馆长唐磊

“八一三”淞沪会战的硝烟早已尘埃落定，但其英勇事迹与精神永载史册。上海淞沪抗战纪念馆馆长唐磊说："在那场惨烈而坚韧的战役中，上海军民用他们无畏的抗日壮举，向全世界庄严宣告了民族团结所迸发出的磅礴力量，共同铸就了一座巍峨壮丽的爱国主义丰碑。历史是一面镜子，它告诫我们，'前事不忘，后事之师'。"铭记历史，方能开创未来。

一座承载着两次淞沪抗战记忆的纪念馆，静静矗立于昔日上海军民浴血奋战的主战场——上海市宝山区。在这里，我有幸采访了馆长唐磊。他告诉我，纪念馆内珍藏着三千余件的抗战文物，它们或是一封封浸透着深情厚谊的电报，或是一张张泛黄的家书，抑或是翔实的军事地图和珍贵的胶片资料……唐磊通过两百余件精选的抗战文物，为我们还原那段可歌可泣的历史。他引用了习近平主席的话："让历史说话，用史实发言。历史告诉我们，和平是需要争取和维护的，我们要让和平的阳光永远普照人类生活的星球。只有人人都记取战争的惨痛教训，和平才是有希望的。"

灭绝人性的大屠杀

随着唐磊的引领，我们透过一件件文物，深入还原了日军在上海犯下的残暴行径。在日军进攻上海期间，他们肆意屠杀，对武装目标和平民目标不加区分，造成了无数生命的消逝和家园的毁灭。街镇村落、学校、厂房、商店、庙宇等建筑纷纷化为废墟，成千上万的居民流离失所，上海因此承受了难以估量的创伤。

会战期间，日军的暴行更是达到了令人发指的地步。在宝山县（现为宝山区），日军对无辜平民进行了灭绝人性的大屠杀，手段包括枪击、刺杀、火烧、剖腹、活埋等，受害者多达万余人。同时，他们还肆意破坏非军事设施，如工厂、商店、学校、医院、民房，以及人口密集区域，赤裸裸地暴露了这场侵略战争的极端残暴性。

其中，宝山罗泾等地的屠杀尤为惨烈。1937 年 8 月 23 日凌晨，日军在宝山罗泾小川沙河口登陆后，短短不到一百天的时间里，就杀害了 2244 名平民，占当时乡民总数的 80%，并烧毁了一万余间房屋，史称“罗泾血案”。其手段之残忍，在全国范围内都极为罕见。

此外，上海南站的轰炸也是日军暴行的一个缩影。1937 年 8 月 28 日下午，日军派出 12 架飞机对上海南站进行了轰炸，投下了至少 8 枚炸弹。当时南站附近是人口稠密地区，完全没有中国军队驻守或设有军事阵地，整个南站挤满了为躲避战祸的难民。这场轰炸导致大量平民伤亡。

在金山山阳等地的“杀人塘”。日军登陆后分兵进攻，沿途烧杀抢掠，无辜村民和房屋纷纷遭到毁灭性打击。珠海、南门两村被杀平民 71 人，被烧房屋 94 间。在金山卫乡杀无辜村民 1015 人，烧毁房屋 3095 间。还在塔港、山阳、张堰、亭林、朱泾、廊下、松隐、枫泾等地，日军整整烧杀 3 天，造成了极大的伤亡和财产损失。

更令人震惊的是，日军少尉向井敏明和野田毅约定进行“杀人赛”。在 1937 年 11 月至 12 月 10 日，即从上海向南京进攻途中直至南京大屠杀前夕，两名日军军官竟以谁先杀满一百个中国人为竞赛目标。

这些文物和史实不仅是对历史的见证，更是对后人的警示。我们应该铭记历史，珍惜和平，坚决反对任何形式的侵略和战争罪行。

正义的声援“宁碎头颅，还我江山”

（1）军事用品珍藏

童子军系列：童子军专属装备，包括陈刚慷慨捐赠的中国童子军刀、胡家桢无私奉献的中国童子军军哨，以及一件珍贵的中国童子军中正式短剑。这把短剑原是一位台湾省收藏家花三万元所得收藏，但在唐磊的诚挚沟通与不懈努力下，最终得以入驻纪念馆，成为“童子军军事用品系列”的瑰宝。

爱国将领遗物：黄琪翔将军曾使用的手动刮胡刀架、刀片及磨刀器，以及他的风衣，由外孙于锋捐赠，每一件都承载着将军的爱国情怀与岁月痕迹。

陈诚将军遗物：包括陈诚将军在淞沪会战期间，亲笔撰写的电文、使用过的军毯。这些珍贵文物由唐磊通过私交，从陈诚将军的女婿处征集而来，见证了那段烽火连天的岁月。

路景荣遗物：德制望远镜，曾是路景荣将军在宝山区（时称宝山县）月浦镇英勇抗战时的随身之物，他是六百位抗战英雄中的一位。

戴戟遗物：防风镜，由沈坚先生慷慨捐赠，见证了戴戟将军的英勇事迹。

上海救亡演剧队赠品：上海救亡演剧队第五支队赠予颜一烟的“生死同心”三角旗，民国二十六年（1937年）珍贵遗物，由余彦先生捐赠，彰显文艺界在抗战中的坚定立场与爱国情怀。

（2）抗日报刊与画作

抗日报刊：“淞沪会战”爆发后，文化界筹备出版了一系列抗日报刊，不仅传播了抗日救国精神，还动员了广大群众，扩大了救亡运动的声势与影响。

“八百壮士”相关刊物：包括介绍“八百壮士”英勇事迹的刊

物，以及张明曹木刻连环画《仇》，民国二十八年（1939 年）王冰廉捐赠的梅友文艺社半月刊手抄本及插图，更是珍贵的历史见证。

（3）家信、信封与手稿

《淞沪战役阵中日记》：由陈诚将军家属提供，详细记录了“淞沪会战”期间的战斗历程与心路历程。

谢晋元将军纪念信封与家信：“谢晋元将军殉国五十周年”纪念信封（谢其永捐赠）、“谢晋元将军诞辰八十五周年”纪念封（俞继华捐赠），以及谢晋元将军致张萍舟的家信，这些珍贵文物不仅承载着对英雄的深切怀念，还揭示了抗战时期士兵的内心世界与家国情怀。

战地救护

在烽火连天的岁月里，他们无惧生死，穿梭于前线与后方，全力救护受伤官兵与难民，煤业界救护队、上海佛教界僧侣救护队等便是其中的杰出代表，他们为“保卫大上海”的壮举贡献了不可或缺的力量。

饶家驹，这位法国天主教神父、震旦大学教授及华洋义赈会会长，自 1913 年来到中国后，便致力于慈善事业。“一・二八”淞沪会战期间，他发起并组织了上海国际救济会，创办了难民收容所，为上海的慈善事业书写了浓墨重彩的一笔。

以下是一系列珍贵文物的介绍，它们见证了那段历史中的温情与英勇：

中国红十字会上海市救护委员会第十一救护医院服务人员合影：由陈小锋捐赠，这张合影展现了当时救护人员的团结与奉献。

存心社难民收容所全体职员与难民纪念合影：拍摄于民国二十一年（1932 年），由蔡小荪捐赠，它记录了难民收容所全体职员与难民之间的深厚情谊。

苏克己遗物：包括药方单、钢笔及医疗用具，由苏克己亲属捐赠。苏克己作为红十字会分会长，在淞沪会战中英勇救护伤兵，不幸被日军残忍杀害。同他一起的一名女护士和一名男医生全部被杀害。当时报道社会舆论的反响很大，日本人连红十字会的人都杀害。他的遗物不仅是历史的见证，更是英雄精神的传承。

孙立人赠叶大桢“银质纪念奖杯”：民国二十七年（1938 年），孙立人在淞沪会战中受伤后，被送往中国香港医治，叶大桢医生不计报酬将其治愈。为表达感激之情，孙立人特制此奖杯赠予叶大桢。

吕凤子题抗战胜利纪念瓷壶：民国三十七年（1948 年），中国近现代著名画家、书法家、美术教育家吕凤子以拳头造型为壶纽，壶嘴两边分别刻有“胜”、“利”两字，壶把造型似镰刀，寓意深远。

十九路军将领“急公好义”金丝绣编：此匾由第十九路军将领蒋光鼐、蔡廷锴特邀苏州名匠缝制并赠予蔡香荪，以表彰其在淞沪会战后积极筹办难民收容所、组织救护队的爱国爱民义举。

“见义勇为”匾：抗战期间，祝唯一积极投身抗日救亡活动，多次冒着生命危险征集寒衣、军需物资支援前线，组织救护队救护伤兵，押送募捐物资。上海临时救济会为表彰其事迹，特授予此匾及条幅：“国家不愿有斯事，社会岂可无此人”。

中国军队缴获的日军装备

1945 年 8 月 15 日，日本正式宣布无条件投降，标志着中国人民历经十四年艰苦卓绝的抗战取得了胜利。这一胜利不仅彰显了正义的力量，也让中国人民乃至世界各国人民都为之振奋，扬眉吐气。

在这场伟大的抗战中，留下了许多珍贵的文物和纪念品，它们见证了那段峥嵘岁月。以下是一些具有代表性的藏品介绍：

战犯谷寿夫判决书正本：民国三十六年（1947年），是上海市历史博物馆馆藏藏品。它详细记录了谷寿夫等日本战犯的罪行，以及他们被审判、惩处的经过，是正义得到伸张的明证。

上海各地战事纪录胶片：民国二十六年（1937年），由一位东北收藏家在日本一家商店中购回。

上海各界纪念淞沪抗战十五周年大会签名轴：民国三十六年（1947年），由三百余人签名留念，由陈佛新捐赠。它见证了上海各界人士对“淞沪抗战”的深切缅怀和对抗战英雄的崇高敬意。

此外，还有一系列珍贵的纪念徽章和证章，它们同样承载着那段历史的记忆：

“淞沪会战”八个纪念徽章：包括十九路军赠“一·二八”淞沪会战纪念章、上海总工会赠淞沪抗战纪念章、国难战士救护会后方伤兵医院纪念章、蔡廷锴访美纪念章等，这些徽章不仅记录了淞沪会战期间的重要事件和人物，也见证了中国人民的英勇抗争精神。

“四行孤军留沪同志总会”证章：民国二十六年（1937年），是识别徽章的一种，当时仅制作四百余枚，见证了四行仓库保卫战中孤军将士的英勇无畏。

南京国民政府颁授予萧毅肃的抗战胜利勋章证书：民国三十四年（1945年），由萧慧麟捐赠。勋章当时仅发行了94枚，朱德、叶剑英、彭德怀等将领都是受勋者之一。这枚勋章是第55号。

（发表于《东方藏品》杂志2015年8月刊）

让百姓都能读到抗战历史的真实记录

为“纪念中国抗日战争暨世界反法西斯战争胜利六十周年”，在“世界书香日”前夕，即4月22日，上海画报出版社推介了两部精心策划的著作：由杨克林、曹红编著的《不能忘记的抗战》以及《世界抗日战争图志》。

中国社会科学院近代史研究员、《不能忘记的抗战》顾问曾景忠概括了读完此书后的感想：“图文并重，雅俗共赏。”据上海画报出版社社长邓明介绍，《不能忘记的抗战》一书旨在普及历史知识，通过30万字的叙述和2360幅珍贵图片，真实再现了中国人民浴血奋战的历史。这些史料是作者历经二十年艰辛采集的，采访对象超过一千人，涵盖了抗战老兵、平民、劳工等群体。

在对比两部书的彩色宣传打样稿后，记者发现，《世界抗日战争图志》相较于《不能忘记的抗战》在内容上更为厚重深沉。作为迄今为止首部论述世界抗日战争史的图文巨著之一，《世界抗日战争图志》以150万字的篇幅和4500幅图片的超大规模，详尽而客观地记录了中国在世界抗日战争中的卓越贡献和伟大功绩，同时深刻揭露了日本军国主义的侵略罪行及其历史根源。该书定价813元，寓意“‘八一三’淞沪会战”。

针对记者提出的为何选用16开本的问题，张仲煜副社长解释道：“《不能忘记的抗战》采用大16开，《世界抗日战争图志》更是采用超大16开，我们希望通过这样的设计，让读者在书店中一眼就能选中这些书籍，从而更加珍视历史、亲近历史。”

记者注意到，《不能忘记的抗战》书价为60元。张仲煜表示，这一价格既是为了“纪念中国抗日战争暨世界反法西斯战争胜利六十周年”，较常规书价低了30%；也是为了让更多读者能够拥有这本书，将书中蕴含的中华民族不屈不挠的精神传承下去。这也是作者和出版社共同的心愿。

（发表于《上海新书报》2005年第850期）

抗战遗存　歌声里的抗战传奇（节选）

专访上海市市民收藏家郭乃兴

2015年9月3日，“中国人民抗日战争胜利暨世界反法西斯战争胜利的纪念日”。这一天，承载着约三千五百万以上的人员伤亡与长达十四年的艰苦抗战历史，其厚重感令人不禁沉思，将人们的思绪带回到七十年前日寇在中国大地上肆虐的岁月。在上海环球港举办的“勿忘国耻、铭记历史——纪念中国抗日战争胜利七十周年抗战藏品展览”上，我们有幸专访了上海市市民收藏家郭乃兴，他为此次展览提供了珍贵的抗战藏品。

作为抗战烽火中的“文艺”收藏者，郭乃兴说道：“收藏抗战物品，将那段尘封的痛苦记忆打开。目的是让人们了解真实的历史，尊重历史，以客观的态度看待抗战历史，以更加坚定的步伐前行。”

思考当下　捍卫正义

郭乃兴，以自己的抗战珍藏，深沉而有力地控诉了七十年前日寇侵华的那场残酷战争。他感慨道：“有些藏品，观之令人心中憋屈。”他的收藏，不仅见证了历史，更是对国人的提醒：历史不容忘却，它就在我们眼前。这些藏品，唤起了人们对和平的向往与坚守，唤起世界人民对历史的记忆与对和平的珍视。

郭乃兴用自己的方式表达对历史的尊重。他认为，9月3日的纪念日，已超越了普通意义上的铭记与提醒。它交织着历史、现实与未来，增添了历史的凝重、现实的危机与未来的紧迫感。中国必须展现出坚定的姿态，发出声音，告知世人，特别是向那些曾给中国带来沉重灾难的历史侵略者，如今的中国已经踏上了复兴之路，她独立、自强，有能力应对一切挑战，更有信心与决心捍卫世界和平与正义。

对于郭乃兴而言，抗战物品收藏，不仅是对怀旧情结的“宣泄”，更是表达爱国主义精神的一种方式。他的藏品涵盖了书报刊出版物、老照片、钱币、票证、徽章、地图、荣誉证书、老商标广告、抗战军事用品及文献史料等多种题材，还包括连环画、纪念章、海报及抗战题材的老电影等新的收藏点，总数已逾万件。他笑称：“就像我夫人说的，‘我们是贫穷的富翁’。我仅收藏一个专题就花费了几百万元。起初，家人并不理解，但如今她不仅理解还非常支持我。”郭乃兴认定的事，定会坚持到底，因为“它总能带给自己成就感”。他强调：“搞收藏，一定要得到社会的支持和认可。”

如今，年近七旬的郭乃兴感慨道：“我已尽己所能，一点点收集起了‘历史的遗存’。四十多年的收藏之路，给我带来收获与感触。我收集了大量现成的史料，做着自己喜爱的事，我很满足。毕竟，我们只是民间收藏者，无法与国家博物馆相提并论。”站在一旁的郭乃兴夫人季秀兰，眼中闪烁着激动的光芒，她告诉我：“他这个人太可怕了，研究藏品时废寝忘食，几天几夜都不睡觉。一位革命老前辈曾这样评价他，‘小郭，你做了一件不为人知的伟大事情，你功德无量，能把抗战中牺牲和得到荣誉的人和物重新拾起，真了不起。’”

郭乃兴每周三次前往上海的早市淘宝，无论是灵石路、同心路还是文庙（周日开放）。哪天没去，心里就会觉得空落落的。然而，收藏之路也有遗憾。有次在北京，他看到一张1955年周恩来招待被授衔将军的酒会请柬，开价1000元，考虑到当时市场价基本为几百元，他在犹豫中错过了。但幸运的是，他后来收藏到了一张聂荣臻的请柬，他感慨道：“这算是意外，也是缘分。当时在市场上看到开价3000元，我犹豫了。后来在北京朋友处再次遇见，最后朋友以800元卖给了我。”

聚焦日本侵华罪证

历史的长河中回响着那首深沉的旋律：“我的家在东北松花江上，那里有我的同胞，还有那衰老的爹娘……哪年哪月，才能回到我可爱的故乡。”1931年，日本帝国主义悍然发动“九一八”事变，拉开了对中国全面武装侵略的序幕。从那一刻起，“九一八”成了国土沦丧、同胞受难的代名词，日寇掠夺资源、屠杀同胞，国民蒙羞、精神文化遭受重创。

“九一八”事变后，为转移国际视线并胁迫南京国民政府屈服，日本在中国的上海再次发动了“一·二八”事变，突然向闸北的十九路军发起猛烈攻击。1937年“七七”事变后，日本更是发动了全面侵华战争，中华民族全面抗战的号角由此响彻云霄，紧接着便是“八一三”淞沪会战。在整个抗战中，我国军民伤亡总人数高达三千五百多万名。

郭乃兴，一位致力于收集日本侵华罪证的收藏家，他向我们展示了一张珍贵的《日本上海派遣军司令部军用地图（太仓城详图）》。地图上赫然标注着“用济后烧却”，“这是日军密级极高的军用地图，按规定应即刻销毁”。郭乃兴以800元的价格将其收回，他激动地说："收到这张地图时，我眼睛一亮，这是日本侵华的铁证。"

此外，郭乃兴还收藏了日本随军记者拍摄的照片和出版的刊物。他指着一本日本出版的《丛军》画册说："他们早期的刊物是单面印刷，现在可以分拆下来展示。当年，这些刊物被日军作为战绩炫耀，如今却成了他们罪行的铁证。"

郭乃兴回忆道："我生长在红旗下，从小深受爱国主义教育。所以我觉得这些藏品对后人有很好的教育作用。"他展示了一系列出版物，如《铁道游击队》《野火春风斗古城》《地道战》《烈火金刚》等。其中，《抗日的模范军人》更是有人出价2500元购买，但郭乃兴坚决不卖。他感慨地说："我当时购进这本书时花了一千多元，买的时候不被家人理解。很遗憾，当时我看到却没买下毛主席的单行本——1938年版的《论持久战》。"

郭乃兴的收藏，不仅是对历史的铭记，更是对后人的警醒。他用自己的方式，让那段屈辱与抗争的历史永远铭刻在人们的心中。

奋起反抗　无畏前行

"没有枪，没有炮，敌人给我们造。我们生长在这里，每一寸土地都是我们自己的，无论谁要抢占去，我们就和他拼到底。（歌词）"在中国共产党的引领下，抗战的号角率先吹响。

"七七"事变后，在中国共产党的积极努力和推动下，国共两党携手并肩，共同铸就了中华民族神圣抗战的燎原之势。在炮火连天、硝烟弥漫的抗日战场上，八路军战士们满身鲜血，奋勇搏杀，他们的英勇身姿成为了那个时代最耀眼的勋章。

在万山丛中、青纱帐里，中国共产党领导的抗日游击健儿犹如神兵天降，他们灵活机动，神出鬼没，使骄狂一时的日本侵略者陷入了敌后人民战争的汪洋大海之中。

淞沪会战中，“八百壮士”的忠贞奖章熠熠生辉，他们用生命诠释了忠诚与担当；“血战台儿庄”的杀敌大刀寒光闪闪，每一刀都砍向敌人的要害；“武汉会战”中毙敌三千余人的万家岭大捷更是振奋人心，缴获的战利品见证了国民党数百万军队对日军正面作战的英勇与顽强。他们给日军以沉重的打击，粉碎了日寇“速战速决”的美梦。

然而，胜利的背后是无尽的苦难与牺牲。在黎明前的黑暗中，中华民族经历了最为残酷、最为艰苦的战斗。但正是这份苦难与牺牲，铸就了中华民族不屈不挠、自强不息的伟大精神。

“**团结就是力量，团结就是力量，这力量是铁，这力量是钢，比铁还硬，比钢还强……（歌词）**”在抗战最艰难的时刻，《团结就是力量》这首歌曲在边区诞生并迅速流传开来。它成了团结中华民族抗击日本侵略者的号角与心声，为全世界法西斯恶势力敲响了丧钟。

终于，在1945年8月，日本接受了《波茨坦公告》，下达了无条件投降的“诏书”。21日，今井武夫抵达芷江请降，至此，中国抗战取得了彻底胜利。这场胜利来之不易，它凝聚了无数中华儿女的鲜血与生命，也见证了中华民族从苦难中崛起、从屈辱中奋发的伟大历程。

好战必亡　忘战必危

“国要强，我们就要担当，战旗上写满铁血荣光，将士们、听党指挥，能打胜仗作风优良，不惧强敌，敢较量，为祖国决胜疆场。”郭乃兴说道，“今日，伟大的抗战精神昭示我们：万众一心，艰苦奋斗，百折不挠，勇于胜利。在党的坚强领导下，中华民族不仅能抵御任何外来侵略，更能排除万难，实现民族复兴的伟大梦想。古训有云：'好战必亡，忘战必危。'历史的教训与当前复杂多变的国际局势警示我们：欲强国，必先强军。强国与强军相融而生，中国梦，乃我中华民族之宏伟愿景，而强军梦，则是实现中国梦的重要驱动力，它坚实地支撑着强国梦的实现。"

郭乃兴还展示了他收藏的近百枚保卫和平徽章（和平鸽徽章），材质有银、铜、铝、玻璃等。"和平鸽徽章专题收藏"系列，不仅是他个人的爱好与追求，更是代表了全世界热爱和平的人们共同的心声与愿望，具有深远而重大的意义。它们如同和平的使者，传递着人类对和平的渴望与坚守，也提醒着我们：铭记历史，珍惜和平，共同守护这个来之不易的世界。

（郭乃兴，1949 年生。在四十余年收藏经历中收藏十余种专题。1968 年参军，毕业于清华大学工程物理系，有二十年海军生涯，主集人民军队各时期与荣誉有关藏品数万件。）

（发表于《东方藏品》杂志 2015 年 8 月刊）

每一枚世博会奖牌都是孤品（节选）

专访著名历史影像收藏家和学者仝冰雪

2015 年 5 月，举世瞩目的世博会，从 2010 年中国上海移地意大利米兰，在米兰世博会即将拉开序幕之时，我们发现了一位专注收藏世博会奖牌的专家——仝冰雪。这位身处媒体圈的藏家，用时三年的业余时间，收藏了近两百余件世博会的珍贵历史遗存。从 1851 年《世博会全景图》到 1939 年《美国纽约世博会全景图》，以及基本收全了从 1851 年第一届英国伦敦世博会到 1958 年最后一届颁发奖牌的比利时布鲁塞尔世博会期间，二十余届世博会颁发的各类奖牌等，令人震撼。

历届世博会奖牌颁发数量各异，这也直接影响了其收藏价值。仝冰雪介绍道："首届世博会的'新发明和新技术'奖牌仅颁发 174 枚，是所有世博会奖牌中直径最大的一类。'委员会'奖牌更是鲜少在市场或拍卖会上露面，一旦出现，价格不菲；相比之下，'制造业和手工业'奖牌因当时共颁发了 2918 枚，收藏机会相对较多，价格也更亲民。"那么，收藏世博会奖牌究竟蕴含着怎样的魅力与价值，让仝冰雪如此痴迷呢？

惊喜：
首枚世界性奖牌归入囊中

“世博会的奖牌是个综合艺术品，奖牌的研究需要综合的知识积淀。”

谈及世博奖牌，国人耳熟能详的莫过于张裕葡萄酒和茅台酒在巴拿马博览会上获奖的辉煌。两家企业均在其广告中宣称：“荣获巴拿马万国博览会金奖”。1915 年，在美国加利福尼亚旧金山市举办的巴拿马国际博览会上，张裕公司的“可雅白兰地”获得大奖证书，及金牌一枚，从此改名为“金奖白兰地”；而茅台公司则获得第二等的荣誉奖证书，以及同样珍贵的金牌。这两大品牌由此名扬海外，世博会奖牌也逐渐走进中国大众的视野。

其实，在 1915 年之前，世博会的奖牌就已在国际上流行了半个多世纪，成为当时最具国际性的颁奖符号。2003 年初，仝冰雪因一次偶然的机会，购得一张中国参加 1876 年美国费城世博会的原版照片。为探寻照片背后的故事，他开始深入研究相关史料，从此与世博会结下不解之缘。那年，中国申博刚取得成功，市场上涌现出众多关于中国与世博会的书籍。仝冰雪在研究过程中惊喜地发现，人类历史上的第一枚世界性奖牌，竟诞生于 1851 年的伦敦世界博览会。这届博览会以“和平”与“发展”为主题，具有划时代的意义。而这枚世博奖牌的出现，比人们熟知的 1896 年第一届雅典奥运会上的首枚奥运奖牌早了近半个世纪。同时，世博会奖牌与中国的渊源也始于这届博览会，这令仝冰雪倍感振奋，并开始有意识地关注中国参加世博会的史料，包括照片、铜版画、实物及奖牌等。

他发现，相较于奥运会，中国参加早期世博会的史料更为丰富，但很多国人对世博会的了解仅限于如1915年巴拿马世博会等几届。“因此，我想通过系列化收藏来整理世博会历史遗存，以让更多人了解中国和世博会的历史。然而，由于当时还没有实体的世博博物馆，世界上也无人对世博会的收藏品进行系统研究，更无成熟的出版物可供参考。如世博会的奖牌，虽有人研究美国、英国、法国等国的世博奖牌，但基本都是零散研究，缺乏跨国界的系统研究。因此，确定一届世博会的奖牌并非易事，需要进行大量的查证与对比工作。”

在收藏过程中，仝冰雪发现中国参加世博会的史料十分零散。由于1904年之前的世博会都是非官方参加的，所以中国的很多正史中记载不多，更多地需要依赖英文资料。奖牌上不仅有英文、法语，还有拉丁文、荷兰语等，这为他考证每一枚奖牌的图案增加了难度。于是，他重新回归收藏起点——深入研究。“世博会奖牌收藏，让我认识了更多新领域和知识，如西方的设计史、雕刻史，奖牌上希腊罗马神话寓意等。”

在收藏具有世博会普遍意义的藏品时，仝冰雪最初定位于收藏历届世博会的纪念章，但随后发现纪念章种类繁多且庞杂，难以系统化收藏，于是放弃了这一想法。然而，在购买纪念章的过程中，他意外获得一枚1915年巴拿马世博会的奖牌，镀金的。通过研究这枚奖牌，他深入了解了中国在世博会获奖的情况，并意识到世博会成就了不少中国企业的知名度。因此，他决定将历届世博会的奖牌作为自己系统收藏的对象。“这枚完好的奖牌，正是茅台酒、张裕葡萄酒等知名企业所获得的那类世博会奖牌。”他重金购得此枚奖牌，也因此成为他收藏到的首枚世博会奖牌。“如今，我已基本收全了从1851年第一届世博会到1958年最后一届颁奖的世博会所有种类的奖牌。此后，我将历届世博会的全景图作为新的收藏对象，这些全景图包括铜版印制、石板印制及原版全景照片等，均极具代表意义。”

现代互联网技术也为他的收藏之路提供了不少帮助。他通过查找、搜索每届世博会颁奖的史料，对比上一届奖牌照片，并结合获奖企业网站上的图片和文字、《纽约时报》等世界各地媒体的现场报道等，再次印证奖牌的真伪。为收藏世博会专题藏品，仝冰雪不惜重金。他说：“曾特意委托法国的一位交易商寻找了两年，才从德国一个拍卖会上高价抢到一枚第一届世博会仅颁发 174 枚‘新发明和新技术’奖牌之一。值得一提的是，第一届世博会并未颁发所谓的‘金、银、铜’奖牌，而是仅颁发了两种奖牌：一种是‘新发明和新技术’奖牌；另一种是‘制造业和手工业’奖牌，且均为铜质。根据我后来收藏到的《1851 年世博会颁奖名录》显示，中国商人徐荣村的‘荣记湖丝’就是‘制造业和手工业’奖牌，这比中国人杨传广在 1960 年第 17 届罗马奥运会上获得的第一枚奥运奖牌早了一个多世纪。”

探究：
奖牌在世博会中的兴衰与复兴

“自 1851 年第一届英国伦敦世博会首次颁发奖牌以来，至 2015 年意大利米兰世博会，并非每届世博会都延续了这一传统。这一变迁的背后，蕴含着世博会核心价值观的逐步演变。”

在长达一个多世纪的时间里，评奖制度一直是世博会的重要组成部分。每届世博会都会颁发数百枚至数万枚奖牌及相应数量的获奖证书，以表彰参展商的杰出贡献。1900 年法国巴黎世博会更是达到了颁奖的鼎盛时期，共有 75531 个参展商参展。其中，42790 个项目、展品或其代表荣获了五种不同类别的奖励。

然而，由于各届世博会评奖制度的不统一和设计上的缺陷，参展商对评奖制度的看法褒贬不一。如，1862 年英国伦敦世博会和 1876 年美国费城世博会因仅设单一奖项而引发不满。此后，人为因素的干扰又导致评奖制度走向另一个极端，出现了奖项泛滥的现象。

1928 年国际展览局成立后，人们开始意识到，过度依赖评奖来加剧国家间产品竞争的方式已逐渐背离了世博会的核心价值。世博会的核心价值观逐渐由展示先进产品和技术转向展现世界文化和人文理念。因此，1933 年芝加哥世博会首次放弃了传统的展品分类和评奖体系，以“一个世纪的进步”为主题贯穿整个世博会。随后的几届世博会也曾试图恢复部分评奖制度，但越来越多的国家开始退出评奖竞赛。1966 年蒙特利尔世博会上，总代表团最终决定放弃评奖比赛，评奖制度至此淡出世博会舞台。

近半个世纪后，2005 年爱知世博会上重新出现了奖项。但这次奖项的设置已发生根本性变化，100 项“爱地球奖”（又名“全球百个生态奖”）和针对外国场馆的“自然的睿智奖”（日本馆及日本企业馆均不参加评奖）旨在强调世博会对人类在自然保护、生态多样性、文化多样性、相互理解以及国际交流等方面的重视。

如今，当我们回首欣赏当年世博会的奖牌时，它们已成为世博会历史华彩乐章中的珍贵收藏品，见证了世博会价值观的变迁与发展。

评估：
奖牌投资前景与价值判断

“与世博会的其他纪念章不同，奖牌数量有限。”仝冰雪坦言：“奖牌更是一家公司或个人的荣誉象征。通常除非企业倒闭，或者获奖者后人穷困潦倒，一般不会轻易被出卖。但经过百多年的大浪淘沙，在国际上，确有不少获奖企业已不复存在，这为收藏世博会奖牌提供了可能。尽管如此，相较于纪念章，奖牌的收藏难度仍然较大。”

在中国，收藏世博会奖牌的难度尤为显著。仝冰雪指出：“这主要归因于中国获得的世博会奖牌数量相对较少，且许多奖牌已成为企业博物馆的镇馆之宝，因此难以流出市场。此外，清末和民国时期也限制了中国参加国际博览会的频率，从而进一步加剧了奖牌收藏的难度。”

对于收藏者而言，如何判定世博会奖牌的价值呢？仝冰雪做了分析。

系列性：系列奖牌的价值高于单枚奖牌。可以收藏一个国家的系列奖牌、某个著名雕刻师的系列奖牌或某个产品所获得的系列奖牌。

品相：奖牌的完整性、是否有磕碰以及包浆等方面都会影响其价值。尤其是早期的鎏金、鎏银奖牌，保存条件不佳会导致金、银大面积脱落，从而大幅降低价值。早期的奖牌都有一个包装盒，若能收藏到原包装盒和获奖证书，将大大增加奖牌的市值。

获奖者知名度：不同获奖者的奖牌价值差异巨大。世博会的奖牌边缘或者背面会刻有获奖者的姓名，或者通过获奖证书来证明某一个奖牌获得者的姓名。知名度高的企业或个人所获得的奖牌价值更高。这些奖牌往往被企业或个人所珍藏，流通到市场上的机会很少。

虽然不同获奖者的奖牌是一样的，但由于获奖者的知名度不同，奖牌的价值也不相同。尤其是现在仍然在国际上知名的企业，它们获得的早期世博会奖牌的价值会大大高于那些早已倒闭的企业所获得的奖牌。并且基本上这些知名企业获得的奖牌都被企业自己所珍藏，流通到市场上的机会很少。当然，作为中国的收藏爱好者，尤其要关注有中国参加的早期世博会奖牌，比如1904年中国官方第一次参加世博会，1915年对中国影响最大的巴拿马世博会等。由于当年很多奖牌并不是现场颁发，大部分是在“世博会”结束后通过邮寄的方式送达，所以，有些企业所获奖牌就在寄送的途中丢失了，最终未能收到。

世博会奖牌因其独特的纪念价值及经久不衰的艺术形式，成为历届世博会精髓的珍贵载体，记录着世人瞩目的亮点。“虽然今天针对参展商的奖牌已不再颁发，但作为一种历史的回望，必将给我们带来一段段历史的记录和温暖的回忆。”仝冰雪相信，随着2015年5月米兰世博会的临近，以及中国人民对世博会的热情高涨，这些凝聚着深厚历史底蕴、高雅艺术设计与精湛铸造工艺，且具备独特收藏价值，必将吸引更多人的关注、收藏与研究，这一专题极具意义。

（发表于《东方藏品》杂志2015年2/3月刊）

金属印刻时代的诱惑

专访世博会徽章资深收藏家阮晨磊

自2010年世博会起，耗时两年多时间，阮晨磊，一个人收藏了三千多枚世博徽章。当记者踏入上海拍卖行有限责任公司（以下简称“上拍”）预展现场，一排排精心分类并悬挂于镜框内的徽章整齐排列在展架上，那壮观的气场瞬间令人震撼。此刻，我不禁心生好奇：在即将到来的6月8日拍卖会，这些承载着世博记忆的珍贵徽章，究竟会花落谁家？

不可再生的世博徽章

在中国，徽章收藏的历史可追溯至20世纪初，彼时的徽章由于制作工艺和设计相对简陋，使得这类题材的徽章收藏较为小众，在市场流通更为匮乏。相较于已在收藏市场中占据主导地位的字画、陶瓷、青铜器和玉器等藏品，徽章收藏在短期内或许难以望其项背。然而，正是这一相对小众的收藏领域吸引了阮晨磊的目光。他敏锐地察觉到，随着工艺步入“金属印刻时代”，徽章收藏在中国正处于初级阶段，蕴含着巨大的投资空间和潜力。

阮晨磊选择了一条与众不同的收藏之路——专注于2010年世

博会题材的徽章。他深谙世博徽章的独特价值：“发行量小，且具有不可再生性，因此更具收藏和历史研究价值。”这些小小的徽章，形态各异，做工精细，每一枚都承载着特定的故事和历史记忆，方寸间的魅力逐渐成为一个受欢迎的收藏题材。藏家们通常将徽章按照历史时期进行分类，如清初、民国初期、国共两党合作、北伐、红军、抗战、解放战争以及中华人民共和国成立之后等八个时段。这些徽章种类繁多，包括证章、领章、帽徽、肩章、袖章、臂章、勋章、奖章、纪念章、像章、出入证章等。由于具有极高的史料价值，且流传至今的数量稀少，因此收藏难度较大。

然而，阮晨磊并未被这些困难所吓倒。他注意到，国内早期的徽章收藏虽然备受追捧，但已有远见卓识的人开始将目光投向当代徽章，尤其是那些具有重大历史意义的系列徽章，如世博会和奥运会徽章。自 1851 年起，世博徽章在国外便拥有了众多狂热的收藏爱好者，他们甚至在世界各地进行巡回收藏。在中国举办北京奥运会和上海世博会期间，也有许多国际友人前来“搜寻”徽章，其中不乏集齐了 475 枚徽章的日本收藏家嘉门达夫、非洲贝宁馆的徽章大王 Virgile Ahouandjinou，以及被称为“世博老奶奶”的国际友人等。

这一系列报道让阮晨磊下定决心，要收集比外国人更多的世博徽章。

1983 年出生的阮晨磊是摩羯座，他笑言：“我愿意听取星座对人性的分析和猜测，但并不会完全相信。虽然人无完人，但应该追求完美。因为人在追求这份完美的过程中，显得格外美丽。”正是这份对完美的执着追求，让他将全部的热情投入到了收集世博徽章的事业中，才使我们今天有缘一聊。

方寸间凝望历史

“世博会这一全球盛事，在中国这样的发展复兴时期举办，无疑是活生生的历史见证，未来定会在历史书上留下浓墨重彩的一笔。正因如此，收藏世博徽章才显得意义非凡。正如邮票能凝聚方寸之间的历史，徽章同样能在微小的空间里镌刻历史的印记。收藏世博徽章，不仅记录了这一历史时刻，也见证了中国徽章制造业的历史，难能可贵。”眼前这位略显清癯的男生，曾为了求得一枚徽章，在炎炎烈日下的上海世博园中几近虚脱。

此刻，一排排镜框内汇聚了浓缩的大千世界，这得益于阮晨磊的精心收藏。他坦言：“收藏徽章，就如同收藏书画一般，需凭眼力淘选。而当代的徽章，或许蕴藏着更大的升值潜力。”阮晨磊的收藏以世博徽章为主，但他并不止步于此，还将世博纪念品、胸章、胸牌、工作证、工作服以及报纸等作为徽章收藏的补充与延伸。他认为，只有专为某届世博会制作发行的徽章，才能被称为“世博徽章”。

在这些徽章中，阮晨磊最为推崇的是四川馆的第一代熊猫徽章。这枚徽章之所以被誉为省市馆中最难换到的章，原因有三：一是工艺精湛，采用珐琅上彩，色泽饱满丰厚；背面镀银，光泽亮丽；刻字清晰，方形徽章打磨精美，细节之处尽显匠心，堪称工艺上的“一级梯队”。二是设计新颖，以国宝大熊猫为主题，配以四川省的文字图案，让人一见倾心，恨不得据为己有。三是数量稀少，四川馆工作人员每人仅有一枚，且需上班佩戴，集齐一套十种颜色更是难上加难。因此，这枚徽章在后期出现了仿品。但阮晨磊不仅第一时间收藏到了正版熊猫徽章，还幸运地收藏到了两枚错版徽章，以及四川馆日赠送给“VIP”贵宾的礼盒徽章三套。此后，这些礼盒便一直未曾现世，堪称“绝版”中的“绝版”。这套礼盒采用仿皮镶嵌抛光的竹子制作，据说总数仅有八十盒，而阮晨磊一人便独占了三盒。

在阮晨磊展示的十枚不同颜色的徽章中，有一枚尤为抢眼。他眉宇微扬说：“这枚徽章的工艺比其他徽章更为复杂，它是‘汶川地震纪念版徽章’。在世博期间，恰逢‘汶川地震纪念二周年’，四川官方筹备组为这一天特别制作了这枚印有汶川地图的‘熊猫’徽章，意在让人们铭记这段历史。”阮晨磊解释道：“其实，每一种收藏都有其龙头产品，就像金银纪念币中的熊猫主题，这次世博会的熊猫徽章也有望成为这一系列中的龙头主题之一。因此，我当然要多收藏一些了。”除了四川馆的正版徽章外，还有福建馆的纯银徽章、甘肃馆的第一代滴胶工艺徽章等，都是省市馆中珍稀徽章。

过度炒作瞬间免费

当代徽章的制作工艺相较于早期的像章描漆工艺，已实现质的飞跃。如今，滴胶、珐琅、冲压、烤漆，甚至镶嵌宝石、镀银、纯银液压等工艺应有尽有，不仅易于保存，且不易腐化生锈。徽章最怕潮湿和烈日暴晒，其背后的搭扣则有多种款式，如吸铁石、蝴蝶扣、弹簧扣等，与胸针、标牌、勋章等有所不同。从颜色上来看，珐琅彩的徽章尤为出色，色彩斑斓且不易腐朽。

阮晨磊指出，最受章友和志愿者认可和喜爱的是世博徽章，其正面采用了珐琅彩工艺。在材质方面，好的徽章通常采用纯银、镀金、镀银等优质材料，其次是铜、铁、铝合金，以及金属、橡皮、水晶等。值得注意的是，世博徽章中也不乏“国外制造”或“某国原装”的产品，有些稀有材料如太空铝也被用于制作徽章。如，丹麦馆的一套两枚风车徽章便是，非常轻盈。而葡萄牙馆的

“镂空葡萄牙”徽章则是在太空铝材料上通过激光切割而成，切割平整顺滑，精度极高，因其造型独特且数量稀少而喜得人心。然而，越是好的徽章，仿品也越多，这枚也不例外。

阮晨磊还提到了最受追捧的国家馆徽章——加拿大馆的“大枫叶”徽章。其由纯铜镀金制成，无法使用吸铁石吸附。被誉为“枫叶之都”的加拿大，盛产枫树制品，尤其是枫糖。“因此，在世博会上，加拿大馆自然对其特产进行大力宣传。这枚被誉为园区内最大的单枚 VIP‘大枫叶’徽章，也是最重量级的徽章之一，大小接近半个 iPhone。其造型独特、材质厚实、颜色鲜明，且数量稀少，仅有 500 枚。然而，好景不长，一个月后市面上出现了仿版，同时加拿大馆内失火，导致一盒‘大枫叶’徽章被盗。这也促成了第二版的诞生，据说再版的数量是 2000 枚，技术上略有改进，但首版‘大枫叶’已成‘绝版’和‘绝唱’。至今，很多人手中的‘大枫叶’徽章可能是第二版、第三版甚至是仿版。”阮晨磊有幸收集了正版的第一、第二、第三版各两枚。

此外，阮晨磊还提到了其他一些具有特色的徽章。最稀少的场馆赞助商徽章包括美国馆的肯德基、强生赞助商徽章和澳大利亚馆赞助徽章；最容易被忽视的徽章则是朝鲜馆徽章和各国家馆国旗徽章。韩国朝鲜是首次参加世博会，但由于其徽章多为铁皮材质的别针，且设计相对简单，因此被众人忽视。最可爱的一群人的徽章则是各大高校“小白菜”志愿者徽章，这些徽章设计感更强，如上海交通大学的全套徽章是一幅世博会地图的拼图，上海财经大学的徽章则是一套“金算盘徽章”，八枚金算盘上的算珠表示了八个不同的时间，代表着志愿者服务的天数等。最令人“看不懂”的徽章则是委内瑞拉“8”字形徽章，这个“8”字其实是著名的“莫比斯环”。委内瑞拉馆的建筑结构源于数学中神奇的

“莫比斯环”和无限延伸结构的“克莱因瓶”概念，“莫比斯环”是一种没有内外之分的空间划分，即正面之中有反面，反面之中有正面。阮晨磊拥有其三枚徽章，还有幸收藏到了委内瑞拉馆的外墙花。

阮晨磊还提到了最“过山车”的徽章——欧登塞案例馆徽章。造型独特、数量稀少，曾因被过度炒作而价格飙升，但馆方为平抑市场，瞬间免费发放了大量徽章，导致其价格暴跌。这让专业炒作徽章者和一些“投机爱好者”大跌眼镜。在阮晨磊的眼中，类似的“最”还有很多，它们共同构成了金属印刻时代的丰富性。

收藏走向流通

在众多历史时期的徽章收藏门类中，阮晨磊唯独钟情于当代的世博徽章，他偏爱记录当下发生的事。历经岁月的洗礼，他愈发觉得自己更适合投身于户外的挑战，于是决定在拍卖会之后，将所得资金用于创业。“有人享受自由散漫，有人则偏爱稳定安逸。”他直言不讳地说：“我的目标众多，每达成一个就果断放下，去追求下一个。当然，也有半途而废之时，但有舍才有得。”谈及创业规划，他分享道：“袁岳曾提到，社会需要‘T’型人才，但我认为，如今‘T’型人才或许已不够用。他们既要有广博的知识面，即‘T’的横，又须具备深厚的专业技能，即‘T’的竖。收藏亦是如此，讲究触类旁通。如，玩木头手串的可能对家具收藏有所了解，进而对玉石雕工的研究有所帮助，再进一步，可能对根雕和现代雕塑的收藏有帮助。创业同样如此，仅凭坚持远远不够。一家企业需要涵盖法务、财务、市场营销、产品研发等多个方面。若只重视产品研发而忽视人事管理，或只抓人事而不顾市场拓展，都是片面的。”新生代藏家，他们的慧眼慧心已显露无遗。

作为收藏爱好者，阮晨磊总梦想着将自己的藏品收集齐全。在他看来，一两枚徽章难以构成体系，无法尽兴，这才有了今日令人惊叹的规模。他希望通过这次拍卖会，能将全套徽章转让给热爱收藏、认同其价值的有缘人，以此实现心愿，传播知识、历史意义及其价值。他还透露，已有人着手制作徽章的图录。“国内已形成了世博资产的小圈子和小市场，传承有序，我相信未来会吸引更多人的关注。”

在这七十多平方米的空间内，满眼皆是阮晨磊通过购买和交换精心收集的徽章。“换徽章需要智慧与技巧，”他说道：“选定目标后，与人交流也需讲究策略。不带目的性和功利性地与人聊天，往往能收获友情相赠。尽人事，听天命，不过于苛求，保持平和的心态，脚踏实地。与人为善，得道者多助。”或许这与他的工作性质有关，他将心理战术运用得游刃有余。

阮氏收藏心得

在换徽章与玩收藏的领域中，眼力和魄力固然重要，但同样不可或缺的是良好的心态与持久的毅力。正视自我，保持平和心态。诚然，享受自我欣赏的乐趣并非坏事，但若过分自大，处处以己之长比人之短，以势压人，则难免令人望而却步，不愿与之交换。

沉得住气，是收藏路上的又一重要品质。这既要求在遭遇他人咄咄逼人时，能保持冷静，理性分析，以公平等价的姿态进行交换，化解矛盾；也要求在面对收藏市场的风云变幻时，能不盲从、不冲动，具备独到的眼光和判断。正如股市中的“低吸高抛”，在收藏界亦有其道理。套用巴菲特的一句话：在别人贪婪的时候我退缩，在别人退缩时我贪婪。然而要做到这一点，绝非易事，也需要敏锐的洞察力，和对藏品的理解和独到的认识。人弃我取，最后才能“人无我有”。

弯得下腰，也是收藏者应有的姿态。在收藏界，高手如云，看似平凡的人可能隐藏着深厚的徽章文化底蕴，甚至是大藏家。因此，无论收藏多么丰富，知识多么渊博，都应保持谦逊、谨慎的态度，尊重他人，虚心学习。将玩徽章的过程视为交朋友的过程，无疑能收获更多的乐趣和友谊。

在玩徽章的过程中，灵活机动、善解人意同样重要。了解对方的需求和喜好，无论是男孩、女孩，年长还是年轻，用心交换。这不仅仅是交换一枚徽章或一件物品那么简单，更是心灵的沟通和情谊的传递。

世博徽章的收藏是一项长期而艰巨的任务，需要十年磨一剑的毅力和耐心。保存、欣赏、发扬这些徽章，都需要投入大量的时间和精力。对于阮晨磊而言，他更希望这些徽章能够得以传承，找到它们应有的价值和归属。无论这些徽章最终留在自己手中，还是被有缘人收藏，甚至进入博物馆，都将成为一件十分有意义的事情。

（发表于《如意时空》杂志 2013 年 6 月刊）

传播：收藏的终极目标

专访著名历史影像收藏家和学者仝冰雪

这两年，历史影像的价值逐渐被大众认知，一张清代的老照片卖三五万元已不成问题了，2012年中国嘉德国际拍卖公司一批“营造学社考察”的照片以四百多万元成交，“这应当是单批老照片中价格较高的了，但与瓷器、玉器等其他古董相比，老照片的市场价值仍处于洼地，具有很大的上升空间”。很多人疑惑影像既然可以复制，并且一张底版或者数码文件可以印制多张，为何还能收藏拍卖？

说话的他，学新闻出身，业余时间痴迷收藏，眼光独到，却从来不碰炙手可热的古玩金石，只醉心于一张张泛黄的老照片；他不是作家，却著作等身，从影像的世界出发，挖出了一段段不为人知的历史往事；他是收藏家，也是一名学者；他是电视制作人，也是策展人；他创办中国老照片网，他被聘为影像拍卖顾问。在芸芸众生中，他或许很不为人知，然而在蓬勃兴起的老照片收藏市场上，他的名字却无人不知。他，就是著名历史影像收藏家和学者仝冰雪。某日的雾霾天，但专访仝冰雪的好心情却犹如吹散阴霾的春风。

历史影像收藏
只为图证中国摄影发展史

这几年，老照片的拍卖和一个个不断创新高的价格，极大地提高了大众对历史影像价值的认知度，同时，更多、更好的历史影像也不断地涌现出来。

仝冰雪说："影像收藏，是收藏承载影像的这片相纸及上面的图像，主要分为两类：一类是历史影像，这类影像印制年代久远，纸张和化学物质经过岁月流转已发生变化，尽管当时可能印制多张，但保存到现在的极为稀少，且每张都独一无二。其实每张影像纸本身就是一件古董，所以具有收藏价值；另一类是当代拍摄的影像，很多以数码文件保存。而影像印制后进入市场时，每张都有艺术家的签名、编号和限量，且根据行规艺术家及其代理机构承诺不再印制，因此也具备市场价值和收藏意义。"

一个人的时间、精力和经济条件都是有限的，对于如何定位自己的收藏方向，仝冰雪坦言："开始时我也只是盲目地购买一些有关山水、风景、人物、风俗的照片，不论是中国的照相馆还是外国摄影师拍摄的，都收，甚至还专门寻找不同的装照片的老镜框。"仝冰雪对早期摄影史颇有兴趣，便步入影像收藏天地，随着收藏数量剧增和研究深入，他意识到收藏过程中需要参考有关摄影史的资料。他发现中国摄影史发展进程的原版照片稀少，而要弄清一个国家的摄影史，无疑是一切历史影像收藏的起点和原旨，这就坚定了他的一个念想，收藏能够"图证中国摄影发展史"的照片，并将专题收藏作为另一个方向。仝冰雪解释道："专题收藏就是对某个主题专门进行的收藏活动，这个主题可以是一片地域、一座城市、一个历史遗迹或历史事件、一种风俗时尚甚至一类个性人物等。专题影像依靠时间的跨度或者类型的广度而积攒的不同影像，从而再现一个主题的深度和意义。”

被传播认知感悟
已不再重要的藏品归属权

国内各种专题影像收藏种类繁多，如有人专门做老北京的影像收藏，颐和园或圆明园历史影像的收藏。“2011年是‘辛亥革命一百周年’，有不少人推出了很有意思的专题收藏，包括辛亥历史影像、结婚照等风俗照片、不同时期的中国女性历史照片等。我当年系列收藏过宾馆的小梳子、不同的菜单，世博会徽章，个人影像史和家族影像史等。”仝冰雪说。

目前，仝冰雪正在收藏和研究有关中国早期摄影史“图证”的影像，“这是一个值得长期做下去的课题，专题收藏要想做出成果，除了自己的强烈兴趣，还应契合当前大时代发展的需求，并且达到一定的深度和广度”。同时，他也正不断推出自己的一个个专题影像史的研究成果。2009年，仝冰雪推出了自己的第一个专题收藏：历届世博会上的中国留影和世博会奖牌。他不仅出版了两本收藏专著，还系统梳理了中国人参与历届世博会的影像史，为他赢得了“世博收藏中国第一人”的称号，引起无数媒体争相转载、报道，新华社摄影部还将他两本专著的主要藏品作为通稿图片发向全球。一个个人的小收藏引起如此大的传播效应，在收藏界实属罕见。

在其两年前，仝冰雪通过网络，从福州高价收藏到一本肖像照片册。这个叫叶景吕的福州人从1907年开始，每年到照相馆拍摄一张肖像，一直到辞世的1968年，整整持续62年，跨越了晚清、民国、新时代三个时代，书写了摄影史和文明史上的一个传奇。

收藏到这套照片后，全冰雪并没有把藏品捂在家里。和一般人不同，他首先对这套照片进行了详细研究考证，还把照片册的部分内容公布在了福州当地的媒体上，找到了照片册主人公的后人和熟识的亲朋，最后还原了叶景吕的一生，引起当地媒体的跟进报道，一夜之间，轰动榕城，全冰雪也因而得到了来自福州的有关主人公的更多背景信息，从而受邀参加了众多国内外的摄影、艺术联展。在 2010 年 9 月韩国光州国际艺术双年展中，叶景吕的肖像照登上了展览图录的封面和封底，在当地引起一阵“中国风”。“我在做叶景吕肖像照的展览时，很多观者对照片内容的新发现是我所未知的。”通过不同方式和渠道，对一件藏品的认知和发现会逐渐深入，当年，关于此藏品的专著《一站一坐一生：一个中国人六十二年的影像志》出版了。

采访前得知全冰雪已经出版了六本收藏系列丛书，在国内，像他这样能够把个人的藏品一个个整理研究，最后形成系列出版物的，极罕见。就产生价值的方式来说，收藏和写书都有个人品位在里面，但收藏讲究价值的独一性，书籍是大量制造，可能源于全冰雪媒体人的职业，传播始终伴随着他推出的一个个个人收藏，展览、出版、网络展示和实物展览是他界定的一个藏品不同层次的传播方式。

传统的收藏是秘不示人，把一件藏品“收”起来、“藏”起来，全冰雪却希望将自己对一件或一个系列藏品把玩的快乐、研究的感悟分享给更多人，“独乐乐不如众乐乐，通过传播，当我看到观者的快乐，甚至他们和我一样对藏品的痴迷感悟时，觉得自己更快乐了。”

这时我们不免会问：收藏的目标到底是什么？

可能不同人有不同的回答，有说是为了乐趣，有说是为了投资，有的纯粹是炫耀，仝冰雪收藏的起因就是喜欢。之所以把自己的藏品这样传播，已经远远不只是单纯地与别人分享收藏的快乐这么简单了。他觉得，传播是收藏的一个终极目标，一件藏品的传播，一定要做到极致，才是把它的社会价值最大化，才能最大程度地实现收藏的终极目标。“在传播中，很多网友、观众、读者对藏品的背景提供新的信息，你对藏品的研究、感悟也会不断升华，为后续的传播增加了新的内涵和角度，此间乐趣是无穷的。”仝冰雪认为，发现的乐趣是收藏的乐趣之一，也是研究的乐趣之一。新的感悟不断让他对藏品本身进行反复考量，对自己的生活重新审视。

这种传播，终极的意义，实际上已经把一个个人的私藏赋予了一个公共的社会符号，虽然这件藏品暂时没有陈列在一个实体博物馆中，物权也还属于他，但藏品的信息价值和人文意义已经被世人所认知，藏品未来的权属已不重要了。

不拍卖藏品
快进快出是买卖

在多样化的收藏渠道中，仝冰雪主要通过网络进行收藏。他每日浏览众多国内外收藏网、旧书网、拍卖网等，以搜寻藏品及其信息，并与众多藏家、学者、研究机构建立网络联系。他还在自己创办的中国老照片网站上列出需求，邀请网友提供线索，并高价收购。这种方式使他每天都能收到大量信息和资料。照片作为易于运输的藏品，物流成本较低，能够迅速到手，为仝冰雪带来了奇妙的人生体验。

对于收藏的每张照片或相册，仝冰雪认为，首先要弄清楚其拍摄者、拍摄对象、拍摄时间及原因等。若藏品本身信息不足，他会从相纸、人物发饰、服装等要素进行初步判断，并结合文献考证人物生平，以判断拍摄时间。“还有长辫子的多半是清末拍摄的，剪辫子后仍然长袍马褂一般都到民国了。清代很多是蛋白纸基的相纸，民国时基本是银盐的，这些都是判断的一个基本依据。对于无法确定的内容，会发到网上寻求帮助，或借助传统媒体考证。”

一张照片的价值有很多判定标准，仝冰雪认为，取决于拍摄时间、拍摄者知名度和艺术水准、拍摄内容知名度或重要度，以及照片的版本、尺寸、品相、艺术性等因素。如照片上有文字、题跋、原始相框等附加内容，还能增加其价值。然而，仝冰雪更希望大家关注照片背后的历史信息和价值，而非仅看价格。他愿更多的藏者能坚守自己的收藏理念，从不同的角度和方向，为中国历史影像的大收添色。他表示，坚守自己的收藏理念，不会将系列藏品拍卖，除非不属于自己的收藏范围。他期望自己的藏品能进入实体博物馆常年展出。目前“叶景吕肖像展”正在筹备巡展和合作事宜。

仝冰雪指出，国外影像收藏已有四五十年历史，而中国则尚处于起步阶段。互联网的发展加速了影像市场的繁荣，为收藏者搜集原版照片提供了更广阔的空间和更高的效率。然而，当前真正具备学术素养的收藏家仍稀缺，更多人追求短期套利，将收藏视为买卖，而非真正的收藏家。仝冰雪呼吁更多文博机构加入，尤其是国家级影像博物馆的介入，以树立市场价值标杆，引导市场朝正确方向发展。

（发表于《如意时空》杂志 2013 年 4 月刊）

收藏人类的生命轨迹

专访烫蜡技艺非物质文化遗产传承人、北京市古典家具商会副会长于鸿雁

要问他的时间去哪了？他的时间用来收藏人类的生命轨迹去了。他说："就像解析凶案现场一样，要解密几百年间烙在木器上的生命印迹。"也正如人们对他的评价：一件贴着标签的木器在他的面前，说着说着就会还原成一片生动的树林。

于鸿雁，一位对中国传统木器拥有独到见解和深入研究的木器鉴定专家，尤其对当下流行的红木家具、手串有着敏锐且准确判断和市场预测。他将收藏研究木器文化的乐趣推向了极致。伴着他那充满喜感的言谈，我们走近木器，共同挖掘那些似乎永无止境的故事。

木材　高调热炒低调奢华

中国的建筑风貌和生活方式，催生了中国家具的形制和木器装饰风格。在中国历史上，木器主要以实用为主，人类对生活的理解是认识木器的基础。而个人的生活阅历，则决定了对木器的热爱程度、研究的深浅以及对兴趣的方向。于鸿雁对收藏木器、

研究木器文化的痴迷，源于爱树恋木和“抬杠长学问”的情结。

从小被硬木家具磕得满头包，到在胡同里聆听每一套硬木家具主人讲“爷爷的爷爷的爷爷”的故事，再到预测木料价值的失败，以及国家文物单位工作的儿时玩伴，对他购回的家具刻薄挑剔，于鸿雁并不服气朋友如此种种“挤对”。于是，他开始与木器文化的深情爱恋。

与大部分藏家不同的是，于鸿雁先从理论研究入手，探究木器的文化历史，进而延伸至冶金化工、税收等中国各类文化的研究，最终付诸实践。然而，他并不参与投资理财的商业行为，因为他深知自己身份的尴尬。如果他经商，必然会炒作自己的产品以追求商业利益最大化，而作为媒体人，他将失去自己的公信力，更可能失去朋友和观众。

“市场上很多木材是纯炒作。”于鸿雁感叹道，“像金丝楠是好木，但原料价格和紫檀原料价格相差二十倍。一吨楠木五万元，一吨紫檀一百万元，制成家具后的售价却恰恰一样，这明显不正常的利益空间是炒作行为所得。”

从明代郑和七下西洋开始，国外珍贵的木材大量涌入中国。木匠们总会把这些木材制成家具、饰品。红木的种类和名称繁多，鉴别木材的材质首先要辨别红木属于哪类名称体系。根据国家标准《红木》，从植物学角度划分，红木范围包括五属八类三十三种木材。五属即紫檀属、黄檀属、柿属、崖豆属及铁刀木属。从商品角度分八类则是紫檀木类、花梨木类、香枝木类、黑酸枝类、红酸枝木类、乌木类、条纹乌木类和鸡翅木类。“红木过去专指一种木头，现在把红木列成一类木头。”于鸿雁的一句总结解惑万般繁复。

红木也有新老红木之说，于鸿雁解释说：“老红木在国家标准

《红木》中称酸枝，在历史上曾发生过几次嬗变。明末清初时，从尼泊尔进口的老红木酷似紫檀，被称为大紫口。当时被过量采伐后转至越南。到清朝中晚期时，俗称越南檀的越南老红木也遭遇了过量采伐。清朝末年的老红木又称'晚清红'，即现在所称的老挝红酸枝。时至今日，中国的红木仍依赖进口。"

红木木质坚硬、细腻且可沉于水。老红木不仅生长时间长，而且在砍伐后又经过了上百年的岁月洗涤。"它与其他木材最明显的区别在于其木纹在深红色中常常夹有深褐色或黑色条纹，给人以古典雅致感。老红木材幅较宽大且棕眼细长。现在所说的老红木一般指清朝中期从南洋进口的红木，市面上常见的是老挝红酸枝，在古玩界叫晚清红或交趾黄檀。红酸枝泛指一大类木材，而老红木只是红酸枝木类的一种。"

黄花梨在现代家具中利用频率超乎人们的想象，因此难免会出现一些以假乱真的木材，如草花梨、具有黄花梨特点花纹的非洲花梨及近两年进口的大叶黄花梨、花纹像"海黄"的紫檀瘤。如今，相对被誉为"现代家具用材之王"的黄花梨的高调热炒，堪称稀世瑰宝的紫檀是低调的奢华。"木中之王紫檀曾是皇家专用木材，黄花梨则是文人的偏好，老红木则是皇宫贵族的家具用材，地主用榆木，百姓用柴木。这些文化符号代表了各个阶级和阶层。此外，目前市场上被炒作价格最高、话题最热、木质最神秘的木材当属沉香。然唯一保留下来的是它的文化价值。具有香薰、药用、饰品作用的沉香，如今有了替代之物——香水。"于鸿雁感叹说："木头修炼成的天然沉香确是瑰宝，但目前市场上的沉香产品大多是用人工种植的沉香制成的，不能与天然沉香相提并论。因此，沉香产品不该被炒到天价。"

需要注意的是，沉香并非专有树种，而是一类特殊木材的总称。当树木自身受侵害时，会分泌出一种油脂。这种油脂会沿着木质的纹理分布到木材中去，并散发出香气。被分泌到油脂的木材叫沉香，而没有分泌到油脂的木质被称为白木。这两种木质在一起统称沉香木。沉香的真假与否同沉水并没有绝对关系。

高档红木　稀缺加剧

黄花梨、沉香等珍稀木材所制成的硬木家具、饰品等木器，历来被世人赞誉。红木因其稀有性而在市场上备受追捧，价格居高不下。这一现象或许与2013年6月生效的修订版《濒危野生动植物国际贸易公约》有关，该公约将包括交趾黄檀在内的七种红木树种被列入濒危物种管制附录，进一步加剧了国内高档红木原料的稀缺问题。

“贵的标准是靠商人制定的。”于鸿雁直入人心的言语意味深远，“随着保护政策的出台，涨价是大势所趋。因为假如全世界种植了十根红木，明朝砍掉一根，清朝砍掉两根，从20世纪80年代末到现在近三十年时间内再砍掉六根，现在只剩下一根了，木材必然贵重。”于鸿雁坦言，在市场上紫檀原料每吨近百万元，黄花梨每吨近上千万元，这些木料本身就代表了财富价值。然而于鸿雁遗憾地指出：“并非有钱就能得到文化认同感。”他认为，在中国社会日渐富裕的背景下，投资空间会反映在文化上，人们买房置业后，会选择买家具来装点生活。而综观木器市场，家具无疑是一个具有保值、升值潜力的物种。

中国家具起源于商、夏、周时期，至明代达到顶峰，清朝后逐渐衰退。古典家具凝聚了数千年的历史文化信息，是手艺时代的文化、美学艺术积淀的物质属性和智慧。“新式家具则体现了我们对古人的理解和新时代的审美观念。”

至于如何鉴别家具，于鸿雁认为纯粹是经验学或眼学，需要综合知识的比拼。不同的木器有不同的鉴别方法，很难用统一的标签划分归属。一般老家具的辨别主要体现在“型、艺、材、韵”上，而新式家具的辨别主要表现在“材、韵、器、艺”上。这种顺序的演变反映了中国传统文化与新时代文化的价值观差异。

木器饰品手串，基本是用木材的料头制成的，重量不超一百克。相较家具，于鸿雁觉得，手串几乎没有投资的升值空间，还达不到藏品范畴，因为收藏和升值是两回事。他解释说，收藏包含了极其个性化的门类，如火柴盒、火花烟标，这些只能在极小的圈里活动，需要大家认同其价值。而手串作为腕上装饰，虽然原始于佛教的法器，凝有风俗传统，“最初戴在脖子上作为念经计数的辅助工具。彼时因工艺技术，木料难以磨成小圆珠，基本都用诸如本身就是圆形的菩提子类的自然物质制作，佛珠不讲究材质装饰，偶有高档的佛串沉香。发展至清朝演变出了与佛珠一样108颗的朝珠，用于官员的官服配饰，还会配上顶珠、腰珠、流苏等配饰，更具有装饰性和艺术性，是社会地位的象征。材质则多见于以贵重木材，如沉香、紫檀等。今日作为美术、装饰用，是佩戴者个性化的体现；而在把玩上有了更多体现价值：缓解心理压力、作为宠物玩件、财富的象征”。

紫檀　下一个涨势木材

一向用玩的心态搞收藏、用做事业的方式钻研藏品的于鸿雁，如今已收藏了数百件珍贵的红木家具。他深信，收藏是对历史时间的总结。由于历史与我们之间存在天然的割裂，我们唯有通过收藏他人的时间，透过藏品与古人进行跨时空的交流。

在他多年研究木器文化的过程中，困惑于在收藏界绝大多数人并不从科学的角度理解古人，也不从现代人的思维理解现代，而是不加区分地复制历史。于鸿雁激动地指出：“我们不能只为研究古董、古迹而阻碍了社会的进步。”他强调：“我们的生活环境和方式与古人存在差异，因此设计的凳子高度也不同。古人以五十厘米为宜，因过去建筑不防潮，需要垂足而坐规避地面潮湿的影响；而今三十厘米高的沙发更为舒适。我们要懂得热爱生活才能更好地研究家具，别光就家具论家具。”

在收藏和研究过程中，最令于鸿雁遗憾的是十几年前的一次错误预估。定制价值四万五千元的一款明式红木落地屏风，20 世纪 90 年代后，在价格差不多的红酸枝和黄花梨中选择了红酸枝。然而，未想十几年后红木价格虽然翻了 20 倍，但黄花梨的价格却翻了不止 200 倍。不过错误预测带给他另一番惊喜：他开始关注木器收藏市场的走势。如今已具有一定影响力的他预计，下一阶段涨价的木材或许将是紫檀。

（发表于《如意时空》杂志 2014 年 5 月刊）

滚滚车轮上的博物馆

专访上海汽车博物馆公众教育部主任姚畅

它，是人类痴迷的流行潮物；它，是见证审美变迁的风尚标……它——汽车，从百余年前一路驶来的独特文化载体，所折射出的潮流与时尚，既令人惊艳，又令人深思。汽车的过往，记录了一个超强产业体的崛起。我们的城市见证了汽车这一传奇产业的百年，汽车在人类出行的移动方式中究竟发生了哪些变革？让我们随着历史的镜头，在上海汽车博物馆（以下简称“博物馆”）公众教育部主任姚畅叙述的画面里，一同品悦上海，对话百年车世界。

对话历史

回望历史，汽车约在 20 世纪初便驶入了繁华的上海滩，那时街头巷尾，各式各样的汽车品牌销售广告琳琅满目。约二十载光阴流转，上海已拥有数万辆汽车，世界各大汽车厂商的品牌在这齐聚，上海的街道俨然成了一个灵动的世界汽车博物馆。

20 世纪 20 年代，汽车日益增多，上海马路上随之出现了加油站。尽管当时多数人尚无力购买私家车，但热衷于在配备汽车的照相馆里拍一张相片过足“汽车瘾”。据悉，上海的交通管理可追溯到1864年，而第一张汽车临时牌照则于1902年在上海颁发。为维护交通秩序、取缔违章车辆并保障行车安全，自1927年起，上海开始着手办理各类车辆的登记、检验、验照等手续。

20世纪30年代，有轨电车、公共汽车、双层公共汽车等交通工具已逐渐成为市民出行的首选。1946年，上海车辆改为靠右行驶，至1948年，公共交通公司的运营线路已达十四条，总长103公里。步入20世纪50年代，全球汽车产量突破一千万辆大关，而上海的汽车产业也迎来起步阶段。姚畅介绍道：“1958年，上海汽车厂试制出了凤凰牌汽车，至1960年底，共生产了不足二十万辆，后因故停产。1964年，更名为上海牌，上海牌轿车是改革开放前中国唯一实现大量生产的公务型轿车。”在这款车型的发动机盖上，一只展翅欲飞的凤凰栩栩如生，似承载着人类探索创新的智慧与激情。姚畅补充道：“从正式开始批量生产到1991年停产，共生产了七万七千余辆。遗憾的是，目前我们尚未发现一辆真正的凤凰牌轿车，博物馆内所收藏的是1964年出产的上海牌SH760型或其后续改进车型。”

姚畅继续讲述道：“1958年的红旗CA-72型轿车是中国第一代投入使用的国产高级轿车。其融入了多种中国民族元素，共生产了206辆。非常幸运，博物馆有幸收藏了这一珍贵车型。”

馆藏史记

汽车工业，作为现代化强国的经济支柱之一，其传奇的机器不仅凝聚了人类创造力的精髓，更闪烁着智慧与想象力的光辉。它们不仅改变了城市形态，也影响了我们对时间与空间的认知。博物馆的诞生，无疑为我们打开了一扇探索古董汽车文化的便捷之门。

馆内珍藏着一百十余辆古董车，以及珍贵的古董车模与车标。这些古董车有的色彩斑斓，有的朴实简约，还有的则厚重沉稳。每辆车都承载着一段历史故事，印刻着时代留下的痕迹。仿佛车主依然紧握方向盘，发动机仍在轰鸣，随时准备驶向未知的远方。

姚畅说："在这些古董车身上，你仿佛能看到历史的风云变幻。古董车的意义，远远超越了汽车本身。它们闪烁着科技与艺术的光芒，寄托了人类的梦想。我们馆藏的古董车不仅会与国内外有着广泛的交流与展示，也会不定期地更新展示车辆。"在博物馆的二层珍藏馆内，有一辆初见便让人心生欢喜，深入了解后更觉惊艳的尤物——梅塞施密特 KR200。姚畅总是乐于与人分享这款她最爱的汽车："欢喜是因为它够迷你，惊艳是因为它够奇葩，它并非小众之作，而是梅塞施密特股份公司在多次转型中的意外惊喜。"

梅塞施密特股份公司，这家著名的德国飞机制造商，前身为巴伐利亚飞机制造厂（BFW），成立于 1916 年。在第二次世界大战中，其开发的飞机如 Bf-109 战斗机和 Me-262 战斗机都有着出色表现。而在第一次世界大战期间，BFW 为普鲁士和巴伐利亚开发了多款战机，继而成为巴伐利亚地区最大的飞机制造商。姚畅说："一战期间他们所生产的战机大多以木头为主要原料，这不仅因为木头比金属轻，更因为 BFW 拥有先进的木材工厂，从而具备了开展衍生业务的能力。KR200 以其纤细的车身和空气动力学设计而著称，更重要的是，它拥有极高的效能。一个 200cc 的发动机就能让它跑出 100 公里 / 小时的速度。1955 年，梅塞施密特改装了 KR200，凭借其稳定的性能，在霍根汉姆打破了排量 250cc 以下三轮汽车 24 小时行驶记录，并创造了 103 公里 / 小时的速度记录。"

这款昙花一现的经典之作，如今已成为微型车界永久的谈资，其萌萌的、帅帅的外表俘获了一大批爱车人的心。

除了 KR200 这款特色车之外，姚畅还介绍了馆内收藏的其他几款独具特色的古董车。其中包括 1886 年德国生产的奔驰一号三轮汽车——这辆被公认为“世界第一辆车”的汽车；1902 年出产的标致 39 型车——其外形更接近于现代汽车；德国大众的“甲壳虫”——最早于 1938 年由著名汽车设计师保时捷博士设计并试制而成，其设计原则是一辆“每个家庭都买得起的轿车”；1983 年的法拉利泰斯塔罗萨——法拉利历史上的第一款大批量生产的车型，也是当时世界上跑得最快的公路跑车之一。

赛事还原

自 1949 年起，现代化汽车产业在嘉定安亭生根发芽，蓬勃发展。时至今日，在上海的西北角，一座以轿车工业和轿车生产配套工业为主导的现代化综合性工业城已蔚然成形。中国，作为全球汽车产销第一大国，其汽车文化的深厚底蕴在博物馆中得到展现。作为我国首家专业汽车博物馆之一，自 2007 年起便对公众敞开了怀抱。姚畅说：“馆内设有历史馆、珍藏馆、探索馆及临展区四大功能区域，二十多个品牌的百余辆经典古董车陈列其中，呈现汽车百年发展的若干精彩瞬间。‘空间的沟通与融汇，视觉的穿透与交流’是博物馆建筑设计的精髓。流线型的建筑外观，不仅展现高速状态下汽车的运动轨迹，更为车迷在曲线的展览区域中自由穿梭、随性探索。”

姚畅还分享了馆藏瑰宝。这些古董车不仅记录了中国汽车工业的发展历程，更展示了世界汽车发展历程的经典车型。此外，馆内还珍藏有古典马车、早期自行车，以及与汽车生活息息相关的各类古董器具。这些古董汽车基本保持着行驶功能，姚畅补充道：“我们定期举办古董车拉力赛。参赛车辆有的已有七八十年的历史，但它们依然能在300公里的赛程中持续行驶而不熄火。比赛不仅考验了驾驶员和导航员的默契配合，更考验了古董车本身的可靠性能。为增强比赛的趣味性，我们还设置了精确计时的赛段，如20秒内行驶100米，这对驾驶员的车速把控和导航员的时间提示都提出了极高的要求。这些古董车的油门刹车与现代汽车截然不同，它们需要车手、导航员和车辆三者之间的配合和默契度。”姚畅还提道：“我们曾派出一辆拥有70年历史的古董车参加从北京到上海的拉力赛，6天行驶两千多公里。”

曾经的古董车如今为收藏鉴赏、赛道夺冠而生；曾经是品牌史上的珍稀之作，却幸运地被留存至今，并重获新生，再次驰骋在赛道上，绽放新光彩。“嘉”速前进，驶向未来。丰富而立体的汽车产业、文化项目，构筑在滚滚车轮上的魅力科技凝聚着巨大张力落地上海汽车博物馆，为上海的现代化建设与发展缔造传奇。透过一场场古董车的盛宴，我们得以窥见往昔时代的格调与设计美学。古董汽车不仅美丽了我们的自由生活，更让我们为之着迷。

（发表于《上海画报》杂志2017年11月刊）

名人手迹签名本收藏　保存记忆的方式

专访签名本收藏者钱永林

“最理想的藏书，莫过于带有作者签名、题词，或曾被名流翻阅并留有痕迹的图书。”某名人签名图书标价近二十万元，我们且不说其现象“冷静”与否，却也验证了“一经品题，身价倍增”之说。钱永林，拥有三十余年签名图书“藏龄”，每天醒来首先映入他眼帘的便是卧室窗旁那满满两柜、总计六百余本签名图书。那一本本题材广泛、五彩缤纷的图书，总能勾起他对那些手迹签名背后的珍贵记忆和文化情怀。

在晨曦中我独家专访了钱永林。他感慨地说：“有人认为收藏是一种投资，但我更觉得它是一种情趣和文化的体现。对我而言，收藏签名图书，只为喜欢，而非拍卖牟利或收罗珍本异籍。我享受收藏带来的宁静与快乐，或许将来我会捐献传承。”

收藏的第一本签名书籍

一般而言作家早期作品、成名作、初版及限量发行的签名图书尤为珍贵，值得收藏。手迹签名图书包括作者赠亲友的签名本，名家自署、题跋及藏书印记本。然而批量生产的明星签售图书，收藏价值较低。

钱永林的收藏之旅始于1978年，他与友人合著的由上海教育出版社出版的图书《诗歌选析》，定价是3角8分。为纪念这本集体创作的智慧结晶，他邀请参与编辑工作的胡良骅、刘名福、陈浦生、徐公诚四人在扉页上签名，这成为他的第一本签名藏书。就此，开启了他的藏书之旅。对于钱永林而言，实体签名图书不仅具有装帧设计感和纸质触感，还能承载作者的情感记忆。“2012年8月我在上海书展排队请东方卫视知名主持人骆新为《骆意不绝》签名，骆新说：‘签名图书是一种人际关系的整合，它为人们提供了一片心灵栖居的空间。’”

真正让钱永林眷恋收藏签名图书的，是20世纪80年代初那个少有手迹签名图书收藏爱好者的年代。由于职业关系，他所在上海的新华书店经常举办作者签名售书、新书发布会等活动，这也给他提供了难得的收藏机会。当时收得有与他相识的作者叶永烈的《中国科学明星》《侦探与小偷》，刘金的《马上随笔》，罗达成的《中国的旋风》，谢其规的《小红螺》。从那时起，他的藏书之路从未中断，退休后更是愈发狂热。每年上海书展或报刊披露签名本书讯时，他总会“挤破头”去选购。如今，他的书柜里已收藏了六百余册，而藏书因五次搬家遗失不少，最多时藏有几万册。除签名图书外，他还藏有老照片近两千张，毛主席徽章八十余枚等。他认为这些物品是对历史的见证和变迁的思念。现在，这些老照片被钱永林按其内容和出处分门别类地归整在相关相簿中，并题上了诸如《至爱情》《南北情》《风采情》《天涯情》等册名。

钱永林的父亲在邹韬奋创办的三联书店工作，受家训影响，他酷爱读书。但又迫于家境贫寒，15岁那年中途辍学，报考了上海福州路的中国图书发行公司（1954年与新华书店合并）。从此走上了与书为伴的道路，从一名图书发行者到书展参展者，再到书展参观者；从读书人到卖书人，再到阅书人；从购书人到藏书人的多角色转换，始终与书不离不弃。甚至在1982年，他还在衡山路944号创办了全国第一家艺术书店。四十五年间，他长期蜗居于书库里，在琳琅满目的书堆中长大的"新华人"与书"纠缠"至当下。

述签名本背后的藏书故事

《孽债》"双胞胎"签名本

20集电视连续剧《孽债》热播，于上海引发了轰动效应。钱永林所珍藏的这本签名本，正是那段"《孽债》热"及其所带来的影响的珍贵记忆和见证。在书柜里，两本由著名作家叶辛亲笔签名的《孽债》赫然在目，它们并肩而立，熠熠生辉。一本为32开，江苏文艺出版社1995年版，书页微泛黄；另一本则是大32开，上海人民出版社2004年版的《叶辛新世纪版珍藏本：孽债》。

1995年1月24日是一个难忘的日子。那天，寒风凛冽，他所在的上海静安寺新华书店门前，近两千名读者排起长龙，翘首以盼《孽债》作者签名本的发售。"这一景象多年罕见，读者们从四面八方赶来，队伍中既有在父亲陪伴下从病房请假出来的小朋友，也有曾在云南插队的女知青，更有盲人动情地表示，'虽然我无法亲眼看见，但我可以请人读给我听。'这一幕幕温馨动人的场景深深打动了在场的每一个人，最终，1900本图书迅速售罄。"钱永林作为"近水楼台"的收藏者，也幸运地获得了。近十年后，上海人民出版社决定再版《叶辛新世纪版珍藏本：孽债》。2004年9月23日下午，已退休七年的钱永林受邀参加了新版《孽债》座谈会，并收藏到了《叶辛新世纪版珍藏本：孽债》，从而使得他的书橱里出现了《孽债》的“双胞胎”签名本。

藏到盗版书后喜获湘版王跃文典藏版

早在1999年，钱永林便购得了王跃文所著的人民文学版《国画》，这是一部反映官场题材的长篇小说。自那以后，他对于王跃文的作品情有独钟，陆续购买了多家出版社出版的几十本，如《情画》《省画》《政绩》《权场无奈》《权道》《跑官秘书》《国风》等，以及在书店购得的《龙票》《西州月》等。

王跃文作为湖南省作家协会副主席（时任）、作家，钱永林便想起了他在长沙的出版社老友刘小贞先生。他特意给刘小贞写了封信，并附上自己所收藏的王跃文作品书目，希望老友能代为拜访王跃文，并将信和书目转交给他。王跃文收信后，亲自回信表示感谢，并遗憾地告知钱永林，所列书单上的41种图书，只有六本是他所著，其余均为不法书商盗用他的名义出版的非法出版物。为了安慰钱永林，王跃文还赠给他一本重庆版的《我们把月亮忘记了》签名本。

收到回信和签名本后，钱永林既为王跃文的亲笔回信和惠赠签名本而高兴，又为自己上当受骗而深感懊恼。他的老友对他的收藏遭遇既感动又同情，知道王跃文出书最全的是湖南文艺出版社，便热心地帮他牵线搭桥找到该社的发行科科长胡正棋。最终，全套9卷本的王跃文长中短篇小说和杂文集的签名本，从长沙寄到了上海。钱永林激动不已，“这可是王跃文亲自定稿的权威典藏版本啊！”

2013年，得知王跃文将在上海书展签售新书《爱历元年》，钱永林一早便赶去现场购书并请其题签，祝贺他获得“鲁迅文学奖”。两人还在展厅合影留念，从此结下了深厚的友谊。

单本较多作者签名的藏书《谢谢老谢》

2012 年的某天，钱永林偶然间在报纸上瞥见了《谢谢老谢——深情怀念谢泉铭》一书即将发行的消息。这位被众人亲切地唤作“老谢”的故人，曾在 20 世纪 70 年代于《解放日报》的“朝花”副刊担任编辑，并在上海文艺出版社留下了他的足迹。当钱永林看到这位旧识的出书信息时，内心的激动之情难以言表。

回想起 1996 年的那个日子，老谢曾专程到南京西路新华书店寻求钱永林的帮助。上海电影制片厂的表演艺术家程之的家人有意为程之出版一本自传体图书，而老谢则全权负责出版的相关事宜，唯独发行环节需钱永林协助。对于老谢的请求，钱永林毫不犹豫地答应了。终于，在程之逝世一周年的 2 月 14 日，这本自传遗著《我这一辈子》得以面世。“那年，81 岁的上海市原市长汪道涵亲自为该书题写书名，而 78 岁的著名演员张瑞芳则为其作序。3 月 5 日，我负责举办了由程之子女程芊、程万、程前参与的读者签名售书活动。那日，老谢在《我这一辈子》的内页上题了词‘书海逢知音’，赠予我作为留念。”

然而，2000 年，老谢却突然病逝。出于对谢泉铭的敬仰和怀念，钱永林迫切地想要得到这本由多人撰写的纪念专集《谢谢老谢——深情怀念谢泉铭》。他先后走访了多家书店，却都被告知无此书可售。一日，钱永林偶遇上海译文出版社的吴莹总编辑，便托她带信给与她同住一栋大楼的江曾培老师。江老师曾是上海文艺出版社的总编辑，也是该书的作者之一。钱永林希望他能设法帮助自己买到这本书。江老师回复，让钱永林直接找上海文艺出版社的郑宗培总编辑和该书的责任编辑修晓林。此外，钱永林还意外地收到了江老师所著的《三题集》等两本签名本，这让他倍感欣喜。

2012年6月，钱永林再次拜访了郏宗培总编，但遗憾的是，他依然未能如愿以偿。由于求书心切，第二年，钱永林三次踏入上海文艺出版社的大门。终于，功夫不负有心人，他碰到了此书的责任编辑修晓林。在表明来意后，修先生虽有为难，因为这本书在社里确实没有留存，但当他得知了钱永林和老谢的深厚情谊，又看到他如此迫切地想要得到此书时，便慷慨地从办公桌上找出了他作为责任编辑所保留的唯一一本书。

"当我打开扉页时，惊喜地看到了写得满满的32位作者的签名，其中包括龚心瀚、江曾培、郏宗培、叶辛、修晓林等知名人士，还有我相识的作家和友人，如王周生、田永昌、季振邦、张士敏、陆萍、成莫愁、潘阿虎等。特别珍贵的是，上面还盖有'谢泉铭珍藏书'和老谢女儿谢咏的印章。这本'限量版'图书，对于我来说，得之不易。"此书是他藏书中拥有最多作者签名的一本。

在离开时，修先生还赠送了一张"纪念老谢活动"的CD片作纪念。然而，此书还有些作者没有签上名，如孙颙、赵丽宏、姜金城、雷群明等。为弥补这一遗憾，钱永林于9月来到了桂花飘香的上海作家协会大院，拜会了孙颙（上海新闻出版局原局长、上海市作家协会副主席）。孙颙欣然挥笔签名，使得这本书更加珍贵。在诉说这段往事时，钱永林的话语中充满了深情与感慨。他深知这本书的珍贵与意义所在，不仅因为它是"限量版"，更因为上面有着这么多人的签名和回忆。通过收藏这本签名图书，钱永林深刻地体会到了其中的实用价值、艺术价值、观赏价值以及史料价值。这些价值不仅让他的心灵得到了净化，更给予了他精神上的慰藉。

书柜内收藏着浓浓情意

钱永林偶尔会以谦逊的姿态说道：“就我所珍藏的签名图书而言，数量或许不算庞大，但在这悠悠三十余载的岁月长河里，‘众人拾柴火焰高’，这些签名书籍的收集确实历经不易，它们承载了众多友人与同事的支持与深情厚谊，对此我满怀感激。”

与俞天白车站相遇

钱永林与俞天白因文学活动结缘，两人年龄相仿，一个是创作者，一个是书籍的传播者。俞天白总是慷慨地将自己的作品赠予钱永林，从1985年的《愚人之门》《X地带》等长篇小说，尤其是轰动文坛的《大上海沉没》，到人民文学版的《银行行长》，每一部作品都见证了他们的友谊。在俞天白赠送的签名图书中，《留德家书——一个本土作家和他留德博士儿子的人生对话》给钱永林留下了深刻的印象，这本书让他感受到了两家人孩子共同成长的亲切感。

与柏杨夫妇的书缘

要深入了解中国台湾著名作家柏杨先生的作品，不能错过《丑陋的中国人》以及春风文艺版的《我们要活得有尊严》，这些带有签名和印章的图书不仅珍贵，且意义非凡。它们让钱永林回想起1988年11月，柏杨在西安为读者签名售书的情景，他总是写下同一句话：“中国人请你笑一笑，笑就是美——柏杨。”这句话不仅是柏杨的心声，也是他的愿望。在钱永林的书柜中，还有一本醒目的32开古吴轩版《丑陋的中国人——漫画演绎版》。柏杨的夫人张香华曾告诉他，这本漫画书于2007年秋天开始创作，完成于2008年柏杨去世后的两个月，因此成为柏杨的遗作。每当看到这本书，钱永林都会深感怀念与珍视。

2001年深秋，钱永林与柏杨的夫人张香华相识。“我接到台北东华书局所属的上海马哥孛罗面包公司总部卓鑫淼、卓刘庆弟董事长的指示，负责接待张香华为处理柏杨著作出版事宜而来大陆的事务。”在一周的相处中，张香华得知钱永林喜爱收藏签名书籍，便主动为他寄来夫妇二人的著作，包括《奋飞柏杨精选集》《怪马集》《践踏缤纷的落花》《我们的和弦》等八本签名书籍。2009 年，钱永林又多次收到她寄来的多册签名图书，涵盖回忆录、随笔、文史、评论等多种题材。

钱永林回忆道：“2004 年 8 月 3 日，为‘纪念一代伟人邓小平百年诞辰’，我还得到了郭承丰馆长亲笔题签的中国台湾版《邓小平百年诞辰纪念画集一百猫图》大型画册的签名本。”而此刻，钱永林的思绪又飘到了 2006 年，他在报纸上看到中信出版社出版的《柏杨品三国》问世的报道，这是一部全面解读三国历史政治运作与权力游戏的新作，具有五大看点。他渴望一读为快，于是写信给张香华，她毫不犹豫地寄来此书。更令钱永林难忘的是：“2005 年 5 月，意外地收到了张香华为纪念宠物猫‘熊熊’而著的《猫眼看人》的签名本。”

与《周慧珺传》的“冲击”

获取签名图书的过程总是充满曲折。回溯至 20 世纪 80 年代，当钱永林担任上海艺术书店经理之际，他有幸在上海中国画院遇见了著名的书法家周慧珺，她同样也是艺术书店的忠实读者。得益于上海中国画院资料室陆梅英老师的热心帮助，钱永林获得了一幅周慧珺老师的亲笔条幅，“这幅珍贵的书法作品自此便悬挂在我寓所的厅堂里”。2011 年国庆节前夕，钱永林在报纸上得知李静、张亚圣合著的《周慧珺传》即将在上海书城进行首发及签售活动。“我托人上门请周慧珺老师和李静老师签名。”谈及此景，钱永林依旧感动不已。

钱氏宗亲的签名本

无论是钱文忠、钱乃荣、钱宁还是钱汉东等名家，他都一一收藏。2012 年 8 月，当他得知《钱汉东诗文墨迹选》要举办新书发布会，且钱汉东将用毛笔进行签售时，他欣然前往，钱汉东在书的扉页上用其飘逸的书法题写了“永林宗兄双正”。翌年初秋，“我又签得了《钱汉东散文随笔选》一书。”

走“后门”得来影星签名本

“一次在报上得知，祝希娟等电影明星将要在上海影城举行电影连环画《红色娘子军》签售活动，我托同事陈冠贤代为签名。陈先生经过多次努力，祝希娟、牛犇、吴贻弓、向梅、徐大雯（谢晋导演的夫人）都在这套连环画上签了名，但影片的作曲黄准因故没到场而缺签。后由陈先生的太太多方托人奔波，直到隔年 4 月初终于签到了黄准的大名，完美地圆了这套连环画签名本的梦。”

钱永林的老同事王志祥长期关心他的签名本收藏事业，曾赠送他珍贵的签名本，如《杨村彬艺术》《贺友直自说自画》《珍藏的记忆》等。2015 年 1 月，王志祥在全国图书订货会的展会上看到有签售活动，便挤进排队，为钱永林购买顾保孜著、杜修贤摄影的《周恩来最后 600 天》签名本。

访谈结束时，已八十多岁的钱永林看着腕表，面露焦急之色说：“我要给夫人烧饭去了，她身体不太好……”望着他渐行渐远的背影，仿佛期盼着与织女鹊桥相会的牛郎一般，我的耳边回荡着他那句“要做个快乐的人，过好每一天”，不禁湿润了眼眶。

（钱永林，签名书籍收藏者，1937 年生。曾任徐汇区和静安区新华书店副经理、经理；上海少年儿童书店经理；上海全国期刊总汇经理。）

（发表于《东方藏品》杂志 2015 年 7 月刊）

南红玛瑙：宝石界投资收藏新贵

专访清华大学彩宝、翡翠、钻石投资收藏班教授汤惠民

南红玛瑙，从最初的几元一斤毛料，到如今的高价，尤其在2013年春拍中，一件《豆中强》双灵水呈南红玛瑙以24万元成交，价格飞涨仅在近三年间。究竟是什么导致这块“石头”的疯狂？珠宝鉴定专家汤惠民，也是台湾大学地质研究所硕士，对南红玛瑙有着独到见解和敏锐判断。他带领我们深入了解南红玛瑙，并与我们一同挖掘南红玛瑙火暴背后的故事，揭示这块“石头”的疯狂涨价之谜。

南红玛瑙与普通玛瑙之别

南红，以其温润而内敛的独特气质，被誉为佛家七宝之一的“赤珠”。追溯其历史，早在战国时期的贵族墓葬中，便已发现了南红串饰的踪迹，而今，在北京故宫博物院内珍藏着一件清代精美的南红凤首杯。南红最古老的产地是云南保山，因此而得名。

虽然南红属于玛瑙的一种，但并非所有的玛瑙都能称为南红。南红的主要成分是二氧化硅，在与空气长期接触的过程中，其表面会形成艳红色与斑点状的赤铁矿内含物，这是南红与普通玛瑙

最为显著的区别。普通的红玛瑙，并不会出现南红所特有的红色小斑点，即所谓的"朱砂点"。

值得注意的是，目前国检、北大以及全国各地质检站所开具的证书中，均只标示为"玛瑙"，而不会特别注明"南红玛瑙"。这点需收藏者要格外留意。因此，建议收藏者在挑选南红玛瑙时，应从纯色的南红入手，并尽量选择信誉良好的专卖店。市场上，不乏经过加热处理变红，甚至是染色的南红玛瑙，需谨慎辨别。

谈及南红玛瑙与普通玛瑙的区别，首先体现在质地上。南红玛瑙体若凝脂，宝光内敛，有传统和田玉的温润之感；而普通玛瑙则晶莹剔透，光泽外放，犹如玻璃般明亮。其次，从颜色上来看，南红玛瑙更是以"红"字为核心，其色域限于红色至趋近于无色这一区间，但必须带红。普通玛瑙则没有局限、各种颜色都有。

老南红与新南红的辨别

南红玛瑙的收藏价值因其颜色而异。要分辨南红玛瑙的种类，首先需确定其产地，如保山料、川料或甘肃迭部料，接着再观察其颜色，包括锦红、玫瑰红、柿子红、樱桃红、水红、冰飘以及红白缠丝料等。其中锦红是南红色彩中的帝王之色，产量稀少，因而尊贵；柿子红深受追捧，手把件等配饰的价格通常高达十几万元以上；柿子黄雕制的小吊坠价格在几千元到上万元不等；红白料相对平价，一千元至五千元间即可购得。

选料要综合考虑颜色、温润度、外形、厚度等因素。鉴别南红玛瑙的材质，一个简单方法就是，打光观察朱砂点是否均匀，质地是否具有胶质感。目前市场上有烧红玛瑙冒充南红的，以及优化过的南红，如灌胶南红和封蜡南红。对于这两种情况，简单判别方式就是打白灯或用打火机烧。在打白灯下，若南红内部出现夹层或网状结构，则可以判定为非天然南红，可能是水晶合成南红或有夹层的南红；用打火机烧若有蜡味或油脂渗出，则为封蜡南红玛瑙。

老南红是古时在悬崖上开采出来的，是甘南红和保山南红的老坑料，其历史价值和文化内涵更是不可估量。那怎么辨别老南红与新南红，可以看风化纹、看包浆，老南红有风化纹有包浆，新南红则无；看孔道，汉代以后打孔技术是打直孔，明清时期的南红珠子，如是喇叭口或对打孔，可判定是假南红；老南红的价格与翡翠价格持平。保山料是川料价格的两倍到三倍。

拍卖市场价与投资收藏秘籍

目前，南红玛瑙的拍卖市场价主要根据其大小件来划分。小件作品的价格通常在一万元至三万元之间，大件作品则十万元以上。那么，南红玛瑙的收藏或投资价值究竟有多大呢？汤惠民说：“超过拳头大小的南红玛瑙原料，其成长空间预计每年可达 50% 到 100%。从收藏的角度来看，质地优良、颜色纯正鲜艳的南红玛瑙，无论是成品还是原石，都极具收藏价值。然而，这需要收藏者具备相当的收藏知识和鉴赏能力。”

对于雕件的选择，汤惠民建议首选名家亲工雕件。随着众多白玉雕刻师投入南红雕刻领域，南红雕刻的技艺也愈发纯熟和精湛。他个人更喜欢具有仿古龙纹杯、仕女图以及吉祥如意等寓意的作品。

对于想要加入南红收藏行列的新人们，汤惠民给出了以下建议：首先，看雕刻大师的名气。其次，遵循“好料、好工和好创意”的原则：料子越大、雕工越精细、创意越独特的南红雕件，其收藏价值也越高。最后，多看、多分析网站上的详细照片和拍卖资料：这不仅可以帮助收藏者鉴赏好工艺，还能提高自己的鉴别能力。

火热背后的秘密

南红玛瑙作为一种珍贵的宝石材料，其饰品种类繁多，包括吊坠、摆件、手把件、珠链、手串、戒面以及耳钉等。其刻成的饰品、艺术品，近年在市场上备受瞩目。首先，南红玛瑙的质地细腻，产量稀少，在清朝乾隆时期就已开采殆尽，同时，其所呈现出的中国红色调，更是深受中国人的喜爱。它的红色中带着黄色调，这种天然红既低调又惊艳，这种独特的情结使得南红玛瑙在市场上更具吸引力。其次，南红玛瑙的软硬度适中，更易于雕琢。再者，云南保山作为南红玛瑙的最初产地，其封矿消息不断传出，导致老料数量有限，价格水涨船高。然而，随着四川新矿的发现，质地优良的川料逐渐崭露头角，其价值与保山料不相上下。最后，南红玛瑙在大众中的普及程度越来越高。与翡翠、白玉等珠宝相比，南红玛瑙的价格更亲民。随着消费者对南红玛瑙认知度的提高，其市场需求也不断增加，从而推动了市场的火热发展。

南红玛瑙市场的火热并非偶然现象，而是由其稀有性、独特的文化寓意、良好的可雕性以及亲民的价格等多方面因素共同作用的结果。

（发表于《如意时空》杂志 2014 年 9 月刊）

有价值的艺术品需用心寻找

专访上海拍卖行有限责任公司副总经理、
上海国际收藏品公司总经理陈克涛

陈克涛，六十有二，言语间流露着年轻人般的活力，兼备学者的那份从容不迫和智者的温文尔雅。流连忘返于艺术交流间，他的感悟极深，让人莫名崇敬；他给人的印象是，仿佛拥有洞悉世事的火眼金睛，从他那饱经历练而依然清澈的眼神中，激情似在燃烧，睿智依然积淀。拜访在古玩鉴赏、收藏界有着举足轻重的人物，宜在朝阳初升之际。

“上拍”诞生

在欧美等发达国家，艺术品消费已然成为生活不可或缺的一部分。与此同时，艺术品市场也展现出其独特的魅力，它兼具金融产品的属性，能保值、增值，当然也存在贬值的风险。更重要的是，艺术品承载着历史的价值，具有唯一性和永恒性。而在艺术投资的众多环节中，拍卖无疑是一个重要的环节。正是在这样的背景下，1989 年，上海拍卖行有限责任公司（以下简称“上拍”）应运而生。

“踏入拍卖行业，能广交朋友，丰富人生阅历，得以目睹那些以往只在历史书页中读到的古玩珍品；给予我无数学习、探索、研究的机会，让我有机会与古人进行跨越时空的对话。接触到一件曾经被乾隆皇帝珍视、把玩的古玩时，我仿佛间接地与历史名人握手，感受到了那份穿越时空的文化传承。在艺术品投资的世界里，保持一颗平和心态至关重要。不要过于追求经济回报，多从文化角度思考，去感受每件艺术品背后的故事与价值。这样会对收藏、生活有很大帮助。”陈克涛，这位出身于书香门第的艺术家，对艺术的热爱源自童年祖父常拿书画册页当小人书讲故事，这份热爱，如同家族传承的书香，悠悠绵长，永不褪色。

他说：“我坚决反对那种未经深入研究便急于将艺术品变现的行为。每件艺术品都蕴藏着等待人们去发掘的惊喜，若你能够洞察到他人未曾留意之处，那便是你成功的标志。真正的观赏，不仅是用眼睛去看，更是用心灵去感受，用思想去领悟。”谈及自己的学术背景，陈克涛脸上洋溢着自豪。大学就读于中国语言文学系，研究生阶段则选择了考古与鉴定专业，这样的学科交叉，不仅为他打下了坚实的文学基础，也让他对文物鉴定有了更为深入的理解。20 世纪 80 年代初，当上海文物商店开始内销时，他便成了那里的常客，穿梭于市场之间，如饥似渴地向社会学习，向市场取经。他深知，书本上的知识虽宝贵，但实践中的学习更为生动、深刻。

敲响市场第一槌

拍卖活动的历史可追溯至古巴比伦时期的婚姻分配习俗，后经古罗马的资产拍卖实践，至 18 世纪欧洲形成专业化拍卖行业，并在近现代扩展至财产权利领域。从战利品到知识产权等标的物的演变，反映了拍卖从早期社会习俗向制度化、市场化商业行为的转型。在我国，自拍卖业恢复以来，仅用二十余年便实现了从公物、罚没物资拍卖，向涵盖几乎所有流通商品和财产权利的跨越式发展。这一进程中，上拍率先敲响“迈向市场第一槌”。

面对这一辉煌成就，我满怀好奇地询问陈克涛：“在当时，作为一家综合性拍卖企业，上拍是如何想到将艺术品与大众紧密结合的？”陈克涛微笑着回忆道：“早在 1992 年，上拍总经理林一平先生便独具慧眼，开启了艺术品拍卖的先河。2011 年，我们的艺术品拍卖成交额已达一亿八千万元，连续两年实现了翻倍增长。然而，尽管成绩斐然，但在市场上提及谁是艺术品拍卖的领军者时，上拍的名字却鲜少被提及。因为我们并非专业艺术品拍卖公司，而是以拍卖物资、房产为主。”

在采访前，我曾讶异于上拍连续十几年竞拍并成功获得中央电视台所有广告权，而今从陈克涛口中得以证实。他坦言：“尽管海关、法院、银行等物资拍卖依然是主要业务，但艺术品拍卖也成为上拍重点项目之一，其业务增量显著，占整体比重从 3% 增至 5%。”凭借努力与创新，上拍在拍卖史上创造了无数个“第一”，如 1992 年首次拍卖长期被禁锢的工艺品，1997 年首次邮品拍卖，1998 年上海首次国有企业库存物资拍卖，以及“BP 机”吉祥号码等资产拍卖。

在我们访谈间，门外走进一位手拿照片，请求陈克涛帮忙鉴定并估价其家整套家具的访客。陈克涛欣然允许，他的专业与热情让人印象深刻。他解释说：“艺术品作为收藏品时，并无行情高低之分，但一旦成为投资项目，定会受市场波动的影响。在国际上，房地产、证券和艺术品被誉为三大传统投资项目。随着资金的涌入，越来越多的普通民众开始涉足艺术品市场。”

上拍的艺术品拍卖业务涵盖了中国书画、西洋油画、瓷器文房、老红木家具、白玉翡翠、邮品钱币、名表珠宝等。"古玩，传统意义上的文人游戏，曾是达官贵人的专属爱好。随着时代的变迁，古玩逐渐从'皇家豪门的象牙塔'里走向了民间，融入了市场。"

艺术品投资：
精神与财富的盛宴

艺术品，这一传统、文化、智慧的结晶，不仅承载了传统文化的精髓，更是对历史的补充与证实，完善了人类的历史记忆。艺术投资与其他投资方式相比，究竟有何独特之处？

"股票市场的波动受多种因素影响，包括市场供需、人为炒作以及政府管理等。同样，房地产投资也面临着市场的变幻莫测。"陈克涛继续说道："然而，艺术品投资却有所不同。尽管资金介入其中，但艺术品作为文化产业的一部分，它提供的是精神食粮，满足的是人们对美好生活的向往与追求。"

随着经济的快速发展，人类的精神生活需求日益凸显。艺术投资，这一既能陶冶情操又能实现财富增值的投资方式，逐渐受到了人们的青睐。"艺术投资不仅仅是一种投资行为，更是一种对文化的热爱与追求。"陈克涛说："与股票市场的数字游戏和房地产投资的繁琐管理相比，艺术投资提供了一种更为优雅和富有想象力的投资方式。在家中摆放艺术品，既能欣赏其独特魅力，又能享受其带来的空间想象力。这种投资方式不仅满足了人们的物质需求，更在精神层面给予了人们极大的满足与愉悦。"陈克涛的言辞中透露出对艺术市场的深刻洞察与独到见解。

"从投资的角度来看，资金如同水流，需多个蓄水池来分散风险，这样即使有个别蓄水池出现问题，也不会对整个资金链造成致命影响。”陈克涛以其深厚的经济学背景，为我们揭示了多元化投资的重要性，“多元化的投资和收藏，不仅有助于分散风险，更能在精神上为我国人民带来极大的好处。”在陈克涛看来，最健康的艺术品消费心理正是基于这样的理念。他强调：“我们应首先出于对艺术品的欣赏和喜爱来进行投资或收藏，而贬值还是增值则应放在次要位置。因为在这个过程中，我们获得的精神满足才是最重要的。有价值的艺术品需要我们去用心寻找，去品味其中的文化韵味和历史沉淀。”

艺术品投资：心态与认知是关键

许多投资者在艺术品市场中往往偏爱听故事、追名气、看排场和外观。收藏者的动机也各不相同，“有的为投资增值，有的为转卖获利，有的则为提升个人文化品位，甚至有人在办公桌后摆放一排看似乾隆年间的图书和古董，真假并不重要。然而，经济与文化的发展总是相辅相成的。”

对于初入艺术品收藏和竞拍领域的爱好者，陈克涛给了中肯建议：“调整好心态，切勿总想着捡漏。”拥有三十年行业经验的他，坦言自己从未捡过漏，“购买的艺术品要真、要精，如价格还能低于市场价，就已经很不错了。比如一件器物，当年花三千元购入，如今升值到十万元，会感到非常高兴。但放在那个时代，三千元也是一笔不小的数目。时代不同，价值也会随着时间而变化。当大家对古玩的真正内涵有了更深刻的认识，古玩的价值自然也会水涨船高。”

陈克涛认为，投资艺术需循序渐进，不宜初涉即追求高档古玩，应根据个人财力、物力合理规划。艺术品品级各异，初学者宜从普通品类入门，避免盲目追求宫廷艺术等高端藏品，以免陷入赝品陷阱。他不露声色地回复记者。“还有，多看、多听、多问、多走。勤劳一点，多学习、多了解、多观察、多思考，不要急于掏钱。此外，要有合适的圈子。常到拍卖行、博物馆学习、参观。尤其是艺术品不能听故事，卖给你的往往有故事。我们也反复听故事，我帮人鉴定，家里一屋子古董一件真品也没有，这种情况很多。”其实，真正健康的投资心理，才可以让人在艺术投资方面进退自如。

这时，刚才的那位民间收藏者，回家拿了件床角扶手请求陈克涛鉴定与估价。陈克涛鉴定时展现出的专注神情，让人深感收藏的乐趣所在。他解释道：“对于真正的收藏者而言，他们收藏的并非仅是文物的价值。收藏者们致力于研究、了解、剖析文物，探究文物在何种历史环境下被创造，匠人们使用了哪些材料与手法，以及其中融入了怎样的文化思想等。他们追求的是对文物创造过程的深层次了解，这是文化的传承，是内涵的体现，而非单纯的故事。”

国粹艺术占一席

面对拍品来源与征集标准的询问，陈克涛解答：“拍品主要源自民间，一些老收藏家的子女不喜欢家中老物件，便会选择出售。征集时，我们主要依据时间线来筛选，民间不乏珍视老物件的人，他们往往舍不得丢弃。此外，我们还通过网络征集和委托朋友等方式拓宽渠道。传统家庭提供的古玩质量通常较好，鉴定省事。起拍价会略低于市场行情，但成交价则视具体情况而定。”陈克涛以其敏锐的洞察力和严格的鉴定标准，成功征集到了诸如“清乾隆掐丝珐琅鎏金缠枝宝相花寿字海棠尊”等精品。

谈及拍品组织过程中的淘汰率，陈克涛坦言：“一般送上门的拍品，淘汰率在95%以上！上拍设有专门的鉴定小组，每个门类都有对应的专家。征集回来的拍品会重新鉴定一遍，实行一票否决制。只要三人鉴定小组中有一人觉得有问题，就会淘汰。被淘汰的拍品，原则上我们会归还给主人。”

近年来，哪些艺术品门类走势较好？艺术品市场又呈现出怎样的走向？陈克涛表示：“传统书画、明清瓷器等经典门类一直备受瞩目，但古钱币、翡翠、白玉、黄花梨与紫檀家具等也阶段性地受到热捧，其实这更多是基于市场热点的轮番炒作。然而，艺术投资的总体趋势是积极向好的，尽管会受到经济基础的波动影响，但相比股票市场，艺术投资的波动小，宛如湖面微风轻拂，仅泛起微小波澜。”他进一步指出：“中国艺术在世界艺术领域占据一席之地是毋庸置疑的。中国优秀艺术品的拍卖价格未能与西方油画相提并论，我认为这不合理。无论从历史深度还是艺术探索的根基来看，中国艺术都具备深厚底蕴。毕加索也曾赞叹‘世界的艺术在中国’。中国拥有众多名家，其历史地位不容忽视。”

拍卖的艺术：交友与共赢

每场拍卖都会给陈克涛留下深刻印象，他最高兴的莫过于看到几件物有所值的拍品，以合适的价位成交，双方因此心情愉悦。针对当前市场上一些公司成交红火，但会后收款情况不明朗的问题，陈克涛自信地表示：“我们二十多年来违约次数不到十次，违约率在1%以下。客户的满意与高兴是对我们最大的鼓励。”

对于国际公司欲介入中国艺术市场并与本土拍卖公司合作的

趋势，陈克涛认为：“根据我国的法律法规，外国人独立开设文物艺术品拍卖公司是不被允许的。他们正在积极探索如何进入并适应中国市场。对于国外艺术品，国人需要一个了解的过程。目前，国人对外国钟表的了解相对成熟，而画作则涉及鉴定难题。毕加索、凡·高等大师的作品固然优秀，但由于接触较少，我们很难准确评估其真伪与价值。因此，我们的首要任务是将优质的中国艺术品介绍给国人。”

在拍卖过程中，陈克涛不仅关注交易本身，更注重与客户建立深厚的友谊。“我与客户之间的交流是从内心开始的，先交朋友，后做生意，帮助他们真正理解和感受艺术品的情感价值。”

近年来，拍卖市场蓬勃发展，众多中小型拍卖公司凭借鲜明的特色、精准的定位和独特的渠道，在嘉德、保利、匡时等国内外拍卖巨头的竞争中脱颖而出，形成自己的市场地位。其中，上拍更是构建了拍卖、收藏、典当三位一体的产业群，展现出强劲的发展势头。

对于上拍的未来，陈克涛充满信心：“我们希望在上海乃至全国范围内享有更高的知名度。2011 年，上拍的拍卖成交额突破一百四十亿元。未来，我们将继续发展和调整，重点提升市场美誉度，确保拍品质量与服务价格适中，服务更规范化，加强内功修炼，提升征集拍品能力、鉴定能力以及鉴定的准确度，力求达到百分之百的准确率。”

拍卖行热与鉴定难题

因对收藏与鉴赏的热爱，陈克涛在业余时间还致力于文墨创作，出版了《海上画派》收藏丛书。他个人的收藏也颇为丰富，涵盖了海派名家字画、明代黄花梨家具、老红木桌子以及清代

“康、雍、乾”三代的青花瓷、粉彩大盘和青花大尊等古玩。他的世界充满了艺术与文化的色彩。陈克涛的专业鉴定技术令人称奇，尤其是在鉴定明清瓷器时，他常运用“反观法”，即关注瓷器上不符合某个时代特征的细节，这一方法展现了他深厚的鉴定功底。

谈及艺术投资循环中的各个环节，陈克涛直言不讳：“拍卖行之所以吸引眼球，与人追求增值的心态有关。社会上普遍希望听到振奋人心的增值故事，如 2011 年投资 100 万元的艺术品 2012 年翻倍，这种轰动效应既反映了社会心态，也体现了市场趋势。然而，从专业角度看，艺术品增值过快并非好事，每年增长 10% 至 15% 才是稳健之道。”他坦言，一些艺术投资者追求一夜暴富，无论现代艺术还是古玩艺术，都期望短期内实现翻倍。

谈及中国拍卖行业存在的最大问题，陈克涛直言是鉴定的准确度。他指出，所有鉴定机构都面临这一难题，因为鉴定不仅涉及技术性，还包含认识性，要求鉴定者具备审美观和基础知识。尽管如此，他对自己鉴定的准确度充满信心，认为达到 90% 没有问题。

作为拍卖、收藏、鉴赏界的知名人物，陈克涛的公司管理和古玩收藏鉴赏拍卖趣事不胜枚举。拍卖、收藏与鉴定，虽非他生命全部，确是他一辈子的习惯。

（发表于《如意时空》杂志 2012 年 6 月刊）

潮流风尚新收藏　鼻梁上的视觉盛宴

专访眼镜收藏者及潮流眼镜设计师李国华

初夏的午后，一股清新之风随着“2015 亚洲明星潮牌眼镜展”在上海久光百货一楼外庭悠然降临。来自韩国、日本以及中国香港等多个时尚潮地的亚洲高级眼镜设计师与知名品牌，在此首度集结，共同演绎潮流风尚，展现设计师们的卓越品位，为时尚爱好者和收藏家们带来一场鼻梁上的视觉盛宴。在这场盛会中，我有幸访见了眼镜藏者兼中国香港多门类复合设计师李国华。

眼镜艺术与时尚潮流的碰撞

不是所有的眼镜男都与“怪胎”沾边，也不是所有的眼镜女都是“四眼妹”。抛开账房先生喜感十足的圆框眼镜，教书先生即视感的金丝边眼镜，如今的潮牌眼镜除了让你的世界更加清新明亮之外，亦能巧妙地修饰脸型、提亮双眸、提升品位、塑造个性风格、飙升整体气质，让你瞬间成为一位标致的、高颜值型潮流新藏家。

设计师犹如诗人，与常人看待事物的敏感度有所不同。他们解构日常所见后心生灵感，激发他们通过设计物件来表达内心的情感与个性。在创作过程中，他们不断设定、改变，再设定、再改变，直至在无数次的创造与碰撞中擦出美的火花，李国华沉醉于眼镜创作的每个细节带给他的惊喜中。而在设计师的作品里，往往掺杂着设计师个人情感和意向的元素，这些元素或多或少地会牵引设计师的整体设计风格、手法和收藏者们的收藏风向。李国华认为："设计师能做到感动于人，让消费者和收藏者对你创作的艺术品产生兴趣，进而去了解它们，这很重要。"

在设计任何门类潮流藏品时，设计师需要从自身的生活出发。李国华深信，世间万物都不是孤立存在的。就像选择眼镜需要考虑自己脸型、年龄以及工作状态等因素。这些因素促使这位拥有三十余年佩戴眼镜历史的李国华，产生了强烈的设计并收藏眼镜的冲动。因此，作为成名超过二十六年的中国香港设计师，他被韩国高端眼镜品牌"Remstory"选为合作伙伴，自然顺理成章。在韩国和日本的概念店取得成功后，"Remstory"通过在中国上海的概念店，成功将他们的眼镜产品引入日趋成熟的中国市场。李国华表示："设计是与美的事物进行心灵沟通后产生情感交融，让消费者与藏者在经济承受能力范围内收入囊中。"他不仅热衷于设计并收藏眼镜，还对收藏服装和"非主流"设计品情有独钟。他坚信："美并非自然存在或仅存在于旁观者的眼中，对我而言，美是拥有者与发现者之间相互交流的心灵体验。"

好看的世界　更好看的你

多数设计师对艺术有着独有的情愫，他们在收藏的旅途中发现别样的美。对于常年奔波在路上的设计师而言，这种探索美的方式格外稀有。工作之余，逛逛店，走走旧货市场……

一直"在路上"的李国华，感动于欧洲旧货市场的淘藏眼镜之旅中。如今，各种经典版型的眼镜千变万化，它们大量运用创新高科技材料和不同材质进行拼接，风格耐人玩味，展现出强烈的自我个性和独立的创造精神。许多杰出的眼镜款式早已在风靡的时尚电影或电视剧中崭露头角。

然而，与众多手工艺术相比，似乎有些传统手工艺失去了原有的生存空间。多数人不再愿意花费太多时间或耐心去创作繁复的纯手工艺品。眼镜的工艺也经历了从手工艺到机器雕刻、“3D”打印技术等变迁。李国华在淘货市场每次遇见眼镜时，总能读到彼时设计师对每个细节背后所倾注的时间、心思和经历。他喜欢与这些眼镜“对话”，从中汲取灵感。

于是，李国华推出了“冰”系列眼镜。采用不同色系作为主色调，带给人凉爽感。镜框采用不同切角高光面的透明材料，灵动而富有质感。与人交谈时，能看到自己的光影在对方的眼镜上揉动。这款眼镜远看能规避黑框眼镜的抢眼效果，使脸型更加舒适自然；近看则凸显眼镜细节的精致与耐看。

设计师对生命的热情通过指尖设计传递给人类，让人找到适合自己的眼镜，并挖出自己潜在的艺术气息和另类风格。李国华说：“从明代开始，才真正称之为‘眼镜’。而古老的眼镜外形是圆形单片镜（现在的放大镜片）。”

眼镜，娇小外形下包容着无穷大的内涵世界。无论是从功能性还是美学性上，它都已进入了快速升华的时代。李国华说：“设计师要配合时代潮流行走，多方面了解人类的生活习俗与走向。虽然时间、力量和资源有限，无法设计全世界的事物，但遇上具有千年文化的古董艺术，可以欣赏其精致的工艺并融入设计中。用现代科技体现中国传统文化的灵性，冲击消费者情不自禁地想去拥有它、收藏它。真正漂亮的东西是跨年代的，如中国人的旗袍，虽然现在很多场合不适合穿，但它的风韵犹存于人们内心，不容抹去。”

潮牌眼镜设计者的藏品

李国华已收藏了古今中外百余副眼镜。其中，最令他难以忘怀的是二十年前在法国跳蚤市场上淘得的一副皮质眼镜——纯手工制作成的鲑鱼皮眼镜。李国华偏爱收藏那些别具特色、富有个性的物品。如玻璃艺术品。在光影作用下的通透感，仿佛“生命”与“阳光”的交织，令他沉醉其中。他说：“玻璃艺术品的魅力，在于其多变的视觉体验。不同于字画，它能在不同的时间段、不同的角度下，欣赏到截然不同的视觉效果。”

谈及收藏的价值，李国华反问道：“是收藏迈克尔·杰克逊使用过的眼镜，还是已故著名影星与普通人物使用过的眼镜，单从经济升值空间层面来讲哪个更高？答案不言而喻。”作为眼镜设计师，他深知限量版眼镜的魅力与价值。他建议收藏爱好者，先从自己的兴趣出发，但也不要单从个人喜好出发，去探寻那些由个性设计师打造的品牌收藏。独立设计师的作品，数量稀有，选择收藏限量版眼镜，更具升值潜力。在收藏过程中，李国华强调一个重要的原则：“喜欢、做研究、再藏入、再研究。”他鼓励热爱生命，勇敢追求自己的梦想与热爱，不必过于注重成功或失败，享受过程。通过学习与研究，丰富自己的生活与见识。他还说：“如今，是独立设计师的年代。人们厌倦了奢侈品牌的统一化与同质化，开始追求更具独立个性的事物。独立设计师的潮牌，能够表达自我个性。在不同场合下，佩戴不同的眼镜，既能彰显个性，又能与心情和氛围融合。这是中国当下很好的发展趋势，也是未来收藏新趋势。”

（发表于《东方藏品》杂志 2015 年 6 月刊）

一个民营园林式博物馆里的秘密

专访中国古代书画民间收藏者郑登桥

郑登桥，自幼在余姚市熊家街村历经艰辛，凭借着对书画收藏的无比热爱，以及过人的智慧和不懈的劳作，在艰难的环境中，亲手打造了一座占地十余亩的江南园林式博物馆，取名“博翰艺术馆”。如今，已然成为余慈地区首屈一指的民间古代书画博物馆之一。提及民间书画藏家，给人印象是有修养、有品位、有胆识且经济实力雄厚的群体。然鲜有人知晓，这背后隐藏着多少风云变幻和沧桑岁月。于是我前往余姚访见了郑登桥。

晨曦踩着露珠，我穿过一座座古朴典雅的亭台楼阁，被引至博物馆的四楼，与郑登桥会面。他笑称：“艺术馆存在的意义是一定要对外开放。这座园林，实则是我最为自豪的山水画作品！未来，我计划将其打造成一个集教育基地与度假村于一体的博物馆。”郑登桥为保护和研究书画，继承和弘扬中国传统文化，他不仅自己创作，还远赴国内外搜集珍贵藏品，并将自己的私家博物馆向社会开放。此刻，站在我面前的他，儒雅中带着书卷气，自信中略带一丝淡愁。在这复杂的情绪交织中，开始了对他的专访。

掮客卷款而逃

“饥饿与绘画，构成了我童年最为深刻的印记。”出生于余姚熊家街村一个普通农民家庭的郑登桥，父亲以务农为生，长年患疾；母亲身带残障，一家三口挤在每逢雨天便摇摇欲坠的三间泥土房里。周围邻居的鄙视和生活的窘迫，成为他们的生活常态。然家庭的贫困并未能阻挡郑登桥对书画的热爱。他常常捡拾香烟盒作为画纸，用一支铅笔头，一画就是一整天。

15 岁那年，父亲因病离世，家里靠母亲打零工维持生活。为了生计，郑登桥开始在余姚古玩市场摆地摊卖自己创作的绘画作品，二三元一幅不等，以解燃眉之急。在好心人的帮助下，完成了高中学业。18 岁时，他凭借卖画所得，自建新家。据说，在这个古玩市场上，已诞生了多位收藏巨富，郑登桥也是其中之一。

“我已度过了最艰难的时刻，现在无所畏惧。做人要有志气、骨气，但决不能有傲气，要平等对待每一个人。”郑登桥徒弟在一旁补充道：“约十年前，一掮客未经抵押，便带走了郑老师的几幅藏画，以五六十万元的价格卖掉后卷款而逃。郑老师竟然不追究，我很佩服。”郑登桥淡然地说：“量大福大，树大屋大。若整天与他打官司、讨钱，不仅荒废自己的时间和事业，更加无意义。”郑登桥的保姆曾这样形容他，“郑老师像一棵笋，越剥越高。”

中国文化艺术的历史源远流长，也见证了艺术收藏的沧桑巨变。这位拥有二十余年收藏经历的民间收藏者，从小经历心灵煎熬。高中毕业后，他正式下海经商，现为浙江省收藏家协会会员、余姚市博翰艺术馆馆长。他钻研中国古代书画的收藏与研究，代表性藏品包括明代《陈洪绶山水》册页等。

在郑登桥看来，收藏不应以人物、山水、花鸟等内容分类进行。他说：“像明代著名画家唐寅（唐伯虎）既擅长山水画，也精通人物、花鸟画，非要隔开意义何为呢？收藏书画，关键在于藏品的名气、朝代和稀有度等方面。”

谈及藏画，郑登桥脸上微微泛起喜悦之光：“我不记得收第一件藏画的情景，只记得当初在古玩市场开了家门店，每周三是赶市日。当时一个早上就能够收上一两麻袋的书画。”渐渐地，他在民间有了一定的影响，大家都知道他是收藏书画的，便主动送来画作卖给他。最初，他纯粹是出于爱好而收藏。然而，随着经济的拮据和对藏品的热爱，他掏光了身上所有积蓄，生存问题再次得到考验，于是他开始“以画养画”，将约三百元买进的书画，以五六百元不等的价格在市场上流转。随着收藏市场上书画的逐渐稀少和价格的攀升，郑登桥凭借自己的艺术素养和对市场敏感度，在频繁交易中练就了他鉴定书画的眼光，也将古玩字画流通这块“蛋糕”越做越大。

鉴定师的智慧

“画家不可过度宣扬，投资书画市场要理性。我的书画藏品主要是在拍卖行流转，但稀有之作我绝不出手拍卖。”郑登桥起身，欲带我参观他的展厅。

沿挂满书画的廊梯而下，二楼藏品展厅内扑面而至的是一大片以蓝色为基调的画作，得知郑登桥不但酷爱收藏书画，还嗜好泼墨山水画创作。郑登桥自豪地介绍道。“这幅画中山水的肌理丰富，笔势豪放，色彩浓郁，立体感极强。泼墨、泼彩画讲究随心而绘，看似随意，实则心中有度。”他的画作均未落款，他认为写意画无需刻意命名，以免限制观者想象。如今，泼墨用水的探索在中国画创作中广泛应用，旨在释放个性，展示有现代效果的水墨画新风格。郑登桥的作品也备受拍行青睐。

步入三楼推门而见，仿若进入密室，透过微弱的自然光望见，一排排从房顶连接至地的高耸展台震撼人心，挂画异彩纷呈、令人哑然。“看，这幅是我二十岁左右以 3 万元竞得，相当于堂哥建房之资。昔时我教书月薪 60 元，但兼职画油画、广告画、企业商标等月入千元。”

在展厅中游走一圈后发现，各朝代书画风格各异，书画收藏和鉴赏须具备繁荣的土壤、文化意识及经济资本。明代的人物、山水、花鸟画是中国绘画发展史上的一个重要时期，尤其山水画，追求意境的创作，涌现了众多风格各异的山水画家，如浙派画家吴伟、“吴门画派”的“吴门四家”、“华亭派”的董其昌、“武林画派”的蓝瑛等。相对人物画而言，明代山水画的鉴定比较繁复，因为各类流派的频繁滋生，画家个性风格多元。明代花鸟画，呈现工笔院体与民间写意花卉两种，工笔院体代表画家有边景昭、吕纪；写意大家林良、“吴门画派”中被誉为“青藤白阳”的陈道复和徐渭等出现，让灵性的写意画登上了高峰。“院体画派”和“吴门画派”中众多花鸟画家亦擅长写意花鸟。清代的人物画总体不及山水花鸟发达，艺术造诣更不如明代。然因西学东渐的影响，人物创作进入了一个“革古”的时代。山水画发展较快，清代花鸟风格多样，画派耸立，有“常州画派”、“扬州八怪”、“海派画家”、“岭南画派”等，清代花鸟画鉴定，相对容易，名家少，赝品不及山水、人物画多。

“看，这幅南宋画作来自民间藏家，市面罕见。虽是小名家之作，但真迹无疑。”郑登桥边走边举例说：“南宋时期的绢比较细腻，直至明朝中后期变得逐渐粗糙。鉴定古代书画需关注时代气息、落款、个人画风、印章、款识、纸绢、装裱、著录、旁证材料等。通常画家的印章众多，不可因未见某印而断其为赝品。装裱亦是鉴定辅助依据，各时代绘画工具不同。鉴定需对比、目鉴与查证相结合。”

每次遇见真迹时，郑登桥都会异常兴奋和激动。发现古代书画价值是郑登桥的乐趣所在。他告诫我们：“多看多学，不可人云亦云。鉴定需主见，未确定真伪前，宁可信其真，留给后代思考与研究空间。古画保存至今实属不易。”

收藏者的乐趣

有人说：“书画收藏与鉴赏的兴起，应该是伴随书画脱离实用功能而趋向精神审美的开始。”中国古代书画，流传至今，不计其数，真伪混杂，令人头绪纷繁，无从着手收藏。自古以来，中国古代书画艺术收藏便是历代文人墨客所热衷之事，然收藏者各有其志。

郑登桥亲历每幅书画的收藏过程，有着说不完的故事。郑登桥指向一件印刷品说：“这件原稿是一幅三米多的明宣德御摹徐熙花鸟卷，2000 年我在北京的一家拍卖行拍得。宣德帝的文化造诣深厚，诗文才华横溢，我很喜欢。”

郑登桥发现，收藏的真正乐趣在于与人分享，与志同道合者共赏探讨，是一件惬意的事。他还把自己的藏品在公共博物馆展示，如 2006 年余姚博物馆举办“郑登桥藏历代影像画展”，展出了将近四十件藏品，“其实我有三百余件从元、明、清至民国的肖像人物画。”说着郑登桥将我们带到了肖像画藏品前。“肖像人物画历史悠久，明末肖像画大师曾鲸的出现，对清代肖像画影响深远。”曾鲸字波臣，画史称为“波臣画派”，他的肖像画注重写实，同时受西洋画明暗的影响，形成了“笔骨墨染”风格。然而，他的生卒年不详，为其画作的真伪鉴定带来了诸多困难。幸运的是，他的赝品在市场上并不多见，真迹更是稀世之珍。

郑登桥在收藏过程中不仅注重艺术研究，还出版了多部著作，如《王阳明〈秋风帖〉评述》《〈重辑尚书集注序〉并画像册》与《〈书今古今集注序〉并画像册真伪考》等。

对于入门级的收藏者，郑登桥建议："先从近现代的书画入手，因为当代书画真迹易辨别。近现代书画收藏如同水面上的鱼，显而易见；而古代书画则如同泥土中的甲鱼，难以寻觅。收藏书画需要具备扎实的美术、书法和历史知识，多看书，多学习。此外，书画所用的纸张以及装裱用的绫也值得深入研究。同时，同一个画家在不同时期的风格也有所不同，如齐白石的画作在早期和晚期就有明显区别。因此，全面了解画家绘画风格演变过程，对于收藏者来说至关重要。"

为藏品建造生态博物馆

郑登桥在发现收藏的乐趣后，萌生了建造生态型艺术博物馆的念头。他向往在艺术的氛围中品茶聊天，享用生态蔬果，创作书画，参与几场艺术品拍卖活动，悠然自得于度假村式的生活。"我从没背离文人心态，渴望在喧嚣的世界中寻找内心的宁静。希望通过这座园林，弘扬中国收藏文化。艺术品若只被锁在保险箱里，就失去了其价值和意义，弘扬中国传统文化是艺术品真正的价值所在。"

整个园林分南园、中园和北园三部分，置身于此，如沐浴在杨柳风、杏花雨的墨香中，感悟经典，如同在人生路上采撷生命的音符，酝酿岁月之歌。国粹精华如同一泓快乐清澈的山泉，缓缓流入心田，洗涤心灵的铅华。

"收藏是历史文化的一种传承"，而建筑作为藏品的载体，也是一种收藏方式。之所以选址于此，源于郑登桥对这片故土的深厚情感，“小城镇如果没有我们建设，永远是滞后的。”他强调，建筑本身也是门艺术，需要讲求结构布局，就像画画一样。

（发表于《东方藏品》杂志 2015 年 4 月刊）

后记

Postscript

笔墨留痕　岁月成章

随着这部采访手记的精筛严选、条分缕析、谋篇策划，终至完成。

回首编撰历程，恍如白驹过隙。在收集、整理过程中，每每翻开一叠叠旧报刊，阅读一篇篇文章，仿若在岁月的经纬里穿梭，与过去的自己进行了一场关于自我认知的哲学思辨。从采访到录音整理，再在键盘上飞速敲击的无数日夜，努力与坚持都化作文字里绚丽梦想的星光，照亮前路行“迹”，使自己的人生轨迹，在岁月的流转中留下了不同阶段的印记。

《国际展望》杂志社，是我青春梦想启航的原点。在编辑部里，社长、总编和同仁们似夜空中闪烁的“星星物语”，他们带着果敢与坚毅，又不失生活的细腻与温柔。严谨的工作氛围与和谐的欢声笑语，如灵动的音符，奏响了我青春的序章。

《上海新书报》报社，见证了我人生的重要阶段。青年期我是幸运的，进入了一个充满爱的大家庭。社长汪耀华的慈爱与担当，为我们营造了一个温暖而包容的工作环境，每周三的截稿日，他与我们一同熬夜的场景历历在目；总编辑王雪明则带着我穿梭于城市的大街小巷，倾囊相授采访经验。还有那可爱的同仁们，这股暖流将我们凝聚，延续至今。每年，社长一声召唤，便如同一根丝线，将我们相连，围坐一起，那些聊不尽的话题，总能开怀大笑，期待这一刻，已成习惯。

《如意时空》杂志，是我快速成长的黄金阶段。在这，我享受着团队合作带来的无穷魅力。“单丝不成线，独木不成林”，每一次专题策划采访，每一次打“飞的”出行，都是一次思维的碰撞和智慧的交融，那些共同奋斗的瞬间，时时让我感动不已。抛开年龄、职级，同事都亲切地叫我一声“姐姐”，融化了我的心。他人对你的尊敬，并非源自你个人的卓越，而恰恰是对方内在的修养与品格之高尚。这份隆情厚谊，至今难忘。

服务于东方网藏品媒体部，是历练心智、沉淀自我的关键阶段。在这里的时光，仿佛在马不停蹄中放慢了脚步，同仁们一声“吴主编来啦”，让自己努力成长的力量变强。在这，有幸结识了几位挚友，能相互扶持、彼此成就。

步入《上海画报》杂志编辑部，是我基于过往经历，进入静思坐忘的时期。在思考中，探寻未来的方向，“非淡泊无以明志，非宁静无以致远”。未来，宛如一条蜿蜒向前的道路，充满了未知与挑战。但我深知，这些阶段性成长经历所带来的无尽智慧，即是财富。

于是，在筛选与重读专访稿时，往昔访谈情景再现，时常为之感动于受访者的故事，感怀于故事背后所蕴含的酸甜苦辣与人生百相。如，从各领域泰斗的精湛技艺与深邃情感，再到企业领袖们的智慧与胸怀。特别是，当自己面临突如其来的困境时，没有片刻犹豫就默默为我筹划并化解难题的前辈。当每每听到阮仪三、韩敏、高式熊等说："你们是独家啊！"、"你的采访点没人采访过！"等时，内心无比欢喜。这里，有太多感人至深的故事与情节，每一个瞬间都让我深感采访工作的魅力与挑战。在这个快节奏的时代里，"行到水穷处，坐看云起时"让我学会寻找内心的平和与宁静，放缓脚步，走进他人，感知他们的认知力与洞察力、思维方式和行动，感受那份来自心底的逍遥、温暖与力量。

在策划、编撰本书过程中，为统一出版体例与形式，我对专访标题与原文刊登形式进行了适当调整，文字也进行了些删减，但文章的核心价值与精神内涵仍完整保留。正所谓"删繁就简三秋树，领异标新二月花"，经处理，每一篇稿件都承载着独特的时代价值与意义，以更完美的姿态呈现。

借此，我要向每一位受访者表达最诚挚的感谢！是您的慷慨分享与坦诚交流，让我有幸走近您的世界，走进您的"书房"，聆听您的故事，感受您的平凡而又不平凡的人生。"问渠那得清如许？为有源头活水来"，虽然采访中的言论仅代表受访者的个人观点，但正是这份真实与灵动，让这部手记充满感染力与生命力。每一位受访者的用情哲学、管理智慧、勇气与坚韧，不仅触动了我，也给读者带来了无尽的力量。

同时，我也要感谢我的家人、领导、同仁、朋友，还有所有恩重如山的相助，不动声色的善良，让我有机会在此道声——谢谢！是您的信任、鼓励、陪伴与扶持，让我有勇气直面自己的行"迹"。尤其，向我伸出橄榄枝的著名画家、作家兼编审金国明老师，正因他的鼓励与推荐、鞭策与审读，此书才得以顺利完成。

还有责任编辑周珍老师。风雨兼程间，您的真诚之心，温润如玉；善良之行，护佑我心。在得到与给予间，我们同喜同乐，好运共享，互勉为灯，照亮彼此行“迹”。有您真好！

文字有温度，能传递情感，也能抚慰人心；语言也是。用心灵感受世界，用思考照亮未来。希望我能继续用笔书写更多时代的美好瞬间，温暖自己，感动他人。正如“一本书的完成，是另一个旅程的开始”般动力满满，继续督促自己努力撰写更多有温度、有深度的文字作品。

吴海瑛

2025 年 2 月 16 日

图书在版编目(CIP)数据

时代"迹"录 : 一个女记者的感知视界 / 吴海瑛著. 上海 : 上海人民出版社, 2025. -- ISBN 978-7-208-19580-6

Ⅰ. I253

中国国家版本馆 CIP 数据核字第 2025PQ5109 号

责任编辑 周 珍

装帧设计 吴海瑛

时代"迹"录：一个女记者的感知视界

吴海瑛 著

出　　版 上海人民出版社

(201101 上海市闵行区号景路 159 弄 C 座)

发　　行 上海人民出版社发行中心

印　　刷 苏州工业园区美柯乐制版印务有限责任公司

开　　本 890×1240 1/32

印　　张 20.5

插　　页 5

字　　数 466,000

版　　次 2025 年 7 月第 1 版

印　　次 2025 年 7 月第 1 次印刷

ISBN 978-7-208-19580-6/K·3502

定　　价 128.00 元